国家社科基金
后期资助项目
GUOJIA SHEKE JIJIN HOUQI ZIZHU XIANGMU

宋神宗朝洛阳诗坛及其历代影响研究

庞明启 著

四川人民出版社

图书在版编目（CIP）数据

宋神宗朝洛阳诗坛及其历代影响研究／庞明启著.
— 成都：四川人民出版社，2024.6
ISBN 978-7-220-13669-6

Ⅰ.①宋… Ⅱ.①庞… Ⅲ.①诗学－研究－中国－宋
代 Ⅳ.①I207.2

中国国家版本馆 CIP 数据核字（2024）第 086131 号

SONGSHENZONG CHAO LUOYANG SHITAN JI QI LIDAI YINGXIANG YANJIU
宋神宗朝洛阳诗坛及其历代影响研究

出 版 人	黄立新
责任编辑	朱雯馨
装帧设计	李其飞
特约校对	北京圈圈点点文化发展有限公司
责任印制	周　奇
出版发行	四川人民出版社（成都三色路238号）
网　　址	http://www.scpph.com
E-mail	scrmcbs@sina.com
新浪微博	@四川人民出版社
微信公众号	四川人民出版社
发行部业务电话	（028）86361653　86361656
防盗版举报电话	（028）86361653
照　　排	四川胜翔数码印务设计有限公司
印　　刷	成都勤德印务有限公司
成品尺寸	165mm×238mm
印　　张	21.75
字　　数	380 千
版　　次	2024 年 6 月第 1 版
印　　次	2024 年 6 月第 1 次印刷
书　　号	ISBN 978-7-220-13669-6
定　　价	88.00 元

目录

序　言

诸葛忆兵

庞明启君 2013 年秋，负笈北上，入予门下。匆匆四年，学业有成。遂南赴重庆，绛帐授徒。任大学教职以来，反复打磨博士学位论文，孜孜以求，精益求精，历时十载，终得付梓。

明启君为人沉静，日常话语不多。余粗心，不得因材施教之要领，与明启君讨论读书研究问题时，时而直言唐突，略无顾忌。记得我曾无情否决过明启君的最初研究选题，认为那是"主题先行"，读书之前就决定研究对象，属于没有阅读思考的"拍脑门"做法。硕博论文选题有一种倾向，即努力寻找学界写作较少的话题，将之认定为学术空白，然后构筑自己的空中楼阁。我向来主张所研究的学术问题，应该从读书中来，而非凭空想象或设置。你所认为的学术空白，其一，有值得研究的学术问题存在否？其二，该学术问题值得你以博士四年时间去思考写作否？上述"拍脑门"选择研究课题的现象，与当下不合理的考博机制相关。考博的重要考核材料之一是读博期间的科研计划，多数学生未曾读书，就得乱哄哄地先选研究对象。我一直主张，读博之后，可以将读博期间的科研计划抛之九霄云外，先潜心读两年书，做好读书笔记，然后慢慢梳理出学术问题，确定研究对象。明启君温文尔雅，对我的诸多想法也是听了再做消化。经过数年学习积累，他最终将博士期间研究课题确定为"北宋熙丰洛阳文人群及其文学研究"。

这是一个具体且非常值得深入讨论的课题。洛阳在北宋时被确定为西京，政治和文化等诸多方面的重要性仅次于东京开封，朝廷达官贵人退居聚集于此，形成特殊的文化现象和固定的文学创作群体。学界早就对北宋洛阳文人群体产生兴趣，但缺乏细致深入的观察和讨论。聚集于洛阳的文人年龄、身份、地位、创作观念之不同，其文学成绩和影响也就大相径庭，非几篇论文可以梳理或阐述清楚。如，欧阳修初仕，充西京留守推官，其时洛阳群星璀璨，有人就试图将其作为一个创作群体来归纳讨论。仁宗年间欧阳修等在洛阳的创作，与本专著讨论的群体文学创作，路数就完全不同。想真正将北宋洛阳文人群体创作现象梳理清晰，就需要非常细腻扎实的阅读、辨析、考证、比较，从而尽量勾勒出其大致创作轮廓，进而讨论其成就和影响。明启君选择宋神宗朝洛阳诗坛为研究对象，是着眼于这一阶段洛阳文学创作的特殊性，如一批文坛大佬定居于洛阳，他们喜聚会创作，新旧党争给文坛带来的必然性影响，等等。其研究过程和结论，诸君可以细读原作，这里不予画蛇添足的介绍。

我愿意强调的一点是，明启君并不贪多务得，而是将研究精力集中于一段，力求说清楚、说透彻，这种踏实求真的研究精神是学界需要提倡的。我总是认为学位论文或研究对象不宜过大，以小见大，方能写出扎实的好文章。题目过大，容易流为空架子、花架子。从这样的角度出发，我特别推荐明启君这部专著。若有明启君这样几部类似的论著，"北宋洛阳文人群体"等重要话题的面目将变得清晰可辨。

在明启君专著出版之前，拉杂写下以上文字，既记录我们的师生缘，又表达祝贺之意，且聊充序言。

癸卯年夏于威海

引　言

洛阳，这座历尽繁华、久经风雨的九朝古都在宋代虽然已经降到陪都的地位，但作为西京河南府，其魅力依然不减当年。它是宋太祖赵匡胤的出生地，太祖在晚年还曾动过迁都于此的念头，太祖和真宗的多次驾临成为洛人心中永久的记忆，"都人心望幸，注目不离东"①；它也是北宋皇室陵寝所在地，加上城内大规模的宫殿建筑群，因此西京留守司、河南府的职能便被简单概括为"典司宫钥，修奉寝园"②、"内守宫钥，外奉园寝"③，尊耀异常。洛阳还因政治地位的特殊、文化底蕴的深厚、人情风土的淳美、园林花木的兴盛而世家大族云集，并成为朝廷安置耆宿重臣的地方，同时吸引了大量高官显宦、文化名流或徙居或退居于此。例如，范仲淹原是苏州人，却选择死后卜葬于此；文彦博本是汾州人，却将家庙建在这里并自称为洛人；邵雍为卫州人，青中年时期游历天下，最后选择徙居此地；就连苏洵也曾想弃眉州世居之地而"于嵩山之下、洛水之上，买地筑室以为休息之馆"④，这样的例子不胜枚举。有学者称北宋洛阳为"文化之都、学术之都、艺术之都"⑤，因此魅力非凡，其实洛阳亦可称为"文学之都"。且不说张衡《二京赋》中的《东京赋》、班固《两都赋》中的《东都赋》等汉大赋，不说曹植的《洛神赋》、乐府旧题《洛阳道》和谢安的"洛下书生咏"，也不用说唐诗名篇如王维《洛阳女儿行》、李白《春夜洛城闻笛》，宋词名作如朱敦儒《鹧鸪天·西都作》、陈与义

---

① 司马光《和张文裕初寒十首》其二，（宋）司马光著，李之亮校笺《司马温公集编年笺注》第2册，成都：巴蜀书社，2009年，第384页。

② 范祖禹《上太皇太后表》，（宋）范祖禹《太史范公文集》卷九，四川大学古籍所编《宋集珍本丛刊》第24册，北京：线装书局，2004年，第201页。

③ 刘攽《资政殿学士知郑州张璪可知河南府制》，（宋）刘攽《彭城集》卷二十三，北京：中华书局，1985年，第329页。

④ 诗题《丙申岁，余在京师，乡人陈景回自南来，弃其官，得太子中允。景回旧有地在蔡，今将治园圃，于其间以自老。余尝有意于嵩山之下、洛水之上，买地筑室以为休息之馆而未果。今景回欲余诗，遂道此意。景回志余言，异日可以知余之非戏云尔》，（宋）苏洵著，曾枣庄、金城礼笺注《嘉祐集笺注》卷一六，上海：上海古籍出版社，1993年，第450页。

⑤ 梅新林《中国文学地理形态与演变》，上海：上海人民出版社，2014年，第255页。

《临江仙·夜登小阁忆洛中旧游》，单就白居易晚年在洛阳举办的九老会（又称为香山会、尚齿会）等诗会而言，便开辟了一个中国文学史上源远流长的传统。清代汪价列有历代若干"洛阳古会"，曰：

> 洛阳山川秀美，人物高华，古来名流率传雅会，谨志于后：金谷会，晋石崇主之；香山会，白居易主之；春明会，唐义度主之；耆英会，宋富弼主之；同甲会，文彦博主之；真率会，司马光主之；八耆会，明詹栋主之；澹逸会，明王正国主之；同年会，明刘赞主之；敦谊会，明朱用主之；惇谊会，王正国主之，改旧名从心不从文；初服会，明许梦兆主之；崇雅会，明刘衍祚主之。①

　　除了石崇的金谷会和尚不清楚其原委的春明会以外，其余皆与九老会一脉相承。当然，九老会的影响所及远远不止洛阳一地，也远远不止以上列举的几个诗会，这一点我们在后面还会说到。值得注意的是，汪价提及的宋代洛阳诗会耆英会、同甲会、真率会在传承白居易九老会的过程中起到了非常重要的作用，其中耆英会、真率会和九老会一起成为洛阳历史上最具影响力的诗会，也成为宋代文学史中浓墨重彩的一笔。耆英诸会皆由宋神宗熙宁元丰年间因反对王安石变法而退居在洛阳的耆宿大臣所举办，因人数之多、规模之大而蔚为盛事，成为神宗朝洛阳诗坛的标志性交游事件。所涉人物包括司马光、文彦博、富弼、王拱辰、范纯仁、王尚恭、鲜于侁、席汝言、刘几、冯行己、楚建中、王慎言、张问、张焘、司马旦、程珦、宋道、祖无择，多达18人。前此，在熙宁年间的洛阳诗坛还活跃着另外一个具有核心作用的诗人邵雍，他于熙宁十年（1077）去世，未能赶上元丰年间的耆英诸会。另外，居住在许昌而经常出入洛阳的范镇，王拱辰、文彦博而外的其他几任留守如李中师、韩绛等人，后辈程颢与程颐兄弟、范祖禹、吕希哲等人也都参与到了这个群体的唱和中来。如此众多的人物齐聚一地交游酬唱，其中不乏名公巨卿，又具有鲜明的政治倾向、地域特征和文学传承性，因此非常值得进行专门而深入的研究。

　　熙丰洛阳文人群及其文学创作此前已经受到了学界关注，出现了不少研究成果。如马东瑶的专著《文化视域中的北宋熙丰诗坛》第二章"洛阳：以司马光为考察中心"，叙述并分析了司马光筑独乐园、参与和主持耆英会与真率会、与范镇进行激烈的礼乐争论三个事件，也简要论述了邵

---

　　①　（清）汪价《中州杂俎》卷一四，安阳三怡堂本，国家图书馆藏。

雍、二程等道学先生的诗歌唱和活动，认为"洛阳群体较鲜明地体现出'醇儒'特色……他们使洛阳一带成为儒学中心，与之相应的，是在诗歌观念上也明显体现出儒家诗教色彩"①，"熙丰时期的洛阳诗歌，单从纯文学的价值而言，并无太多影响诗歌发展的典范型特征；但它由于与政治、思想、学术的紧密结合而承载了许多文化的意义"②。刘方的博士学位论文《宋代两京都市文化与文学生产》③"中编 洛阳：北宋的陪都与陪都文学"，将耆英会、真率会、司马光独乐园、邵雍安乐窝及其相关作品的解读与洛阳城市文化联系起来，揭示出熙丰居洛耆宿对城市生活的态度以及对洛阳城市形象建构的作用。庄国瑞的博士学位论文《北宋熙丰诗坛研究》④ 第二章"司马光与洛阳文人集团"，认为反对变法是洛社形成的原因，着重分析了耆英会、真率会中的诗歌作品，分别对邵雍、司马光的诗歌进行评述，认为邵雍爱写春景与山水，形式上不拘一格，司马光的诗歌则表现了平静悠闲生活之下隐藏着的忧国之思与不平之气，创作宗旨上遵循儒家诗教观念。马东瑶、马学林《论北宋熙丰时期洛阳诗人的诗学观念》⑤ 一文以司马光、邵雍、二程的文学观念为例，认为熙丰洛阳诗人虽然重道轻文，但并不否认诗歌的文学价值。吴肖丹《北宋熙丰名臣致仕文学研究》⑥ 一文从致仕、崇老的角度出发，认为耆英会、真率会等怡老诗会以及洛中致仕士大夫对邵雍《打乖吟》的唱和是"以诗社群聚的方式结合同道，从志趣相投的唱和中获得精神的超脱和愉悦，而注重道德修养和对真淳朴淡旨趣的追求"⑦。以上是从整体着眼来研究宋神宗朝洛阳文人群及其诗歌创作的，但基本都是以司马光、邵雍、耆英会、真率会为考察中心。而王雪枝《北宋名公交游与许、洛士风及文学活动》⑧ 一文则以某次唱和活动即韩绛、韩维、范镇、司马光、范纯仁等人参与的《李才元寄示蜀中花图》唱和为切入点，探究洛阳、许昌名公的士风与交游情况。另外，在非文学的整体性研究上还有肖红兵的两篇文章。他的硕

---

① 马东瑶《文化视域中的北宋熙丰诗坛》，西安：陕西人民教育出版社，2006 年，第 81 页。
② 同上，第 93 页。
③ 上海师范大学 2008 年博士学位论文。
④ 浙江大学 2009 年博士学位论文。
⑤ 《河南教育学院学报》（哲学社会科学版），2005 年第 2 期。
⑥ 《华南师范大学学报》（社会科学版），2011 年 2 月。
⑦ 同上，第 69 页。
⑧ 《文艺评论》，2013 年第 4 期。

士学位论文《居洛士宦与北宋神哲朝政》① 对北宋神哲两朝的洛阳家族和大量居洛仕宦进行详细考证，分析了他们对新法的态度以及与皇帝的关系，指出洛阳仕宦与政治的紧密联系，认为神哲两朝英杰云集是洛阳在政治文化史上最后的辉煌。他的《北宋神宗时期居洛士宦家居生活探微——以邵雍和司马光等人为中心》② 一文勾画出了邵雍、司马光等人构筑园宅、读书治学、种花赏花的生活面貌，认为他们是用忘政的悠然生活淡化党争的冲击。

还有专门以耆英会、真率会等宋神宗朝洛阳会社为研究对象的，如欧阳光《宋元诗社研究丛稿》③、周扬波《宋代士绅结社研究》④ 二书分别辟有专节对耆英、真率诸会的时间、地点、参与者、会规等方面进行考证。杨木军《试论北宋中期"耆英会"》⑤ 一文则对耆英诸会的主要内容进行考察，即饮酒、作诗、游园三项。陈小辉《宋代洛阳耆英会探赜》⑥ 对耆英诸会社长、社员、社约、活动等方面的内容做了较为全面的介绍。

某些以邵雍、司马光为个案的研究也涉及这一论题。在邵雍研究方面，邵明华的博士学位论文《邵雍交游研究——关于北宋士人交游的个案研究》⑦ 详述了邵雍与神宗朝居洛仕宦司马光、富弼、吕公著、王拱辰等人的交游情况，认为邵雍在洛阳的交游圈内广泛参与了变法、归隐、安乐等热门话题，成为在野政治集团的精神导师；郭鹏《论"邵康节体"》⑧ 认为邵雍的"邵康节体"是在其迁居洛阳后才逐渐形成的，他的诗歌被洛阳诗友频繁附和从而使这种独特的风格体制得到确认，取得了和汴京的"王荆公体"相抗衡的地位；何新所《试论西京洛阳的交游方式与交游空间——以邵雍为中心》⑨ 一文透过对邵雍的交游原则、手段、空间的分析看出邵雍的人格魅力以及洛阳独特的文化生态。在司马光研究方面，谢洋《司马光独乐园造园艺术探析》⑩、郝美娟《论司马光"独乐

---

① 上海师范大学 2011 年硕士学位论文。
② 《洛阳师范学院学报》，2014 年第 1 期。
③ 欧阳光《宋元诗社研究丛稿》，广州：广东高等教育出版社，1996 年，第 176—177 页。
④ 周扬波《宋代士绅结社研究》，北京：中华书局，2008 年，第 102 页。
⑤ 《乐山师范学院学报》，2007 年第 3 期。
⑥ 《兰台世界》，2015 年第 6 期。
⑦ 山东大学 2009 年博士学位论文。
⑧ 《文化与诗学》，2011 年第 1 期。
⑨ 《河南社会科学》，2011 年第 4 期。
⑩ 《山西建筑》，2009 年 10 月。

园"的文化内涵》①、宁群娣《论司马光独乐园诗文的政治和文化意义》②、向有强《论司马光的"独乐"精神——司马光"独乐园"诗文的文化解读》③ 四篇论文分别对司马光熙宁年间在洛阳所筑园宅独乐园的园林艺术、文化政治内涵进行了解读，刘丽丽的硕士学位论文《司马光交游考述》④ 对包括熙丰居洛仕宦在内的司马光的交游圈进行了全面而精细的考证。

目前对宋神宗朝洛阳诗坛的研究集中在司马光、邵雍、耆英诸会三个方面，因为这些方面存诗最多、资料最为丰富，而耆宿们的名人效应又使得耆英会与真率会蔚为一时之盛。总体来看，进行交游、结社、园林、文化研究的多，进行文学研究的少，即便是对这四大研究热点而言，它们的意义也没有得到充分挖掘。笔者将在本书中对目前关注最多的真率、耆英二会的来龙去脉进行更为全面、翔实、深入的研究，对它们的规则、渊源、特征、经过，其中所产生的诗歌，会员们的心理，二会的联系与区别等情况做一番刨根问底式的探究，并纵向地追寻它们在后世所产生的深远影响。以二会为代表的大量仿九老会及其相关诗歌创作表明该群体对白居易的居洛交游、心态以及诗歌风格有着高度的认同，而其代表诗人邵雍、司马光又有着十分明显的仿白体痕迹，其他诗人也有类似倾向，所以白体诗的接受也是一个必须认真对待的话题。而邵雍、司马光重娱乐又重道德的诗学观念也高度契合着该群体的实际生活与创作心理，与上述话题一样是构成他们群体性创作风貌的主要因素。这个文人群体当然不单单是一个文学群体，他们中间有政治家、理学家的不同身份，有理学、史学上的不同成就，但是他们相同的现实处境又造成了政治心理、隐逸心态、道统意识的趋同，这些异同点也都在他们的诗歌表现领域之内，同时裹挟着城市空间、园林艺术、交游结社、学术思想等不同层次的问题，不容忽视。宋神宗朝洛阳文人群中有着籍籍声望的名人不在少数，这样一些政坛、文坛、思想界的大佬聚集一处所进行的交游唱和活动在后世漫长的历史时空中产生了很大的影响，后人不断追述、评论、仿慕他们的言行、诗歌，形成了一道文学史与文化史上的独特风景，这也非常值得寻绎和探索。因此，该文学群体的研究空间还是比较广阔的。

---

① 《北方论丛》，2012 年第 4 期。

② 《江西社会科学》，2013 年第 3 期。

③ 《湖北民族学院学报》（哲学社会科学版），2015 年第 2 期。

④ 郑州大学 2004 年硕士学位论文。

第一章
宋神宗朝洛阳诗坛交游及创作情况述略

宋神宗朝洛阳诗坛的形成始于熙宁四年（1071）反变法派领袖司马光、富弼入洛，终于元丰八年（1085）神宗去世、哲宗即位，司马光、文彦博等旧党起复离洛，前后共计十五年时间，中间以熙宁十年（1077）邵雍去世为转折点而分为熙宁、元丰两个阶段。而元丰年间又以元丰三年（1080）文彦博守洛为转折点，一改元丰初年因邵雍去世而造成的文坛冷落局面，并随着元丰五年（1082）、六年（1083）耆英会、真率会等诗会的举行和庆祝文彦博致仕的一系列大型酬唱活动的举行而达到最高潮。熙宁年间的洛阳诗坛以邵雍、司马光为主角，以王拱辰、王尚恭、范镇、程颢为辅翼；元丰年间尤其是元丰三年以后则以司马光为主角，以文彦博、范纯仁、范镇、王尚恭、韩绛为辅翼，并呈现出更多的群体性特征。此外，这段时间内，还有一些少年文人活跃在他们身边。整体而言，司马光是贯穿神宗朝洛阳诗坛的最主要人物，也是本书定位这个群体活动始末的关键人物。他不仅以坚定的政治立场和坚决的抗争精神成为旧党的精神领袖，也以一系列的交游唱和活动连接并支撑了整个神宗朝洛阳诗坛，使之呈现出整体性风貌。

第一节 作为主流的老年诗人群
——熙宁四年至熙宁十年（1071—1077）

司马光（1019—1086，字君实，封温国公，谥文正，人称涑水先生）在熙宁四年入洛之前就已经因反对王安石新法而名重天下，其中最令他声名大噪的是熙宁二年拒绝了神宗任命的枢密副使一职。之前他曾以不善文辞为由力辞翰林学士的任命，由神宗反复劝说才加以接纳。翰林学士为侍从官，是升任宰执的重要途径，司马光此举已经让人刮目相看。而枢密副使更是两府宥密之职，属于宰辅的行列，已经接近权力的顶峰，是一般人终身求之而不得的官职。神宗之所以一再提拔反变法最为坚决的司马光，是要在朝中给如日中天的王安石新党找到一种制衡的力量，同时也起到异论相撼的作用，避免王安石相权过于膨胀、新党党羽坐大。司马光并非不知道神宗的用意，其拒绝的理由也正在于此。他一再劝谏神宗取消种种变法的措施，神宗不但没有采纳反而不断支持和鼓励王安石变法并发展新党，他不愿意表面上被重用而实际上只是作为一个皇帝驭下的棋子和摆设被使用。在《辞枢密副使第五札子》中他说道："臣窃惟陛下今兹不次用臣，必以识虑为小有可采，臣亦以受陛下非常之知不可以全无报效。是以乞罢制置三司条例司及诸路提举勾当、常平广惠仓使者。若陛下果能行此，胜于用臣为两府；臣若得此言果行，胜于居两府之位。倘或所言皆无可采，臣独何颜敢当重任？"[1] 司马光有着强烈的儒家"陈力就列，不能者止"的思想，如果在其位不谋其政，就如同鼠雀盗窃国家粮仓一样可耻。眼见新法弊端重重、祸国殃民而不能救民于水火之中，这是他辞枢密进而请求外放并最终闲退洛阳的根本原因。

熙宁三年九月，司马光请求外放到许州为官，神宗则想让他到洛阳知河南府。"司马光登对，乞许州及留台，上曰：'必得许州乎？'光曰：'臣安敢必？但稍便乡里即臣之幸也。'上曰：'西京如何？'光曰：'恐非臣所能了，若朝廷差遣，又安敢辞？'因拜谢而退。先命知河南府王陶知永兴军，知邓州吕诲知河南，诲敕既出，上收入禁中，盖将以河南授光也。"[2] 西京洛阳为陪都大郡，事务繁剧，但最高行政长官河南知府（一般由西京留守兼任）都会将大小事务委派给通判及签判、推官等幕职官，自身得以悠闲自得，这一方面反映了朝廷将洛阳作为优待耆宿之地的用意，一方面也是洛阳本地盛行的享乐风气使然。同时又由于洛阳仅次于汴京的特殊政治地位，使得外放为西京留守及判西京留司御史台的官员随时可以被朝廷委以重任乃至立即进入中央权力的核心，重新登上政治舞台。这也可以看出神宗对待司马光、吕公著、文彦博等旧党领袖人物的态度，他并没有因为变法派新秀而抛弃这些朝廷元老。但由于薛向推荐司马光到永兴军，改变了神宗让现任河南知府王陶改知永兴军好让司马光赴河南上任的想法，阴差阳错地把司马光推向了事务极端烦扰的边境地带。司马光一开始很不情愿，但熙宁四年到了永兴之后，他极力保护当地百姓免受新法之苦，屡屡向朝廷申请免除当地的青苗钱以及刺陕西义勇戍边的诏令，但总是收效甚微，只得眼睁睁看着治下百姓遭受荼毒。再加上"所管永兴军一十三县，民事至多，及应副沿边军须物色，文案填委，每日自旦至

---

① 《司马温公集编年笺注》第 4 册，卷四二，第 57 页。

② （宋）李焘《续资治通鉴长编》卷二一五，北京：中华书局，2004 年，第 5243 页。

暮，未尝暂闲"①，使得不擅长处理此类事务的司马光心力交瘁。在永兴任不久他便一再乞判西京留台，反而拒绝了许州知州的任命。神宗的目的是以许州为过渡最终将他留在朝中，邵伯温记载道："帝必欲用公，召知许州，令过阙上殿。方下诏，帝谓监察御史里行程颢曰：'朕召司马光，卿度光来否？'颢对曰：'陛下能用其言，光必来；不能用其言，光必不来。'帝曰：'未论用其言，如光者常在左右，人主自可无过。'公果辞召命。"② 他很清楚神宗只是看重其忠心而非其才能、政见的心理，意识到在新法督行甚急的情况下，无论在朝在外他都不能有任何作为，便乞求一任闲职。

于是在熙宁四年夏四月，司马光来到了洛阳判西京留司御史台任上。熙宁七年，他连御史之任也卸下了，之后四次提举嵩山崇福宫，过上了彻底的奉祠闲居生活。司马光居洛并非完全悠游自在，而是"以书局自随"③，开始全力编撰《资治通鉴》，并因此调来了得力助手范祖禹。熙宁四年五月，前宰相富弼（1004—1083，字彦国，封韩国公、郑国公，谥文忠）也在与王安石的斗争中身心交瘁、忧病相仍，由判亳州任归老洛阳，并于次年致仕。富弼本来就是洛阳人，此次归洛以后一直到元丰六年去世未再离开，共计十一年。吕公著（1018—1089，字晦叔，封申国公，谥正献）也在王安石等人的排挤下先落御史中丞、后落颍州知府，于熙宁五年八月奉祠入洛，一直到熙宁十年二月起知河阳，在洛四年多。

在洛阳，司马光还遇到了著名的理学家和诗人邵雍（1011—1077，字尧夫，谥康节），二人很快结为亲密的诗友。邵雍是"北宋五子"之一，年龄在五子中最长，成名亦最早，可以与周敦颐一道视为宋代理学的发端者。邵雍是一位非常特殊的理学家，他的主要学术成就在易学上，开辟了先天象数学一派，将研究的侧重点放在了象数的推演和变化上，不同于其他四子重视义理而轻视象数，也不同于孔子《十翼》以来重理不重数的儒家易学传统，所以二程和朱熹都将他视为异端。因为邵雍注重象数，和道教方士使用《周易》卜卦算命有一定的相似性，于是便出现了很多关于他算命神异的故事。比如熙宁年间他在洛阳天津桥上听见杜鹃啼叫，便

---

① 司马光《奏乞兵官与赵瑜同训练驻泊兵士状》，《司马光温公集编年笺注》第4册，卷四四，第100页。

② （宋）邵伯温撰，李剑雄、刘德权点校《邵氏闻见录》卷一一，北京：中华书局，1983年，第114页。

③ "《资治通鉴》二百九十四卷、目录三十卷、考异三十卷"条，（宋）陈振孙撰，徐小蛮、顾美华点校《直斋书录解题》卷四，上海：上海古籍出版社，1987年，第113页。

断定南方人将做宰相，天下将大乱，因为杜鹃是南方的鸟，不应该在洛阳出现。这暗示江西人王安石做相施行新法。又如他与富弼、司马光等人在园中欣赏牡丹，预测到牡丹将很快在某时某刻衰败，大家都将信将疑，待时间临近时依然没有任何动静。忽然一匹马从马厩中逃逸而出，将牡丹花丛践踏得一片狼藉。这些神奇的故事在邵雍之子邵伯温的《邵氏闻见录》中也有一些记载，应该是有一定事实依据的，只是刻意进行了夸诞的处理。不过后世出现的一些更加荒诞不经的传说就不足为信了，这些故事更增加了邵雍及其易学的神秘性。邵雍在皇祐元年（1049）来到洛阳之前曾经在卫州的百源深山中攻读诗书并学习李挺之的易学，"坚苦刻厉，冬不炉、夏不扇、夜不就席者数年"，后来又"走吴适楚，过齐鲁，客梁晋"游历天下，中间又有几次科考失败的经历。最后他选择徙居洛阳，是认为"道其在是矣"。① 其《岁暮吟》曰"世上纷华都不见，眼前惟见读书尊。百千难过尚惊惕，三十岁前尤苦辛。少日只知艰险事，老年方识太平身。家风幸有儿孙继，足以无心伴白云"②，回忆了中青年时期的艰难生活，认为这是生命中的一笔宝贵财富。

邵雍入洛前就已经在易学研究上达到了很高的造诣，拥有了不小的知名度，在洛阳以教书为业，又结交了不少优秀的士林朋友。洛人对这位理学家表现出了极大的热忱，为他买房置产，让他的生活安定了下来并拥有了一定的物质基础。邵雍不仅在此奉养父母、娶妻生子，还写就了旷世奇书《皇极经世书》，此书成为用先天易学观察和总结古今历史、天地万物的经典之作。他充分发挥了喜好交游的性格并很好地利用了先天易学在解决生活难题上的优势，和洛阳上至公卿名流下至一般士人优游唱和，讨论学术思想和天下大事，又为包括平民百姓在内的所有人排忧解难，深得他们的爱戴，生活得可谓如鱼得水。他将自己的居室取名为"安乐窝"，自称"安乐先生"，在诗歌中大量书写快乐闲适的生活和心情。也许是因为少年时用功过度，进入晚年的邵雍身体很不好，既患头风又苦臂痛，所以就非常注意养生。他自称"会有四不赴，时有四不出"，即"公会、生会、广会、醉会，大寒、大暑、大风、大雨"③，而在春秋二季天气晴好之时则大大方方地乘小车而出，满洛城人争相邀请他到家中做客，亲切地

① 程颢《邵尧夫先生墓志铭》，（宋）程颢、（宋）程颐撰，王孝鱼点校《二程集》上册，北京：中华书局，2004 年，第 502 页。
② 《伊川击壤集》卷一八，（宋）邵雍撰，郭彧整理《邵雍集》，北京：中华书局，2010 年，第 476 页。
③ 《四事吟》，《伊川击壤集》卷一三，《邵雍集》，第 402 页。

称他为"吾家先生"①。为了迎接邵雍，不少人仿照"安乐窝"而在自己家中营建"行窝"，据说洛阳即有行窝十二家。外地经过洛阳的人，更有很多"不之公府而必之先生之庐"② 者。邵雍为古都洛阳带来了更多的智慧、生气、趣味和诗意，洛人也给这位智者和长者带来了更多的温暖、祥和、灵感和声望。可以说，洛阳是邵雍的福地，借助于这个绝佳的人际平台，邵雍得以名满天下，在"学而优则仕"的传统道路之外找到了更加适合实现他人生理想的广阔舞台。

熙宁居洛诸耆宿之中，富弼、王拱辰、王尚恭与邵雍相交较早，另外二程兄弟及其父程珦更是"与尧夫同里巷居三十年余"③，司马光与邵雍交游则是熙宁四年以后的事了，但两人相遇之始就建立了深笃的友情，一直维持到熙宁十年邵雍去世。邵雍与富弼交游不知始于何时，应该在其居洛以前。邵伯温说："康节先公与富韩公有旧。"④ 邵雍青中年时期曾经漫游天下，结交了不少名流，如熙宁间同样因反变法而居洛的祖无择曾在大约景祐三年（1036）即与二十六岁的邵雍相交于海东。富弼对邵雍极为礼遇，他在至和二年（1055）拜相之初便向朝廷推荐邵雍，又通过田棐转达给邵雍，被后者以诗推辞。嘉祐四年（1059）富弼在"因明堂祫享，赦诏天下举遗逸"⑤ 之时又举荐了邵雍，通过时任西京留守的文彦博以两府之礼召见，邵雍还是没有答应。富弼又在嘉祐六年上奏朝廷举遗材，时任西京留守的王拱辰相时而动，举荐了邵雍，由其故交祖无择草制，结果这位理学家还是不为所动。邵雍在洛阳曾有三次搬迁，初由天宫寺住持宗颢接纳住在天宫寺三学院。天宫寺为富弼少年读书之所，宗颢曾热情地招待过这位年轻的客人，富弼入相后为了报恩，"奏赐紫方袍，号宝月大师"⑥，因此邵雍住进天宫寺与富弼应该也多少有些关系。邵雍借助教书和广泛交游逐渐在洛阳打开了局面，皇祐年间有洛人二十余家"为买宅于履道坊西、天庆观东"。嘉祐七年，洛尹王拱辰在天宫寺西天津桥南为其建屋三十余间，富弼虽不在洛，却"命其客孟约买对宅一园，皆有水竹花木之胜"。邵雍非常满意这几乎是从天而降的新居，将居室按季节不同分别命名为"安乐窝""长生洞"，又将花园命名为"小隐园"，并作

---

① 《邵氏闻见录》卷二〇，第223页。
② 程颢《邵尧夫先生墓志铭》，《二程集》上册，第503页。
③ 《二程集》上册，第444页。
④ 《邵氏闻见录》卷一八，第198页。
⑤ 《邵氏闻见录》卷一八，第197页。
⑥ 《邵氏闻见录》卷一九，第210页。

有《尧夫何所有》一诗，曰"尧夫何所有？一色得天和。夏住长生洞，冬居安乐窝。莺花供放适，风月助吟哦。窃料人间乐，无如我最多"①，表达了这种满足感。富弼、司马光等入洛以后正逢新法如火如荼地展开，邵雍居所属于官地，由官方张榜公开售卖，此时居洛诸耆宿约二十余人争相出钱为他购买下来。为了表达谢意，邵雍将宅契写为司马光户名，园契写富弼户名。当时由于王安石新党集团不断对旧党实行攻击和迫害，很多人都受到牵累，例如祖无择和苏轼就曾先后在熙宁、元丰年间被诬入狱，连故相富弼也屡被弹劾而落使相，吕公著更是不断遭贬而落职。风声很紧，富弼忧郁成疾，便深居简出，拒不接客，独有宗颢和邵雍可以不待通报而长驱直入。实际上，富弼为此次闲退洛阳而专门建了一所靠近天宫寺和邵雍居所的大宅，为的就是方便与两位友人长相往来。富弼虽然闭门谢客，却愿意时常和邵雍诗酒流连，而邵雍总是能看穿他的心事并给他熨帖的安慰。这位老宰相非常欣赏邵雍对天下大事的见解，有一次竟然听得入神，高兴得独自走下厅堂而忘记了经常拄着的拐杖，从而被邵雍调侃了一番。可以说，邵雍是富弼在老境颓唐之际的精神支柱之一。

与晚年多少有些退缩的富弼不一样，司马光则是非常高调地来到洛阳，这种高调是通过向人展示自己退出官场的归隐姿态以及与著名处士邵雍的频繁唱和实现的。司马光性格倔强、处事高调，一旦认准的事情便会百折不挠地进行到底，从其屡辞官职一事便可看出。除了力辞翰林学士和枢密副使之外，他之前还曾五辞知制诰。虽然推辞皇帝授命乃人臣礼节，经过一番礼让之后便会接受，但司马光认为人各有其长亦各有其短，不擅长做的事坚决不做，也反对朝廷只是按照资历和程序而非才能授官，故而反复辞命，以至于"君实好辞官"②成为人们的共识，而神宗正是从辞枢密一事看出他毫无虚饰的忠心。这样看来，几十年如一日地全面反对新法一方面是司马光保守的政治观念的反映，一方面也是被称为"拗相公"的王安石与被称为"司马牛"的司马光之间性格冲突的结果。刚强的司马光在饱受沮抑之后退居洛阳，便展现出一种坚决不再过问政事的姿态，在洛阳一待就是十五年，这中间有多少旧党人物来了又去，没有一个像他那样坚决不应朝廷出官号召的，神宗和王安石新党集团已经让他彻底失望。入洛之初，司马光有《独步至洛滨》二首，其一曰"拜表归来抵寺居，解鞍纵马罢传呼。紫衣金带尽脱去，便是林间一野夫"，其二曰"草

---

① 《邵雍集》，第398页。
② 《续资治通鉴长编》卷三五○记蔡确语，第8391页。

软波清沙径微，手持筇竹着深衣。白鸥不信忘机久，见我犹穿岸柳飞"①，这是一种兀傲的归隐宣言。诗中的"深衣"是一种古代隐者的服装，早已无人穿戴，司马光根据文献记载设计出来穿在身上，其意义不言自明。他还曾劝邵雍也穿上自己设计的这种衣服，邵雍不愿意，回答道："某为今人，当服今时之衣。"邵雍对司马光的这种决绝态度一方面非常欣赏，在《依韵和君实端明洛滨独步》其一中说道"冠盖纷纷塞九衢，声名相轧在前呼。独君都不将为事，始信人间有丈夫"②，称他有种为了信念而视富贵为敝屣的大丈夫气概；一方面对他又颇有微词，在《和君实端明花庵独坐》中说"系时休戚重，终不道如何"③，认为他过于偏激，不应该在深孚众望之时保持沉默。司马光不像富弼，他对邵雍的政治见解没有什么兴趣，更多的是把他当作一个绝佳的诗友和玩伴看待。司马光所作的《独步至洛滨》《花庵独坐》《秋夜》《平日游园常策筇杖，秋来发箧，复出貂褥，二物皆景仁所贶，睹物思人，斐然成诗》《云》《闲来》《上元书怀》等诗都是独处时的产物，而邵雍皆有和诗，可以想象得到的情形是司马光经常将自己随性而作之诗示于邵雍，引起后者的唱和。这些诗有时难免在闲逸的调子中夹杂些许的落寞，邵雍便立即用和诗把这些负面情绪一扫而空。司马光也会专门赠诗与邵雍，后者例加回赠，有时往复再三方才罢休。当然二人也少不了互相招游，或者参加群体性的诗会。司马光即使在洛阳下属的寿安县游玩之时，也忘不了给邵雍寄诗一首，即《游神林谷寄邵尧夫》，邵雍则有《答君实端明游寿安神林》。邵雍很少以诗写时事，但当新法的施行让他买不起酒时，也会不由自主在诗中发发牢骚，其《无酒吟》曰："自从新法行，尝苦樽无酒。每有宾朋至，尽日闲相守。必欲丐于人，交亲自无有。必欲典衣买，焉能得长久？"④ 这时司马光便会送上京醢二壶，还送过山蔬、牡丹和药苗，后者一例照单全收。以此为契机，二人又会有诗歌往还。司马光还曾约邵雍共登崇德阁，司马光先至，登楼眺望，焦急地等待邵雍的小车出现，并作《邵尧夫许来石阁久待不至》诗一首，末二句为"林端高阁望已久，花外小车犹未来"⑤，急切中含有深情。邵雍来后见诗，惭愧万分，接连次韵二首，反复提及前语，其一末二句曰"请罚误君凝伫久，万花深处小车来"，其二末二句曰

---

① 《司马温公集编年笺注》第 2 册，卷一二，第 336 页。
② 《邵雍集》，第 336 页。
③ 《邵雍集》，第 305 页。
④ 《邵雍集》，第 286 页。
⑤ 《司马温公集编年笺注》第 2 册，卷一二，第 339 页。

"神仙一句难忘处，花外小车犹未来"①，既自责又感动。从中可见司马光待人真诚以及邵雍对这份真诚的深切体察。邵雍对司马光评价很高，誉为"脚踏实地人"、"九分人"②，后者感佩在心。邵雍去世后，司马光作挽诗二首，其一曰："慕德闻风久，论交倾盖新。何须半面旧，不待一言亲。讲道切磋直，忘怀笑语真。重言蒙跖实，佩服敢书绅。"③ 回忆了二人一见倾心、切磋笑语的交往过程，十分珍视邵雍对自己的评价。邵雍在谈到自己的交游经验时说道"见不善人，未尝急去；见善人，未之知也，未尝急合。……色斯其举，翔而后至"④，这是教人在与他人交往之前一定要先做一番了解和试探，重视自己的交游体验而不人云亦云，但在热情的司马光面前，邵雍的这套交际法则似乎不太奏效。

熙宁年间，由邵雍和司马光贯串起来的洛阳诗坛是十分热闹的。邵伯温曰："熙宁中洛阳以道德为朝廷尊礼者，大臣曰富韩公，侍从曰司马温公、吕申公，士大夫位卿监以清德早退者十余人，好学乐善、有行义者几二十人。康节先公隐居谢聘，皆相从，忠厚之风闻于天下。里中后生皆知畏廉耻，欲行一事，必曰：'无为不善，恐司马端明知、邵先生知。'呜呼盛哉。"⑤ 这里谈的是洛阳的衣冠道德之盛，这些道德君子其实也都是当时诗坛最耀眼的明星。邵雍又有《四贤吟》曰："彦国之言铺陈，晦叔之言简当。君实之言优游，伯淳之言调畅。四贤洛之观望，是以在人之上。有宋熙宁之间，大为一时之壮。"⑥ 这里所谓的"言"，当然不乏道德的含义，但也与诗歌紧密相关。"四贤"即富弼、吕公著、司马光、程颢，加上邵雍自己，那就是五贤了。这里着重谈一下王尚恭、范镇、吕公著、二程、王拱辰、李中师、贾昌衡，以及宋选、宋道、宋迪三兄弟。

王尚恭（1007—1084，字安之）是洛阳人，也是熙丰洛阳诗坛的重要诗人，在邵雍的《伊川击壤集》和司马光的《温国文正公文集》中都能够看到大量与之唱和的作品，可惜的是留存至今的王尚恭的作品非常少，《全宋诗》中仅存二首，一为熙宁年间对邵雍《安乐窝中好打乖吟》的和诗，一为元丰五年（1082）在耆英会中所作诗歌。王尚恭是一位孝

---

① 邵雍《和司马君实崇德久待不至》二首，《邵雍集》，第325—326页。
② 《邵氏闻见录》卷一八，第201页。
③ 《司马温公集编年笺注》第2册，卷一四，第423页。
④ 邵雍《无名公传》，（元）陶宗仪辑《说郛》卷七三，《笔记小说大观》第二十五编，台北：新兴书局，1962年，第1076页。
⑤ 《邵氏闻见录》，第210页。
⑥ 《邵雍集》，第507页。

子，大约在至和二年（1055）因母亲年高而回到洛阳为官，其母去世后即奉祠闲居于家，元丰年间致仕，在洛闲居近三十年，长期同里居住的邵雍亲切地称之为"乡人"。据范纯仁《朝议大夫王公墓志铭》的记载，王尚恭"平生有诗千首，文士多爱重之"。他在熙宁年间曾与王谨言、王中美（名不详）组织诗社，邵雍有《依韵和三王少卿同过弊庐》诗，题后注曰"安之、不疑、中美"，诗曰"洛中诗有社，马上句如神"①，对王尚恭等人的诗才表示赞赏。王尚恭又曾举办"六老会"，合邵雍而为"七老会"，成为后来元丰年间著名诗会五老会、耆英会、同甲会、真率会的先声，邵雍有《依韵和王安之少卿六老诗，仍见率成七》②组诗七首记其事。司马光也非常喜欢与王尚恭交游，尝谓"素与安之约，不以公服相过"，相互结为林下之友。司马光在洛阳建"独乐园"，多栽药苗，并喜欢将药苗送人，除了送给邵雍之外，亦曾送与王尚恭。作为洛阳本地耆老，王尚恭还与富弼、王拱辰等人来往密切，多有唱和，元丰年间更成为耆英会、真率会的重要成员。

范镇（1008—1089，字景仁，封蜀郡公，谥忠文）是司马光的密友，二人相交四十余年，至死不渝，并相约"后死者当为先死者作墓铭"③，司马光经常对人说"吾与景仁兄弟也，但姓不同耳"④，类似于司马光对邵雍说的"光陕人，先生卫人，今同居洛，即乡人也"⑤，而情意更加深切。他们同年考中科举、步入仕途，又同因激烈地反对新法而落职闲退。范镇熙宁三年十月致仕之时年方六十三岁，与司马光入洛前后相差仅半年时间，却一直住在汴京旧居，没有像其他耆宿一样栖息洛阳。元丰以后，范镇曾答应司马光迁居洛阳，却又反悔，选择了相隔不远的许昌。因为范镇的经常缺席，我们可以在司马光文集中看到一些在不同时间想念他的诗歌，充满了炽烈的情感和因好友种种爽约而引起的埋怨，十分纯真和诚实。无论在汴京还是许昌，范镇都时不时地来到洛阳，参与到耆宿们的宴游唱和之中，或者与他们互寄诗作，因此成为熙丰洛阳诗坛的一名重要成员。尽管司马光文集中有着大量与范镇的唱和诗，但真正能够确定为熙宁

---

① 《邵雍集》，第 283 页。

② 《邵雍集》，第 393—394 页。

③ 司马光《景仁将归颍昌辄为诗二十韵纪赠》自注，《司马温公集编年笺注》第 2 册，卷一五，第 501 页。

④ 苏轼《范景仁墓志铭》，（宋）苏轼撰，（明）茅维编，孔凡礼点校《苏轼文集》卷十四，第 435 页。

⑤ 《邵氏闻见录》卷一八，第 200 页。

年间的并不多，大部分皆为元丰年间所作，后面再探讨。

吕公著奉祠居洛是在熙宁五年至熙宁十年之间，熙宁十年出知河阳府离洛。吕公著之诗所存极少，《全宋诗》收录有十八首，其中除了《杨郎中新居和尧夫先生韵》二首、《恭和》《分题得瘿木壶》之外，皆为邵雍之诗，殊为诞谬。现在能够见到的吕公著在洛阳所作诗歌仅为《杨郎中新居和尧夫先生韵》二首而已。吕公著被邵雍称为"洛阳四贤"之一，曰"晦叔之言简当"①。邵伯温也说"申公寡言，见康节必从容，终日亦不过数言而已"②，其性格非常沉稳渊默。也许正是这种小心翼翼的性格导致他不苟交游、不大作诗，以至于关于他居洛情况的资料寥寥。邵雍对吕公著其人较为了解，入洛之初，吕公著欲买宅，谋于邵雍，邵雍知其必不久居，对园宅的位置、房屋的材质都没有讲究，便推荐了故相张知白在白狮子巷的老宅。果然，吕公著在洛不足五年即受命而去。

程颢（1032—1085，字伯淳，人称明道先生）、程颐（1033—1107，字正叔，人称伊川先生）兄弟为洛阳人，于洛有老宅，其实集中居洛的时间并不长，在熙丰年间仅熙宁五年至十年以及元丰二年、五年在洛。元丰八年以前程颐一直以布衣身份追随父兄游宦各地，元祐二年之后才长期居洛讲学直至去世。二程之中，程颐较为古板，毁斥文学，不屑作诗，程颢则较为圆融，诗兴也较为浓厚，熙宁间在洛阳与邵雍、司马光、王拱辰、王尚恭诸人亦多有唱和。邵雍曾想在生活情趣上对程颐加以引导，熙宁七年张载过洛，与邵雍、程颐同游，邵雍欲携二人往天门街看花，程颐竟然推辞说："平生未尝看花。"程颐说的当然不是实情，他之所以如此推辞，是因为看花之处人烟稠密、男女混杂，游客不只看花，兼且欣赏美女，程颐担心这种场合会影响自己理学家的形象和声誉。邵雍开导道："庸何伤乎？物物皆有至理，吾侪看花异于常人，自可以观造化之妙。"③程颐一听很有道理，符合自己理学家的身份，方才答应下来。乃兄程颢就要潇洒得多，正所谓"鸢飞戾天，鱼跃于渊""活泼泼地"④，而且他处事亦较为精明，不像程颐那样揪着一个死理与人争辩不休。二程之学与邵雍差异很大，邵雍曾想收他们为徒，将精研多年的象数学传给他们，却遭到拒绝。邵雍兄事二程之父程珦，在二程面前是长辈，程颐却因为学术上

---

① 邵雍《四贤吟》，《邵雍集》，第 507 页。
② 《邵氏闻见录》卷一二，第 126 页。
③ 《二程文集》卷上，《二程集》上册，第 674 页。
④ 《二程遗书》卷三，《二程集》上册，第 59 页。

的差异而不大尊重他，与之辩论起来极为争强好胜，程颢则一般尽量不表达意见。尽管邵雍有时也会赞叹程颐的雄辩，而委婉地批评程颢模棱两可的态度，说"子非助我者"①，实际上即使是如此哲人也更喜欢圆融的哥哥而非较真的弟弟。熙宁十年，程颐竟然在邵雍的病榻前与之辩难，弥留之际的邵雍对他这种古板的性格十分担心，比喻为"生姜树上生"②，并作诗一首规劝道："面前路径无令窄，路径窄时无过客。过客无时路径荒，人间大率多荆棘。"③ 相反，邵雍称赞的"洛中四贤"中，程颢能够以后辈微官而与富弼、司马光、吕公著三位朝廷大佬齐名，原因即如邵伯温所评价的："康节之所以处明道者盛矣！"有一次二程侍父拜访邵雍，邀其携酒饮于月陂，邵雍畅谈"平生学术出处"，议论风生，极端快活，便吟哦道"草软波平风细溜，云轻日淡柳低摧。狂言不记道何事，剧饮未尝如此杯。好景只知闲信步，朋欢那觉大开怀？必期快作赏心事，却恐赏心难便来"，程颢和道"先生相与赏西街，小子亲携几杖来。行处每容参剧论，坐隅还许沥余杯。槛前流水心同乐，林外青山眼重开。时泰心闲两难得，直须乘兴数追陪"④，语次洒脱相仿佛而能谦逊有礼、尊卑得体，难能可贵。当然，程颢并非小心翼翼地承欢讨喜，他也会适时地开一开这位爱玩的长者的玩笑，在第二首和诗中他除了赞扬邵雍的林泉高致与风月诗才，还在结尾处委婉地嘲弄道"只有一条夸大甚，水边曾未两三杯"⑤，意思是说邵雍诗中的剧饮淋浪过于吹嘘，其实不过两三杯而已，这与邵雍饮酒微醉、以养天和的养生观念有关，后者见到此语想必会大笑不止。这里邵诗仅一首，而程颢以两首和之，可见其诗才之高与尊奉之殷。邵雍曾作名诗《安乐窝中好打乖吟》，引起七位名人唱和，每人一首而程颢独作两首，拟邵雍为颜回、伯夷、许由、巢父、伊尹、曾参，推崇备至。就这样，在一起居洛的几年时光里，邵雍和二程兄弟及其父来往甚密，诗酒流连、义理问难，相得甚欢。不过我们也应该看到在二程语录中，程颢对邵雍的批评并不逊于乃弟。邵雍一生善卜，但临终前嘱咐其子邵伯温请墓铭于程颢可谓失策，在程珦和程颐的干预下，这篇墓志铭写得不仅短小、信

① 《邵氏闻见录》卷一五，第160页。
② 《河南程氏遗书》卷一八，《二程集》上册，第197页。
③ （宋）邵伯温《易学辨惑》，《景印文渊阁四库全书》第9册，台北：台湾商务印书馆，1986年，第411页。
④ 《邵氏闻见录》卷一五，第161—162页。
⑤ 程颢《和尧夫西街之什二首》其二，《河南程氏文集》卷三，《二程集》上册，第481页。

息量极为有限，而且评价亦极为保留，不过"安且成"① 三字而已。

作为洛阳当地的行政长官，西京留守也通过拉拢当地缙绅的宴游活动而起到了促进诗歌酬唱的作用。熙宁年间的西京留守李中师、王拱辰、贾昌衡都曾在任职期间积极参与并组织了不少诗酒之会，但他们本身的作品留存不多。李中师任西京留守时间为熙宁三年至五年，王拱辰为熙宁五年至八年，贾昌衡为熙宁八年至元丰元年。李中师（1015—1075，字君锡）属于新党集团，为了执行新法与洛阳旧党耆宿产生了一些冲突。他在上任之初即做了两件让洛人很不齿的事情：一是朝廷一宣布实行免役法，李中师就率先于他州执行，还遵照司农寺的意思打起了告老的富弼的主意，在富户的标准上加重收取他的免役钱②，这显然是对居洛旧党的侮辱；二是枢密副使蔡挺之子蔡天申为京西察访使到洛阳考察新法执行情况，"挟其父势，妄作威福"③，李中师等人对其恭敬有加，结果还是判留台的司马光在朝谒应天院神御殿时打击了蔡天申的嚣张气焰，让他乖乖滚出了洛阳。不过平日里李中师对洛阳的耆宿们还算殷勤，司马光在入洛之初有一次到寿安县的远途旅行，李中师还曾致信给他，劝其早回，司马光《和李君锡惠书及诗勉以早归》曰"书意勤渠诗意新，清如白雪暖如春。西游不尽溪山乐，策马归来就故人"④，对他的嘘寒问暖表示感谢，并称之为"故人"，说明二人早已相识；此外司马光还有《和君锡雪后招探春》，写一次早春雪后的宴会，比李中师为北飞的大雁，从天而降到洛阳，必然难以久留，又因此会的奢华热闹而联想到皓首穷经、忍寒苦读的"牛衣客"⑤，语次中不乏讽刺挖苦之意。邵伯温还曾记载邵雍赴李中师宴会时的情形，曰："康节先生赴河南尹李君锡会，投壶，君锡末箭中耳，君锡曰'偶尔中耳'，康节应声曰'几乎败壶'，坐客以为的对，可谓善谑矣。"⑥ 这里主要展现的是邵雍的才思敏捷和语言幽默，但也可以看出这位新党分子已经能够较好地融入洛阳的旧党人际圈中。邵雍虽是一介布衣，却为旧党所推重，政治观念也完全属于旧党一派。李中师离开洛阳时专程到邵雍天津居所言别，邵雍泡梅子酒、磨沉香汁招待他，李中师很感动，作《奉别尧夫先生，承见留数刻，渍梅酒、磨沉水饮别，聊书代谢》

---

① 程颢《邵尧夫先生墓志铭》，《河南程氏文集》卷四，《二程集》上册，第 503 页。
② 李焘《续资治通鉴长编》卷二四一，第 5883 页。
③ 《司马光传》，《宋史》卷三三六，第 10766 页。
④ 《司马温公集编年笺注》第 2 册，卷一二，第 322 页。
⑤ 司马光《和君锡雪后招探春》其二，《司马温公集编年笺注》第 2 册，卷一二，第 323 页。
⑥ 《邵氏闻见录》卷一八，第 203 页。

表达惜别之意，邵雍《和大尹李君锡龙图留别诗》称之为"多情大尹"①，司马光也写了一首应景的《走笔和君锡尧夫》。

王拱辰（1012—1085，字君贶，谥懿恪）十九岁中宋仁宗天圣八年（1030）庚午科状元，声名早著。此外，他还是李格非的岳父，著名女词人李清照的外公。王拱辰本是开封人，皇祐、嘉祐与熙宁年间三次尹洛，便自称洛阳人，死后即葬于洛。他也算是旧党中人，政治立场一直都比较保守。庆历四年（1044）打击范仲淹新政的进奏院事件就是时为御史中丞的王拱辰希宰相吕夷简之意一手造成的，所以一度为公议所薄。到了熙宁年间，他又为王安石所不喜，站到了公论所向的旧党一边，名声又好转起来。王拱辰曾经在嘉祐七年（1062）为邵雍在天津附近营建了规模颇大的"安乐窝"，邵雍写有《天津新居成谢府尹王君贶尚书》，表达了新居落成后的欢快和感激之情。像司马光一样，王拱辰还曾赠酒与邵雍，并经常将他延为座上宾，极为礼遇。两人的住宅也比较靠近，这是王拱辰为邵雍刻意选择的住址，邵雍即在诗中写道"宅冠名都号蜗隐，邵尧夫敢作西邻"②。熙宁初年王拱辰知河阳府时曾与邵雍寄诗酬唱，熙宁五年当他再次尹洛时，洛阳文坛已经被反变法的旧党耆宿所占据。他组织了一系列的诗酒之会，使得熙宁洛阳文坛更加富于勃勃生机。邵雍《府尹王宣徽席上作》《和王安之同赴府尹王宣徽洛社秋会》，司马光《谢君贶中秋见招不及赴》《和君贶清明与上巳同日泛舟洛川十韵》《和君贶暮秋四日登石家寺阁晚泛洛舟》《和君贶任少师园赏梅》《和君贶宴张氏梅台》《八月十五日夜陪留守宣徽登西楼值雨，待月久不见》诸诗皆记其事。以至于王拱辰离洛后，司马光抑制不住想念之情，写有《八月十五日夜宿南园怀君贶》一诗，曰"昔公在洛师，未尝弃嘉节。今宵秋半分，空羡西园月。天色湛澄清，风声冷骚屑。笑言不可亲，引领望金阙。赖有箧中诗，端居数披阅"③，回忆王拱辰每逢佳节必有游宴的欢闹场景，历历在目，翻看箧中收藏的他的诗歌，言犹在耳。可惜的是，如今王拱辰的这些诗歌都已经散佚不见了，《全宋诗》所存六首诗中仅有二首为这段时间内的作品。王拱辰仕途顺遂，性格豪侈，喜好游宴，与元丰年间尹洛的文彦博有几分相似，他熙宁年间的在洛活动与后来的文彦博亦有很大的可比性。

---

① 《邵雍集》，第346页。
② 邵雍《和王安之同赴府尹王宣徽洛社秋会》，《邵雍集》，第436页。
③ 《司马温公集编年笺注》第1册，卷五，第274页。

贾昌衡（生卒年不详，字子平）是庆历年间宰相贾昌朝的弟弟，也是一位亲旧党派，这体现在熙宁十年发生的几件事上。熙宁十年对于洛阳旧党文人群来说是一个很特殊的年份，开始是吕公著离洛为河阳知府；接着是邵雍的去世；然后为程颢改官，程颢不久即受命离洛知扶沟县，洛阳的五位贤人已去其三。这三件事都与贾昌衡发生了联系。吕公著于熙宁十年春离洛，贾昌衡以知河南府的官方身份带领司马光、程颢饯别，席中又发生了司马光与吕公著就出处问题进行激烈辩论以及程颢以诗规劝的著名事件。时邵雍病重，不能赴会。邵雍去世以后，贾昌衡向朝廷请求赠官和抚恤，晁说之记载道："邵尧夫墓志后题云：'前葬之月，河南尹贾昌衡言于朝。既刻石，诏至以著作佐郎告先生，第赙粟帛。'"① 而程颢的改官也是贾昌衡等人奏请的，《续资治通鉴长编》记载道："监西京抽税竹木务、太子中允程颢改太常丞，以知河南府贾昌衡、京西北路转运副使李南公等言颢博通古今、行谊修洁，改官八年，未尝磨勘故也。"② 贾昌衡在洛的其他活动，都已无考。

宋选（约1010—约1074，字子才）、宋道（1014—1083，字叔达，一作公达）、宋迪（生卒年不详，字复古）三兄弟亦为洛阳本地人，与司马光是老相识。嘉祐五年（1060），梅尧臣去世时，宋选与司马光皆为三司僚属；元丰二年（1079），司马光作《酬宋叔达卜居洛城见寄》一诗曰"离群四十一春风，纵有相逢似梦中"③，说明他与宋道早在四十多年前即相识；至和二年（1055），通判郓州时司马光作《昔别赠宋复古、张景淳》曰"昔别如飞蓬，飘荡随所适。那知十六载，厄酒对今夕"④，说明他与宋迪十六年前已经相交。宋选归洛较早，到熙宁五年致仕时已经有几个年头的居洛时光，熙宁七年左右即去世。而宋迪即于熙宁七年归洛，乃因是年秋天三司衙门失火，损失极为惨重，虽然他已于三个月前改为他任，但还是被追究罪责，免除了一切职务和俸禄，只得闲退于家。宋道归洛迟至元丰二年，此年恰好赶上宋迪牵复，即将离洛。所以，司马光在熙丰年间与三兄弟的交往并不同时，而是错开的。三宋住宅与司马光相邻，两家得以经常来往。宋选在七十岁以前致仕，在家中建"止足堂"以明志，司马光表示非常钦佩。他还曾和司马光、李几先（名不详）等人作

---

① （宋）晁说之《晁氏客语》，长沙：岳麓书社，2005年，第22页。
② 《续资治通鉴长编》卷二八二，第6900页。
③ 《司马温公集编年笺注》第2册，卷一四，第432页。
④ 《司马温公集编年笺注》第1册，卷三，第139—140页。

四老会，欢饮至深夜。宋迪卜居洛阳的消息刚传到司马光那里，司马光便写诗表示对这位新邻的欢迎，还准备"倚杖相迎立路傍"①，情意非常深切。以后二人的唱和往往会就一些闲居的小事进行，描写夏天的大雨、雨后的小园、园中的独步与静坐等。宋迪来访后过了两天，司马光就会深情地回忆道："前日邻翁至，柴门扫叶迎。"② 宋道的到来，也和宋迪一样，让司马光发出"幸得东西作邻舍"的感慨，依然表示要翘首等待故人的出现："怅望新堤碧芜阔，杖藜携手几时同。"③ 暮春时节，司马光还会与好友们在宋道园中小聚，尽欢而散。宋道和宋迪兄弟二人约于景祐五年（1038）同时中举，兄长宋选为宋道学室题名为"双桂堂"表示庆祝，可见三兄弟的友爱。宋代还流传着一个"夜宿谁家"的典故，说宋选送别弟弟挂帆归洛，久久不忍离去，忧虑道："帆过南浦，今夜清风明月，宿水浃谁家？"④ 由此成为苏轼兄弟"对床夜雨"之外又一个兄弟情好的典型。宋道和宋迪又都是北宋的著名画家，名列《宣和画谱》之中。若三人同时与司马光为邻，想必会有更多的诗歌作品和文坛佳话流出。宋道元丰六年去世后，范纯仁为他撰写了墓志铭，称他的居洛生活是："晚居洛阳，与名公贤士大夫游，善为歌诗，玩释老书，其燕居泊如也。"⑤ 虽没有明显的证据证明他们是旧党中人，但从宋道慎言用兵、开仓济民等事迹看，他的施政理念还是接近旧党一派的。

第二节　作为主流的老年诗人群
——元丰元年至元丰八年（1078—1085）

元丰年间的洛阳文坛留存至今的作品比熙宁年间要丰富一些，除了司马光的大量作品之外，文彦博、范纯仁亦有不少作品存世。元丰年间最为脍炙人口的文坛佳话便是元丰五年的耆英会和元丰六年的真率会，可谓高潮迭起、异彩纷呈。然而在元丰三年文彦博尹洛之前，洛阳文坛就显得比较寥落了。元丰元年或二年，司马光和范镇在洛阳周边的一次远游，为这

---

① 司马光《和邻守宋度支（迪）来卜居与南园为邻》，《司马温公集编年笺注》第 2 册，卷一三，第 382 页。

② 司马光《闲居呈复古》，《司马温公集编年笺注》第 2 册，卷一四，第 424 页。

③ 司马光《酬宋叔达卜居洛城见寄》，《司马温公集编年笺注》第 2 册，卷一四，第 432 页。

④ （宋）祝穆《事文类聚》别集卷二十五，《景印文渊阁四库全书》第 927 册，第 912 页。

⑤ 范纯仁《朝请大夫宋君墓志铭》，（宋）范纯仁《范忠宣公文集》卷十三，《宋集珍本丛刊》第 15 册，第 468 页。

段寥落时期增添了一抹亮色。王辟之《渑水燕谈录》记载道：

> 司马温公优游洛中，不屑世务，弃物我、一穷通，自称曰"齐物子"。元丰中秋，与乐全子访亲洛汭，并辔过韩城，抵登封，憩峻极下院，趋嵩阳，造嵩福宫、紫极观，至紫虚谷，寻会善寺，过辗辕，遽达西洛。少留广度寺，历龙门，至伊阳，以访奉先寺。登华严阁，观千佛岩，蹑山径，瞻高公真堂。步潜溪，还宝应，观文富二公之广化寺。拜汾阳祠，下涉伊水。登香山，到白公影堂。诣黄龛院，倚石楼，临八节滩，还伊口。凡所经游，发为咏歌。归叙之以为《洛游录》，士大夫争传之。①

有论者认为这件事发生在元丰元年。② 若"齐物子"是司马光，"乐全子"就非范镇莫属了。司马光爱好旅游，在洛期间经常回陕州夏县涑水老家，曾作有《西游行记》赠送给范镇，《和范景仁谢寄西游行记》一诗即言及此事；苏轼《司马温公行状》在其著述中又列有《游山行记》十二卷，二书均不传。《洛游录》亦失传，马端临《文献通考》载有"《洛游子》一卷"，归入"小说家"一类，云"陈氏曰'题司马光'，非也。所称乐全子、齐物子，亦莫知何人"，认为是小说家假托的伪书。从王辟之的记载来看，《洛游录》乃诗集，非笔记小说，马端临所谓《洛游子》可能是有人根据《洛游录》改编敷衍而成的笔谈小说之类，未必就是《洛游录》本身。《洛游录》本身也真伪莫辨，司马光自号"齐物子"未见他处记载，至于"乐全子"更不知何人，与司马光同时代而又号"乐全"的是张方平，然而二人来往不多，关系较为疏远，不大可能约为并辔远游之举，最有可能的范镇亦未见有"乐全子"之号。总之，此书的疑问是比较大的。

不过，司马光和范镇确曾有过专门的远游行动，司马光文集中有一部分与范镇唱和的带有游记性质的诗歌，集中在卷十二中，应是二人某次游山玩水时所作，这些诗为《闻蝉》（镇作，光和）、《宿憩鹤寺》（镇作，光和）、《游喷玉潭》三首（光作二首，镇和；镇作一首，光和）、《游山

---

① （宋）王辟之撰，吕友仁点校《渑水燕谈录》卷四，北京：中华书局，1981年，第49—50页。

② 见陈光崇《司马光与〈洛游录〉》，《辽宁大学学报》1998年第6期；向有强《司马光诗文系年》，2007年广西师范大学硕士学位论文。

呈景仁》（光作）、《寿安》（镇作，光和）、《喷玉潭》（与前喷玉潭诗同一天所作。光作，镇和）、《叠石溪》二首（光作二首，镇和一首）、《叠石溪》（在前诗次日作。镇作，光和）。这些诗不唯写景生动，叙二位老人相扶相携的情形亦活灵活现，如《游喷玉潭其日大风》诗中，司马光写道"棘刺罥衣行路难，枯藤寿柏同攀援。惊沙击眼百箭攒，时得闪烁窥林峦。景仁年长力更屡，牵衣执手幸不颠"①，仿佛在荆棘丛生、危机四伏的反变法之路上，两位不屈的老人携手并肩地扶持着、战斗着。李之亮将这几首诗系于熙宁六年，其实不然，当为元丰二年春。这几首诗按照内容来看，具有连贯性，首先应当确定的是在同一时间所作。范镇非常喜欢叠石溪这个地方，在《叠石溪》诗结尾处戏谑道"君如别业就，后会固无差"②，其实司马光已将此处的别业买下，故其和诗结尾曰"已买渔樵舍，毋令后约差"③，强烈渴望范镇能够搬到洛阳来住。想不到不久之后范镇竟然爽约，打算搬到许昌，寻当地韩绛、韩维、韩缜三兄弟为邻，且有诗题为《镇卜居许下，虽未有涯，先作五十六言奉寄子华相公、持国端明、玉汝待制》④。司马光很是沮丧，和其诗，自注"景仁顷见许居洛，今而倍之，故诗中颇致其怨"，诗曰："壮齿相知约岁寒，索居今日鬓俱斑。拂衣已解虞卿印，筑室何须谢傅山？许下田园虽有素，洛中花卉足供闲。它年决意归何处，便见交情厚薄间。"⑤ 从中可以看到司马光非常珍视二人大半生的友谊，也很看重曾经相邻而居的约定，渴望能够挽回老朋友卜居外地的想法，让他回到自己身边来。不过也可以从中看到范镇决定搬到许昌而非洛阳的原因，一是许昌素有田园，二是洛阳毕竟是都城，不太适合隐居，不如许昌的"谢傅山"清幽。范镇既然决意致仕，就不想再住到洛阳那样的政治敏感地带。据陈小青《范镇年谱》的考证，其徙居许昌在元丰三年⑥，那么这些诗歌的写作就当在此之前不久而非熙宁年间。为了安慰司马光，范镇写道"叠石石淙虽两处，福昌阳翟正中

---

① 《司马温公集编年笺注》第 2 册，卷一二，第 343 页。
② 司马光《和范景仁〈叠石溪〉》后附，《司马温公集编年笺注》第 2 册，卷一二，第 348 页。
③ 司马光《和范景仁〈叠石溪〉》，《司马温公集编年笺注》第 2 册，卷一二，第 347 页。
④ 司马光《和景仁〈卜居许下〉》后附，《司马温公集编年笺注》第 2 册，卷一二，第 349 页。
⑤ 同上。
⑥ 陈小青《范镇年谱》，《古籍研究》2015 年第 1 期。

间"①，叠石溪在福昌即寿安县，"石淙"应为范镇的许昌田园所在地，在阳翟县，叠石溪和石淙虽分处两地，其所在县治却比较接近，处于洛阳和许昌的中间位置，离得不算远。这样的话安慰不了司马光，其和诗里依然有所怨望，曰"东门车马匆匆别，西洛风烟寂寂闲。叠石溪头应更好，却输野叟坐林间"，但他还不死心，再用前韵作诗曰"三径谁来卜邻舍？千峰我已作家山。……早挈琴书远相就，放歌烂醉白云间"②，反复召唤范镇。范镇只好说司马光购买叠石溪别业根本是画蛇添足，不仅召唤不了自己去住，就连司马光本人也难以真正闲居，曰"计君叠石溪边景，不得从容岁月间"③，这句话戳中了司马光的痛处。司马光在洛阳十五年，看似逍遥自在，其实内心充满了政治压抑，时不时地在诗中流露出来，读者自能体会，作为好友的范镇当然更清楚。元丰八年，年老多病的司马光出山为相，洛中旧党一时尽起，范镇却在许昌坚决不再出仕，最终老于林泉之中，司马光则死在了相府的病榻上，不能不说范镇选择许昌有其先见之明。

迁居许昌以后，范镇入洛更加频繁。元丰三年、四年，范镇与文彦博、张宗益、张问、史炤在洛阳举办五老会，文彦博有《五老会》诗记其事。元丰五年，范镇上书议乐，之后更与司马光九次书信往还争论定乐之事，又在次年入洛时与司马光激烈辩论，引起在座友朋劝止，司马光、范纯仁、韩维均有诗记其事。元丰七年，韩绛尹洛，与诸耆宿频频会饮，范镇亦频入其会，司马光在席中作三首诗各为文彦博、韩绛、范镇祝寿，引起三人以及范纯仁的唱和，充满了喜庆、祥和与荣耀。临别之前，司马光还特意写了一首二十四韵的长诗表达不舍之情，即《景仁将归颍昌辄为诗二十韵纪赠》，诗中再一次提到了后死者为先死者作铭的约定，"异日期同传，穷泉约互铭。古今难得事，交分保颓龄"④。另外，元丰年间范镇还赠予司马光一布衾，司马光经常盖在身上，甚至临终时作为敛衾，上面还以隶书抄有范纯仁的《布衾铭》，以此作为司马光"俭以养德"人生信条的佐证，更作为三人友谊的见证。范镇除了赠给司马光布衾外，之

---

① 范镇《西湖泛舟辄用前韵寄呈君实》，司马光《奉和景仁〈西湖泛舟〉》后附，《司马温公集编年笺注》第 2 册，卷一三，第 359 页。
② 司马光《新买叠石溪庄再用前韵招景仁》，《司马温公集编年笺注》第 2 册，卷一三，第 359 页。
③ 范镇《和君实〈新买叠石溪庄〉》，司马光《新买叠石溪庄再用前韵招景仁》后附，《司马温公集编年笺注》第 2 册，卷一三，第 359 页。
④ 《司马温公集编年笺注》第 2 册，卷一五，第 499 页。

前还曾赠给他竹杖、貂褥。其中竹杖为司马光行不离手之物，而貂褥颇为贵重，崇尚节俭的司马光没有使用而将其藏于箧中。他曾在入洛之初偶然发箧见到此貂褥，对范镇的思念愈加炽烈，作诗一首，引起邵雍的唱和。无论是熙宁还是元丰年间，司马光对若即若离的范镇一直都保持着强烈的亲近感，时不时地在诗中发出想念老友的信号，二人除了当面过从唱和，也频寄书信、诗歌来往。

元丰二年春知扶沟县的程颢暂回洛阳，与司马光等人在陈知俭的园宅中举行修禊会，作《陈公廙园修禊事席上赋》，其中有句"未须愁日暮，天际是轻阴"为其弟子杨时称叹。杨时所称叹的还有"《泛舟》诗云：'只恐风花一片飞'"①，此句并非出于《泛舟》诗，乃出于《郊行即事》诗。程颢《泛舟》诗已佚，恐亦为此次修禊时所写。

元丰三年，故相文彦博（1006—1097，字宽夫，封潞国公，谥忠烈）由北京大名知府而尹洛，这是他第三次，也是最后一次尹洛。他的三次尹洛时间分别为嘉祐三年、七年和元丰三年。据《宋会要》记载，文彦博在第一次尹洛时即"乞于河南府营创私庙"②，被朝廷批准。私庙，即家庙，为供奉家族祖先神位的地方。司马光《文潞公家庙碑记》的记载与《宋会要》发生了冲突，《碑记》中记载文彦博早在皇祐二年即上奏"立庙河南"③，此举为响应朝廷鼓励士大夫设立家庙的号召，开启有宋一代风气。文彦博是汾州介休人，却将家庙设立在洛阳，这是要迁居于此的意思。洛阳有文彦博的田产、园宅，即使不在洛阳为官，他也会时不时地回洛小憩。熙宁五年，久居相位的文彦博已经疲于和王安石的周旋，屡乞解除枢柄，并在与故相曾公亮的和诗中说道"公伴赤松应念我，早教西去老伊川"④，渴望归老洛阳。熙宁六年，他任河阳知府，其地与洛阳较近，于是不仅和洛阳的李柬之、王拱辰、司马光、富弼远距离唱和，还亲自返回洛阳的积庆坟庄、东溪，前者有他的坟寺奉先寺和住持兴公建造的临伊堂，后者靠近他的园宅东田，这是借着巡视田产的名义寄托归洛的情怀。此外，文彦博又与司马光等人游览了楚建中在洛阳新建的园宅锦缠襟，这里正好和他在市内的大宅一墙之隔。他还招已经致仕的洛阳人刘几同游了河阳府济源县的风景名胜。熙宁七年，思洛日切的文彦博到了更为遥远且

---

① （宋）杨时《龟山先生全集》卷一〇，《宋集珍本丛刊》第 29 册，第 364 页。
② （清）徐松辑《宋会要辑稿》第 14 册，礼一二，北京：中华书局，1957 年，第 566 页。
③ 《司马温公集编年笺注》第 6 册，卷七九，第 21 页。
④ 《伏睹致政太傅侍郎曾鲁公答枢密谏议吴留题斋阁诗，依韵和呈》二首其一，《文彦博集校注》卷五，第 288 页。

繁剧异常的边地北京大名府任知府，连续两任，直到元丰三年才如愿以偿地回到洛阳。在大名府的六年时光里，文彦博怀念洛城、东溪、伊川坞，怀念嘉祐七年尹洛时与诸耆老在龙门捕捞鳜鱼的情形，语次中充满了疲倦和悲凉之感。

元丰三年秋，文彦博被召进京，神宗皇帝倍加礼遇，以建储大事询之，加封了各种头衔，使其判河南府事、西京留守司公事，还赐宴于琼林苑，"悉以二府大臣押伴"①。神宗亲作一诗为之送行，让新党领袖、参知政事章惇作序。这件事给文彦博此次尹洛增添了无限的光环，刚一回到洛阳，便在早已建成的家庙中进行首次祭祀，并与范镇等人仿唐白居易九老会而作五老会。次年，洛阳士庶发起了群体性的奉承文彦博的活动，首先由民众为他在资胜院建了生祠，还在其中造了一尊"冠剑伟然"②的塑像；再由司马光取神宗御赐诗"西都旧士女，白首伫瞻公"二句中"伫瞻"二字，名其为"伫瞻堂"，并以隶书大书匾额；后来又有"河南进士宋师中、李彻与其乡里士民之众"③请求司马光写作《伫瞻堂记》。洛阳民众的这种奉承也很快得到了回报，当年七月宋王朝因败绩于西夏，内侍王中正奉命募兵，各地皆不敢违，独在洛阳碰了钉子，文彦博"以无诏拒之，中正亦不敢募而去"④。文彦博没有将朝廷和民众给予的尊荣独享，在元丰五年又以仿慕白居易九老会为名举办了一场场大型聚会活动"耆英会"，邀请了富弼、席汝言、王尚恭、赵丙、刘几、冯行己、楚建中、王慎言、张问、张焘、司马光诸耆老入会，按年龄而不以官爵大小排序，远在北京的王拱辰闻之也要求加入，凡十三人，每人皆作诗一到两首。文彦博命人画图于妙觉寺，恰与塑有自己雕像的伫瞻堂相映生辉。耆英会举办得非常招摇，"诸老须眉皓白、衣冠甚伟，每宴集，都人随观之"⑤，在洛阳造成一次又一次的围观效应。耆英会后，他还于次年和二程之父程珦、司马光之兄司马旦以及席汝言作同甲会，因四人年龄相同。文彦博的到来极大地活跃了洛阳文坛的气氛，越来越多的游宴活动在春秋二季举行，赏花、游园、喝酒、作诗成为日常性活动。这从宋代笔记中一则关于

---

① 文彦博《御赐诗记》，申利校注《文彦博集校注》集外佚文，北京：中华书局，2016年，第1022页。

② 《邵氏闻见录》卷一〇，第105页。

③ 《司马温公集编年笺注》第5册，卷六六，第208页。

④ 《文彦博传》，（元）脱脱等撰《宋史》卷三一三，北京：中华书局，1985年，第10263页。

⑤ 《邵氏闻见录》卷一〇，第105页。

司马光的记载中可以看出来：

> 司马温公昔在西都，每复被独乐园，动辄经月。诸老时过之，间亦投壶，负者必为冷淘，然亦未尝置庖特呼于市耳。会文潞公守洛，携妓行春，日邀致公。一日，自至独乐园。吏视公叹息，公怪而诘之，答曰："方花木盛时，公一出数十日，不惟老却春色，亦不曾看一行书，可惜澜浪却相公也。"公深愧之，于是遣马还第，誓不复出。诸老争来邀公，必以园吏语谢之。①

司马光在洛阳虽是闲居，却负有编写《资治通鉴》的重任。同时，他也终生保持着刻苦读书的习惯，并奉行苦行僧似的节俭主义。在坚决不与新党合作的决绝意志、退隐林泉的闲居心态以及洛阳游乐风气的影响下，他喜好交游、玩乐的天性被前所未有地释放出来，在尽量不破费的情况下，亦经常尽日做烂漫之游，他的小小的独乐园也成为诸老游戏之所。文彦博虽与司马光不同，喜欢以大富大贵的太平宰相身份自居，珠光宝气，炫人眼目，但二人在喜好娱乐、交游这一点上是非常一致的。他在元丰三年的到来，极为有效地冲淡了司马光骨子里被神宗和新党压抑的政治苦闷。和邵雍、程颢以及大多数人不同的是，文彦博不仅没有劝说以兀岸气节赢得天下美誉的司马光重新出山、主持公道，而是帮助他在连续三任提举崇福宫之后向朝廷申请第四任，表面上是打着编修《资治通鉴》的名义，实际上是深谙在这种即使出官也不可能有所作为，还不如及时行乐的形势下，希望司马光多休息几年、观望几年再说。至于司马光因为园吏的一句话而从此辞别诸老、闭门读书的传闻，或许有一定的事实依据，却又不可能完全属实。他在文彦博着英会、同甲会之后继作真率会、同年会，就是极为有力的反证。

元丰六年十一月，文彦博以七十八岁高龄致仕，成为宋代继赵普、王旦、张士逊之后第四位以太师致仕者。他致仕之后做了两件事以保障自己依然拥有尊荣和威严，免得像富弼那样受到新党的压迫。第一件事即在当年十二月请求朝廷将仁宗赐予的御书"送功德院宝胜禅院安置"，每年赐童行一名加以看护，文彦博此举的理由是御书"卷轴甚大，私家难以保藏"②，这自然站不住脚，实际上是借迁放御书及其相关的仪式来提醒世

---

① （宋）吴坰《五总志》，北京：中华书局，1985年，第3页。
② 《续资治通鉴长编》卷三四一，第8216页。

人自己所受到的皇帝隆宠。第二件事是次年正月请求诣阙陛辞。这次面圣收获颇丰，神宗皇帝极为隆重地款待了他，先后在垂拱殿、琼林苑、玉津园设宴，神宗亲自执爵劝酒，还反复赐诗、属和，侍宴唱和者有王珪、苏颂、蔡确、刘挚等人，临行前赵君锡又有《纪恩宠送太师潞公西归》二十首（今存三首）送行。这次面圣在规模和时间上都要超过上一次，神宗将文彦博一直留到清明之后，前后达一个多月。王辟之《渑水燕谈录》曰："公留京师一月，凡对上者五，锡宴者三，赐诗者再，顾问不名，称曰'太师'，宠数优异，近世无比。"① 文彦博返洛，行及白马寺之时便收到新任留守韩绛的书信，邀请他一道赏花，之后便是韩绛、司马光、范镇、范纯仁等人在各个园林所举行的盛大欢迎宴会，端午节又在文彦博的东田举行角黍（即粽子）之会。司马光《效赵学士（按，即赵君锡）体成口号十章献开府太师》生动地描述了此年春夏间文彦博归洛以及一系列欢庆娱乐活动的盛况。从此以后直到元丰八年，抛开一切政务的文彦博优游洛中，过得极为潇洒。

在元丰年间的洛阳文坛，除了司马光、文彦博之外，范纯仁（1027—1101，字尧夫，谥忠宣）也是一位举足轻重的诗人。元丰六年，与司马光同样厉行节俭的《布衾铭》的作者范纯仁也以判留台而闲退于洛阳，迅速与前者结成了亲密的玩伴。范纯仁是名相范仲淹的次子，"忧国爱君，不以利害得丧贰其心，刻意名节，难进易退，虽屡黜废，志气弥励，人以为有文正公之风焉"②，被认为是最具乃父风范者。范纯仁来到洛阳除了反对新法之外，还有丧子的原因。此年与韩维的两封书帖反映了个中情由：

> 久别未尝不思仰，忽有宫台之请，冀望车骑得还里中，日夕相见。遂之西洛，不获怅然。春风暴暄，体候何如？尧夫高才达识，贤士大夫望君进在朝廷，以申远业，而又屈闲官，徒增叹息者耳。末由款接，千望自爱。

> 前问已悉，尧夫高远，已有所见，失子之悲，无可奈何，当勿久留于胸中。人生如幻，自是吾身朝夕不测，余曷足道耶？入洛见诸

---

① 《渑水燕谈录》，第18页。

② 曾肇《忠宣范公墓志铭》，（宋）真德秀原本，倪登重编，（明）胡松增订《续文章正宗》卷六，《景印文渊阁四库全书》第1356册，第126页。

公，当可开释。方事闲适，惟保护为善。①

　　在范仲淹葬洛之后，范纯仁与诸兄弟长期居于许昌，遂为许人，所以韩维才说"冀望车骑得还里中"之类的话。范纯仁在朝廷与王安石屡争之不得，又在熙宁年间长期帅河中府、庆州边地，目睹了新党集团在边地掀起的战乱，熙宁十年又因拯救饥民擅发"常平封桩粟"② 而差点获罪，此时又遭遇了两儿夭折之痛，在连番打击之下，他选择了旧党云集而又欢乐活泼的洛阳作为休养身心的港湾。韩维也认为"入洛见诸公，当可开释"，范纯仁入洛，不失为明智的选择。范纯仁和邵雍一样，也以"尧夫"为字，而且和司马光是姻亲③，二人早有来往，对司马光来说，失一尧夫，又得一尧夫，也算是莫大的安慰。范纯仁在洛阳仅一年，元丰七年即复知河中府而去。仅在此一年，范纯仁便极为频繁地参与到了洛阳交游圈之中，并创作有较多数量的诗歌作品，成为元丰洛阳文坛的重要诗人之一。范纯仁在洛期间最引人注目的事情便是与司马光一道发起了真率会。真率会以简朴、真率为举办的原则，没有固定的举办时间，成员也不大固定，却在成员数量上堪与耆英会相媲美，而且比后者持续的时间更长。真率会的很多成员是从耆英会中吸纳过来的，甚至文彦博也主动要求参与其中，与之相关的诗歌留存至今的数量也远过于后者，关于二者的区别与联系，我们还会在后面作详细的论述。

　　范纯仁在洛阳最亲密的玩伴除了司马光之外，还有鲜于侁（1019—1087，字子骏），二人均为真率会的重要成员。秦观《鲜于子骏行状》曰："复朝请大夫，管勾西京留守司御史台。公之在西京也，今枢密范公亦领台事，而司马温公提举崇福宫，三人相得欢甚，搢绅慕其游。"④ 鲜于侁留存至今的诗歌，《全宋诗》收录有五十八首（还有四首仅余残句），其中仅一首《和司马君实〈安之以诗二绝见招作真率会，光以无从者不及赴，依韵和呈〉》为此段时间内所作。鲜于侁入洛时间不明，当为元丰

① 韩维《与范尧夫舍人帖》《慰范尧夫舍人书》，（宋）魏齐贤、叶棻《五百家播芳大全文粹》卷八〇，台北：台湾学生书局，1985 年，第 593 页。

② （宋）陈均《九朝编年备要》卷二凡六年，《景印文渊阁四库全书》第 328 册，第 531 页。

③ 范纯仁《和君实微雨书怀韵》曰"陶冶恩唯旧，葭莩契偶霈"，自注"君实联姻"。黄庭坚《叔父给事行状》曰："司马宏，温公兄之子，右丞相范公之婿也。"

④ （宋）秦观著，徐培均笺注《淮海集》卷三十六，上海：上海古籍出版社，1994 年，第 1160 页。

四年到六年之间。熙宁年间，他在利州路转运副使、提举常平、京东西路转运使任上，元丰元年到四年在知扬州任上，元丰六年他曾参与到真率会当中，与司马光、范纯仁、王尚恭皆有唱和。元丰八年司马光作相，誉其为"福星"，曰"子骏不当使外，顾东土承使者，聚敛之后，民不聊生，烦子骏往救之"①，命其为京东转运使，于是年离洛。可见，鲜于侁是典型的旧党中人，元丰二年还曾冒天下之大不韪，独自看望因"乌台诗案"而入狱的苏轼。他也是司马光的旧交，在熙宁年间任利州路转运副使期间，二人就有书信唱和，时鲜于侁构八咏堂，作《官居八咏》，司马光、苏轼、苏辙、文同皆有所和。司马光《和利州鲜于转运〈公居八咏〉》其八《宝峰亭》曰："先君昔乘轺，名题古寺壁。侍行尚垂髫，孤露今戴白。读君登临诗，旧游皆历历。永无膝下欢，终篇涕沾臆。"自注道："光天圣中侍先君为利州路转运使，题名诸寺，子骏皆为之刻石。"② 题名是一种短小精悍的散文文体，明代徐师曾《文体明辨序说》曰："按题名者，记识登览寻访之岁月与其同游之人也，其叙事欲简而瞻，其秉笔欲健而严，独《昌黎集》有之，亦文之一体也。"③ 鲜于侁的诗让司马光想到了幼年随父亲司马池在利州时的游览经历，非常感动；鲜于侁将司马池所作题名一一刻石的做法更让司马光非常感激。鲜于侁和范纯仁均非洛阳本地人，都以管勾西京留守司御史台的官方身份居洛，在洛时间都不长，不像其他耆宿一样拥有自己的田宅，应该是一起住在公府之中。而西京御史是个闲职，没有多少公务要办，自然日日以游乐为主。加上公府衙门又不是游乐之所，也没有其他耆老私宅中的大花园可供游玩，自然要日日走出门去。于是，司马光小小的独乐园便成为二人常去的地方。上引《五总志》所说的"司马温公昔在西都，每复被独乐园，动辄经月。诸老时过之，间亦投壶，负者必为冷淘"④，其中"诸老"肯定少不了范纯仁、鲜于侁二人。估计就是诸老们在独乐园中的小型聚会催生了后来的真率会，三位密友在筹办真率会、制定会约上面肯定花去了不少心思。仅从现存某些司马光、范纯仁的诗歌标题中就可以窥见三人交游情况之一斑：

　　司马光：《南园饮罢留宿，诘朝呈鲜于子骏、范尧夫彝叟兄弟》

① 秦观《鲜于子骏行状》，《淮海集》卷三十六，第 1160 页。
② 《司马温公集编年笺注》第 1 册，卷五，第 259 页。
③ （明）徐师曾著，罗根泽校点《文体明辨序说·题名》，《文章辨体序说 文体明辨序说》，北京：人民文学出版社，1962 年，第 146—147 页。
④ 《五总志》，第 3 页。

《招子骏、尧夫》

　　司马光：《病中子骏见招不往，兼呈正叔、尧夫》

　　范纯仁：《和君实病中子骏招不至》

　　司马光：《座中呈子骏、尧夫六言》《二十七日邀子骏、尧夫赏

西街诸花》

　　　司马光：《和子骏洛中书事》

　　　范纯仁：《和子骏洛中书事》

　　　司马光：《和子骏约游一二园亭看花遇雨而止》

　　　范纯仁：《子骏、君实约游园，遇雨而止》

　　　司马光：《明日雨止，复招子骏、尧夫游南园》

　　　范纯仁：《君实邀游南园，雨止》

　　　司马光：《和秉国寄子骏、尧夫二留台》

　　　司马光：《和子华过王帅家见梅花盛开呈君实、子骏兼简尧夫》

　　最后一首为元丰七年司马光在范纯仁离洛后知河中府时所作。他在
《和秉国寄子骏、尧夫二留台》中描写两位御史的交游情况曰"一台二妙
日追游，琥珀香醪白玉瓯"①，又在《复用三公燕集韵酬子骏、尧夫》中
描写三人共同的交游情况曰"官闲虚室白，粟饱太仓红。朝夕扫三径，
往来从二公。蒹葭徒倚玉，燕雀岂知鸿？相遇辄同醉，惟愁樽酒空"②。
这段往事成为三人交游当中难以忘却的记忆，范纯仁在《祭司马温公文》
中回忆道"泚泚清洛，独乐之园。嘉乐春敷，修竹夏寒。清酌俶然，我
招我从。琅琅嘉言，有铭在躬"③，在《祭鲜于子骏文》中回忆道"同分
西台，晚益相亲。茂林修竹，美景良辰。杯盘草具，笑语天真"④，音容
笑貌，如在目前，读之恻然。范纯仁在三人之中年齿最幼，比司马光小九
岁，比鲜于侁小八岁，以至于邵伯温将范纯仁称为司马光"门下士"⑤，
实际二人应该是非常平等的朋友关系。

　　下面简要谈谈富弼、王尚恭、楚建中、刘几、司马旦、祖无择、韩绛
诸人。富弼虽名位甚高，但在神宗朝洛阳诗坛中实在没有什么作为，邵雍
在世的熙宁年间尚有少许诗酒酬唱方面的记载，元丰年间能见到的这方面

---

① 《司马温公集编年笺注》第2册，卷一五，第492页。
② 《司马温公集编年笺注》第2册，卷一五，第501页。
③ 《范忠宣公文集》卷一一，《宋集珍本丛刊》第15册，第454页。
④ 《范忠宣公文集》卷一一，《宋集珍本丛刊》第15册，第457页。
⑤ 《邵氏闻见录》卷一一，第119页。

的记载仅为元丰五年参加过耆英会，并留下两首与文彦博唱和的诗歌而已，次年即去世。富弼在熙宁初年居相时，便因王安石专权而称病不出，当时有"生老病死苦"之语，乃嘲讽旧党元老大臣在新法面前的无能为力，其中"病"即指富弼与韩琦二人。熙丰居洛期间，富弼虽然也偶尔会向朝廷建言献策，但多半是由于神宗的垂问，平日基本以闭门养病为主。邵伯温说："前宰相以使相致仕者给全俸，富公以司徒使相致仕居洛，自三公俸一百二十千外皆不受。公清心学道，独居还政堂。每早作，放中门钥入，瞻礼家庙，对夫人如宾客，子孙不冠带不见，平时谢客。文潞公为留守，时节往来。富公素喜潞公，昔同朝，更拜其母。每劝潞公早退，潞公愧谢。"① 所谓"清心学道"，不过是耽溺佛事而已，与僧人的交往也成为富弼居洛生活的重要组成部分，《邵氏闻见录》中即有这方面的记载。即使是不得不为的应酬文字，他也多让范祖禹代笔，而且还刻意与韩琦、欧阳修断绝了来往。刘安世曾说，富弼八十岁时，将"守口如瓶，防意如城"② 八字书于座屏，作为座右铭，八十岁这年正是他去世的元丰六年。

王尚恭在元丰年间还是积极地参与到各种酬酢活动中来，他是耆英会和真率会的重要成员，不仅频频赴会，还主动承办各种宴会，是司马光、范纯仁非常喜爱的交游对象。他在元丰七年去世，享年七十八岁。司马光有《安之朝议哀辞二首》，范纯仁有《王安之朝议挽词三首》。此外，范纯仁还为他撰写了墓志铭，将他在退居洛阳近三十年间的主要活动描述为"与乡里高人贤士文酒相娱"③。

楚建中（1010—1090，字正叔）也是耆英、真率二会的积极参与者，他是洛阳人，其闲退时间不详，当在元丰五年稍前。参加耆英会时，他已七十三岁，虽已闲退，尚未致仕，身份为"太中大夫、充天章阁待制、提举崇福宫"④，其耆英会诗曰"归逢大老耆年会，衰朽形骸愧画图"⑤，为刚刚归洛不久即入耆英会的意思。楚建中和文彦博是老朋友，晚年又是邻居，应当有较多的来往，如文彦博《楚正议建中挽诗三章》其一曰

---

① 《邵氏闻见录》卷九，第 94 页。

② 《晁氏客语》，第 57 页。

③ 范纯仁《朝议大夫王公墓铭》，《范忠宣公文集》卷一四，《宋集珍本丛刊》第 15 册，第 474 页。

④ 司马光《洛阳耆英会序》，《司马温公集编年笺注》第 5 册，卷六五，第 161 页。

⑤ （宋）祝穆《事文类聚》前集卷四五《乐生部》，《景印文渊阁四库全书》，第 925 册，第 747 页。

"出处交游五十春，洛城晚岁卜亲邻。东斋锦襜清谈处，今日重来泪满襟"①。但现存文彦博文集中已经看不到二人交游的诗歌，反而在司马光文集中还保存有相关作品，从中可以看到他也是真率会的活跃分子。

刘几（1008—1088，字伯寿）是熙丰洛阳耆老中除了邵雍之外最为传奇的人物。他不住在洛阳城中，而是住在嵩山脚下，每与女奴骑牛外出，歌自度曲，随意行止，往往大醉而归。他本是武职，曾于知保州时在酒席谈笑间平定士卒叛乱，因席间戴花劝酒，被戏称为"戴花刘使"②，后在元丰年间换文资以秘书监、中大夫致仕归洛。刘几归洛日不详，当在元丰元年至三年之间。元丰三年中，因其精通音乐，曾以致仕官的身份被召至京师议太乐，同时被召的还有范镇。刘几与文彦博亦早有交情，治平元年，大概是因时任泾原副总管的刘几长期不归，以刘几为檀越的龙门宝应寺住持证大师寄书请求丁忧居洛的文彦博为檀越，改刘几秘监庵为潞公庵，得到了文彦博的同意。若不是二人关系密切，断不会有此等事发生。熙宁六年知河阳府期间文彦博还曾招刘几共游济源，元丰三年守洛之后，二人交往更加密切。身为耆英会成员，刘几会不时入城参与文彦博和司马光的饮宴，也会在城外寄诗给文彦博。刘几善音律，有自度曲集《戴花正音集》。刘几曾在席中自度《惜春谣》，引起司马光的唱和。

司马旦（1006—1087，字伯康）是司马光的胞兄，司马光之子司马康即从乃兄处过继而来。司马旦致仕后居夏县老家，有时亦会从司马光入洛。元丰六年，曾与文彦博、程珦、席汝言举办同甲会，四人时年皆七十八岁。司马旦长司马光十四岁，兄弟间极为友爱，范祖禹回忆道："温公与其兄伯康友爱尤笃，伯康年将八十，公奉之如严父，保之如婴儿，每食少顷，则问曰：'得无饥乎？'天少冷，则拊其背曰：'衣得无薄乎？'伯康入洛，则二家兄弟日相从游。"③ 司马旦暂居洛阳应该集中在元丰六、七年之间，时年将八十，此间与王尚恭、范纯仁亦有唱和，惜其诗不存。

祖无择（1010—1085，字择之）也是典型的旧党分子，他曾因反对变法、讥诮王安石而在熙宁二年知杭州任上受到王子韶弹劾，以受贿罪被捕入狱，后因无贪状出狱，谪忠正军节度副使，成为苏轼"乌台诗案"之前的著名冤狱。之后便以分司留台入洛，熙宁八年十一月，"又迁秘书

---

① 《文彦博集校注》卷八，第476页。
② （宋）叶梦得撰，字绍奕考异，侯忠义点校《石林燕语》卷一〇，北京：中华书局，1984年，第146页。
③ 范祖禹《和乐庵记》，《太史范公文集》卷三六，《宋集珍本丛刊》第24册，第367页。

监，充集贤院学士，管勾西京留司御史台"①。司马光有《送祖择之》一诗，在祖无择《龙学文集》中题为《司马温公送龙学分司西京御史台》，故而祖无择入洛分司留台当在司马光之前，分别地点当在京师，应该在熙宁三年司马光还未赴永兴军安抚使之时，又知祖无择入洛之初即为分司留台，而非范纯仁所作墓志中说的以光禄卿提举崇福宫入洛。刚刚经历过牢狱和贬谪之灾的祖无择入洛前作有《诮王安石乞分司西京避谗而去因以述怀》一诗，足见其大无畏的勇气。祖行《龙学始末》曰："公慨然乞分司提举西京御史台，与文潞公、富韩公、司马温公数君子为真率会。洛中谓之'九老公'。分司十余载。"② 真率会中并无富弼，祖行是祖无择曾孙，所叙有所偏差，但"为真率会""分司十余载"之事应该属实。元丰六年，祖无择出知光州离洛，卒于次年正月移知信阳军时，享年七十四岁。祖无择与邵雍是老相识，二人相交几近三十年，其嘉祐末年知陕州、治平末年知郑州时，都曾与邵雍有过书信唱和。其与司马光相识也在知陕州以前，司马光嘉祐八年有诗送别。祖无择居洛期间与诸老唱和诗歌所存极少，仅有《聚为九老自咏》一首，乃真率会中所写，司马光《晚春病起呈择之、治臣》诗亦为此段时间内所作。熙宁年间，邵雍还有《代书寄祖龙图》诗叙订交及洛阳同游之事，曰"三十年交旧，相逢各白头。海壖曾共饮，洛社又同游"③。

继文彦博之后，熙宁六年十一月韩绛（1012—1088，字子华，封康国公，谥献肃）亦以故相守洛，所以诸耆宿皆亲切地称之为"留守相公"。韩绛在熙宁之初是新法的积极拥护者，曾经在朝廷中与文彦博等旧党进行过激烈的对抗，乃至使得文彦博不安于朝，请求外放。但自吕惠卿当政以后，韩绛渐渐对新党和新法产生了排斥心理，开始向旧党靠拢。韩绛早在至和二年知河阳府时即与邵雍有过书信唱和，在元丰三年范镇卜居许昌以后与洛阳文坛的联系就更加紧密了。到了熙宁六年至八年守洛之时，韩绛俨然成为洛阳旧党耆老中的一分子了。他在洛阳不断向文彦博示好，热烈迎接后者入觐归来，春天招游赏花，夏天招饮解暑。由于文彦博居所靠近韩绛公署，大大方便了二人的频繁来往。不仅如此，韩绛还主动承办过由司马光、范纯仁等人发起的真率会，特意游览了王拱辰的园林，又在范纯

---

① 范纯仁《祖无择墓志铭》，《范忠宣公文集》中失收，刻于洛阳出土墓碑，由范纯仁撰文，司马光篆盖，鲜于侁书丹，现藏于洛阳关林。

② 《洛阳九老祖龙学文集》，《宋集珍本丛刊》第 7 册，第 742 页。

③ 《邵雍集》，第 313 页。

仁离洛知河中府时相互通信酬唱，一切游宴活动都离不了诸老的陪伴，成功地俘获了他们的好感。

第三节　作为支流的青年诗人群

神宗朝洛阳诗坛以旧党耆宿为主，但在他们身边同样活跃着一批青年才俊，包括范祖禹、邵伯温、司马康、吕希哲、吕希绩、吕希纯、陈知俭、张景昱、张景昌、张耒等人。二程兄弟在辈分上属于他们中的一员，但从邵雍称许程颢为"洛阳四贤"之一，以及鲜于侁问学于程颐的情况来看，他们与诸耆宿更像是同辈之间的交谊。下面对这些青年文人的居洛及创作情况进行简要勾勒。

范祖禹（1041—1098，字梦得，又字淳夫，或作纯甫、淳父、纯夫、醇夫），是司马光的门生及其在洛阳编修《资治通鉴》时最为得力的助手，同时他也是范镇的侄孙，吕公著的女婿。范祖禹《祭司马文正公文》中说："某自为布衣，辱公之知。教诲成就，义兼父师。昔闻于公，生欲不欺，死欲不愧，奉以周旋，其敢失坠？从公在洛，十有三年。"[1] 十三年，是指自熙宁五年到元丰七年，而其参编之始则要提前至入洛前的熙宁三年。元丰七年，《资治通鉴》修成，司马光在上《进〈资治通鉴〉表》之后，紧接着便上了《荐范祖禹梦得状》，略述范祖禹协助编书的经过，夸赞了他的品行学识，表达了误其仕途长达十余年的愧疚之感，曰：

> 祖禹乃今正议大夫致仕范镇兄孙，自祖禹年未二十为举人时，臣已识之，今年四十余，行义完固，常如一日，祖禹所为本末无如臣最熟知。臣于熙宁三年奏祖禹自前知资州龙水县事同修《资治通鉴》，至今首尾一十五年。由臣顽固，编集此书，久而不成，致祖禹淹回沉沦，不得早闻达于朝廷。而祖禹安恬静默如可以终身下位，曾无滞留之念。臣诚孤陋，所识至少，于士大夫间罕遇其比，况如臣者，远所不及。凡臣所言莫非据实，不敢溢美。今所修书已毕，祖禹应归吏部，别授差遣。臣窃为朝廷惜此良宝，委弃榛莽。伏望皇帝陛下特赐采拔，或使之供职秘省，观其述作，或使之入侍经筵，察其学行。自余进用，系自圣志。如蒙朝廷擢用，后有不如所举，臣甘与之同罪。[2]

---

[1] 《太史范公文集》卷三七，《宋集珍本丛刊》第24册，第378页。
[2] 《司马温公集编年笺注》第4册，卷四五，第126页。

此外，范祖禹在洛阳还深得富弼的喜爱。《宋史》本传中说："富弼致仕居洛，素严毅，杜门罕与人接，待祖禹独厚。疾笃，召授以密疏，大抵论安石误国及新法之害，言极愤切。弼薨，人皆以为不可奏，祖禹卒上之。"①富弼厚待范祖禹之事，经过后人的加工，变成了一则颇具传奇色彩的故事，说善于卜算的邵雍预测到某日某时会有一绿衣少年拜见富弼，此人是未来的史官，将会秉笔评述富弼功业，劝富弼不要像对待常人一样闭门不见。果然范祖禹按时而来，富弼便详细地告诉他一生事迹，请他将来书于史册。现在范祖禹的文集中还有不少为富弼写的奏表，都是一些太后慰丧表、辞转官表、谢恩表之类的应酬文字，甚至还有遗表，足见富弼对他的信任。范祖禹还为司马光、楚建中、王拱辰、吕公著、韩绛等耆宿写作奏表，其中最多的是文彦博，像极为重要的《西京谢上表》《谢赐诗序表》《乞致仕表》等都委托他代笔。当然，范祖禹也积极参与洛阳文坛的唱和活动，与文彦博、范镇、韩绛、李公明（以少师致仕）、李纯之（以侍郎奉祠）等耆老皆有唱酬，与吕希哲、吕希绩、吕希纯三兄弟，张景昱、张景昌两兄弟等同辈好友唱酬得更多。

邵伯温（1057—1134，字子文），邵雍子。《宋史》本传曰："（邵）雍名重一时，如司马光、韩维、吕公著、程颐兄弟皆交其门。伯温入闻父教，出则事司马光等，而光等亦屈名位辈行，与伯温为再世交。故所闻日博，而尤熟当世之务。"②所说即熙丰间居洛时事。晁说之《次韵邵子文书梦》一诗从少年苦学的角度追溯了这段往事，曰："先生有道无寸田，长歌《击壤》醉伊川。今式玄冢高嵩峦，嗣子诗礼老益端。少从父友学其难，一书百读口角涎。父友寸步简策边，声名九州四海宽。时有狂澜汇怒湍，百媸安肯一著妍？独乐园中往复还，蝴蝶沼上青草烟。书成砚穴气桓桓，苍生属望十九年。"③惜其时之诗无传。邵伯温所著《邵氏闻见录》《易学辨惑》，为研究宋神宗朝洛阳文人群提供了翔实可靠的第一手资料。

司马康（1050—1090，字公休），司马光子，从其兄司马旦过继而来。修《资治通鉴》时，司马光奏为检阅文字，司马康随父入洛，与范祖禹在书局同修书十余年。范祖禹《哭司马公休》曰："昔在西都日，趋庭见伯鱼。金华同劝讲，石室共绁书。鲍叔深知我，颜渊实丧予。衰年哭

---

① 《宋史》卷三三七，第10794页。
② 《宋史》卷四三三，第12851页。
③ （宋）晁说之《景迂生集》卷五，《景印文渊阁四库全书》第1118册，第97—98页。

心友，忍复望灵车。"① 即叙述了二人在洛修书期间结成的深情厚谊。晁说之更为具体地记载了二人亦师亦友的微妙关系，地点也是在洛阳："温公在洛，应用文字皆出公（按，指范祖禹）手。一日谓公休曰：'此子弟职，岂可不习？'公休辞不能。纯夫曰：'请试为之。'当为改窜，一再撰呈，已可用。公喜曰：'未有如此子好学也。'温公事无大小，必与公议。至于家事，公休亦不自专，问于公而后行。公休之卒，公哭之恸，挽诗云：'鲍叔深知我，颜渊实丧予。'"② 司马康与邵伯温关系也非常亲密，这自然是建立在父辈的关系之上，《邵氏闻见录》曰："后公（按，指司马光）以康节之故，遇其孤伯温甚厚。公无子，以族人之子康为嗣。康字公休，其贤似公，识者谓天故生之也。公休与伯温交游益厚。"③

　　吕希哲（1039—1116，字原明，学者称荥阳先生）、吕希绩（1042—1099，字纪常）、吕希纯（生卒年不详，字子进）三兄弟为吕公著之子，熙宁年间随父居洛。熙宁六年，邵雍作《安乐窝中好打乖吟》，诸耆老皆有唱和，吕希哲也加入进来。三兄弟与范祖禹、邵伯温亦交厚。范祖禹《送圣徒入京兼呈纪常、子进》曰"二年隔京洛，思见亦已久"，叙四人在洛交谊，又有《和子进六言二首》《和子进千春院观桃花二首》《和子进夏日忆宝上人》诸诗与吕希纯唱和。④ 邵伯温曰："公（按，指吕公著）三子希哲、希绩、希纯皆师事康节，故伯温与之游甚厚。"⑤

　　陈知俭（1035—1080，字公廙），是仁宗朝宰相陈尧佐之孙，熙宁四年至七年任京西转运使，与司马光有过唱和。司马光《答新知磁州陈大夫游古书》中又述陈知俭校正乃祖文集时问学于己的情况："前岁公廙校正先集，欲刻板摹之，广传于世。光幸以邻居，公廙每有一事未明、一字未正，必垂访问。苟浅学所能及者，未尝敢有隐也，所不能及者，亦不敢质而阙之，请公廙访诸能者。"⑥ 元丰二年，二程等人的修禊会即在其园宅中举行。程颐《禊饮诗序》曰："颍川陈公廙始治洛居，则引流回环，为泛觞之所。元丰乙未，首修禊事。公廙好古重道，所命皆儒学之士，既乐嘉宾，形于咏歌，有'不愧山阴'之句。诸君属而和者，皆有高致。"⑦

---

① 《太史范公文集》卷三，《宋集珍本丛刊》第 24 册，第 162 页。
② 《晁氏客语》，第 53 页。
③ 《邵氏闻见录》卷一八，第 201 页。
④ 诸诗见《太史范公文集》，《宋集珍本丛刊》第 24 册，第 149—151 页。
⑤ 《邵氏闻见录》卷一二，第 127 页。
⑥ 《司马温公集编年笺注》第 5 册，卷六二，第 56—57 页。
⑦ 《河南程氏文集》卷八，《二程集》上，第 584 页。

说明陈知俭因在洛治有园宅，时亦返洛与洛人游从宴饮，不限于熙宁期间。元丰三年，陈知俭卒于洛阳履道坊园宅，年方四十六岁，范祖禹为撰《朝奉郎陈君墓志铭》，称"其所知与游者必一时贤隽，今枢密副使吕公、端明殿学士司马公，皆尝荐其才"，他的才能能够得到吕公著、司马光的赏识是与其熙丰年间和诸老的亲密交游分不开的。

张景昱（生卒年不详，字明叔，排行二十五）、张景昌（生卒年不详，字子京，排行三十）兄弟，属于洛阳当地望族张氏家族，与司马光、范祖禹在熙丰年间多有唱和，时二人尚未登科第，故司马光以秀才称之。据范祖禹记载，张氏兄弟有伯仲叔季四人，"张氏伯曰'明叔'，仲曰'才叔'，次则'子京'，季曰'和叔'。自其先君弃官隐居，园池之美，为洛之冠"①，可见张氏祖上基业丰厚，四兄弟之父即使不做官，亦能在祖传美宅中优游卒岁。此外，范祖禹在洛阳所作墓志铭中又提到张景伯、张景宪二人，当同属于一个家族。司马光《酬张二十五秀才南园遣意》诗描写其家族内部游宴唱和的盛况曰"啸咏皆群从，喧嚣远四邻。须知轩冕客，富贵不关身"②，可谓人丁兴旺而皆闲散自得。张家园林会隐园中有一梅台，种植有百株梅树，梅花盛开时，密如白雪，非常壮观，因此成为诸老非常喜爱的聚饮之所，司马光和程颢皆有诗赞美。张家不仅春有密丽的白梅，夏亦有清丽的白莲，司马光还品尝到了香甜美味的莲子。相比之下，司马光的独乐园就逊色多了，不过这里也成为张氏兄弟的游憩之所，他们与园主投壶赌酒，欢乐异常。张景昌曾在自家园中建造了一座茅庵，司马光取诗经《常棣》"兄弟和乐"中"和乐"二字为名，并用他经常用来题匾的隶书书写。像宋氏兄弟、陈知俭一样，张氏兄弟也是司马光的邻居。范祖禹《和乐庵记》描写司马光与张氏兄弟忘年的交游情形曰：

> 始余以熙宁中入洛，温公方买田于张氏之西北以为独乐园。公宾客满门，其常往来从公游者张氏兄弟四人，出处必偕。余每见公幅巾深衣坐林间，四张多在焉，或弈棋、投壶、饮酒、赋诗。公又凿园之东南墉为门，开径以待子京之昆弟，杖屦相过于流水修竹之间，入乎幽深，出乎荫翳，乃得是庵焉，美木嘉卉四时之变，无一不可喜者。宾至则兄弟倒屣，怡怡然信所谓和且乐也。③

---

① 范祖禹《和乐庵记》，《太史范公文集》卷三六，《宋集珍本丛刊》第24册，第367页。
② 《司马温公集编年笺注》第2册，卷一三，第368页。
③ 范祖禹《和乐庵记》，《太史范公文集》卷三六，《宋集珍本丛刊》第24册，第367页。

由此，范祖禹也与张氏兄弟结成了亲密的伙伴，其文集中《张三十病愈，久不相见，以诗寄问》《和张二十五春日见寄五首》《和张二十五游白龙溪甘水谷郊居杂咏七首》诸诗就是这种友谊的见证。范祖禹还为他们写作《和乐庵记》以及为其家族中人写作墓志铭，即《大理寺丞张君墓志铭》《长乐郡君尹氏墓志铭》。

张耒（1054—1114，字文潜，号柯山，人称宛丘先生、张右史）曾在元丰元年秋到六年春任洛阳寿安（治所福昌）县尉，六年春罢任，待次居洛。在这五年多时光里，张耒亦与居洛耆宿们有一些交往。张耒赴任之初经过洛阳，登门拜访过司马光，之后又写信给他并投骚赋七篇，司马光觉得"彼皆失时不得志者之所为"①，认为在奋斗中的年轻人不该创作这类作品，有伤志气。元丰六年，待次洛阳时，张耒再次拜访了司马光，同时又拜访了范纯仁，受到了截然不同的待遇，他在《明道杂志》中自述道：

> 范丞相、司马太师俱以闲官居洛中，余时待次洛下，一日春寒中谒之。先见温公，时寒甚，天欲雪。温公命至一小室中，坐谈久之，炉不设火。语移时，主人设栗汤一杯而退。后至留司御史台见范公，才见，主人便言天寒远来不易，趋命温酒，大杯满釂三杯而去。此事可见二公之趣各异。②

二公对待年轻的张耒这种冷暖不均的态度，让他感受到同是笃行节俭，司马光骨子里却非常孤冷，范纯仁则较为温蔼。这两次与司马光的交往，不可能让初出茅庐的张耒对他产生亲近感，也许正由于这种原因我们在二人文集中根本看不到酬唱的任何迹象。而张耒在福昌的五年时光里，创作了不少诗歌，其中还有写给刘几和文彦博的作品，即《刘伯寿秘校（按，疑为秘监）》《上文潞公生日》。至于元祐元年，张耒见到司马光的遗体以及上面覆盖的范镇所赠布衾、布衾上范纯仁所写《布衾铭》而哭之，就很难看作是真情实感的流露，不过他却代范纯仁写了一篇祭文。

熙丰间的居洛士人当然不止以上诸人，在司马光、邵雍、文彦博、范纯仁、范祖禹五人保存较为完整的文集中还能看到不少跟其他人的唱和，但这些人的典型性较为薄弱，几无作品传世，已经失去了专门介绍的必要。

---

① 《答福昌张尉耒书》，《司马温公集编年笺注》第5册，卷六二，第53页。
② 丁传靖辑《宋人轶事汇编》卷一一，北京：中华书局，2003年，第558页。

第二章 洛社的概念与仿九老会系列
——以耆英会、真率会为中心

唐武宗会昌五年（845），七十四岁高龄的白居易在洛阳履道里园宅会同洛中诸老前后举办了七老会与九老会，并绘有"九老图"传世。计有功《唐诗纪事》中"白居易刑部尚书致仕年七十四"条记载道：

> "九老会"云："七人五百八十四，拖紫纡朱垂白须。囊里无金莫嗟叹，樽中有酒且欢娱。吟成六韵神还王，饮到三杯气尚粗。崆峒狂歌教婢拍，婆娑醉舞道孙扶。天年高迈二疏传，人数多于四皓图。除却三山五天竺，人间此会且应无。"

> 乐天退居洛中作尚齿九老之会，其序曰："胡、吉、刘、郑、卢、张等六贤皆多寿，余亦次焉，于东都散居履道坊合尚齿之会。七老相顾，既醉且欢，静而思之，此会希有，因各赋七言韵诗一章以记之，或传诸好事者。"时会昌五年三月二十四日。乐天云："其年夏，又有二老年貌绝伦，同归故乡，亦来斯会，续命书姓名年齿，写其形貌附于图右，与前七老题为九老图。"仍以一绝赠之云："雪作须眉云作衣，辽东华表暮双归。当时一鹤犹希有，何况今逢两令威。（自注：洛中遗老李元爽年一百三十六，禅僧如满归洛年九十五岁。）"又云："时秘书狄兼谟、河南尹卢贞以年未七十，虽与会而不及列。"①

白居易认为如此高年的盛会古今稀有，希望能够扩大它的影响力，"或传诸好事者"，还借助图画与题识以达到广为流传的效果。他的期望在后世得到了实现，宋元明清各个时代、各个地域仿慕而继作者不断，九老会成为怡老诗会的起源和经典形式。而熙丰年间居洛文人群举办了一系列的仿九老会，将九老会的影响进一步扩大，在九老会经典化进程中起到

---

① （宋）计有功撰，王仲镛校笺《唐诗纪事校笺》卷四九，北京：中华书局，2007年，第1650—1651页。

了非常重要的作用。同时又在仿慕的基础上大胆开创了耆英会与真率会的形式，从而树立了另外两种经典的怡老诗会，一并流传于后世。

第一节　"洛社"的概念

"洛社"是古典诗词中经常出现的一个词语，顾名思义，是指在洛阳所结会社。这个词语直到宋代才出现，它的使用与白居易及其九老会渊源甚深。较早使用这个词语的是杨亿、欧阳修等人，如杨亿《与客启明》曰"吟苦多年依洛社，赋成他日上兰台"[1]，《杨日华宰钱塘》曰"洛社负才名，吾宗占宁馨"[2]，从中可以感知到"洛社"乃诗社之一种，经常举行吟诗的活动，并且看重社员的诗才。而天圣九年（1031）至明道二年（1033）钱惟演留守西京，带领欧阳修、梅尧臣、谢绛等幕职官所结"洛社"更是对白居易及其九老会的直接继承。邵伯温曰："天圣、明道中，钱文僖公自枢密留守西都，谢希深为通判，欧阳永叔为推官，尹师鲁为掌书记，梅圣俞为主簿，皆天下之士。钱相遇之甚厚，多会于普明院白乐天故宅也。有唐九老画像，钱相与希深而下亦画其旁。"[3] 而当时除了钱惟演之外，欧梅诸人皆为刚入仕途不久的年轻人，也要借着九老会的名义交游唱和，虽然不无游戏之意，却很能够看出无论老少文人的洛阳交游无不以白居易九老会故地为荣并争相效法的心理。为了更好地把自己包装成老成人，几位年轻人纷纷给自己拟定了带有"老"字的绰号。明道元年，欧阳修在写给梅尧臣的一封书信中说：

> 某启：捧来简，释所以名"老"之义甚详。某常仰希隽游，所望正在规益，岂敢求辩博文才之过美哉？前承以"逸"名之，自量素行少岸检，直欲使当此称，然伏内思，平日脱冠散发，傲卧笑谈，乃是交情已照，外遗形骸而然尔，诸君便以轻逸待我，故不能无言。今若以才辩不窘为逸，又不足以当之也。师鲁之"辩"，亦仲尼、孟子之功也。子聪之"俊"，《诗》所谓"誉髦之士"乎？公恺之"慧"，亦大雅之明哲。几道之"循"，有颜子之中庸。尧夫之

---

[1] （宋）杨亿等著，王仲荦注《西昆酬唱集注》，上海：上海书店出版社，2001年，第200页。

[2] （宋）杨亿撰，（元）杨载撰《武夷新集 杨仲弘集》，福州：福建人民出版社，2007年，第77页。

[3] 《邵氏闻见录》卷八，第81页。

"晦"，子野之"默"，得《易》之君子晦明语默之道。圣俞之"懿"，是尤为全德之称矣，必欲不遗。"达"字敢不闻命？然宜尽焚往来问答之简，使后之人以诸君自以"达"名我，而非苦求而得也。①

欧阳修号"达老"（由"逸老"而改），尹洙（字师鲁）号"辩老"，杨愈（字子聪）号"俊老"，王顾（字公慥）号"慧老"，王复（字几道）号"循老"，张汝士（字尧夫）号"晦老"，张先（字子野）号"默老"，梅尧臣（字圣俞）号"懿老"，这样真可以堂而皇之地附会于九老图之后了。离洛之后，欧阳修回忆起这些交游行为，曾几次称之为"洛社"，如其《罢官后初还襄城弊居，述怀十韵回寄洛中旧寮》曰"言谢洛社友，因招洛中愚"②，《寄圣俞》曰"山阳人半在，洛社客无聊"，《忆龙门》曰"遥知怀洛社，应复动乡吟"③，更在《酬孙延仲龙图》中不无得意地说道"洛社当年盛莫加，洛阳耆老至今夸（自注：梅圣俞、张尧夫、张子野、延仲与予皆在洛中)"④。欧梅等人的"洛社"仿慕白居易九老会的意图非常明显，但也带有明显的调笑戏谑，以及少年的风流轻佻意味。真正以耆老身份聚游洛阳并将白居易洛社发扬光大从而与之并美于后世的即熙丰年间的洛阳文人群。

"洛社"一词在神宗朝洛阳文人群笔下频频出现，邵雍、司马光、文彦博、范纯仁、范祖禹以及居于许昌并经常与洛下诸人来往的韩维都曾使用过它。如邵雍《依韵和王安之判监少卿》在表达了对王尚恭的赞赏之后，曰"洛社逾时阻相见，许多欢意却还休"⑤，又有诗描写王拱辰所举行的一次奢华的宴游活动，题为《和王安之同赴府尹王宣徽洛社秋会》，司马光《题致仕李太傅园亭》曰"解去金貂贵，来从洛社游"⑥，范纯仁《和王太中游洛述怀》曰"乘春寻洛社，不惮路歧长"⑦，等等。"洛社"是一种泛称，凡是在洛阳进行的朋侪间的吟诗、游乐、宴聚活动皆可称之为洛社之游，它彰显的是一种群体性娱乐、消闲的精神，与白居易及其九

---

① 李之亮笺注《欧阳修集编年笺注》第8册，成都：巴蜀书社，2007年，第168页。
② 《欧阳修集编年笺注》第3册，卷五二，第394页。
③ 《欧阳修集编年笺注》第3册，卷五六，第555页。
④ 《欧阳修集编年笺注》第3册，卷五六，第581页。
⑤ 《邵雍集》，第353页。
⑥ 《司马温公集编年笺注》第2册，卷一二，第304页。
⑦ 《范忠宣公文集》卷二，《宋集珍本丛刊》第15册，第386页。

老会有着直接的渊源关系。当然它并不专指九老会及后人在洛阳的仿拟聚会，而是泛指以九老会为代表的洛阳交游娱乐以及其中的任何会社。范纯仁《和君实同年会作》曰"诗酒相娱诚得策，洛社当年有牛白"①，将白居易、牛僧孺等在中唐时期同时居洛的耆老们都当作洛社中人。赵建梅说："唐文宗大和三年至武宗会昌六年（829—846），东都洛阳出现了一个以白居易为核心的闲适诗人群体，主要人物有刘禹锡、裴度、牛僧孺，还有皇甫曙、崔玄亮、李仍叔、张仲方、李绅、吴士矩等人……他们交游频繁，生活以诗、酒、游、宴为主要内容。这一诗坛重要现象，不仅是整个唐诗史的一部分，而且影响着以后尤其是北宋洛阳文坛。"② 所列举的这些人物再加上白居易之外的九老会成员就构成了宋人称道的中唐时期的洛社，而九老会则是其中的标志性活动。至于现在某些辞典中将洛社仅仅等同于九老会的说法是失之偏颇的。如《全宋词典故考释辞典》解释"洛社"时引用了上引《唐诗纪事》中关于九老会的一段话，说道："唐白居易等九老人，致仕后为怡情养性，在洛阳结社。"③《唐宋词典故大辞典》说："《新唐书·白居易传》载白居易晚年退居洛阳履道里，尝与胡杲、吉皎、郑据、刘真、卢真、张浑、狄兼谟、卢贞燕集，皆高年不事者，人慕之，绘为《九老图》。这就是所谓'洛社'。"④

而后人在使用"洛社"时除了追溯白居易九老会之外，还频频提及熙丰年间由文彦博、司马光等耆英所结耆英会、真率会等会社。笔者《刘克庄"洛社"及其"耆英"观念探微》⑤ 一文由刘克庄大量使用"洛社耆英"等词语的个案，分析探讨了耆英会、真率会等神宗朝洛阳会社的巨大垂范作用和在九老会流传过程中的典型意义，从中可以看出它们已经获得了和九老会并驾齐驱的洛社标志性地位。在耆英会、真率会之外，熙丰居洛耆英们还举行了其他不少仿九老会的活动，可以说仿九老会活动始终贯穿在诸人居洛活动的整个过程当中，简要胪列于下：

熙宁初年，后来的耆英会成员张问与张宗益、张颛、陈升之以及其余五位同年者举办九老会，见于张问《张公墓志铭》所载⑥；熙宁六年，邵

① 《范忠宣公文集》卷一，《宋集珍本丛刊》第15册，第381页。
② 赵建梅著《晚年白居易与洛下诗人群研究》，北京：京华出版社，2010年，第10页。
③ 金启华主编《全宋词典故考释辞典》，长春：吉林文史出版社，1991年，第691页。
④ 葛成民、谢亚非、李希运等主编《唐宋词典故大辞典》，南宁：广西人民出版社，1994年，第639页。
⑤ 《宁波大学学报》（人文科学版），2015年第9期。
⑥ 曾枣庄、李文泽编《全宋文》第24册，成都：巴蜀书社，1992年，第373页。

雍与王尚恭等人结为七老会，作有《依韵和王安之少卿六老诗仍见率成七》组诗七首；同年，司马光与宋选、李几先（名不详）等结为四老会，作有《又和六日四老会》一诗；大约亦在同年或次年，判河阳的文彦博听闻过访的孔嗣宗说上个月初一其在洛阳与诸老举办"穷九老会"，作《前朔，宪孔嗣宗太博过孟云：近于洛下结穷九老会，凡职事稍重、生事稍丰者不得与焉。其宴集之式率称其名，其事诚可嘉尚，其语多资喡噱。因作小诗以纪之，亦以见河南士人有名教之乐，简贪薄之风。辄录呈留守宣徽，聊资解颐》①一诗；元丰三年九月，判河南的文彦博与范镇、张宗益、张问、史炤举办五老会，作有《五老会》诗，末二句曰"欢言预有伊川约，好作元丰第四春"，小注曰"为来岁张本"②，至于次年有没有践约而举办另一场五老会已不可考；之后便是元丰五年文彦博同富弼、司马光等十二人举办的耆英会，元丰六年司马光、范纯仁发起的真率会；同样是元丰六年，文彦博和年龄相同的程珦、司马旦、席汝言在其园宅中举办同甲会，作有《奉陪伯温中散程、伯康朝议司马、君从大夫席于所居小园作同甲会》③诗，范纯仁《上文潞公同甲会》诗有句"分司东洛荣难并"，小注曰"白乐天诗云'今年四皓尽分司'"④，出自大和七年（833）白居易分司洛阳时与皇甫镛、张仲方、李绅交游所作《赠皇甫六、张十五、李二十三宾客》一诗，四人时称"四皓"⑤，这样慕白居易洛社之意便昭然若揭了；元丰七年，司马光与吴执中、范镇举办同年会，作《和吴朝议同年谢光与景仁同年见过》，陪宴的范纯仁《和君实同年会作》诗曰"诗酒相娱诚得策，洛社当年有牛白"⑥，同样自然而然地追溯到了白居易的洛社。

如此一来，熙丰年间洛阳有迹可循的仿九老会就有九个，而文彦博的穷九老会诗中又有小注曰"洛中旧有九老之会三，并此四矣"⑦，也就是说在孔嗣宗之前除了白居易、张问之外还有一次九老会，惜乎已不可考。总之，熙丰洛社是在显而易见的仿慕九老会的氛围中产生的，而且其历时

---

① 《文彦博集校注》卷六，第 315 页。
② 《文彦博集校注》卷七，第 412 页。
③ 《文彦博集校注》卷七，第 425 页。
④ 《范忠宣公文集》卷四，《宋集珍本丛刊》第 15 册，第 398—399 页。
⑤ （唐）白居易撰，谢思炜校注《白居易诗集校注》卷三一，北京：中华书局，2006 年，第 2370 页。
⑥ 《范忠宣公文集》卷一，《宋集珍本丛刊》第 15 册，第 381 页。
⑦ 《文彦博集校注》卷六，第 315 页。

之长、规模之大已经青出于蓝而胜于蓝。所以有的辞典干脆舍九老会而将耆英会作为洛社的定义，如《中国典故大辞典》在"洛社"条下注明"同'洛阳耆英会'"①，当然也同样失之于偏颇。简而言之，洛社是唐宋洛阳文人所结会社的泛称，源于中唐白居易等人的居洛交游活动，并以白居易等人的九老会以及北宋熙丰年间司马光、文彦博等人的耆英会、真率会为代表，具有鲜明的洛阳地域特征和文化传承性。而后来尤其是南宋以后，"洛社"的概念更加泛化和典故化，甚至凡是老年文人休闲娱乐性质的结社活动都可冠以洛社之名。②　而仿九老会在宋初就早已突破了洛阳的地域限制，可谓遍地开花，目前研究者们已经取得了丰硕的考证成果，不再赘述。③

我们还可以抛开文化传承性，单纯从地名的角度来看待"洛社"一词。"社"除了理解为会社之外还可以理解为"社稷"之社，原始意义乃是土神，引申为祭祀土地神的地方，进一步引申为"里社""乡社"，于是"洛社"便具有了以洛阳为乡里的意思。类似的现象还有将亳州称为亳社者，将青州称为青社者，但是它们都没有洛社所具有的文人会社的含义。

第二节　奢华客套的耆英会

元丰五年，已经做了两年洛阳留守的文彦博约同另外一位久居洛阳的朝廷大佬富弼发起了一场声势浩大的仿九老会的游宴活动，参会者还有其他耆老十一人。其中远在北京做留守的王拱辰在收到文彦博的寄诗以后，也按捺不住歆羡之情，要求入会。不同于以往的仿九老会仅以数字加"老"字为名，这次则冠以新的名称，即"耆英会"。

一、耆英会入会条件

耆英会完全遵照唐九老会的"尚齿"规定，即以致仕年龄七十岁为入会条件，并在入会以后按照年龄大小排行，也就是"序齿"。不过它还有一个不成文的规定，即入会者必须有较高的官爵地位，除了"耆"之

---

① 赵应铎主编《中国典故大辞典》，上海：上海辞书出版社，2012年。
② 拙文《刘克庄"洛社"及其"耆英"观念探微》也对"洛社"的概念进行了定义，此处做进一步的修正。
③ 可以参看欧阳光《宋元诗社研究丛稿》、周扬波《宋代士绅结社研究》、何宗美《文人结社与明代文学的演进》等著作。

外还必须是"英",二者缺一不可。按照文彦博的初衷,是想以自己和富弼两位故相的身份将洛阳城中相熟的符合"耆英"条件的人物搜罗殆尽,举办一场超越前贤的"九老会",其意图当然是为了凝聚旧党的力量,向朝中当政的以新进少年为主体的新党宣示旧党老成人的功业地位和社会声望。邵伯温的记载显示了文彦博的搜罗之力,曰:"耆英会时康节先生已下世,有中散大夫吴执中者,少年登科,皇祐初已作秘书丞,不乐仕进,觅休致,其年德不在诸公下,居洛多杜门,人不识其面,独与康节相善。执中未尝一至公府,其不预会者,非潞公遗之也。"① 吴执中与司马光同年中科举,元丰七年还曾与司马光、范镇举行同年会,非独与邵雍相善,但由于他长年闭门家居,与世隔绝,与文彦博没有交往,故而没有受到邀请。富弼居洛的情况和吴执中差不多,平时也是闭门谢客,不肯轻易与人交往,但由于他有着故相身份与不世功勋,便成为文彦博竭力拉拢的对象。不仅如此,由于富弼年长于己,文彦博更推其为耆英会之首,将他的园宅选作头两次聚会之所,"潞公以地主携妓乐就富公宅第一会,至富公会,送羊酒不出,余皆次为会"②。对于称病不出、杜门谢客的富弼来说,他的园宅中已经很久没有这么热闹、喧腾的景象了。同时,文彦博一方面答应远在北京的王拱辰入会,一方面又力邀未到入会年龄的司马光入会,皆因为二人有着很高的地位、声望,邵伯温记载道:"独司马温公年未七十,潞公素重其人,用唐九老狄兼暮故事请入会。温公辞以晚进,不敢班富文二公之后。潞公不从,令郑奂自幕后传温公像,又至北京传王公像。……初,温公自以晚辈不敢预富文二公之会,潞公会温公曰:'某留守北京,遣人入大辽侦事,回云:见辽主大宴群臣,伶人剧戏作衣冠者,见物必攫取怀之,有从其后以挺扑之者,曰:司马端明耶? 君实清名在夷狄如此。'"③ 司马光的清德令名已经远传域外,其声望之高可见一斑。邀请司马光入会,固然可以援引狄兼暮、卢贞故事,但将其和其他耆老一起绘入图画,就属于突破陈规之举了。这次由文彦博精心策划的耆英会举办得非常成功,"洛阳多名园古刹,有水竹林亭之胜,诸老须眉皓白,衣冠甚伟,每宴集,都人随观之"④,邵伯温认为此会和次年司马光的真率会"皆洛阳太平盛事也"⑤。二会之后,北宋时期的洛阳再也没有出现如此繁

---

① 《邵氏闻见录》卷一〇,第105页。
② 《邵氏闻见录》卷一〇,第105页。
③ 《邵氏闻见录》卷一〇,第105页。
④ 《邵氏闻见录》卷一〇,第105页。
⑤ 《邵氏闻见录》卷一〇,第105页。

盛的场面。

二、耆英会序与诗

文彦博在力邀司马光入会之后，又请他写作了一篇序言，即《洛阳耆英会序》，全文如下：

昔白乐天在洛，与高年者八人游，时人慕之，为《九老图》传于世。宋兴，洛中诸公继而为之者凡再矣，皆图形普明僧舍。普明，乐天之故第也。元丰中，文潞公留守西都，韩国富公纳政在里第，自余士大夫以老自逸于洛者于时为多。潞公谓韩公曰："凡所为慕于乐天者，以其志趣高逸也，奚必数与地之袭焉？"一旦，悉集士大夫老而贤者于韩公之第，置酒相乐，宾主凡十有一人，既而图形妙觉僧舍，时人谓之"洛阳耆英会"。孔子曰"好贤如《缁衣》"，取其"敝又改为，乐善无厌"也。二公寅亮三朝，为国元老，入赞万机，出绥四方，上则固社稷、尊宗庙，下则熙百工、和万民，天子心腹、股肱、耳目，天下所取安，所取平，其勋业闳大显融，岂乐天所能庶几？然犹慕效乐天所为，汲汲如恐不及，岂非乐善无厌者与？又洛中旧俗，燕私相聚尚齿不尚官，自乐天之会已然，是日复行之，斯乃风化之本，可颂也。宣徽王公方留守北都，闻之，以书请于潞公曰："某亦家洛，位与年不居数客之后，顾以官守不得执卮酒、在坐席，良以为恨，愿寓名其间，幸无我遗。"其为诸公嘉羡如此。光未及七十，用狄监、卢尹故事，亦预于会。潞公命光序其事，不敢辞。时五年正月壬辰，端明殿学士兼翰林侍读学士、太中大夫、提举崇福宫司马光序。

开府仪同三司、守司徒、武宁军节度使致仕韩国公富弼，字彦国，年七十九。

河东节度使、开府仪同三司、守太尉、判河南府兼西京留守司事潞国公文彦博，字宽夫，年七十七。

司封郎中致仕席汝言，字君从，年七十七。

太常少卿致仕王尚恭，字安之，年七十六。

太常少卿致仕赵丙，字南正，年七十五。

秘书监致仕刘几，字伯寿，年七十五。

卫州防御使致仕冯行己，字肃之，年七十五。

太中大夫、充天章阁待制、提举崇福宫楚建中，字正叔，年七十三。

司农少卿致仕王慎言，字不疑，年七十二。

太中大夫、提举崇福宫张问，字昌言，年七十。

龙图阁直学士、通议大夫、提举崇福宫张焘，字景元，年七十。①

这篇序言的主体分为三个部分，第一部分将耆英会纳入北宋洛中仿九老会的历史序列，并突出耆英会对九老会遗形取神的创新精神，即效其高逸的志趣而不拘泥于人数与场地的相同。这里的场地乃指图画展示之处，非指宴聚之处。司马光记载说宋兴以来洛阳已经有两次仿九老会，皆绘图于白居易故居普明寺，这样三幅九老图就形成了一个明显的谱序，文彦博另起炉灶绘于妙觉寺，是要另外再开启一个谱序。此外，据邵伯温的记载，文彦博还特地"就资胜院（按，应为妙觉寺）建大厦曰'耆英堂'，命闽人郑奂绘像其中"②，可见文彦博对这场耆英会的看重。第二部分指出文、富二相是以"乐善无厌"的谦虚态度，在功业地位远超白居易的情况下效法其人所为，"尚齿不尚官"的会规也不仅仅为九老会独有，而是早已有之的"洛中旧俗"。这里说的虽然是耆英会对九老会道德教化层面的继承，实质上又强调了耆英会在成员身份上对九老会的超越。第三部分通过介绍王拱辰与司马光自己这两个特殊会员的入会经过，表明加入耆英会的光荣。整篇序言读下来，我们可以感受到非常明显的尊耀气息，闪烁着优游于林泉之下的旧党大佬们身上永不熄灭的官方荣耀，是仕宦与隐逸、娱乐与教化、政统与道统几方面结合的典范，常人无法比拟，即使是他们效法的前贤白居易也无法与之相媲美。文彦博举办这种超豪华版的九老会就是为了达到"诸老须眉皓白，衣冠甚伟，每宴集，都人随观之"的轰动效果，为了高调地向天下人宣称他们并不是一群失势不得志的政坛失败者，而是朝中的耆宿、社会的精英与道德的标杆。文章结尾司马光更按照年齿高低将与会者的官爵、名字、年龄进行罗列，展示出打造这场盛宴的超豪华阵容。耆英会首场宴聚中的诗歌保存得比较完整，宋祝穆《事文类聚》所收司马光诗歌为真率会诗，与耆英会无涉，这一点我们后面还要具体分析，王拱辰的长篇入会诗当是在几次聚会之后所寄示。可能的情况是，因为司马光的年龄并不符合入会条件，即使受到邀请，按照九

---

① 《司马温公集编年笺注》第 5 册，卷六五，第 160—161 页。
② 《邵氏闻见录》卷一〇，第 104 页。

老会的旧例也不能当作正式的会员，因而其所作诗歌并未附识于图后，导致了后世的失传。为了完整起见，后人才将其真率会诗充数。再说序言后面所附会员名单中也没有缺席的王拱辰和不够年资的司马光，而这篇序言和所附名单以及会员之诗都应当是题识于图画之上的。原图画中并无王拱辰、司马光二人，所以文彦博后来才会"令郑奂自幕后传温公像，又至北京传王公像"，增补二人入会之时也要随之补绘二人画像。

下面就让我们具体解析一下会员们所作诗歌，从中更多地感知当时的情形与会员的心态。

> 武宁军节度使、守司徒、开府仪同三司致仕、韩国公富弼彦国，年七十九
>
> 伏承留府太尉相公就敝居为耆年之会，承命赋诗，谨录上呈，伏惟采览。
>
> 西洛古帝都，衣冠走集地。岂惟名利场，骤为耆德会？大尹吾旧相，旷怀轻富贵。日与退老游，台阁并省寺。予惭最衰老，亦许预其次。遂欲肖仪容，烂然形绘事。闽峤访精笔，蛟绡布绝艺。今复崇宴衍，聊以示慈惠。幽居近铜驼，荒敝仍湫底。塞路移君庖，盈车载春醴。献酬互相趣，欢处不知止。商岭有四翁，晋林惟七子。较我集诸贤，盛衰何远尔！并事实可矜，传之为千祀。①

富弼此诗一开始就将洛阳定位为自古以来的衣冠名利场，进而诧异于此地突然出现的这个"耆德会"，这与邵雍、司马光等人口口声声称赞的林泉道德之地大相径庭。可见在富弼心中，洛阳并不是一个远离政治风波的地方，反而由于古今相仍的大量官宦集中的现象而依然不改其政治敏感性。那么，耆英会的举行是否会与洛阳本地的环境格格不入而显得突兀呢？文彦博、司马光等大多数人都十分确信洛阳"尚齿不尚官"的淳朴旧俗以及其中诞生的九老会谱系，不可能把耆英会当作突兀的现象。这隐然表明，富弼对耆英会的举办是持有怀疑态度的。接着他夸赞文彦博与众"退老"优游闲逸的淡泊情怀，不过其嬉游之地却是"台阁省寺"这样的官方场合，语次当中又是充满怀疑的。所以，富弼的与会乃至被推为主持者完全出于对文彦博的盛情难却而非心甘情愿。"遂欲肖仪容，烂然形绘事。闽峤访精笔，蛟绡布绝艺。今复崇宴衍，聊以示慈惠"六句与邵伯

_____

① 《事文类聚》前集卷四十五《乐生部》，《景印文渊阁四库全书》第 925 册，第 746 页。

温记载的"命闽人郑奂绘像"相合，从中亦知郑奂绘像是在首次聚会之后，描绘的是首次聚会的情形，并在第二次聚会时将此图示于诸老。"幽居近铜驼，荒敝仍湫底。塞路移君庖，盈车载春醴。献酬互相趣，欢处不知止"，除了蓬荜生辉之类的客套话之外，还描绘了耆英会的奢靡，文彦博简直将自己庖厨中无尽的食材美酒与浩荡的厨师队伍都搬到了富弼的园宅中。所以最后富弼才会纳罕道商山四皓、竹林七贤与此会诸贤相比都逊色得多，所以理当像他们一样流传千古。

> 河东节度使、守太尉、开府仪同三司、判河南府潞国公文彦博宽夫，年七十七
> 九老旧贤形绘事，元丰今胜会昌春。垂肩素发皆时彦，挥麈清谈尽席珍。染翰不停诗思健，飞觞无算酒行频。兰亭雅集夸修禊，洛社英游赏序宾。自愧空疏陪几杖，更容款密奉簪绅。当筵尚齿尤多幸，十二人中第二人。①

文彦博该诗夸耀无论是人数、官爵还是宴会的奢华程度、欢闹场面，耆英会无疑都超过了白居易的九老会，他对此是十分满意的，绝对没有富弼的那种怀疑心理。此诗虽是七言，读起来却比富弼的五言更加爽利，就在于其中灌注的自信好胜的气势。整首诗是在一种非常兴奋、欢快的氛围中催生的，"染翰不停诗思健，飞觞无算酒行频"，饱含着老当益壮的矫健情态，这在当时的旧党人物中极其难能可贵。如果说当年的邵雍给旧党带来的主要是欢乐与温和的话，那么文彦博带来的则主要是自信与劲健。

> 弼窃览长篇断章，有"十二人中第二人"之句，又赋一绝上呈
> 顾我年龄虽第一，在公勋德自无双。不推行业终难敌，富贵康宁亦可降。
> 彦博伏睹公诗，有"第一""无双"之句，辄成二十八字上呈
> 洛下衣冠今最盛，当筵尚齿礼容优。惟公福寿并勋德，合是人间第一流。②

这二首诗纯粹是文、富二人互相推重的客套话，体现了"当筵尚齿

---

① 《事文类聚》前集卷四十五《乐生部》，《景印文渊阁四库全书》第 925 册，第 746 页。
② 《事文类聚》前集卷四十五《乐生部》，《景印文渊阁四库全书》第 925 册，第 746 页。

礼容优”的礼节，也为其他成员的诗歌竭力吹捧二人定下了基调。如果
富弼不是一位与自己勋业相当、年龄稍长的人物，很难想象文彦博会邀请
他来坐耆英会的第一把交椅。《宋史》文彦博本传有论曰：“国家当隆盛
之时，其大臣必有耆艾之福，推其有余，足庇当世。富弼再盟契丹，能使
南北之民数十年不见兵革，仁人之言，其利博哉。文彦博立朝端重，顾盼
有威，远人来朝，仰望风采，其德望固足以折冲御侮于千里之表矣。至于
公忠直亮，临事果断，皆有大臣之风，又皆享高寿于承平之秋。至和以
来，共定大计，功成退居，朝野倚重。熙丰而降，弼、彦博相继以老，憸
人无忌，善类沦胥，而宋业衰矣。《书》曰：‘番番良士，膂力既愆，我
尚有之。’岂不信然哉？”① 文、富二人向来被人并称，成为太平宰相的典
型范例，亦被视为与辽、西夏交往时的朝廷威仪所在，也是旧党倚为山
岳、引以为傲的领袖人物。而二人在变法中被排挤出朝，也意味着熙丰年
间旧党与新党斗争的大溃败，甚至被看作宋业由盛转衰的转折点。而文彦
博能在晚年旧党失势之时依然保持着旺盛的政治活力，则是富弼所不能比
拟的。

> 尚书、司封郎中致仕席汝言君从，年七十七
>
> 　系国安危唐上宰，功成身退汉留侯。二公闲暇开高宴，九老雍容
> 奉胜流。共接雅欢恩意洽，不矜崇贵礼容优。赏心乐事人间盛，岂谓
> 今稀古莫俦？
>
> 　又
>
> 　壮岁尘埃禄仕牵，老归重到旧林泉。曾无勋业书青史，偶向康宁
> 养老年。自分杜门居陋巷，敢期序齿预公筵？更惭形秽才凉薄，不称
> 图真接巨贤。②

　　席汝言的这两首诗都是客套话，第一首赞美文、富二相的功业与恬退
以及耆英会的欢洽、优礼，第二首自谦贪禄、无功和参与耆英会的受宠若
惊。二诗与文、富二人之诗意思多有重复之处，有些句子更有直接袭用的
痕迹，如“不矜崇贵礼容优”与文彦博诗句“当筵尚齿礼容优”，“敢期
序齿预公筵”与富弼诗句“予惭最衰老，亦许预其次”。席汝言在洛活动

---

①　《宋史》卷三一三，第 10264 页。
②　《事文类聚》前集卷四十五《乐生部》，《景印文渊阁四库全书》第 925 册，第 746—747
　　页。

的资料较少，现存的文彦博、司马光与之相关的诗歌皆为元丰五年以后所作，再结合诗中"壮岁尘埃禄仕牵，老归重到旧林泉。曾无勋业书青史，偶向康宁养老年"几句，知其入耆英会时刚刚致仕归洛不久，时年已七十七岁，确实属于"禄仕牵"了。耆英会之后，席汝言还参与了司马光的真率会、文彦博的同甲会，亦曾在元丰七年韩绛尹洛之后，将自己在洛阳栽种金桔首次收获到的六颗果实献给了席中的新任留守。在耆老交游圈中，席汝言还算是比较活跃的人物。

> 朝议大夫致仕王尚恭安之，年七十六
> 端朝风望两台星，珪组参差又十人。八百乔年余总数，一千熙运遇良辰。席间韵语皆非俗，图上形容尽得真。胜事主盟开府盛，误容衰薄混清尘。服许便衣更野逸，坐从齿列似天伦。二公笑语增和气，夜久盘花旋发春。（烛下盘花开，公即指目焉。）①

从王尚恭此诗"席间韵语皆非俗，图上形容尽得真"二句可以想象的是，耆英图在画好并示于众人之后便被悬挂起来，真人与画中人交相辉映，真与幻、动与静结合造成奇妙的视觉效应，会员们在觥筹交错、诗歌酬唱之时难免也会不经意地瞥一眼图中自身的形容，流露出难以掩饰的自得。从"服许便衣更野逸，坐从齿列似天伦。二公笑语增和气，夜久盘花旋发春"几句来看，耆英会中人着装还是比较随便的，属于私会而非公会，也体现了"尚齿不尚官"的九老会旧约。又，饮宴的时间较长，一直持续到深夜，由于筵席间长时间维持着较高的温度，竟然促使烛光映照中的花朵在正月间就盛开了，从侧面透露了当时宴会的热闹和奢侈程度。这一场景也给王尚恭带来了灵感，"指目"而成最后两句诗。不过总的说来，此诗也是从官爵、年寿、欢乐上立意，大都属于应酬的客套用语，没有什么特别之处。

> 太常少卿致仕赵丙南正，年七十五
> 新春鼎洛燕英髦，主礼雍容下庶寮。二相比肩官一品，十人华发事三朝。星阶并列瞻台耀，樽酒时行挹斗杓。东颍庸夫最无状，也将颜面趁嘉招。②

---

① 《事文类聚》前集卷四十五《乐生部》，《景印文渊阁四库全书》第 925 册，第 747 页。
② 《事文类聚》前集卷四十五《乐生部》，《景印文渊阁四库全书》第 925 册，第 747 页。

　　赵丙此诗内容也毫不新鲜，完全是前面几首诗的陈词滥调。不过其中"星阶并列瞻台耀，樽酒时行挹斗杓"二句，由比喻诸老为天上的星宿而进一步将痛饮情状比喻为以北斗星为勺舀酒，则较前诸诗更为夸饰。此外，整首诗在气势上也较为奔放，与文彦博之诗相似。从"东颍庸夫最无状，也将颜面趁嘉招"二句知赵丙乃许昌人，与洛阳相邻，大概是在游洛时正好赶上耆英会的举行，被文彦博招入会。元丰年间，司马光与赵丙有过来往，有《酬赵少卿（丙，字南正）药园见赠》一诗。元丰八年，赵丙还曾请司马光为其文稿作序，序中交代了他的一些情况："朝议大夫致仕赵君南正，善属文，尤嗜为诗，自初仕至归者，聚其稿凡十四编。一旦走仆负之，以书属光为之序。光实何人，克膺兹任？然尝闻同僚楚正叔之言曰：'予与南正同登进士第，又同居颍阳，熟其为人。其清白耿介，它人殆难能也。'今阅其文稿，味其言，求其志，乃知正叔信不我欺，而南正所守，良可尚也。"[1] 在熙丰洛阳文人群中，像赵丙这样不在洛阳定居而时时过访其地的情况并不罕见，最典型的就是范镇。这篇序言中还提到了与赵丙同年又同居颍阳（县名，属许昌）的楚建中（字正叔），但他在洛阳建有园宅名锦缠襜，前文已经有所交代。即便是司马光，也并非完全居住在洛阳，而是经常回到陕州夏县老家小住，其兄司马旦则常住夏县而有时过洛。这是我们在研究宋神宗朝洛阳文人群时必须留意的现象。

　　　　秘书监致仕上柱国刘几伯寿，年七十五

　　　　司徒硕德今无比，太尉殊勋固绝伦。偶以莫年陪盛宴，喜将白发照青春。八公只有山空著，四皓当衰志且伸。元老相望疏迹在，不应此会愧前人。

　　　　又

　　　　制举省元推二相，龙头昔日属宣猷。人间盛事并遐算，一席凡盈九百筹。（十二老共八百九十二岁）[2]

　　刘几此二诗的第一首夸赞二相，乃是套路。"偶以莫年陪盛宴"一句中含有不经常参与诸老聚会的事实，刘几远住嵩山脚下，偶尔入城，故有此说。"喜将白发照青春"，此句尤有味，时值初春，诸老不仅白发相辉，更将这暗淡的初春点亮，没有半点暮年衰煞之气。"八公只有山空著，四

---

　　① 《司马温公集编年笺注》第5册，卷六五，第187页。
　　② 《事文类聚》前集卷四十五《乐生部》，《景印文渊阁四库全书》第925册，第747页。

皓当衰志且伸。元老相望疏迹在，不应此会愧前人”，是说八公终身功业不立，唯余空山，四皓到了晚年才略建功绩，相比起来，眼前的诸位元老要远远超过古人。在与古代隐者的对比中，刘几等耆老们强调的都是一种功成身退之隐，功愈大而隐愈高，单纯的隐者只是一群不遇的人生失意者而已。

第二首诗起首二句“制举省元推二相，龙头昔日属宣猷”，是说文、富二相皆为昔日省元，而王拱辰曾中状元。宣猷即宣徽，宋曾巩《节度加宣徽制》曰：“夫德茂者，其赏异；功隆者，其报殊。是畴其底绩之勤，锡以宣猷之号。”[1] 这里指宣徽南院使王拱辰，乃仁宗天圣八年庚午科状元。这里提到王拱辰，乃因之前他曾做过几任洛阳留守，与诸老交往甚多，也常常宴游终日。后二句又是白居易九老诗中“七人五百七十岁，拖紫纡朱垂白须”之类的套路，在前后几首诗中都频频出现。

> 卫州防御使致仕冯行己肃之，年七十五
> 书称五福寿为先，有德人方得寿延。自愧栎樗非远器，谁应齿发亦退年。立身官未三公贵，推老名陪二相贤。喜把衰容模梵宇，惭无纤效勒燕然。当时遭遇承陶冶，今日光荣预燕筵。从此洛城增胜概，又新重作画图传。[2]

这首七言排律为冯行己所作。“书称五福寿为先，有德人方得寿延”，《尚书·周书·洪范》曰：“五福：一曰寿，二曰富，三曰康宁，四曰攸好德，五曰考终命。”唐孔颖达疏：“五福者，谓人蒙福祐，有五事也。一曰寿，年得长也。二曰富，家丰财货也。三曰康宁，无疾病也。四曰攸好德，性所好者美德也。五曰考终命，成终长短之命不横夭也。”[3] 五福俱备是中国传统的人生理想，多用作祝寿之语，九老会、耆英会之名本身就有庆祝五福的意思在内，文、富二相更被称为体现五福俱备的典型。德为寿先也是中国传统的儒家观念，明代何乔新曰：“《诗》曰‘乐只君子，遐不眉寿’，又曰‘乐只君子，德音是茂’，说者谓‘德为寿之本而寿乃

---

① （宋）曾巩《元丰类稿》卷二十五，《景印文渊阁四库全书》第 1098 册，第 581 页。
② 《事文类聚》前集卷四十五《乐生部》，《景印文渊阁四库全书》第 925 册，第 747 页。
③ （汉）孔安国传，（唐）孔颖达正义，黄怀信整理《尚书正义》，上海：上海古籍出版社，2007 年，第 478—479 页。

德之效也'。"① 这种说法很有代表性。耆英会由旧党人员组成，在经常以君子小人之争看待党争的宋代，熙丰旧党往往被视为君子党，而新党则被视为小人党，其核心价值观就在于一个"德"字。首二句之后，冯行己笔锋一转，总是惭愧自己功不高、身不贵，却有幸厕身于耆英会之中，基本都是客套话。不过冯行己以卫州防御使致仕，品阶不高，防御使又属于武官，在重文轻武的宋代难免有自卑之感。另外，由"当时遭遇承陶冶，今日光荣预燕筵"二句可知，冯行己曾经做过二相的属下。

> 中奉大夫、充天章阁待制、提举崇福宫楚建中正叔，年七十三
> 自顾颓龄七十余，久惭顽钝费洪炉。归逢大老耆年会，衰朽形骸愧画图。
> 又
> 二相谟猷烂史编，诸公才业过前贤。好图仪像传来世，何事顽疏亦比肩。②

楚建中此时尚未致仕，其致仕时间在元丰八年。由"归逢大老耆年会"一句知其刚入洛闲居不久。此二诗较为敷衍，都是与前面诸诗意思重复的应景之语。

> 司农少卿致仕王谨言不疑，年七十二
> 相印貂冠粲六符，华颠高会侍臣俱。不将官职夸乡里，惟尚年龄入画图。履道清欢追故事，伫瞻阴德见讦谟。叨陪几杖真荣观，珪璧丛中间砇珷。③

王谨言此诗开首"相印貂冠粲六符"一句很有意思，语甚新鲜而意极庸俗。六符，《汉书》卷六十五《东方朔传》："愿陈《泰阶六符》，以观天变，不可不省。"三国魏孟康注："泰阶，三台也。每台二星，凡六星。符，六星之符验也。"④ 这句话的意思就是，象征文、富二相身份地

---

① 《庆长史程公七十序》，（明）何乔新《椒邱文集》卷十二，《景印文渊阁四库全书》第1249 册，第 205 页。
② 《事文类聚》前集卷四十五《乐生部》，《景印文渊阁四库全书》第 925 册，第 747 页。
③ 《事文类聚》前集卷四十五《乐生部》，《景印文渊阁四库全书》第 925 册，第 748 页。
④ （汉）班固撰，（唐）颜师古注，《汉书》卷六五，北京：中华书局，1962 年，第 2851页。

位的相印和貂冠闪烁着三台六星应验太平盛世的天象光芒，语次中透露出赤裸裸的对高官厚禄的艳羡。而"华颠高会侍臣俱"，又将与会者的官爵一块拿来标榜。这样，"不将官职夸乡里，惟尚年龄入画图"的"尚齿不尚官"之意就显得十分虚伪了，其实全部的耆英会诗中多多少少都带有这种自相矛盾之处。"履道清欢追故事，仁瞻阴德见讦谟"，前句追溯白居易履道里园宅九老会故事，后句是指洛阳城刚刚建立的文彦博生祠仁瞻堂。"叨陪几杖真荣观，珪璧丛中间珷玞"，表达荣幸与惭愧之感，属于应酬语言。

宣徽南院使、检校太尉、判大名府王拱辰君贶，年七十一

西都山水天下奇，神嵩景室环清伊（上古太室山为景室山）。甫申间气秀不绝，生贤会圣昌明时。衣冠占数盛文雅，台符卿月光离离。魏京雄奥压幽朔，游官御府严天威。膏田千里翳桑柘，犀甲万旅驯熊罴。公当缓带名三镇，悬赤继纶承保厘。追推契遇最深旧，加复雍孟交旌麾。仁皇一在龙虎榜，桂堂先后攀高枝。宦游出处五十载，鸾台骥路俱腾夷。三公极位固辽隔，五年以长犹肩随。公今复主凤门钥，仆亦再抚铜台圻。二京相望阻河广，三径不克陪游嬉。忽闻千步踵门至，投我十二耆英诗。整冠肃貌讽章句，若坐宝肆罗珠玑。为言白傅有高躅，九君结社真可师。欲令千载著风迹，亟就僧馆图神姿。词宗端殿序篇目，滂洒大笔何淋漓！眷言履道靡充诎，蒐裘近邑将营归。取云绘素得精笔，愿列霜壁如唐规。退居旧相国元老，十年还政瀍之涯。康宁富贵备五福，灵宝盛气如虹霓。昔年大对继晁董，登科赐第同一期（皆天圣八年）。紫垣步武既通接，金沙里闬还邻比。探禅论道剧训对，摩轧太古穷天机。二贤勋业冠朝省，爵齿官学谁依稀？今将图画表来世，讵可下客联缨緌？既蒙月品定人物，不敢循避违风期。况承开阁厚宾客，富有景物佳园池。铜驼坊西福善宅，修竹万个笼清漪。天光台高未百尺，下眺林岭如屏帷。花王千品尽殊胜，风光绣画三春晖。六相街中潞公第，碧瓦万木烟参差。左隅庙室本经礼，右阁宸翰尊星奎。婆娑青凤舞松柏，焕烂素锦薰酴醿。石渠飞溜漱寒玉，昼夜竿瑟鸣阶墀。伊予陋宇治穷僻，姑喜地广为环溪。楼名多景可旷望，台号风月延清辉。四时花藟不外假，挐舟傲幘聊嬉怡。怀归抚事若饥渴，恨无羽翼西南飞。人生交旧贵伦辈，情亲意接心相知。岂无晚秀负才蕴，高谈大笑拘礼仪。洛中故事名义燕，二毛第一

年相推。濯冠登仕荷天宠，尊君报国当百为。既嗟大耋盍知止，纳禄谢事皆所宜。顾方比道倚烦剧，未许解绶披荷衣。长篇不令负花约（公贻"莫负花前约"之句），为指风什歌式微。如羹甘露爽心骨，似柄玉尘亲颜眉。兰丛虽未长罗宅，菊英似亦思陶篱。子山已著小园赋，彦伦犹愧钟山移。聊撼短引谢招隐，肯使猿鹤常惊啼。①

王拱辰这首五十韵的长诗是耆英会诗中最长的一首，以歌咏洛阳人杰地灵开始，描写了与文彦博宦迹的相似、情意的长久，文彦博寄赠耆英会诗、序的经过，与富弼同居洛阳所结成的友谊，对耆英会的向往，对文、富二相和自己洛阳豪宅的回忆及其所寄托的纳政归洛的渴望。开头的六句由《诗经·大雅·嵩高》"维岳降神，生甫及申"②所引申，甫侯、申伯均为周室重臣，这里用来代指文、富二相。从"魏京雄奥压幽朔"到"仆亦再抚铜台圻"，写自己接替文彦博任北京留守，又曾同帅秦凤路、河阳府等，不仅宦迹多有重合，而且先后中科举，从宦五十年来，一路见证了对方的飞黄腾达，尽管文彦博已经位极三公，自己难以望其项背，但在年龄上仅相差五岁，还可以比肩相随。从"二京相望阻河广"到"愿列霜壁如唐规"，写文彦博刻意将耆英会诗、序寄赠，好让自己知道家乡洛阳近日的盛事，可谓望外之喜，聊慰二京悬隔之苦。这里夸赞诸诗道"整冠肃貌讽章句，若坐宝肆罗珠玑"，实际上这些诗歌之所以能够让王拱辰觉得冠貌整肃、如列珠玑，是因为其中充满了礼节的客套、官爵的荣耀，显得千篇一律、华而不实。王拱辰站在局外人的角度，为千百年之后的我们呈现了他对耆英会诸诗的真实观感，难能可贵。而司马光的序言写得怎么样呢？即"词宗端殿序篇目，滂洒大笔何淋漓"。司马光之序谈的是耆英会所展示的洛阳衣冠尤其是文、富二相功业、道德之盛，不仅仅是站在继承九老会的历史序列中进行评述，而且将这种休闲的活动提高到了风化天下的立德立功的层次，显得很有气魄，故而称其为"滂洒大笔"。从"退居旧相国元老"到"摩轧太古穷天机"，写富弼退居洛阳十余年，可谓五福俱备，继而简述二人交往的经过，说二人同中天圣八年科举，不仅同朝为官，而且同里为邻，又同为佛教信徒，相与"探禅论道"。从

---

① 《事文类聚》前集卷四十五《乐生部》，《景印文渊阁四库全书》第 925 册，第 748—749 页。

② （清）王先谦撰，吴格点校《诗三家义集疏》卷二三，北京：中华书局，1987 年，第 959 页。

"二贤勋业冠朝省"到"高谈大笑拘礼仪",表达了希望厕身于耆英会之中的愿望。这里要注意的是,不同于其他耆英会成员表达受邀入会,附骥文、富的荣幸,王拱辰完全把自己置于和文、富相等的地位,前面叙述三人从中举到后来几十年从宦经历中的交谊,都有这个意思在内。"二贤勋业冠朝省,爵齿官学谁依稀?今将图画表来世,讵可下客联缨绥?既蒙月品定人物,不敢循避违风期"几句话说得更为明确,认为只有自己能够"依稀"二相的"爵齿官学",与之"联缨绥""表来世",是二相"月旦评"所定的重要人物,应该早日与他们相见。王拱辰在这部分中用了大量篇幅依次描写富弼、文彦博和自己富丽堂皇的园宅,仿佛洛阳城中三足鼎立的豪华建筑,将自己与文、富并列的意图也十分清楚。从"怀归抚事若饥渴"到"肯使猿鹤常惊啼",表达了自己强烈的致仕归洛之思以及身处繁剧之地的无奈之感。这里又谈到了耆英会的尚齿,"人生交旧贵伦辈,情亲意接心相知。岂无晚秀负才蕴,高谈大笑拘礼仪。洛中故事名义燕,二毛第一年相推",即使"情亲意接""高谈大笑"也要"拘"于"伦辈"的"礼仪",因为"年相推"是洛中宴饮旧有的首要规矩。这里含有一丝的无奈,如果以年相推的话,自己比文彦博小六岁,比富弼小八岁,根本就无法与他们并列,而且已经排到了耆英会倒数的位置。诗歌结尾处,王拱辰说自己之所以作这首百句长诗,是为了不让自己有负归洛相见之约,"长篇不令负花约(公贻'莫负花前约'之句),为指风什歌式微",如此淋漓尽致地剖露心迹,也能够起到快慰心灵、寄托相思的作用,"如羹甘露爽心骨,似柄玉麈亲颜眉"。王拱辰归洛的愿望最终落空,三年后的元丰八年,他死在了北京留守任上,不禁令人唏嘘不已。

这里附上文彦博给王拱辰的寄赠诗,即《彦博代简上君贶宣献》:"勿爱大名名,遂忘西洛乐。铜驼本自佳,金凤亦不恶。二月三月春融融,千花万花红灼灼。公乎早归来,莫负花前约。同赏状元红,对酒刘师阁(花虽旧房,其艳维新)。"[1] 这就是王拱辰诗中所谓的"花约"以及"为指风什歌式微"的招隐诗,"状元红""刘师阁"皆为牡丹花的著名品种。

> 太中大夫、提举崇福宫张问昌言,年七十
> 槐庭二老乐尧仁,盛集高年洛水滨。华衮具瞻虽礼绝,白头序齿

---

① 《文彦博集校注》集外佚诗、佚词,第970页。

却情亲。清闲几席同禅院，山野巾裘似隐沦。尊酒椒香才过节，池塘草色已催春。白公酣畅吟哦内，卫武康强笑语频。岂独丹青传不朽？潜欣风俗欲还淳。芝田鹤戏调形健，莲叶龟游纳息匀。商皓寂寥拘小隐，汉疏局促止家人。莫因气貌疑丹灶，自有光阴寄大椿。复得兼谟为重客（司马光未七十），恐遗元爽在编民。神仙可学今方信，道术相忘久益真。满座交欢祝眉寿，群生五福托鸿钧。①

张问的这首长篇排律很像一首祝寿诗，写得非常典雅，用典较多，满幅工稳的对仗句。"槐庭"代指三公之位，"槐庭二老"即指文、富二相。具瞻，即为众人所瞻仰，语出《诗·小雅·节南山》："赫赫师尹，民具尔瞻。"毛传："具，俱；瞻，视。"郑玄笺："此言尹氏汝居三公之位，天下之民俱视汝之所为。"② 这里亦代指三公，即文、富二相。尊酒椒香，即椒酒，花椒籽浸泡的酒，源于先秦，盛行于汉代，当是元旦或小岁时，少辈尊敬家长为之祝寿的专用美酒，具有延寿养生的功效。"尊酒椒香才过节"是指刚过完新年。卫武，春秋时卫武公姬和，年九十五仍不以老自居。后世用作祝愿长寿的典故。《国语·楚语上》："昔卫武公年数九十有五矣，犹箴儆于国，曰：'自卿以下，至于师长、士，苟在朝者，无谓我老耄而舍我，必恭恪于朝，朝夕以交戒我。'"三国吴·韦昭注："武公，卫僖公之子、共伯之弟武公和也。"③ 芝田鹤戏，芝田，古代传说为仙人种植芝草的地方，指仙境。鲍照《舞鹤赋》："朝戏于芝田，夕饮乎瑶池。"④ 后以芝田鹤作为祝寿语。莲叶龟游，也是祝寿语。《史记·龟策列传》："余至江南，观其行事，问其长老，云龟千岁乃游莲叶之上，著百茎共一根。"⑤ 莲叶龟游纳息匀，指龟息的养生术，《抱朴子·对俗》："《仙经》象龟之息，岂不有以乎？"⑥《玉管照神局》卷下："气出入无声且不自觉或卧不闻者谓龟息，寿相也。"⑦ "汉疏局促止家人"，汉宣帝朝，

---

① 《事文类聚》前集卷四十五《乐生部》，《景印文渊阁四库全书》第925册，第749页。
② 《诗三家义集疏》卷一七，第657—658页。
③ （春秋）左丘明撰，徐元诰集解；王树民、沈长云点校《国语集解》，北京：中华书局，2002年，500—501页。
④ （南朝宋）鲍照著，丁福林、丛玲玲校注《鲍照集校注》，北京：中华书局，2012年，第2页。
⑤ 《史记》卷一二八，第3225页。
⑥ 葛洪著，王明校释《抱朴子》内篇卷三，北京：中华书局，1980年，第42页。
⑦ （旧题南唐）宋齐丘撰《玉管照神局》，《景印文渊阁四库全书》第810册，第752页。

疏广为太傅，疏受为少傅。后二疏同时告老，皇帝、太子赐金，二疏归乡，以赐金办酒食，"广既归乡里，日令家共具设酒食，请族人故旧宾客，与相娱乐"①。兼谟、元爽，即九老会成员狄兼谟、李元爽，前者不及七十而受邀入会，后者年一百三十六。从这些典故就可以看出，该诗基本还是以"官""齿"立意，并将笔墨集中在"齿"上，以祝寿为主。

> 龙图阁直学士、通议大夫、提举崇福宫张焘景元，年七十
> 洛城今昔衣冠盛，韩国园林景物全。功在三朝尊二相，数逾九老萃群贤。当时乡社为高会，此日居留许款延。多幸不才陪履舄，更惭七十是新年。②

张焘此诗也毫无新意，多是对前面诸诗的仿效。诗中专门提到"韩国园林"，说明此次聚会是在富弼（封韩国公）园宅中举行。"当时乡社为高会"一句也是追溯白居易九老会故事之意，"乡社"即为"洛社"。

耆英会诸诗的写作套路是十分明显的，一般都先赞美文、富二相的功绩富贵和众宾的高贵身份，接着针对九老会会规"尚齿不尚官"中的"齿"与"官"大做文章，或是尚齿、序齿的优礼，或是官爵的荣耀，可能还会夸饰一番筵席的热闹、欢快，然后自谦参会、入图的惭愧。文、富二人和王拱辰的诗歌用力较多，态度较为真诚，艺术性也最高，其余除了赵丙的较为轻快奔放、张问的较为典重雅致之外，皆为应景的低水平重复之作，颇不足观。这是因为耆英会的主持者文、富二人无论在年龄还是在官爵功业上都排在诸老的首位，一开始在富弼园宅中举办的两场宴会又极尽奢华，而文、富二人唱和的两首诗又互相推让第一的名头，从而导致其他成员也一味地吹捧二人。名为"尚齿不尚官"而实际上既尚齿又尚官，而且尚官的成分要大于尚齿，使得耆英会变成了一场众星拱月、溜须拍马的逢迎应酬之会，充斥着没完没了的礼节、客套、虚饰。面对着文、富这两位位极人臣的故相，众人就像冯行己"立身官未三公贵，推老名陪二相贤"二句所说那样，只配成为二相的陪宴者，而张问诗中所谓"华衮具瞻虽礼绝，白头序齿却情亲"则是自相矛盾，既然"具瞻"二相的"华衮"，极端看重一个"礼"字，就不可能只尚齿而不尚官，像一家人一样称兄道弟。

---

① （汉）班固《汉书》卷七一《疏广传》，北京：中华书局，2007年，第710页。
② 《事文类聚》前集卷四十五《乐生部》，《景印文渊阁四库全书》第925册，第749页。

关于耆英会的具体场景，苏颂还曾在《次韵王宣徽太尉耆年会诗》中更为形象地写道：

> 今春欲作耆英会，涓日象值神俱比。谓宜饮食与宴乐，对接宾客心忘机。康宁寿富复好德，向此巨福全者稀。席间诸老尽贤杰，相得欢甚欹冠绥。饮盈百榼似尼父，歌有三乐同荣期。杯盘衍溢逮舆隶，割肉酾酒如林池。衣冠填咽两城市，车马照耀清涟漪。夜阑百炬列红烛，天寒四座添重帏。钜儒洒翰序嘉会，义薄皎日垂清晖。诸公半酣各赋咏，含毫叠纸鱼鳞差。诗成累幅灿珠玉，光艳宜若陵钩奎。歌声旖旎啸鸾凤，酒气冷冽喷酴醾。长篇立刻在金石，楷字高揭当轩墀。晋公延宾就绿野，谢傅卜宅临清溪。当时贵客亦有数，讵与今日争光辉？①

苏颂的长韵为我们呈现了非常直观的耆英会的场景，不像其他当事人的短诗写得那么笼统。此诗乃和王拱辰给文彦博的寄诗，只截取了其中的一部分。苏颂虽不是耆英会成员，当时也不在洛阳，而是在汴京，但毫无疑问，为一时盛事的耆英会的消息很快传播开来，苏颂已经非常具体地了解了举办的经过。从他的描写来看，耆英会的奢侈简直让人瞠目结舌，以至于诗中出现了这样的句子"割肉酾酒如林池"。酒池肉林的典故是用来形容商纣王荒淫无度的，这里却用在了标榜齿德的耆英会上，也许他已经找不到其他更为褒义的词语来形容此会的奢侈程度了。富弼在前诗中形容文彦博为耆英会准备的酒肉之多是"塞路移君庖，盈车载春醴"，阻塞道路的当然不仅仅是文彦博的庖厨，更有诸老们出行的车队，苏颂诗中就写道"衣冠填咽两城市，车马照耀清涟漪"，因为这些达官贵人出行都有不少家丁仆从相随，"杯盘衍溢逮舆隶"一句即说明他们还赐酒给这些下人。要举办这么盛大的宴饮活动，还有可能带上自家的歌儿舞女，再加上一路上随观的人群，那就更加壮观了，所以尽管只有十二位赴宴的成员，却能够"填咽城市"。"夜阑百炬列红烛，天寒四座添重帏"，宴饮活动一直进行到深夜，上百只火炬一般的大红烛摇曳着腾腾的火焰，将富弼府第照耀得如同白昼，因为时值正月，夜寒逼人，于是在四面围起了重重的帷幕。喝酒之时少不了诗歌的酬唱，"诸公半酣各赋咏，含毫叠纸鱼鳞

① （宋）苏颂著，王同策等点校《苏魏公文集》卷五，北京：中华书局，1988年，第46页。

差。……长篇立刻在金石，楷字高揭当轩墀"，在酒精催发的诗兴之下，一篇篇诗歌作品源源不断地产生，稿纸交叠堆积如同参差错落的鱼鳞一般，而且这些诗歌会后还以楷书刻在了堂前台阶的石碑上，所以今天我们还能够看到如此全面的耆英会诗。不过耆英会诗肯定远远不止这些，既然要刻石的话，只能选取其中有代表性的作品。而从这些诗作的内容来看，应该皆为第二次在富弼园宅所举办的宴会中所作。后来其余成员"皆次为会"时的作品就没有入选。苏颂还在诗中写他们的诗酒欢腾为"歌声旖旎啸鸾凤，酒气冷冽喷醲醽"，吟诗啸如鸾凤，饮酒甘如醲醽，比文彦博诗所谓"染翰不停诗思健，飞觞无算酒行频"显得更加富贵骄人。可以说打着"尚齿不尚官"旗号的耆英会其实是一场昭然若揭的炫富炫贵的活动，很好地继承了晋朝石崇在洛阳金谷欢会的传统。

三、耆英会与文彦博的富贵豪侈心理

耆英会真正的发起人和首领文彦博本身是一个十分豪侈的人，既有才能和气魄建功立业、出将入相，又毫不忌讳地享受和炫耀自己的富贵显达，所以才会发起这么一场仿慕九老会而又力图超越之的盛会。嘉祐元年（1056），文彦博积极响应朝廷号召，成为宋代第一个打破禁忌，建立自己家庙的大臣。北宋以来，家庙礼制已经废弛，除了皇家宗庙以外，没有大臣敢于营建家庙。宋仁宗考察前代制度，在庆历元年（1041）郊祀之后，"听文武官依旧式立家庙。令虽下，有司莫之举，士大夫亦以耳目久不际，往往不知庙之可设于家也"。文彦博仿照唐代宰相杜佑的家庙在洛阳营建了自己的家庙，不久又进行扩建，"元丰三年秋，留守西都，始衅庙而祀焉"，还邀请司马光写了《文潞公家庙碑》。虽然司马光在铭文中写道"新庙既成……勿侈勿崇"，而从碑文来看，其家庙建造得非常气派，里面藏有祭器、家谱，设有斋枋、庖厨，列有牺牲，"用晋荀安昌公祠制作神板，采唐周元阳议，祠以元日、寒食、秋分、冬夏至，致斋一日。又以或受诏之四方，不常其居，乃酌古诸侯载迁主之义，作车奉神板以行，此皆礼之从宜者也"[①]，向世人充分展示祖上和自己的丰功伟绩、身份地位。元丰三年秋，文彦博自北京大名移守西京洛阳之时被诏入朝陪祀明堂，进位太尉，临行前，神宗"锡宴于琼林苑，悉以二府大臣押伴。既又临遣中使，内出宝器，俾酤天醴，以极鱼藻之乐，及赐御诗以宠其

---

① 《司马温公集编年笺注》第6册，卷七九，第21页。

行。……自近世逮本朝以来，未有其比"①。因神宗赐诗中有"西都旧士女，白首仁瞻公"二句，洛阳士民觉得非常荣耀，第二年便出资为文彦博在资胜院营建了一座生祠，"肖公之像于其中，名之曰'仁瞻'"，司马光因"出公之门最久，其居洛又久"② 而受到士民的请求，写作了《仁瞻堂记》。这两件事再加上耆英会的举办，表明无论是文彦博自己还是洛阳本地人，都将其认定为洛阳一等一的巨公，能够与他相提并论的只有居洛的富弼了。而富弼本人却非常低调谨慎，尽量避免如此招摇的举动。

　　元丰七年，已经七十八岁高龄的文彦博又打破常规赴汴京陛辞，在宫中居住了一个月之久，神宗多次赐宴赠诗，还以养生及立嗣之事询之，优渥之礼倍于上次，大量朝廷重臣无论新党旧党皆奉命陪侍、赠诗。这次洛人迎接其入城的场面更加盛大，司马光《效赵学士体成口号十章献开府太师》其一曰"都人共喜太师回，比户争迎不得催。正值土楼滩水浅，大家出手挽船来"，其二曰"东郊车马走红尘，城外多于城里人。谁信今朝还政后，过如前岁下车新"；又描写文彦博与新任留守亦是故相的韩绛游宴的盛况，其三曰"归来甫可及春残，丞相频邀赏牡丹。远处名园多不到，樽前日献百余盘"，其四曰"洛阳风俗重繁华，荷担樵夫亦戴花。贪看二公同宴会，游人昏黑忘还家"；又描写文彦博与众友人在自家园宅的宴饮情况，其五曰"公厨敕许酿芳樽，屡唤宾朋醉后园。谄浪略无名位间，谁人知道太师尊"；又描写文彦博也有疲于宴游、渴望清净的时候，其六曰"过春稀复到诸园，厌苦终朝鼓吹喧。招得老僧江外至，啜茶挥麈话松轩"，其七曰"东田小籍选新声，歌吹胡琴色色精。客少有时全不用，天然水竹湛余清"；其八、其九皆写其家居的悠闲生活，最后司马光也像其他耆英会成员一样艳羡起文彦博的五福俱全，其十曰："八十聪明强健身，况从壮岁秉鸿钧。功名富贵古亦有，无事归来能几人？"③ 总之，晚年居洛的文彦博有着享受不尽的荣华富贵，无论是在朝廷方面，还是在士民心中，都具有无上的尊荣和崇高的威望，又毫无顾忌、尽情肆意地宴游，一点都没有旧党中人被压抑、受排挤的影子，反而能向全天下人包括得势的新党炫耀自己的尊贵。

　　司马光诗中提到"公厨敕许酿芳樽，屡唤宾朋醉后园"，可见文彦博平日宴饮用的是公使钱、公使酒，这是朝廷给各州军官员宴饮、馈赠等所

---

① 文彦博《御赐诗记》，《文彦博集校注》集外佚文，第1022页。
② 《司马温公集编年笺注》第5册，卷六六，第208页。
③ 《司马温公集编年笺注》第2册，卷一五，第504—507页。

拨发的专款。文彦博举行耆英会的费用应该也多半来自这一笔款项，而承办者的庖厨也应该是公厨。即使在元丰七年文彦博退休以后，神宗依然如其为留守时拨发公使钱。直到元祐五年，文彦博第二次致仕入洛之后才向朝廷申请取消这笔特殊津贴，获得了批准。他在元祐五年六月《免赐公使钱》的奏表中说道："臣准尚书省劄子，三省同奉圣旨，文某特依前任宰相例支破添赐公使钱，仍令河南府管勾支用者。恭惟圣恩眷念老臣，极为优异，荷戴之深，如负山岳。然自来前宰相知判州府，则有犒设军兵，延待宾客，以其本任不足，故有添赐之名。今臣以疲老，蒙圣恩从请，得遂休致，闲居西洛，则无延客犒军之理，若授添赐，极是无名，臣必不敢祗受。伏望圣慈许从寝罢。"① 足见朝廷对待这位老臣的优恤和看重。元丰三年、七年，文彦博两次入京面圣所受到的款待和垂询更是这种恩宠的见证。

不光是文彦博，神宗对闲退洛阳的旧党领袖司马光、吕公著、富弼都千方百计想把他们留在朝中，作为朝廷的门面以及新党的制衡力量。而与新党新法势不两立的旧党不愿意作为摆设和皇帝驭下的棋子，皆纷纷出京，离开了政治中心。但在神宗的招抚政策下，这些耆宿老臣的态度并不相同：司马光坚辞不出，在洛阳一住就是十五年；富弼告老，闭门谢客，对政治心灰意冷，不愿意招惹是非；吕公著则在熙宁十年出知河阳，一向寡言少语的他在离洛前就出处问题与司马光发生了一场激烈的辩论；文彦博则在元丰七年以前一直辗转河阳、大名、洛阳做知府，以实际行动减轻新法在地方上的危害，并不断接受朝廷所赐予的官爵。文彦博举办这场耆英会，大量挥霍公使钱，在炫耀自己官爵地位的同时，也是在炫耀朝廷对他的恩宠，好让新党分子清楚自己的政治实力。借挥霍公使钱、公使酒举办游宴活动而弹劾政敌是宋代党争中打击政敌的一种惯用伎俩，这一点文彦博不可能不明白。嘉祐七年，司马光就曾上《论以公使酒食遗人刑名状》，反对这种借公使酒馈赠定罪的做法，曰"近岁以来，中外有司喜以微文刺举，苟细至于宴饮相从、酒食相馈，皆集累成过，诋以峻法"②。同是居洛的旧党分子祖无择在入洛前的熙宁二年遭遇冤狱，即是"坐知杭州日贷官钱及借公使酒③，而弹劾他的正是新党分子监察御史王子韶。文彦博如此铺张浪费地用公使钱、大肆动用公厨举行耆英会，弄得尽人皆

---

① 《文彦博集校注》卷三七，第893页。
② 《司马温公集编年笺注》第3册，卷二一，第127页。
③ 《续资治通鉴长编》第9册，卷二一三，第5186页。

知，不能排除其中向新党示威的心理。

四、耆英会的命名问题

最后，再谈一谈一个不容易被人发现却十分有趣的问题，即耆英会的命名问题。耆英会最初名为"耆年会"。上引文彦博耆英会诗在其文集中即名为《耆年会诗》，富弼诗前小序云"伏承留府太尉相公就敝居为耆年之会，承命赋诗，谨录上呈，伏惟采览"，楚建中诗曰"归逢大老耆年会"，皆以"耆年会"称之。细心一点就会发现，除了王拱辰的寄诗之外，其余诸诗中压根就没有出现"耆英"字样，而从平仄方面来说"耆年"与"耆英"并无差别，没有理由进行改换。另外，苏颂有两首次韵耆英会诗，其中次韵富弼者题为《次韵司徒富公耆年会诗》，次韵王拱辰者题为《次韵王宣徽太尉耆年会诗》，亦可证明"耆年会"是该会的最初名称。至于为什么又改称"耆英会"了，司马光的序言里说得很清楚："时人谓之'洛阳耆英会'。"是那些向慕者给取的名称，然后为与会耆老们所采用。耆英会虽然举办得极其声张高调，但在"尚齿不尚官"的名头下，以"耆英"自拟则未免公然自夸而有"尚官"之嫌了。那些"谓"耆年会为耆英会的"时人"，无非还是随观耆老出游、为文彦博建立生祠并集体请求司马光为之作序的洛阳士民，当时人们对高官的艳羡心理可见一斑。明代贺钦《言行录》曰：

> 偶见南京"寿俊会"，乃王宗贯守备时与成国公众人所作，命名作序乃尹氏直也。曰："十数人中有好者，有不知者，如某人贪滥小人，王公乃与之作会，便是恶恶之意，不十分了，若不知其人，却是糊突。"又曰："耆英会名头本不十分，今又做寿俊会，岂不贻笑天下后人？夫在己果英，人称之可也，自曰'英'可乎？今某人为人如此，乃自称为'俊'，不几于无忌惮乎？"又曰："白乐天九老会，其名方是，耆英之名是文潞公粗处。若使皋、陶、稷、契、周、程、张、朱，肯如此名乎？当时虽司马公亦预列，然其初自谓'年幼不敢班于是列，文潞公乃命人于幕后图其像而强之会'，然则司马之谦退，安知其不在于此乎？"又曰："某人寿俊会言其在会中年少，意欲比司马公，你如何比得他？"①

---

① （明）贺钦《医闾集》卷三言行录，《景印文渊阁四库全书》第1254册，第655页。

清代梁清远读罢，曰：

> 然余读司马温公序云："时人谓之'洛阳耆英会'。"非潞公自称也。则贺公之议寿俊会为是，而议耆英则非矣。①

贺钦嘲笑当时人做"寿俊会"、以"俊"自称乃恬不知耻的行为，但此会乃拟耆英会而做，贺钦又认为文彦博以"英"自名也不符合语言习惯，是一时糊涂，只有称赞别人为"英"，哪有自称为"英"的？又认为司马光一开始不愿意加入耆英会就是因为这个会名太过自我炫耀。贺钦的这个发现非常敏锐，分析得很有见地，而梁清远的辩驳其实是对贺钦发现的进一步补充，即耆英会之名乃"时人谓之"。文彦博虽未以之自称，但毫无疑问，耆英会之名非常符合此会的实质，文彦博和司马光都坦然接受下来，所以后来王拱辰就直接称这些诗歌为"耆英诗"了。至于南宋胡仔唯知"耆英会"之名而不知"耆年会"之名，还认为"《温公集》有《洛阳耆英会序》正纪此事，《笔谈》以为'耆年会'，非是"②，则未免贻笑大方了。

第三节　俭朴随性的真率会

一、真率会约

在耆英会举办的次年即元丰六年，司马光与刚刚入洛不久的范纯仁发起了另外一种仿九老会，即真率会。二会都秉持九老会"尚齿不尚官"的原则，但真率会在此原则之外又制订了另外几条会约。关于真率会约，宋代文献记载中有详略不同的三种版本，相互略有抵牾之处。

简略版一：

> 司马公与数公又为真率会，有约：酒不过五行，食不过五味，惟菜无限。楚正议违约，增饮食之数，罚一会。③

---

① （清）梁清远《雕丘杂录》卷十六，《四库全书存目丛书》子部第 113 册，济南：齐鲁书社，1995 年，第 780—781 页。
② 胡仔纂集，廖德明校点《苕溪渔隐丛话后集》卷二十二，北京：人民文学出版社，1962 年，第 155 页。
③ 《邵氏闻见录》卷一〇，第 105 页。

简略版二：

> 公（按，指范纯仁）与司马光皆好客而家贫，相约为真率会，脱粟一饭酒数行，过从不间一日。①

详细版：

> 真率会约云：（一）序齿不序官。（一）为具务简素。（一）朝夕食不过五味。（一）菜果脯醢之类，各不过三十器。（一）酒巡无算，深浅自斟。主人不劝，客亦不辞。逐巡无下酒时，作菜羹不禁。（一）召客共作一简，客注可否于字下，不别作简。或因事分简者听。（一）会日早赴，不待促。（一）违约者，每事罚一巨觥。四月日押。②

邵伯温记载"酒不过五行""楚正议违约，增饮食之数，罚一会"，蔡正孙记载"酒巡无算""违约者，每事罚一巨觥"，对于饮酒之数与违约处罚的规定皆不一致。不过这些记载都能体现出朴素的共同特点，而详细版的规定里还在饮酒、投简、赴会方面着重体现了随意的特点。另外李之仪"过从不间一日"的记载并不准确，实际上真率会的举办日期并无严格规定，司马光在《三月二十五日安之以诗二绝见招作真率会，光以无从者不及赴，依韵和呈》诗中即明言"真率由来无次第，经旬逾月不为稀"，这也体现了随意的特点。所谓"真率"，即包含朴素和随意两个方面的意思，司马光《病中子骏见招不往，兼呈正叔、尧夫》诗中"献酬屏浮饰，简率任真性"③二句可以作为很好的诠释，宴饮酬酢尽量减少物质与精神上的负累、浮饰，简朴率性方可听凭真实性情的袒露。真率会的清代追随者尤侗曰"大约真率有二意焉，人则宁质以救伪也，物则宁俭以砭奢也"④，可谓一语中的。如此一来，正好与耆英会的奢侈、客套

---

① （宋）李之仪《范忠宣公行状》，《范忠宣公文集》卷二○附，《宋集珍本丛刊》第15册，第523页。

② （宋）蔡正孙《诗林广记·后集》卷一○《司马温公·真率会》中按语，吴文治主编《宋诗话全编》第9册，南京：江苏古籍出版社，1998年，第9797页。

③ 《司马温公集编年笺注》第1册，卷五，第294页。

④ （清）尤侗《西堂文集》西堂杂组二集卷八，《清代诗文集汇编》第65册，上海：上海古籍出版社，2010年，第200页。

形成了鲜明的对比，亦可见司马光对耆英会的不满，便反其道而行之，举办了这场打着"真率"旗号的仿九老会。

二、真率会名称与渊源

"真率"一词顾名思义，本应该形容人的性格和作风真诚、坦率，而南北朝以来对这一词语的使用就常常和宴饮相联系，由此衍生出宴饮中饮食朴素、不拘礼节之意。《世说新语》记载："过江初，拜官，舆饰供馔。羊曼拜丹阳尹，客来萃者，并得佳设。日晏渐罄，不复及精，随客早晚，不问贵贱。羊固拜临海，竟日皆美供。虽晚至，亦获盛馔。时论以固之丰华，不如曼之真率。"[①] 宋代有人认为这就是司马光洛阳真率会的滥觞。吴曾曰："司马温公有真率会，盖本于东晋初时拜官相饬供馔。羊曼在丹阳日，客来早者，得佳设，日晏则渐不复精，随客早晚而不问贵贱。时羊固拜临海守，竟日皆美，虽晚至者，犹获精馔。时言：'固之丰腆，不如曼之真率。'"[②] 楼钥《朱季公寄诗有怀真率之集次韵》亦曰："伊昔羊尹临丹阳，真率之名初滥觞。"[③] 从"丰华"或"丰腆"与"真率"相对，可见"真率"有简朴的意思在内。

宋太宗朝李昉等编撰的《太平御览》从史书中摘录了几则关于"真率"的故事。一则为《晋书》中记载东晋陆纳将赴吴兴太守任时想要宴请桓温，首先问桓温食量、酒量如何，之后便按量供应，"温及宾客并叹其真率"[④]。这里的"真率"有待客真诚、俭朴的意思。一则为《宋书》中记载陶渊明嗜酒，有酒必饮，每饮必醉，"贵贱造者有酒辄设，潜若先醉，便语客：'我醉欲眠卿可去。'其真率如此"[⑤]。又引《齐书》曰："武陵王晔性清简，尚书令王俭诣晔，留俭设食，盘中菹菜鲍鱼而已。俭重其真率，为饱食尽欢而去。"[⑥] 两处的"真率"皆表示在待客上简单、率性，不分贵贱。到了唐代，杜甫《乐游园歌》有曰"长生木瓢任真

① （南朝）刘义庆《世说新语》卷中之上《雅量第六》，余嘉锡撰，周祖谟、余淑宜整理《世说新语笺疏》，北京：中华书局，1983 年，第 363 页。

② （宋）吴曾《能改斋漫录·逸文》卷一《事始》"真率会"条，北京：中华书局，1960年，第 533 页。

③ （宋）楼钥著，顾大朋点校《楼钥集》第 1 册，卷四，杭州：浙江古籍出版社，2010年，第 102 页。

④ （宋）李昉等《太平御览》第 4 册，卷八四四《饮食部二》，北京：中华书局，1960 年影印本，第 3771 页。

⑤ 《太平御览》第 4 册，卷八四四《饮食部二》，第 3771 页。

⑥ 《太平御览》第 4 册，卷九七九《菜茹部四》，第 4339 页。

率"，清卢元昌解释说"酌酒之具不过长生木瓢，何真率也"①，亦为俭朴之意。

在司马光真率会之后，宋人即使不称所参与的宴饮活动为真率会，也会把俭朴随意的饮食、不拘礼数的行为形容为"真率"。如与司马光同时的韩维《和公美以诸家会集所赋诗》曰"过从只闾里，真率易盘筵"②，两宋之交的曾几《挽王元渤舍人二首》其二曰"觞咏陪真率，言谈见坦夷"③，南宋初年的张栻《三茅观李仁父、刘文潜、员显道、赵温叔、崔子渊置酒分韵得高字》诗曰"杯盘自真率，更起泻浊醪"④，同时期的张镃《又呈坐客》诗曰"从来邂逅宜真率，花下杯传却莫迟"⑤，南宋中晚期的张侃《春时》诗曰"杯盘草草同真率"⑥，南宋末年的薛嵎《渔村杂咏十首》其五曰"盘殽市远从真率"⑦，等等。

可以说，从南朝一直到宋代，"真率"一词已经成为形容宴饮简单率性、宾主真诚相待的惯常用语。而司马光于元丰六年在洛阳发起的真率会是第一次明确以"真率"来命名的聚会宴饮活动，它远承魏晋风流，近承唐九老会精神，不仅在主题和内涵上，更在形式上使真率会成为一种典型的宴饮类型。

真率会的渊源十分复杂，除了"本于东晋初时拜官相饬供馔"之外，还和司马光之父司马池注重节俭的待客之道、司马光苦行僧似的节俭主义以及宋初馆阁"不尚官"的良好风气有关。司马光在教育儿子俭以养德的《训俭示康》一文中特意提到父亲司马池的待客之道，与真率会约极其相似："吾记天圣中先公为群牧判官，客至，未尝不置酒，或三行五行，多不过七行。酒沽于市，果止于梨、栗、枣、柿之类，肴止于脯醢、菜羹，器用瓷漆。当时士大夫家皆然，人不相非也。会数而礼勤，物薄而情厚。"⑧ 南宋末年的陈著即将此"家法"当作真率会约："温公家法：有客则酒三行或五行，侑以果菜，曰'会数而礼勤，物薄而意厚。'……

---

① （清）卢元昌《杜诗阐》卷二，台北：台湾大通书局，1974年，第92页。

② 傅璇琮等主编《全宋诗》第8册，北京：北京大学出版社，1991—1998年，第5250页。

③ 《全宋诗》第29册，第18545页。

④ 《南轩先生文集》卷二，（宋）张栻著，邓洪波点校《张栻集》第2册，长沙：岳麓书社，2010年，第456页。

⑤ 《全宋诗》第50册，第31614页。

⑥ 《全宋诗》第59册，第37141页。

⑦ 《全宋诗》第63册，第39884页。

⑧ 《司马温公集编年笺注》第5册，卷六九，第258页。

庶几共味温公之语，非敢曰真率会自某始。"① 基于这样注重俭朴的家庭传统，也就可以理解司马光制订真率会约的内在心理动因。

《训俭示康》一文是司马光俭朴思想的集中体现。在该文中，他说俭朴不仅是其世代相承的家风，也是他的秉性使然，但是现实却让人痛心，上至士大夫下至走卒、农夫皆尚奢靡，风气大坏。他举了古今许多清俭治家和奢侈败家的例子，认为无论君子或小人，俭则立，侈则败，昭然若揭。在叙述其父厉行节俭的"家法"之后，他痛心疾首地批判当时社会盛行的奢靡之风，曰：

> 近日士大夫家，酒非内法，果肴非远方珍异，食非多品，器皿非满案，不敢会宾友。常数日营聚，然后敢发书，苟或不然，人争非之，以为鄙吝，故不随俗靡者盖鲜矣。嗟乎！风俗颓弊如是，居位者虽不能禁，忍助之乎！②

这种客套、奢侈相互助长的恶劣风气愈演愈烈，与有权有势的士大夫的推动是分不开的，归根到底却是统治者鼓励的结果。自从宋太祖在"杯酒释兵权"时劝石守信等开国功臣"人生驹过隙耳，不如多积金帛、田宅，以遗子孙，歌儿舞女，以终天年"就开始了，加上朝廷佑文的政策、丰厚的禄制以及对耆老的特别优恤，游冶宴乐便成为官员日常生活的重要组成部分。洛阳是优待耆老的地方，享乐之风尤炽。即如王拱辰在熙宁年间尹洛时，其游宴时的奢华程度也不亚于文彦博。邵雍曾有诗记载他与王尚恭等人在王拱辰豪华的园宅中举行"洛社秋会"，曰"后房深出会亲宾，乐按新声妙入神。红烛盛时翻翠袖，画桡停处占青蘋"（《和王安之同赴府尹王宣徽洛社秋会》），司马光则有诗记载王拱辰在清明、上巳重合的节日里泛舟洛川、与民同乐的情形，曰"占花分设席，爱柳就张帷。华毂争门出，轻帘夹路垂。三川云锦烂，四座玉山欹。叠鼓传遥吹，轻桡破直漪"（《和君贶清明与上巳同日泛舟洛川十韵》）。而在这样的享乐氛围中，司马光却能保持苦行僧似的节俭主义。有一则故事反映了他的节俭主义已经达到了可笑的程度：

---

① 《吉初弥月招宗族亲邻寓饮简》，陈著《本堂集》卷七三，《景印文渊阁四库全书》第1185 册，台北：台湾商务印书馆，1986 年，第 376 页。
② 《司马温公集编年笺注》第 5 册，卷六九，第 258 页。

司马温公在洛阳闲居时，上元节夫人欲出观灯。公曰：“家中点灯，何必出看？”夫人曰：“兼欲看游人。”公曰：“某是鬼耶？”①

司马光另有《次韵和复古春日五绝句》诗，描写春天里满洛城人都在纵情游玩，连隔壁西邻也在奏乐，自己却毫不为之所动，只顾闭门读书的情状。其二曰“车如流水马如龙，花市相逢咽不通。独闭柴荆老春色，住他陌上暮尘红”，其三曰“东城丝网蹴红球，北里琼楼唱石州。堪笑迂儒竹斋里，眼昏逼纸看蝇头”，其四曰“家藏歌吹只西邻，吹落梅花歌落尘。百叶桃开深院里，输他白发有情人”。② 不过司马光也会经常沉迷于宴游活动，但饮食一般都十分简单。宋吴垌《五总志》里有一则有趣的记载，曰：

> 司马温公昔在西都，每复被独乐园，动辄经月，诸老时过之，间亦投壶，负者必为冷淘，然亦未尝置庖，特呼于市耳。会文潞公守洛，携妓行春，日邀致公。一日自至独乐园，吏视公叹息，公怪而诘之，答曰：“方花木盛时，公一出数十日，不惟老却春色，亦不曾看一行书，可惜澜浪却相公也。”公深愧之，于是遣马还第，誓不复出。诸老争来邀公，必以园吏语谢之。公之克己雅素，固绝人远甚，彼园吏者，亦以突过郑玄奴婢矣。③

这里透露出几点信息，一是司马光的住宅并不在独乐园，而是经常到独乐园游憩，因而独乐园没有专门的厨师，需要到街市上购买食物。二是很多聚会都在独乐园举行，大概是独乐园场地比其住宅更为宽敞，来往比较方便。三是司马光的宴会上有投壶等娱乐活动，输了便要出钱购买冷淘（即凉面），说明其日常宴饮都有一定的规约。四是其宴会所需食物是在街面上临时购买的，没有专门的后厨供应，也说明司马光平时的聚会都比较俭朴，从罚冷淘一事也可看出。五是文彦博守洛时经常携妓游春，非常奢华、招摇，不肯像其他人一样在条件较为简陋的独乐园中聚会，而是邀请司马光出去到另外的场所宴游，而且这种邀游活动很频繁，邀司马光入

---

① （宋）吕本中《轩渠录》，王利器辑录《历代笑话集》，上海：上海古籍出版社，1981年，第88页。
② 《司马温公集编年笺注》第2册，卷一四，第430—431页。
③ （宋）吴垌《五总志》，北京：中华书局，1985年，第3页。

耆英会也在常理之中，非独因为他名气大，也是因为二人平时聚会本来就比较多。至于园丁责备主人贪玩废书、有行为不检之嫌，让他有所收敛的说法或许实有其事，但认为司马光从此老老实实归家闭门读书，再也不应人招游，就过于绝对了，现存的司马光熙丰居洛时期大量宴游的诗歌就非常能够说明问题。总之可以确定的是，真率会俭朴、率性的特点保持了司马光平日与人聚会的一贯风格，而独乐园中日常随意的小饮则成为元丰六年真率会的预演。司马光平时招饮的诗歌里经常会出现"勿笑盘蔬陋，时来一觞举"①，"官冷惭无具，相思不敢招"② 之类的诗句。有时他还会说"交飞觞酒满，强进盘飧薄。苟非兴趣同，珍肴徒绮错"③，认为简单的酒食并不妨碍友谊的增进，而志趣不同的人聚会即使有再多的珍馐佳肴也没有任何用处，重内在精神而轻外在物质，与"真率"之意十分接近。耆英会规定在文、富二相作会之后，余者"皆次为会"，这在司马光来说是非常为难的，违背了他一贯的俭以养德的观念和日常宴游习惯，也难怪司马光要另起炉灶，举办起打上他本人鲜明烙印的真率会。

真率会的另一发起人范纯仁和司马光有着同样的节俭精神。范纯仁虽然年纪较轻，还不满六十，却拥有了不俗的政绩和较高的资历声望，成为旧党的中坚分子，而且又是名臣范仲淹之后，声望早著。其父范仲淹也很清廉朴素，少年读书时就有划粥割齑的著名故事，因此俭朴也是其家风。这是二人友谊的重要基础。范纯仁撰有著名的《布衾铭》，和司马光的《训俭示康》一样说的都是俭以养德、奢侈亡身的道理，司马光非常喜爱，把它以隶书写在自己经常盖的布衾上面。这条布衾乃其好友范镇所赠。前面说过，范镇曾经赠给司马光竹杖一根、貂裘一件，司马光经常使用这根竹杖，而嫌貂裘奢华藏之不用。后来范镇又赠布被，司马光则终身服之。与布被相伴的便是上面所书范纯仁之《布衾铭》，可见司马光对范纯仁其人的看重，视之为和范镇同等亲密的好友。司马光逝世时，更将此布衾作为敛衾，当作对他一生奉行的节俭主义和与二范友谊的见证。这些都构成了真率会的思想背景。

此外，还有一件不被人注意却十分重要的事情，即北宋前期馆阁中就有不以名位高低定人之贵贱的"不尚官"的优良传统，等司马光入为馆

---

① 司马光《首夏二章呈诸邻》其二，《司马温公集编年笺注》第 1 册，卷五，第 263 页。

② 司马光《南园雨霁，景物粗佳，有怀正叔、安之》，《司马温公集编年笺注》第 2 册，卷一四，第 443 页。

③ 《张明叔兄弟雨中见过弄水轩，投壶赌酒，薄暮而散，诘朝以诗谢之》，《司马温公集编年笺注》第 1 册，卷五，第 266 页。

阁校勘时已不复此风，让他耿耿于怀。皇祐年间他在《答谢公仪启》中就急切地呼唤这种优良传统的回归，曰：

> 窃尝侧闻先达长者之言，曰："昔之初有职业于兹者，不以位之崇卑、名之显晦，皆挚启以造于僚友之门，闺闺焉与见于公卿贵人之礼均。若是者非他，盖以凡居此官，本以礼义相先，非以名位相高也。兹道之替久矣！光不及见焉。常拊髀私叹，自恨生之后而进之晚，不得目前人盛事。又伤身之贱而名之晦，不能率先士夫以振起之也。"①

之后司马光便将谢公仪屈尊降贵执礼到访说成"知兹礼之来非光之为，而为台阁之美，不可使遂委草莽而沉绝不继也"，认为像谢公仪这样的大人物一举一动都能够起到引领天下道德风尚的作用，"凡一事一为皆天下之所仰而趋，慕而归者也。若使出于偷，则后来之士无自入于敦；出于敦，则后来之士无自入于偷"。晚年居洛的司马光地位名望已经远非当年的谢公仪所能比拟，他当然希望能够实现夙愿，以洛阳为辐射点将这种看重平等的思想传统"率先士夫以振起之"，进而影响到天下人与后来人。恰好洛阳又有"尚齿不尚官"的旧俗以及此风催生出的九老会故事，他在《洛阳耆英会序》说："又洛中旧俗，燕私相聚尚齿不尚官，自乐天之会已然，是日复行之，斯乃风化之本，可颂也。"② 身在"天下之中"的洛阳，又身负天下之望，司马光对当地如此优秀的思想资源绝对是要好好利用的。这成为他举办真率会的又一深层原因。

与耆英会一样，真率会的仿九老会特征也是十分明显的。真率会约第一条即"序齿不序官"③，又，司马光有诗题为《二十六日作真率会，伯康与君从七十八岁，安之七十七岁，正叔七十四岁，不疑七十三岁，叔达七十岁，光六十五岁，合五百一十五岁，口号成诗，用安之前韵》，首句"七人五百有余岁"，诗后自注曰"乐天九老诗云：七人五百七十岁"④。此诗后又有《别用韵》曰"座中七叟推年纪"⑤，亦序齿之意。同时真率会成员祖无择《聚为九老自咏》诗题下有小注曰"龙学（按，祖无择时

---

① 《司马温公集编年笺注》第4册，卷五八，第508页。
② 《司马温公集编年笺注》第5册，卷六五，第165页。
③ （宋）蔡正孙《诗林广记·后集》卷一〇，《宋诗话全编》第9册，第9797页。
④ 《司马温公集编年笺注》第2册，卷一四，第459—460页。
⑤ 《司马温公集编年笺注》第2册，卷一四，第460页。

为龙图阁学士）因分司西京御史台，与司马温公九人为真率会，谓之九老"①。

三、真率会诗与真率精神

真率会的成员有哪些人呢？前引诗题及小序中提到了伯康即司马光之兄司马旦、君从即席汝言、安之即王尚恭、正叔即楚建中、不疑即王谨言、叔达即宋道、光即司马光、龙学即祖无择，另外还包括范纯仁、鲜于侁、文彦博、韩绛、张子贱（名不详），疑元丰六年过洛的张徽也曾参与进来。现存真率会诗歌有二十余首，数量多于耆英会诗，也不像后者为同一次聚会中所作，而是在多次活动中产生的。在这些诗题中可以看到，真率会不仅举办日期不固定，每次参与的成员也不固定。而且也没有以七十岁为入会年龄的限制，主办者司马光时年六十五岁、范纯仁五十七岁，另外一个成员鲜于侁六十六岁，虽不及耆英会成员年高，却也都属于耆英的行列，二会部分成员也是重合的。这些异同点说明，它们属于同一洛社交游圈内不同主题的仿九老会活动。不像文彦博主动邀请司马光入耆英会，司马光一开始不仅没有将真率会之事告知文彦博，当文彦博得知此会并主动请求加入时，司马光反而拒不接纳，由此便发生了文彦博强行入真率会的趣事。吕公著长子吕希哲在《吕氏杂记》中记载道：

> 温公……于是乃与楚正叔通议、王安之朝议耆老者六七人，相与会于城中之名园古寺，且为之约：果实不过五物，肴膳不过五品，酒则无算。以为俭则易供，简则易继也，命之曰真率会。文潞公时以太尉守洛，求欲附名于其间，温公为其显，弗纳也。一日潞公伺其为会，戒②厨中具盛馔直往造焉。温公笑而延之曰："俗却此会矣！"相与欢饮夜分而散，亦一时之盛事也（亦曰平会）。后温公语人曰："吾知不合放此老入来。"③

真率会的举行并没有耆英会那么隆重，而是由司马光与诸老平时小规模聚饮发展而来，制订真率会约在很大程度上也是出于"俭则易供，简

---

① （宋）祖无择《龙学文集》卷四，《景印文渊阁四库全书》第1098册，第809页。

② 此处"戒"为告诉、预告之意，否则司马光"俗却此会矣""吾知不合放此老入来"之语是说不通的。参见《汉语大字典》卷二中"戒"字的第10条义项，四川辞书出版社、湖北辞书出版社1987年版，第1401页。

③ 《吕氏杂记》卷下，《全宋笔记》第1编，第10册，第285页。

则易继"的实际考虑。要想随时随地、持久有效地召集朋友欢会，就不能够把形式搞得过于复杂、酒食搞得过于奢侈，不然的话，长此以往，总会成为一笔不小的精神和经济负担，反而会使活动的娱乐效果大打折扣并很快夭折。文彦博名高位显，性喜奢侈，又喜爱以功业官爵自炫，一场耆英会下来，极尽铺张浪费与礼节客套之能事，其生活作风与真率精神大相径庭，他的加入只会破坏真率会规。不过也只有司马光这样的真率之人敢于拒绝文彦博的入会请求。文彦博强行闯入真率会、故意"具盛馔"破坏真率会约的行为有点恶作剧的性质，反映了诸老之间关系的亲密。虽曰戏谑，却让司马光十分无奈，他苦心经营起来的倡节俭、贵隐逸而又新颖独特的真率会横遭暴殄，也难怪他后悔没有对文彦博采取坚决拒绝的态度。

文彦博并非不知道真率会举办的真实意图，他在请求入会的《近闻有真率会，呈提举端明司马》一诗中即表达了自己对该会的理解，曰：

> 近知雅会名真率，率意从心各任真。颜子箪瓢犹自乐，庾郎鲑韭不为贫。加笾只恐劳烦主，缉御徒能困倦宾。务简去华方尽适，古来彭泽是其人。（自注：是诗也，率尔而作，斐然而成，虽甚鄙拙，亦有希真之意焉。）[1]

此诗全篇都在诠释"真率"二字。"率意从心各任真"一句通过将"真率"一词进行拆解造句来直接加以解释。颜子、庾郎二典针对俭朴而言，加笾、缉御二典针对简便而言。其中，"庾郎鲑韭"是指南朝庾杲之"清贫自业，食唯有韭菹、瀹韭、生韭杂菜。或戏之曰：'谁谓庾郎贫，食鲑尝有二十七种。'言三九也"[2]。加笾，为旧日祭祀时所上供献之物，这里是指丰腆的饮食。缉御，谓筵席中侍者连续更替地侍候着。颜回、庾杲之虽贫而人物自美，是安贫乐道的典型，而筵席中注重饮食的丰盛与礼节的繁缛只会让宾主都陷入劳烦、厌倦之中。只有删繁就简、去华求实才能够尽可能地自适而适人，如果求之于古人的话，陶渊明就是其中典型。该诗不仅在内容上通篇围绕"真率"展开，在写作方式上作者认为也非常率性，有"希真之意"。这表明作者的写作态度是真诚的，也表示对司

---

① 《文彦博集校注》卷七，第421—422页。
② （唐）李延寿撰《南史》第4册，卷四九《庾杲之传》，北京：中华书局，2011年，第1209页。

马光真率理念的认同。

尽管如此，司马光的《和潞公真率会诗》却摆出了一副拒绝的姿态，曰：

> 洛下衣冠爱惜春，相从小饮任天真。随家所有自可乐，为具更微谁笑贫？不待珍羞方下箸，只将佳景便娱宾。庾公此兴知非浅，藜藿终难继主人。①

这里司马光将真率会定位为"相从小饮"，这种"小"，一在于花费小，只要"随家所有"就行，有点类似于我们现在说的凑份子，出钱出酒食、器物皆可，不需要经过太多的筹备工作，哪怕"为具更微"也不会被嘲笑为贫穷，"具"指酒食本身。一在于目的小，不一定要求"珍羞"，仅仅需要眼前的"佳景"，只要能"可乐""娱宾"就行。这两点小，也就是俭朴、随意的意思，同时也与耆英会严格区分开来。"庾公此兴知非浅"，用的是庾亮与下属同乐的典故。《世说新语》载："庾太尉在武昌，秋夜气佳景清，使吏殷浩、王胡之之徒登南楼理咏，音调始遒，闻函道中有屐声甚厉，定是庾公。俄而率左右十许人步来，诸贤欲起避之，公徐云：'诸君少住，老子于此处兴复不浅。'因便据胡床，与诸人咏谑竟坐，甚得任乐。"② 最后两句其实是司马光在婉拒文彦博入会，提醒说，虽然长官与我们同乐的兴致不浅，但真率会俭朴粗陋的饮食实在难以继续您做东时的奢华，也就是说文彦博并不适合真率会。

次韵文彦博真率会诗的除了司马光之外，还有范纯仁和鲜于侁。范纯仁之诗曰：

> 贤者规模众所遵，屏除外饰贵全真。盍簪既屡宜从简，为具虽疏不愧贫。免事献酬修末节，都将诚实奉嘉宾。岂唯同志欣相照？清约犹能化后人。③

此诗将司马光所定真率会约称为"贤者规模"，肯定了司马光作为真

---

① 《司马温公集编年笺注》第 2 册，卷一四，第 454 页。
② 余嘉锡撰，周祖谟、余淑宜整理《世说新语笺疏》卷下之上，第 618 页。
③ 范纯仁《和文太师真率会》，《范忠宣公文集》卷四，《宋集珍本丛刊》第 15 册，第 398 页。

率会创始人的地位，也表示应当与其他成员一道严格遵守会约的规定。继
而把简单、俭朴看成真诚友谊的体现，并认为此会约在维持同道友谊和教
化后人方面都会有它的作用。与司马光一再自谦真率会之"小"不同，
范纯仁着重于真率会约所体现的"真"的道德意义。其中"盍簪既屡宜
从简"一句是说朋友之间的聚会既然要频繁地举办下去就应以从简为宜，
与"俭则易供，简则易继"之意相类。

鲜于侁之诗曰：

> 羹藜寂寞天随子，换酒风流贺季真。淡水论交自忘味，道腴充实
> 不知贫。万钱纵侈轻豪贵，三寿优游萃燕宾。奔走每怜饶俗状，谪官
> 犹作会中人。①

此诗兼顾文彦博、司马光二人，既称赞真率会"君子之交淡如水"
的交友精神和贫而乐道的道德境界，又称赞耆英会挥金如土的豪爽尊贵和
高寿者聚游宴飨的难能可贵，再对比自己奔走官场的俗态，庆幸能以贬谪
微官而参与真率高会。首二句将隐逸自适的晚唐诗人陆龟蒙（号天随子）
比作司马光，将金龟换酒的盛唐诗人贺知章（字季真）比作文彦博，一
贫一富，一隐一官，而皆潇洒风流，颇为恰切。不过全诗两边讨好的立场
又不自觉地落入了客套之嫌。

让我们再从以下诗歌中感受真率会举办的真实情形。首先来看司马光
所作的一组在日期上非常连贯的诗歌：

> 三月二十五日安之以诗二绝见招作真率会，光以无从者不及赴，
> 依韵和呈
> 真率由来无次第（来诗云："真率会名今第几？"），经旬逾月不
> 为稀。篮舆但恨无人举（今日军士皆请粮，不获趋赴），坐想纷纷醉
> 落晖（来诗云："数酌仍须就晚晖。"）。
> 　又
> 杯盘丰腆胜陶令，园沼繁华减白家。惆怅佳辰掩蓬荜，不陪高会
> 赏邻花。（来示云：下瞰邻花。）

---

① 《和司马君实安之以诗二绝见招作真率会光以无从者不及赴依韵和呈》，《司马温公集编
　年笺注》第 2 册附，卷一四，第 457 页。

用安之韵招君从、安之、正叔、不疑二十六日南园为真率会

其一

榆钱零乱柳花飞，枝上红英渐渐稀。莫厌衔杯不虚日，须知共力惜春晖。

其二

真率春来频宴聚，不过东里即西家。小园容易邀嘉客，馔具虽无亦有花。

二十六日作真率会，伯康与君从七十八岁、安之七十七岁、正叔七十四岁、不疑七十三岁、叔达七十岁、光六十五岁，合五百一十五岁，口号成诗，用安之前韵

其一

七人五百有余岁，同醉花前今古稀。走马斗鸡非我事，纮衣丝发且相晖。（乐天九老诗云："七人五百七十岁。"）

其二

经春无事连翻醉，彼此往来能几家？切莫辞斟十分酒，尽从他笑满头花。

别用韵

座中七叟推年纪，比较前人少几多？花似锦红头雪白，不游不饮欲如何？

二十七日邀子骏尧夫赏西街诸花

今年节物非常晚，春尽西街花尚多。试问二三真率友，小车篮舁肯重过？

二十八日会不疑家，席上纪实

召客客俱来，赏花花正开。寒暄方得所，风雨不相催。席上柳飞雪，门前车隐雷。主人意仍厚，安得不徘徊？①

范纯仁墓志铭中所谓与司马光"相约为真率会，脱粟一饭酒数行，过从不间一日"的说法，恐怕就来自这组诗歌。三月二十五日，王尚恭

---

① 《司马温公集编年笺注》第2册，卷一四，第456—462页。

作会，以两首绝句向会员们发出邀请，司马光因士兵请粮，无人为自己抬篮舆（一种竹轿）而无法出远门，只好回诗表达不能赴会的遗憾。在这两首诗中，根据王尚恭"真率会名今第几"的说法，司马光以发起人的身份重申"真率由来无次第，经旬逾月不为稀"的规定。尽管如此，由王尚恭诗句仍然可以看出真率会举行活动的频率非常高，到当时为止已经不知道举办到第几场了。三月二十六日，为了弥补昨日不能赴会的遗憾，司马光作会，以前韵作二绝句邀请诸友，会中又次同韵为诗。这次共有七人到会，按照年龄排列，包括司马旦、席汝言、王尚恭、楚建中、王谨言、宋道、司马光。胡仔曾见过真率会九老图，便根据这首诗发出疑问："真率会中止有七人，而九老图像有九人，不知彼二人者果何人，集中不载也。"[①] 真率会每次参会成员数量不固定，总的来说不止七人，也不止九人。真率会九老图之事已不可考，司马光描写真率会有句曰"金丹呼胜彩"[②]，或许就是指宴会中绘图。不过司马光此日所作诗歌中仿慕白居易九老会尚齿、序齿的意思还是很明显的。三月二十七日，司马光邀鲜于侁、范纯仁到西街赏花，诗中称他们为"二三真率友"。三月二十八日，王谨言在其家中作真率会，由司马光诗句"召客客俱来""门前车隐雷"知会中人数较多，但具体有哪些人却不得而知。在这三天内所作的九首诗大多表达了一种惜春惜时、及时行乐的紧迫感，如曰"莫厌衔杯不虚日，须知共力惜春晖"，"花似锦红头雪白，不游不饮欲如何"等，但又绝对不会追逐时好、"走马斗鸡"，风流而不失蕴藉。诸诗写得短小轻快、不费思虑，也体现出真率的特点。

三月三十日，到了春尽的时刻，天降微雨，前几天充满惜春意味的真率会暂停，司马光只好闭门家居，在昏昏欲睡中看着衰败的花丛，聆听滴沥的雨声，心中充满惆怅，写下了《三月三十日微雨，偶成诗二十四韵书怀，献留守开府太尉兼呈真率诸公》一诗，引起了文彦博、范纯仁的唱和。三诗都有涉及真率会的部分，分别为：

> 追随任尘甑，歌笑忘霜鬓。落笔诗情放，飞觥酒令严。金丹呼胜彩，玉烛擢新签。傲岸冠巾侧，淋浪襟袖沾。饥仍留瘦马，归必待清

---

① （宋）胡仔纂集，廖德明校点《苕溪渔隐丛话后集》卷二十二，北京：人民文学出版社，1962年，第154页。

② 司马光《三月三十日微雨，偶成诗二十四韵书怀，献留守开府太尉兼呈真率诸公》，《司马温公集编年笺注》第2册，卷一四，第463页。

蟾。筋力虽无几，娱游亦未厌。(司马光《三月三十日微雨，偶成诗二十四韵书怀，献留守开府太尉兼呈真率诸公》)①

命宾常务率，出令更须严。诗咏当阶药，书寻傍架签。兰芬衣可袭，露润草俱沾。(文彦博《提举端明宠示三月三十日雨中书怀，包含广博，义味精深，词高韵险，宜其寡和，辄次元韵》)②

邀朋拟白社，取友尽苍髯。馔具虽真率，宾仪去谨严。(范纯仁《和君实微雨书怀韵》)③

三人笔下的真率会都属于诗酒的雅会，即文字饮，包括写诗、饮酒、作画、行酒令、玩书签等项目，司马光突出的是娱游的尽兴，文彦博突出的是作诗的精雅，范纯仁只是泛论对九老会的继承和真率的特征。从中可以看出真率会虽然毫不讲究酒食的优劣、多寡，尽量摆脱物质层面的负累，以期达到娱乐效果的最大化，但放中有收、宽中有严，真率而不失严谨，游戏规则的制订和执行都很严格。酒令需严格，作诗也要指定眼前景物加以歌咏，甚至还要依靠书签的标记来寻找书籍中的典实，以至于连司马光这首"偶成"诗都被文彦博称赞为"包含广博，义味精深，词高韵险，宜其寡和"，有相互赛诗的意味。真率会约中有酒食数量、投简方式等规定若干条，聚会中间的各种娱乐项目也有严格的游戏规则，这表明真率会表面上虽然有极大的随意性和灵活性，实质上却是精心策划出来的，为其俭朴形式之下的娱乐性提供了切实的保障。

除此之外，一些关于真率会成员因故推辞赴会的诗歌也很有意思。司马光曾因病忌酒，不能赴鲜于侁、楚建中所作真率会，作《病中子骏见招不往，兼呈正叔、尧夫》诗。范纯仁和诗认为君子盛德无患，让司马光好好养病，并表达相思之情，"暂阻如三秋，斯言犹未称"④。不过有一次王尚恭推辞赴会之时，却遭来一片奚落嘲笑之声。司马光《酬王安之闻罢真率会》曰："闭关宁是率？辞疾似非真。既处讥嘲地，谁为长厚人？虚舟非有意，飘瓦不须嗔。此过如何赎？清秋宴席陈。"自注曰："安之诗有解嘲意，故以此戏之，资一笑。"⑤认为王尚恭假意托病，不是

---

① 《司马温公集编年笺注》第2册，卷一四，第463页。
② 《文彦博集校注》卷七，第423页。
③ 《范忠宣公文集》卷二，《宋集珍本丛刊》第15册，第385页。
④ 范纯仁《和君实病中子骏招不至》，《范忠宣公文集》卷一，《宋集珍本丛刊》第15册，第379页。
⑤ 《司马温公集编年笺注》第2册，卷一五，第474页。

真率的行为，有失长厚人的身份，应该在清秋时节罚作一会。范纯仁也和诗希望王尚恭"怃出莫推辞"①。后来鲜于侁作会招王尚恭不至，范纯仁更以二诗相戏弄，比司马光有过之而无不及。诗曰：

> 其一：
> 乡间贵老宁牵强？德齿俱尊合便安。况是耆英会中客，须同八十主人看。
> 其二：
> 齐眉举按人谁似？异膳常珍必自调。真率攀邀宜莫应，蚍蜉大木固难摇。
>
> ——《子骏作真率会招安之不至二首》②

第一首诗说王尚恭身为"乡间贵老"，"德齿俱尊"，倚老卖老。而且他是耆英会中人，应该像看待文、富二相那样看待他，就更不能勉强了。第二首说王尚恭肯定在家品尝夫人做的美味佳肴，所以我们就像"蚍蜉撼大树"一样怎么都请不动他来赴会。这两首诗读来让人忍俊不禁。不过范纯仁本人也曾因事不能赴王尚恭的真率会，作有《以府会阻赴王安之招集，次安之韵二首》，如今已无法知晓王尚恭有何回复，殊为憾事。

自从文彦博加入之后，真率会便无可奈何地染上了些许耆英会的色彩。司马光《和潞公伏日燕府园示座客》诗写文彦博作真率会的情形曰"盛阳金气伏，华宇玉樽开。真率除烦礼，耆英集上才。……蒲葵参执扇，冰果侑传杯"③，范纯仁和诗也描绘道"夏木清阴合，公当雅燕开。前轩鸣脆管，密席列英才。……绕客烧银烛，垂莲醮玉杯"（《和文潞公席上》）④，说明会中的饮食、陈设都是比较奢华的，完全不是真率会的风格。元丰七年，文彦博致仕，韩绛留守洛阳，也举办起了真率会，也是一派耆英的风格。文彦博《留守相公宠赐雅章，召赴东楼真率之会，次韵和呈》曰："朱楼华阁府园东，蜗陋仍依美庇中。俭幕深严依绿水，楚台高迥快雄风。四弦清切呈新曲，双袖蹁跹试小童。况是元规兴不浅，归

---

① 范纯仁《酬安之罢赴真率会》，《范忠宣公文集》卷二，《宋集珍本丛刊》第 15 册，第 386 页。
② 《范忠宣公文集》卷四，《宋集珍本丛刊》第 15 册，第 399 页。
③ 《司马温公集编年笺注》第 2 册，卷一五，第 475 页。
④ 《范忠宣公文集》卷二，《宋集珍本丛刊》第 15 册，第 386 页。

轩争敢便匆匆。"① 元规，是庾亮的字。"况是元规兴不浅"与司马光诗中"庾公此兴知非浅"何其相似乃尔，让这些生活奢侈、位高权重的朝廷大佬加入真率会，结果都难免让司马光兴起"俗却此会"的感慨。当初"楚正议违约，增饮食之数，罚一会"，而当文彦博、韩绛以故相之尊举办起了豪华版的真率会，会约中的处罚措施却难以真正地发挥作用了。后人在效法真率会时也注意到了这个问题，清代王棠说："惟是真率一会易于遵行，而江南风俗尚侈靡，往往初不逾约，不数月，便有增饮食之数如楚正议者。今与同志约，增其数者亦如楚正议罚一会，则前人盛事亦可相沿不坠也。"② 可见游戏规则的重要，违背规则而不受罚，其结果无异于取消游戏规则本身并进而使游戏变味变质，真率会也是一样。

四、"耆英"与"真率"会名的混淆

虽然真率、耆英二会形式上差别非常大，一个俭朴、随意、小巧，一个奢侈、客套、盛大，但由于它们举办时间相近、成员多有重合，又皆为对九老会的仿效，后来又有合流的趋势，后人便经常将二会混淆，今天的研究者也会经常犯这种错误。与司马光同时稍后的米芾在《九隽老会序草》题下自注曰："十老会后更名曰'耆英'，又名'真率'。"③ 耆英会之前名"十老会"，未见他处记载，大概是因为耆英会有会员十三名，举其成数而言。范成大《（绍定）吴郡志》曰："九老会后更名'耆英'，又名'真率'。"④ 楼钥追述真率会的由来，曰："伊昔羊尹临丹阳，真率之名初滥觞。香山尚齿当会昌，卧云不羡坐岩廊。七人各列官与乡，年德俱高世所臧。丙午同甲遥相望，清谈生风想琅琅。耆英人物尤轩昂，赋诗远追白侍郎。文富归休寿而康，衣冠十二何锵锵！"⑤ "文富归休""衣冠十二"说的正是耆英会，"衣冠十二"是指除了北京留守王拱辰之外在洛的十二名耆英会会员，诗题曰"朱季公寄诗有怀真率之集次韵"，则楼钥显然是把耆英会当作了真率会。祝穆《事文类聚·前集》记载"洛阳耆

---

① 《文彦博集校注》卷七，第359页。
② （清）王棠《燕在阁知新录》卷二十八，《续修四库全书》第1147册，上海：上海古籍出版社，1994—2002年，第224页。
③ （宋）米芾著，黄正雨、王心裁辑校《米芾集》，武汉：湖北教育出版社，2002年，第81页。
④ （宋）范成大著，陆振岳点校《吴郡志》卷二《风俗》，南京：江苏古籍出版社，1999年，第15页。
⑤ 《朱季公寄诗有怀真率之集次韵》，《楼钥集》第1册，卷四，第102页。

英"，录《邵氏闻见录》卷一〇关于洛阳耆英会、同甲会、真率会的记载①，其后"古诗"条录有司马光《耆英会序》及十三位成员在会中所作诗歌，其中所录司马光的诗歌即为前引《和潞公真率会诗》，后又录"真率会约"②。知祝穆把同甲会、真率会都当作耆英会看待。周密亦曰："元丰洛阳耆英会……其后又改为真率会云。"③可见宋人混同耆英会与真率会的说法比较常见，后世就更加普遍了。

当代最早对宋诗社进行系统研究的是欧阳光先生的《宋元诗社研究丛稿》一书，他在《文彦博洛阳耆英会》一节引用了元陶宗仪《说郛》所录真率会约，由此归纳出耆英会活动的若干特点，认为耆英会成员有摆脱官场束缚、"回归自然，任性而为，追求一种较为轻松的生活方式"的心态，这正是耆英会"又称作真率会的原因所在"④。周扬波先生在《宋代士绅结社研究》一书中说"元丰年间陆续出现了五老会、耆英会、同甲会、真率会四个社团，由于成员有相互承接重合的关系，年份又十分接近，可以视为同一个士人会社，总以洛阳耆英会名之"⑤，与欧阳先生一样亦录《说郛》中真率会约，并把真率会特点当作耆英会特点。⑥笺校司马光文集的李之亮先生说"闲居洛阳时，他（按：指司马光）发起了一个'耆英会'，与会者都是相当一级的高官，如前宰相富弼、文彦博等，然而在制定耆英会章程时，他强调的却是……"，接着便引用了真率会约⑦。三位学者承袭宋人旧说混淆二会，情有可原，亦势有澄清之必要。读者当自明之。

---

① 《事文类聚》前集卷四五《乐生部》，《景印文渊阁四库全书》第 925 册，第 740—741页。
② 《事文类聚》前集卷四五《乐生部》"古诗"条，《景印文渊阁四库全书》第 925 册，第745—750 页。
③ （宋）周密著，张茂鹏点校《齐东野语》卷二〇《耆英诸会》，北京：中华书局，1983年，第 367—368 页。
④ 欧阳光《宋元诗社研究丛稿》，第 176—177 页。
⑤ 周扬波《宋代士绅结社研究》，第 102 页。
⑥ 《宋代士绅结社研究》，第 105 页。
⑦ 《司马温公集编年笺注》第 1 册，前言，第 13 页。

第三章　宋神宗朝洛阳诗坛的
诗歌观念与白体接受

第一节　生机勃勃的宋神宗朝洛阳诗坛

宋神宗朝洛阳文人群的聚会交游活动极为频繁，诗酒酬唱是其中的必备项目之一，由此产生了大量的诗歌作品。从上引耆英会、真率会诸诗中能直观地看出来，如"染翰不停诗思健""诗咏当阶药，书寻傍架签"（文彦博）、"席间韵语皆非俗"（王尚恭）、"忽闻千步踵门至，投我十二耆英诗。整冠肃貌讽章句，若坐宝肆罗珠玑"（王拱辰）、"白公酬畅吟哦内"（张问）、"落笔诗情放，飞觥酒令严"（司马光）等。耆英会不仅排场大、人数多、饮食奢华，其中产生的诗歌数量也是十分惊人的，即如苏颂次韵王拱辰诗所描摹的那样："诸公半酣各赋咏，含毫叠纸鱼鳞差。诗成累幅灿珠玉，光艳宜若陵钩奎。歌声旖旎啸鸾凤，酒气冷冽喷酹醹。长篇立刻在金石，楷字高揭当轩墀。"① 除了耆英、真率这样有组织的诗会活动，平日的聚会里也少不了诗歌赓和，如司马光《酬安之谢光兄弟见过》称与兄长拜访王尚恭的情形曰"清谈胜妙药，高韵敌凉飔"②，《和吴朝议同年谢光与景仁同年见过》称与范镇拜访吴执中时吴所表现出来的诗才曰"谢公身老才方壮，落笔成章字字新"③。每当游山玩水、赏花玩月之时，更少不了用诗歌记游、写景，如司马光《王君贶宣徽垂示〈嵩山祈雪〉诗十章，合为一篇以酬之》感叹王拱辰的嵩山之行收获到的诗歌质量之高曰"归来新诗盈一编，明珠大贝相属联"④；范纯仁《八月十六日张伯常见访赏月四首》其三称赞张徽在来访赏月时赛诗的高超诗艺曰"饮若长鲸吞巨浪，诗如老将纳降军"⑤；与司马光外出游玩时，范

---

① 《苏魏公文集》卷五，第46页。

② 《司马温公集编年笺注》第2册，卷一五，第474页。

③ 《司马温公集编年笺注》第2册，卷一五，第502页。

④ 《司马温公集编年笺注》第1册，卷四，第236页。

⑤ 《范忠宣公文集》卷四，《宋集珍本丛刊》第15册，第399页。

镇自称"对景有诗癖"①；邵雍面对雪后初晴的美好景色，感喟道"幽人自恨无佳句，景物从来不负人"②，而在绕栏秋菊丛开烂漫的时节，他也会情不自禁地说道"得意不能无兴咏"③。

作诗活动当然不仅仅限于宴游当中，更是深入到熙丰洛阳文人日常生活的方方面面。无论是书信往来、礼物馈赠，还是谈经论道、遣怀伤时，都离不开诗歌，在诸人的诗集中有着不少关于饮宴、游玩、寄和、馈赠、议论、自咏、题画、题园亭等题材的诗歌，十分生动地再现了他们的居洛生活和心态。诗歌成为无可或缺的生活调剂品和交游润滑剂，甚至成为他们老年闲居生活的精神寄托之一。邵雍把诗看成获得快乐的重要手段，曰"天和将酒养，真乐用诗勾"④，"逸兴剧凭诗放肆，病躯唯仰酒扶持"⑤，因此天生和乐的他对作诗有着狂热的喜爱。此外，诗歌在邵雍手中还具有极大的实用性，有不少"代书""代简"的诗歌，如他在《首尾吟一百三十五首》其四中说"尧夫非是爱吟诗，安乐窝中半醉时。因月因花因兴咏，代书代简代行移"⑥，又在《和北京王郎中见访留诗》中说"既辱佳章仍坠刺，宁无累句代通名"⑦，则诗歌又起到初次见面时代替名刺的作用。邵雍还以诗"试墨""试笔""试砚"，即新墨、新笔、新砚到手，随手作一首诗来测试一下是否好用。诗歌是邵雍重要的身份标识，他在《答客》诗中说道"人间相识几无数，相识虽多未必知。望我实多全为道，知予浅处却因诗"⑧，他以诗为媒介向世人展示自己，也为当时及后世的人们认识这位理学家提供了重要渠道。司马光对诗歌也有强烈的依赖性，失眠的时候他会读一读去世多年的老友梅尧臣的诗歌，"闲斋不成寐，起读圣俞诗"⑨，也会打开篋笥找出王拱辰的诗歌寄托思念之情，"赖有篋中诗，端居数披阅"⑩。一旦身体不适，缺乏诗兴之时，他会觉得脱离了生活的常规，不太正常，"顷来兴味少，旬日不为诗。昏昏但思眠，

① 范镇《又和》《君实叠石溪》二首附，《司马温公集编年笺注》第 2 册，卷一二，第 347 页。
② 邵雍《和商守西楼雪霁》，《邵雍集》，第 201 页。
③ 邵雍《秋暮西轩》，《邵雍集》，第 274 页。
④ 邵雍《逍遥吟》四首其二，《邵雍集》，第 279 页。
⑤ 邵雍《游山三首》其二，《邵雍集》，第 205 页。
⑥ 《邵雍集》，第 515 页。
⑦ 《邵雍集》，第 335 页。
⑧ 《邵雍集》，第 229 页。
⑨ 司马光《园中书事二绝》其二，《司马温公集编年笺注》第 1 册，卷五，第 268 页。
⑩ 司马光《八月十五日夜宿南园怀君贶》，《司马温公集编年笺注》第 1 册，卷五，第 274 页。

疲病知吾衰"①。

　　现存熙丰居洛文人群的诗歌数量比较丰富，据笔者初步估算，其中存诗最多的是邵雍，达一千余首，占其存世诗歌总量的三分之二强；其次为司马光，达四百余首，占其所存诗歌总数的三分之一强；再次为元丰间居洛仅一年的范纯仁，达一百余首，占其所存诗歌总数的三分之一弱；再次为文彦博、范祖禹、范镇，分别为近七十首、近五十首、近二十首。其他人所存诗歌过少，有的仅一二首，或者完全散佚不见。由于诗歌创作乃诸人居常所需，他们的诗酒酬唱活动异常活跃，今天所能见到的诗歌不过是真实数量的冰山一角而已。除了上述存诗较多的作者，其他人对作诗的热爱程度也毫不逊色。比如深居简出的富弼曾向邵雍示新诗一轴，邵雍评论道"文章天下称公器，诗在文章更不疏……辞比离骚更温润，离骚其奈少宽舒"②，将其诗比为《离骚》；王尚恭"平生有诗千首，文士多爱重之"③；宋道"晚居洛阳，与名公贤士大夫游，善为歌诗，玩释老书，其燕居泊如也"④；赵丙"善属文，尤嗜为诗，自初仕至归老，聚其稿凡十四编"⑤。即便是年轻的张氏兄弟，司马光也称赞道"铧铧新诗卷，青春映棣华"⑥。张氏兄弟经常与司马光在一起诗酒流连，范祖禹说"余每见公（按，指司马光）幅巾深衣坐林间，四张多在焉，或弈棋、投壶、饮酒、赋诗"⑦，但他们的诗歌如今已荡然无存，只能从司马光、邵雍、范祖禹文集中约略感知与他们来往唱和的情况。不仅仅是诗歌，这里还有作词的好手王拱辰和刘几。文彦博《故开府太师王公挽词》四首其二叙王拱辰熙宁年间守洛时曾作有一首流传不衰的《沁园春》，曰"昔年过洛赴三城，华发青云叙故情。今日人琴俱已矣，犹传乐府《沁园》声"，小注曰："熙宁中君贶守洛，留余会饮于双桂楼，亲作《沁园春》曲词相属，有'华发青云'之句"⑧。司马光《又和〈惜春谣〉》叙刘几自度曲之事

---

① 司马光《宿南园》，《司马温公集编年笺注》第1册，卷五，第275页。

② 邵雍《谢富相公见示新诗一轴》，《邵雍集》，第320页。

③ 范纯仁《朝议大夫王公墓铭》，《范忠宣公文集》卷一四，《宋集珍本丛刊》第15册，第474页。

④ 范纯仁《朝请大夫宋君墓志铭》，《范忠宣公文集》卷一三，《宋集珍本丛刊》第15册，第468页。

⑤ 司马光《赵朝议文稿序》，《司马温公集编年笺注》第5册，卷六五，第187页。

⑥ 司马光《还张景昱景昌秀才兄弟诗卷》，《司马温公集编年笺注》第2册，卷一三，第365页。

⑦ 《太史范公文集》卷三六，《宋集珍本丛刊》第24册，第367页。

⑧ 《文彦博集校注》卷八，第474—475页。

曰："赖听新翻曲，非为负胜游。"自注道："刘伯寿坐中度曲，命曰《惜春谣》。"① 昔乎二词也已经无从寻觅。

第二节　道德与休闲并重的诗歌观念
——以邵雍、司马光为中心

一、邵雍、司马光诗学的代表性

熙丰洛阳文人群虽然人数较多，相互间的创作情况存在不少差异，但由于他们大多因反对变法或致仕或落职而居洛，加上洛阳本地素有的宽松的政治环境和人文环境，以及相互间密切而大量的聚会活动，使得他们在诗歌观念上有很多趋同的地方。而邵雍和司马光作为熙丰洛阳文人群中最为活跃和诗歌留存数量最多的代表诗人，他们的诗学观念在很大程度上能够反映出这个文人群体的整体诗学思想。邵明华认为："邵雍身处北宋官僚体制之外，却以显著的学术影响力和儒道兼综的个人魅力，积极构建起以自己为中心的独具特色的士人交游圈。邵雍成功制造了具有自身特质的种种话题，如熙宁变法、辞官归隐、闲适安乐、哲学和占卜轶事等，并将上述话题通过讲学、著述、组织、家族互动等方式进行了有效传播，形成了广泛的社会影响力。"② 所谓"独具特色的士人交游圈""具有自身特质的种种话题"，实际上都反映了熙丰洛阳文人群体性的特色与特质，而非仅仅为邵雍一人所独有。邵雍以其高超的交际技巧、巨大的人格魅力、高深的易学造诣、杰出的诗歌才能成为洛阳交际圈的中心人物和话题人物，但他本人又有着极为温和的性格、无可无不可的宽容品格、达天知命的乐观心态，和居洛耆宿们的交游是一个互相吸引、熏染、适应、融合的过程，所以作为交际圈的中心人物，正反映了他身上具有诸多群体性的特征，而非让整个交游群体都打上他个人的独特印记。司马光的声望完全来自官方，虽然他的官位、资历在居洛耆宿中并不属于最为显赫的行列，但他以最坚决、最勇敢、最彻底的反对新党新法的态度而成为居洛士人绝对的精神领袖。同时，十五年坚持不懈、首尾如一的居洛生活，强烈的交游兴趣、频繁的交际活动、高调的立德行为更使之成为当之无愧的洛阳旧党群体的代表人物。司马光入洛之前在呈给神宗的奏章中说自己在与王安石

---

① 《司马温公集编年笺注》第 2 册，卷一三，第 356 页。
② 邵明华《话题与传播：邵雍交游圈的深度考察》，《西北师大学报》（社会科学版）2012年第 3 期，第 106 页。

斗争期间"先见不如吕诲,公直不如范纯仁、程颢,敢言不如苏轼、孔文仲,勇决不如范镇"①,其中灌注着被王安石昔日假面目欺骗的愤怒。一旦警醒之后,他便很快走到了斗争的最前线,在见识、公直、敢言、勇决上与上述诸人相比有过之而无不及。司马光带着这种持久而强烈的愤怒来到洛阳,他在此间频繁而高调的交游娱乐行为很大程度上也是由这种愤怒转化而来,所谓"紫衣金带尽脱去,便是林间一野夫"②。司马光的这种愤怒是旧党成员的集体症候,因为他们中间的很多人包括欧阳修、文彦博、司马光、吕公著都曾向朝廷力荐王安石。邵伯温记载吕公著居洛时与邵雍有这么一段对话:"申公寡言,见康节必从容,终日亦不过数言而已。一日对康节长叹曰:'民不堪命矣。'时荆公用事,推行新法者皆新进险薄之士,天下骚然,申公所叹也。康节曰:'王介甫者远人,公与君实引荐至此,尚何言?'公作曰:'公著之罪也。'"③ 至于同样长期居洛且更有资望的富弼,此时由于政治态度较为消极,也很少参与交际活动,自动放弃了旧党领袖的地位。资望与富弼相侔的文彦博尽管晚年有着持续高昂的政治热情,但由于他集中居洛时间较短,已经到了熙丰时期的最后阶段,且其处世风格较为油滑,虽然他在洛人心中具有极为崇高的地位,又组织了耆英会这样的大型聚会,却难以成为整个熙丰时期洛阳文人群最为典型的代表。

诗歌酬唱是熙丰洛阳文人群重要的交际、娱乐方式,也是他们最主要的作诗方式,而诗歌本质上又是用来言志抒情的,最能够反映人们时下特殊的境遇和心态,这些现实因素直接左右了作者们的诗歌观念。因此,研究作为交际圈核心人物的邵雍和司马光的诗歌观念成为考察熙丰洛阳文人群共同诗学倾向最为有效的通道,这个倾向概括地说就是道德和休闲的兼顾并重。

二、诗、道、乐三位一体的邵雍诗学

邵雍是一位理学家,却同时以诗人自居,而且非常自得于自己的诗人身份。他看重"诗言志"的本体认知,赞美《诗经》所开创的儒家诗教传统,又毫不轻视诗歌的娱乐作用,并将诗教的道德色彩与吟诗的娱乐功能结合起来。他把诗歌看成是个人与他人、与万物连接、沟通的纽带,也

---

① 《邵氏闻见录》卷一一,第 113 页。
② 司马光《独步至洛滨》二首其一,《司马温公集编年笺注》第 2 册,卷一二,第 336 页。
③ 《邵氏闻见录》卷一二,第 126 页。

看成体道与娱乐相辅相成的唯一途径，诗、道、乐三者在邵雍那里是密不可分的。邵雍有《诗画吟》《诗史吟》《史画吟》三诗集中从儒家诗教的高度谈论诗的功用。其《诗画吟》曰：

> 画笔善状物，长于运丹青。丹青入巧思，万物无遁形。诗画善状物，长于运丹诚。丹诚入秀句，万物无遁情。诗者人之志，言者心之声。志因言以发，声因律而成。多识于鸟兽，岂止毛与翎？多识于草木，岂止枝与茎？不有风雅颂，何由知功名？不有赋比兴，何由知废兴？观朝廷盛事，壮社稷威灵。有汤武缔构，无幽厉欹倾。知得之艰难，肯失之骄矜？去巨蠹奸邪，进不世贤能。择阴阳粹美，索天地精英。借江山清润，揭日月光荣。收之为民极，著之为国经。播之于金石，奏之于大庭。感之以人心，告之以神明。人神之胥悦，此所谓和羹。既有虞舜歌，岂无皋陶赓？既有仲尼删，岂无季札听？必欲乐天下，舍诗安足凭？得吾之绪余，自可致升平。①

这首诗谈的是《诗经》的功用，里面含有传统儒家诗教的许多说法，比如《尚书·尧典》中的"诗言志，歌咏言，声依咏，律和声"，《论语·阳货》中的"多识于鸟兽草木之名"，以及《诗·大序》中的"故诗有六义焉：一曰风，二曰赋，三曰比，四曰兴，五曰雅，六曰颂"，等等。在此基础上，邵雍进一步引入了他的观物思想，包括观自然、观历史、观宇宙，从中得到历史和宇宙发展运行的规律法则。之后，他又把以诗观物与诗乐舞一体以及《诗经》原始的祭祀功用结合起来，以"人神之胥悦""必欲乐天下"的和乐作为至高无上的最终目的。诗的观物性能及观物所得，通过诗乐舞的结合及其在祭祀中的应用娱人娱神，便能够感人心、告神明。由此，邵雍不仅借《诗经》提高了自己所独创的观物思想的地位，而且提高了他所信奉的"和乐"的生命境界、处世智慧的地位，以诗娱乐便不是一件可有可无的事情，而变成赞天地造化的大功德。

《诗史吟》曰：

> 史笔善记事，长于炫其文。文胜则实丧，徒憎口云云。诗史善记事，长于造其真。真胜则华去，非如目纷纷。天下非一事，天下非一人，天下非一物，天下非一身。皇王帝伯时，其人长如存。百千万亿

---

① 《邵雍集》，第482—483页。

年，其事长如新。可以辨庶政，可以齐黎民。可以述祖考，可以训子孙。可以尊万乘，可以严三军。可以进讽谏，可以扬功勋。可以移风俗，可以厚人伦。可以美教化，可以和疏亲。可以正夫妇，可以明君臣。可以赞天地，可以感鬼神。规人何切切，诲人何谆谆。送人何恋恋，赠人何勤勤。无岁无嘉节，无月无嘉辰。无时无嘉景，无日无嘉宾。樽中有美禄，坐上无妖氛。胸中有美物，心上无埃尘。忍不用大笔，书字如车轮？三千有余首，布为天下春。①

　　邵雍认为，诗歌是内心节奏和生命节律自然而然的感发，因此诗史就比刻意褒美善恶的史笔更具真实性。无论是诗画还是诗史，他都在强调诗歌如实客观而又直指本真的观物功能。只不过诗画是对历史、宇宙的全方位观照，而诗史的观照对象仅在于历史，但和诗画一样，诗史功能的最终旨归也在于调和夫妇君臣之义的人伦秩序、天地鬼神的物理秩序，具有一种含纳万有的泛道德性。不过在此诗最后，邵雍却把诗史的落脚点集中在了作为万物之灵的人与人之间的和乐上。需要注意的是，邵雍所谓的"诗史"和我们一般而言的杜诗那样记录史实的诗史不同，它含有记录历史事件、归纳历史规律的历代诗歌和诗歌本身产生发展的历史序列两个层面，所以无论写历史还是写个人，记时事还是记心事的全部类型的诗歌，都可以纳入诗史范畴当中。于是古往今来的酬唱诗、送别诗、宴饮诗这些产生于日常人际交往，用来娱人娱己，具有直接和乐功能的诗歌便被邵雍着重提出来，用作和乐的诗歌核心属性最为直观的见证。邵雍由兼综史事之诗、心史之诗的大诗史缩小到人际之诗、宴饮之诗的小诗类，再进一步缩小到自己的诗，最后逆向地把自己所作诗歌，也把诗歌的和乐真诚功能收摄到诗史当中去。且看结尾四句："忍不用大笔，书字如车轮？三千有余首，布为天下春。"大字写诗是邵雍平日快意作诗的习惯性行为，如其《大字吟》曰"诗成半醉正陶陶，更用如椽大笔抄"②，《安乐吟》曰"小车赏心，大笔快志"③；"三千首"是邵雍对自己所作诗歌的经常性称谓，其《击壤吟》曰"击壤三千首，行窝十二家"④，《首尾吟一百三十五首》其七曰"三千来首收清月，二十余年捻白髭"⑤，而"三千首"又是孔子

① 《邵雍集》，第 483—484 页。
② 《邵雍集》，第 349 页。
③ 《邵雍集》，第 413 页。
④ 《邵雍集》，第 461 页。
⑤ 《邵雍集》，第 561 页。

删诗以前原始《诗经》的数量；"春"也是他经常用来形容和乐状态的词语，他常常将饮酒、作诗等自适行为所营造的内心和乐之"春"引申到万物和乐的"天下春"上。如此一来，层层缩小以至最后落脚到自己那些以和乐为基本精神的诗歌之后，他又旋即将其放大到了诗史的宏大视野中，娱乐的小道也顿时进入了人间与宇宙的大德序列中。

其《史画吟》曰：

> 史笔善记事，画笔善状物。状物与记事，二者各得一。诗史善记意，诗画善状情。状情与记意，二者皆能精。状情不状物，记意不记事。形容出造化，想象成天地。体用自此分，鬼神无敢异。诗者岂于此，史画而已矣？[①]

此诗题为《史画吟》，实际上是合起来论诗史与诗画的，却又并非上述《诗史吟》《诗画吟》二诗的简单叠加，而是论诗歌的叙事与描写功能，叙事、描写分别对应着诗史、诗画。邵雍认为诗的叙事、描写主要是记事之意、状物之情，也就是关注事物的所以然而略其所当然，抓住背后的各种因果联系。显然，这是理学家格物致知的诗学观，反映了道学之诗与诗人之诗的不同，邵雍是以前者自命的。综观全部的邵雍诗歌，固然有大量的说理议论诗，但也有不少情趣盎然的写景抒情诗，但绝少叙事诗。邵雍写诗讲究快意、率性，从来不曾苦吟，对事物的叙述、描摹都采取遗形取神的态度，该诗中所谓的"形容出造化，想象成天地"就是这种作诗方式的反映，又有所谓"体用自此分"，即重体轻用，重本质而轻外在，也是一样的道理。邵雍采用这样的方式作诗，使得他的诗歌完全摆脱了思虑之苦，即便通篇说理也能达到快意适性的目的，而那些生活情趣诗则更加洒脱爽利。无论如何，诗只要能"言志"，便不失快乐，即如其《首尾吟一百三十五首》其八十所言："尧夫非是爱吟诗，诗是尧夫欢喜时。欢喜焉能便休得？语言须且略形之。胸中所有事既说，天下固无人数殊。更不防闲寻罅漏，尧夫非是爱吟诗。"[②]

以上三诗主要谈论诗之德而又兼重诗之乐，将乐提高到了德的层次。有德之"乐"是邵雍核心的诗歌观念，朱熹就曾评价邵雍"看他诗篇篇

---

① 《邵雍集》，第 485 页。
② 《邵雍集》，第 530 页。

只管说乐，次第乐得来厌了"①。现代的研究者也注意到了邵雍诗学中"乐"的重要性，如张海鸥根据《伊川击壤集自序》中邵雍自陈"《击壤集》，伊川翁自乐之诗也，非唯自乐，又能乐时与万物之自得也"，认为他的快乐诗学包括"自乐"和"乐时与万物之自得"两方面，又总结出了三有、四不原则。②刘天利认为"乐"是邵诗一大主题，是北宋社会繁荣和邵雍本人心性修养共同作用的结果。③笔者将邵诗之"乐"分为三个层次，一是友朋酬唱的知己之乐，二是收管风月的自然清欢，三是觉悟天机的通达理趣。《首尾吟一百三十五首》其四十一曰"尧夫非是爱吟诗，诗是尧夫自得时。风露清时收翠润，山川秀处摘新奇。揄扬物性多存体，拂掠人情薄用辞。遗味正宜涵泳处，尧夫非是爱吟诗"④，说的大致就是这三个层次。

一是友朋酬唱的知己之乐。邵雍《观诗吟》曰"爱君难得似当时，曲尽人情莫若诗"⑤，《读古诗》曰"闲读古人诗，因看古人意。古今时虽殊，其意固无异。喜怒与哀乐，贫贱与富贵。惜哉情何物，使人能如是"⑥，这与他的观物思想、诗史思想是一致的。诗歌能够"曲尽人情"，即使古今时殊事异，依然能够通过读古人诗而知古人意，进而通过设身处地、换位思考而尚友于古人。那么对于同时代人来说，诗歌当然更是结缘、交游的绝佳媒介。爱好作诗，又喜欢不断在诗中展示自我形象的邵雍，在交友方面自然从诗歌中获益良多。邵雍在《答客》中说"人间相识几无数，相识虽多未必知。望我实多全为道，知予浅处却因诗"⑦，可见诗歌已经成为这位道学家必不可少的交际手段。虽然邵雍说其诗只能反映其人的"浅处"，而非他思想成就的深处，富弼却认为从其诗集《伊川击壤集》能够看出他的"全道"，《弼观罢走笔书后卷》诗曰"黎民于变是尧时，便字尧夫德可知。更览新诗名《击壤》，先生全道略无遗"⑧。富

---

① （宋）黎靖德编，王星贤点校《朱子语类》第 7 册，卷一〇〇，北京：中华书局，1986 年，2553 页。

② 张海鸥《邵雍的快乐诗学》，《中山大学学报》（社会科学版）2004 年第 1 期，第 26—31 页。

③ 刘天利《论邵雍诗歌的"乐"主题》，《中国韵文学刊》2004 年第 3 期，第 54—58 页。

④ 《邵雍集》，第 522 页。

⑤ 《邵雍集》，第 416 页。

⑥ 《邵雍集》，第 406 页。

⑦ 《邵雍集》，第 229 页。

⑧ 《伊川击壤集》卷二〇附，（宋）邵雍著，郭彧、于天宝点校《邵雍全集》第 4 册，上海：上海古籍出版社，2016 年，第 428 页。

弼还在和邵雍《安乐窝中好打乖吟》的《过邵尧夫先生》中讲述了邵雍自卫徙洛、乐道安闲、不应举荐、甘守贫寂、治史吟诗、与己交好的经过，曰"先生自卫客西畿，乐道安闲（窝义）绝世机。再命初筵终不起，独甘穷巷寂无依。贯穿百代常探古，吟咏千篇亦造微。珍重相知忽相访，醉和风雨夜深归"①，将"吟诗"作为他"乐道安闲"的隐居生活的主要内容，与"探古"的学术研究相提并论，也从侧面说明诗歌在二人交情之中所占有的分量。富弼诗歌现存较少，《全宋诗》中收诗23首，而《伊川击壤集》中附载他与邵雍的唱和诗即有12首，占二分之一强，成为其中除司马光而外附载诗歌数量最多的诗人，而现存邵雍与富弼的唱和诗更是多达16首。诗歌像一面照鉴表里精粗的明镜，不仅可以作为二人精神风貌的真实写照，使得地位悬殊的他们毫无滞碍地相互了解、引为知己，更直接见证了二人诚笃的友谊。

邵雍《首尾吟一百三十五首》其三十七自述对交友的热衷及其在老年生活中的重要地位，认为诗歌能为他处理好这些交际事务，曰"尧夫非是爱吟诗，诗是尧夫喜老时。好话说时常愈疾，善人逢处每忘机。此心是物难为动，其志唯天然后知。诗是尧夫分付处，尧夫非是爱吟诗"②，"分付"就是委托、交付的意思，他把说好话、逢善人这些事情都委托给诗歌去办理了。《闲居述事》六首其五叙平居与友朋欢会的情形曰"清欢少有虚三日，剧饮未尝过五分。相见心中无别事，不评兴废即论文"③，其中"论文"大抵亦指唱和及品评诗歌而言。作为长者和师者的邵雍，其苦心孤诣的道学成就吸引了大量的慕名而来者，《宋史》本传曰："士之道洛者，有不之公府必之雍。雍德气粹然，望之知其贤。然不事表襮，不设防畛，群居燕笑终日，不为甚异。与人言，乐道其善而隐其恶。有就问学则答之，未尝强以语人，人无贵贱少长，一接以诚故贤者悦其德，不贤者服其化。一时洛中人才特盛，而忠厚之风闻天下。"④ 而他之所以能表现得"不事表襮，不设防畛，群居燕笑""一接以诚"的重要原因就是能够以"观物""言志"的坦诚态度与四方的拜访者诗酒酬唱，从而宾主相得，让人产生彼此无殊、异常亲切的感觉，即如《首尾吟一百三十五首》其三十曰"尧夫非是爱吟诗，诗是尧夫对酒时。处世虽无一分善，

---

① 《伊川击壤集》卷九附，《邵雍全集》第4册，第171页。
② 《邵雍集》，第522页。
③ 《邵雍集》，第238页。
④ 《宋史》第10册，卷四二七，第9949页。

行身误有四方知。大凡观物须生意，既若成章必见辞。诗者志之所之也，尧夫非是爱吟诗"①。邵雍的交游面极广，郑定国先生统计说"总计雍之交游者约可得近二百人""其交游至好二十六人"②。在洛阳本地交游圈中，闲退耆宿、世家大族、各级官吏与之皆有交往。此外，他还有不少寄诗、与慕名而来者的唱酬诗等，反映了他有着远远大于洛阳本地的交游圈。其唱酬活动也较为多样，包括宴会、出游、赠答、送别、代简等方面。

二是收管风月的自然清欢。邵雍在《自作真赞》中自我评价道："松桂操行，莺花文才。江山气度，风月情怀。借尔面貌，假尔形骸。弄丸余暇，闲往闲来。"自注曰："丸谓太极。"③"松桂操行"指始终如一的品格，"莺花文才"指歌咏自然美景的诗才，"江山气度"指远见卓识和透脱襟怀，"风月情怀"指对自然美景的热爱。弄丸，指玩味易理。从该诗中能够明显看出，邵雍把自己的诗人身份和理学家身份看得一样重要，而且研究易学和吟咏诗歌、欣赏美景都是本着愉悦身心的态度，即所谓"弄"，这在北宋理学家中堪称异数。二程评价道："其为人则直是无礼不恭，惟是侮玩，虽天理亦为之侮玩。如《无名公传》言'问诸天地，天地不对''弄丸余暇，时往时来'（按，邵雍将《自作真赞》收入了自传文《无名公传》中）之类。"④明确表示对邵雍这种治学态度的不满，其实这正证明了邵雍是一位很接地气、很有人情味的理学家。二程又评价道："尧夫诗'雪月风花未品题'，他便把这些事便与尧舜三代一般，此等语自孟子后无人曾敢如此言来，直是无端。"⑤"雪月风花未品题"出自邵雍《首尾吟一百三十五首》其一。这也正反映了上文所指出的邵雍通过诗歌将娱乐提高到了道德的层次。与《自作真赞》相似的自我评价还有《尧夫吟》，曰："尧夫吟，天下拙。来无时，去无节。如山川，行不彻。如江河，流不竭。如芝兰，香不歇。如箫韶，声不绝。也有花，也有雪。也有风，也有月。又温柔，又峻烈。又风流，又激切。"⑥更是专门以吟风弄月的诗歌才能为自己的身份定性。

邵雍不厌其烦地在诗歌中表达对风花雪月等自然美景的喜爱、依赖、

---

① 《邵雍集》，第 520 页。
② 郑定国《邵雍及其诗学研究》，新北：花木兰文化出版社，第 24—25 页。
③ 《邵雍集》，第 375 页。
④ 《河南程氏遗书》卷二上，《二程集》上册，第 45 页。
⑤ 《河南程氏遗书》卷二上，《二程集》上册，第 45 页。
⑥ 《邵雍集》，第 473 页。

领悟、歌咏，乃人生一大乐事。他还以风月主人自命，反反复复声称自己有着"收管风月"的权力，而诗歌正是他的"权杖"，如《自况三首》其二曰"满天风月为官守，遍地云山是事权"①，《首尾吟一百三十五首》其七曰"三千来首收清月，二十余年捻白髭"②，《花月长吟》曰"花逢皓月精神好，月见奇花光彩舒。人与花月合为一，但觉此身游蕊珠。又恐月为云阻隔，又恐花为风破除。若无诗酒重收管，过此又却成轻辜。可收幸有长诗篇，可管幸有清酒壶。诗篇酒壶时一讲，长如花月相招呼"③。为什么诗歌能够赋予诗人"收管风月"的权力呢？因为诗歌能够将自然的美惟妙惟肖地描摹出来，并赋予它们更加灵动鲜活的气息和不随时间衰败的永久魅力。面对美景，诗人除了拥有收管的权力，还有报答的义务，诗歌也正是这种权力与义务的统一体。邵雍屡有"幽人自恨无佳句，景物从来不负人"④ 之类的叹息，又说道"无涯负清景，长是愧非才"⑤，"烟轻柳叶眉闲皱，露重花枝泪静垂。应恨尧夫无一语，尧夫非是爱吟诗"⑥，觉得愧对自然无偿无私的恩赐，诗人若是不能用和美景相匹配的美好诗歌投桃报李，就只能落得忘恩负义的恶名。不过，邵雍多半时候还是非常相信自己有着相当的灵性和诗才，完全当得起风月主人的称号。他自认为天生具有这样的"风月性情"，会不由自主地显露出天机自得之处，于是所有的愧怍都会在不经意的瞬间烟消云散，所有的负担也会一下子涣然冰释，转变为无可名状的欣喜和飘然洒然的轻盈，故曰"忽忽闲拈笔，时时乐性灵。何尝无对景，未始便忘情。句会飘然得，诗因偶尔成。天机难状处，一点自分明"⑦。

邵雍当然也意识到，作为一个理学家如此喜爱诗歌、狎昵风月并不是符合常规的举动，所以他有时候会将自己在这方面的浓烈兴致称为"风流""罪过"，如曰"月恨只凭诗告诉，花愁全仰酒支梧。月恨花愁无一点，始知诗酒有功夫。些儿林下闲疏散，做得风流罪过无"⑧，"既称好事愁花老，须与多情秉烛游。酒里功劳闲汗马，诗中罪过静风流"⑨。然而

---

① 《邵雍集》，第 246 页。
② 《邵雍集》，第 516 页。
③ 《邵雍集》，第 265 页。
④ 邵雍《和商守西楼雪霁》，《邵雍集》，第 201 页。
⑤ 邵雍《过永济桥二首》其一，《邵雍集》，第 213 页。
⑥ 邵雍《首尾吟一百三十五首》其四十二，《邵雍集》，第 523 页。
⑦ 邵雍《闲吟》，《邵雍集》，第 231 页。
⑧ 邵雍《花月长吟》，《邵雍集》，第 265 页。
⑨ 邵雍《年老逢春十三首》其十，《邵雍集》，第 325 页。

这只是戏称而已，并没有二程所指责的"侮玩"那样严厉认真。"风花雪月"的意思在青楼妓馆盛行的宋代早就变味了，邵雍虽然从来没有染指其中，但他所谓的"风流""罪过"也隐然含有这方面的戏谑，这也成为二程指责为"侮玩"的口实。不过邵雍毫无忌讳地在诗歌中比花月为美女确有越雷池之嫌，如其《恨月吟》曰"我侬非是惜黄金，自是常娥爱负心。初未上时犹露滴，恰才圆处便天阴。栏杆倚了还重倚，芳酒斟回又再斟。安得深闺与收管？奈何前后误人深"①，将月亮的阴晴圆缺不定比作嫦娥的爱负心，让爱慕嫦娥的人也就是赏月的诗人徒费等待之苦，于是引起诗人的怨恨来，觉得真应当把这样负心的女子收入深闺，以便长相厮守，而不是让人如此枉费痴心。又，《愁花吟》曰"三千宫女衣宫袍，望幸心同各自娇。初似绽时犹淡薄，半来开处特妖娆。檀心未吐香先发，露粉既垂魂已销。对此芳樽多少意，看看风雨骋粗豪"②，此诗意淫的成分与前诗相比有过之而无不及，前诗中只有一个负心的嫦娥，此诗中却有望幸心切、各逞娇媚的三千宫女。望谁之幸呢？当然是皇帝，然而此处携樽相对的却是邵雍本人，为之魂销、百般怜惜也是邵雍本人，这其中该有多少只可意会不可言传的深意，读者只有慢慢体会了。

尽管如此，邵雍认为这些都是他独特的心性之乐的书写，并没有不合理或者过分的地方，"所乐乐吾乐，乐而安有淫"③，因为对自然景物的爱赏是一种高雅的"清欢"，"小车芳草软，处处是清欢"④。既然如此，便多多益善，根本不存在贪婪的质疑和其他任何损害，"稍邻美誉无多取，才近清欢与剩求。美誉既多须有患，清欢虽剩且无忧"⑤。有了这样的思想基础，邵雍便毫不讳言对包括花月在内的一切美好自然景观的痴恋，可以放心大胆地去追求、去享受，并不断宣称"无涯逸兴不可收"⑥，"游心一向难拘捡"⑦，"游兴亦难拘日阻，梦魂都不到人间。烟岚欲极无涯乐，轩冕何尝有暂闲"⑧ 等，坚信"贪清非伤廉，渎幽不为辱"⑨。所以根本不存在二程所说的什么"侮玩"的忌讳，一切都是对精妙诗思的陶冶、

---

① 《邵雍集》，第 267 页。
② 《邵雍集》，第 267 页。
③ 邵雍《无苦吟》，《邵雍集》，第 459 页。
④ 邵雍《寄三城旧友卫比部二绝》其二，《邵雍集》，第 310 页。
⑤ 邵雍《名利吟》，《邵雍集》，第 211 页。
⑥ 邵雍《秋日饮后晚归》，《邵雍集》，第 242 页。
⑦ 邵雍《十七日锦屏山下谢城中张孙二君惠茶》，《邵雍集》，第 250 页。
⑧ 邵雍《和祖龙图见寄》，《邵雍集》，第 245 页。
⑨ 邵雍《游山二首》其一，《邵雍集》，第 210 页。

对奥妙心性的发扬。

三是觉悟天机的通达理趣。邵雍诗歌叙事、描写的成分较少，议论的成分较多。有的议论能够结合具体的形象、丰富的想象和新鲜的比喻，显得比较生动活泼。有的议论则是屏除任何具体形象直接说理，类似于押韵语录。与"好为艰深之辞，以文浅易之说"①的扬雄相反，邵雍是以浅易之语写精深之理。无论什么类型的诗歌，邵雍都是一挥而就、一气呵成，除了节奏感、韵律感强，读起来朗朗上口，语言浅显易懂之外，还洋溢着邵雍的智慧、灵动、爽朗，使得读者亲切地感知到一位洞明世事、通达性理而又趣味横生的智者、长者形象。邵雍《放言》诗曰"既得希夷乐，曾无宠辱惊。泥空终日着，齐物到头争。忽忽闲拈笔，时时自写名。谁能苦真性，情外更生情"②，他拈笔作诗纯粹出于一种难以名状、发自肺腑的希夷之乐，是为了抒发和愉悦自己的性情，力求摆脱佛家泥空、道家齐物的条条框框等一切羁束，即事即理、即景即情，一派真诚。这正应了他在《伊川击壤集序》中说的："不限声律，不沿爱恶，不立固必，不希名誉，如鉴之应形，如钟之应声，其或经道之余，因闲观时，因静照物，因时起志，因物寓言，因志发咏，因言成诗，因咏成声，因诗成音，是故哀而未尝伤，乐而未尝淫，虽曰吟咏情性，曾何累于性情哉？"③

综观《伊川击壤集》，所照之物、所起之志的范围是没有局限的，包括说理的、写景的、抒情的、叙事的、说易的、咏史的、咏物的、养生的、博物的各种题材，从我到物、从风花雪月到天地宇宙、从当前眼下到古往今来都包揽无余。邵雍虽然曾经游历四方，居洛时也偶有远游之举，但晚年的他深居简出，活动范围一般不出洛阳城，大部分时间则在安乐窝中读书、治易、闲行，而他之所以能有如此开阔的眼界和诗思，是基于他由近而远、由我而物、见微知著的理学家的思考。他的《二十五日依韵和左藏吴传正寺丞见赠》诗从悟道的角度谈"心骛八极，神游万仞"的体验，曰"上阳光景好看书，非象之中有坦途。良月引归芳草渡，快风飞过洞庭湖。不因赤水时时往，焉有黄芽日日娱？莫道天津便无事，也须闲处着功夫"④。首联"上阳光景好看书，非象之中有坦途"，指冬至是悟道、观物的好时节。上阳，即一阳初起的冬至时节，此时万物欲生未生，

① （宋）苏轼《与谢民师推官书》，孔凡礼点校《苏轼文集》，北京：中华书局，1986年，第1418页。
② 《邵雍集》，第225页。
③ 《邵雍集》，第180页。
④ 《邵雍集》，第253页。

犹如天地初始时的鸿蒙希夷状态，这是邵雍认为的最佳悟道时刻，即如其著名的《冬至》诗曰"冬至子之半，天心无改移。一阳初起处，万物未生时。玄酒味方淡，大音声正希。此言如不信，更请问庖牺"①。非象，是指似象非象、一片混沌的道的状态，同时也是就冬至而言。颔联"良月引归芳草渡，快风飞过洞庭湖"，是写神游天地的想象之词。颈联"不因赤水时时往，焉有黄芽日日娱"，谈的是体道、悟道之乐。赤水，古代传说中的水名，出于昆仑，此处当指天地的尽头。黄芽，本指炼丹鼎内的黄色芽状物，炼丹家认为其是铅的"精华"，用作丹药的基础。由于黄芽呈现出一派生机盎然的景象，所以内丹书籍也常借用为静中有动的象征。同时它又与先天的混沌状态有关，《性命圭旨》曰："以其为一身造化之始，故名先天；以其阴阳未分，故名一气，又名黄芽。"② 尾联"莫道天津便无事，也须闲处着功夫"，指神游了一圈又回到自己所居住的洛阳天津桥畔的安乐窝。"闲处功夫"，是指写诗、体道、治易等一系列理学家和诗人的修身立德行为，邵雍又称为"隐几功夫"。

邵雍写神游四方的诗还有不少，意在阐明他的先天易学的特点，认为先天易学最能够体现出道的"大音希声，大象无形"，仿佛创世之初的混沌、太和，是无所不包、无所不能的。邵雍喝酒追求微醺的半醉半醒状态，写诗追求灵感的偶然迸发瞬间，这些行为特点都是与他的先天易学的治学体验一脉相承的。二程评价道："邵尧夫于物理上尽说得，亦大段漏泄他天机。"③ 邵雍也说自己的诗歌泄露了天机，"每用风骚观物体，却因言语漏天机"④。他写诗歌咏花月美景也是要将天机泄露出来，帮助人解决面对自然时的困惑、弥补好景不长久的缺憾，"把酒嘱花枝，花枝亦要知：花无十日盛，人有百年期。据此销魂处，宁思中酒时？若非诗断割，难解一生迷"⑤。因此，他甚至认为用诗歌揭示自然万象的奥秘就是在代天言说，"尧夫非是爱吟诗，诗是尧夫可爱时。已着意时仍着意，未加辞处与加辞。物皆有理我何者？天且不言人代之。代了天工无限说，尧夫非是爱吟诗"⑥。所以，邵雍诗中层出不穷、源源不断的欢乐很大程度上来

---

① 《邵雍集》，第489页。

② （明）尹真人高弟撰《性命圭旨》利集，北京：中央编译出版社，第148页。

③ 《河南程氏遗书》卷二上，《二程集》上册，第42页。

④ 邵雍《首尾吟一百三十五首》其十二，《邵雍集》，第517页。

⑤ 邵雍《嘱花吟》，《邵雍集》，第330页。

⑥ 邵雍《首尾吟一百三十五首》其七十八，《邵雍集》，第529页。

自一种觉悟天机的通达理趣，"因通物性兴衰理，遂悟天心用舍权"①，乃至冥会天心的融怡和乐，"才沃便从真宰辟，半醺仍约伏羲游"②。

诗在邵雍心目中占有很高的地位，可以悟道，可以言志，可以娱情，是成圣成贤的必要途径之一。从上面的分析中可以看出，在功能和类型上，邵雍并没有把自己日常所作的各种题材的诗歌与作为儒家诗教经典的《诗经》区分开来，甚至将自作之诗与诗三百、诗三千等同看待，这一方面可以看作他的圣贤心理的反映，另一方面也可以看出他那种"不立固必"、古今无殊的对于"诗言志"本质的价值体认。哪怕有时候他会自谦地说"林下闲言语，何须更问为？自知无纪律，安得谓之诗"③，"林下闲言语，何须要许多？几乎三百首，足以备吟哦"④，但也免不了和《诗经》比附一番。他有时会担心自己写诗的兴趣是否过于浓厚、构思是否过于轻易，所写诗歌是否数量过大、质量是否良莠不齐，但马上又戏谑地自我安慰道千万年以后会有孔子这样的圣人进行删削，从而使之成为《诗经》一样的经典，曰"久欲罢吟诗，还惊意忽奇。坐中知物体，言外到天机。得句不胜易，成篇岂忍遗？安知千万载，后世无宣尼"⑤。邵雍将自己的诗歌比作诗三百的始祖诗三千，和他称自己的易学超越文王、孔子后天学而直承伏羲先天学的态度是一样的，将吟诗与治易都看成前无古人的立德事业。在"三不朽"当中，立德是先于立功的，不过在官本位的封建社会，尤其是在宋代这样看重科举为官的时代里，多数人都是以建功立业、高官显爵为贵，即便是追求立德的理学家们也罕有轻视功名富贵的，而邵雍却认为治国平天下的经纶事业与"写字吟诗""通经达道"的修身立德事业相比不过是"余事"，曰"写字吟诗为润色，通经达道是镃基。经纶亦可为余事，性命方能尽所为"⑥。难怪二程会批评道："尧夫诗'雪月风花未品题'，他便把这些事便与尧舜三代一般，此等语自孟子后无人曾敢如此言来，直是无端。"⑦

三、重娱乐而不失道德的司马光诗学

与邵雍不同的是，有着强烈实用主义观念的司马光极端轻视诗歌的作

---

① 邵雍《贺人致政》，《邵雍集》，第208页。
② 邵雍《太和汤吟》，《邵雍集》，第328页。
③ 邵雍《答人吟》，《邵雍集》，第364页。
④ 邵雍《答宁秀才求诗吟》，《邵雍集》，第451页。
⑤ 邵雍《罢吟吟》，《邵雍集》，第463页。
⑥ 邵雍《首尾吟一百三十五首》其五十四，《邵雍集》，第525页。
⑦ 《河南程氏遗书》卷二上，《二程集》上册，第45页。

用，但他和邵雍一样又极其喜爱以诗歌休闲娱乐，而且从在洛闲居时期所作的大量诗歌来看，他并没有丝毫的实用与娱乐相矛盾的焦虑。这是因为一方面司马光自弃于无用之地，自然不会苛责诗歌的有用，相反他通过大量包括写诗在内的娱乐活动来缓解政治失败的愤懑与失落，也对新党的打击排挤展示出了不屑的姿态；另一方面，司马光通过真率会等活动将娱乐行为道德化，使之变成隐逸、尚齿、俭朴、娱宾、敦友的有效手段，这样也就赋予了诗歌吟咏具有道德色彩的无用之用。但诗歌并非司马光重要的载德文体，他在洛时期写作的不少传记文、议论文、序文起到了专门的载道树德的作用，这也是和邵雍不同的地方。简而言之，司马光对待诗歌写作的基本态度是重娱乐而能兼顾道德。

最能反映司马光实用主义诗歌观念的是他对科举考试中考校诗赋的反对。熙宁二年，他在翰林学士任所上的《议学校贡举状》中说：

> 进士初但试策，及长安、神龙之际加试诗赋，于是进士专尚属辞，不本经术而明经止于诵书，不识义理，至于德行则不复谁何矣。自是以来，儒雅之风日益颓坏，为士者狂躁险薄，无所不为，积日既久，不胜其弊。于是又设封弥誊录之法，盖朝廷苦其难制，而有司急于自营也。夫欲搜罗海内之贤俊，而掩其姓名以考之，虽有颜闵之德，苟不能为赋、诗、论、策，则不免于遭摈弃为穷人，虽有跖蹻之行，苟善为赋、诗、论、策，则不害于取高第、为美官。臣故曰取士之弊，自古始以来未有若近世之甚者，非虚言也。①

次年，他又在《再乞资荫人试经义札子》中说：

> 臣今复差知审官院，窃见资荫人初授差遣者，令试诗一首，实为无益，不惟其间有墙面者假手于人，徒长奸伪，就使自作诗得如曹、刘、沈、宋，其于立身治民有何所用？……然《孝经》《论语》，其文虽不多，而立身治国之道尽在其中，就使学者不能践履，亦知天下有周公、孔子、仁义、礼乐，其为益也，岂可与一首律诗为比哉？②

司马光认为"进士专尚属辞"使得士人道德日丧，因为文辞只是表

---

① 《司马温公集编年笺注》第 3 册，卷三九，第 552—553 页。
② 《司马温公集编年笺注》第 4 册，卷四一，第 31 页。

面的浮华虚饰，德行、义理才是内在的核心价值，过分看重文辞浮饰必然会忽略实用价值并最终导致实用价值的丧失，舍本逐末的风气也必然会导致士风日坏、道德沦丧，"狂躁险薄，无所不为"。可见司马光的实用主义和道德主义是捆绑在一块的。如所谓"就使自作诗得如曹、刘、沈、宋，其于立身治民有何所用"，"立身治民"包括了"立身"之德与"治民"之用，相当于修齐治平中的修身与治国，而诗的本质在于文辞，诗歌的竞技归根到底就是文辞的竞技，文辞的技艺再高超跟选拔人才使之"立身治国"的目的都毫不相干，甚至还会助长奸伪。司马光还从考校诗赋的不合理进一步引申到"封弥誊录之法"的不合理，因为这样会导致只见其文之高下不见其人之善恶的结果。随后，他又将文的范围进一步扩大，将所有科举文体"赋、诗、论、策"统统纳入其中。居洛期间，司马光曾写有《斥庄》一文，借排斥庄子之文重申了"文"与"道"的对立："或曰：'庄子之文，人不能为也。'迂夫曰：'君子之学为道乎？为文乎？夫唯文胜而道不至者，君子恶诸。是犹圬屋而涂丹膲，不可处也；塞井而冪绮缋，不可履也；乌喙而渍饴糖，不可尝也，而子独嗜之乎？'"①　从司马光这些反对诗文的言论中，我们可以看到一种似乎不太可靠的逻辑，即华盛必然实衰、文盛必然道衰，这是将华而不实、"文胜而道不至"的或然性推向必然性再加以极端化的做法。司马光或许并非不知道这中间的逻辑错误，他只是借用一种极端的可能性来强化认识过分重视文辞虚饰的危害。

由此，司马光提倡一种"辞达"与务实之诗文。他在治平初年《答孔文仲司户书》一文中说：

> 光昔也闻诸师友曰："学者贵于行之而不贵于知之，贵于有用而不贵于无用。"……若夫习其容而未能尽其义，诵其数而未能行其道，虽敏而博，君子所不贵，此文学之所以为末者也。然则古之所谓文者，乃诗书礼乐之文、升降进退之容、弦歌雅颂之声，非今之所谓文也。今之所谓文者，古之辞也。孔子曰："辞达而已矣。"明其足以通意，斯止矣，无事于华藻宏辩也。必也以华藻宏辩为贤，则屈、宋、唐、景、庄、列、杨、墨、苏、张、范、蔡皆不在七十子之后也。颜子不违如愚，仲弓仁而不佞，夫岂尚辞哉？足下所谓"学积于内则文发于外"，积于内也深博，则发于外也淳奥，则夫文者，虽

---

① 《司马温公集编年笺注》第 5 册，卷七四，第 465—466 页。

不学焉，而亦可以兼得之。①

孔门四科有两种说法，"文、行、忠、信"或"德行、政事、文学、言语"，无论哪一种都没有将"文"置于最末，而司马光则认为文本来就是四科之末，是道义之余的东西。如今的"文"，仅仅是辞而已，又为文之末，能够表情达意就行了，不需要太多的辞藻修饰与强词夺理。文辞是道德、言语、政事修养充实之后自然而然的外露，不需要刻意的学习。为了强调有用并尽量减少文对实的遮蔽，司马光不惜一再降低文的地位，直到把它降低为一种纯粹符号化和工具化的东西"辞"，剥夺了它的一切修饰与情感功能。司马光又在《颜太初杂文序》中树立了一个几乎完全符合他的诗文观念的真儒典型形象颜太初，曰：

> 天下之不尚儒久矣，今世之士大夫发言必自称曰儒，儒者果何如哉？高冠博带、广袂之衣，谓之儒邪？执简伏册、呻吟不息，谓之儒邪？又况点墨濡翰、织制绮组之文以称儒，亦远矣。……鲁人颜太初，字醇之，常愤其然。读先王之书，不治章句，必求其理而已矣。既得其理，不徒诵之以夸诳于人，必也蹈而行之。在其身与乡党无余，于其外则不光。不光先王之道，犹黳如也。乃求天下国家政理风俗之得失，为诗歌洎文以宣畅之。景祐初，青州牧有以荒淫放荡为事，慕嵇康、阮籍之为人，当时四方士大夫乐其无名教之拘，翕然效之，浸以成风。太初恶其为大乱风俗之本，作《东州逸党诗》以刺之。诗遂上闻，天子亟治牧罪。又有郓州牧，怒属令之清直与己异者，诬以罪，榜掠死狱中，妻子弱不能自诉，太初素与令善，怜其冤死，作《哭友人诗》，牧亦坐是废。……世人见太初官职不能动人，又其文多指讦，有疵病者所恶闻，虽得其文不甚重之，故所弃失居多。余止得其两卷，在同州又得其所为题名记，今集而序之。前世之士，身不显于时而言立于后世者多矣。太初虽贱而夭，其文岂必不传？异日有见之者，观其《后车诗》，则不忘鉴戒矣。观其《逸党诗》，则礼义不坏矣。观其《哭友人诗》，则酷吏愧心矣。观其《同州题名记》，则守长知弊政矣。观其《望仙驿记》，则守长不事厨传矣。由是言之，为益岂不厚哉？②

---

① 《司马温公集编年笺注》第 4 册，卷六〇，第 546—547 页。
② 《司马温公集编年笺注》第 5 册，卷六四，第 110—111 页。

颜太初所愤愤不平的世俗对儒的理解中，就包括"点墨濡翰、织制绮组之文以称儒"的文辞之士。他不仅读儒书、求儒理、践儒行，而且"不治章句"，即使作诗文也是本着宣畅"天下国家政理风俗之得失"的目的。他还发挥诗歌的讽刺与疾恶功能，揭露地方长官的荒淫放诞和冤假错案，最终将他们绳之以法。他的诗歌拥有"立身治民"的诸多功用，是真正的儒者之文。也正因为颜太初之诗有用，司马光才为这位沉沦下僚、湮没无闻的底层文人作序褒扬，伤其位贱而早夭，使之名垂后世。这篇诗序与司马光居洛期间所作的传记一样，都是为了让世人认识一些名不见经传却有不少善举的小人物，学习他们身上的德行。同时，司马光拒绝了很多达官贵人求诗、求序、求墓铭的请求，原因或者是"某素无文，于诗尤拙，不足以揄扬盛美、取信于人"①，或者是"光性愚学疏，于文尤非所长，今时常为秉笔者笑，敢望传于后乎"②。他认为"近世之诗大抵华而不实，虽壮丽如曹、刘、鲍、谢，亦无益于用"，朋友之间不如"相与讲明道义"③。他自述曾经为人作墓铭继而后悔的经历曰："光向日亦不自揆，妄为人作碑铭，既而自咎，曰：凡刊琢金石，自非声名足以服天下，文章足以传后世，虽强颜为之，后人必随而弃之，乌能流永久乎？彼孝子孝孙，欲论撰其祖考之美，垂之无穷，而愚陋如光者，亦敢膺受以为己任？是羞污人之祖考，而没其德善功烈也，罪孰大焉？遂止不为。"④他说自己的诗文水平不高固然并非完全出于谦虚，但他真正担心的是无用之诗文写得太多流传开来、传之后世会影响到自己的道德声望，况且为人写作墓铭又必须为墓主歌功颂德，会落得谀墓之嫌。当有人将他比为一代文宗韩愈时，他则表示对韩愈收取润笔费等卖文行径的不屑一顾，曰："光谓韩子以三书抵宰相求官，《与于襄阳书》谓先达后进之士，互为前后，以相推授，如市贾然，以求朝夕刍米仆赁之资，又好悦人以铭志而受其金。观其文，知其志。其汲汲于富贵，戚戚于贫贱如此，彼又乌知颜子之所为哉？夫岁寒然后知松柏之后凋，士贫贱然后见其志，此固哲人之所难，故孔子称之。而韩子以为细事，韩子能之乎？"⑤

---

① 司马光《答齐州司法张秘校正彦书》，《司马温公集编年笺注》第4册，卷六〇，第571页。

② 司马光《答陈师仲司法书》，《司马温公集编年笺注》第5册，卷六一，第45页。

③ 司马光《答齐州司法张秘校正彦书》，《司马温公集编年笺注》第4册，卷六〇，第572页。

④ 司马光《答孙察长官书》，《司马温公集编年笺注》第5册，卷六二，第50页。

⑤ 司马光《颜乐亭颂》，《司马温公集编年笺注》第5册，卷六八，第239页。

综观司马光文集，可以看到他关于诗文的这些道德论调并没有很好地付诸实践，只有晚年在拒绝为人作墓铭一事上贯彻得比较彻底。他虽然不以诗名，却是一位多产的诗人，至今存诗一千二百余首，前面也分析过他在居洛时期对诗歌创作的喜爱。他曾在奏章中自称"臣自幼习赋诗、论策，应举就试"①，受到时风影响，他所排斥的科举考试中的诗赋等项目其实是他自幼娴习的。此外，其父司马池以及恩师庞籍都十分喜爱作诗，他也不能不受到熏染。在《续诗话》中，司马光提到其父所作《行色》诗，认为有好友梅尧臣所称赏的"状难写之景如在目前"的境界。② 他在为庞籍诗选《清风集略》所作后序中提到恩师酷嗜作诗的情况曰："公性喜诗，虽相府机务之繁、边庭军旅之急，未尝一日置不为，凡所以怡神养志及逢时值事，一寓之于诗，其高深闳远之趣，固非庸浅所可及，至于用事精当、偶对之切，虽古人能者殆无以过。及疾亟，光时为谏官，有谒禁，走手启参候，公犹录诗十余篇相示，手注其后曰：'欲令吾弟知老夫病中尚有此意思耳。'字已惨淡难识。后数日而薨。"③ 庞籍对司马光恩重如山，为其仕途一路保驾护航，亦曾长期将其引为僚属，相互间多有酬唱。司马光不仅对这位恩师感恩戴德，也极为佩服他的人品与勋业。庞籍对诗歌的狂热喜爱并没有为司马光所薄，反而被他赞为"高深闳远""用事精当、偶对之切"，是基于意境、修辞等艺术层面的赞美。而且庞籍之诗也并非像颜太初之诗那样有太多鉴戒、规切的实用性，而是随兴所至，"凡所以怡神养志及逢时值事，一寓之于诗"，有很强的娱乐性和随意性。

司马光一生无论在朝在外、居家行路皆有诗歌吟咏，与僚友、游伴之间诗酒酬唱更是寻常之事。这证明，司马光的诗歌观念其实是公私分明的，在关乎立德治国等严肃重大的事情上，他不是严厉斥责诗歌文辞的浮华无用、伤风败德，强烈抵制以诗歌才能的高下作为选拔人才的标准，就是尽量剥除诗歌的华丽外衣，使之尽可能地符合儒家诗教的特点；而在私人交游娱乐的领域，他则是一位诗歌艺术的热爱者，善于用诗歌来抒情、娱乐、增进友谊，符合当时流行的世俗风气。整体来看，诗歌之于司马光，基本上是私人化、娱乐化的，所以我们几乎看不到他的诗歌中有什么国计民生、建功立业等方面的重大题材。但如果认为司马光的诗歌尤其是闲居洛阳时期的作品只是一味娱乐，而没有任何道德意图、实用目的也不

---

① 司马光《辞枢密副使第三札子》，《司马温公集编年笺注》第4册，卷四一，第38页。
② 《司马温公集编年笺注》第6册，附录卷四，第200页。
③ 《司马温公集编年笺注》第5册，卷六五，第176页。

准确，实际上，在洛期间他包括诗歌写作在内的所有娱乐活动都或多或少地蒙上了一层道德的色彩。此时的他已经不能在政治上有所作为，只能将主要精力投注到《资治通鉴》的编撰上。编书的工作不仅劳累，也十分孤寂，没有以前居官时的轰轰烈烈，寄意诗酒娱乐就成为必不可少的调剂与告慰。于是，政治热情并未泯灭的司马光便将一场场的娱乐活动变成既能娱乐又富于教化意义，而且不失轰动效应的事情。这一点我们在前面真率会一节中已经有过详尽的分析。

元丰元年，司马光在给张耒的《答福昌张尉耒书》中谈了他对以骚赋为代表的抒情文学的态度，曰：

> 五月五日，陕人司马光谨复书福昌少府秘校足下。光行能固不足以高于庸人，而又退处冗散，属者车骑过洛，乃蒙不辱而访临之，其荣已多，今又承赐书兼示以新文七篇，岂有人尝以不肖欺听闻邪？何足下所与之过也！始惧中愧，终于感藏以自慰。知幸，知幸！光以居世百事无一长，于文尤所不闲，然窃见屈平始为《骚》，自贾谊以来，东方朔、严忌、王子渊、刘子政之徒踵而为之，皆蹈袭模仿，若重景叠响，讫无挺特自立于其外者。独柳子厚耻其然，乃变古体，造新意，依事以叙怀，假物以寓兴，高扬横骛，不可羁束，若咸、韶、濩、武之不同音，而为闲美条鬯，其实钧也。自是寂寥无闻，今于足下复见之，苟非英才间出，能如此乎？钦服慕重，非言可遽。然彼皆失时不得志者之所为，今明圣在上，求贤如不及，足下齿发方壮，才气茂美，官虽未达，高远有渐。异日方将冠进贤，佩水苍，出入紫闼，讦谟黄阁，致人主于唐虞之隆，纳烝民于三代之厚，如斯文者，以光愚陋，窃谓不可遽为也。不宣。光再拜。①

司马光一开始仍然以自己不善诗文自谦，接着谈了对于骚赋文学的看法，认为骚赋自从屈原创始以后，历代名家之作不过是蹈袭模仿，毫无创新之处，只有柳宗元"变古体，造新意，依事以叙怀，假物以寓兴，高扬横骛，不可羁束"，能够依据真实的所见、所闻、所感命笔立意，而不是拘泥于陈规，故而能够获得创作的自由，与屈原分庭抗礼，而张耒的"新文七篇"可以与柳宗元的艺术成就相媲美。说了这么多好话之后，司马光笔锋一转，认为处于太平盛世、人尽其用的时代，富有才华、大有前

① 《司马温公集编年笺注》第 5 册，卷六二，第 52—53 页。

途的年轻人不应该写"失时不得志者之所为"的骚赋,这样会损害年轻人的志气。司马光对待文学有着自己的审美鉴赏力和创造力,并非只是一味的实用与道德论调。不过,在这里他还是将实用与道德置于审美艺术之上,"致人主于唐虞之隆,纳烝民于三代之厚,如斯文者,以光愚陋,窃谓不可遽为也",文学本来就是末事,伤感的文学又会损伤建功立业的志气,所以少作为妙。但作为骚赋等伤感文学的对立面,司马光明显是赞同快乐文学的。用诗赋自适适人,增加对生活的满意度,增强对前途的自信心,才是文学积极且不失审美的好处。司马光的说教对象虽然是血气方刚的年轻人,但他的这种思想正是晚年闲居洛阳、充分发挥诗歌娱乐休闲功能的反映。

司马光居洛期间仿照欧阳修《六一诗话》作《续诗话》一卷三十一则,《四库全书总目提要》评价道:"光德行功业冠绝一时,非斤斤于词章之末者,而品第诸诗乃极精密。"①《续诗话》中对好诗的评价标准非常宽泛,凡对仗工稳、诗思敏捷、炼字精妙、写景清远、事理切当、意在言外、讽谏温婉、名物考证者都可以算作好诗,显示出司马光本人较为通达的诗歌观念。宁群娣认为该书对欧阳修《六一诗话》的继承体现在对其散漫的形式体例的模仿,对其内容的补充叙写,对其事理切合、意新语工的诗歌理论的趋同,而其独特性则体现在对白体诗的推崇,对出于"温柔敦厚"诗教的微婉艺术效果的强调②,分析得也很有道理。除了体现诗歌审美性、艺术性的趋同以外,司马光写作该书的目的和欧阳修一样,也是"集以资闲谈"③。其写作的境遇也较为一致,《六一诗话》是欧阳修晚年退居汝阴以后所写,《续诗话》是司马光晚年退居洛阳以后所写,所以二书皆为养老之具,都带有明显的休闲娱乐倾向。《续诗话》中有不少明显"资闲谈"的故事,开篇的第一则即是朝士"戏为诗"自嘲"久无差遣、厌苦常朝"的情状,第二则言诗僧惠崇之事尤其令人忍俊不禁:

> 惠崇诗有"剑静龙归匣,旗闲虎绕竿",其尤自负者有"河分冈势断,春入烧痕青"。时人或有讥其犯古者,嘲之:"河分冈势司空曙,春入烧痕刘长卿。不是师兄多犯古,古人诗句犯师兄。"进士潘

---

① 《司马温公集编年笺注》第 6 册,附录卷一四,第 560 页。
② 宁群娣《司马光〈续诗话〉及其诗歌理论》,《哈尔滨学院学报》2010 年第 10 期,第 90—92 页。
③ (宋)欧阳修、(宋)司马光著,克冰评注《六一诗话 温公续诗话》,北京:中华书局,2014 年,第 3 页。

阗常谑之曰："崇师，尔当忧狱事，吾去夜梦尔拜我，尔岂当归俗
耶？"惠崇曰："此乃秀才忧狱事尔，惠崇沙门也，惠崇拜，沙门倒
也，秀才得无诣沙门岛耶？"①

　　这些诗人之间用诗句、谐音斗嘴的谐谑趣事，再现了当时士林中诗歌
游戏、文字游戏盛行的情况，从另一个侧面反映了诗歌在士大夫乃至僧人
日常生活和交往中的广泛使用。司马光记载的这些趣事说不定也有一部分
来自居洛诸老平日的闲谈之中，他自述闲居生活为"销愁唯有酒，娱意
莫如文"②，喝酒、品诗、论文都是必不可少的。无论是对于诗歌艺术的
追求还是对诗歌趣闻的玩味，都能起到"销愁""娱意"的功效。《东皋
杂录》所记载的司马光挥毫救官妓的故事，便可以作为"娱意莫如文"
的生动例证之一，曰："文潞公守洛，富郑公致政，司马温公宫祠，范蜀
公自许下来，同过郡会，出四玉杯劝酒，官妓不谨，碎其一，潞公将治
之。温公请书牍尾云：'玉爵弗挥，典礼虽闻于往记；彩云易散，过差可
恕于斯人。'潞公乃笑而释之。"③ 司马光所书虽非诗歌，性质却是一样
的。他是一个有心人，其《涑水记闻》《温公日记》和《续诗话》一样
都是以笔记体记录前代或当朝故事，不同的是前二者所记皆关乎国家大
事，是为了有用，后者则多为不登大雅之堂的小事，是为了有趣。不过
《续诗话》在诗歌的有用上也颇为留意，不仅称赞处士魏野的诗"有诗人
规戒之风"，石曼卿"诗切合时宜，又不卑长乐也"，杜甫《春望》诗
"最得诗人之体"，韩琦"郁郁不得志"之诗"微婉"，而且搜寻出"科
场程试诗"之佳者，称其"有古诗讽谏之体"④。看来即便是科考中的诗
赋，只要能够体现诗教作用，司马光也不吝赞美之词。
　　总而言之，司马光的诗学观念是以德、用为主为公，以闲、乐为辅为
私，像《续诗话》这样基于闲乐的闲书，司马光并未将其放入自己的文
集当中。他将自己编订的文集命名为《传家集》，希望能够将其中体现的
道德功用子子孙孙地传下去。熙宁八年，范纯仁为司马光诗集所作的序言
中说道：

①《司马温公集编年笺注》第 6 册，附录卷四，第 198 页。
②　司马光《送祖择之》，《司马温公集编年笺注》第 2 册，卷一二，第 324 页。
③《苕溪渔隐丛话》后集卷四〇，第 336 页。
④《司马温公集编年笺注》第 6 册，附录卷四，第 198—206 页。

古之君子，修身以齐家，然后刑于国与天下。盖其言动有法，出处有常，子孙幼而视之，长而习之，不为外物之所迁，则皆当为贤子弟，犹齐人之子不能无齐言也。《书》曰："积善之家，必有余庆。"《诗》云："贻厥孙谋，以燕翼子。"由此道也。端明殿学士司马公以清德直道名重天下，其修身治家，动有法度，其子弟习而化之，日趋于善，盖亦不言之教矣。又伸之以诗章，俾其讽诵警策，则其积善贻谋之道可谓至备。宜其子子孙孙，世有令人。苟尚不能自修而入于君子之涂者，则其人可知矣。宏，予之子婿也，持公诗求序于予。予乐道公之盛德，又因以勉之。熙宁八年月日，高平范某序。（《司马公诗序》）①

整篇序言都在强调以德传家的意思。司马光将日常所写、记录自己言行举止的诗歌使子弟讽诵，言传与身教之意兼而有之，也透露出他"吾无过人者，但平生所为未尝有不可对人言者"②的自信。所以，德与用的意图自始至终主导着司马光的诗歌观念与创作，其诗歌中所充斥的休闲娱乐的内容都是包裹在这层道德外衣之下的，即便这种包裹有时候未必顺理成章。

第三节　白体接受视域下邵雍与司马光诗歌比较论析

在宋诗发展史上，作为"宋初三体"之一的白体是最早为宋人追捧并大规模仿效的唐诗体式，在促进宋诗特色的形成和发展上起到了重要作用。宋人对白体的接受持久、广泛而深刻，在经过宋初李昉、李至、徐铉、王禹偁等名臣甚至太宗本人刻意仿效的高潮期之后，白体虽然不再作为一种被高调标榜的诗歌潮流，但其影响却变得更为广泛和深入，这在欧阳修、苏轼、张耒、陆游、刘克庄等人的诗歌中都有反映。白体的接受在语言风格上主要为通俗、率意、流畅，在思想内容上主要为闲适、快乐、风趣，在题材范畴上主要为歌咏闲适生活与心态一类。③作为白居易晚年

---

① 《范忠宣公文集》卷一〇，《宋集珍本丛刊》第 15 册，第 445 页。
② 晁补之所传司马光语，《苕溪渔隐丛话》前集卷二八，第 196 页。
③ 目前宋代白体接受研究已经比较成熟，代表性成果有张海鸥《宋初诗坛"白体"辨》，《中山大学学报》（社会科学版）2000 年第 6 期；赵艳喜《北宋白居易诗歌接受研究》，南京大学 2007 年博士学位论文；尚永亮等著《中唐元和诗歌传播接受史的文化学考察》（上卷）第二编《两宋时期》第六章《元白诗派在两宋的传播与接受》，武汉：武汉大学出版社，2010 年，第 284—370 页；等等。

定居和集中创作闲适诗的洛阳，则成为北宋白体接受的重镇。

白居易五十三岁分司东都，始卜居洛阳，五十八岁直至七十五岁去世居洛不复出。大和八年（834），白居易为在洛五年来所作的四百三十二首诗作序，不无自得地宣称这些诗作基本都是闲适酣乐之作："除丧朋哭子十数篇外，其他皆寄怀于酒，或取意于琴，闲适有余，酣乐不暇，苦词无一字，忧叹无一声，岂牵强所能致耶？盖发中而形外耳。斯乐也，实本之于省分知足，济之以家给身闲，文之以觞咏弦歌，饰之以山水风月。此而不适，何往而适哉？"① 不仅如此，就其整个居洛时期所作而言，也基本属于闲适诗。中唐以来，东都洛阳的政治地位下降而成为专门安置朝廷耆宿元老的闲散之地，大和至会昌年间白居易与刘禹锡、裴度、牛僧孺等人交游唱和，在洛阳形成了一个闲适诗人群。他在洛阳悠游自得、乐天知命的闲适生活和心态及其会昌五年（845）举办的娱乐聚会活动九老会被传为千古佳话，再加上他在洛阳留下的不少遗迹，包括普明禅院（俗称大字寺，即白居易旧居履道坊池园）及其中画像、文集、石刻，龙门白乐天影堂等，使得北宋洛阳弥漫着浓重的慕白气息。北宋洛阳作为陪都西京，从一开始就是优待耆老重臣的地方，他们恬退于此，优游卒岁，而白居易等人的诗酒唱和正是他们经常追慕的对象，比如吴育晚年以"集贤院学士判西京留司御史台"，"与旧相宋庠追裴白故事酬唱至数百篇"②，这也助长了民间游乐的风气，尤其是到了春天花卉盛开的时候，"都人士女载酒争出，择园庭盛地，上下池台间，引满歌呼，不复问其主人。抵暮，游花市，以筠笼卖花。虽贫者亦戴花饮酒相乐"③。单以对白居易九老会的模仿而言，就有天圣年间欧阳修、梅尧臣、尹洙等人的八老会，熙宁年间邵雍、王安之等人的七老会，元丰年间司马光、文彦博等人的四老会、五老会、同甲会、耆英会、真率会，以及孔嗣宗等人的穷九老会等，使得唐九老会奉行的"尚齿不尚官"的洛中旧俗得以复振。这些诗酒之会无疑大大增强了他们对白居易闲适生活及诗歌的认同和仿效。入洛之后，在白体的濡染之下，邵雍创造了在诗坛上独树一帜的"邵康节体"，而通过与邵雍的频繁唱和以及对白居易的追慕，司马光的诗风也变得更加平易晓畅。然而二人对白体的接受又不尽相同，代表了宋代诗坛白体接受

---

① （唐）白居易著，朱金城笺校《白居易集笺校》第 6 册，上海：上海古籍出版社，1988 年，第 3757—3758 页。

② （宋）曾巩撰，王瑞来校证《隆平集校证》卷八《参知政事》，北京：中华书局，2012 年，第 86 页。

③ 《邵氏闻见录》卷一七，第 186 页。

的两种路数。①

一、安闲逸乐的主题，知足保和的心态

皇祐元年（1049），三十九岁的邵雍在屡次科考失败之后移居洛阳，不再有仕进之意，潜心于易学研究，开始了近三十年的"经书为事业，水竹是生涯"②的隐居生活。邵雍在诗中反复称道居洛生活的诸般好处，如《履道会饮》曰："众人之所乐，所乐唯嚣尘。吾友之所乐，所乐唯清芬。清芬无鼓吹，直与太古邻。太古者靡他，和气常缊绵。里闬旧情好，有才复有文。过从一日乐，十月生阳春。洛阳古神州，周公尝缕陈。四时寒暑正，四方道里均。代不乏英俊，号为多缙绅。至于花与木，天下莫敢伦。而逢此之景，而当此之辰。而能开口笑，而世有几人。清衷贯金石，剧谈惊鬼神。天地为一指，富贵如浮云。明时缓康济，白昼闲经纶。莫如陪欢伯，又复对此君。商於六百里，黄金四万斤。不能买兹乐，自余恶足论。"③洛阳自古号为"天下之中""士人渊薮"，历史悠久而古风不坠，气候得宜而风景优美，对读书人来说具有不可抗拒的魅力。邵雍科场失意之余、奉亲入洛之初，穷困潦倒而得众多洛人相助得以在天津桥畔、履道坊里的好地段拥有园宅，让他觉得十分满足，遂名其居所为"安乐窝"。熙宁变法时，"安乐窝"所处之地属于官田要被卖掉，又是众洛人出钱为他买来。邵明华认为"邵雍的经济来源主要有讲学收入、田地收入和为人占卜"。④其中田地亦为洛人所买。这些洛人之中既有门生，又有好友，包括富弼、司马光这些闲退并定居于此的名望重臣。邵雍学问宏富、见识广大，又极具亲和力，非常善于交际，而且一次次地拒绝朋友举荐，清德令名远播，公卿士庶无人不愿与之交游，在洛阳生活得如鱼得水。可以

---

① 关于邵雍接受白体的研究，具体可以参看郭鹏《诗心与文道：北宋诗学的以文为诗问题研究》第五章《论"邵康节体"：以文为诗与理学家诗人的诗学实践》，北京语言文化大学出版社，2003 年，第 154—188 页；唐眉江《邵雍诗歌研究》第四章《击壤体诗的特点》第四节"诗风的平淡"，四川大学 2003 年硕士学位论文，第 38—40 页；毛妍君《白居易闲适诗研究》第六章《白居易闲适诗对后代文人的影响》第三节"白居易闲适诗对北宋中后期的影响——以苏轼、邵雍为中心"，中国社会科学出版社，2010 年，第 237—253 页；赵艳喜《邵雍和白居易——兼论北宋中后期洛阳诗人群对白居易的接受》，《聊城大学学报》（社会科学版）2012 年第 6 期；等等。而对于司马光的白体接受以及二人在接受异同点的比较上的研究则非常薄弱，尚无专文讨论。

② 邵雍《愁恨吟》，《邵雍集》，第 385 页。

③ 《邵雍集》，第 293—294 页。

④ 邵明华《"安乐窝"的文化阐释——对于邵雍话语及其语境的学术考察》，《孔子研究》2012 年第 3 期。

说，正是这些"英俊""缙绅"，使得一介布衣的他乡之客邵雍能在洛阳扎根，而无生计之虞，并以学问道德闻名于世。

当时北宋承平百年，邵雍虽然没有功名，面对太平盛世，他也乐得做一个"太平闲人"，没有把取得官爵、建立功勋当作实现人生价值的必由之路，正所谓"三千里外名荒服，一百年来号太平。争似洛川无事客，何须列土始为荣"①，这是邵雍能够始终保持乐观的基础。"太平闲人"是邵雍在其诗中给自己树立的一个基本形象，这和白居易居洛时期生活态度与诗歌创作的精神是一致的。白居易在《序洛诗》中说："予尝云：'治世之音安以乐，闲居之诗泰以适。'苟非理世，安得闲居？故集洛诗别为序引，不独记东都履道里有闲居泰适之叟，亦欲知皇唐大和岁有理世安乐之音，集而序之，以俟夫采诗者。"②邵雍有《履道吟》一诗曰："何代无人振德辉，众贤今日会西畿。太平文物风流事，更胜元和全盛时。"③邵雍安乐窝所处的履道坊，是当年白居易园池的所在地，著名的九老会即在此举行，邵雍常常在诗中以居住于履道坊为荣。而"元和"正是所谓唐朝中兴之时，白居易、元稹等人辉耀政坛与诗坛，是颇为人称道的太平盛世。而如今众多贤达之士齐集洛阳，与"元和中兴"相比还要更胜一筹。在这样的参照中，慕白的意味就很明显，以超越当时元白的风流而自豪。

熙宁七年邵雍拜访王尚恭，恰逢王尚恭正在举行六老之会，于是欣然加入，合成七老，并作有《依韵和王安之少卿六老诗，仍见率成七》七首，其一曰："六老皤然鬓似霜，纵心年至又非狂。园池共避何妨胜，樽俎相欢未始忙。杖屦烂游千载运，衣巾浓惹万花香。过从见率添成七，况复秋来亦渐凉。"④这与当年白居易《九老会》⑤诗有许多相似的地方，其诗曰："七人五百七十岁，拖紫纡朱垂白须。手里无金莫嗟叹，樽中有酒且欢娱。吟成六韵神还旺，饮到三杯气尚粗。巍峨狂歌教婢拍，婆娑醉舞遣孙扶。天年高过二疏傅，人数多于四皓图。除却三山五天竺，人间此

---

① 邵雍《天津感事二十六首》其十九，《邵雍集》，第 235 页。
② 《白居易集笺校》第 6 册，第 3758 页。
③ 《邵雍集》，第 455 页。
④ 《邵雍集》，第 393 页。
⑤ 又名《胡、吉、郑、刘、卢、张等六贤皆多年寿，予亦次焉，偶于弊居合成尚齿之会，七老相顾既醉甚欢。静而思之，此会稀有，因成七言六韵以纪之，传好事者》，诗题中言七老，实际上有九人，另二人年未及七十，故未列入诗中。见《白居易集笺校》第 4 册，第 2563 页。

会更应无。"二诗都在夸耀白发高年者聚会、饮酒的狂欢，而且都认为这是千载难逢、人间罕有的事情。当然白居易还夸耀了"拖紫纡朱"的官位，邵雍在第二首诗中也说道"六老相陪卿与郎"，尽管自己是一介布衣，但在"见率野人成七老"（其六）①时也不无荣耀之感。邵雍能以布衣身份周旋于公卿之间且无丝毫违和之感，是因为他的极度自信，他从来没有把自己当成一般的士庶，其《和君实端明洛阳看花》其二即曰："洛阳花木夸天下，吾辈游胜庶士游。"②他以道自居，认为自己拥有高于"人爵"的"天爵"，如其《答人书》曰："卿相一岁俸，寒儒一生费。人爵固不同，天爵何尝匮？不有霜与雪，安知松与桂？虽无官自高，岂无道自贵？"③他著《皇极经世书》，创立先天易学，推演出一套观天地万物、古往今来的方法，是北宋道学五子之一。所以他才能够在基本生活物资满足的情况下过着和富弼、司马光等耆宿一样的老年闲居生活，和他们一样以白居易诗中反映的安闲逸乐为旨归，大量抒发饱食闲眠、风花雪月的无涯之乐，如其《秋游六首》其二曰"自有皋夔分圣念，好将诗酒乐升平"④，《弄笔》曰"上有明天子，下有贤诸侯。饱食高眠外，自余无所求"⑤，更有《欢喜吟》曰"欢喜又欢喜，喜欢更喜欢。吉士为我友，好景为我观。美酒为我饮，美食为我餐。此身生长老，尽在太平间"⑥，这种安闲气象，不是一般白衣士庶所能具有的，也不同于遁世逃名的传统隐士，而更类似于白居易的"中隐"。

当然，邵雍的布衣、隐士身份使其诗中不便有特别明确的慕白言语，而司马光作为投闲的朝廷高官，则不止一次地坦言慕白的倾向。熙宁四年司马光移居洛阳时将原来自号的"迂夫"改为"迂叟"，而"迂叟"正是白居易的自号之一。黄彻《碧溪诗话》云："温公自称迂叟，香山居士亦尝以自号，其诗云：'初时被目为迂叟，近日蒙呼作隐人。'司马岂慕其洛居有闲适之乐耶？"⑦同时司马光也屡次在诗中表达对白居易的喜爱，如《独乐园七题》其七《浇花亭》诗曰："吾爱白乐天，退身家履道。酿

① 《邵雍集》，第 394 页。

② 《邵雍集》，第 383 页。

③ 《邵雍集》，第 230 页。

④ 《邵雍集》，第 197 页。

⑤ 《邵雍集》，第 228 页。

⑥ 《邵雍集》，第 335 页。

⑦ （宋）黄彻著，汤新详校注《碧溪诗话》卷九，北京：人民文学出版社，1986 年，第 162 页。

酒酒初熟，浇花花正好。作诗邀宾朋，栏边长醉倒。至今传画图，风流称九老。"① 坎坷仕途中的梗阻抑郁与急流勇退后的称心如意简直是两重天地，司马光也在闲退之后由衷地体会到了白居易及其九老会的风流快活。《晚晖亭》诗曰："俯临城市厌喧哗，回顾园林景更嘉。醉立斜阳头似雪，往来误认白公家。"诗后自注："乐天《西楼独立》诗云：'身着白衣头似雪，时时醉立小楼中。路人回顾应相怪，十六年来见此翁。'"② 司马光会心于尘外闲放之趣的刹那间体味到了与当年白居易相似的情境，白发、夕阳、醉后的伫立、路人的回视，充满了历史巧合的错愕感。若不是喜好并熟稔白居易其人其诗，怎么会产生如此细微的感触？元丰五年，西京留守文彦博招集了包括司马光、富弼在内的十一位闲居的老年官员举办了一场规模空前的仿九老会耆英会，司马光应邀写了《洛阳耆英会序》，曰："潞公谓韩公曰：'凡所为慕于乐天者，以其志趣高逸也，奚必数与地之袭焉？'……勋业阂大显融，岂乐天所能庶几？然犹慕效乐天所为，汲汲如恐不及，岂非乐善无厌者与？"③ "志趣高逸"，相时而退，颐养天年，这是白居易最动人的地方，"汲汲如恐不及"地"效慕乐天"即是一种"乐善无厌"的行为。司马光另有《久雨效乐天体》曰："雨多虽可厌，气凉还可喜。欲语言慵开，无眠身懒起。一榻有余宽，一榻有余美。想彼庙堂人，正应忧燮理。"④ 知足保和、慵懒闲散，中间还透露着抽离官场忧累的庆幸，这是司马光对"乐天体"精神内核的理解。

无论是白居易还是邵雍、司马光，他们的知足尽管都透露着隐逸之气，但并不像许由、伯夷、叔齐、曾子那样，在赤贫状态中彰显道德人格的力量，而是在肯定物质需求合理性的同时又保持物欲的节制，知止与知足相辅相成。如白居易《狂言示诸侄》曰："一裘暖过冬，一饭饱终日。勿言舍宅小，不过寝一室。何用鞍马多？不能骑两匹。如我优幸身，人中十有七。如我知足心，人中百无一。"⑤ 吃穿住行，般般日用，依次道来，在实实在在的生活物资中体味满足，又在不贪多、不妄求中修养心志、超越常人。邵雍《昼睡》诗曰："昼睡功夫未易偕，羲皇以上合安排。心间无事饱食后，园里有时闲步回。未午庭柯莺屡啭，已残花径客稀来。请观

---

① 《司马温公集编年笺注》第 1 册，卷四，第 250 页。
② 《司马温公集编年笺注》第 2 册，卷一三，第 413 页。
③ 《司马温公集编年笺注》第 5 册，卷六五，第 160 页。
④ 《司马温公集编年笺注》第 1 册，卷五，第 287 页。
⑤ 《白居易集笺校》第 4 册，第 2093 页。

世上多愁者，枕簟虽凉无此怀。"① 昼眠饱食之后在庭园中散散步，在树枝下听听鸟，这是一种对物质生活非常满足的同时又不乏诗意的状态。司马光《乐》诗曰："吾心自有乐，世俗岂能知？不及老莱子，多于荣启期。缊袍宽称体，脱粟饱随宜。乘兴辄独往，携筇任所之。"② 饱暖之余随意所之，物质和精神都有所保障，而简朴的物质在支持自由精神的时候又不会成为它的负累。用诗歌大量表现知足的情态虽然是邵雍、司马光与白居易一脉相承的地方，但是总的来说，白居易对吃穿住行、官爵俸禄、妻儿奴婢的津津乐道使其世俗气味过于浓厚，而邵雍与司马光则更多地称道喝酒、作诗、赏花、游园等更富风雅的生活。

知足保和的人生态度是获得并充分享受安闲之乐的关键，与之构成强烈对比的是官场的险恶、劳累。他们在阐扬知足保和的观念时，都有这一层对比在内。熙宁五年入洛之初，司马光作有《闲来》一诗曰："闲来观万物，在处可逍遥。鱼为贪钩得，蛾因赴火焦。碧梧饥鸑鹫，白粒饱鹪鹩。带索谁家子？行歌复采樵。"③ 邵雍《和闲来》曰："以身观万物，万物理非遥。马为乘多瘦，龟因灼苦焦。能言谢鹦鹉，易饱过鹪鹩。伊洛好烟水，愿同渔与樵。"④ 这两首诗所表达的意思几乎一模一样，二人在远祸才能全身、知足才能不辱的看法上取得了惊人的一致，与大和三年（829）白居易在辞刑部侍郎、以太子宾客分司归洛时所作《答崔十八见寄》诗所谓"倚槽老马收蹄立，避箭高鸿尽翅飞"⑤，也具有高度的一致性。

二、通俗流畅的语言，变化多端的形式

邵雍诗歌给人的第一观感就是通俗流畅，大部分诗歌写得浅易直白、一气流转，毫无滞涩之感，与白体诗非常接近。古人早就注意到了白居易与邵雍诗歌的相似性，如元代张之翰夸赞友人之诗为："老气浑然，一寓诸理，无半点镌凿痕，真乐天香山中诗，尧夫安乐窝中语也。"⑥ 明代朱

---

① 《邵雍集》，第 510 页。
② 《司马温公集编年笺注》第 2 册，卷一二，第 317 页。
③ 《司马温公集编年笺注》第 2 册，卷一二，第 312 页。
④ 《邵雍集》，第 309 页。
⑤ 《白居易集笺校》第 3 册，第 1880 页。
⑥ 《演翰林徐公奇寒诗意》，（元）张之翰《西岩集》卷六，《景印文渊阁四库全书》第 1204 册，第 402 页。

瑄则"诗必称乐天、尧夫"①，清代的蒋辛仲"其诗出入乐天、务观，或作尧夫《击壤》嗣音，庶几得性情之正，一归温柔敦厚者"②，四库馆臣就直接评价邵雍诗"其源亦出白居易"③。司马光明确表达过慕白的倾向，更有诗明言"效乐天体"，他的不少诗歌尤其是入洛以后的作品显得朴素自然、洗尽铅华，直意写来，让人一目了然，也具有通俗流畅的特点，亦归功于学白之力。二人诗歌的白体特征，归纳起来，可以包括以下几个方面。

第一，他们不用生僻字词和华丽辞藻，不避白话甚至口语，用典少。比如，邵雍《首尾吟一百三十五首》其二十四曰"尧夫非是爱吟诗，诗是尧夫语道时。天听虽高只些子，人情相去没多儿"④，在说理时掺进了"只些子""没多儿"这样的口语。司马光《用安之韵招君从、安之、正叔、不疑，二十六日南园为真率会》曰"真率春来频宴聚，不过东里即西家。小园容易邀嘉客，馔具虽无亦有花"⑤，"东里""西家"也都是日常用语。

第二，句意疏松，不避重字、重句，凝练性不强。如邵雍《自在吟》："心不过一寸，两手何拘拘？身不过数尺，两足何区区？何人不饮酒？何人不读书？奈何天地间，自在独尧夫？"⑥ 司马光《二十八日会不疑家席上纪实》："召客客俱来，赏花花正开。寒暄方得所，风雨不相催。"⑦ 这是在一首诗内部使用重字，还有在组诗中使用的。如邵雍《东轩前添色牡丹一株，开二十四枝，成两绝呈诸公》二诗头二句分别为"牡丹一株开绝伦，二十四枝娇娥鬟""牡丹一株开绝奇，二十四枝娇娥围"⑧，司马光《酬尧夫招看牡丹》二诗头二句则为"君家牡丹深浅红，二十四枝为一丛""君家牡丹今盛开，二十四枝为一栽"⑨。邵雍在组诗中使用这种形式的还有很多，如《安乐窝中吟》十三首每首皆以"安乐窝

---

① （明）王世贞《累封中宪大夫太仆寺少卿若斋朱公墓碑》，《弇州续稿》卷一三五，《景印文渊阁四库全书》第1283册，第874页。
② 《息养斋诗序》，（清）赵怀玉《亦有生斋集》文卷四，《清代诗文集汇编》第419册，第568页。
③ 《击壤集》提要，《景印文渊阁四库全书》第1101册，第2页。
④ 《邵雍集》，第519页。
⑤ 《司马温公集编年笺注》第2册，卷一四，第458页。
⑥ 《邵雍集》，第356页。
⑦ 《司马温公集编年笺注》第2册，卷一四，第462页。
⑧ 《邵雍集》，第338页。
⑨ 《司马温公集编年笺注》第6册，附录卷一，第76页。

中"四字开头，《年老逢春十三首》每首亦以"年老逢春"四字开头，而其大型组诗《首尾吟一百三十五首》每首七律皆以"尧夫非是爱吟诗"作开头和结尾，故称为"首尾吟"。司马光诗歌中这种形式并不多见，除了与邵雍的唱和诗之外，还有《花庵二首》起句分别为"谁谓花庵小""谁谓花庵陋"①，《看花四绝句》前三首起句分别为"洛阳相望尽名园""洛阳相识尽名流""洛阳春日最繁华"②，《独乐园七题》起句分别为"吾爱董仲舒""吾爱严子陵""吾爱陶渊明"③ 等。

第三，流水对的大量使用。如邵雍：

> 亦恐忧愁为龃龉，更防风雨作艰难。(《惜芳菲》)④
> 明知筋力难为强，犹说云山未树降。(《答人见寄》)⑤
> 才觉哀猿绝，还闻离凤鸣。(《听琴》)⑥
> 直须心逸方为乐，始信官荣未足夸。(《龙门石楼看伊川》)⑦

司马光：

> 不出埃尘外，安知天壤宽。(《和君贶暮秋四日登石家寺阁晚泛洛舟》)⑧
> 正烂漫时游不足，忽离披去乐难常。(《和史诚之谢送张明叔梅台三种梅花》)⑨
> 幸逢东阁开，又阻西园游。(《谢君贶中秋见招不及赴》)⑩
> 松柏倪非生磊落，岩崖何易出峥嵘。(《赠吴之才》)⑪

在律诗的中间两联运用关联词构成流水对，使得整齐之中有流动之

---

① 《司马温公集编年笺注》第 2 册，卷一二，第 316 页。
② 《司马温公集编年笺注》第 2 册，卷一三，第 399 页。
③ 《司马温公集编年笺注》第 1 册，卷四，第 244—251 页。
④ 《邵雍集》，第 228 页。
⑤ 《邵雍集》，第 228 页。
⑥ 《邵雍集》，第 233 页。
⑦ 《邵雍集》，第 252 页。
⑧ 《邵雍集》第 2 册，卷一三，第 375 页。
⑨ 《司马温公集编年笺注》第 2 册，卷一三，第 396 页。
⑩ 《司马温公集编年笺注》第 1 册，卷五，第 286 页。
⑪ 《司马温公集编年笺注》第 1 册，卷六，第 375 页。

致，规矩之内无板滞之虞，给人以轻快之感。

第四，直陈其事、直写其景，即事即景抒情或议论，意脉贯通，缺少跳跃性。如邵雍《和君实端明副酒之什》："洛阳花木满城开，更送东都双槛来。遂使闲人转狂乱，奈何红日又西颓。"① 司马光《花庵诗寄邵尧夫》二首其一曰："洛阳四时常有花，雨晴颜色秋更好。谁能相与共此乐？坐对年华不知老。"② 二诗都像一个完整的句子，中间用韵脚和节奏隔开，意脉通畅，没有语义的跳跃与逻辑的割裂之处，即没有我们通常所说的诗歌语言的阻拒性与陌生化。意脉，用葛兆光的话说就是"诗歌意义的展开过程，或者换句话说，是诗歌在人们感觉中所呈现的内容的动态连续过程"③。屈光将意脉分为"链条型意脉"和"网络型意脉"两大类，链条型意脉"全诗符合语言逻辑和思维的逻辑，也可称为线型意脉。其特征是，一句诗的词语之间符合语法，语义和语法皆密切相连，段落之间符合思维逻辑"④，而白体诗的语序即大体与这种链条型意脉相符。邵雍诗歌也几乎都具有这种意脉连属、一气灌注的特征，司马光晚年的大多数诗歌也是如此。前面举的例子多为律诗和绝句，而像邵雍的《观棋大吟》《安乐窝中四长吟》，司马光的《三月三十日微雨偶成诗二十四韵书怀，献留守开府太尉兼呈真率诸公》《九月十一日夜雨宿南园，韩秉国寄酒兼见招，以诗谢之》等长篇古风，注重描写和记叙的铺排、情致和义理的舒展，在意脉上就更加连续和统一了。

比较起来，在诗歌的通俗性、流畅性以及形式的多样性上，司马光都不及邵雍，邵雍在白体的接受上更为彻底。除了上述特征之外，邵雍还特别喜欢玩弄数字，他经常用数字数叨日期、年龄和能给生活增添舒适度的东西（如诗、酒、书、香、花、月、小车、大字、瓮牖、盆池等），在诗题或诗中经常使用四事（四不出、四不赴）、四喜、五乐、四小、四可、四不可等词语，而白居易也特别喜欢数日子、数年岁、数物件甚至数官品、数俸钱，并以四虽、三适、三乐、三友等为诗题，往往一首诗中多次出现各种数字。还有上面所说的重字、重句现象，司马光诗中并不多见，而在白居易、邵雍那里就非常普遍了。此外在诗体的使用上，除了一般的五七言，司马光也使用四言、六言，并偶有杂言体，但是他的四言还

---

① 《邵雍集》，第 321 页。
② 《邵雍集》，第 227—228 页。
③ 葛兆光《意脉与语序——中国古典诗歌语言的札记》，《文艺研究》1989 年第 5 期。
④ 屈光《中国古典诗歌意脉论》，《文学评论》2011 年第 6 期。

停留在诗经体的层面上。邵雍就不一样了，从三言到杂言随意搬弄，一点都没有传统诗经、乐府、歌行的影子，而和白居易诗集中题目标明为"杂言"的诗歌相似。这些形式特点都带有一定的游戏性质，既显出智慧的一面，又显出油滑的一面。难怪钱锺书说："邵尧夫寄意于诗，驱遣文字，任意搬弄，在五七字中翻筋斗，作诸狡狯。"①其实，邵雍既然"翻筋斗""作狡狯"，自然是"五七字"所束缚不了的，他笔下多变的诗体也是"诸狡狯"之一。

在继承白体的基础上，邵雍也将白居易在诗体上的求新求变精神发扬光大，创造了不少独特的诗歌形式，比如《安乐窝中四长吟》既是一首诗的名字，在这首诗中他列举了"闲来相亲"的"四物"："一编诗""一部书""一炷香""一樽酒"；又是一组诗的名字，这首诗而下分别又有《安乐窝中诗一编》《安乐窝中一部书》《安乐窝中一炷香》《安乐窝中酒一樽》四首诗。所以第一首诗实际上充当了下面四首诗的序言，可将此称为"以诗序诗"。他还创造了同题咏物大小吟、长短吟的形式，《观棋大吟》为五言古诗，有360句，1800字，《观棋小吟》为七言律诗，仅8句，56字；有《清风长吟》《垂柳长吟》《落花长吟》《芳草长吟》《春水长吟》，各自又有短吟，长吟皆是长篇古风，短吟皆是七言律诗。他还创造了"以诗笺诗"的形式，即《笺〈年老逢春〉八首》，各用一首五言绝句逐句对七律《年老逢春》八句进行笺注，而他所笺这首《年老逢春》又非之前所作《年老逢春十三首》之一，相当于此组诗的续篇。他还喜欢从别人的诗中抽出一句敷衍成篇。熙宁六年，他作有《安乐窝中好打乖吟》七律一首表达自己的安乐之道，写得既有谐趣，又富智慧，引来了富弼、司马光、王拱辰、王尚恭、任逵、程颢、吕希哲七人的唱和，可谓盛事。次年，也许他是在"安乐窝中弄旧编，旧编将绝又重联"②之时翻出了这首诗以及众人的和作，便在这些和诗中各抽出自己喜欢的一句敷成七首新诗，如《谢彦国相公和诗，用"醉和风雨夜深归"》《谢君实端明，用"只将花卉记冬春"》等（没有谢吕希哲的诗，可能因为他是晚辈，年纪尚轻），而第七首诗为《自谢，用"此乐直从天外来"》，"此乐直从天外来"并不是他原诗中的话，而是用原韵新作的诗句。熙宁七年，王益柔送给他一方金雀石砚，并作《奉答尧夫先生金雀石砚诗》，其中有句"晴窗气暖墨花春"为他所喜爱，于是他便借此句足

---

① 钱锺书《谈艺录》，北京：商务印书馆，2011 年，第 475 页。
② 邵雍《安乐窝中吟》十三首其三，《邵雍集》，第 339 页。

成七绝一首，题为《再用"晴窗气暖墨花春"谢王胜之谏议惠金雀砚》。可以将此称作"借句成诗"。邵雍还有《旋风吟》两组诗各二首，第一首诗的首句又出现在第二首诗的尾句，和上面提到的《首尾吟》有相似之处。

邵雍的创新有时甚至把诗推到了非诗的边缘，如《答傅钦之》诗曰："钦之谓我曰：诗似多吟，不如少吟，诗欲少吟，不如不吟。我谓钦之曰：亦不多吟，亦不少吟，亦不不吟，亦不必吟。芝兰在室，不能无臭；金石振地，不能无声。恶则哀之，哀而不伤；善则乐之，乐而不淫。"① 虽然对仗工稳，但既然不押韵，就很难算作诗。邵雍最为人诟病的是那些"语录讲义之押韵者"的理学诗，如《责己吟》："不为十分人，不责十分事。既为十分人，须责十分是。"② 《无疾吟》："无疾之安，无灾之福。举天下人，不为之足。"③ 这些诗通篇说理，屏除任何意象，虽然押韵，但毫无诗味，类似于格言警句。白居易也喜欢在诗中发议论，但几乎找不到那种没有任何意象在内的通篇说理的诗，不过他却作有大量的佛偈，其中亦有颇类于理学诗者。宋初大力学白的晁迥在《法藏碎金录》里说："唐白氏诗中颇有遣怀之作，故近道之人率多爱之。予友李公维录出其诗，名曰《养恬集》，予亦如之，名曰《助道词语》。盖于经教法门，用此弥缝其阙，而直截晓悟于人也。予记其有诗云：'此身是外物，何足苦忧爱。'又有句云：'已共身心要约定，穷通生死不惊忙。'夫如是，则身外悠悠不合意事，何用介怀？"④ 白居易"近道之人率多爱之"的"遣怀之作"，可以在"经教法门"上"直截晓悟于人"，指的就是含有直接议论说理成分的作品，从上面所举李维录之诗句也可以看出来。邵雍理学诗的形成应该也少不了白居易这类作品的影响。

宋严羽《沧浪诗话》中列有"邵康节体"，以上所说语言和形式上的特征便足以让我们认识到邵康节体的具体面貌，也可见邵康节体与白体有着十分深厚的渊源关系。邵雍诗歌虽然在形式上变化多端，但是其风格却较为单一，大部分作品在高度通俗、流利的同时又带有几分游戏性质，把白体通俗、率意、流畅的一面发挥到了极致。而司马光对白体的接受是有限度的，而且他的学白主要偏于内容的闲适与风格的率意上，在通俗度、流畅性和形式的多样性上不及白居易，更不及邵雍。他的学白集中在熙宁

---

① 《邵雍集》，第377—378页。
② 《邵雍集》，第427页。
③ 《邵雍集》，第427页。
④ 程毅中主编《宋人诗话外编》上册，北京：国际文化出版公司，1996年，第23页。

四年入洛闲居以后，而其白体特征最明显的作品主要可以分为两类，一是熙宁四年到熙宁十年与邵雍进行频繁唱和的诗歌，二是元丰六年到元丰八年创作的与真率会相关的诗歌。《伊川击壤集》收录司马光与邵雍的唱和诗即达 30 首之多，居于熙宁年间居洛诸耆宿之冠。在与邵雍的唱和中，无论是唱诗还是和诗，司马光总是有意识地向邵雍诗风靠拢，如《游神林谷寄尧夫》曰："山人有山未尝游，俗客远来仍久留。白云满眼望不见，可惜宜阳一片秋。"① 《和邵尧夫〈安乐窝中职事吟〉》曰："灵台无事日休休，安乐由来不外求。细雨寒风宜独坐，暖天佳景即闲游。松篁亦足开青眼，桃李何妨插白头。我以著书为职业，为君偷暇上高楼。"② 轻快之感如乘轻舟而下，虽一日千里无难。而《和尧夫先生年老逢春三首》《看花四绝句呈尧夫》《光和尧夫首尾吟》则纯粹是对邵康节体亦步亦趋的模仿了。不过司马光在诗歌形式上也有自己的创造，其《赠邵尧夫》曰："家虽在城阙，萧瑟似荒郊。远去名利窟，自称安乐巢。云归白石洞，鹤立碧松梢。得丧非吾事，何须更解嘲？"③ 在经过邵雍次韵之后，他没有反复次韵，而是作《别一章改韵同五诗呈尧夫》曰："家虽在城阙，萧瑟似山阿。远去名利窟，自称安乐窝。云归白石洞，鹤立碧松柯。得丧非吾事，何须更痡歌？"④ 这种"改韵诗"在形式上是具有非常明显的游戏意味的。司马光与洛阳的宋迪唱和时，曾作《和复古小园书事》一诗，意犹未尽，又作《复古诗首句云"独步复静坐"，辄继二章》，第一章唯说"独步"，第二章唯说"静坐"，再作《光诗首句云"饱食复闲眠"，又成二章》，其中"饱食复闲眠"乃其《和复古小园书事》的首句。这有点像上面提到的邵雍"以诗笺诗"现象，但又有所区别，显示了司马光的创造力。元丰六年，司马光在文彦博举办耆英会、同甲会等高调慕白活动的氛围之下，继作真率会，并作有一系列相关诗歌，皆不假思虑、率意命笔，白体倾向就更为明显了。

与邵雍一以贯之的白体风格不同，司马光的诗风是多变的，不过总体说来则是平淡有余而流利不足，甚至有些古拙之气。他之所以也能够创作出那么多具有白体特征的诗，一是因为入洛之后闲居下来，饱受新党沮抑之后无所作为，就在很大程度上认同了白居易不问政事、一意闲适的思

---

① 《司马温公集编年笺注》第 1 册，卷四，第 232 页。
② 《司马温公集编年笺注》第 2 册，卷一二，第 340 页。
③ 《司马温公集编年笺注》第 2 册，卷一二，第 313 页。
④ 《司马温公集编年笺注》第 6 册，卷一二，第 75—76 页。

想，二是因为受到了安乐先生邵雍的影响，而与邵雍的频繁唱和又更加促进了他对白体的认同和学习。无论在诗歌风格还是在诗歌形式上，白居易都是一位极富有创造性的大诗人，而他在闲适诗的风格及形式上所追求的多变实际上是带有一定的游戏色彩的，因为好玩才促使他在律诗、格诗、半格诗、古风、杂体等形式中穿梭游刃。白居易曾在《与元九书》中说自己的闲适诗是"退公独处，或移病闲居，知足保和，吟玩情性者"①，既云"吟玩"，则少不了诗歌的游戏。而邵雍和司马光这两位后继者在形式上的翻新作奇正是在闲居生活、闲适心境下进行的"吟玩"行为，大大彰显了诗歌的娱乐功能，这也是白居易及其白体给宋诗带来的重要影响之一。

三、精神气质、文学观念决定的二人接受白体的异同

邵雍和司马光都是在入洛之后集中接受白体影响的，都用大量诗歌反映闲适、快乐的闲居生活，都有语言通俗、流利的一面，且注重形式的多样性。但是二人在白体接受上又有明显的不同，邵雍接受白体更为彻底，可以说白体是他主要而一贯的师法对象，并由此创造了在诗坛上独树一帜的邵康节体，而司马光在白体接受上则有一定的限度。之所以会出现这些异同现象，主要有以下两个方面的原因：

第一，邵雍长期居洛，且终身布衣，始终处在官僚体制之外，他虽没有明确表示慕白，但长期受到洛阳的白体风气熏陶，且与之唱和者多为退居洛阳的老年官员，所以更多表现了白体的闲适诗风。而且因为邵雍的处士身份，没有官场风波和政治抱负，而有哲人智慧，更有闲、乐工夫，生活经历的单一势必导致主题内容的单一。而他作诗的兴趣强烈，自称为诗狂，自言作有三千多首诗，所以必须在形式创造上做足功夫。司马光是正统的官僚士大夫，随着仕途的起伏，与之唱和交游者多为各级官僚，更能够体现主流的诗歌风尚。他的诗风从青年、中年到老年一直在变化，早年受其父司马池以及父执魏野的影响而颇有晚唐风味，偏于清寒幽凄一路，中年在梅尧臣的影响下渐趋平淡，晚年入洛又接受了白体和邵康节体的影响而愈加通俗、流利、闲适。而晚年在洛阳学习白体的同时，他对梅尧臣诗歌依然保持着强烈的爱好，如《园中书事二绝》其二夫子自道曰："闲斋不成寐，起读圣俞诗。"② 与此同时，四言诗经体的创作也贯穿了他的一生。司马光师法多门，白体只是其中之一。同时，他闲居洛阳，乃是由

① 《白居易集笺校》第 5 册，第 2794 页。
② 《司马温公集编年笺注》第 1 册，卷五，第 268 页。

于党争的排挤，内心并没有真正平静下来，无法完全保持闲与乐的状态，虽然"年来效暗哑"①、"终不道如何"②，但是系时休戚、众望所归，政治抱负未泯，政治包袱沉重，国事与政局始终是他最为关心的，这不仅与邵雍有区别，与白居易晚年完全沉湎于高官厚禄的"中隐"之乐也有区别，即使是居洛期间的诗歌也难免有一些愁苦之音。他在元祐元年出山居相后忙于国事基本未再作诗。

　　第二，二人的诗歌观念既决定了共同的白体倾向，也导致了相互的差异。邵雍一生未仕，又多次拒绝引荐入仕的机会，把保持闲、静看成一种功业，看成观物（观身心、观天地、观造化、观历史）的基础，专意做一位玩易观物的理学家，而写诗也成为大到美刺教化、移风易俗，小到人伦日用、收管风月的功业，他的《诗画吟》《诗史吟》二诗即明确表达了这种观点。由此他极大地淡化了传统的学而优则仕的事功观念，对人生价值有了新的评估和体认。他尤其注重诗歌对闲适快乐情感的陶冶，如其《书事吟》曰："陶熔情性诗千首，燮理筋骸酒一杯。"③ 他作诗虽然更为率意，有一定的游戏意味，但形式上更加变化多端，作品量也很大，其《失诗吟》曰"胸中风雨吼，笔下龙蛇走。前后落人间，三千有余首"④，现存诗歌一千五百余篇。司马光出于实用的角度对诗歌创作较为轻视，他强烈反对在科举考试中考校诗赋，并宣称自己不善诗文，甚至在《答齐州司法张秘校正彦书》中称自己的诗为"恶诗"，拒绝了张正彦索诗的要求，更在结尾处连呼"诗何为哉，诗何为哉"⑤，表示对诗歌实用价值的否定。但他实际上很喜欢写诗，现存一千二百余篇诗歌。他偏重于文学以及诗歌的娱情、消闲功能，比如他反对张耒投文中"失时不得志"⑥ 的愁苦之音，认为这样的作品不如不作，而描绘自己及众友人在真率会中诗酒豪放的情形曰"落笔诗情放，飞觥酒令严"⑦，还宣称与文彦博、韩绛前

---

① 苏轼《司马君实独乐园》，（清）王文诰辑注，孔凡礼点校《苏轼诗集》第 3 册，北京：中华书局，1982 年，第 733 页。

② 邵雍《和君实端明花庵独坐》，《邵雍集》第 305 页。

③ 《邵雍集》，第 451 页。

④ 《邵雍集》，第 465 页。

⑤ 《司马温公集编年笺注》第 4 册，卷六〇，第 571—572 页。

⑥ 司马光《答福昌张尉耒书》，《司马温公集编年笺注》第 5 册，卷六二，第 53 页。

⑦ 司马光《三月三十日微雨偶成诗二十四韵书怀，献留守开府太尉，兼呈真率诸公》，《司马温公集编年笺注》第 2 册，卷一四，第 463 页。

后两任西京留守"英辞唱和诗千首，高宴游陪禄万钟"①，但他的娱情、消闲仅仅是一种在政治上被排挤出局后的避祸和疗伤行为，还没有把闲、乐上升到功业的层次。所以我们才会发现在邵雍的《伊川击壤集》中有那么多自我吟咏的诗歌，而司马光的《温国文正公文集》中绝大多数都是唱酬诗，这证明司马光写诗的兴趣基本是在人际交往中产生的，而邵雍则能够"安乐窝中诗一编，自歌自咏自怡然"②，在独处时也经常作诗。

邵雍和司马光对白体的接受是宋代白居易接受的重要环节，邵雍爱说理，发扬光大了白诗中的说理成分，有着数量众多的理学诗，语浅意深，把作诗看成观物和悟人的重要手段。而司马光纯粹出于娱乐身心的目的而青睐白体诗，诗中说理成分不重，没有把诗歌当作传播理学思想和政治观念的手段。前者表明了白体诗的通俗、闲适对理学诗派的开导作用，后者则沿着李昉、王禹偁的路子走下去，为饱受宦海风波的士人提供心灵栖泊的港湾并对宋诗平淡、通俗的风格起到推波助澜的作用。与此同时，三人在洛阳的肥遁高踪已经成为一种具有廉退高节的隐逸精神的代表，如清代潘耒《洛中咏古四首》其四曰："太平时节退休人，惯住嵩阴与洛滨。白傅宫僚原散吏，温公书局亦闲身。水南高士遗荣早，击壤先生味道亲。千载风流如可即，劳劳真愧素衣尘。"③ 但是他们的隐居生活及其闲适诗歌的创作并未贴上愤世嫉俗、高蹈绝尘的标签，更多的是一种共襄盛世、乐享太平的姿态，而邵雍与司马光还多了一份以道自居的精神。

第四节　其他居洛文人的邵、白接受

一、邵康节体的接受

邵雍虽然是一介布衣，在熙丰洛阳文人群中却拥有十分崇高的地位，他独创的诗体邵康节体通过与诸老的频繁唱和获得了广泛的喜爱和接受。邵雍当时的名声很大，程颢在《邵尧夫先生墓志铭》说他"讲学于家，未尝强以语人，而就问者日众，乡里化之，远近尊之，士人之道洛者，有

---

① 司马光《和留守相公〈九月八日与潞公宴赵令园〉，有怀去年与景仁、秉国游赏》，《司马温公集编年笺注》第 2 册，卷一五，第 514—515 页。
② 邵雍《安乐窝中诗一编》，《邵雍集》，第 318 页。
③ （清）潘耒《遂初堂集》诗集卷十四《豫游草》，《清代诗文集汇编》第 170 册，第 183 页。

不之公府而必之先生之庐"①，邵雍也说自己"行身误有四方知"②、"空受半来天下拜"③。在《答客》诗中他谈到诗歌在其成名过程中的重要作用，曰"人间相识几无数，相识虽多未必知。望我实多全为道，知予浅处却因诗"，司马光也称赞其诗才道"不唯春光占七八，才华自是诗人雄"④，富弼亦曰"贯穿百代常探古，吟咏千篇亦造微"⑤。由于邵雍名满天下，既是一位卓有成就的理学家，又是一位才华卓荦的诗人，上门请教及求诗者络绎不绝，其《借出诗》曰"诗狂书更逸，近岁不胜多。大半落天下，未还安乐窝"⑥，《又借出诗》曰"安乐窝中乐，娲皇笙万攒。自从闲借出，客到遂无欢"⑦，都说明了邵雍诗歌在当时受欢迎的程度。又，二程弟子杨时记载道：

> 《人贵有精神》诗，康节作并书。康节诗云"大笔快意"，余在洛中，得其遗共薰读之，皆大字，与此诗类，信乎其以大笔快意也。明道亦尝和其诗云"客求墨妙多携卷"，盖康节以书自喜，而士大夫多藏之以为胜。其字画端丽劲正，亦可观德也。⑧

说的虽然是邵雍的书法作品为广大士大夫所喜爱、收藏，由于他的书帖内容往往为自己的诗歌，也间接反映了其诗受众之广。正因为如此，由大力学白而形成的邵康节体才能在洛阳流行开来，并深刻影响着熙丰洛阳文人群的白体接受。

吕肖奂先生认为熙丰时期的洛阳诗坛流行一种参合白体与击壤体而形成的耆英体，形成的标志便是耆英会、真率会等仿九老会的举行，又举司马光的例子说："神宗熙丰年间，司马光退居洛阳，与邵雍、二程往来密切，他特别欣赏邵雍的安闲乐道的生活作风以及平易愉悦的诗风，在与邵

---

① 《二程集》上册，《河南程氏文集》卷四，第503页。
② 邵雍《首尾吟一百三十五首》其三十，《邵雍集》，第520页。
③ 邵雍《首尾吟一百三十五首》其一百三十三，《邵雍集》，第540页。
④ 司马光《酬尧夫招看牡丹》其一，《司马温公集编年笺注》第6册，附录卷一，第76页。
⑤ 富弼《和〈安乐窝中好打乖吟〉》，《伊川击壤集》卷九附，《邵雍全集》第4册，第171页。
⑥ 《邵雍集》，第459页。
⑦ 《邵雍集》，第470页。
⑧ 《跋横渠先生书及康节先生人贵有精神诗》，（宋）杨时《龟山先生全集》卷二六，《宋集珍本丛刊》第29册，第490页。

雍唱和中吸收了击壤体的流畅平易，加上洛阳——白居易晚年退居地的地缘关系，又深受白居易影响，从而形成了一种安闲乐道、淡泊流畅的诗风。"① 所说"击壤体"便是严羽所谓的"邵康节体"。赵艳喜先生认为邵雍是连接司马光等耆旧与二程等道学家的纽带，熙丰洛阳士大夫之中流行的白居易式的诗风与他有着十分密切的关系。② 可见，邵雍诗歌对熙丰洛阳文人群的白体接受有着十分重要的促进作用。

　　邵雍《伊川击壤集》中附有多首他人的唱和诗，以熙宁年间最为集中，读者能够一目了然地看出这些诗歌所具有的邵康节体的特征：通俗、率意、流畅，充溢着达观、知足、隐逸的情致。熙宁六年，邵雍作《安乐窝中好打乖吟》诗，引起富弼、王拱辰、司马光、王尚恭、任逵、程颢、吕希哲七人唱和，程颢作二首，余皆一首。其中富弼、司马光、程颢均在邵雍所称"洛阳四贤"之列；吕希哲则是"四贤"中吕公著长子，也许是作为其父的代表加入此次唱和的；王拱辰时任西京留守；任逵、王尚恭皆为当地闲退耆宿，这个唱和阵容的规格是相当高的。诸人唱和之后，邵雍又自和一首。熙宁七年，他再次翻出诸诗，除吕希哲之诗而外，各抽出其中一句成七绝七首。这次引来富弼作诗三首，司马光作诗一首（惜四诗不传），邵雍又次韵答和。这场跨越两年的唱和，一共产生二十五首诗，存世二十一首，在邵雍个人的唱酬史上是最具有纪念意义的。诸人的和诗，在内容上都力图对邵雍的安乐思想进行解读，在语言风格上对邵雍原诗的模仿可谓亦步亦趋，力求形似。邵雍原诗以及八首和诗如下：

　　　　安乐窝中好打乖吟
　　　　安乐窝中好打乖，打乖年纪合挨排。重寒盛暑多闭户，轻暖初凉
　　时出街。风月煎催亲笔砚，莺花引惹傍樽罍。问君何故能如此，只被
　　才能养不才。
　　　　和　　富弼
　　　　先生自卫客西畿，乐道安闲（窝义）绝世机。再命初筵终不起，
　　独甘穷巷寂无依。贯穿百代常探古，吟咏千篇亦造微。珍重相知忽相
　　访，醉和风雨夜深归。

① 吕肖奂《多元共生：北宋诗坛非主流体派综论》，《西南民族大学学报》（人文社科版）2010 年第 2 期，第 109 页。
② 赵艳喜《邵雍和白居易——兼论北宋中后期洛阳诗人群对白居易的接受》，《聊城大学学报》（社会科学版）2012 年第 6 期，第 21—22 页。

和　　王拱辰

安乐窝中名隐君，腹藏经笥富多闻。一廛水竹为生计，三径琴觞混世纷。婉画旧尝辞幕府，少微今已应星文。了心便是栖真地，何必烟霞卧白云？

和　　司马光

安乐窝中自在身，犹嫌名字落红尘。醉吟终日不知老，经史满堂谁道贫？长掩柴荆避寒暑，只将花卉记冬春。料非闲处打乖客，乃是清朝避世人。

和　　王尚恭

窝名安乐已诙谐，更赋新诗讼所乖。岂以达为贤事业，自知安是道梯阶。权门富室先藏迹，好景良朋亦放怀。应照先生纯粹处，肯挥妙墨记西斋？

和　　任逵

安乐先生醉便歌，庄篇徒尔说焚和。有名有守同应少，无事无来得最多。胜处林泉供放适，清时风月助吟哦。能抛忧责忘劳外，不纵逍遥更待何？

和　　程颢

打乖非是要安身，道大方能混世尘。陋巷一生颜氏乐，清风千古伯夷贫。客求妙墨多携卷，天为诗豪剩借春。尽把笑谈亲俗子，德容犹足畏乡人。

圣贤事业本经纶，肯为巢由继后尘？三币未回伊尹志，万钟难换子舆贫。且因经世藏千古，已占西轩度十春。时止时行皆有命，先生不是打乖人。

和　　吕希哲

先生不是闲关人，高趣逍遥混世尘。得志须为天下雨，放怀聊占洛阳春。家无甔石宾常满，论极锱铢意始新。任便终身卧安乐，一毫何费养天真。①

　　"打乖"就是儿戏中耍小聪明的意思，是邵雍自谦而兼自我打趣的话，指老年隐逸生活中获得快乐安闲心境的种种手段。邵雍在诗中列出了"合挨排"的四件"打乖"之事："闭户""出街""亲笔砚""傍樽罍"，也就是静养、出游、写诗、饮酒，是邵雍诗歌中最为常见的主题。诸老的

---

① 《伊川击壤集》卷九，《邵雍全集》第 4 册，第 170—173 页。

和诗都在刻画邵雍安闲逸乐的生活情态，对他的安乐思想进行简单的解读，不过侧重点各有不同。富弼之诗偏重于颜乐之德，王拱辰偏重于隐逸之高，司马光偏重于避世之坚，王尚恭偏重于诙谐之趣，任逵偏重于无心之得，程颢偏重于圣贤之道，吕希哲偏重于逍遥之真。诸人从各个方面描写和评论自己所认识的邵雍，其实是在表达自身对于仕隐、进退、才德等关系的思考，折射出了各自的隐逸理想，同时也能看到历尽宦海风波的诸老对邵雍安乐、超脱、潇洒、智慧境界的羡慕，对邵雍隐逸精神的尽情赞美也是对自身归老心境的期许。所以，也就不难理解为什么诸老如此喜爱和邵雍唱和，这是一种主动接受邵雍安乐精神熏染的表现。邵康节体是作者安乐精神最为生动直接的展现，而且这种诗体本身又是如此新鲜、有趣、活泼，能为他们的闲居生活增添不少欢乐，对它的模拟是一种极富趣味的事情，何乐而不为呢？

以富弼为例，在他和邵雍的交往唱和中能够很明显地看出邵雍及其诗体的影响。富弼居洛时所作诗歌时露悲苦之音，哪怕在与邵雍的唱和中也难以遮掩，其《尧夫先生示"秋霁登石阁"之句，病中聊以短章戏答》诗曰"高阁岧峣对远山，雨余愁望不成欢。拟将敛黛强消遣，却是幽思苦未阑"[1]，名为戏答，实则"愁望不成欢""幽思苦未阑"，只是"强消遣"而已。《弼承索近诗，复觊佳句，辄次元韵奉和。诗以语志，不必更及乎诗也，伏惟一览而已》诗曰"病来髀肉消几尽，尤觉阴阳系惨舒"[2]，病痛之苦更增加了对阴惨阳舒、世态炎凉的感慨。邵雍却以一向的轻松笔调与之唱和，《戏谢富相公惠班笋三首》便是其中尤为诙谐者，曰：

> 名园不放过鸦飞，相国如今遂请时。鼎食从来称富贵，更和花笋一兼之。
>
> 承将大笋来相诧，小圃其如都不生。虽向性情曾着力，奈何今日未能平？
>
> 应物功夫出世间，岂容人可强跻攀？我侬自是不知量，培塿须求比泰山。[3]

通俗地翻译过来即：您终于如愿以偿地退居闲散之地，热情好客的您

---

① 《伊川击壤集》卷九附，《邵雍全集》第4册，第154页。
② 《伊川击壤集》卷九附，《邵雍全集》第4册，第170页。
③ 《伊川击壤集》卷九附，《邵雍全集》第4册，第149页。

连自家名园中路过的一只乌鸦都要留下。您从来都是钟鸣鼎食的富贵人家，连您家的花卉和竹笋都一并变得非常名贵。您将这样沾满富贵气息的大笋送给我，让我何等惊惶失措！无奈我的小园圃却长不出来这样的富贵大笋。我虽然曾经着力在心性理理上用功修习，自以为很有造诣，但您这样的厚礼让我的心情直到今天也无法平静。顺应事物变化以求超出尘世的功夫岂是强求所能达到的？我当然是自不量力，应该有把小土丘和大泰山等量齐观的齐物思想才行，也就是说我真应该忽略我们之间的地位悬殊而将这份厚礼等闲视之。

富弼看了这组诗之后，想必会失笑绝倒。

尽管富弼诗中免不了悲苦之音，但邵雍在评价其诗时却只关注那些能够体现隐逸安乐情怀的作品，而非像一般人那样苦口婆心地加以劝慰，就像程颢在其墓志铭中评价的那样："未尝强以语人。"其《谢富相公见示新诗一轴》二首曰：

> 通衢选地半松筠，元老辞荣向盛辰。多种好花观物体，每斟醇酒发天真。清朝将相当年事，碧洞神仙今日身。更出新诗二十首，其间字字敌阳春。
>
> 文章天下称公器，诗在文章更不疏。到性始知真气味，入神方见妙功夫。闲将岁月观消长，静把乾坤照有无。辞比离骚更温润，离骚其奈少宽舒。①

把富弼种花说成"观物体"，写诗说成"闲将岁月观消长，静把乾坤照有无"，几乎和邵雍的观物思想毫无二致。又说富弼饮酒能够"发天真"，写诗能够"到性""知真""入神""见妙"，更称富弼为"神仙"，简直就是邵雍本人的写照，因为这些都是邵雍自我评价的惯常用语。他夸赞富弼的二十首新诗"字字敌阳春""辞比离骚更温润"，也是着眼于富弼诗歌中与自己诗歌风格相类的作品而言。魏崇周认为此处"虽然是夸奖富弼的诗，表达的却是自己的创作思想"②，"实际上，富弼的诗文和离骚不在一个领域，却拿离骚来说事。邵雍蕴含的意思是希望富弼不要像屈原那样遭受挫折就悲愤不已，要温润、宽舒一些"③，分析得十分在理。

---

① 《伊川击壤集》卷九附，《邵雍全集》第 4 册，第 169 页。
② 魏崇周《邵雍文学思想研究》，首都师范大学 2007 年博士学位论文，第 119 页。
③ 魏崇周《邵雍文学思想研究》，第 170 页。

邵雍在《别谢彦国相公三首》其三中又说道"尝走狂诗到座前，座前仍是洞中仙。无涯风月供才思，清润何人敢比肩"①，再次将富弼比为"洞中仙"，并认为富弼诗中有"无涯风月"所供之"才思"，而且十分"清润"。由此可见，邵雍是以"温润""宽舒""清润"的风格为诗歌评价标准，这也正是邵康节体安闲和乐精神的体现，内中灌注着理学家的通达理性，正如明代对邵雍学问诗歌推崇备至的陈献章所说："学古人诗，先理会古人性情是如何，有此性情方有此声口。只看程明道、邵康节诗，真天生温厚和乐，一种好性情也。"②邵雍不去理会富弼诗中的悲苦之音，而以"观物""到性""知真""温润""宽舒""清润"的富有邵康节体风格特征的评语加以引导，让富弼不自觉地靠拢过来。富弼对邵雍乐此不疲地礼遇和优待，邵雍是看在眼里的，其《赠富公》诗曰："天下系休戚，世间谁拟伦？三朝为宰相，四水作闲人。照破万古事，收归一点真。不知缘底事？见我却殷勤。"③这位曾经叱咤风云的朝廷大佬对处士邵雍的亲近可谓一痴，是他难以"照破"的地方，那么他对邵康节体的接受更是情理之中的事情了。

至于司马光对邵康节体的接受，前文已经详述，不再赘言。富弼、司马光尚且如此，其他居洛耆宿更不在话下了。文彦博早在嘉祐年间守洛时，便与邵雍来往密切，《文忠烈公彦博传》曰："彦博虽位体隆贵，而平居接物谦挹，尊德乐善如恐不及，邵雍、程颢、程颐以道学名世，居洛阳，彦博与之游从甚密。"④虽然二人唱和之诗早已散佚不存，但文彦博也未必不会受到这位极富人格魅力的处士及其诗风的影响。

二、白体的接受

邵康节体的形成是学白的结果，它被洛阳诸老所喜爱和接受也可以看作是对白体的间接接受，对直接接受白体必将起到极大的促进作用。上文提到过，对白居易及其九老会的仿慕在整个熙宁、元丰年间一直都在进行，直到元丰五年、六年耆英会、真率会的举行，将其推向最高潮，也将白体的接受推向最高潮，从上引二会中所作诸诗能够看出来。吕肖奂先生

---

① 《伊川击壤集》卷一一，《邵雍全集》第4册，第209页。
② （明）陈献章《批答张廷实诗笺》，孙通海点校《陈献章集》卷一，北京：中华书局，1987年，第74页。
③ 《邵雍集》，第311页。
④ （宋）杜大珪《名臣碑传琬琰之集》下卷十三，《景印文渊阁四库全书》第450册，第764页。

称这些诗歌标志着击壤体和白体合流的耆英体的形成。"耆英体"之名不知从何而出，历史上是否果有此诗体，其特征及形成、传播过程如何，亦未见研究者详考。而根据笔者上文的分析可知，耆英、真率二会虽然皆为对白居易及其九老会的仿慕，皆以"尚齿不尚官"为宗旨，但它们之间的差异其实很大，一为奢华、客套，一为俭朴、率性，其中所作诗歌也能体现出这种特点的差异，不能一概而论。所以，耆英会诗与邵康节体率性而为、平实坦易的风格还是有所区别的，更近于祝寿诗的风格，真率会诗则更近于邵康节体。耆英会诗吸收了白体诗中对福寿康宁、富贵雍容的老年生活的满足感，又相对减少了白体诗中率性浅易的成分，应酬的味道过于浓厚，所以把这些诗歌称为"耆英体"也比较合适，因为"耆英"之名本身就带有夸耀高寿、高官的意味。而真率会诗中对"耆英"身份夸耀的成分就比较少了，由于该会的氛围比较轻松，物质方面的简素更消除了种种精神负累，诗歌写作的态度便更加接近邵雍所谓的"年近纵心唯策杖，诗逢得意便操觚。快心亦恐诗拘束，更把狂诗大字书"[①]，从其中司马光、范纯仁、文彦博所作的多首即兴吟哦的短诗来看，也确实有这方面的特点，将白体轻快、坦率的一面发扬光大了。文彦博真率会诗后自注曰"是诗也，率尔而作，斐然而成，虽甚鄙拙，亦有希真之意焉"，司马光真率会诗题中更有"口号成诗"者，便能很好地说明问题。

此外，白体在洛阳的流行还与当地弥漫的笃佛之风相关。白居易本人是非常虔诚的佛教信徒，富弼、吕公著、文彦博、范纯仁等人亦然。九老图与耆英图所绘与所藏之地为佛寺，熙丰洛阳诸老经常游玩的龙门石窟、香山寺、白傅影堂、石楼都与佛教有关亦与白居易有关，而白居易履道坊故宅更直接改成了寺院。司马光《戏呈尧夫》诗即将笃信佛教的范纯仁比作白居易，并与谈禅之风联系起来，曰："近来朝野客，无座不谈禅。顾我何为者，逢人独懵然？羡君诗既好，说佛众谁先？只恐前身是，东都白乐天。"[②] 范纯仁亦有诗将友人比为白居易，同时联系到参禅，《和微之以足疾不赴西湖（按，此为许昌西湖）赏雪》诗曰："心似白公何虑脚？（自注：白公诗云：'既有心情何用脚？'），燕堂深暖小安禅。"[③] 不过司马光、邵雍、范镇、二程却坚决抵制佛教，这一点与白居易不同，与其余诸老亦形成鲜明对比。

---

① 邵雍《答客吟》，《邵雍集》，第 352 页。
② 《司马温公集编年笺注》第 2 册，卷一五，第 488 页。
③ 《范忠宣公文集》卷四，《宋集珍本丛刊》第 15 册，第 403 页。

第四章 宋神宗朝洛阳诗坛的
仕隐书写与道统意识

第一节 政治压抑的表达

因反对变法而受到排挤的洛阳文人群有着明显的政治压抑感，熙宁年间当司马光还在西京留守司御史台任职时，留守王拱辰与御史台、国子监以及提举崇福宫的诸位闲官举办了一场赏菊之会，相当于该文人群体的一次大型集会。本来是一件非常高兴热闹的事情，而司马光的诗歌却透露出这些被投闲置散者的凄凉心情与互相慰藉之情，曰："儒衣武弁聚华轩，尽是西都冷落官。莫叹黄花过嘉节，且将素发共清欢。红牙板急弦声咽，白玉舟横酒量宽。青眼主公情不薄，一如省闼要人看。"①（《和王少卿十日与留台、国子监、崇福宫诸官赴王尹赏菊之会》）。由于王安石与宋神宗变法图强的雄心壮志，对大量资历浅薄、躁进投机的新进少年的引入，政治观念相对保守的旧党老臣饱受沮抑，不少人采取了避退的态度，熙宁初年流传的中央权力机构中"生老病死苦"之说就很能够说明问题。邵伯温记载道："熙宁中，朝廷有生老病死苦之语。时王荆公改新法，日为生事，曾鲁公以年老依违其间，富韩公称病不出，唐参政与荆公争，按问欲举，直不胜，疽发背死，赵清献唯声苦。时范忠宣公为侍御史，皆劾之，言荆公章云'志在近功，忘其旧学'，言富公章云'谋身过于谋国'，言曾公、赵公章云'依违不断可否'。"②富弼、曾公亮、赵抃这些朝廷元老的退避依违是与王安石屡争之而不得、备受打击的结果。他们甘受压抑的消极抵抗态度连同为旧党的范纯仁都看不下去了，便上章同王安石一块弹劾。熙宁末年，虽然王安石下野，被称为王安石"传法沙门"③的韩绛也开始不满新法，旧党中人吴充则长期居相位，吕公著亦一度同知枢密

---

① 《司马温公集编年笺注》第 2 册，卷一三，第 377—378 页。
② 《邵氏闻见录》卷一三，第 141—142 页。
③ 《续资治通鉴长编》第 10 册，卷二五二，第 6170 页。

院，但神宗支持新法的政策并未改变，而且吕惠卿、蔡确、章惇等新党分子熙丰年间相继执政，旧党一直都处于被压制的状态。为了打击旧党，新党连起大狱，熙宁二年的祖无择狱，熙宁七年的郑侠狱，元丰二年的苏轼"乌台诗案"，都是其中著名的冤狱，司马光、范镇还曾因为"乌台诗案"被罚铜二十斤，鲜于侁直接因此落职而管勾西京留司御史台。宋吕中《大事记讲义》卷十七记载新法之事，有"议新法者罢""严刑狱以报私雠""谤法者罪之"① 诸条，可见当时党禁之严酷。

一、"胸中常若有两人"的司马光

尽管神宗朝洛阳文人群的诗文创作多以闲乐、隐逸为主题，尽量规避政治的话题，但依然免不了一些政治态度的表达和政治压抑的宣泄。居洛旧党中政治压抑感最为强烈的非司马光莫属。宋吕中《大事记讲义》卷十七有"司马留台后不敢言新法"条，曰"熙宁四年以司马光判西京留台……自后绝口不言新法"。② 苏轼《司马君实独乐园》诗中也说"抚掌笑先生，年来效暗哑"③，邵雍《和君实端明花庵独坐》诗中亦言"系时休戚重，终不道如何"④。司马光刚直勇猛，即便当时党禁甚严，也不至于畏缩到不敢议论新法的地步，他的闲退沉默完全是出于对朝政的心力交瘁和心灰意冷。他在洛阳奏疏极少，且多为范祖禹代写，仅在熙宁七年大旱神宗下诏求直言时及元丰五年中风后自为二表言及新法，前者为《应诏言朝政阙失事》，后者为《遗表》。由于司马光病愈，神宗又在元丰八年去世，《遗表》未上。二表皆一一条列新法之祸国殃民，与在朝时反复极言者无异，痛心疾首的语气却有过之而无不及。他在《应诏言朝政阙失事》中不仅将批判的矛头指向王安石，更直接指向了支持王安石的神宗皇帝，曰：

> 窃观陛下英睿之性，希世少伦，即位以来锐精求治，耻为继体守文之常主，高欲慕尧舜之隆，下不失汉唐之盛，擢俊杰之才使之执政，言无不听，计无不从，所誉者超迁，所毁者斥退，垂衣拱手，听

---

① 《类编皇朝大事记讲义》卷一七，（宋）吕中撰，张其凡、白晓霞整理《类编皇朝大事记讲义 类编皇朝中兴大事记讲义》，上海：上海人民出版社，2014 年，第 309—312 页。

② 《类编皇朝大事记讲义》卷一七，《类编皇朝大事记讲义 类编皇朝中兴大事记讲义》，第 312 页。

③ 《苏轼诗集》第 3 册，第 733 页。

④ 《邵雍集》，第 305 页。

其所为，推心置腹，人莫能间。虽齐桓公之任管仲，蜀先主之任诸葛亮，殆不及也。执政者亦悉心竭力以副陛下之欲，耻为碌碌守法循故事之臣，每以周公自任，是宜百度交正、四民丰乐、颂声旁洽、嘉瑞沓至，乃其效也。然六年之间，百度纷扰，四民失业，怨愤之声，所不忍闻，灾异之大，古今罕比，其故何哉？岂非执政之臣所以辅陛下者未得其道欤？所谓未得其道者，在于好人同己而恶人异己是也。①

司马光非常清楚，新法的施行完全是神宗和王安石合谋的结果，只是出于忠君及为尊者讳的原因而无法将这层窗户纸捅破，但该奏表中所表达的对神宗的怨愤丝毫不下于对王安石的怨愤，而且"执政者亦悉心竭力以副陛下之欲"一句也基本上将变法的根本原因归结到了神宗身上，王安石只不过是神宗变法趁手的工具而已。神宗既然有"锐精求治""高欲慕尧舜之隆，下不失汉唐之盛"之志，岂能对王安石言听计从，任其排斥异己，使得"百度纷扰，四民失业，怨愤之声，所不忍闻，灾异之大，古今罕比"？司马光说即便"齐桓公之任管仲，蜀先主之任诸葛亮"也比不上神宗对王安石的信任，这已经纯粹是愤懑至极的嘲讽了。司马光在该表结尾说上书言事已经超出了他闲官的本分，只是因为实在看不下去新法对百姓造成的苦难，衰病日增的自己也将不久于人世，如果再沉默下去的话以后可能就没有机会说了，又发誓说如果神宗再像以前一样对自己苦口婆心的劝谏、忧国忧民的忠心置之不理，就至死不再上书："臣在冗散之地，若朝政小小得失，臣固不敢预闻，今坐视百姓困于新法如此，将为朝廷深忧，而陛下曾不知之。又今年以来臣衰疾寖增，恐万一溘先朝露，赍怀忠不尽之情，长抱恨于黄泉，是以冒死一为陛下言之。倘陛下犹弃忽而不之信，此则天也，臣不敢复言矣。"② 如其所言，神宗的求直言诏只是做做样子，并非出自真心实意。即便神宗因为郑侠上《流民图》权罢青苗法，后来又罢免了王安石的相位，但他并不甘心新法受挫，甚至在元丰初年独立主持变法，又改革官制便于乾纲独断，对待旧党也是一面拉拢、一面打压，磨平他们的棱角，尽量为其所用。元丰八年，神宗去世，高太后开始起用旧党，司马光见时机已到，又开始上章请求废除新法，他重提熙宁七年的《应诏言朝政阙失事》奏表以及不被采纳的往事，心情依然十分激动：

---

① 《司马温公集编年笺注》第 4 册，卷四五，第 103—105 页。
② 《司马温公集编年笺注》第 4 册，卷四五，第 112—113 页。

既又自乞冗官，退伏间里，虽身处于外，区区之心，晨夕寤寐，何尝不在先帝之左右？所以不敢自赴阙廷如此之久者，亦犹辞枢廷之志也。熙宁七年，历时不雨，先帝遇灾而惧，深自刻责，诞布诏书，广开言路。臣当是时不胜踊跃，极有开陈。而建议之臣，知所立之法不合众心，天下之人必尽指其非，恐先帝觉寤，而己受误国之罪、伏欺罔之刑，乃劝先帝继下诏书，言新法已行，必不可动。臣之所言，正为新法，若新法不动，臣尚何言？自是闭口，不敢复预朝廷论议，十有一年矣。然每睹生民之愁怨，忧社稷之阽危，于中夜之间，一念及此，未尝不失声拊心也。葵藿之志，犹望先帝一赐召对，访以外事，得吐心极言，退就斧钺，死无所恨。（《乞去新法之病民伤国者疏》）①

十一年过去了，司马光对宋神宗当年下诏自责、求言，继而出尔反尔、我行我素，将他的谏言弃之不用，使得他白白激动、踊跃了一场的事情依然耿耿于怀，对王安石的怨愤、对神宗的失望更是有增无减，他也信守诺言，从此更加沉默，当然心情也变得更加沮丧、压抑，以至于"每睹生民之愁怨，忧社稷之阽危，于中夜之间，一念及此，未尝不失声拊心也"，心痛得无法入睡。面对信任自己的老太后，司马光终于放下了多年以来强作镇静、与世无争的隐逸姿态，说出了一直以来埋藏在心底的企盼神宗能够回心转意、真诚相待的渴望，"葵藿之志，犹望先帝一赐召对，访以外事，得吐心极言，退就斧钺，死无所恨"，即便是千载后的读者也应该能够从这样的倾诉中感受到这位老臣心中难以承受的压抑感。哪怕在写给神宗的挽词中，他也情不自禁地表达了内心的不满，《神宗皇帝挽词五首》其一曰："决事神明速，任人金石坚。天机先兆朕，圣度蕴渊泉。仁义生知性，恩威独化权。乾坤无毁息，长与大名传。"李之亮先生笺注说："所谓'决事神明速'者，谓神宗决意变法，只在很短时间内便决定下来。所谓'任人金石坚'者，谓神宗对王安石高度信任，始终如一，甚至明明看到变法给国家带来了巨大的灾难，依旧尊礼王安石及其同党，拒不采纳直臣的建议革除新法，神宗之于王安石，真可谓'金石坚'！温公因此被闲置在洛阳一十五年，对此感受太深太深，故而在挽词中不由不流露出来。……乾坤无毁息：乾坤决不会因王安石之流的倒行逆施而有所毁灭消亡。观此一词，则可见温公积郁十五年的愤懑之情绝难掩饰，不得

_____

① 《司马温公集编年笺注》第 4 册，卷四六，第 146—150 页。

不发也。"① 注解得十分精辟。

司马光在入洛之初的诗歌中多有心绪低落的表露，如其《酬吴仲庶龙图〈终南山〉诗》在夸赞吴中复"有如牧伯贤，斯民蒙保障。雪霜举世寒，千里独重纩"的爱民善政之后，立刻想到了自己的伏居无用，"病夫伏闾里，非能事微尚。顾无孤高实，藻饰安可强"②。《晚秋洛中思归东园》诗借思乡来抒发远离故土、一事无成，就连自家的菊花也不待主人归来就自顾自开放的感慨，"不利不名空去国，雁飞叶落未归来。秋风肯待主人至，篱下黄花随意开"③。《酬终南阁谏议见寄》诗将年老体弱、投闲置散的自己比作死灰，说只有好友的到来才能使其燃起一点寒光，"齿衰心力耗，揣分乞西台。微禄供多病，闲官养不才。弊庐容啸傲，清洛伴归来。故友犹相念，寒光生死灰"④。《和白都官序见赠》诗说自己老病无能，犹忝为人臣、仰食利禄、奔走官场，只是因为迂辟而不合时宜才乞闲入洛，并非孤高慕古之人，况且自有满朝俊彦为君分忧，自己犹如泰山上的一粒飞尘，本来就可有可无，"齿疏鬓白两眸昏，万事无堪老病身。脱粟犹沾太仓禄，法冠仍忝外台臣。直缘迂僻求闲地，岂是孤高慕古人？英俊满朝皆稷契，太山何少一飞尘"⑤。司马光感到在神宗与王安石新党集团上下一心、锐意变革之际，像自己这样的旧党老臣真的是迂僻陈腐、"万事无堪"，连一席之地都没有了。他虽然是自行乞退，但感觉和被朝廷无情抛弃没有什么区别。《寄题宇文中允之邵所居》诗更是假借宇文之邵的形象一吐"孤宦行直道，栖栖良可悲"的凄凉之感，然而"谁能拂衣去，不待挂冠期"⑥，他希望自己也能像宇文之邵一样不到退休年龄就毅然挂冠而去，不要这尸位素餐的虚假名头也罢。

司马光还在诗中屡屡表达仕途中的劳累危辱，作为自己身处党争中的真实心理写照，作为勉励自己尽快摆脱官场的警语，也作为自我慰藉的一剂良药。如《初到洛中书怀》曰"三十余年西复东，劳生薄宦等飞蓬。所存旧业惟清白，不负明君有朴忠。早避喧烦直得策，未逢危辱好收功。太平触处农桑满，赢取间阎鹤发翁"⑦，官业清白、忠心诚朴，没有什么

---

① 《司马温公集编年笺注》第 2 册，卷一五，第 527—528 页。
② 《司马温公集编年笺注》第 1 册，卷四，第 239 页。
③ 《司马温公集编年笺注》第 1 册，卷六，第 354 页。
④ 《司马温公集编年笺注》第 2 册，卷一二，第 308 页。
⑤ 《司马温公集编年笺注》第 2 册，卷一三，第 378 页。
⑥ 《司马温公集编年笺注》第 2 册，卷一三，第 361 页。
⑦ 《司马温公集编年笺注》第 2 册，卷一一，第 297 页。

见不得人的，既然到了烦喧、危辱的时节，何不急流勇退，安享太平呢？他甚至觉得像判西京御史台这样的闲官也不免官场的劳顿，算不得彻底的自由之人，如《应天院朝拜回呈景仁》诗曰"鸡鸣上马过河桥，何异东都赴早朝。红日已高犹熟寝，比君殊未得逍遥"①。有时候他也用写景咏物的曲笔寄寓类似的思想，如《感物》诗曰"朝看新燕飞，暮听子规啼。尺蠖身藏叶，神龟尾曳泥。鞲鹰何用掣？枥马不当嘶。自伐憎狙巧，颓然忧木鸡"②。又如《放鹦鹉二首》其一曰"野性思归久，笼樊今始开。虽知王恩厚，何日肯重来"，其二曰"虽道长安乐，争如在陇头？林间祝圣主，万岁复千秋"③。这些诗歌颇有邵雍观物诗的情味，《放鹦鹉二首》又是非常有趣的禽言诗。尽管用了托物言志的手法，但作者不肯再卷入官场是非的情绪还是非常明白的。

　　司马光是一位伟大的史学家，一生穷研史籍，历时十九年完成了卷帙浩繁的史学巨著《资治通鉴》，用来为君主治国提供龟鉴，而他守成的治国理念也多半来自历史的经验。但他也有着非常悲观虚无的历史观念，认为一切权势富贵都不可依凭，到头来都不过一场空。他说"瞑目思千古，飘然一烘尘。山川宛如旧，多少未来人"（《瞑目》）④，"闭目念前古，飘然一烘尘。……众人俱我笑，我亦笑其人"（《逍遥四章呈钦之、尧夫》其三）⑤，一句"飘然一烘尘"几乎将历史上所有的治乱存亡、穷通荣辱一笔抹杀，在大悲观中求取大自在。看到野庙，他会叹息道"旧日牲牷地，今晨狐兔乡。英灵如未灭，何以度凄凉"⑥，看到古坟他会感慨道"问人虽不知姓名，昔皆高官仍厚禄。子孙流落何所之？凶吉当年非不卜"⑦，看到名园的寥落，他会哀伤道"相国已何在？空山余故林。向时堪炙手，今日但伤心"⑧。在历史的长河中，即使拥有再荣耀煊赫的一生也微不足道，而万古的历史不过也是"一烘尘"，轩冕的荣耀很快便会化为灰尘，所以不如简单一些、随性一些，知足易安，不为名缰利锁所累，不患得患失，这才是真正的逍遥。他的《逍遥四章呈钦之、尧夫》首章

① 《司马温公集编年笺注》第 2 册，卷一二，第 348 页。
② 《司马温公集编年笺注》第 2 册，卷一五，第 472 页。
③ 《司马温公集编年笺注》第 2 册，卷一四，第 437 页。
④ 《司马温公集编年笺注》第 2 册，卷一四，第 435 页。
⑤ 《司马温公集编年笺注》第 2 册，卷一四，第 470 页。
⑥ 司马光《野庙》，《司马温公集编年笺注》第 1 册，卷六，第 356 页。
⑦ 司马光《古坟》，《司马温公集编年笺注》第 1 册，卷五，第 282 页。
⑧ 司马光《游李卫公平泉庄》，《司马温公集编年笺注》第 2 册，卷一一，第 299 页。

谈自己几十年如一日研治经史的经历曰"结发读经史，疲精非一朝"，经史本为仕途的敲门砖，但他亦从中体会到了通达开豁的眼界，获得了不戚戚于眼前得失的终极慰藉，"于今成濩落，所幸得逍遥。不腥狂心息，难平客气消。巢林易为足，窃敢比鹪鹩"①。在后面三章，他更从宇宙、阴阳、万物、六合的角度进行体悟，就好像理学家邵雍经常做的那样，但他的立足点还是在于治史的体验。

司马光从终极意义上来寻找人生慰藉的尝试其实并不成功，所谓的"不腥狂心息，难平客气消"也不免自欺欺人。他像范仲淹一样"居庙堂之高则忧其民，处江湖之远则忧其君。是进亦忧，退亦忧"（《岳阳楼记》），很难超脱。他那种"每睹生民之愁怨，忧社稷之阽危，于中夜之间，一念及此，未尝不失声拊心也"的心痛感常常让他失眠，他的居洛诗歌也反复谈到失眠的苦恼。其《不寐》诗曰："长年睡益少，气耗非神清。昨朝多啜茶，况以思虑并。中烦枕屡移，展转何时明？苏秦六国印，力取鸿毛轻。白圭万金产，运智立可营。如何五更梦，百方终不成？"②思虑纷杂、辗转反侧，只有眼睁睁等待着天明，在严重的失眠面前，一切聪明智能都无能为力，就连佩戴六国相印、立取万金的苏秦也束手无策。又有另一首《不寐》诗曰："思梦久不效，良夜行已阑。此心如杯水，扰易澄苦难。百年能几何？万虑谁能弹？弃置勿复寻，专取形神安。"③他要在扰动如浑水的万虑当中寻找到一个微妙的平衡点，使得这杯水不再晃动、慢慢澄清下来，故而反复劝说自己百年无几、万虑无尽，何必自苦如是？然而这种劝说本身又成为扰乱思虑的因素，所以他又劝自己"弃置勿复寻，专取形神安"。那么"弃"的是什么，"寻"的又是什么，如何"弃置"，又如何专心求取形神的安宁，这"专取"本身又会不会成为另外一个扰乱的因素？两首《不寐》诗从历史、从心性的角度寻找的安慰都不可靠，床笫失眠的阴影外笼罩着更大一层仕途失意的阴影。二程曾专门就司马光失眠一事进行议论，曰：

> 君实尝患思虑纷乱，有时中夜而作，达旦不寐，可谓良自苦。人都来多少血气，若此则几何而不摧残以尽也？其后告人，曰："近得一术，常以'中'为念。"则又是为"中"所乱，"中"又何形？如

---

① 《司马温公集编年笺注》第 2 册，卷一四，第 469 页。
② 《司马温公集编年笺注》第 1 册，卷五，第 272 页。
③ 《司马温公集编年笺注》第 1 册，卷五，第 293 页。

何念得他？只是于名言之中拣得一个好字。与其为"中"所乱，却不如与一串数珠。及与他数珠，他又不受，殊不知"中"之无益于治心，不如数珠之愈也。夜以安身，睡则合眼，不知苦苦思量个甚？只是不与心为主，三更常有人唤醒也。①

司马光以念"中"字来为自己助眠，这就是他"弃置勿复寻，专取形神安"之法。他的"中"字与邵雍凡事讲究适可而止、防止过当，如赏花半开、饮酒半醉之类相似，其实就是"中和"的意思，他亦曾多次向他人宣称中和的养生之法。二程认为"中"字一样可以成为干扰思虑、影响睡眠的因素，还不如数一串佛珠有效，因为佛珠是外在的事物，将注意力集中在上面，可以帮助失眠者从纷繁复杂的思虑中摆脱出来。这当然不是最根本的解决之道，但至少比念"中"字，徒增思虑负担有效得多。司马光拒绝这样的建议，他是排佛之人，靠数佛珠入睡岂不遗人笑柄？二程认为夜晚就应该休息、睡觉就立刻合眼，一切顺其自然，没什么可值得苦苦思量的。司马光之所以会苦于思虑纷乱、半夜醒来之后难以入睡，就在于内心无主，好像三更有人来唤醒一样。二程后来又进一步解释了"不与心为主，三更常有人唤醒也"从而导致司马光失眠的原因，曰：

人心作主不定，正如一个翻车，流转动摇，无须臾停。所感万端，又如悬镜空中，无物不入，其中有甚定形？不学则却都不察，及有所学，便觉察得是，为害着一个意思，则与人成就得个甚好见识？心若不做一个主，怎生奈何？……君实自谓："吾得术矣。"只管念个"中"字，此则又为"中"系缚，且中字亦何形象？若愚夫不思虑，冥然无知，此又过与不及之分也。有人胸中常若有两人焉，欲为善，如有恶以为之间；欲为不善，又若有羞恶之心者。本无二人，此正交战之验也。持其志，便气不能乱，此大可验。②

所谓"不与心为主，三更常有人唤醒也"，即"人心作主不定，正如一个翻车，流转动摇，无须臾停"，"有人胸中常若有两人焉，欲为善，如有恶以为之间；欲为不善，又若有羞恶之心者。本无二人，此正交战之验也"。至于司马光是不是就像二程所说的那样"人心作主不定""胸中

---

① 《河南程氏遗书》卷二上，《二程集》上册，第25页。
② 《河南程氏遗书》卷二下，《二程集》上册，第52—53页。

常若有两人焉"，不得而知，但他内心的政治焦虑是显而易见的。他不会甘心就这样轻易地放弃了治国安民的政治抱负，"结发读经史，疲精非一朝"只落得"于今成濩落"的结果，殚精竭虑、大声疾呼地劝谏皇帝却落得弃置于无用散地而新党愈加得势、百姓愈加困顿，但他也不甘心为了能够重回政治权力中心而向皇帝和新党新贵们妥协。不能说他没有对自己政治生涯的忧虑，没有一旦撒手人寰、含恨九泉的急迫感和无奈感，尤其是元丰五年在经历了一场中风之后，他感到大限的迫近，元丰八年所作《遗表》序言中，他写道："元丰五年秋，吾言语涩，疑为中风之候，恐朝夕疾作，猝然不救，乃豫作遗表自书之，常置卧内，俟且死，以授范尧夫、范梦得，使上之。"① 司马光在居洛的头四年中判西京留台，职事较为清闲，尽管他觉得依然免不了官场奔走之劳，渴望彻底清闲下来并在熙宁七年完全改任提举嵩山崇福宫的奉祠官，连续四任，一直到元丰八年为止，但他在判留台任上却十分尽职尽责。叶梦得记载道："两京（按，疑为西京）留台皆有公宇，亦榜曰'御史台'，旧为前执政重臣休老养疾之地，故例不事事。……司马温公熙宁、元丰间相继为者十七年（按，此处有误，仅熙宁四年至七年），虽不甚预府事，然亦守其法令甚严，如国忌行香等，班列有不肃，亦必绳治。"② 他在入职不久即打击了新党所派西京察访使蔡天申在朝谒应天院神御殿时不按官位排列、妄作威福的嚣张气焰。同时，司马光居洛十五年间一直竭尽心力地编撰《资治通鉴》，直到离洛前一年元丰七年才完成。他也始终保持着对国计民生的关心，在诗歌中时有反映。久旱逢雨、久雨逢晴之时他会为百姓欣喜不已，相反他则为百姓哀叹。《王君贶宣徽垂示〈嵩山祈雪〉诗十章，合为一篇以酬之》诗描写久旱成灾，洛阳留守王拱辰登嵩山祈雪的情形曰："今秋少雨冬不雪，麦寄浮埃根欲绝。圣主焦心悯万民，负扆不怡常膳撤。诏书朝下遍九州，岳渎百神俱祷求。西都留守虔君命，促驾不敢须臾留。……公心犹是九阍遥，丹诚不得通青霄。分留导从屯林麓，别张醮具登山椒。山椒迢递峻无极，行挽枯藤蹋危石。万室嗷嗷愁死饥，敢惮劬劳爱余力？"③ 其中既有愿意不惮劳苦为受苦受难的天下苍生祈福的热望，也有影射君门九重、丹心难通只得一任新法残民的意思。《和公廙喜雪》诗更直斥苛政猛

---

① 《司马温公集编年笺注》第4册，卷五七，第477页。

② （宋）叶梦得撰，字文绍奕考异，侯忠义点校《石林燕语》卷四，北京：中华书局，1984年，第52页。

③ 《司马温公集编年笺注》第1册，卷四，第235页。

于凶荒，曰："向来河洛久愆阳，祷祀徒劳罄肃庄。林雪飞花欣暂白，麦田濡叶未全黄。城中稍觉桑薪贵，村外时闻社瓮香。八使孜孜悯茕独，斯民那复畏凶荒？"① 八使，本指东汉顺帝刘保派遣侍中周举、侍御史张纲等八使赴各地视察，人称"八俊"。后世常用"八使"代指巡行大臣，这里指朝廷派遣到各地执行和监督新法的使者，如蔡天申之流。司马光借歌咏白雪给久旱的田地和久困的百姓带来的福祉，痛斥新党不仅不抚恤受灾的百姓反而变本加厉加以剥削的行径。《苦雨》一诗写久旱逢淫雨给百姓带来的连番厄运以及自己尸位素餐的愧疚，曰：

> 今春忧亢阳，引领望云族。首夏忽滂沱，意为苍生福。自尔无虚日，高原亦霡足。连年困饥馑，此际庶和熟。如何涉秋序？沉阴仍惨黩。长檐泻潺湲，昼夜浩相续。喧豗流潦怒，突兀坏垣秃。驾牛泥没鼻，跨马水平腹。瓦敧松漫白，道废草浓绿。污莱闵下田，漏湿怜破屋。纵横委地麻，狼藉卧陇谷。怯闻饥婴啼，愁听寡妇哭。闲官虽无责，饱食愧有禄。世纷久去心，物役奈经目。郁陶聊秉笔，狂简已盈幅。②

滂沱流泻的大雨、喧豗奔涌的洪水肆虐着已经遭受连年饥馑的农村，冲坏了墙垣、道路，淹没了牛马、田地，没有成熟的田间作物纵横狼藉，饥饿难耐的寡妇婴儿愁怯啼哭，面对此情此景，身为闲官、饱食仓粟的司马光愧疚不堪、心痛不已，郁陶填膺的满怀愁苦无处释放，只能寓之于诗，霎时间不觉满纸。司马光如今无权无位，只剩下一腔赤诚和一根诗笔，不能请求皇帝下令减免新法规定的种种苛捐杂税，甚至不能顶着罪责私自开仓济民、抚恤流亡，他的愧疚中隐隐透露着对当初执意选择闲退的自我质疑。他表面上引退得非常坚决，内心深处却也不免如二程所评价的那样："胸中常若有两人焉，欲为善，如有恶以为之间；欲为不善，又若有羞恶之心者。本无二人，此正交战之验也。"

二、"身居畎亩须忧国"的邵雍

终身未仕、以观物治易为己任的"安乐先生"邵雍和被迫闲居、饱

---

① 《司马温公集编年笺注》第2册，卷一三，第395页。
② 《司马温公集编年笺注》第1册，卷五，第273页。

经宦海风波的旧党耆宿们相比，没有到处游宦、处理政务的烦累体验，更不存在被新党打击、排挤的事情，加上自身理学家的修为，显然要快乐许多，况且他与新党中人李中师、章惇关系都不错，亦与王安石之弟王安国交好。而实际上，邵雍长年生活在旧党的大本营洛阳，交往最多、最为亲密的朋友也都是旧党中人，其保守的政治观念完全属于旧党一派，对民生疾苦、天下大事也并非漠不关心，所以不能不受到当时党争的政治环境影响。再则，虽然没有选择仕途，拒绝朋友的举荐，怀揣雄心壮志的他却始终难以抹除科举失败、功业无着带来的巨大缺憾。

邵雍平时并不轻易与人谈政事，但他对议论政事却非常感兴趣，而且见解精辟，超越常人，"间与相知之深者开口论天下事，虽久存心世务者不能及"[1]。富弼、吕公著都曾向他请教过时政方面的看法，表示出非常的钦佩。邵雍之诗乍看起来罕言政事，多写个人生活情趣、表达理学见解，但细究起来就能够发现其中不少议论都是为新法而发。他有几首诗写新法使酒价上涨带来的诸多不便，《无酒吟》曰："自从新法行，尝苦樽无酒。每有宾朋至，尽日闲相守。必欲丐于人，交亲自无有。必欲典衣买，焉能得长久？"[2]《酒少吟》曰："此物近来贫，时时得数斤。如茶辜老朽，似药负交亲。未饮先忧尽，虽斟不敢频。何由同九日，长有白衣人？"[3]《奉和十月二十四日初见雪呈相国元老》又曰："杯觞限新法，何故便能倾？"[4] 语次中虽有调笑意味，而在讽刺新法不顾民生与人情，只顾牟利搜刮的一点上是非常清楚的。缺酒之事看起来很小，然而在喜好饮酒并以之养生，又需要酒水招待大量来客的邵雍来说，的确会造成很多麻烦，严重干扰日常生活。不过比起熙宁初年行官田之法，官方将邵雍宅基地张榜售卖之事来，饮酒一事简直是小巫见大巫。邵雍天津桥畔的宅子是嘉祐七年王拱辰守洛时在五代节度使安审琦故宅基地上所建，所用木料为宋初大将郭崇废宅的余材。邵雍初入洛时贫无所依，都是依靠当地士庶的财物支持才获得稳定的收入和住处，天津桥畔的宅子是两次乔迁之后才得以稳固下来的住所，而且此时已经住了十多年，如果真的被官方卖掉的话，他又会陷入巨大的困境当中。幸亏张榜三月之中，由于洛人的不忍与刚刚入洛的司马光、富弼等二十余人的合资，才使得邵雍没有失去他的

---

① （宋）朱熹《伊洛渊源录》卷五，北京：中华书局，1985年，第50页。
② 《邵雍集》，第286页。
③ 《邵雍集》，第467页。
④ 《邵雍集》，第316页。

"安乐窝"。在他的《偶书吟》一诗中，就暗含了新法骚动天下、连自己这位归隐林泉的隐士也不得安生的意思，曰："风林无静柯，风池无静波。林池既不静，禽鱼当如何？"① 所以，仅仅在个人情感上而言，邵雍也是憎恶新法、亲近旧党的。这种情感倾向在其诗中也有一些表露。《首尾吟一百三十五首》其一〇七曰："尧夫非是爱吟诗，诗是尧夫慎与时。初作事时分可否，始亲人处定安危。殊乡忠信同思善，异世奸邪共喜私。岂待较量然后见？尧夫非是爱吟诗。"② 意思是说自己要在交友上倍加谨慎，与什么样的人交朋友就决定了自己处境的安危，所以一定要结交忠信思善的君子而远离奸邪喜私的小人，这是不须思量就能确定的原则。至于谁是忠信思善的君子，谁又是奸邪喜私的小人，邵雍没有明言，但他已经隐然将自己划归旧党的君子阵营了。《首尾吟一百三十五首》其五十一曰"老成人为福之基，骄孺子为祸之梯"③，此"福""祸"之谓与前诗"安危"之谓相类似，则当亲"老成人"而远"骄孺子"。旧党耆宿为老成人，新党新贵为少年人，这在文献中是十分流行的说法。如邵伯温曰："荆公欲变更祖宗法度、行新法，退故老大臣，用新进少年。温公以谓不然，力争之。"④ 李焘曰："安石辅政时，罢逐中外老成人几尽，多用门下儇慧少年。"⑤ 在这里，邵雍的立场和态度就很清楚了，就是要站在旧党耆宿一边，反对这些"骄孺子"即无知少年们祸乱国家。在《和内乡李师甫长官见寄》诗其一中，他更为明确地说"道不同新学，才难动要官"⑥，表示对当时用以取士的王安石新学的不认同，不与执政的新党合作。嘉祐年间洛尹王拱辰向朝廷推荐邵雍，被时任知制诰的王安石拦下，缴还了辞头，并建议"宜召试然后官之"⑦。王安石的建议虽然没有被采纳，邵雍也没有应召，但在屡经科考失败才毅然放弃仕途的邵雍来说，王安石的建议肯定会让他十分不快。此事为邵伯温所记载，友人遍布朝野、消息极为灵通的邵雍未必会不知道，他所谓的"才难动要官"难免没有对早先此事的影射。

　　除了不满新法、划定自己的政治阵营之外，邵雍还在反对以法求利、

---

① 《邵雍集》，第 298 页。
② 《邵雍集》，第 535 页。
③ 《邵雍集》，第 524 页。
④ 《邵氏闻见录》卷一一，第 113 页。
⑤ 《续资治通鉴长编》卷二七六，第 6751 页。
⑥ 《邵雍集》，第 430 页。
⑦ 《邵氏闻见录》，第 197 页。

明君子小人之别的观念上站在了旧党的一边。他有《商君吟》曰："商鞅得君持法处，赵良终日正言时。当其命令炎如火，车裂如何都不知？"① 以得秦孝公崇信重用、实施变法的商鞅比王安石，以劝说商鞅废除新法、指责其残民害己的赵良比司马光等旧党人物。《二说吟》曰："治不变俗，教不易民。甘龙之说，亦或可循。常人习俗，学者溺闻。商鞅之说，异乎所云。"② 甘龙是反对商鞅变法的秦国大臣，曾在秦孝公面前与商鞅激烈辩论，此诗所写正是《史记·商君列传》中二人辩论的内容。商鞅所说的"常人安于故俗，学者溺于所闻。以此两者居官守法可也，非所与论于法之外也。三代不同礼而王，五伯不同法而霸。智者作法，愚者制焉；贤者更礼，不肖者拘焉"③，与王安石著名的"三不足"之说即"天变不足畏，祖宗不足法，人言不足恤"极为相似。胡适即曾引用邵雍此诗，说："他对于新法的不满意，于此可见。"④ 他还将王安石新党比作乱法的少正卯，期待有孔子这样的人物将其正法。新法的主要目的之一是聚财，这是招致旧党严重不满的地方，邵雍也认为"财利为先，笔舌用事。饥馑相仍，盗贼蜂起。孝悌为先，日月长久。时和岁丰，延年益寿"（《治乱吟》）⑤。如此看来，邵雍虽然不像司马光等人与王安石新党集团激烈交锋、势不两立，其批判的激烈程度与旧党耆宿相比却是毫不逊色的。

他还有大量的诗歌提到了君子、小人之辨，这也是宋代党争中十分常见的议题。庆历新政时，欧阳修作有著名的《朋党论》即将君子小人与朋党紧密联系在了一起，曰："大凡君子与君子以同道为朋，小人与小人以同利为朋，此自然之理也。"⑥ 富弼也常常谈论君子小人，晚年退居时更是如此，"其为宰相及判河阳，最后请老家居，凡三上章，皆言：'天子无职事，惟辨君子小人而进退之，此天子之职也。君子与小人并处，其势必不胜。君子不胜，则奉身而退，乐道无闷；小人不胜，则交结构扇，

① 《邵雍集》，第 391 页。
② 《邵雍集》，第 390 页。王安石有《商鞅》诗曰："自古驱民在信诚，一言为重百金轻。今人未可非商鞅，商鞅能令政必行。"南宋李壁注引范纯仁之弟范纯礼之言曰："范彝叟读此诗，云：'古人政事本教化，而躬率使人从之。政事要必行，岂是好事？'"（宋）王安石撰，（宋）李壁注，李之亮补笺《王荆公诗注补笺》，成都：巴蜀书社，2002 年，第 903—904 页。
③ （汉）司马迁撰，（南朝宋）裴骃集解，（唐）司马贞索隐，（唐）张守节正义《史记》卷六八，北京：中华书局，1982 年，第 2229 页。
④ 《胡适全集》第 8 卷，合肥：安徽教育出版社，2003 年，第 340 页。
⑤ 《邵雍集》，第 390 页。
⑥ （宋）欧阳修著，李逸安点校《欧阳修全集》卷一七，北京：中华书局，2001 年，第 297 页。

千歧万辙，必胜而后已。小人复胜，必遂肆毒于善良，无所不为，求天下不乱，不可得也。'"① 二程亦曾结合当时党争情况就此话题进行议论。"君子喻于义，小人喻于利"是孔夫子的古训，所以大肆敛财的新党对旧党的君子小人之论非常反感，如邵伯温记载道："元丰六年，富公疾病矣，上书言八事，大抵论君子小人为治乱之本。神宗语宰辅曰：'富弼有章疏来。'章惇曰：'弼所言何事？'帝曰：'言朕左右多小人。'惇曰：'可令分析，孰为小人？'帝曰：'弼三朝老臣，岂可令分析？'"② 王安石虽然曾向司马光辩称"为天下理财，不为征利"③，却并不具有很强的说服力。在邵雍的笔下，君子者重仁义、尚恩德、好誉招祥，小人者求名利、作威福、好毁招灾，其《感事吟》《去事吟》《君子吟》《小人吟》《善恶吟》《义利吟》等所言皆是。邵雍指出小人的危险性还在于善于伪装文饰，非常具有迷惑性，《迷悟吟》曰："君子改过，小人饰非。改过终悟，饰非终迷。终悟福至，终迷祸归。"④《首尾吟一百三十五首》其一百三十一曰："尧夫非是爱吟诗，诗是尧夫慎动时。枉道干名名亦失，佛民从欲欲还赊。号为贤者能从善，名曰小人能饰非。大佞似忠非易辨，尧夫非是爱吟诗。"⑤ 所谓"枉道干名""大佞似忠"，指的就是王安石等人。王安石曾与司马光、吕公著、韩维并称"嘉祐四友"，三人皆在皇帝面前大力称扬王安石的品行、才学，才使得他能够为神宗赏识，迅速升任宰执。王安石作相后大力实施变法，大量引进新人、发展党羽，摒斥甚至迫害昔日好友，使得旧党人士后悔不已，后知后觉的司马光尤其懊恼，所以才有"臣之不才，最出群臣之下。先见不如吕诲，公直不如范纯仁、程颢，敢言不如苏轼、孔文仲，勇决不如范镇"⑥ 之语，并后来居上，一跃成为反变法派的中坚人物。再以吕公著为例，邵伯温记载他与邵雍的一次对话曰："一日（吕申公）对康节长叹曰：'民不堪命矣！'时荆公用事，推行新法者皆新进险薄之士，天下骚然，申公所叹也。康节曰：'王介甫者远人，公与君实引荐至此，尚何言？'公作曰：'公著之罪也。'"⑦ 因此，在旧党人士看来，王安石是典型的"枉道干名""大佞似忠"的小

---

① 苏轼《富郑公神道碑》，《苏轼文集》卷一八，第 536 页。
② 《邵氏闻见录》卷九，第 93 页。
③ 王安石《答司马谏议书》，《王荆公文集笺注》，第 1233 页。
④ 《邵雍集》，第 500 页。
⑤ 《邵雍集》，第 540 页。
⑥ 《邵雍集》，第 113 页。
⑦ 《邵氏闻见录》卷一二，第 126 页。

人，邵伯温甚至还借用仁宗的话评价为"诈人也"①。旧党分子都感觉受到了巨大的蒙骗，随之而来的则是巨大的耻辱感和愤怒感，按邵雍之诗的说法他们皆可称为"改过终悟"的君子。除王安石外，如吕惠卿、章惇、李定、舒亶、谢景温等新党分子，包括"内怀猜狠，而外持正论"②，在党争中反复无常的邢恕都被旧党视为小人，其中章惇、邢恕还曾师事邵雍，而有先见之明的邵雍并未将先天易学的精髓传给他们。另外，邵雍还将君子对应自然界中的芝兰凤凰等善物，将小人对应蛇蝎枭鸩等恶物，善恶截然对立，如《偶书》《蝎蛇吟》诸诗。这是把君子、小人的存在及其对立看成是天生的，为当时的君子党亦即旧党建立天命论，提供终极的理论依据。

　　有了和旧党一致的政治观念，自觉地将自己置于旧党的阵营当中，邵雍对于新党得势、旧党屏处、天下骚动的政治局势当然会有着和旧党相同的忧虑。而他壮志未泯、终身布衣的现实状况给他带来的则是更深一层的政治压抑。他在诗中自陈道"畎亩不忘天下处，尧夫非是爱吟诗"③、"身居畎亩须忧国"④，选择做隐士却并不逃避对于天下的忧责，这是邵雍与众不同的地方。他对自己闲居无功却衣食无忧的生活也时有自责，认为还不如鸡狗，其《知幸吟》曰："鸡职在司晨，犬职在守御。二者皆有功，一归于报主。我饥亦享食，我寒亦受衣。如何无纤毫，功德补于时？"⑤这和上面所指出的司马光的愧疚心态非常类似。他也像司马光一样写有不少因为雨雪和干旱天气而联想到农事和民间疾苦的诗歌，如《和相国元老》《感雪吟》《望雨》《水旱吟》《民情吟》之类，还富有牺牲精神地发愿道："不愿朝廷命官职，不愿朝廷赐粟帛。惟愿朝廷省徭役，庶几天下少安息。"⑥邵雍有着和居洛耆宿们相同的精英心态，和他们一起交游唱和、畅论天下大事，为他们预测时局的变动，对他们的品行、才学加以品第，俨然是一位师者和士人领袖，这也是其子邵伯温在《邵氏闻见录》中所呈现的邵雍形象。至于富弼、王拱辰等人推荐他做将作监主簿、颍州团练推官等职位卑微的小官，他当然不愿意去屈就，因为这种小官对他的雄心壮志而言根本于事无补，只会有损隐士的令名，浪费宝贵的生命。王

---

① 《邵氏闻见录》卷二，第14页。

② 《宋史》卷四七一，第13704页。

③ 邵雍《首尾吟一百三十五首》其一一〇，《邵雍集》，第536页。

④ 邵雍《饮酒吟》，《邵雍集》，第509页。

⑤ 《邵雍集》，第314页。

⑥ 邵雍《不愿吟》，《邵雍集》，第441页。

夫之说:"邵康节志大而好游于公卿之间,固不如周子之不卑小官,伊川之不辞荐召,为直伸其志,而无枉于道也,存乎其心之所可安者而已矣。"① 可见他与周敦颐、二程的不同之处。朱熹认为邵雍学的是张良以退为进、以藏为用的黄老之术,追求的是"运筹帷幄之中,决胜千里之外"的幕后军师作用,而不是去效徒劳无功的犬马之劳,曰:"康节甚喜子房,以为子房善藏其用。以老子为得易之体,孟子为得易之用,合二者而用之,想见善处事。"② 当新法峻急之时,邵雍的门生故旧们都想如居洛耆老一样辞官而去,于是纷纷致书邵雍,征求他的意见,邵雍的回答却出乎众人意料之外,邵伯温记载道:"康节先公答曰:'正贤者所当尽力之时。新法固严,能宽一分则民受一分之赐矣,投劾而去何益?'"继而又评论道:"呜呼!康节先公深达世务,不以沽激取虚名如此,世所谓康节先公为隐者,非也。"③ 邵雍此举甚至让邵伯温认为乃父并非隐者,这是因为邵雍不仅"深达世务",而且深涉世务,与一般隐者并不相同。他不仅不认同司马光"系时休戚重,终不道如何"(《和君实端明花庵独坐》)的倔强姿态,而且认为即便是到了七十岁的富弼也不应该在这个时候退休,"正旦四篇诗,缘忻七十期。请观唐故事,未放晋公归"④。在与官场中的友人唱和时,他也希望他们能够勉力国事、尽忠职守,不要动不动就想到归隐,如《依韵答友人》曰"百万貔貅动塞尘,朝廷委寄不轻人。胡儿生事虽然浅,国士尽忠须是纯。陇上悲歌应愤惋,林间酣饮但酸辛。欲陈一句好言语,只恐相知未甚真"⑤,《依韵寄成都李希淳屯田》曰"思君君未还,君恋蜀中官。白首虽知倦,清衷宜自宽。花时难得会,蚕市易成欢。莫叹归休晚,生涯苦未完"⑥。他还认为有才就应当自惜,不能白白浪费,"天之才美应自惜,料得不为时虚生"⑦。即使在自述之诗中,他也认为"得志当为天下事",既然不得志就只能"退居聊作水云身",这样才算得"不负高天不负人"⑧,可以俯仰无愧了。

然而有着如此积极入世精神的邵雍却无法像自古以来的名臣一样实现

---

① (清)王夫之著,舒士彦点校《宋论》卷三,北京:中华书局,1964年,第69页。
② 《朱子语类》第7册,卷一〇〇,第2543页。
③ 《邵氏闻见录》卷二〇,第220页。
④ 邵雍《答富韩公见示正旦四绝》,《邵雍集》,第317页。
⑤ 《邵雍集》,第285页。
⑥ 《邵雍集》,第321页。
⑦ 邵雍《和北京王郎中见访留诗》,《邵雍集》,第335页。
⑧ 邵雍《自述二首》其一,《邵雍集》,第379页。

治国平天下的雄伟抱负，实在可悲可叹。他向往那些君臣际会的美妙而伟大的时刻，其《偶得吟》诗一下子就罗列了许多个这种改变历史的时刻，"皋陶遇舜，伊尹逢汤。武丁得傅，文王获姜。齐知管仲，汉识张良。诸葛开蜀，玄龄启唐"①。邵雍还将饮酒微醉之时飘然自得的美好体验比为君臣际会，"频频到口微成醉，拍拍满怀都是春。何异君臣初际会？又同天地乍细缊"②。为了弥补无官无权、无功无业的缺憾，他发挥丰富的想象力，将隐者所赏的景色、所写的诗歌、所饮的美酒、所做的游戏等般般闲情逸致都比作官守、事权、功业，如《自况三首》其二曰"满天风月为官守，遍地云山是事权"③，《小车吟》曰"闲为水竹云山主，静得风花雪月权"④。《林下局事吟》直接列举"闲人""官守"的"四事"，曰："闲人亦也有官守，官守一身四事有。一事承晓露看花，一事迎晚风观柳。一事对皓月吟诗，一事留佳宾饮酒。从事于兹二十年，欲求同列谁能否？"⑤《首尾吟一百三十五首》其四十九又直接将批风抹月的诗歌当成是自己的权柄以及朝廷考课的政绩，曰："尧夫非是爱吟诗，诗是尧夫会计时。进退云山为主判，陶镕水竹是兼司。莺花旧管三千首，风月初收二百题。岁暮又须行考课，尧夫非是爱吟诗。"⑥ 这样一来，看似闲居的邵雍其实和案牍劳形、登车揽辔的官员一样忙得不亦乐乎了。邵雍的想象力当然不仅仅止步于一般的官守，他还要点对君臣、进退文武、驱驰龙虎、指点江山，成为盖世英雄，《首尾吟一百三十五首》其一百二十曰"尧夫非是爱吟诗，诗是尧夫乐静时。药里君臣慵点对，琴中文武倦更移。鼎间龙虎忘看守，棋上山河废指挥。亦恐因而害天性，尧夫非是爱吟诗"⑦，也就是说这些惊天动地的事业都在他的能力范围之内，只是他为了"乐静"而主动放弃了。他敢于夸下这样的海口，在那个处于和平时期的封建时代几乎是常人所不可思议的。对此，《二程遗书》记载道："尧夫豪杰之士，根本不帖帖地。伯淳尝戏以乱世之奸雄中道学之有所得者，然无礼不恭极甚。"⑧ 程颢认为邵雍是不脚踏实地的"豪杰之士"，是道学家中的"乱

---

① 《邵雍集》，第 442 页。

② 邵雍《安乐窝中酒一樽》，《邵雍集》，第 319 页。

③ 《邵雍集》，第 246 页。

④ 《邵雍集》，第 371 页。

⑤ 《邵雍集》，第 303 页。

⑥ 《邵雍集》，第 524 页。

⑦ 《邵雍集》，第 538 页。

⑧ 《河南程氏遗书》卷二上，《二程集》上册，第 32 页。

世奸雄"，而且说起话来毫无顾忌，显得很不恭敬。

尽管邵雍胸怀大志，又自信有着雄才大略，然而现实是叫人颇为沮丧的。邵姓出于周朝的召公世系，邵雍便将召公当作祖先，有时候他会联想到召公事业的无限荣光，"吾祖道何光？二南分一方。开周为太保，封陕辅成王"①，将文韬武略都视为自家祖业，"既为文士，必有武备。文武之道，皆吾家事"②。但他也会因此自伤子孙的不肖，"世孙虽不肖，犹解忆甘棠"③，叹息自己空有忧国忧民之心，身为白衣却不能有丝毫作为，无法像诸葛亮那样做一个军中儒服的军师，继承先祖的事业，"人间自有回天力，林下空多忧国心。日过中时忧未艾，月几望处患仍深。军中儒服吾家事，诸葛武侯何处寻"④。在邵雍关于家乡辉县的诗歌中也多寓有功名不立的失落感，"故国逢佳节，登临但可悲。山川一梦外，风月十年期。白发飘新鬓，黄花绕旧篱。乡人应笑我，昼锦是男儿"⑤，"故国不知新想望，家山如见旧崔嵬。功名时事人休问，只有两行清泪揩"⑥。哪怕是在眺望雄壮的山河之时，他也会觉得保卫和建设大宋江山的事业中没有自己的半分功劳，发出"秋入山河气象雄，不堪闲望老年中"⑦ 的感慨，想到没有为身处的太平盛世尽丝毫绵薄之力，也会觉得"太平时里老，何以报虚生"⑧。时过境迁，青壮年时期的雄心壮志已经随风而逝了，日增衰病的自己早已无能为力，只有不露声色的叹息、既往不咎的告慰，"时难得而易失，心虽悔而何追？不知老之已至，不知志与愿违"⑨，"百病筋骸一老身，白头今日愧因循。虽无紫诏还朝速，却有青山入梦频"⑩。有时候他会说自己的不遇是因为没有才华、智能短缺、不合时宜，"长惭智短适时难"⑪、"殊无才业合时贤"⑫，这不仅仅是出于自谦，因为他擅长的先天易学、不守经典的经济之学与科举之学并不是一回事，加上与后来新党变法的执政理念也大相径庭，又且岁月蹉跎、步入晚年经不起循规蹈矩

① 邵雍《过陕》，《邵雍集》，第 191 页。
② 邵雍《文武吟》，《邵雍集》，第 427 页。
③ 邵雍《过陕》，《邵雍集》，第 191 页。
④ 邵雍《毛头吟》二首其一，《邵雍集》，第 444 页。
⑤ 邵雍《重阳日再到共城百源故居》，《邵雍集》，第 191 页。
⑥ 邵雍《还鞠十二著作见示共城诗卷》，《邵雍集》，第 333 页。
⑦ 邵雍《代书寄白波张景真辇运》，《邵雍集》，第 273 页。
⑧ 邵雍《和李文思早秋五首》其一，《邵雍集》，第 397 页。
⑨ 邵雍《得失吟》，《邵雍集》，第 495 页。
⑩ 邵雍《问人乞酒》，《邵雍集》，第 228 页。
⑪ 邵雍《自况三首》其三，《邵雍集》，第 246 页。
⑫ 邵雍《依韵和寿安尹尉有寄》，《邵雍集》，第 248 页。

的仕途波折，所以科举失败、拒绝举荐全在情理之中。但是他也会愤愤地说"庄周休道亏名实，自是无才悦众狙"①，"非止不才能退默，古贤长恨得时难"②，"盖世功名多龃龉，出群才业足咨嗟"③，大才未必有大用，英雄自古叹途穷，当政者的愚昧无知乃至嫉贤妒能，选拔制度的不合理，进贤通道的不完善，或者命运的捉弄、时机的乖错，导致了遗贤满野、英才无门。"一日去一日，一年添一年。饶教成大器，其那已华颠。志意虽依旧，聪明不及前"④，邵雍在隐逸之乐的背后埋藏着如此深重的叹息。有时候他也会像司马光一样辗转反侧、难以入睡，感觉到漫漫长夜的难以忍耐，"闲坐更已深，就寝夜尚永。展转不成寐，却把前事省。奠枕时昏昏，拥衾还耿耿。西窗明月中，数叶芭蕉影"⑤。失眠的时候他也像司马光一样思来想去，把大半生经历过的事情都思量个遍，在回忆和悔恨中煎熬着身心，同时又不断自我安慰、自我解嘲，只求安稳地度过眼前无尽的长夜，"尧夫非是爱吟诗，诗是尧夫中夜时。拥被不眠还展转，披衣却坐忽寻思。死生有命尚能处，道德由人却不知。须是安之以无事，尧夫非是爱吟诗"⑥。没有官爵功名也就罢了，如果连自己追求的立德事业也没有成功呢？况且抛弃众人所追求的仕途，走着这看似大而无当的求道之路到底对不对呢？邵雍有时候也会深陷在自我怀疑当中，觉得自己一事无成，浪费了一生。所以，邵雍一方面认为"身居畎亩须忧国"⑦，不论仕隐都不应当逃避国民的责任；一方面又叹息道"无客回天意，有人资盗粮。日中屡见斗，六月时降霜。有书不暇读，有食不暇尝。食况不盈缶，书空堆满床"⑧，面对着新法扰民、政治黑暗、冤狱迭起等不利于社稷的情况，无权无位者空有一腔报国热忱和忧国愁绪，却不能有任何作为。

　　我们还应该看到邵雍观物哲学所带来的行为观念本身造成的政治压抑。邵雍的观物哲学讲究的是"以道观道，以性观性，以心观心，以身观身，以物观物，则虽欲相伤，其可得乎"，引申到治理天下国家则"若然，则以家观家，以国观国，以天下观天下，亦从而可知之矣"，朱熹认

---

①　邵雍《和王不疑郎中见赠》，《邵雍集》，第 255 页。

②　邵雍《代书寄友人》，《邵雍集》，第 243 页。

③　邵雍《十四日留题福昌县宇之东轩》，《邵雍集》，第 249 页。

④　邵雍《岁杪吟》，《邵雍集》，第 470 页。

⑤　邵雍《不寝》，《邵雍集》，第 232 页。

⑥　邵雍《首尾吟一百三十五首》其八十五，《邵雍集》，第 531 页。

⑦　邵雍《饮酒吟》，《邵雍集》，第 509 页。

⑧　邵雍《无客回天意》其一，《邵雍集》，第 281 页。

为这是"物各付物""自家都不犯手之意"①，就是与观察目标甚至行为目标之间保持距离，尽量保持客观、公正的态度，避免主体行为与情感的介入，更避免以身犯险，保持主体的自由、安全。因为历史的、现实的、人世间的、自然界的警示太多了。"耻把精神虚作弄，肯将才力妄施为？愁闻刮骨声音切，闷见吹毛智数卑。珍重至人尝有语，落便宜是得便宜"②，一旦误入官场的利害、机关之丛，再怎么"弄精神""施才力"也逃脱不了危亡的境地，远离官场是非才是真正的落了便宜；"天气冷涵秋，川长鱼正游。虽知能避网，犹恐误吞钩。已绝登门望，曾无点额忧。因思濠上乐，旷达是庄周"③，人处世间就像鱼游水中，平居无事都可能遭遇无妄之灾，要想鱼跃龙门、跻身仕途，就更得承担触石点额的风险和痛苦。朱熹又曰："康节本是要出来有为底人，然又不肯深犯手做。凡事直待可做处方试为之，才觉难便拽身退，正张子房之流。"④ 既想"出来有为"，又"不肯深犯手做"，不肯承担任何风险，智慧如邵雍也难以调和其中的矛盾。

三、富弼、文彦博、范纯仁、范镇等

再来看富弼。上面说过富弼在洛阳所作诗歌时有悲苦之音，而苏轼在《富郑公神道碑》中说"公虽居家，而朝廷有大利害知无不言"⑤，他的"知无不言"其实都是在回答神宗的垂问，并没有主动上书言事。邵伯温还记载富弼为了不在册立英宗一事上邀功，晚年刻意与当年共同参与此事的韩琦、欧阳修绝交，曰："富公求去益坚，遂出判河阳，自此与魏公、欧阳公绝。后富公致政居洛，每岁生日，魏公不论远近必遣使致书币甚恭，富公但答以老病无书，魏公之礼终不替，至薨乃已，岂魏公有愧于富公者乎？然天下两贤之。魏公、欧阳公之薨也，富公皆不祭吊。"⑥ 拥立英宗之事已经过去这么多年了，为什么独在此时如此避讳？所以此事未必不与富弼在新旧党争中的畏避心理有关。富弼虽然避地而居、罕预政事，对朝廷政局却始终关切。他非常喜欢听邵雍议论天下事，以至于"不觉独步下堂""忘却拄杖"，邵伯温又记载道："公一日有忧色，康节问公，

---

① 《朱子语类》第 7 册，卷一〇〇，第 2544 页。
② 邵雍《六十三吟》，《邵雍集》，第 326 页。
③ 邵雍《川上观鱼》，《邵雍集》，第 239 页。
④ 《朱子语类》第 7 册，卷一〇〇，第 2545 页。
⑤ 《苏轼文集》卷一八，第 535 页。
⑥ 《邵氏闻见录》卷三，第 22 页。

曰：'先生度某之忧安在？'康节曰：'岂以王安石罢相，吕惠卿参知政事，惠卿凶暴过安石乎？'公曰：'然。'康节曰：'公无忧，安石、惠卿本以势利合，惠卿、安石势利相敌，将自为仇矣，不暇害他人也。'未几，惠卿果叛安石，凡可以害安石者无所不至。公谓康节曰：'先生识虑绝人远矣！'"① 富弼、邵雍所谓吕惠卿之凶暴，非为苛剥百姓而言，而是指迫害旧党人士而言，富弼在这一点上非常担心，可见他在党争中的惶恐心理。直到元丰六年，富弼病危之际才主动向神宗皇帝上书"言八事，大抵论君子、小人为治乱之本"②，论调并不新鲜，也不会起到多大的作用，不过是积郁在胸，不得不发而已。司马光《司徒开府韩国富公挽辞四首》其四便透露了富弼晚年的忧愁寥落之境："杖屦还私第，精诚在本朝。爱君老不懈，忧国没方昭。东阁秋牢落，西芒夜寂寥。只应忠亮志，气运不能消。"③ "东阁秋牢落，西芒夜寂寥"为这位故相死后情形的写照，但他十多年闭门不出的晚年生活不也与此极为类似吗？

在居洛诸耆宿中，文彦博算是最积极有为的人物了。熙宁六年四月，文彦博自枢密使罢判河阳以后，又两任北京留守，一任西京留守，于元丰六年方才致仕，时已七十八岁。文彦博在诸府不惮烦冗、勇于任事，尤其是在北京谨边备、探敌情、修府城、捕盗寇等，为维持边地安稳做出了很大贡献，并且减免百姓赋税来缓解新法危害，面折新党巡使来维护旧党尊严，同时又经常上书言事，与神宗进行积极的沟通，获得神宗的信任和赞赏。后来无论改任洛守还是引年致政入阙面圣，都获得了神宗的格外优待与一系列的官方荣耀。文彦博的行为非常符合邵雍所认同的有才有位者应当自惜、"能宽一分则民受一分之赐"④ 的政治态度。他又非常善于利用神宗对旧党耆宿作为国之典型的信任，借此巩固自己的地位，反抗新党的压制，这点与一意避居、隔绝政治的司马光、范镇截然相反。但已经离开朝廷政治中心、辗转各地的文彦博毕竟无法同新党新贵们进行公平的较量，也无法保护所守之地完全不受新法的影响，甚至不能保证自己能够完全规避新党的压迫。他在熙宁六年判河阳府时，与时任洛阳留守王拱辰寄和的《西都留守宣徽王祈谢嵩祠，往还敝庄，因成雅章为贶，谨次严韵》诗二首其二自嘲洛阳郊外的园宅东田曰"若比扬雄多一廛，仅同徐勉葺

---

① 《邵氏闻见录》卷一八，第199页。
② 《邵氏闻见录》卷九，第93页。
③ 《司马温公集编年笺注》第2册，卷一五，第480页。
④ 《邵氏闻见录》卷二〇，第220页。

东田。沟塍万亩言之过，却恐增添助役钱"①，戏言担心自己的万亩田产会依照新法征收助役钱，如果联想到此前居洛众耆宿连禁止政府公开售卖邵雍宅基地都做不到，只能合资赎买之事，宁不悲哉？此时司马光亦有《和君贶题潞公东庄》诗，曰"国须拄石扶丕构，人待楼航济巨川。萧相方如左右手，且于穷僻置闲田"②，质疑道文彦博是众望所归的国之柱石，此时依然在政坛上发挥着辅佐圣明的作用，为什么会在如此穷僻的地方建宅置产？言下之意其实是：文彦博如汉相萧何之重，而朝廷不知重用，反而投于僻地，可不为之痛惜？

文彦博将赴大名任职时心情颇为低落，有《将赴大名奉寄西都留守王宣徽》曰"畏日临倾藿，惊飙走断蓬。伊流旧新友，应亦念衰翁"③，将自己比作烈日下的葵藿、狂风中的断蓬，反而羡慕起在洛阳闲居的老友们。其中"畏日临倾藿"一句犹可注意，"葵藿倾太阳"乃本性使然，多比喻臣子对君王的耿耿忠心，司马光居洛期间也曾以"惟有葵花向日倾"表达自己虽闲居不仕、反对变法却"不负明君有朴忠"的操守，而文彦博的"畏日临倾藿"仿佛在说君王的恩宠犹如烈日，他虽有倾藿般的忠诚本性却承受不了酷日般的恩宠，还不如放他闲居算了。在政治前途上、在与新党的较量中、在神宗对待自己的态度上，文彦博并没有绝对的自信，而且已经疲于应付转官各地、处理繁剧的宦途了。所以他想念洛阳，想和老友们欢聚一堂，想光荣引退、安闲度日。留守洛阳时，富弼与文彦博来往甚多，邵伯温记载道："（富公）平时谢客。文潞公为留守，时节往来。富公素喜潞公，昔同朝，更拜其母，每劝潞公早退，潞公愧谢。"④富弼的屡屡劝退和消极心态对文彦博不能没有影响，元丰六年，文彦博便正式引退了。不过在范祖禹代文彦博所作的乞致仕表中，依然还有非常明显的对神宗实施变法的不满之词，如曰："伏况陛下旰食九重，励精庶政，宪章前古，董正治官，百度惟新，众材并用，将责实效以趋懋功，尤非老者惰偷之时。鄙夫尸素之日，固当自省，何待人言？"⑤此盖婉讽神宗不以安静守成为治，唯务骚扰天下，将一干老臣弃于尸位素餐的无用之地。元祐元年，司马光执政，荐八十一岁高龄的文彦博为平章军国重事，

---

① 《文彦博集校注》卷六，第 314 页。
② 《司马温公集编年笺注》第 2 册，卷一三，第 392 页。
③ 《文彦博集校注》卷六，第 324 页。
④ 《邵氏闻见录》卷九，第 94 页。
⑤ 范祖禹代文彦博作《乞致仕第三表》，《太史范公文集》卷一一，《宋集珍本丛刊》第 24 册，第 213 页。

以备朝廷顾问，文彦博并未推辞，可见他没有因年高而淡泊仕途名利、泯灭政治热情。

元丰六年，范纯仁在十分痛苦的情况下入为西京留台，其《和黄康侯推官二首》便典型地反映了他的这种心情。曰：

> 得请西台鬓已斑，便乘骢马出齐山。举头桑梓休怀土，信脚伊嵩胜抱关。憔悴精神宜早退，太平官职自多闲。三公天下称人杰，名迹何堪比数间？（自注曰：时君实、郑公、文潞公皆在洛）
>
> 少多狂拙老惭非，富贵功名得已迟。六秩筋骸难任事，十年台阁谩逢时。圣朝贫贱虽堪耻，吏隐优闲合作知。回首螭头严近日，恍如曾梦到龙墀。①

范纯仁时年五十七岁，自陈"鬓已斑""憔悴精神""少多狂拙老惭非""六秩筋骸难任事"，若不经历太多的磨难与挫折不会如此颓唐。他在熙宁二年即因忤王安石而罢谏职，熙宁四年又因沮格新法而被诬"失察僚佐宴游"而降知和州，熙宁八年在知环庆任上又因擅发常平仓而被劾、释放熟羌而被逮，元丰六年因丧其三十三岁的长子范正民和另一子而乞罢知齐州任。经历过这些挫折和伤痛之后，范纯仁回首仕途顺遂的十年台阁生涯竟然觉得恍如梦中。在《别京东监司赴西台启》中，他也一再提及自己饱受的痛苦，以及对时局的无能为力，因此迫切需要到洛阳进行休养："以勤裨拙，沉迷簿领之劳；有过知非，憔悴风涛之险。尚获神明之殛，再罹嗣息之殃。悲苦缠心，惊惶失志。畏郡条之瘝旷，累部使之庇容。陈力知难，叫九阍而沥恳；量能授职，叨一札以颁荣。解剧东藩，分班西洛。身闲名美，犹肃台仪；禄厚责轻，真同吏隐。"② 但在洛阳仅一年时间，范纯仁便应诏赴河中府任，并"论教保甲妨农事甚力"③，继续与新党做不懈的斗争。

熙宁三年，年仅六十三岁的范镇选择致仕，从此便经常入洛，成为熙丰洛阳诗坛不可或缺的重要成员。他致仕前的境况可谓凶险，因其上书言王安石"拒谏""残民"而使"安石大怒，自草制极口诋公，落翰林学

---

① 《范忠宣公文集》卷四，《宋集珍本丛刊》第 15 册，第 398 页。
② 《范忠宣公文集》卷八，《宋集珍本丛刊》第 15 册，第 427—428 页。
③ 《忠宣公国史本传》，《范忠宣公文集》卷一八，《宋集珍本丛刊》第 15 册，第 506 页。

士，以本官致仕。闻者皆为公惧"①。这件事让范镇彻底告别了官场，他后来之所以没有迁居旧党的大本营洛阳而迁居许昌，和他不愿意继续蹚党争浑水的绝望心态有关。他也像文彦博一样并没有放弃自身国家典型、朝廷老成人的官方荣耀，致仕闲居以后，逢神宗生日"同天节"之时"乞随班上寿，许之，遂著为令"②。不过他有时也会激于义愤而再次舍身犯险，如元丰二年上书施救苏轼之类。范镇致仕以后，除了频频入洛与诸老唱和以及优游许下以外，便是沉迷于追寻古乐律和制作古乐器，元丰三年他与刘几进京定乐并不带有任何的政治目的。元祐元年，朝廷欲与司马光一道起用范镇，范镇"辞曰：'六十三而求去，盖以引年；七十九而复来，岂云中礼?'卒不起"，其理由则是"某以论新法不合得罪先帝，一旦先帝弃天下，其可因以为利"③。因此崇宁党禁时，范镇之名并没有被刻入"元祐党籍碑"。但范镇在闲居的十几年间并没有丝毫减轻党争中被打击排挤的挫败感，他最初给司马光所作铭文中对于王安石及其新党几乎是骂詈地写道："而熙宁初，奸小淫纵。以朋以比，以闭以壅。乃于黎民，诞为愚弄。人不聊生，天下汹汹。险诐憸猾，唱和雷同。谓天不足畏，谓众不足从。谓祖宗不足法，而敢为诞谩不恭。赫赫神宗，洞察于中。乃窜乃斥，远佞投凶。诛锄蠹毒，方复任公。"这里的"神宗"并非宋神宗，用的是《尚书·大禹谟》"正月朔旦，受命于神宗"的典故，以尧指代新皇帝哲宗，其真实所指的当然是垂帘听政的高太后。苏轼对这种措辞十分忌惮，不敢将其刻石，忧心忡忡地对司马光之子司马康说："轼不辞书，此恐非三家之福。"④ 之后司马康只得再请范镇改写，新铭文内容完全参考苏轼《司马文正公行状》，舍弃了关于党争的内容。

鲜于侁和范祖禹的居洛生活都带有"周南留滞"的心酸。鲜于侁因苏轼"乌台诗案"落知扬州任，入洛管勾西京留台，心情颇为低落。在和文彦博的真率会诗中他说道"奔走每怜饶俗状，谪官犹作会中人"⑤，罢职之后成为具有林泉高致的真率会的成员，相比奔走仕宦的"俗状"

---

① 苏轼《范景仁墓志铭》，《苏轼文集》卷一四，第 440 页。
② 苏轼《范景仁墓志铭》，《苏轼文集》卷一四，第 440 页。
③ 《邵氏闻见录》卷一二，第 129 页。
④ （宋）邵博撰，李剑雄、刘德权点校《邵氏闻见后录》卷一五，北京：中华书局，1983 年，第 117 页。
⑤ 《事文类聚》续集卷十四燕饮部，《景印文渊阁四库全书》第 927 册，第 286 页。

固然有幸，却带着"谪官"的尴尬身份。又有《锦屏山》①一诗，末二句曰"江流此去朝宗急，远迹何时遂赐环"，渴望能够早日还朝。他虽然在洛仅二年，起用却是元丰八年司马光执政以后的事情了。文彦博在他罢西台离洛还朝时，写诗送别道"累年分领西台宪，留滞周南人共叹"②，为他在洛阳所耽搁的仕途感到惋惜。而在洛阳随司马光编撰《资治通鉴》长达十三年之久的范祖禹，度过了从三十二岁到四十四岁的仕途上大有可为的黄金时期，他直接在诗中哀叹道"十年京洛弄残书"③，"十年卧伊洛，半世老铅椠"④。事隔多年，元祐八年初任翰林学士时他还在《初到玉堂》诗中感叹"一纪周南陪太史"⑤的沧桑感，又在《翰林寓直》诗中回忆道"十年曾向伊川卧，长忆闲中梦寐安"⑥，即如他在《谢太皇太后表》中说的"周南一纪，已期终老于岩林"⑦那样，伊川闲卧的十年谁又能说不是迷茫失落的十年呢？"周南"是洛阳的别称，当年司马迁之父司马谈因病留在洛阳不能参与汉朝首次封禅大典所留下的"留滞周南，不得与从事，故发愤且卒"⑧的怅恨，千载之后，在熙丰洛阳文人群那里应该能够得到整体性的回响吧！

元丰五年、六年参与人数众多、引起大范围持续轰动的耆英会、真率会算是神宗朝洛阳文人群集体交游活动的最高潮，然而邵伯温《邵氏闻见录》在耆英会、真率会的记载之后引文彦博、范纯仁二人之言曰："文潞公尝曰：'人但以某长年为庆，独不知阅世既久，内外亲戚皆亡，一时交游凋零殆尽，所接皆邈然少年，无可论旧事者，正亦无足庆也。'范忠宣公亦曰：'或相勉以摄生之理，不知人非久在世之物，假如丁令威千岁化鹤归乡，见城郭人民皆非，则独存何足乐者？'呜呼！皆达理之言也。"⑨文彦博的叹息中尚有灵光独存的庆幸感，范纯仁则彻底否定了养

① 此锦屏山当为河南府寿安县锦屏山，有人认为是四川阆中的锦屏山，以为此诗是鲜于侁通判绵州时所作，丁成泉辑注《中国山水田园诗集成·第二卷（宋）》，武汉：湖北教育出版社，2003年，第1529页。但诗中"赐环"明明是迁谪之语，与通判绵州之事不符，而与居洛时自陈"谪官犹作会中人"的情况相一致。
② 文彦博《送子骏朝议归阙》，《文彦博集校注》卷三，第101页。
③ 范祖禹《送廷珍殿丞兄通判阆州》，《太史范公文集》卷一，《宋集珍本丛刊》第24册，第152页。
④ 范祖禹《答刘中叟》，《太史范公文集》卷二，《宋集珍本丛刊》第24册，第156页。
⑤ 《太史范公文集》卷三，《宋集珍本丛刊》第24册，第160页。
⑥ 《太史范公文集》卷三，《宋集珍本丛刊》第24册，第160页。
⑦ 《太史范公文集》卷六，《宋集珍本丛刊》第24册，第177页。
⑧ 司马迁《太史公自序》，《史记》卷一三〇，第3295页。
⑨ 《邵氏闻见录》卷一〇，第105页。

生以及长寿的积极意义。这关于生命的喟叹背后，其实是政治的失落感，也就是说他们拥有着耆英的高贵身份，却被一群"邈然少年"集体性地排挤出局。所以罗大经由杜甫"伤贤者之老病而不获用"的《病柟诗》联想到洛阳耆英会，曰："宋朝元丰间洛阳诸老为耆英会，图形赋诗，一时夸为盛事，而识者悲之曰：'此皆仁宗所养之君子，至是而皆老矣，升降消长之会，过此甚可畏也。'"① 神宗的时代，已经不再是这个政见保守、自诩为君子党的时代，他们再次辉煌的元祐时期也仅有八年时间而已，之后旧党便在更为漫长而残酷的党争中处于被压制的地位，一直到北宋的灭亡。

第二节　隐逸心态的张扬

神宗朝洛阳文人群并没有带着过分的悲愤和压抑度日如年，而是利用大量闲散的时间、丰厚的俸禄、耆英的荣耀充分享受闲逸的生活，不断向世人宣扬着高蹈绝尘的隐逸心态。他们在城市、园林、山水中游目骋怀、觞咏流连，游赏自然的美景、历史的胜迹，咏叹造化的恩泽、生命的本真，时而呼朋引伴，在热闹的友谊中释放真淳的天性，时而清坐读书，在静谧的时刻里观照沉潜的心灵。这个文人群体并非清一色的隐士，有邵雍、程颐这样布衣身份的士人，有富弼、王尚恭、范镇、程珦、刘几这样的致仕官，有司马光、吕公著这样的奉祠官，有王拱辰、文彦博、韩绛、范纯仁、鲜于侁这样的职事官。真正可以称为隐士的人恐怕只有邵雍、程颐两位理学家，但大量闲居的致仕官和奉祠官由于没有任何职务在身也能够合乎情理地以隐士自居。而职事官特别是洛阳留守这样的地方长官似乎不能称为隐士，不过由于洛阳本地养闲的性质使得该地职事官政务较少，再加上白居易居洛时发明的"隐在留司官"的"中隐"名号，他们亦可以顺理成章地自命为"中隐"或"吏隐"。

一、对城市隐逸空间的礼赞

作为隐逸生活空间的洛阳城是熙丰居洛文人群经常歌咏的对象。他们赞美洛阳的春天、花卉、山水，认为洛阳的气候最为得宜、地理位置最为适中；赞美洛阳辉煌、悠久的古都历史，面对着大片前代的宫殿等历史遗

---

① （宋）罗大经撰，王瑞来点校《鹤林玉露》卷一，北京：中华书局，1983 年，第 244 页。

迹发出一声声的浩叹；赞美洛阳"尚齿不尚官"的淳朴民风，无论是当地人还是从五湖四海移居于此的朋友都亲切地互称同乡；赞美热情的洛人以及会聚于此的天下最有声望、最富才华的贤杰，认为这里一向是"士人渊薮"。

邵雍曾经游历天下、遍观诸州，最后认定了"天下之中"的洛阳作为隐居的地点，同时也作为坐观天下、闲阅兴亡的据点。他喜欢"洛城春色浩无涯"（《春游五首》其二）以及"绿杨阴里寻芳遍，红杏香中带醉归"（同上，其三）的恣意游玩，喜欢观看"车中游女自笑语，楼下看人闲往来。积翠波光摇帐幄，上阳花气扑樽罍"（同上，其五）①的热闹游春场景，对于大好春光中由远处青楼传来的奏乐之声也颇为向往，"名园相倚洛阳春，巷陌无尘罗绮新。何处青楼隔桃李？乐声时复到天津"②。他最为惬意的事情莫过于"梧桐月向怀中照，杨柳风来面上吹"③，因此被程颢称赞道："真风流人豪！"④ 在"洛阳处处是桃源"的明媚春光中，他坐着小车"渐转东街去"⑤，极为潇洒。当然他对洛阳景色的赏爱绝不止于春天，也爱"绿杨深处啭流莺"⑥的夏天，"林风传颢气，木叶送商声"⑦的秋天，"人于桥上立，诗向雪中归"⑧的冬天，觉得四季都好，都大有可观之处，"春看洛城花，秋玩天津月。夏披嵩岑风，冬赏龙山雪"⑨。他认为洛阳四季和四方亦即时空恰好对应着易经中的六十四卦，在其中缓车游览就好像循着卦象的自然运行轨迹一样，曰"物外洞天三十六，都疑布在洛阳中。小车春暖秋凉日，一日止能移一宫"⑩。"三十六宫"是邵诗中多次出现的术语，就是六十四卦的意思，整个易经有二十八个对宫卦、八个单宫卦，合起来就是"三十六宫"。他欣赏洛阳的气候，认为这是当地牡丹之所以能够成为花王的原因，曰"三川地正得中阳，气入奇葩亦自王"，所谓奇葩之王指的就是牡丹花；接着自诩为善识牡丹者，觉得在自己这样的伯乐面前，牡丹花应当尽情地展现芳姿，曰

① 《邵雍集》，第196—197页。
② 邵雍《天津闻乐吟》，《邵雍集》，第425页。
③ 邵雍《首尾吟一百三十五首》其九，《邵雍集》，第516页。
④ 《河南程氏外书》卷一一，《二程集》上册，第413页。
⑤ 邵雍《春色》，《邵雍集》，第337页。
⑥ 邵雍《初夏闲吟》，《邵雍集》，第269页。
⑦ 邵雍《和李文思早秋五首》其一，《邵雍集》，第397页。
⑧ 邵雍《天津看雪代简谢蒋秀才还诗卷》，《邵雍集》，第316页。
⑨ 邵雍《闲适吟》，《邵雍集》，第373页。
⑩ 邵雍《小车初出吟》，《邵雍集》，第424页。

"善识好花人不远，好花无吝十分芳"①。关于邵雍对牡丹花精到的鉴赏力，邵伯温在《易学辨惑》中记载章惇的回忆道：

> 顷年见章相，言："初任商洛令，时郑人宋孝孙为太守。宋与先生有契分，招先生自洛来游商山，惇由是识先生。时预坐席，宋因话：'洛阳牡丹之盛，未知名品共有几何。'惇率尔而对曰：'惇妇家在缑山，故多游洛，所谓牡丹，惇皆识之矣。'宋曰：'先生洛阳人也。'先生曰：'洛中识花者三等，有嗅根茎而识花，识花之上也；见芽叶而识花，识花之次也；见花识花，识之下也。如长官，止可谓见花识花者也。'"②

洛阳牡丹举世无双，在洛人高超的栽培技术下不断出现新的品种，这是洛阳气候水土适合草木生长的最佳例证，牡丹也被视为洛阳春天最为钟灵毓秀的植物，成为春天的象征。对牡丹有着相当鉴赏力的邵雍家中亦有非常奇异的牡丹品种，乍现在他的东轩前，让他欣喜若狂，认为是春天的特殊眷顾，因而写下《东轩前添色牡丹一株，开二十四枝，成两绝呈诸公》诗，其一曰："牡丹一株开绝伦，二十四枝娇娥鬈。天下惟洛十分春，邵家独得七八分。"其二曰："牡丹一株开绝奇，二十四枝娇娥围。满洛城人都不知，邵家独占春风时。"③南宋的家铉翁认为就像周敦颐为莲花的知己、陶渊明为菊花的知己一样，邵雍堪称牡丹花的知己，曰："曩在吴门幕府，人有问余者曰：'莲以周子为知己，菊以靖节为主人。牡丹，名化也，独未有所属，舒元舆一赋甚丽，君许之乎？'曰：'否。元舆比德于色，花之羞也。康节邵子，其牡丹知己乎？'因为诗曰：'洛花古来称第一，人人爱花几人识？惟有天津桥上观物翁，独向根心验生色。四时之春四德元，惟花与翁天其天。春陵无人彭泽不可起，千载识花一邵子。'"④

牡丹开花较晚，较早的有梅花和桃李，而桃李的栽植尤为兴盛，二月的洛阳几乎都淹没在桃李秾丽的海洋里，邵雍《春日登石阁》诗曰：

---

① 邵雍《寄亳州秦伯镇兵部》其一，《邵雍集》，第290页。
② （宋）邵伯温《易学辨惑》，《景印文渊阁四库全书》第9册，第409页。
③ 《邵雍集》，第338页。
④ 家铉翁《牡丹坪诗并引》，（宋）家铉翁《则堂集》卷五，《景印文渊阁四库全书》第1189册，第350页。

"满洛城中将相家，广栽桃李作生涯。年年二月凭高处，不见人家只见花。"① 司马光为了春色能够早早地降临到独乐园中，也像满洛城的将相之家一样广栽桃李，邵雍曰："南园（按，即独乐园）一色栽桃李，春到且图花早开。"②（《和君实端明洛阳看花》四首其四）洛阳花草树木的繁茂代表着大自然赋予的勃勃生机，让居住在其中的人们感受到旺盛的生命力，哪怕是老年人也能体会到失而复得的生命朝气与活力。安乐先生邵雍的快乐在如此郁郁勃勃的春光中得到了无限的放大，他毫不掩饰地写道："洛阳最得中和气，一草一木皆入看。饮水也须无限乐，况能时复举杯盘？"（同上，其一）由此，他便觉得洛阳隐居的高逸，"洛阳花木夸天下，吾辈游胜庶士游"（同上，其二），不由得嘲笑起了仕途奔竞者走马观花的穷蹙躁进心理，"却笑孟郊穷不惯，一日看尽长安花"（同上，其三）。

邵雍对洛阳古都的历史遗存感情较为复杂。一方面他为能够经常近距离地瞻仰这些历史遗迹而自豪，依然感受得到雄壮的帝王之气，依然是叫人叹为观止的形胜帝都，曰"洛阳自为都，二千有余年。举步图籍中，开目今古间。西北岌宫殿，东南倾山川"③，又曰"天子旧神州，葱葱气象浮。园林闲近水，殿阁远横秋。浪雪暑犹在，桥虹晴不收"，认为"人间无事日，此地好淹留"④，适合隐居。所谓"大隐隐于市"，他觉得只有如此"京都国大体雍容"⑤（《天津闲步》）之地才配得上自己这样的大隐，哪怕盖世奇功也不易此处闲居之乐，"不必奇功盖天下，闲居之乐自无穷"（同上）。另一方面，他又为宫殿的废弃、古都的衰落而唏嘘不已，"霜天寥落思无穷，不奈楼高逼望中。四面溪山徒满目，九秋宫殿自危空。云横远峤千寻直，霞乱斜阳数缕红。无限伤情言不到，共谁开口向西风"⑥。大宋朝的皇帝自太祖、真宗之后再也没有垂幸此地，连纵情游春的人们也因为等待不来皇帝的驾临而感觉虚度此生，"不见君王西幸久，游人但感鬓空华"⑦，真是白白浪费了这样的好地方。在雨后的天津桥上，熟读经史的邵雍遥望着满目壮丽的宫殿、河山，感叹道"洛阳宫殿锁晴

---

① 《邵雍集》，第 326 页。

② 《邵雍集》，第 384 页。

③ 邵雍《寄谢三城太守韩子华舍人》，《邵雍集》，第 186 页。

④ 邵雍《天津闲步》，《邵雍集》，第 231 页。

⑤ 《邵雍集》，第 274 页。

⑥ 邵雍《秋游六首》其六，《邵雍集》，第 198 页。

⑦ 邵雍《春游五首》其二，《邵雍集》，第 196 页。

烟，唐汉以来书可传。多少升沉都不见，空余四面旧山川"①。承载洛阳厚重文化历史的不仅仅是连片空空如也、不断颓圮的宫殿，还有"路去山形断，川回渡口斜。奓岩千万穴，店舍两三家"②的龙门，"神仙不可见，满目空云烟。……但闻霓裳曲，世人犹或传"的"千年女儿祠"③，"洛水来西南，昌水来西北。二水合流处，宫墙有遗壁。行人徒想象，往事皆陈迹"④的连昌宫，等等，都一一形之于邵雍笔下，虽然"京都尚有汉唐气，宫阙犹虚霸王形"，却让观览之人徒增"樽中有酒难成醉，旋被西风吹又醒"⑤的感慨，想在这巍峨的废宫旁边做一场繁华的醉梦都不可能了。

至于洛阳淳美的人情风俗和荟萃的贤杰君子，从中获益无穷的邵雍自然深有感触，并发自内心地加以赞叹。所谓"里闬旧情好，有才复有文。过从一日乐，十月生阳春"⑥，"闲居须是洛中居，天下闲居皆莫如。文物四方贤俊地，山川千古帝王都。……只有尧夫负亲旧，交亲殊不负尧夫"⑦，以及"小车行处人欢喜，满洛城中都似家"⑧，"尧夫自处道如何？满洛阳城都似家"⑨诸语皆是，充满了自豪、感激、温馨和欢乐的感情。邵雍先天易学的治学路数、隐居观物的道学志趣以及倜傥不羁的性格特征固然成就了他，却也让他遭受到不少诟病，他自己就说过"俯仰之间无所愧，任他人谤似神仙"⑩，说有人诽谤他是江湖术士一类的所谓"神仙"。而洛阳人却很能够包容、支持他，他因宋都官赠送的一柄拂尘借题发挥道"洛邑从来号别都，能容无状久安居。众蚊多少成雷处，一拂何由议扫除"⑪，或许这也是"京都国大体雍容"的题中应有之义。邵雍又有《里闬吟》二首赞美洛阳的人物风俗之美，其一曰"里闬闲过从，太平之盛事。吾乡多吉人，况与他乡异"，其二曰"太平之盛事，天下之美才。人间无事日，都向洛中来"⑫。元丰六年的耆英会、真率会被其子邵

---

① 邵雍《雨后天津独步》，《邵雍集》，第 336 页。
② 邵雍《游龙门》，《邵雍集》，第 239 页。
③ 邵雍《女儿祠》，《邵雍集》，第 214 页。
④ 邵雍《故连昌宫》，《邵雍集》，第 214 页。
⑤ 邵雍《秋日登崇德阁二首》其二，《邵雍集》，第 241 页。
⑥ 邵雍《履道会饮》，《邵雍集》，第 294 页。
⑦ 邵雍《闲居吟》，《邵雍集》，第 333 页。
⑧ 邵雍《小车行》，《邵雍集》，第 295 页。
⑨ 邵雍《自处吟》，《邵雍集》，第 506 页。
⑩ 邵雍《小车吟》，《邵雍集》，第 371 页。
⑪ 邵雍《依韵和宋都官惠棕拂子》，《邵雍集》，第 305 页。
⑫ 《邵雍集》，第 367—368 页。

伯温称为太平盛事，而在他看来这些翩翩君子、吉人善士荟萃洛阳本身就是太平盛事。邵雍不仅将洛阳称为"里闬""吾乡"，还称之为"乐国""仙乡"之类，含有极大的幸福感。

司马光对洛阳早有向往，嘉祐五年在送王愭签判西京时就曾咏叹道"古来都邑美，孰与洛阳先"①。不过还可以追溯到更早的时候。康定元年（1040）春，年仅二十二岁的司马光赴苏州签判任途经洛阳，写下了《洛阳少年行》一诗，借描写洛阳少年狩猎时的英姿飒爽抒发刚中科举的年轻人豪迈自信之情，首二句为"铜驼陌上桃花红，洛阳无处无春风"②。三十二年之后的熙宁五年春天，饱经忧患的司马光居洛已经将近一年，他重新站在当年经过的洛桥南端，抚今追昔，依然能够清晰地回忆起意气风发的少年时代写下的这两句歌颂洛阳春天的诗歌，感慨万千，于是再次利用它们写下了《康定中予过洛桥南，得诗两句，于今三十二年矣，再过其处，作成一章》一诗，曰："铜驼陌上桃花红，洛阳无处无春风。重来羞见水中影，鬓毛萧飒如秋蓬。"③ 这两句诗色彩与格调非常温暖，与司马光早期偏于清寒的晚唐体风格有很大差别，而更近于晚年居洛时着力仿效的白体诗。提倡清俭生活的司马光也非常喜欢在锦绣繁华的春景中啸俦命侣，其《看花四绝句》曰：

> 洛阳相望尽名园，墙外花胜墙里看。手摘青梅供按酒，何须一一具杯盘？
>
> 洛阳相识尽名流，骑马游胜下马游。乘兴东西无不到，但逢青眼即淹留。
>
> 洛阳春日最繁华，红绿阴中十万家。谁道群花如锦绣？人将锦绣学群花。
>
> 南园桃李近方栽，浇水未干花已开。山果野蔬随分有，交游不厌但频来。④

这组诗有邵雍的和作，上文已有所引。它们主要是写司马光春日骑马游览洛阳街市的情形，他时而经过放眼望去鳞次栉比的园林，顺便欣赏一

---

① 司马光《送王著作愭西京签判》，《司马温公集编年笺注》第 2 册，卷一〇，第 191 页。
② 司马光《洛阳少年行》，《司马温公集编年笺注》第 1 册，卷二，第 31 页。
③ 《司马温公集编年笺注》第 1 册，卷四，第 229 页。
④ 《司马温公集编年笺注》第 2 册，卷一三，第 399—400 页。

番出墙的繁花，若是在枝头上发现青梅就顺手摘取几颗来供野餐时按酒所用；时而随兴到东西南北的某个街角探春，遇到相好的朋友就彼此停留一会儿、闲话一番，或者临时结成玩伴也无不可。走在人烟密集的洛阳城中，可以看到十万人家整个儿掩映在更为繁密的红花绿叶的丛荫中。这是花草树木做主的地盘，与其说群花如同游人所穿着的锦绣衣裳，不如说这些锦绣的图案是仿照群花的模样缝制的。当然，除了外出游玩，观赏别家园林的花朵之外，司马光还在刚刚建成的独乐园中栽培花卉。这不，才浇过水还未干燥的土地上，桃李的花朵已经争相开放了，趁此时节，也该邀请亲朋好友们来赏花饮酒了吧。山果野蔬准备得十分随意，希望朋友们不要嫌弃酒食的简单，频频前来会饮才是。春天是友朋欢会饮宴的好时节，从这组诗里可以看到司马光的真率会在独乐园刚刚建成的熙宁年间就已经颇具雏形了。锦绣的春天能够为随时约起的聚饮提供青梅还有其他山果、野蔬，群花的姿色美过舞女，群鸟的歌唱甜过歌儿，在如此慷慨的赐予下，真率会也不再粗陋，反而越是俭朴随性越能享用并融入这应有尽有的大自然。司马光还曾描写留守王拱辰组织官民在清明、上巳二节重合的吉日里雅俗同游、满城欢乐的场景，前面已经引用过部分诗句，这里将全诗毕陈于下：

> 繁华两佳节，邂逅适同时。雅俗共为乐，风光如有期。晓烟新里巷，春服满津涯。已散汉宫烛，仍浮洛水卮。占花分设席，爱柳就张帷。华毂争门出，轻帘夹路垂。三川云锦烂，四座玉山欹。叠鼓传遥吹，轻桡破直漪。清谈何衮衮，和气益熙熙。想见周南俗，当年播逸诗。①（《和君贶清明与上巳同日泛舟洛川十韵》）

洛阳的春天是热闹、喧阗的，充盈着锦绣、富贵的气象，这固然可以视为百姓安居乐业的太平盛世的景观，然而以达官贵人为表率、民众纷纷起而仿效的奢侈时尚是司马光一向反对的，他的真率会就是要在举世崇奢的风气中独标尚俭精神，并充分利用自身和其他居洛大佬的影响力来引领世风。他笔下的洛阳之春越是锦绣，就越能够彰显出他独立流俗的以俭养德的风范。但是，他并不拒绝洛春的锦绣，反而愿意欣赏这一片锦绣繁华之乐，同时又渴望能够用最俭朴的方式达到和奢侈挥霍一样的娱乐效应。这一点和邵雍非常相似，不过邵雍只是一介布衣，经济能力和司马光无法

---

① 《司马温公集编年笺注》第2册，卷一三，第401页。

比拟，不得不尽量减少娱乐的物质代价。而且邵雍的娱乐观念本身就含有道德的因素，不需要用俭朴之德来支撑，司马光则是害怕奢侈会让娱乐变成道德的堕落，所以才竭力开发出俭以为乐的道德路径。而他对王拱辰、文彦博包括韩绛等当地长官奢侈的游宴行为的赞美，一方面是出于不得不为的应酬，另一方面也表明他在积极寻找娱乐本身的道德意义，比如与民同乐、装点太平、增加和气等，并不代表他赞同奢侈的生活方式。

　　司马光笔下的花卉当然也是以牡丹花为主，他也认为牡丹是洛阳合宜气候的最佳体现。其《和君贶寄河阳侍中牡丹》曰："真宰无私妪煦同，洛花何事占全功？山河势胜帝王宅，寒暑气和天地中。尽日玉盘堆秀色，满城绣毂走香风。谢公高兴看春物，倍忆清伊与碧嵩。"[1] 这首诗是写给时任河阳知府文彦博的，认为牡丹是真宰偏爱下的产物，推测文彦博由王拱辰寄赠洛阳牡丹而倍加想念洛阳老家。《又和安国寺及诸园赏牡丹》曰"洛邑牡丹天下最，西南土沃得春多。一城奇品推安国，四面名园接月波。山相著书称上药，翰林弄笔作新歌。人间朱粉无因学，浪把菱花百遍磨"[2]，也是推尊洛阳牡丹，认为牡丹品种最为奇特的洛城西南的安国寺得春最多。牡丹花虽美，却开花晚，花期又很短，也很脆弱，容易受到恶劣天气的摧残，司马光曾有《奉同运使陈殿丞惜洛阳牡丹为霜风所损》诗劝慰陈知俭不要为节物伤怀，不过他又认为如果牡丹能够先于百花盛开的话，百花就会黯然失色，"若占上春先秀发，千花百卉不成妍"[3]（《和君贶老君庙姚黄牡丹》）。元丰六年的春天，牡丹花开放最晚，躲过了被称为"牡丹厄"的谷雨，司马光与范纯仁上西街游玩，偶然发现了一株前所未见的白色千叶花牡丹，惊喜之余，便呈给了留守文彦博观看，文彦博欣然命名为"玉玲珑"。此时，又有喜讯传来，家在富弼住宅东边的园丁张八报告说牡丹名品姚黄也开花了。此时已经到了春末时节，天上又飘着小雨，躲过一厄的牡丹也未必能够像往年一样繁茂，所以司马光与范纯仁、鲜于侁相约披上渔蓑，冒雨去欣赏雨湿姚黄的娇媚模样。司马光有《其日雨中闻姚黄开，戏成诗二章呈子骏、尧夫》记此事。范纯仁《和君实姚黄玉玲珑二品牡丹二首》其二将发现"玉玲珑"的功劳完全归功于司马光，认为这种牡丹虽然非常美丽玲珑，却芳心有待、期盼伯乐，生长之处常人难以识见，深藏在洛水东边的小花圃里，多亏花伯乐温公慧眼独

---

① 《司马温公集编年笺注》第 2 册，卷一三，第 402 页。
② 《司马温公集编年笺注》第 2 册，卷一三，第 403 页。
③ 《司马温公集编年笺注》第 2 册，卷一二，第 353 页。

具，"花得新朋自我公，洁如明玉状玲珑。芳心有待人难见，小圃深藏洛水东"①。如此一来，司马光也和邵雍一样皆可称为花王牡丹的伯乐了。牡丹而外，司马光也多写梅花、莲花，亦咏芍药，梅、莲的冰清玉洁自不待言，而芍药不仅"浓芳继牡丹"，并且"自有殊功存药录"②（《和陈殿丞芍药》），有艳丽的芳姿，也有医药的功德。

非止欣赏洛春、洛花，司马光入洛之初所作《和张文裕初寒十首》更是全方位地道尽了洛阳的好处：

> 何处初寒好？初寒郏鄏城。垂绅多俊彦，列第尽公卿。裘马过从盛，门阑洒扫清。谁家拥兽炭，尽日管弦声？
>
> 何处初寒好？初寒洛汭宫。翠华虽脉脉，佳气自葱葱。阙角日华白，苑墙霜叶红。都人心望幸，注目不离东。
>
> 何处初寒好？初寒洛水桥。沙痕水清浅，风叶柳萧条。关塞长涂直，嵩丘倒影遥。凤楼虽在北，车马不尘嚣。
>
> 何处初寒好？初寒太室山。晴空烟澹泊，返照雪屏颜。极目雁稍没，无心云自还。犹余拜表累，不得坐松间。（自注：嵩山去洛近二百里，五日仅能往还，以妨拜表未果往。）
>
> 何处初寒好？初寒禹凿门。遥天露崖口，轻浪漱山根。万佛龛苔老，一灯林霭昏。渔梁杳相望，石濑夜声喧。
>
> 何处初寒好？初寒喷玉泉。折冰流谷口，飞溜落云边。雀噪聚林杪，樵歌下石巅。寻幽不思返，坐啸夕阳偏。
>
> 何处初寒好？初寒叠石溪。山斜改昏晓，路曲失东西。拾栗走村稚，凿垣巢乳鸡。我来闲拥褐，曝背草檐低。
>
> 何处初寒好？初寒肃政台。官闲免簿领，门静少尘埃。天借风霜气，人无鹰隼猜。庭荒余老柏，尚有夕乌来。
>
> 何处初寒好？初寒游弈园。林间叶未尽，篱底菊犹存。结竹为庵小，开炉构火温。谁言处城市，岑寂似丘樊？
>
> 何处初寒好？初寒福善居。长宵对灯火，满室聚诗书。暂息登山屐，休脂下泽车。所安容膝地，何必更多余？（自注：游弈、福善，皆坊名。）③

---

① 《范忠宣公文集》卷四，《宋集珍本丛刊》第15册，第399页。
② 《司马温公集编年笺注》第6册，附录卷一，第74页。
③ 《司马温公集编年笺注》第2册，卷一三，第383—387页。

　　"郏鄏"即周成王定鼎的"王城"故地，为周公所筑，后周平王迁都于此，乃东周都城所在地，按照此诗所言当为其时公卿宅第最为集中的地方。"洛汭宫"即洛河西北的皇城宫殿。"洛水桥"应即洛河上的天津桥，与邵雍安乐窝相邻，按照诗中所言得知此处可直通皇城宫殿，遥望可见嵩山，与凤凰楼相对，与邵雍《天津弊居蒙诸公共为成买作诗以谢》诗中"凤凰楼下新闲客，道德坊中旧散仙。洛浦清风朝满袖，嵩岑皓月夜盈轩"①诸语相合。"太室山"为嵩山东峰，与少室山组成了嵩山。禹凿门即龙门，有东、西二山分立于伊河两侧，龙门石窟即主要分布在东山。"喷玉泉""叠石溪"相邻，皆在寿安县，司马光与范镇曾在元丰二年相携在此游览，司马光此处置有别墅，诗曰"我来闲拥褐，曝背草檐低"应该就是指其别墅而言。"肃政台"即司马光所判西京留司御史台，御史台又称"乌台"，该诗中"庭荒余老柏，尚有夕乌来"为应"乌台"之名所写之景。"游弈园"即游弈坊之园林，"结竹为庵小，开炉构火温。谁言处城市，岑寂似丘樊"所写应为其园居情形。司马光独乐园在尊贤坊，此处园林或为独乐园建成之前临时构筑的一处简易园林，与"花庵"相似。又，游弈坊之名除此诗小注而外，于其他文献中已无从征考，或为尊贤坊别名也未可知，则此处"游弈园"即指独乐园而言。或者此注有误，"游弈"仅为园名，并非坊名。"福善居"指福善坊之居所，司马光平时并不总是在独乐园居住，更多的时候恐怕都是住在这里，是他读书、休息的主要场所。司马光此组诗的写作时间或为独乐园建成的熙宁六年以前，所写的是深秋初寒时的洛阳，从地理空间上选取了历史、自然方面最具代表性以及与自己密切相关的十个地方加以歌颂，语言质朴，笔调轻松，视野开阔。由于天气转寒，洛阳春秋二季热闹的游乐活动已经很少了，郏鄏城的公卿们尽管依然过从甚盛、尽日管弦，也只能守在室内燃烧着的兽炭旁边，司马光本人也要"开炉构火温"了，这是最能感觉到"处城市"而"岑寂似丘樊"的时候。只有在这个敛藏的季节，司马光才获得了如此豁朗干净的视觉体验和真正隐者的清净体会。

　　元丰六年，正值耆英会、真率会热烈举行之际，刚刚来到洛阳的鲜于侁写了一首专门吟咏洛阳的《洛中书事》，引起司马光、范纯仁二人唱和。鲜于侁之作不存，而两首和作俱在。其中司马光《和子骏洛中书事》曰：

---

① 《邵雍集》，第 380 页。

> 西都自古繁华地，冠盖优游萃五方。比户清风人种竹，满川浓渌土宜桑。凿龙山断开天阙，导洛波回载羽觞。况有耆英诗酒乐，问君何处不如唐？①

司马光之诗赞美洛阳人物的兴盛、风俗的淳美、土地的肥沃、历史的伟大、水利的便捷以及彼时旧党耆英的汇集，说得比较全面。尤其应当注意的是"导洛波回"一句，指的是元丰六年留守文彦博在"主者遏绝洛水，不使入城中，洛人颇患苦之"②，"开清、汴，禁伊、洛水入城，诸园为废，花木皆枯死，故都形势遂减"③的恶劣局面下上奏朝廷，疏通了洛阳的河道，恢复了伊、洛的水利优势，使得洛阳的花木、园林重新兴旺起来，给当地人民带来了无尽的福祉，也是旧党为了保护洛阳古都和自身生存环境在政治上取得的一次重要胜利。司马光将此事与"凿龙山断开天阙"的大禹治水之功相提并论，可见他对文彦博功劳的肯定和内心的巨大喜悦。所以他才在鲜于侁认为如今洛阳之盛不如唐代之后，反问道："况有耆英诗酒乐，问君何处不如唐？"

范纯仁也写过多首牡丹诗，其中能确定为熙丰居洛期间的仅有《和君实姚黄玉玲珑二品牡丹二首》和《牡丹二首》，前者述与司马光发现姚黄、玉玲珑二品之事，前文已有说明，后者为单纯的咏物诗，不仅栩栩如生地描写了牡丹国色天香的绝美外观，也描写了洛人千方百计地呵护、培育、追捧、搜求牡丹名品、新品的狂热举动，而且范纯仁并不讳言乃至颇为自得地宣称自己也汇入了这股搜奇猎艳的潮流当中，曰：

> 牡丹奇擅洛都春，百卉千花浪纠纷。国色鲜明舒嫩脸，仙冠重叠翦红云。竞驰绝品供天赏，旋立佳名竦众闻。园吏遮藏恐凋落，直欹青盖过残曛。
>
> 夺尽春光胜尽花，都人巧植斗鲜华。搜奇不惮过民舍，醉赏唯愁污相车。密蕊攒心承晓露，繁红添色映朝霞。何妨纵步家家到，园圃相望幸不赊。④

---

① 《司马温公集编年笺注》第 2 册，卷一四，第 467 页。
② 《宋史》文彦博本传，卷三一三，第 10264 页。
③ 《邵氏闻见录》卷一〇，第 104 页。
④ 《范忠宣公文集》卷四，《宋集珍本丛刊》第 15 册，第 400 页。

牡丹之所以能够擅尽洛都春色与它极为惹眼、奔放的妖娆，易于生长、繁衍的物性，穷尽叠层、添色的能事有关。再加上洛阳肥沃的土壤、温和的气候以及人为精心培育的助力，因而品种多变、名目繁多。同时此花易开易败，颇为脆弱娇柔，既能满足人们对于富贵、艳丽即财色的想象，又能引起怜惜的柔情。这是一种充满魅惑、很容易摇荡性情的花卉，不像梅花、菊花、荷花那样冰清玉洁，可以赋予道德的内涵，与邵雍、司马光乃至整个旧党耆宿群体以道德自命的君子形象相去甚远。但牡丹花的艳丽是丰腴的，彰显出洛阳京都大国的雍容气度，而且雅俗共赏，无论士庶都处于同一个公共的观赏空间内，都保持同一种观赏心理，是和乐、平等如"尚齿不尚官"之类淳朴风俗的体现。牡丹花开及其观赏活动的盛况使得洛阳每到花时便会成为举世瞩目的焦点，投闲置散的旧党耆宿们能够借此引起应有的关注，一次次地重新回到天下人的视野当中，高踞舞台的中央，而且披着隐逸的道德外衣。牡丹花又是晚春时节的产物，是春天娱乐浪潮的最高点，也预示着热闹欢娱的即将散场，从感情上来说，更容易叫人兴起"为乐当及时，何能待来兹"（《古诗十九首·生年不满百》）的惜春、惜时情绪，因此不惜放下一切去追逐这最后的青春与欢乐。此外，宋代城市经济繁荣、市井文化发达，以牡丹为代表的花卉栽培和消费行业的兴盛就是典型的反映，这些有钱有闲有名又占据洛阳黄金地段的耆宿们不可能不受到濡染。这是我们结合范纯仁这两首咏牡丹诗以及上述多首相关诗歌所得到的启示。因此范纯仁并不惮于将自己刻画成一个追逐时好的赏花人，甚至显得比一般的流俗之人更为狂热。

范纯仁是带着失意和失子相伴的巨大创伤来到洛阳的，他的赏花诗歌中也带着急于消愁的心理，如前诗所言"搜奇不惮过民舍，醉赏唯愁污相车""何妨纵步家家到，园圃相望幸不赊"之类，俨然一副不顾一切的任性颓放情态。又如其《和韩子华相公同游王君贶园二首》，其一曰"隔陌旌旆纵春游，好景偏销倦客愁。红杏都开如趁赏，夭桃欲坼尚含羞"，其二曰"善政多闲若解牛，寻春选胜遍深幽。红芳翠竹围松岛，强醉清尊盖自由"。① 早春之景本来没有什么看头，但"红杏都开""夭桃欲坼"，便应该"趁赏"，应该"寻春选胜遍深幽"地着力探索，因为"倦客"需要消愁、纵游，需要找到并走进"红芳翠竹围松岛"的世外桃源般的美妙景色中拥樽"强醉"，在醉乡中邂逅那无拘无束的自由。诗中流露出太多急需排遣的忧愁。另外一组与新任留守韩绛的《和子华游韩王

----

① 《范忠宣公文集》卷四，《宋集珍本丛刊》第15册，第400页。

园怀故园池莲、红薇二首》简直是用色情的笔调排遣思乡的苦闷，其一曰"丞相园池冠壁田，娉婷次第坼红莲。主人居守麟符重，谁见新妆照水妍"，其二曰"鲜葩嫩蕊吐香浓，千朵妖饶颤晚风。却想许园仙品盛，姝衣轻透玉肌红"。①红莲是娉婷玉立、新妆照水等待主人归赏的妍丽佳人，红薇是鲜嫩娇颤、衣透肌红引惹主人想杀的妖娆仙女。不仅如此，这些如花似玉的美女数量还很多，红莲次第开放，红薇千朵迎风，将韩绛的许昌老家烘衬得如同青楼妓馆一般。范纯仁的恶谑不止这一回，前文说过他对不能赴真率会的王尚恭也曾进行过类似的嘲戏。范纯仁是一个性情温和、立身严谨之人，元丰居洛期间戏谑不恭的诗歌写作只能看作是宣泄苦闷的颓放心理使然，洛阳轻松闲适的自然与人文环境能够给他提供这种没有拘忌、口无遮拦的氛围。

另外，范纯仁赞美洛阳、次韵鲜于侁的《和子骏洛中书事》诗曰：

> 周公作邑遗成康，玉帛从兹走万方。四向山河围殿阁，千家花竹间田桑。游人选胜停车马，词客寻春杂咏觞。幸得闲官陪几杖，欲酬佳句愧荒唐。②

与上文所引司马光之诗相比，此诗尽管也较为全面地赞美了洛阳的历史、经济、地理、作物，却免不了让人产生这样一种怀疑，即上述种种赞美都是为下面"游人选胜停车马，词客寻春杂咏觞"二句做铺垫的，说明此处是一个非常好玩的地方，非常适合"选胜""寻春"。因此"幸得闲官陪几杖"，庆幸能够来到这里做一任闲官、交几位闲友。

文彦博笔下的洛春不仅温暖，更是火红、闪耀的。他在耆英会举办期间给北京留守王拱辰的寄诗中说："勿爱大名名，遂忘西洛乐。铜驼本自佳，金凤亦不恶。二月三月春融融，千花万花红灼灼。公乎早归来，莫负花前约。同赏状元红，对酒刘师阁。（自注：花虽旧房，其艳维新。）"③（《彦博代简上君贶宣猷》）此诗前面已有所引。文彦博认为西洛之乐主要集中在铜驼陌和凤凰楼一带，二月桃李、三月牡丹的锦簇花团融融泄泄、红红火火，燃烧着整个洛阳的欢腾、热烈气氛。相比之下，王拱辰所在的北京边地肯定要凄清得多，"同赏状元红，对酒刘师阁"的"花前约"该

---

① 《范忠宣公文集》卷四，《宋集珍本丛刊》第 15 册，第 401 页。
② 《范忠宣公文集》卷四，《宋集珍本丛刊》第 15 册，第 399 页。
③ 《文彦博集校注》集外佚诗、佚词，第 970 页。

多么富有吸引力！"状元红""刘师阁"本为牡丹名品，这里含有双关之意，暗示昔日王拱辰的状元身份和故相文彦博之东阁，花的富贵与人的富贵紧紧联系到了一起。小注中的"花虽旧房，其艳维新"之语源于《诗经·大雅·文王》"周虽旧邦，其命维新"，带着一种故都的贵气、春天的朝气，非但"融融"，兼且"灼灼"。

繁花将尽、细雨绵绵的春末时节，很容易勾起惜春伤时的悲愁情绪，司马光的《三月三十日微雨，偶成诗二十四韵书怀，献留守开府太尉兼呈真率诸公》曰："春尽少欢意，昏昏睡思添。正忧花意索，更用雨声兼。乍语莺喉涩，慵飞柳絮黏。落英红没砌，茂草碧侵帘。宝相锦铺架，酴醾雪拥檐。沼萍浮钿靥，林笋露犀尖。坐惜光风驶，行愁畏日炎。"①一切都是慵懒的、没有生意的，只有坐等疯长的绿色对零落的红色领地的侵夺，炎炎夏日对融融春景的酷虐，因此他必须从娱游宴乐中寻找慰藉，好忘却时光的无情剥蚀。文彦博却能够在春夏之交继续享用春天逐渐消退的融怡并转而欣赏夏天更为热烈的生机，其和诗曰"春光垂欲尽，夏景渐增添。郁郁松篁茂，萧萧风雨兼。花心随絮落，屦齿被苔粘。巧啭莺迁木，惊飞燕入帘。虾须穿曲沼，虎爪度前檐。坐久香销炷，吟多笔费尖。云容方霭霭，日色未炎炎。舞鹤倾丹顶，游龟散绿髯"（《提举端明宠示三月三十日雨中书怀，包含广博，义味精深，词高韵险，宜其寡和，辄次元韵》）②。究其原因，文彦博打心底里将洛阳视为家乡，从他熙丰年间移守河阳、北京时那些热烈的想念洛阳的诗歌就可以看出来，而司马光虽口口声声将居洛耆宿们称为同乡，但洛阳不过是他的避风港和疗养院，他的家乡始终是离洛阳不远的夏县，洛阳春天能够给予他的只是一时的温暖而已。

与诸老写洛阳偏于暖色调不同，范祖禹的写景诗偏于清寒，乃至荒寒，他的入洛诗《大雪入洛阳》，将洛阳描写为渺茫雪原、滚滚云涛、峥嵘冻峰包围下的"喧然古都市"③。他的《游李少师园十题》所写之"松岛""茭池""笛竹""月桂"④等物皆无春暖之色，《和张二十五游白龙溪甘水谷郊居杂咏七首》《和子进六言二首》亦充斥着僻冷孤寒。他笔下的春天多是晚春，如《西街》《和子进千春院观桃花二首》《三月十八日

① 《司马温公集编年笺注》第 2 册，卷一四，第 463 页。
② 《文彦博集》卷七，第 423 页。
③ 《太史范公文集》卷一，《宋集珍本丛刊》第 24 册，第 149 页。
④ 《太史范公文集》卷一，《宋集珍本丛刊》第 24 册，第 150 页。

雨后访张二十五，以诗见寄，次其韵》《张三十病愈，久不相见，以诗寄问》之类，不免凋零的寂寞感。而且现存的他的诗歌中没有一首是关于牡丹花的，仿佛牡丹的浓艳与火热根本不属于他似的。富于青春和才华的范祖禹被恩师司马光困在洛阳的书局里太久了，刚入仕途就拘于隐所，留滞周南十三年，难免会有隐沦无期、不见天日的忧愁。他的与吕公著第三子吕希纯的《和子进千春院观桃花二首》，写花光照空、柳色暗桥的晚春时节，洛阳远郊高山中的千春寺里有些许桃树，百卉之后刚刚开出第一朵桃花，颜色鲜艳，是帝王家高贵的金黄色，作者觉得应当移植到帝王家中，不应当置于如此荒僻之地，"神仙高格黄裳色，安得深根植帝家"；桃花本来开在早春，而这样的仙品之所以开得这么晚，完全是因为它的生长地隔绝人世、太过空寂，"都人莫怪芳华晚，如隔烟霞在沆瀣"①。千春寺桃花里饱含着范祖禹的身世之感。

二、独乐与众乐

熙宁七年，任齐州掌书记的苏辙应同僚李遵度之请为其父作《洛阳李氏园池诗记》，曰："洛阳古帝都，其人习于汉唐衣冠之遗俗，居家治园池、筑台榭、植草木，以为岁时游观之好。其山川风气清明盛丽，居之可乐。平川广衍东西数百里，嵩高、少室、天坛、王屋，冈峦靡迤，四顾可挹；伊、洛、瀍、涧，流出平地。故其山林之胜，泉流之洁，虽其闾阎之人，与其公侯共之。一亩之宫，上瞩青山，下听流水，奇花修竹，布列左右，而其贵家巨室园圃亭观之盛，实甲天下。"② 将洛城"闾阎之人，与其公侯共之"的大空间与园林"一亩之宫"的小空间之关系说得非常清楚，园林一方面是洛城人文与自然景观的重要组成部分，另一方面又是对洛城及其山水极具个性化的模仿、浓缩。如果说洛城是众乐的公共空间的话，那么相对来说，遍布洛阳城中的园林、居宅便是独乐的私人空间。后来，约在绍圣二年（1095）王拱辰之孙女婿李格非作有著名的《洛阳名园记》，记载了洛阳的十九处园林，其中就有富弼的"富郑公园"、王拱辰的"环溪"、文彦博的"东园"、司马光的"独乐园"。③ 检之熙丰居洛诸人文集，也有很多描写园林以及堂、亭、轩等的诗歌，比如水北杨郎

---

① 《太史范公文集》卷一，《宋集珍本丛刊》第 24 册，第 151 页。
② 苏辙《洛阳李氏园池诗记》，（宋）苏辙撰，陈宏天、高秀芳点校《苏辙集》卷二四，北京：中华书局，2004 年，第 412 页。
③ （宋）李格非，（宋）范成大著《洛阳名园记 桂海虞衡志》，北京：文学古籍刊行社，1955 年，第 1—11 页。

中园亭、王尚恭小园、李太傅园亭、宋选止足堂、楚建中锦缠檨、杨希元水北园、何汉伦郊园、陈秀才园林、张氏兄弟梅台等。他们还为外地的朋友题写园林亭台，最有影响力的当数为傅尧俞济源别业的题诗，成为一项包括居洛诗人在内的时间跨度较长、参与者较多的群体性题诗活动，有司马光的《寄题傅钦之济源别业》、范祖禹的《寄题傅钦之济源草堂》、文彦博的《题史馆兵部傅君草堂钦之》，还有郭祥正的《济源草堂歌赠傅钦之学士》、韩维的《依韵答钦之学士草堂见寄》、苏轼的《傅尧俞济源草堂》、苏辙的《傅钦之学士济源草堂》、苏颂的《寄题傅钦之学士济源草堂》、秦观的《寄题傅钦之草堂》。在众多的园宅中，不乏富丽堂皇、巧夺天工者，而题咏最多的却是简陋卑小的司马光独乐园与邵雍安乐窝。司马光作《独乐园记》高标独乐之意，邵雍反复宣称的安乐窝之"安乐"精神也是一种独乐的反映，他们以及其余居洛文人通过描摹在园宅中睡觉、读书、独坐、独吟、种植花草等私密生活塑造自我的隐逸形象。

熙宁六年，司马光独乐园在洛阳建成，其《独乐园记》曰：

> 孟子曰："独乐乐不如与人乐乐，与少乐乐不如与众乐乐。"此王公大人之乐，非贫贱者所及也。孔子曰："饭蔬食饮水，曲肱而枕之，乐亦在其中矣。"颜子一箪食一瓢饮不改其乐，此圣贤之乐，非愚者所及也。若夫鹪鹩巢林，不过一枝，偃鼠饮河，不过满腹，各尽其分而安之，此乃迂叟之所乐也。

> 熙宁四年迂叟始家洛，六年买田二十亩于尊贤坊北，辟以为园。其中为堂，聚书出五千卷，命之曰"读书堂"。堂南有屋一区，引水北流，贯宇下，中央为沼，方深各三尺，疏水为五派，注沼中，状若虎爪。自沼北伏流出北阶，悬注庭下，状若象鼻。自是分为二渠，绕庭四隅，会于西北而出，命之曰"弄水轩"。堂北为沼，中央有岛，岛上植竹，圆周三丈，状若玉玦，揽结其杪，如渔人之庐，命之曰"钓鱼庵"。沼北横屋六楹，厚其墉茨，以御烈日，开户东出，南北列轩牖，以延凉飔，前后多植美竹，为清暑之所，命之曰"种竹斋"。沼东治地，为百有二十畦，杂莳草药，辨其名物而揭之。畦北植竹，方径一丈，状若棋局，屈其杪交相掩以为屋。植竹于其前，夹道如步廊，皆以蔓药覆之，四周植木药为藩援，命之曰"采药圃"。圃南为六栏，芍药、牡丹、杂花各居其二，每种止植两本，识其名状而已，不求多也。栏北为亭，命之曰"浇花亭"。洛城距山不远，而林薄茂密，常苦不得见，乃于园中筑台，构屋其上，以望万安、轘

辕，至于太室，命之曰"见山台"。

迁叟平日多处堂中读书，上师圣人、下友群贤，窥仁义之原、探礼乐之绪，自未始有形之前，暨四达无穷之外，事物之理，举集目前，所病者学之未至，夫又何求于人，何待于外哉？志倦体疲，则投竿取鱼、执衽采药、决渠灌花、操斧剖竹、濯热盥手、临高纵目，逍遥相羊，唯意所适。明月时至，清风自来，行无所牵，止无所柅，耳目肺肠，悉为己有，踽踽焉，洋洋焉，不知天壤之间，复有何乐可以代此也。因合而命之曰"独乐园"。

或咎迁叟曰："吾闻君子所乐，必与人共之。今吾子独取足于己，不以及人，其可乎？"迁叟谢曰："叟愚何得比君子？自乐恐不足，安能及人？况叟之所乐者，薄陋鄙野，皆世之所弃也，虽推以与人，人且不取，岂得强之乎？必也有人肯同此乐，则再拜而献之矣，安敢专之哉？"①

司马光名其园为独乐园，又自号迁叟，皆含有政治上的失意和孤愤，但"独乐"的园名也非常明显地彰显了极为个性化的、专属于司马光本人的私人生活空间和生活情趣，包括园林中"读书堂""弄水轩""钓鱼庵""种竹斋""采药圃""浇花亭""见山台"匠心独运的设计和命名，而读书、弄水、钓鱼、种竹、采药、浇花、登眺本身就构成了"独乐"的主要内容。毫无疑问，这些私人化的、难以"及人"的乐趣结合在一起便俨然一幅闲适自得的隐逸生活图景。这些隐逸之乐并不是什么嗜痂怪癖，乃常见的文人乐事，他所谓的"自乐恐不足，安能及人？况叟之所乐者，薄陋鄙野，皆世之所弃也，虽推以与人，人且不取，岂得强之乎"，是强调他本人所秉持的俭朴、淡泊的隐逸精神与当时新党新法所掀起的躁进、逐利世风的不可调和，强调本属于美德的乐趣却只能"独乐"的无奈，同时也透露出"必也有人肯同此乐，则再拜而献之矣，安敢专之哉"的渴求同盟者的心迹。

独乐园是一个非常狭小的园林，与其他"贵家巨室园囿亭观之盛"根本不能同日而语，司马光其实是将它大大美化了。谙熟洛阳园林的李格非在《洛阳名园记》中对比这篇记文与他实际见到的独乐园曰："司马温公在洛阳自号迁叟，谓其园曰'独乐园'，园卑小，不可与它园班。其曰'读书堂'者数十椽屋，'浇花亭'者益小，'弄水''种竹'轩者尤小，

---

① 《司马温公集编年笺注》第5册，卷六六，第204—206页。

曰‘见山台’者高不过寻丈，曰‘钓鱼庵’、曰‘采药圃’者又特结竹杪、落蕃蔓草为之尔。温公自为之序，诸亭台诗颇行于世。所以为人欣慕者，不在于园耳。”① 这种客观、直接的记述或许更容易让人理解“独乐”之名的用意，因为这个园林实在太卑小、简陋了，在竞相奢华、争奇斗艳的洛阳园林建筑群中简直是个笑话，司马光弄出这么一个袖珍的“山寨”版园林出来，当然也只有他能在里面煞有介事、敝帚自珍地“独乐”了。李格非也指出独乐园的出名并非因为它本身有什么可取之处，纯粹是由于主人司马光的缘故。

　　司马光有多首诗写园中清净的独居生活，如《南园杂诗六首》其一《见山台昼卧偶成》曰：“移床独上高台卧，飒飒凉风吹面过。林蝉忽噪惊薄梦，手执残书幅巾堕。”② 看来见山台不仅可以登眺远山，亦是高卧吹风的避暑佳处。作者夏日白昼移床执书独卧高台，凉风阵阵，极为爽心惬意，不知不觉已渐入梦乡，蝉声忽起，将作者的薄梦惊醒，这才意识到手中还拿着没有读完的书卷，也许为了握紧将要滑落的书，慌乱之中反而弄掉了头戴的幅巾。多么可爱的生活小插曲，画活了作者的隐逸情态。其二《修酴醾架》曰：“贫家不办构坚木，缚竹立架擎酴醾。风摇雨渍不耐久，未及三载俱离披。往来遂复废此径，举头碍冠行绠衣。呼奴改作岂得已？抽新换故拆四篱。来春席地还可饮，日色不到香风吹。”③ 看来隐居生活也不是什么都可以将就的，作者对象征高洁品行、代表隐者精神的竹子的实用价值也信任得有些过头。竹竿支撑起来的酴醾架如此，“结竹杪、落蕃蔓草为之”的“钓鱼庵”“采药圃”想必也要经常翻修才行。虽然有种种不便，但这就是司马光俭以养德、贫以居隐的日常生活，这些修修补补的劳作让他感觉到了能够安顿心灵的闲逸。司马光与宋迪的一组和诗也典型地反映了闲静的园居生活：

　　　　和复古小园书事
　　　　饱食复闲眠，风清雨霁天。叶深时坠果，岸曲乍藏莲。波面秋光净，林梢夕照鲜。东家近亦富，满地布苔钱。
　　　　复古诗首句云“独步复静坐”，辄继二章
　　　　踽踽出东轩，徐徐步小园。何须从吏卒？亦不引儿孙。躞屧寻莎

---

① 《洛阳名园记》，《洛阳名园记 桂海虞衡志》，第11页。
② 《司马温公集编年笺注》第1册，卷五，第270页。
③ 《司马温公集编年笺注》第1册，卷五，第271页。

径，携筇拨水源。愁闻俗客到，唯说市朝喧。

注：右独步。

一榻仅容膝，身心俱寂然。直缘知乐内，亦不为安禅。棐几陈编掩，竹窗残局捐。尚余喧噪在，野鸟与林蝉。

注：右静坐。

光诗首句云"饱食复闲眠"，又成二章

钱少何须万，杯多不过三。龟肠本易足，熊掌讵宜贪？散步竹斋外，高吟柳径南。此心无所用，脱粟亦深惭。

注：右饱食。

秋怀一事无，暑尽昼凉初。竹户静长闭，藜床安有余。逍遥化胡蝶，容易入华胥。天上多官府，神仙恐不如。

注：右闲眠。①

作者表示乐静、乐独，怕闹、怕俗，总是喜欢安安静静地徐徐散步、稳稳坐卧，一如他笔下的叶深坠果、岸曲藏莲。司马光尚有《园中书事二绝》《奉和大夫同年张兄会南园诗》《和王安之题独乐园》《独乐园二首》《初夏独游南园二首》《独乐园新春》《闲中有富贵》《久雨效乐天体》等诗描写这样的生活。司马光固然表面上把这种"何须从吏卒？亦不引儿孙"的绝对独处生活写得很有味道，但有时候我们也能从中读出掺杂着孤傲、落寞和无力的情绪，如《独乐园二首》其一曰："独乐园中客，朝朝常闭门。端居无一事，今日又黄昏。"其二曰"客到暂冠带，客归还上关。朱门客如市，岂得似林间？"② 元丰五年，司马光的结发妻子张氏去世，让他的独乐园之游变成一场独游的悲恸，《初夏独游南园二首》其一曰："取醉非无酒，忘忧亦有花。暂来疑是客，归去不成家。"其二曰："桃李都无实，梧桐半死身。那堪衰病意？更作独游人。"③ 这也是促成他在元丰五年、六年参与耆英会、发起真率会的原因之一，独乐园便成为真率会的主要举办场所，他迫切地需要把独乐转化为众乐，即便是闲静之乐也不吝与人共享了。

元丰六年所作的《奉和大夫同年张兄会南园诗》着力描写了独乐园在一场秋雨之后的爽洁静谧，曰："生涯数亩地，官业一轩书。竹结垂纶

---

① 《司马温公集编年笺注》第 2 册，卷一四，第 419—421 页。
② 《司马温公集编年笺注》第 2 册，卷一四，第 436 页。
③ 《司马温公集编年笺注》第 2 册，卷一四，第 447 页。

屋，泉分入座渠。惬心皆乐事，容膝即安居。梁静栖无燕，波澄戏有鱼。茂林穿缭绕，微径步虚徐。果落方知熟，莎长不忍除。"① 若在以前他又该大力宣扬自己独享美景之乐了，不过这次他是与来访的张徽、范纯仁等人一道分享的，前曰"取酒邀嘉客，呼儿扫弊庐"，后曰"不厌茅茨陋，时迁长者车"，就像《独乐园记》结尾所说的"必也有人肯同此乐，则再拜而献之矣，安敢专之哉"那样，希望能将独乐园的美景公诸同好。同时，范纯仁《同张伯常会君实南园》一诗描写了自己被盛情邀请留宿于独乐园中，像主人一样在钓鱼庵观鱼、在弄水轩弄水的快乐，"拂床留倦客，种竹荫游鱼。弄水衣襟湿，尊流酒盏徐"②。

邵雍将自家的园林取名为"小隐园"，将居宅分别命名为"长生洞""安乐窝"，说自己"夏住长生洞，冬居安乐窝"③（《尧夫何所有》）。名目虽然不少，不过由于他一系列颇有影响的诗，如《安乐窝中四长吟》《安乐窝中好打乖吟》《安乐窝中吟》《安乐窝铭》《安乐窝中自贻》等，使得安乐窝成为他园宅的统称。由于邵雍诗歌很少写实，议论说理和联想夸饰、借题发挥的比重较大，所以他的安乐窝诗中很少有非常生动具体的对园宅环境布局和日常起居生活的描摹，但也基本说清楚了他的兴趣爱好，凸显了园宅主人安乐先生的个人形象。比如《安乐窝中四长吟》曰："安乐窝中快活人，闲来四物幸相亲。一编诗逸收花月，一部书严惊鬼神。一炷香清冲宇泰，一樽酒美湛天真。太平自庆何多也，唯愿君王寿万春。"④ 则吟风弄月、治易著书、燃香饮酒是能够让他感到快活的几个兴趣点。《安乐窝中好打乖吟》曰："安乐窝中好打乖，打乖年纪合挨排。重寒盛暑多闭户，轻暖初凉时出街。风月煎催亲笔砚，莺花引惹傍樽罍。问君何故能如此，只被才能养不才。"⑤ 则冬夏闭门、春秋出街、吟诗饮酒、亲近自然是他的晚年喜好。《自和打乖吟》曰"庭草划除终未尽，槛花抬举尚难开"⑥，则他有种花除草的劳作。《安乐窝中吟》十三首其二曰："安乐窝中事事无，唯存一卷伏羲书。倦时就枕不必睡，忺后携筇任所趋。准备点茶收露水，堤防合药种鱼苏。苟非先圣开蒙悟，几作人间浅

---

① 《司马温公集编年笺注》第 2 册，卷一四，第 452 页。
② 《范忠宣公文集》卷二，《宋集珍本丛刊》第 15 册，第 386 页。
③ 《邵雍集》，第 398 页。
④ 《邵雍集》，第 317 页。
⑤ 《邵雍集》，第 320 页。
⑥ 《邵雍集》，第 322 页。

丈夫。"① 则有治易、假寐、散步、收露水、种药苗诸事。其三曰："安乐窝中弄旧编，旧编将绝又重联。灯前烛下三千日，水畔花间二十年。有主山河难占籍，无争风月任收权。闲吟闲咏人休问，此个功夫世不传。"② 则有整理旧时诗篇之事。其六曰："安乐窝中春不亏，山翁出入小车儿。水边平转绿杨岸，花外就移芳草堤。明快眼看三月景，康强身历四朝时。凤凰楼下天津畔，仰面迎风倒载归。"③ 则有乘小车春游、仰面醉归之事。其十曰："安乐窝中设不安，略行汤剂自能痊。居常无病不服药，就使有灾宜俟天。理到昧时须索讲，情于尽处更何言？自余虚费闲思虑，都可易之为昼眠。"④ 则有生病服药、讲理论情之事。《自适吟》曰："时和岁丰，闲行静坐。朋好身安，清吟雅话。"⑤ 则有养生交友、酬唱聊天之事。《安乐吟》曰："盆池资吟，瓮牖荐睡。小车赏心，大笔快志。或戴接篱，或着半臂。或坐林间，或行水际。"⑥ 则举止随宜、穿戴随心，无可无不可也。

邵雍描写睡觉的诗歌颇有意趣，很有隐逸的风味，不妨来欣赏一下。如《竹庭睡起》诗曰："竹庭睡起闲隐几，悠悠夏日光景长。莺方引雏教嫩舌，杏正垂实装轻黄。雨滴幽梦时断续，风翻远思还飞扬。小渠弄水绿阴密，回首又且数日强。"⑦ 炎炎夏日，白昼转长，十分难耐，作者却十分轻易地把一切都转化为睡眠，难挨的日子变得转瞬即逝。"莺方引雏教嫩舌，杏正垂实装轻黄"两句写景极有韵致，细腻而不黏滞，清润而兼精彩，不减唐人高处。"雨滴幽梦时断续，风翻远思还飞扬"两句也很见功力，断续者亦雨亦梦，飞扬者亦风亦思，双关的笔法使得情景交融得更为巧妙。《小圃睡起》诗曰："门外似深山，天真信可还。轩裳奔走外，日月往来间。有水园亭活，无风草木闲。春禽破幽梦，枝上语绵蛮。"⑧ 清人李光地曰："邵康节'有水园亭活，无风草木闲'二句极好，人心存在这里，如有源头活水，无处不灵动，自己心里不作风波，自然所遇皆安

① 《邵雍集》，第 339 页。
② 《邵雍集》，第 339 页。
③ 《邵雍集》，第 340 页。
④ 《邵雍集》，第 340 页。
⑤ 《邵雍集》，第 400 页。
⑥ 《邵雍集》，第 413 页。
⑦ 《邵雍集》，第 197 页。
⑧ 《邵雍集》，第 205 页。

静，所谓'不作风波于世上，自无冰炭到胸中'也。"① 洵为的评！所引
"不作风波于世上，自无冰炭到胸中"出自邵雍《安乐窝中自贻》诗。
《昼睡》诗曰："昼睡功夫未易偕，羲皇以上合安排。心间无事饱食后，
园里有时闲步回。未午庭柯莺屡啭，已残花径客稀来。请观世上多愁者，
枕簟虽凉无此怀。"② 所写时间应为春末夏初，春游的热闹已过，落花遍
地，绿荫四合，是十分寂寞的时节，然而作者正好享受这份闲静。时间静
了，作者的心也就静了，没有静谧中生出的胡思乱想、多愁善感。所以，
他自信这份开阔胸襟的可贵与超卓。《懒起吟》曰："半记不记梦觉后，
似愁无愁情倦时。拥衾侧卧未忺起，帘外落花撩乱飞。"③ 睡起之初和中
酒之时，情味相当，都有一种太和混沌之中的融怡之感。至于春来春归，
花开花谢，就一切随缘了。司马光非常喜欢这首诗，邵伯温记载道："康
节有《安乐窝中诗》云：'半记不记梦觉后，似愁无愁情倦时。拥衾侧卧
未欲起，帘外落花撩乱飞。'公爱之，请书纸帘上，字画奇古，某家世宝
之。"④ 是知此诗题目又作《安乐窝中诗》，司马光因喜爱此诗，书于纸
帘，该书帖又为邵伯温珍藏，是两家交谊深厚的见证。关于睡眠，邵雍还
有一套自己的理论见解，其《能寐吟》曰："大惊不寐，大忧不寐，大伤
不寐，大病不寐，大喜不寐，大安能寐。何故不寐？湛于有累。何故能
寐？行于无事。"⑤《忧喜吟》曰："大喜与大忧，二者莫能寐。二者若能
寐，何忧事不治？"⑥ 邵雍显然认为自己是能够"大安"且心中无事之人，
并且认为自己这样的"能寐"之人具备做大事的能耐。

　　园林是私人财产，它的布局设计出于主人个人的审美观念，其空间的
审美者、使用者、体验者也主要是园主本人。尽管有些园林面积较大，但
相对于城市与山水的公共空间而言则是局限和封闭的，因此将园林归为独
乐的私人空间是没有多少问题的。美籍学者杨晓山甚至认为园林的私密性
不仅仅体现在与公共空间的对比中，也体现在与家庭空间的对比中，是园
主的专属领域，他说："城市私家园林既是私人领域的体现，也是私人领
域的场所。把握了这一点，我们方能更好地领会城市私家园林在唐宋诗歌

---

① （清）李光地著，陈祖武点校《榕村语录》卷十九，北京：中华书局，1995 年，第 329
　　页。
② 《邵雍集》，第 510—511 页。
③ 《邵雍集》，第 330 页。
④ 《邵氏闻见录》卷一八，第 201 页。
⑤ 《邵雍集》，第 457 页。
⑥ 《邵雍集》，第 496 页。

中的意义。……城市私家园林也能代表一种个体空间，这种空间虽然在物理上仍处于家庭领域之内，但在精神上却可以与家庭领域相分离。"① 杨先生又用"占有、独特性、展示和游戏"四个范畴来解读私家园林的私人领域性质②，这些都有助于我们理解这个问题，因此哪怕是向他人展示、分享自家园林的美景和欢乐，也都是私人性的张扬心理使然。不过我们又不能忽略北宋洛阳园林相对的开放性。洛阳的私家园林很多是向游人开放的，就像邵雍《洛下园池》诗所说的"洛下园池不闭门，洞天休用别寻春。纵游只却输闲客，遍入何尝问主人？更小亭栏花自好，尽荒台榭景才真"③ 云云。有时候可能会向普通游客收取少量的费用，由园夫和园主共享其利，如《元城语录》中所记载的："洛中例，看园子所得茶汤钱，闭园日与主人平分之。"独乐园园夫吕直曾"得钱十千"，因司马光不受，遂于园中"新创一井亭"④。但对于友人的出入游赏即使是园主不在家亦无限制，所以我们才会读到司马光在主人外地为官之时游览文彦博的东庄、王拱辰的环溪、楚建中的锦缠襻、杨希元的水北园。他游览这些园林时，经常在诗中呼唤游宦主人的归来，以便与自己同享林泉隐逸之欢。他还曾在夏日偶遇郊村中的一处非常不错的园林，便想进去一探究竟，询问之后才知道主人为一陈姓秀才，相谈甚欢，并宣称以后会经常没有顾忌地来游园，其《夏日过陈秀才园林》诗曰："桑荫青青紫葚垂，鲜风荡麦生涟漪。驱童策马踏村路，乘兴出游当访谁？槿花篱落围丛竹，风日萧疏满园绿。到门下马问主人，文籍先生其姓陈。高谈浩浩究今古，不觉林间日将暮。茅庐蒿径幸不遥，不厌频烦数来去。"⑤ 故而洛阳的园林不仅可以"独乐"，也可以"众乐"。

司马光经常称自己的独乐园为"南园"，而有时候南园又不仅仅指独乐园，还包括他的邻居张氏兄弟的会隐园。为了便于两家长相往来，司马光专门开了一道墙门，修了一条小路，直通会隐园，二园遂合而为一个更大的南园。他的《南园杂诗六首》除了写自家独乐园中的见山台、酴醾架之外，还以《明叔家瑞莲》《莲房》二诗歌咏张氏兄弟会隐园中所产莲

---

① 〔美〕杨晓山著，文韬译《私人领域的变形：唐宋诗歌中的园林与玩好》，南京：江苏人民出版社，2008 年，第 213 页。

② 《私人领域的变形：唐宋诗歌中的园林与玩好》，第 214—216 页。

③ 《邵雍集》，第 277 页。

④ （宋）马永卿辑，（明）王崇庆解，（明）崔铣编行录，（清）钱培名补脱文《元城语录解》卷中，北京：中华书局，1985 年，第 23 页。

⑤ 《司马温公集编年笺注》第 1 册，卷二，第 35 页。

花的妍丽、莲子的美味。范祖禹《和乐庵记》述两园交通、两家来往之事甚详，曰：

> 河南张子京结茅为庵于其所居会隐之园，元丰中司马温国文正公为隶书以名之，取《常棣》之诗"兄弟和乐"云。后十年，子京书与余曰："庵得名于温公，近以雨坏复新之，温公殁矣，是不可忘也，子其为我记之。"始余以熙宁中入洛，温公方买田于张氏之西北以为独乐园。公宾客满门，其常往来从公游者张氏兄弟四人，出处必偕。余每见公幅巾深衣坐林间，四张多在焉，或弈棋、投壶、饮酒、赋诗。公又凿园之东南墉为门，开径以待子京之昆弟。杖屦相过于流水修竹之间，入乎幽深，出乎荫翳，乃得是庵焉，美木嘉卉四时之变，无一不可喜者。宾至则兄弟倒屣，怡怡然信所谓和且乐也。温公与其兄伯康友爱尤笃，伯康年将八十，公奉之如严父，保之如婴儿。每食少顷，则问曰："得无饥乎？"天少冷，则拊其背曰："衣得无薄乎？"伯康入洛，则二家兄弟日相从游。其名子京之庵，不惟以善张氏，亦公之志也。《诗》曰："凡今之人，莫如兄弟。"外物之娱悦，其有可以易此者欤？张氏伯曰"明叔"，仲曰"才叔"，次则"子京"，季曰"和叔"。自其先君弃官，隐居园池之美，为洛之冠。子孙不坠其素风，而大贤以为邻有德义之益之可尚也已。是庵也，其与独乐之园，久而人益爱之，宜子京欲为之记，而余不得辞也。敝又新之，其勿替哉。[①]

范祖禹认为司马光最看重的是张氏兄弟的和睦，但这绝非两家密切来往的最重要的情由，更包括园林住宅的相邻，加上隐逸志趣的相合，有大量闲暇时间相互陪伴，不像另外一家邻居宋氏兄弟经常在外做官，而且张氏兄弟对司马光仰慕之至，经常成为后者的座上宾。二家比邻而居，张氏园林又是洛阳著名的大园林，景物盛美，以独乐园之卑小简陋，根本无法与之相比，故而司马光经常回访，得以在其中纵游无碍。司马光凿开面向会隐园的东南墙壁为门，又修了道路，与其说是为了方便张氏兄弟来访，不如说是为了方便自己到会隐园游玩。因为对"宾客满门"的司马光来说，布衣身份且年资浅薄、几无名望的张氏兄弟算不得什么贵客，若论性情投合的话，范镇、邵雍、王尚恭、范纯仁都更对他的胃口。后来，司马

---

① 《太史范公文集》卷三六，《宋集珍本丛刊》第 24 册，第 367 页。

且入洛，两家兄弟六人"日相从游"，就更加热闹了，会隐园就进一步成为司马光心目中南园的一部分。元丰七年的元宵节，新任留守韩绛来到南园赏梅，司马光作《又和上元日游南园赏梅花》曰："梅簇荒台自可羞，相君爱赏忘宵游。未言美实调羹味，且荐清香泛酒瓯。"① 这里"梅簇荒台"指的是张氏会隐园中著名的梅台，而他说"梅簇荒台自可羞"，这种自谦语调的使用说明他已将梅台当成自家园中的所有之物了。司马光非常喜爱这个梅台，曾在熙宁年间作《和君贶宴张氏梅台》赞叹道："京洛春何早，凭高种岭梅。纷披百株密，烂漫一朝开。青女工粘缀，霜娥巧剪裁。昆山云满谷，蓬渚浪成堆。势拥樽前合，香从席下来。霓旌酲天起，练甲洗兵回。"② 可见这绝非什么"梅簇荒台"，而是花团锦簇、惊艳绝伦的所在，由于在心理层面上司马光已经将包括梅台在内的整个南园当成他的私人领域，所以才谦虚地称之为"荒台"。于是在一定程度上，独乐园的独乐被南园的众乐所代替了。

这个交往密切的文人群当然也非常看重游宴、酬唱、馈赠、拜访等加强友谊的众乐，以此作为他们隐居生活的重要主题，正所谓"谁知林栖者，闻风坐相悦"③。关于游宴、酬唱，前文已经有不少相关论述，例如仿九老会系列等，不再多说。这里就物质馈赠方面略举几例。

这个文人群中接受馈赠最多的非邵雍莫属，他有许多这方面的诗歌，接受园宅田地的有《新居成呈刘君玉殿院》《天津新居成谢府尹王君贶尚书》《谢寿安县惠神林山牒》《天津弊居蒙诸公共为成买作诗以谢》，接受酒的有《谢郑守王密学惠酒》《谢城南张氏四弟兄冒雪载肴酒见过》《和君实端明副酒之什》《依韵和君实端明惠酒》《谢判府王宣徽惠酒》《和君实端明送酒》《代简谢王茂直惠酒及川笺》，接受茶的有《十七日锦屏山下谢城中张孙二君惠茶》《和王平甫教授赏花处惠茶韵》，接受植物的有《乞笛竹栽于李少保宅》《乞笛竹》《戏谢富相公惠班笋三首》《谢君实端明惠山蔬八品》《谢君实端明惠牡丹》，接受动物的有《谢宋推官惠白牛》，接受文房四宝的有《谢人惠笔》《依韵和张静之少卿惠文房三物》《王胜之谏议见惠文房四宝内有巨砚尤佳因以谢之》《再用"晴窗气暖墨花春"谢王胜之谏议惠金雀砚》，接受日用器物的有《谢宁寺丞惠希夷

---

① 《司马温公集编年笺注》第 2 册，卷一五，第 483 页。
② 《司马温公集编年笺注》第 2 册，卷一三，第 397 页。
③ 张九龄《感遇十二首》其一，（唐）张九龄撰，熊飞校注《张九龄集校注》卷二，北京：中华书局，2008 年，第 171 页。

樽》《代书谢王胜之学士寄莱石茶酒器》《依韵和宋都官惠棕拂子》《谢寿安簿寄锦屏山下所失剪刀》《依韵谢任司封寄逍遥枕吟》。当然，他也在力所能及的范围内赠与他人礼物，不过相对于他接受的馈赠来说简直不值一提，如《答人乞碧芦》之类。这些馈赠有的是雪中送炭，有的是锦上添花，为邵雍的生活带来了无尽的福利。邵雍临终前，洛阳友人所给予的殷切关怀更是让人感动，他依然是用诗歌表达感激之情，其《病中吟》曰："尧夫三月病，忧损洛阳人。非止交朋意，都如骨肉亲。荐医心恳切，求药意殷勤。安得如前日？登门谢此恩。"① 又有《答客问病》曰："世上重黄金，伊予独喜吟。死生都一致，利害漫相寻。汤剂功非浅，膏肓疾已深。然而犹灼艾，用慰友朋心。"② 邵雍深谙社交活动的重要，认为没有朋友的帮助、推重与成就，就不会有自己的今天，其《忆昔吟》曰："忆昔初书大字时，学人饮酒与吟诗。苟非益友推金石，四十五年成一非。"③《首尾吟一百三十五首》其一百三十三还表达了无力报答朋友恩德的愧疚感，曰："尧夫非是爱吟诗，诗是尧夫有愧时。空受半来天下拜，却无些子自家为。心能尽处我自慰，力不周时人亦知。只恨一般言未得，尧夫非是爱吟诗。"④

司马光也非常珍视朋友的馈赠，如范镇赠送的竹杖、貂褥让他觉得受用无穷，"危扶醉归路，稳称病来身"，并且"赖此斋中物，时如见故人"⑤（《平日游园常策筇杖，秋来发箧，复出貂褥，二物皆景仁所贶，睹物思人，斐然成诗》），睹物思人，倍觉欣慰。司马光关于馈赠活动的诗歌中，借花、药、果实的授受来交流植物栽培经验的内容最有特色。其《送药栽与安之》诗曰："盛夏移药栽，及雨方可种。为君着屐取，呼童执伞送。到时云已开，枝软叶犹重。夕阳宜屡浇，又须烦抱瓮。"⑥ 不仅趁着雨天让童仆打伞给王尚恭送药苗，还仔细交代种植的方法和注意事项，真可谓细心而周到。《酬王安之谢药栽二章》诗其一曰："洛人栽花不栽药，吾属好尚何其偏。服之虽能已百疾，爱闲成癖无由痊。"其二曰："护根带土我亲移，荷钟汲泉君自种。悦目宁将恶草殊，扶危或比兼

---

① 《邵雍集》，第 512 页。
② 《邵雍集》，第 513 页。
③ 《邵雍集》，第 366 页。
④ 《邵雍集》，第 540 页。
⑤ 《司马温公集编年笺注》第 2 册，卷一二，第 311 页。
⑥ 《司马温公集编年笺注》第 1 册，卷五，第 265 页。

金重。"① 说明栽培药材的好处以及对此的强烈爱好，希望能与王尚恭好好合作，将它看成是一项非常重要的工作。"悦目宁将恶草殊，扶危或比兼金重"，是说草药样子不好看，不能因为追求赏心悦目而将它们与恶草混同，要将它们看得比兼金还要贵重，像扶持倾危一样加以栽培，这里面明显寓有政治的隐喻。又有诗题为《和安之今春于郑国相公及光处得缀珠莲各一本植之一盆，仲夏始见一花，喜而成咏，末句云"未知先合谢谁家"》，为王尚恭缀珠莲开花而感到由衷高兴，至于开花者是否出自己所赠并不重要，因此他也不吝将功劳让与另一位赠与者富弼，曰："春冻消时种两芽，南风薰日见孤花。先开必自陶钧力，且合归功丞相家。"②元丰七年秋天，席汝言从袁州移种到洛阳的金橘结出了六颗果实，欣喜之余，将其中四颗献给了新任留守韩绛和文彦博，又招包括司马光在内的另外三人共赏，韩绛先有诗，司马光亦作《席君从于洛城种金橘，今秋始结六实以其四献开府、太师，招三客以赏之，留守相公时赋诗以纪奇事，光窃不自揆，辄依高韵继成五章》以咏之，曰：

> 宜春果结洛阳枝，正遇耆明会客时。更引轻舟倚芦岸，香秔鲜鲙雅相宜。
>
> 圆小香黄珠颗垂，结成洛邑重霜时。相公和气陶群物，不是寒温变土宜。
>
> 君从好事不知疲，种子成株凡几时？摘献帝师三取二，自尝两颗且随宜。
>
> 物不须多且赏奇，御寒相见结庵时。江南江北徒虚语，尽信前书是不宜。
>
> 弊居橘亦自南移，爱护栽培费岁时。前此实成酸苦甚，应由与德不相宜。③

又有文彦博《次韵留守相公洛中金橘》曰：

> 嘉实本从南地产，移栽洛土结成时。逾淮未必全为枳，方信中邦

---

① 《司马温公集编年笺注》第1册，卷五，第264页。
② 《司马温公集编年笺注》第2册，卷一四，第434页。
③ 《司马温公集编年笺注》第2册，卷一五，第512—514页。

物物宜。①

　　两人之诗皆质疑《晏子春秋·内篇杂下》中"橘生淮南则为橘，生于淮北则为枳"的说法，或恭维韩绛和气陶冶使然，或赞美洛阳水土气候合宜。同样是从南方移植的橘树，司马光费尽心力栽培出来的果实却十分酸苦，没有席汝言那么成功，让他觉得十分惭愧。无独有偶，在此前一年，王尚恭家移植来的以前只开花不结果的柑橘竟然奇迹般地长出了许多果实，范纯仁有诗记此事，可以与上述司马光之诗相互参看。《安之家庭甘结实三首》曰：

　　　　温甘移种自君家，香雪年年只吐花。结实定非江北枳，新诗先费主人夸。
　　　　遮藏霜雪免摧残，绿实初垂未满栏。想见主人珍惜意，一回出户一回看。
　　　　花果从来盛洛都，黄甘结实古来无。分金未足均闾里，就赏应须倒百壶。②

　　王尚恭家有此等喜事，一样移植橘树的司马光应该也少不了称叹一番，并积极讨教栽培技巧，待柑橘成熟以后王尚恭也一定会送几颗给司马光尝尝鲜，只不过相关诗歌和文献记载已经付之阙如了。

三、中隐与中和

　　"中隐"一词由白居易首开其端，其著名的《中隐》诗曰：

　　　　大隐住朝市，小隐入丘樊。丘樊太冷落，朝市太嚣喧。不如作中隐，隐在留司官。似出复似处，非忙亦非闲。不劳心与力，又免饥与寒。终岁无公事，随月有俸钱。君若好登临，城南有秋山。君若爱游荡，城东有春园。君若欲一醉，时出赴宾筵。洛中多君子，可以恣欢言。君若欲高卧，但自深掩关。亦无车马客，造次到门前。人生处一世，其道难两全。贱即苦冻馁，贵则多忧患。唯此中隐士，致身吉且

---

①　《文彦博集校注》卷七，第431—432页。
②　《范忠宣公文集》卷四，《宋集珍本丛刊》第15册，第399页。

安。穷通与丰约，正在四者间。①

由此可知，所谓"中隐"就是居官而无事，有官有位亦有钱有闲。时白居易为东都洛阳留守，他认为留司官正好可以做中隐，是一个拿钱不做事的美差。中隐其实和魏晋盛行的"居官无官官之事，处事无事事之心"②的"吏隐"没多少区别。白居易早在《江州司马厅记》中就谈到州郡司马是一个非常适合吏隐的官职，其论调和这首《中隐》诗非常相似，曰："苟有志于吏隐者，舍此官何求焉？案《唐典》，上州司马，秩五品，岁廪数百石，月俸六七万。宫足以庇身，食足以给家，州民康非司马功，郡政坏非司马罪，无言责、无事忧。噫！为国谋则尸素之尤蠹者，为身谋则禄仕之优隐者。"③

这种论调在熙丰洛阳文人群中也很常见，譬如司马光熙宁四年在西京留司御史台任上所作的《西台诗二十四韵》，曰：

> 翰苑昔陪侍，天光辱顾瞻。宠虽承涣汗，功不立毫纤。山鹿缨频频，铅刀砺不铦。拭花眸子缺，捻雪颔髭添。踽影惭尸素，胡颜处禁严？辞盈虽免戾，取少讵因廉？定鼎分都异，张官执法兼。剗章愚恩尽，出绶茂恩沾。原宪非无粟，胡威尚有缣。求田近瀍洛，买宅混闾阎。地僻宜花卉，儿勤付米盐。倦游良足悔，居吉不烦占。裘葛肤无见，囷仓饭属厌。僧居闲可借，野步静无嫌。行乐筇枝瘦，延宾稻醴甜。麦田泥试屐，桑荫帽低檐。爱竹忙犹种，贪书老未厌。松烟溪石润，檀烬博山尖。笺启来慵拆，衣冠脱怕拈。紫毫斜倚架，黄卷密垂签。涸辙犹蒙润，寒灰免附炎。所忧资秩满，但愿岁时淹。自是散无用，非为智养恬。圣朝英彦富，幸许一夫潜。④

将自己这位西京执法官描写得饱食终日、懒惰闲散，只知道求田问舍、到处闲游，或者邀人饮酒，或者种竹读书，基本没有什么公务要忙。司马光刚到洛阳的时候，寄居在寺庙中，如诗中所说"僧居闲可借"，他

---

① 《白居易诗集校注》卷二二，第 1765 页。
② （唐）房玄龄等撰，中华书局编辑部点校《晋书》卷七五，《刘惔传》孙绰语，北京：中华书局，1974 年，第 1992 页。
③ 《白居易文集校注》卷六，第 250 页。
④ 《司马温公集编年笺注》第 2 册，卷一二，第 328 页。

另外亦有诗歌说道"拜表归来抵寺居"①。此时还没有独乐园，他就在御史台官舍旁边搭建了一个"花庵"，其《花庵诗寄邵尧夫》题下小注曰："时在西京。留台廨舍东新开小园，无亭榭，乃治木插竹，多种酴醾、宝相及牵牛、扁豆诸蔓延之物，使蒙幂其上，如栋宇之状，以为游涉休所，名曰'花庵'。"② 这大概就是后来独乐园中"植竹于其前，夹道如步廊，皆以蔓药覆之，四周植木药为藩援"的"采药圃"③的前身。司马光在办公地点种植这些酴醾、宝相、牵牛、扁豆并在下面游憩，一副十足的中隐情态。他的《久雨效乐天体》给自己刻画的也是这种形象，曰"雨多虽可厌，气凉还可喜。欲语言慵开，无眠身懒起。一榻有余宽，一饭有余美。想彼庙堂人，正应忧燮理"④。有吃有喝，又懒得动弹，还去笑话政务繁忙的庙堂之人。实际上，司马光在洛阳并没有这么悠闲，虽然御史府没有多少公务，他在洛阳书局的编撰任务却十分繁重，他曾在与邵雍的诗歌中说道"我以著书为职业，为君偷暇上高楼"⑤，外出游玩还需要"偷暇"，可见工作并不轻松。所以，司马光诗中中隐形象的刻画是刻意为之的，闲逸的心态中裹挟着自嘲。

司马光在洛之日出行非常低调，尽量简化官方的仪式，淡化官方的身份，让自己看起来更像一个隐者，邵伯温曰："司马温公为西京留台，每出，前驱不过三节。后官宫祠，乘马或不张盖，自持扇障日。程伊川谓曰：'公出无从骑，市人或不识，有未便者。'公曰：'某惟求人不识尔。'"⑥既然所居官职已经名存实亡，还要这些虚假的行头做什么呢？另外，他"素与安之约，不以公服相过"，并且非常认真地履行约定，以至于"过门不敢叩，自视惭冠缨"⑦。

邵雍为一介布衣，本来就是名副其实的隐士，然而他不仅居住在洛阳这样的"京都大国"之中，日相游处的都是一些朝廷大佬，而且前面说过他还有着和其他居洛耆宿相同的精英心态以及相似的政治压抑心理。邵雍把隐者批风抹月的诗歌吟咏说成官守、事权、功业，把易学著述《皇

---

① 司马光《独步至洛滨》，《司马温公集编年笺注》第 2 册，卷一二，第 336 页。
② 《司马温公集编年笺注》第 1 册，卷四，第 228 页。
③ 《司马温公集编年笺注》第 5 册，卷六六，第 205 页。
④ 《司马温公集编年笺注》第 1 册，卷五，第 287 页。
⑤ 司马光《和邵尧夫安乐窝中职事吟》，《司马温公集编年笺注》第 2 册，卷一二，第 340 页。
⑥ 《邵氏闻见录》卷一一，第 115 页。
⑦ 司马光《雨中过王安之所居不遇以诗寄之》，《司马温公集编年笺注》第 1 册，卷五，第 265 页。

极经世书》"封做一卷，题云'文字上呈，尧夫'"①，模拟臣子向皇帝上奏章，这些都说明他非常渴望在政治上能有一番作为，并且把自家的易学研究当作和朝臣治国安邦、致君尧舜一样的行为。朱熹认为他和张良的黄老之学相似，"不肯深犯手做"②，那么他广交朝廷达官贵人的目的之一便是像张良那样做一个幕后军师。他屡屡推辞耆宿们的举荐，很大程度上是因为所推荐的官职太小，对于实现他的雄心壮志没有什么作用。他又渐入老年，也没有多少岁月从小官一点点做起，仕途的险恶、波折、劳累也是他不愿意经受的。不如安居洛阳，一边混迹于朝廷大佬之间，一边广交天下豪杰，既可以获得充足的物质财富养活自己和家人，又能够不断增加自己的社会影响力，间接地作用于政坛和时局。所以，他与传统的隐者无论是山林小隐还是朝市大隐都不相同，这种非隐非仕的状态要取个名称的话大概也可以叫作"中隐"，一种只有邵雍能做到的"中隐"。不过他又拒绝中隐的名号，富弼等人曾经想要为他求一个无所事事的闲职，不影响真正的隐居生活，又能带来功名和官方身份，以及相应的俸禄，他没有同意。其《谢富丞相招出仕二首》其一曰："相招多谢不相遗，将谓胸中有所施。若进岂能禁吏责？既闲安用更名为（自注：将命者云：'如不欲仕，亦可奉致一闲名目。'）？愿同巢许称臣日，甘老唐虞比屋时。满眼清贤在朝列，病夫无以系安危。"③邵雍不愿失守而求名，不愿得名以谋利，也不愿有名而无实，对其他人津津乐道的"中隐"兴趣不大。他不执着于官，也不执着于隐，比那些官不像官、隐不像隐的"中隐"更为纯洁，也更有作为。

范纯仁的《和王太中游洛述怀》也有"中隐"的意思在内，曰："乘春寻洛社，不惮路歧长。盈畹花如笑，倾都客若狂。山林多寂寞，朝市太奔忙。不似安车老，优游适四方。"④说的是王端在洛阳社日游春的情景，后四句显然是从白居易《中隐》诗里"大隐住朝市，小隐入丘樊。丘樊太冷落，朝市太嚣喧。不如作中隐，隐在留司官"借鉴而来。其他人如喜好游宴的几任留守王拱辰、文彦博、韩绛，都是本着养老的心态走马上任的，治理的方式也多以清静无为为主。本来西京留司官的设置就是为了优待耆老、使之闲逸安乐的，朝廷将反对新法的旧党耆宿集中安排在洛

① 《朱子语类》第4册，卷五三，第1300页。
② 《朱子语类》第7册，卷一〇〇，第2545页。
③ 《邵雍集》，第206页。
④ 《范忠宣公文集》卷二，《宋集珍本丛刊》第15册，第386页。

阳，也就等于将他们投闲置散，不再让他们在政治上有所作为。而有时候，为了减少新法对洛阳本地造成的骚扰，居洛耆宿除了抗拒新法在当地的执行之外，还会大力宣扬和强化他们保守的、以清简为主的治理方式。在这种情形下，"中隐"便不仅仅是一种生活态度了，更是一种政治策略。

无论是作为被仿效者白居易的"中隐"，还是熙丰居洛的仿效者们各具特点的中隐，都根源于儒家传统的中庸思想，进而发展出知足保和、乐天知命的心理。他们把这种投闲置散的生活状态看成中隐，是对现实中政治压抑的有效纾解，也是一种淡泊的人生境界的追求。肖伟韬先生认为"中隐"观念的提出是白居易"与传统文化中'中和'哲学的不解之缘及对'执中'思维模式的自觉运用的结果"①。《礼记·中庸》里的"中和"之说也是熙丰居洛文人群不可忽视的话题之一，成为他们中隐思想的基础。《礼记·中庸》曰："喜怒哀乐之未发，谓之中；发而皆中节，谓之和。中也者，天下之大本也；和也者，天下之达道也。致中和，天地位焉，万物育焉。"② 中和被看成是通过控制情绪情感表露、使之符合儒家伦理道德规范的自我修养而成圣的途径。司马光认为中和是包括人在内的万事万物得以正常运转的根本法则，其《答李大卿孝基书》曰：

> 光闻一阴一阳之谓道，然变而通之，未始不由乎中和也。阴阳之道，在天为寒燠雨旸，在国为礼乐赏刑，在心为刚柔缓急，在身为饥饱寒热，此皆天人之所以存，日用而不可免者也，然稍过其分，未尝不为灾。是故过寒则为春霜夏雹，过燠则为秋华冬雷，过雨则为霪潦，过旸则为旱暵；礼胜则离，乐胜则流，赏僭则人骄溢，刑滥则人乖叛，太刚则暴，太柔则懦，太缓则泥，太急则轻，饥甚则气虚竭，饱甚则气留滞，寒甚则气沉濡，热甚则气浮躁，此皆执一而不变者也。善为之者损其有余益其不足，抑其太过举其不及，大要归诸中和而已矣。故阴阳者弓矢也，中和者质的也。弓矢不可偏废，而质的不可远离。《中庸》曰："中者，天下之大本也；和者，天下之达道也。致中和，天地位焉，万物育焉。"由是言之，中和岂可须臾离哉？③

---

① 肖伟韬著《白居易生存哲学本体研究》，南京：南京大学出版社，2009 年，第 176 页。
② （清）朱彬撰，饶钦农点校《礼记训纂》卷三一，北京：中华书局，1996 年，第 772页。
③ 《司马温公集编年笺注》第 5 册，卷六一，第 3—4 页。

在司马光看来普天下无论有形无形的任何物与事都必须依靠中和的作用维持内在平衡，任何问题的产生都在于中和状态遭到破坏，任何问题的解决也都在于中和状态的恢复，中和也就基本成为"道"的代名词。他认为"中"与"和"是一体两面的概念，"君子之心，于喜怒哀乐之未发，未始不存乎中，故谓之中庸。庸，常也，以中为常也。及其既发，必制之以中，则无不中节，中节则和矣。是中、和，一物也。养之为中，发之为和"①，"中"是内在规律，"和"是按照"中"的规律运行所体现的和谐状态。人们只有明白并严格按照"中和"原则行事，才能够达到理想的效果，才能够遵道而达道，"智者知此者也，仁者守此者也，礼者履此者也，乐者乐此者也，政者正其不能然者也，刑者威其不从者也。合而言之谓之道，道者，圣贤之所共由也。岂惟人哉？天地之所以生成万物，靡不由之"②。他又认为，中和虽然是不可须臾离弃的根本法则，但中和的状态又是一种不可企及的最高理想，只能一刻不停地朝着它奋进，不能稍有差池。他在与范镇论乐的《与范景仁第五书》中说："中和之美，可以为养生作乐之本，譬诸万物皆知天之为高，日之为明，莫不瞻仰而归向之，谁能跂而及之邪？向所以荐于左右者，欲与景仁黾勉共学之耳，安能遽入其域邪？"③ 因此，中和不是人们想达到就达到的，而是一个可以并必须为之奋斗终生的目标，没有捷径，更没有第二条路可走。

《中庸》里"中和"概念的提出首先是同人的喜怒哀乐相联系的，因此司马光经常用它来指导自己和别人养生。上面说过，司马光居洛时经常心事重重，睡不着觉，于是就用"中"字来治疗失眠，受到了二程的批评。他还用"中和"来指导李孝基、王陶、范镇如何调节饮食、保养身体、祛除疾病，并且认为掌握了"中和"养生法则，就可以抛弃历来的医书了，"窃谓医书治已病，平心和气治未病，冀景仁既得其本，则末可焚也"④。接着，司马光将讨论的重点从养生延伸到了音乐的功用上。在与范镇就古代太乐能否恢复进行反复辩难的书信中，尤其是《答景仁论养生及乐书》中司马光认为范镇妄图恢复早已散佚缺失的律度、衡量，主观臆断地制造出了周鬴、汉斛，却不去追究礼乐最根本的中和功用，可谓舍本逐末，画蛇添足。又曰：

---

① 司马光《中和论》，《司马温公集编年笺注》第5册，卷七一，第349页。
② 司马光《中和论》，《司马温公集编年笺注》第5册，卷七一，第349页。
③ 《司马温公集编年笺注》第5册，卷六二，第69页。
④ 司马光《与范景仁第四书》，《司马温公集编年笺注》第6册，附录卷三，第151页。

捐其末，求其本，舍其流，取其原，致乐以和其内，致礼以顺其外。内和则疾疢不生，外顺则灾患不至，疾疢不生则乐，灾患不至则安，既乐且安，志气平泰，精神清明，畅乎四支，浃乎百体，如此则功何以不若伶伦、师旷？寿何以不若召康、卫武？《医经》《病原》皆可焚，周䤵、汉斛皆可销矣。①

由此可见，通过饮食调节的生理养生和制礼作乐的"精神养生"，也就是通过"中"的种种手段，最终都要达到安乐亦即"和"的效果。于是"中隐"的观念在司马光这里也就不足为奇了，这是他具有普适性的"中和"思想的具体应用之一。

邵雍《皇极经世书》书名中的"皇极"就有"中"的意思。"皇极"一词出于《尚书·洪范》，孔颖达疏曰："'皇，大'，《释诂》文。极之为中，常训也。凡所立事，王者所行皆是，无得过与不及，常用大中之道也。"② 司马光也说过："夫中者，天地之所以立也……在《书》为皇极。"③ 邵雍有《中和吟》曰："性亦故无他，须是识中和。心上语言少，人间事体多。如霖回久旱，似药起沉疴。一物当不了，其如万物何。"④ 意思是说中和乃物性之本，如果能认识并运用这个道理，便能以简单明了的语言解释纷繁复杂的人间事体，其效用如霖雨之于久旱、良药之于沉疴。倘若不能用中和之性的道理和原则理解并处理眼前的事物，又如何能够由此及彼、推而广之地了解和应对天地万物？他认为中和的道理是非常简单的，能够直见事物的本性，亦能直接穿透万事万物的运行规律，是格物、观物最具效力的方法。他所认为的中和也是指不偏不倚、不多不少的均衡状态，如曰："人得中和之气则刚柔均，阳多则偏刚，阴多则偏柔。"⑤ 又曰"须禀中和气，方生粹美人"⑥，也就是说阴阳刚柔均衡者才是粹美之人。他将清风说成"宇宙中和气"⑦，将温暖晴好的春天说成"中和天"⑧，是因为不热不冷、气候得宜。他喜欢洛阳是因为"洛阳最得

---

① 《司马温公集编年笺注》第5册，卷六二，第61页。
② （汉）孔安国传，（唐）孔颖达疏《尚书正义》卷一二，北京：北京大学出版社，1999年，第300页。
③ 司马光《答景仁论养生及乐书》，《司马温公集编年笺注》第5册，卷六二，第59页。
④ 《邵雍集》，第507页。
⑤ 邵雍《观物外篇》下之下，《邵雍集》，第177页。
⑥ 邵雍《岁暮自贻吟》，《邵雍集》，第437页。
⑦ 邵雍《清风长吟》，《邵雍集》，第262页。
⑧ 邵雍《瓮牖吟》，《邵雍集》，第413页。

中和气，一草一木皆入看"，于是"饮水也须无限乐，况能时复举杯盘"①。"气"是构成天地万物的物质基础，而"中和气"的凝聚便构成了宇宙间最美好的事物，比如粹美之人、清风、洛阳等。邵雍对自己行事风格最典型的描述便是"赏花半开，饮酒半醉"，凡事不过半，在阴阳、盛衰的变化之际看得十分真切，这一点前面已经有所说明，他移居洛阳、交结高官却拒绝出仕、避免在大寒大暑天出游等行为都是这种风格的反映，也都是他严格遵从"中和"之道的观念使然。他的诗歌中经常出现天和、安乐等表示欢乐的词语，表达的都是他由"中"所得之"和"。

文彦博青年时期曾作《中者天下之大本赋》，认为每个人都有接受和体现"中"的潜质，因而"中"可以成为礼乐之基、政教之本，只要能"致中和"，便能够统一思想，建立起行之有效的礼乐、政教制度。熙宁四年，时任枢密使的文彦博在《论用人》的奏议中认为君王应以平淡之心而非偏执私好选材任能，平淡之心的来源便是"中和之质"，他引用三国魏刘邵《人物志》中的话说："人之质量中和最贵，中和之质必平淡无味，故能调成五材，变化应节，是以观人察质必先察其平淡，而后求其聪明。"② 这里"中和"意味着中正平和之心，这不仅是最可贵的人品，亦是人主重要的择才原则。元祐五年至六年间，文彦博再次致仕归洛，留饮并醉宿于时任留守韩缜的"中和堂"，作《前日蒙留守相公玉汝延饮于中和新堂，仍别设毡幄，欲令羸老暂憩，翌日小娃已传其说，辄成小诗》《留守相公玉汝于中和堂之西偏别设毡幄，以待老夫中憩，尝以拙诗为谢，寻蒙答贶，仍改题所憩为醉眠庵，不任感戴，辄依高韵和呈》，循诗意，大有白居易"中隐"况味。这些例子看似联系不大，却都能够说明"中和"是文彦博看重并可以得到多方面阐释和应用的思想，遇到闲居洛阳的契机之后，便自然而然接受了"中隐"的观念。

上述诸人而外，程颐也对"中和"以及"中"做过一些解读。他对《中庸》里的"中和"之说解释道："中和若只于人分上言之，则喜怒哀乐未发、既发之谓也。若致中和，则是达天理，便见得天尊地卑、万物化育之道，只是致知也。""若致中和"，则需"致知"，也就是说从大处来讲"中和"是天地万物运行的内在规律，需要致知的功夫才能逐步加以理解。他认为"中"与"和"是一回事，只是说法不同："或曰：'有未发之中，有既发之中。'曰：'非也，既发时便是和矣；发而中节固是得

---

① 邵雍《和君实端明洛阳看花》六首其一，《邵雍集》，第383页。
② 《文彦博集校注》卷一九，第657页。

中，只为将中和来分说，便是和也。'"因此，"中和"也就是"中"的意思。他解释《中庸》里"子曰：素隐行怪，后世有述焉，吾弗为之矣。君子遵道而行，半途而废，吾弗能已矣。君子依乎中庸，遁世不见知而不悔，唯圣者能之"一句道："'素隐行怪'，是过者也；'半途而废'，是不及也；'不见知不悔'，是中者也。"① 认为那些行为怪诞的隐者做得太过，遵道行事却半途而废者做得不够，遁世逃名不为人知却无悔的圣人才配称为"中"，这就将"中"看成了隐逸行为的最高标准，看成了圣人之隐的境界。程颐反对那些以隐逸为高、不肯入仕的隐士，认为是食古不化、昧于道者，"问：'前世所谓隐者，或守一节，或敦一行，然不知有知道否？'曰：'若知道，则不肯守一节一行也，如此等人鲜明理，多取古人一节事专行之……古人有高尚隐逸不肯就仕，则我亦高尚隐逸不仕。如此等，则仿效前人所为耳，于道鲜自得也。'"② 因此程颐虽布衣大半生，却并没有隐居到底，五十多岁时机到来时还出来做官。他非常不认同那些刻意的隐逸行为，尤其是为了彰显隐者身份、获得隐者名声而故作怪诞的行为，而是看淡仕与隐的界限，认为只有能自得其道并坚守到底的人才符合中庸、中和的标准。如此看来，对于居洛文人坚守政治信仰的"中隐"行为，游处其中的程颐也是比较赞同的。

第三节　道统意识的强化

道统，一方面是指儒家学脉的传承谱系，由韩愈在《原道》中提出来，以尧、舜、禹、汤、文、武、周公、孔、孟为圣人，宋代理学程朱学派又将二程、朱熹奉为这个谱系的传道正宗；一方面又是与皇权、政权所代表的"政统"相对应的概念，指高于政统的伦理道德、内圣外王等儒家之道。根据儒家的描述，中国历史在孔子之前为政道合一的理想状态，孔子之后政道分离，道统成为指导政统的独立体系。儒学被宋代理学家们加以哲学、宗教化之后，上升到了宇宙本体论的高度，他们将儒家的人伦秩序之道视为万物运行的自然法则，并以之反对佛、道二教之道。不光是理学家，在士大夫主体精神高扬的宋代，很多读书人在积极效命于政统的同时，也都怀有继往开来、载道立德的道统理想。葛兆光先生在《洛阳与汴梁：文化重心与政治重心的分离——关于 11 世纪 80 年代理学历史与

---

① 《河南程氏遗书》卷一五，《二程集》上册，第 160 页。
② 《河南程氏遗书》卷一八，《二程集》上册，第 194 页。

思想的考察》一文中指出："在 11 世纪七八十年代，汴梁与洛阳之间的风景差异，在位官僚与赋闲官僚的趋向不同，现实策略与文化理想的思路矛盾，甚至政治地位与学术声望异乎寻常的倾斜，使中国思想世界真的出现了前所未有的'政统'与'道统'、'师'与'吏'、政治重心与文化重心的分离。"① 葛先生对宋神宗朝洛阳文人群道统观念的观察是着眼于宋代理学所代表的文化力量的发展壮大、绅权膨胀的权力诉求等宏大思想与时代背景的阐述，并不纠缠于具体人物、事件、作品的考察。在这里我们不准备过多地从理论层面讨论神宗朝洛阳文人群的道统观念，而着重分析他们续命道统、不趋附于现实政统的心态，这主要体现在隐几功夫、圣贤意识以及对待佛禅的心理几个方面。

一、隐几功夫

神宗朝洛阳文人群是一个在政治上被排挤出局的文人群，投闲置散的政治处境和优渥丰厚的物质条件使得他们的日常生活和诗歌创作都具有鲜明的隐逸气息。这种隐逸气息主要是针对休闲娱乐的状态而言，洋溢着轻松愉悦的情调。然而他们亦在隐中灌注着十分严肃重大的道德目的，希望在长年的闲居生活中能有一番道德的作为，进而获得高度的道德评价和社会声望，以便随时转化为优质的政治资本。可以将他们借助隐逸而进行的道德修养行为称作"隐几功夫"。

"隐几功夫"的说法出自邵雍的诗歌《天道吟》，曰："天道不难知，人情未易窥。虽闻言语处，更看作为时。隐几功夫大，挥戈事业卑。春秋赖乘兴，出用小车儿。"② 认为在隐居生活中应该去探索、阐释和实践天道、人情的道理，哪怕乘车出游也可以观物识理，拥有这样的"隐几功夫"便完全可以睥睨驰骋沙场的"挥戈事业"。"功夫"一词在邵雍的《伊川击壤集》中出现了 26 次，有"应物功夫"（《戏谢富相公惠班笋三首》其三）、"青帝功夫"（《年老逢春十三首》其五）、"造化功夫"（《依韵和张子坚太博》、《安乐窝中吟》其十二、《别谢彦国相公三首》其二、《道装吟》其四、《诗酒吟》）、"燮理功夫"（《谢伯淳察院用"先生不是打乖人"》）、"汤武功夫"（《观书吟》）、"帝功夫"（《瞻礼孔子吟》）、"真宰功夫"（《牡丹吟》、《首尾吟一百三十五首》其一百二十八）等大功夫，也有"闲处功夫"（《二十五日依韵和左藏吴传正寺丞见

---

① 《历史研究》2000 年第 5 期，第 37 页。
② 《邵雍集》，第 335—336 页。

赠》）、"诗酒功夫"（《花月长吟》）、"醞酿功夫"（《安乐窝中酒一樽》）、"闲吟闲咏功夫"（《安乐窝中吟》十三首其三）、"丹青功夫"（《谢宋推官惠白牛》）、"调鼎功夫"（按，调鼎即调味。《问调鼎》）、"口功夫"（《大象吟》）、"昼睡功夫"（《昼睡》）等小功夫。邵雍笔下的"功夫"含有造诣、本领的意思，无论是大功夫还是小功夫都绝对不是轻而易举能够练就的，而且他说的那些不起眼的小功夫和大功夫一样，都能够通于天机、达于大道，且从修炼眼前的小功夫便能够领悟到无法直观的大功夫的神机妙用。上述的小功夫便是邵雍所谓的"隐几功夫"，其目的就是为了达到大功夫的境界。比如其《年老逢春》其五曰："年老逢春始识春，春妍都恐属闲身。能知青帝功夫大，肯逐后生撩乱频？酒趁嫩醅尝格韵，花承晓露看精神。大凡尤物难分付，造化从来不负人。"[1] 说自己游春不同于那些只知喧哗热闹的年轻人，而能从中体会"青帝（按，即春神）功夫"。如何体会呢？就是趁着事物刚刚成熟还未显露出衰败迹象时赶紧去观察、体会它的"格韵""精神"，因为"大凡尤物难分付"，美好的事物大多不会轻易将造化之功显露出来，这就需要用心去体察。又如《首尾吟一百三十五首》其二十八曰："尧夫非是爱吟诗，诗是尧夫隐几时。尺寸光阴须爱惜，分毫头角莫矜驰。酒因劝客小盏饮，句到惊人大笔麾。无入何尝不自得，尧夫非是爱吟诗。"[2] 这是教人要以闲逸宽和之心待人接物，既要争分夺秒，又不要斤斤计较，小杯饮酒，渐入醺酣，能养生又不失愉悦；没有灵感不要刻意作诗，灵感一到便要及时抓住、挥毫立就。只要保持从容淡泊的隐逸风度，便能把握事物缓急不同的内在节奏，达到"无入何尝不自得"的效果。邵雍在琐细平常处见道的隐几功夫，与佛家"一花一世界，一叶一如来"[3]，"只如今行住坐卧、应机接物尽是道"[4]之语，有相似之处，不能排除对佛教理论的借鉴。"隐几功夫大，挥戈事业卑"，在邵雍看来，这些小功夫的难度和作用都不一定输于传统的建功立业，所谓"至微勋业有难立，尽大功名或易为"[5]。

邵雍的安乐窝诗基本上都是用非常夸张的手法将一些寻常之事说得像

---

① 《邵雍集》，第 324 页。
② 《邵雍集》，第 520 页。
③ （清）梁章钜撰，白化文、李鼎霞点校《楹联丛话》卷六，北京：中华书局，1987 年，第 83 页。
④ 马祖道一语，（宋）道原著，顾宏义译注《景德传灯录》卷二八，上海：上海书店出版社，2010 年，第 2252 页。
⑤ 邵雍《首尾吟一百三十五首》其三十二，《邵雍集》，第 521 页。

经天纬地的事业一样了不起。其《安乐窝中四长吟》曰："安乐窝中快活人，闲来四物幸相亲。一编诗逸收花月，一部书严惊鬼神。一炷香清冲宇泰，一樽酒美湛天真。太平自庆何多也，唯愿君王寿万春。"① 下面有四诗分别歌咏诗、书、香、酒四物，都极尽夸张之能事。《安乐窝中诗一编》说自己的诗歌是"陶镕水石闲勋业，铨择风花静事权"，吟咏自然就好似获得了造物主的权杖一般，这种"勋业""事权"显然不是一般朝廷官员的世俗权力所可比拟；又曰"直恐心通云外月，又疑身是洞中仙。银河汹涌翻晴浪，玉树查牙生紫烟。万物有情皆可状，百骸无病不能蠲"②，几乎是在用游仙诗的手法来形容灵感奔涌时获得的超验感受和自己诗歌神异超凡的表现力。《安乐窝中一部书》说自己的易学著作《皇极经世书》能够囊括"几千百主出规制，数亿万年成楷模"之事，属于"既往尽归闲指点，未来须俟别支梧"③ 之作。《安乐窝中一炷香》说这炷香"凌晨焚意岂寻常"，不是为了求神拜佛、禳灾求福，而是为了体验"观风御寇心方醉，对景颜渊坐正忘"的隐逸境界，起到"赤水有珠涵造化，泥丸无物隔青苍"的内丹效果，乃至使人感受到"日月照临功自大，君臣庇荫效何长"④ 的太平气象。《安乐窝中酒一樽》说这樽酒能"养气""颐真"，接着说"频频到口微成醉，拍拍满怀都是春。何异君臣初际会，又同天地乍纲纭。醺酣情味难名状，酝酿功夫莫指陈。斟有浅深存爕理，饮无多少寄经纶"，飘飘欲仙的感觉仿佛君臣际会、天地初胎，藏有阴阳爕理之机、天地经纶之理，有形而无形，可言而难言，又说如此出游饮酒能够"卷舒万世兴亡手，出入千重云水身"，其功甚大，以至于"这般事业权衡别，振古英雄恐未闻"⑤。他的《安乐窝中吟》十三首也是写饮酒、吟诗、著书、出游等事，风格虽然较《安乐窝中四长吟》平实一些，却也少不了"伏羲书""万户侯""圣人"等极力自夸的语言，认为所做的这些闲事使得"造化功夫精妙处，都宜分付与闲人"⑥（其十二），这些"闲中意思"让自己"无忝人间一丈夫"⑦（其十三）。他在

---

① 《邵雍集》，第 317 页。
② 《邵雍集》，第 318 页。
③ 《邵雍集》，第 318 页。
④ 《邵雍集》，第 319 页。
⑤ 《邵雍集》，第 319 页。
⑥ 《邵雍集》，第 341 页。
⑦ 《邵雍集》，第 341 页。

《安乐吟》中列举"盆池资吟，瓮牖荐睡。小车赏心，大笔快志"① 四事之后，又分别写有《瓮牖吟》《盆池吟》《小车吟》《大笔吟》四诗，除了《小车吟》平实一点之外，其余风格和《安乐窝中四长吟》差不多，进行着上天入地、纵横宇宙式的想象。

邵雍对由小功夫见大功夫的过程及体验的描写有着神秘主义的倾向，带有一定的浪漫色彩，但绝非故弄玄虚，这与他的天地备于一身的思想有关，且继承了儒释道的多种思想资源。其《观易吟》集中表达了这种思想，曰："一物其来有一身，一身还有一乾坤。能知万物备于我，肯把三才别立根？天向一中分体用，人于心上起经纶。天人焉有两般义？道不虚行只在人。"② 关于此诗所吸收的思想资源，不少学者都发表了自己的真知灼见。赖永海先生认为邵雍这是受到了《中庸》"可以与天地参"，庄子"万物一体"，孟子"万物备于我"，华严宗"毛孔现大千""须弥纳芥子"说法的影响，借之阐发"道本体""人性本体"的思想。③ 张其成先生说："这是一首既有博大舒放的宇宙胸怀，又有高远、深刻的人生意境的诗作，是作者参透宇宙人生，观'易'见'道'的智慧流露。它把《易》的三才之道、天人之学归结到'一'和'心'这两个字上。天人合'一'、体用归'一'、乾坤见'一'，'一'就是'易'，就是'道'，就是乾坤之'理'，而这个天人一统的'道'恰恰就在人的'心'中。"④ 意即邵雍将传统"天人合一"思想纳入了《易经》研究。而张荣明先生则从医学的角度出发，指出此说乃源于中医理论、道教学说中"天地是大宇宙，人体是小宇宙，故天地大宇宙内的万物，亦相对'备于'人体小宇宙之中"的说法，并举了《素问·天元纪大论篇》《灵枢·岁露论篇》以及《周易参同契发挥》中的相关例证⑤，颇有说服力。邵雍又有《乾坤吟》二首其二曰："道不远于人，乾坤只在身。谁能天地外，别去觅乾坤？"⑥ 也表达了类似的意思。《乐物吟》说得更为具体，曰："物有声色气味，人有耳目口鼻。万物于人一身，反观莫不全备？"⑦ 将人体器

---

① 《邵雍集》，第 413 页。

② 《邵雍集》，第 416 页。

③ 赖永海《中国佛教文化论》，北京：东方出版社，2014 年，第 152 页。

④ 张其成《张其成讲读〈周易〉象数易学》，南宁：广西科学技术出版社，2011 年，第 100 页。

⑤ 张荣明《中国古代气功与先秦哲学》，上海：上海人民出版社，2011 年，第 190 页。

⑥ 《邵雍集》，第 469 页。

⑦ 《邵雍集》，第 509 页。

官对应物体的物理性质。又有《演绎吟》四首其四曰"一国若一物，四方犹四支"①，将空间的四方对应人或动物的四肢。《首尾吟一百三十五首》其十三还说道"家国与身同一体"②，则治身之法亦可施于治国。张荣明先生还发现了程颐的类似说法，并加以引用，即"世之人务穷天地万物之理，不知反之一身。五脏六腑、毛发筋骨之所存，鲜或知之。善学者取诸身而已，自一身以观天地"③。二程与邵雍"同里巷居三十年余，世间事无所不论"④，其学说难免不会对二程产生潜移默化的影响，尽管程颐并不承认这种影响。

"天地备于一身"的思想要求反求诸己、反观于身，但与修身齐家治国平天下的传统阶梯式的上进途径不同，这种思想使得邵雍将修身本身看得比治国平天下更加重要，因为一身乃"三才之根"，根深才能叶茂，只要修身的本领练得纯熟，治国平天下自然不在话下。如果一味只知治国平天下地向外求，不仅会迷失自己的本心，还很容易将本心托付于充满凶险的外部世界，被各种危辱劳累所摧残。如《风吹木叶吟》曰："风吹木叶不吹根，慎勿将根苦自陈。天子旧都闲好住，圣人余事冗休论。长年国里神仙侣，安乐窝中富贵人。万水千山行已遍，归来认得自家身。"⑤ 他有很多诗歌都谈到了仕途和政坛的险恶，而他自己并没有切身经验，只是通过观史、观时获得间接经验，前面已经举过一些相关的诗歌，不再具引。这当然与他科举上的屡次失败有关，但若论思想基础的话，一为避免主体介入的观物思想，一为"天地备于一身"的修身思想。所以他才会津津乐道、不厌其烦地描写那些司空见惯、毫不起眼的闲居之乐，以至于朱熹批评道"看他诗，篇篇只管说乐，次第乐得来厌了……都是有个自私自利底意思"⑥，却没有看清他那臻于微妙、达于大道的"隐几功夫"。

司马光入洛任西京留台，不久又自请罢留台而仅提举崇福宫，彻底解除了公务，本来应该十分清闲才对，而且他在诗中也反复渲染闲居的懒放，实际上他却异乎寻常的忙。这些忙事都是他自己招致的，在本可以好好休息的居洛十五年间大大损耗了他的身体，让他元祐初年居相未及一年便溘然长逝。他之所以不肯闲下来，也是希图通过"隐几功夫"来成就

---

① 《邵雍集》，第484页。
② 《邵雍集》，第517页。
③ 《河南程氏外书》卷一一，《二程集》上册，第411页。
④ 《河南程氏外书》卷一二，《二程集》上册，第444页。
⑤ 《邵雍集》，第276页。
⑥ 《朱子语类》第7册，卷一○○，第2553页。

一番道德事业。让司马光最为繁忙的无疑是《资治通鉴》的编撰工作。元丰四年，范祖禹在为司马光代作的《谢提举崇福宫表》中说道："剖竹雍都，蔑闻于治效；分台洛邑，幸养于沉疴。仍再领于祠庭，遂十更于岁篇。顷自受命先帝，俾刊旧闻，逮陛下之缵图，发德音而继至。而臣携稿在外，奏篇未经，盖简册之浩繁，致岁时之淹久。虽官守无事，惭四体之不勤；而史学绌书，实寸阴之是惜。"[1] 司马光全力以赴地编撰《资治通鉴》与其说是英宗和神宗的圣旨，不如说是被排挤出政治中心之外的失败经历，大大激发了他要著书立说，通过择炼和评议的史鉴来影响千秋万代的统治者的紧迫感。司马光又在元丰七年自作的《进〈资治通鉴〉表》中夫子自道曰：

> 差判西京留司御史台及提举嵩山崇福宫，前后六任，仍听以书局自随，给之禄秩，不责职业。臣既无他事，得以研精极虑，穷竭所有，日力不足，继之以夜。……重念臣违离阙庭，十有五年，虽身处于外，区区之心，朝夕寤寐，何尝不在陛下左右？顾以驽蹇，无施而可，是以专事铅椠，用酬大恩，庶竭涓尘，少裨海岳。臣今筋骸癯瘁，目视昏近，齿牙无几，神识衰耗，目前所为，旋踵遗忘，臣之精力，尽于此书。[2]

禄秩优厚的闲居生活给他创造了编书的有利条件，弃置散地的耻辱、功业无成的焦灼又鞭策他投入这项更大的功业中来，不惜赔上宝贵的健康、耗尽生命的余热。

第二件忙事便是对山水和宴乐的热衷。《资治通鉴》的编撰工作虽然十分繁重，但由于他是总编，并不需要事必躬亲，所以相比于以前做职事官的时候还是要轻松许多，而且像一般政府部门一样，书局肯定也会规定正常的休沐时间。在工作以外的闲暇时间里，游山玩水和交游宴乐便成为又一件不亦乐乎的忙事。吕希哲记载道："温公……请西京闲局留台，许之。优游多暇，访求河南境内佳山水处，凡目之所睹、足之所历，穷尽幽胜之处。十数年间，倦于登览。"[3] 邵伯温记载得更为详细：

---

① 《司马温公集编年笺注》第 6 册，附录卷二，第 86 页。
② 《司马温公集编年笺注》第 6 册，附录卷二，第 87—88 页。
③ （宋）吕希哲《吕氏杂记》卷下，朱易安、傅璇琮等主编《全宋笔记》第 1 编，第 10 册，郑州：大象出版社，2003 年，第 285 页。

　　司马温公居洛时，往夏院展墓，省其兄郎中公，为其群从、乡人说书讲学，或乘兴游荆、华诸山以归。多游寿安山，买屋瓷窑畔为休息之地。尝同范景仁过韩城，抵登封、憩峻极下院，登嵩顶入崇福宫、会善寺。由辕辕道至龙门，游广爱、奉先诸寺。上华严阁、千佛岩，寻高公堂。渡潜溪入广化寺，观唐郭汾阳铁像。涉伊水至香山、皇龛，憩石楼，临八节滩，过白公显堂。凡所经从，多有诗什，自作序，曰《游山录》，士大夫争传之。公不喜肩舆，山中亦乘马，路险策杖以行，故嵩山题字曰："登山有道，徐行则不困，措足于平稳之地则不跌，慎之哉！"其旨远矣。方公退居于洛也，齐物我、一穷通，若将终身焉。一日出相天下，则功被社稷，泽及生灵。呜呼！真古所谓大丈夫矣。①

　　"瓷窑畔"的"休息之地"有可能就是司马光在诗中提到的叠石溪别墅，而且他"游嵩山又为游嵩别馆"②，购置这些休息场所当然是为了能够经常来此游览。他选择的旅游路线不仅包括山水佳境还有不少名胜古迹，可以从中得到对往昔历史的直观感受。他或骑马，或策杖，不乘肩舆，不求安逸，一定要脚踏实地地走完他的旅程，一步步体会登临的艰辛与欢乐，并且将之总结为指导人生之路的登山之道。《许彦周诗话》还记载他曾在嵩山峻极岭寺庙的檐壁间见到一首字迹潦草的打油诗，曰："一团茅草乱蓬蓬，蓦地烧天蓦地红。争似满炉煨榾柮，慢腾腾地暖烘烘？"③旁边有司马光用隶书写的"勿毁此诗"四字。该诗与司马光总结的"登山有道，徐行则不困，措足于平稳之地则不跌，慎之哉"有异曲同工之处，都是反对冒进的激进主义，而提倡平稳、缓慢的保守主义，寄寓着他的历史经验和治国思想。

　　司马光的健康在入洛之初就十分堪忧，他曾在熙宁年间与邵雍的唱和中说："老去春无味，年年觉病添。酒因脾积断，灯为目疴嫌。"④ 自言患有脾积和眼病，导致不能喝酒，害怕灯光照眼。脾积，古病名，五积之一，《脉经·平五脏积聚脉证》曰："诊得脾积，脉浮大而长，饥则减，饱则见，膜起与谷争减，心下累累如桃李起，见于外，腹满呕泄，肠鸣，

　　① 《邵氏闻见录》卷一一，第 117 页。
　　② （宋）姜特立《梅山续稿》卷三，第 34 页。
　　③ （宋）许凯撰《许彦周诗话》，北京：中华书局，1985 年，第 11 页。
　　④ 司马光《上元书怀》，《司马温公集编年笺注》第 2 册，卷一二，第 325 页。

四肢重，足胫肿厥，不能卧，是主肌肉损，其色黄。"① 脾积患者难以正常饮食且四肢沉重、腿脚肿大、无法卧床，完全不适合经常性的登山活动。他在与游伴范镇的诗中又说道："八水三川路渺茫，翠微深处白云乡。目眵懒拭如松液，领发频抓似栗房。林壑不嫌无用物，形骸难入少年场。缘苔蹑蔓知多少，千里归来屐齿苍。"② 谈到了旅游范围之广、道路之长、险阻之多、历时之久，以及衰病的身体：眼屎多得像松脂一样，擦都擦不掉，后脑勺的发丛中鼓起了栗子壳一样的大包，奇痒难忍，不由得频频抓挠。司马光严重的失眠症当然也不可忽视，即如二程所言："人都来多少血气，若此则几何而不摧残以尽也？"③ 拖着这样衰老多病的身体跋山涉水，简直与自虐无二。

在司马光"十数年间，倦于登览"之后，他又开始了一项大动作，便是邀集洛中诸老狂热地举办起了真率会。真率会的方方面面前面都有具体的评述，此处不再详谈，人们只需要从"傲岸冠巾侧，淋浪襟袖沾。饥仍留瘦马，归必待清蟾"④ 这样的描写中便可想象出诸老当时游宴的狂热程度。

第三件忙事便是经营独乐园，尤其是栽培花药的劳动。达官贵人的园林都有园夫打理和看守，用不着园主参加劳动，司马光的独乐园当然也有园夫，不过他依然要亲自体验一番做农夫的滋味。其《闲居呈复古》曰："闲居虽懒放，未得便无营。伐木添山色，穿渠擘水声。经霜收芋美，带雨接花成。前日邻翁至，柴门扫叶迎。"⑤ 独乐园中的一切施设都倾注着司马光的心血和汗水，也让他由衷地感受到种植和收获的喜悦。在花药之中，他对药用植物倍加青睐，不惜亲力亲为地大量购置和栽培，以便尽可能多地认识它们并积累直接的种植经验，如《酬赵少卿（丙，字南正）药园见赠》诗曰："鄙性苦迂僻，有园名独乐。满城争种花，治地惟种药。栽培亲荷锸，购买屡倾橐。纵横百余区，所识恨不博。身病尚未攻，何论疗民瘝？"⑥ 他喜爱种药胜于种花的原因很简单，就在于药有治病的

---

① （晋）王叔和《脉经》卷八，北京：人民卫生出版社，1956 年，第 73 页。
② 司马光《和范景仁谢寄西游行记》之《又》，《司马温公集编年笺注》第 2 册，卷一二，第 335 页。
③ 《河南程氏遗书》卷二上，《二程集》上册，第 25 页。
④ 司马光《三月三十日微雨偶成诗二十四韵书怀，献留守开府太尉兼呈真率诸公》，《司马温公集编年笺注》第 2 册，卷一四，第 463 页。
⑤ 《司马温公集编年笺注》第 2 册，卷一四，第 424 页。
⑥ 《司马温公集编年笺注》第 1 册，卷五，第 283 页。

实用功能，也就同时具有了高尚的道德意义。前面引用过他赠送王尚恭药苗的诗歌，其中也能反映出他丰富的种植经验，如曰"盛夏移药栽，及雨方可种。……到时云已开，枝软叶犹重。夕阳宜屡浇，又须烦抱瓮"①云云，俨然一个栽培专家的口吻。

刘安世曰："老先生于国子监之侧得营地创独乐园，自伤不得与众同也。以当时君子自比伊、周、孔、孟，公乃行种竹浇花等事，自比唐晋间人，以救其敝也。"②"当时君子"是指王安石等新党中人，王安石以周孔自命，颁行《三经新义》以为取士标准，以新学来配合新法的施行。司马光"创独乐园""自比唐晋间人"，是以上古初民的隐逸形象坚决与新党引领的世俗风气划清界限。"唐晋"，乃唐尧旧都，为太原晋阳县，司马光自比"唐晋间人"，比伊、周、孔、孟更早，不仅是要重返三代时的淳朴之风，更表明他要与新党争夺道统的地位。宋末的陈仁子认为司马光独乐园之名以及经营园林的一举一动皆有日后宰执气象，饱含深刻的政治寓意，虽有过度解读之嫌，但也在一定程度上把捉到了司马光寻找政治功业替代品、蓄势待发的心理，曰：

> 迂叟之乐何乐也？未易与俗子言也，独乐之乐其寄。异时熙宁初，荆舒之党设新法笼天下利，几斫国家命脉。公是时颦眉行窝，不暇一援手，龙卧洛滨，驹隐丘园，"青山在屋上，流水在屋下"，此亦一迂叟。一旦相天子、抚中国，悉取熙丰一切不堪之政，解弦而更张之，海内忻忻，如在春风披拂中，辽人至戒边吏勿生事，此亦一迂叟。以人观公，公之乐诚自乐也。以公观公，公非独自乐也。平生相天下手段，历历寓在独乐园间，凡擢用程、苏、刘、范诸君子，即爱花种竹气象也；屏除惠卿、子厚，流窜岭徼，即薙萧删蘙气象也；罢盐铁、青苗、保甲、保马，如器将敝，不动声色，起而正之，即吟风弄月、汲泉灌渠闲雅气象也。公之乐，盖以天下，而不在乎山水园林也。③（《迂乐园记》）

陈仁子将司马光"爱花种竹""薙萧删蘙""吟风弄月、汲泉灌渠"都看成是一场场针对新党斗争的演练，一桩桩、一件件准确对应着元祐居

---

① 司马光《送药栽与安之》，《司马温公集编年笺注》第 1 册，卷五，第 265 页。
② 《元城语录解》卷中，第 23 页。
③ （宋）陈仁子《牧莱脞语》卷六，《宋集珍本丛刊》第 90 册，第 43 页。

相后的每一步胜利，以小见大，与前面所说的邵雍之小功夫、大功夫颇有不谋而合之处。司马光《酬王安之谢药栽二章》其二所言"悦目宁将恶草殊，扶危或比兼金重"①，《酬赵少卿药园见赠》所言"身病尚未攻，何论疗民瘼"② 之类，都早已带有类似的隐喻意味，给后人提供了附会敷衍的可能。

司马光非常勤奋，有着极强的自控能力，时时刻刻都保持着品行的修洁，严守儒家的礼仪规范，拥有永不懈怠的进取之心，范祖禹曰："温国文正公……居处必有法，动作必有礼。其被服如陋巷之士，一室萧然，图书盈几，终日静坐，泊如也。又以圆木为警枕，小睡则枕，转而觉，乃起读书。盖恭俭勤礼出于天性，自以为适，不勉而能。"③ 所以即便是隐，他也绝不肯好好地享受清闲的时光，哪怕再苦再累再老再病，也一定要在道德名声上高居塔尖，立于不败之地。

二程父子也以自己的方式做着持之以恒的"隐几功夫"。程颐《先公太中家传》述其父程珦闲退洛阳的生活曰："自领崇福，外无职事，内不问家有无者，盖二十余年。居常默坐，人问：'静坐既久，宁无闷乎？'公笑曰：'吾无闷也。'家人欲其怡悦，每劝之出游。时往亲戚之家，或园亭、佛舍，然公之乐不在此也。尝从二子游寿安山，为诗曰：'藏拙归来已十年，身心世事不相关。洛阳山水寻须遍，更有何人似我闲？'顾谓二子曰：'游山之乐犹不如静坐。'盖亦非好也。"④ 一般来说，老年人闲居无事，最怕的就是孤单。而程珦不然，晚年家居二十余年，诸事不问，唯喜闭门静坐，毫不觉得烦闷无聊，反而觉得比走亲访友、游山玩水更有意思，如果没有一定的心性修为，断然不能如此。程颢也很喜欢静坐，"明道先生坐如泥塑人，接人则浑是一团和气"⑤，可谓动静有法。南宋理学家陈淳辨析了儒释道三家静坐的区别，认为道教的静坐是为通仙长生，佛教的静坐是为空念存灵，"非所谓大中至正之道也。若圣贤之所谓静坐者，盖持敬之道，所以敛容体、息思虑、收放心，涵养本原，而为酬酢之地尔。固不终日役役，与事物相追逐。前辈所以喜人静坐，必叹其为善学

---

① 《司马温公集编年笺注》第 1 册，卷五，第 264 页。
② 《司马温公集编年笺注》第 1 册，卷五，第 283 页。
③ 范祖禹《司马温公布衾铭记》，《太史范公文集》卷三六，第 366—367 页。
④ 《河南程氏文集》卷一二，《二程集》上册，第 652 页。
⑤ 《河南程氏外书》卷一二，《二程集》上册，第 426 页。

者以此。然亦未尝终日偏靠于此，无事则静坐，事至则应接"①。儒家的静坐主"敬"，要人内外敛息，最终是为了进退酬酢合乎礼仪，其本身不是目的，也不能一天到晚只靠着它度日。

程颢在《为家君请宇文中允典汉州学书》中表达了对于儒者之隐的看法，曰："盖闻贤人君子未得其位，无所发施其素蕴，则推其道以淑诸人，讲明圣人之学开导后进，使其教益明、其传益广。故身虽隐而道光，迹虽处而教行，出处虽异，推己及人之心则一也。"② 认为隐居的儒士不能推却光道行教的责任，不能逃避推己及人的仁心，如此则未得位者之隐也能像得位者之官一样施展学识抱负，成就丰功伟业。程颢提出的办法就是讲学授徒，这是他们在洛阳广收学徒、传道授业的思想基础，并最终形成了洛学学派。元丰五年，程颐向时任洛阳留守文彦博求庵地"为避暑著书之所"，作《上文潞公求龙门庵地小简》，自信"能为龙门山添胜迹于后代"③，文彦博欣然应允，索性将"伊阙南鸣皋镇，小庄一址，粮地十顷"④ 赠予程颐，程颐便在这里建立了著名的"伊皋书院"。在此之前，二程还曾在嵩阳书院讲过学。

以这些理学家或理学气息浓厚的学者为代表所做的大大小小、各式各样的"隐几功夫"，使得洛阳弥漫了浓郁的道德气息。他们的日常生活和娱乐都呈现出道德化的色彩，像邵雍《观棋大吟》《观棋小吟》《观棋长吟》《观棋绝句》《听琴》《洗竹》《扫地吟》之类，仿佛稍一举动，就大有玄机，显得高深莫测。司马光为宴饮中的投壶游戏制订了新的规矩，这是因为"世传投壶格图，皆以奇隽难得者为右，是亦投琼探阄之类耳，非古礼之本意也"，他重新规定了壶的口径、耳径，去席的距离，箭的数量、尺寸，输赢的算法，奖惩的情况等，其中多有"首箭中者，君子作事谋始，以其能慎始，故赏之"，"有终十五算：末箭中也。靡不有初，鲜克有终。故比之有初，又加五算也"，"倾斜险诐，不在于善。而旧图以为奇箭，多与之算，甚无谓也，今废其算"⑤ 之类惩恶扬善的道德条例。司马光认为游宴行为有它的好处，但一定不能过度，一定要合乎礼仪、寓教于乐，曰："君子学道从政，勤劳罢倦，必从宴息以养志游神，故可久

① 《答西蜀史杜诸友序文》，（宋）陈淳《北溪大全集》卷三三，《景印文渊阁四库全书》第1168册，第763页。
② 《河南程氏文集》卷九，《二程集》上册，第594页。
③ 《河南程氏文集》卷九，《二程集》上册，第601—602页。
④ 文彦博《与程颐复简》，《文彦博集校注》集外佚文，第1030页。
⑤ 司马光《投壶新格序》，《司马温公集编年笺注》第5册，卷六五，第145—146页。

也。荡而无度，将以自败。故圣人制礼以为之节，因以合朋友之和，饰宾主之欢，且寓其教焉。"① 因此，他投壶要制订投壶规则，举办真率会要制订真率会约，一切都不能有乖道德的约束。对于大肆铺张的耆英会，他也只能专注于其中"志趣高逸""尚齿不尚官"的道德意义并加以肯定。为了显示出道学家兼隐逸者的身份，司马光、二程还特制了一套别样的衣着。司马光根据《礼记》的记载制作了一套"深衣"，这是古人的服装，当时早已没有人穿戴。程颐"所戴帽，桶八寸，檐七分四直"②，并"常爱衣皂或博褐绸袄，其袖亦如常人所戴纱巾，背后望之如钟形，其制乃似今道士谓之'仙桃巾'者"③，以至于被人"讥其幅巾大袖"④。因此，明代理学家陈献章有诗咏道："但闻司马衣裳古，更见伊川帽桶高。"⑤ 邵雍虽然一开始拒绝了司马光向他推荐的深衣，认为"'某今人，须着今时衣服'，忒煞不理会也"⑥，表示对奇装异服不感兴趣，但后来为了推却诸老们屡屡举荐的盛情，便着道装明志。当其乘小车游春之时，"欲登先须道装"，并且"轸边更挂诗帙，辕畔仍悬酒缸"⑦，颇引人关注。他们穿着各自耀眼的服装走上街头，以颇具戏剧化的方式向天下人昭告着他们的品节志向，博得天下人的瞩目。于是他们的闲居生活在某种程度上具有了道德表演的性质，他们就是洛阳这座道德剧场中的明星，他们的行走坐卧之地都变成了一座座小型舞台，他们也总是津津乐道观众的歆美目光、热烈反响，即如邵伯温描绘耆英会举办之时，"诸老须眉皓白，衣冠甚伟，每宴集，都人随观之"⑧；范纯仁描绘富弼出行之时，"尝之老子祠，乘小轿，过天津桥市，人喜公之出，随而观之，至徽安门，市为之空"⑨；范镇描绘自己与司马光游览叠石溪之时，"从容下官道，迤逦见人家。盛服缘崖看，焚香满路遮"⑩；司马光描绘范镇由许入洛之时，"景仁从许来，倾都

---

① 司马光《投壶新格序》，《司马温公集编年笺注》第 5 册，卷六五，第 144 页。

② 《河南程氏外书》卷一二，《二程集》上册，第 441 页。

③ 《河南程氏外书》卷一二，《二程集》上册，第 432 页。

④ （宋）陆游撰，李剑雄、刘德权点校《老学庵笔记》卷九，北京：中华书局，1979 年，第 118 页。

⑤ 陈献章《寄定山》，（明）陈献章著，孙通海点校《陈献章集》卷五，北京：中华书局，1987 年，第 434 页。

⑥ 《朱子语类》卷八九，第 2275—2276 页。

⑦ 邵雍《小车六言吟》，《邵雍集》，第 412 页。

⑧ 《邵氏闻见录》卷一〇，第 105 页。

⑨ 范纯仁《富郑公行状》，《范忠宣公文集》卷一七，《宋集珍本丛刊》第 15 册，第 501 页。

⑩ 范镇《叠石溪》，《司马温公集编年笺注》第 2 册，卷一二附，第 348 页。

咸聚观"①。他们要以此来证明不远处高居汴京朝堂的新贵小人可以夺走他们的政治权力，而"道"和民心永远在他们这些老成君子手中。

二、圣贤意识

熙宁十年和元丰六年，司马光分别与他的两位好朋友吕公著、范镇掀起了激烈的争执，达到了难解难分的程度，以至于参与筵席的程颢、范纯仁不得不加以调停。这两件事清楚地表现了龙卧洛波的司马光坚定不移的圣贤意识，以及诸人对圣贤事业的不同理解。在此不妨来具体看看二事的始末。

熙宁十年，吕公著离洛出知河阳，离别筵席上，与司马光就出处问题争论不休，程颢"以诗解之"②，写给吕公著的《送吕晦叔赴河阳》曰："晓日都门飐旆旌，晚风铙吹入三城。知公再为苍生起，不是寻常刺史行。"③ 写给司马光的《赠司马君实》曰："二龙闲卧洛波清，今日都门独饯行。愿得贤人均出处，始知深意在苍生。"④ 也就是说，二人或出或处，都是为了天下苍生的合理行为，都是适合个人的明智选择，因此不必争辩。后来二程又对此事加以评论："人以二公出处为优劣，二先生曰：'吕公世臣，不得不归见上；司马公诤臣，不得不退处。'"⑤ 吕公著到河阳后，司马光与范镇于次年专程到访，写下《去春与景仁同至河阳谒晦叔，馆于府之后园，既去，晦叔名其馆曰"礼贤"，梦得作诗以纪其事。光虽愧其名，亦作诗以继之》一诗，曰："蓬飞匏系十余年，并荫华榱出偶然。郭隗金台虽见礼，华歆龙尾岂能贤？浮云世味闲先薄，寒柏交情老更坚。明日河梁即分首，人生乐事信难全。"⑥ 强调了在世事变幻、世态炎凉之时，二人的交情如松柏般老而弥坚，并表达了惜别之情。从诗题可知吕公著对二位友人来访的珍重和礼遇，吕本中又记载道："正献公守河阳，范蜀公、司马温公往访，公具燕，设口号有云：'玉堂金马，三朝侍从之臣；清洛洪河，千古图书之奥。'"⑦ 一再表达对二位贤友事业功绩的

---

① 司马光《和景仁缑氏别后见寄〈求决乐议〉，虽用其韵而不依次。盖以景仁才力高逸，步骤绝群，非驽拙所能追故也》，《司马温公集编年笺注》第1册，卷五，第299页。

② 《邵氏闻见录》卷一二，第126页。

③ 《河南程氏文集》卷三，《二程集》上册，第485页。

④ 《河南程氏文集》卷三，《二程集》上册，第485页。

⑤ 《河南程氏外书》卷一一，《二程集》上册，第417页。

⑥ 《司马温公集编年笺注》第2册，卷一四，第426页。

⑦ （宋）吕本中撰《紫微诗话》，北京：中华书局，1985年，第9页。

钦佩。至于熙宁十年离别筵席上相互争辩的那点不快似乎早已烟消云散。

元丰五年到六年，司马光与范镇议乐，重拾三十多年前没有平息的争端，又于许洛间书信往返达十余次，互不相让，居许的韩维也卷了进来。元丰六年清明，范镇入洛，盘桓达一月之久，在筵席之中，司马光与范镇就定乐一事又当面争辩起来，司马光诗中虽然说"议乐不复对，昼夕且穷欢"，表示已经搁置争议，重归于好，但在此前二人争辩场面之激烈，是有目共睹的，范纯仁即有诗记此事。司马光之诗题为《和景仁缑氏别后见寄〈求决乐议〉，虽用其韵而不依次。盖以景仁才力高逸，步骤绝群，非驽拙所能追故也》，是知范镇对搁置争议的现状并不满意，依然请求给出一个结果，而司马光却在诗中说："贱子欲面从，谁与换胆肝？必求此议决，深谷为崇峦。何如两置之，试就中和看。"① 坚决不同意范镇决议的请求，表面上希望"两置之"，实际上还是要范镇接受他关于太乐的"中和"观点，可以说依然是各执己见。范纯仁在这场剑拔弩张的争论中充当和事佬，他的《次韵景仁寄君实决乐议之作》一诗就是为了劝解所作的。此诗先以自己因不断遭受政敌诬陷和连失二子才得以入洛的惨痛经历来强调友谊与安宁的可贵，并表示对洛阳贤哲云从、高朋满座的和谐欢乐气氛的珍惜和感激，"余生苦多难，所向招诋谰。前年失二子，悲肠剧剚剜。悸魂念职守，忧患何弥漫。叫阍辄自陈，闻者为辛酸。朝恩俯从欲，幸忝留官官。薄廪沾甑釜，尚愧远祖丹。西都多巨公，贤哲罗衣冠。亲炙挹高义，朝夕陪清欢。蒹葭倚白玉，蚁蛭对层峦。肴羞屡陈列，桃梨烦雕钻"。接着，范纯仁专门赞扬了范镇、司马光二人的品行、学识和辩才，用一系列历史上著名战争的典故来形容二人据理力争、唇枪舌剑、观者如堵，即便旁人纷纷劝解也无济于事的场面，可谓惊心动魄、叹为观止，"翰林壶冰洁，秘殿朱绳端。远识固莫测，确论宜不刊。立行皆表的，析理亡髀髋。从容及议乐，辩论生酒阑。相圃众如堵，楚战惴旁观。辞锋奋铦利，学海翻波澜。解带拒班输，登坛劫齐桓。焚舟却魏武，火牛快田单。守义若据险，持说俾执干。当仁不相让，食马几及肝。听者如馁人，得味皆珍餐。折衷无圣师，简编阙且残。谁能置轻重？愈见制作难。两家难未解，宜僚徒弄丸"。最后，范纯仁劝二人不用再做争辩，只有经过更加久远的时间才能验证真伪，不须强使人合、强聒不舍，不如用舍随时、乐天知命来得实在，"辨璞待炎火，如松须岁寒。善教已乃孚，大器久始完。人虽不我合，留俾后世看。行道匪强聒，贤蕴宁遽殚？用舍

---

① 《司马温公集编年笺注》第 1 册，卷五，第 298—299 页。

系所逢，明哲固能安。乐天复知命，颐养资广胖"。① 居于许昌、与范镇来往密切的韩维也写诗劝解，其《招景仁饮》曰："红薇花拆萱草丹，万铃嘉菊重台莲。问公此时胡不饮？乐有至理须钻研。后夔已远师旷死，寂寞千载无其传。公穷天数索圣作，坐使绿鬓成华颠。屠龙绝艺岂世用？仪凤至业非公专。洛阳有客金石坚，持议不屈难镌镌。园收独乐会真率，以劳校逸宁非偏？古称两忘化于道，此理岂不旷且然。折花持酒待公醉，乐至无声方得全。"② 此诗也主张搁置争议的和解方式，曰"古称两忘化于道"，他也和司马光一样认为古乐失传千年，难以探求，又认为范镇穷尽一生追求的这门"屠龙绝艺""仪凤至业"于世无用，又非独力所能专任。当然他也不同意司马光的固执己见，认为这和他取异于人的独乐园和真率会一样，都是一种无谓的没事找事的行为。总之，韩维完全消解了这次争端的意义，而且对二人竭尽心力的圣贤事业做了彻底的否定。韩维没有和司马光争论古乐的事情，而是就争论中司马光所使用的理论武器"中和"说与之进行了两次书信讨论，最后也没有达成一致的见解。

司马光不满吕公著在神宗依然大力支持新党新法的时候就抵挡不住诱惑而应召出仕，没有坚守住阵线，一直忍而未发，却在饯行分别的当口集中爆发出来了，以至于平时少言寡语的吕公著也忍不住一定要为自己的行为辩护。虽然知道二人辩论的主题是围绕着出处行藏的问题，但具体内容是什么已经不得而知，程颢的劝诗也不过是表面上的几句客套话，后来"吕公世臣，不得不归见上；司马公诤臣，不得不退处"的评价才深中要害。吕公著出自北宋著名的东莱吕氏家族，这个家族之前就出过吕蒙正、吕夷简两位名相，吕公著之兄吕公弼熙宁初年既已担任枢相，且兄弟二人皆以恩荫得官，世受皇泽沦浃，故曰"世臣"，不得不向皇权妥协。而司马光素以强诤闻名，又以辞枢密一事蜚声天下，一跃成为旧党领袖，之后高调入洛，若在新党得势之时隐而复仕则晚节不保。当初吕公著被罢提举宫祠，罪名是疏救韩琦时"厚诬藩镇兴除恶之名，深骇予闻，乖事理之实"③，并非像司马光一样自请外放。以至于他在熙宁七年趁着下诏求直言的机会还在为这个强加给自己的罪名辩护，责怪神宗对人才的不尊重，进而延伸至朝政的乖戾，又用舆论加以证明，曰："前日举之以为天下之

---

① 《范忠宣公文集》卷一，《宋集珍本丛刊》第 15 册，第 379—380 页。
② （宋）韩维撰，曾祥旭、王春阳点校《南阳集校注》卷六，郑州：河南人民出版社，2010 年，第 123—124 页。
③ 《吕正献公公著传》，《名臣碑传琬琰集·下》卷一〇，《景印文渊阁四库全书》第 450 册，第 733 页。

至贤，后日逐之以为天下之至不肖，其于人才既反覆而不常，则于政事亦乖戾而不当矣……陛下垂拱仰成，七年于兹矣，舆人之诵亦未异于七年之前也，陛下独不察乎？"① 直到元祐年间居相主持编写《神宗实录》时，他还在为这个罪名耿耿于怀，要求在《实录》里为自己平反。他当然也反对变法，但更令他愤慨的是君王的寡恩，而一旦神宗重新以慈蔼的面目诏用他，他就会冰释前嫌地重回君王的怀抱。与之相比，司马光的卫道气息要浓烈得多。吕公著要做的是君主的贤臣，而司马光要做的则是天下的圣人。

司马光在与范镇论乐中大力提倡的"中和"思想，看似中正平和的中庸之道的反映，其实则是一种排他性极强的刚猛之道，以极端的进取心驱动着成圣的愿望。表面上看，司马光"何如两置之，试就中和看"和范纯仁"人虽不我合，留俾后世看"的折中之法类似，但司马光的"中和"是以绝对的精神胜利法全盘否定范镇"吹律吕，考钟磬，校尺量，铸鬴斛，以求先王之乐"②的努力为前提的。他自言不懂音乐、"不辨宫羽"，没有范镇那样专业，却简单粗暴地以"周衰官失畴人散，钟律要眇谁能传"为由坚定地反对范镇求乐的举动。又曰"景仁家居铸鬴斛，欲除民瘼恐未然。要须中和育万物，始见太乐之功全"③，认为景仁不去追求太乐中体现的"天地位焉，万物育焉"的中和之道，反而本末倒置地追求外在形式，真是徒劳无益。范镇也不甘示弱，以至于二人"每烦教谕累百纸，顽如铁石不可镌"（同上）。在司马光看来，中和具有万能的效验，无所不能，无施不可，治病可以不药而愈，只要饮食衣服调节好就行；奏乐可以不考而作，只要音调律吕不失和就行，在其他任何方面都是这个道理。范镇则认为"致中和，天地位焉，万物育焉，言帝王中和之化行，则阴阳和，动植之类蕃，非为一身除病也"④。司马光反驳道："夫和者，大则天地，中则帝王，下则匹夫，细则昆虫草木，皆不可须臾离者也。岂帝王则可行，而一身则不可行耶？"⑤ 范镇认为"天地位焉，万物

---

① 《吕正献公公著传》，《名臣碑传琬琰集·下》卷一〇，《景印文渊阁四库全书》第450册，第733页。

② 司马光《与范景仁论积黍书》，《司马温公集编年笺注》第5册，卷六三，第83页。

③ 司马光《和秉国〈招景仁不至，云方作书与光论乐〉》，《司马温公集编年笺注》第1册，卷五，第302页。

④ 司马光《与范景仁论中和书》引范镇语，《司马温公集编年笺注》第5册，卷六二，第71页。

⑤ 司马光《与范景仁论中和书》，《司马温公集编年笺注》第5册，卷六二，第71页。

育焉"之中和是帝王才能够做到的，而司马光则认为"致中和"的能力不是由帝王所专，而是万事万物都能具备的，天地、帝王、匹夫、昆虫草木在这一点上都是平等的。这倒不是说司马光具有打破等级制度的平等思想，因为他的"中和"思想概念化比较严重，十分空洞，没有办法进行实际的操作，就像二程所说的"君实自谓'吾得术矣'，只管念个中字，此则又为中系缚。且中字亦何形象"①。可以这么理解，司马光其实是借由"中和"之说为自己成圣的可能性铺平了理论道路，因为《中庸》所言中和之道即"喜怒哀乐之未发谓之中，发而皆中节谓之和；中也者，天下之大本也；和也者，天下之达道也。致中和，天地位焉，万物育焉"，不是天地万物自行调适所能做到的，而只能凭借帝王统治或者圣人教化之功达成。关于这一点，范镇看得再清楚不过了，他在《答中和书》中说："孔子大圣，不能救周之衰；孟子养浩然之气，至大至刚，不能救战国诸侯之乱，何则？无位也。……君实体孔孟之道者，家居而欲天地位焉、万物育焉，难矣哉！"②他看出了司马光中和思想中透露的成圣企图，并且认为即使是圣人也无法"致中和"，意在劝说司马光放弃成圣的想法。范镇六十三岁便选择致仕，以后再也没有踏上仕途，他追求太乐尺律并希望朝廷采纳的做法和司马光坚定地要求政统向道统靠拢的成圣愿望在本质上是一样的，二人的冲突也是对成圣途径理解差异的冲突。正如韩维说的那样，范镇求古太乐之举乃"公穷天数索圣作"，认为只要能复制出古圣人之作便能一举成圣，而司马光则要求将"中和"的圣人之道一点点贯彻到每一件事情当中，坚持不懈，才能一步步向圣人的标准靠近，即所谓"譬诸万物，皆知天之为高，日之为明，莫不瞻仰而归向之，谁能跂而及之耶"③。而正因为司马光有这种夸父逐日般的成圣心理，他才能脱颖而出，在与新党斗争的信念上超越其他人，成为旧党的领袖。

司马光的成圣心理还体现在其他很多方面。比如他在居洛期间为许多无名的道德君子立传，就带着使颜回附孔子骥尾而出名的意思。其《序赙礼》曰："名以位显、行由学成，此礼之常。若夫身处草野，未尝从学，志在为善，不求声利，此则尤可尚也。近世史氏专取高官为之传，故闾阎之善人莫之闻。"④为这些无名君子"志在为善，不求声利"的精神

---

① 《河南程氏遗书》卷二下，《二程集》上册，第53页。
② 《司马温公集编年笺注》第6册，附录卷三附，第153页。
③ 司马光《与范景仁第五书》，《司马温公集编年笺注》第5册，卷六二，第69页。
④ 《司马温公集编年笺注》第5册，卷六五，第171页。

而称叹，也为他们无人称扬、不能为世人树立楷模的情况而惋惜。另外，他写这些传记还有"庶几使为善者不以隐微而自懈焉"①的目的。《序赙礼》痛惜民间的丧礼大坏，表彰了刘太居丧三年不食酒肉的守礼精神，以及其弟刘永一和周文粲、苏庆文、台享或孝或友的德行；《张行婆传》表彰了从小被继母拐卖却能在重返家门之时奉养继母，独自抚养儿女成人却不忘故主、弃家远投的张行婆；《猫虪传》表彰了自己在洛阳养的一只食必廉让、为它猫养子并不惜搏犬受伤，最后老死家中的名叫虪的猫，又回忆了通判郓州时送与他家却频频偷回故主之家的名叫山宾的猫。此外，他还作有《范景仁传》赞扬勇决过人、淡泊名利的范镇，尤其突出了他以必死之心建言立英宗为嗣，却毫不居功、不享恩例的事迹。范镇虽然官高位显，一生忠勇昭昭可见，他的立嗣大功却不太为时人熟知，故而司马光要着重提出来。司马光还作有《赠河中通判朱郎中寿昌》诗以及《颜太初杂文序》，也都是表彰声名不显而德行超群之人的。后来朱寿昌辞官寻母的行为被列入二十四孝之一，享名千载，不能说没有司马光的功劳。

居洛期间他还作有史评《史剡》十则，与《资治通鉴》"臣光曰"有异曲同工之处。他的语录体《迂书》四十二则中，称"迂夫"的前十则为居洛以前所写，称"迂叟"的后三十二则为居洛期间所写，多为阐明儒理、驳斥异端之作。尤其是元丰五年到八年所作《疑孟》十四则，直接将矛头对准亚圣孟子有违圣贤标准的诸多言行。司马光还对时下流行的各种形式主义的假儒士大加挞伐，如《颜太初杂文序》曰："天下之不尚儒久矣，今世之士大夫发言必自称曰儒，儒者果何如哉？高冠博带、广袂之衣，谓之儒邪？执简伏册、呻吟不息，谓之儒邪？又况点墨濡翰、织制绮组之文以称儒，亦远矣。"②呼唤真儒、朴儒的回归。这些也都是续命道统的希圣心理的直接反映。

与司马光、范镇相比，邵雍的成圣心理更为明显。他直接在诗中自比伏羲、孔子，而且他经常用以自我评价的丈夫、男子等说法都带有希圣希贤的意思。前面说过，邵雍在《安乐窝中吟》中将自己的著作《皇极经世书》比作"伏羲书"，此外他还在《感事吟》中称之为"羲皇一卷书"③。他亦有多首诗用陶渊明《与子俨等疏》中"常言五六月中，北窗

① 司马光《序赙礼》，《司马温公集编年笺注》第5册，卷六五，第172页。
② 《司马温公集编年笺注》第5册，卷六四，第110页。
③ 《邵雍集》，第454页。

下卧，遇凉风暂至，自谓是羲皇上人"① 的典故，直接自拟为"羲皇"，如《天宫小阁纳凉》曰："小阁清风岂易当？一般情味若羲皇。洛阳有客不知姓，二十年来享此凉。"② 以孔子自拟者，如《仲尼吟》曰："仲尼生鲁在吾先，去圣千余五百年。今日谁能知此道？当时人自比于天。皇王帝伯中原主，父子君臣万世权。河不出图吾已矣，修经意思岂徒然？"③ 好像说他自己是一千五百年后又一个孔圣人一样。又有《罢吟吟》更是明目张胆地将自己的诗与《诗经》相比，想象千万年后自己的诗歌已经像《诗经》那样成为经典，会有孔子一样的人来删诗，由诗三千变为诗三百，曰："久欲罢吟诗，还惊意忽奇。坐中知物体，言外到天机。得句不胜易，成篇岂忍遗？安知千万载，后世无宣尼？"④ 邵雍自称所作诗歌为孔子删诗之前的诗三千，与他自称所治易学为文王、孔子以前的伏羲先天易学一样，为自己与众不同的儒学修为寻找理论的依据。因此二程才评价道："尧夫诗'雪月风花未品题'，他便把这些事便与尧舜三代一般，此等语自孟子后无人曾敢如此言来，直是无端。又如言'文字呈上，尧夫'，皆不恭之甚！'须信画前元有易，自从删后更无诗'，这个意思，古元未有人道来。"⑤ 将他这种超越孔子、直追三代的思想斥为"无端""不恭"。

邵雍总是自得于常人所拥有的一些最基本的生理属性、生活条件，因此而乐不可支，如《喜乐吟》曰："生身有五乐，居洛有五喜。人多轻习常，殊不以为事。吾才无所长，吾识无所纪。其心之泰然，奈何人了此？"其后自注曰："一乐生中国，二乐为男子，三乐为士人，四乐见太平，五乐闻道义，一喜多善人，二喜多好事，三喜多美物，四喜多佳景，五喜多大体。"⑥ 这背后的思想根源很容易追寻，来自春秋时期一个叫荣启期的隐士，刘向《说苑·杂言》曰："孔子见荣启期，衣鹿皮裘，鼓瑟而歌。孔子问曰：'先生何乐也？'对曰：'吾乐甚多。天生万物，唯人为贵。吾既已得为人，是一乐也。人以男为贵，吾既已得为男，是为二乐也。人生不免襁褓，吾年已九十五，是三乐也。夫贫者士之常也，死者民

---

① （晋）陶渊明著，逯钦立校注《陶渊明集》卷七，北京：中华书局，1979 年，第 188 页。
② 《邵雍集》，第 238 页。
③ 《邵雍集》，第 378 页。
④ 《邵雍集》，第 463 页。
⑤ 《河南程氏遗书》卷二上，《二程集》上册，第 45 页。
⑥ 《邵雍集》，第 335 页。

之终也，处常待终，当何忧乎？'"① 这样说来，邵雍仅仅是一个非常容易满足的乐天派，不足为奇，然而实际上在他看来正是由于这些条件太过基本，一般人很难从中发现快乐并发自内心地享受它，这就需要圣贤的修养功夫了。他的诗歌不断地描写所享受的这些快乐，使得自己因而成为天下一等一的人物。如《自在吟》曰："心不过一寸，两手何拘拘。身不过数尺，两足何区区。何人不饮酒？何人不读书？奈何天地间，自在独尧夫。"②《多多吟》曰："天下居常，害多于利，乱多于治，忧多于喜。奈何人生，不能免此。奈何予生，皆为外事。"③ 所乐之事遍地都是，而能够随手取来以资快乐的，邵雍自信天下之大，只有他一人能够做到。又如《偶得吟》曰："人间事有难区处，人间事有难安堵。有一丈夫不知名，静中只见闲挥麈。"④ 区处即分别处置、处理，安堵即安居而不受骚扰。这就解释了快乐的事情这么多，而人们普遍不快乐的原因，在于世界上始终存在着一些难以处理和叫人不安的事情，而邵雍总能自处于闲静无事的境地，其自身形象便一下子高大起来。

邵雍以生而为人、为男子、为丈夫而快乐，但他却又自命为十分人、真男子、大丈夫，这便与圣贤无异了。其《责己吟》曰"不为十分人，不责十分事。既为十分人，须责十分是"⑤，又有《十分吟》对"十分人"做了解释，即具有"直须先了身"的"十分真"以及"事父尽其心，事兄尽其意，事君尽其忠，事师尽其义"的"十分事"⑥。"十分人"的标准非常高，连司马光这样的当世伟人在他眼里也不过是"九分人"而已。"真男子"与"大丈夫"意思相当，出于《感事吟》中"能言未是真男子，善处方名大丈夫"⑦ 二句，而这位"善处"的"大丈夫"指的就是他自己。他认为"可谓一生男子事"的是"写字吟诗为润色，通经达道是镃基。经纶亦可为余事，性命方能尽所为"⑧，又自谓"明着衣冠为士子，高谈仁义作男儿。敢于世上明开眼，肯向人间浪皱眉"⑨，也

① （汉）刘向撰，向宗鲁校证《说苑校证》卷一七，北京：中华书局，1987 年，第 429 页。
② 《邵雍集》，第 356 页。
③ 《邵雍集》，第 376 页。
④ 《邵雍集》，第 364 页。
⑤ 《邵雍集》，第 427 页。
⑥ 《邵雍集》，第 475 页。
⑦ 《邵雍集》，第 454 页。
⑧ 邵雍《首尾吟一百三十五首》其五十四，《邵雍集》，第 525 页。
⑨ 邵雍《首尾吟一百三十五首》其一百二十九，《邵雍集》，第 539 页。

都属于"善处"的表现。而所谓"善处"指的是善处己或曰善处身，在《答友人》中他说"善处身"即是"可行可止存诸己，或是或非系在人"，而"为人能了自家身"的"千万人中有一人"①，少之又少。善处身的关键在于善处心，因为"心在人躯号太阳，能于事上发辉光。如何皎日照八表，得似灵台高一方"②，邵雍自信自己就是这种善处心之人。接着说道"家用平康贫不害，身无疾病瘦何妨？高吟大笑洛城里，看尽人间手脚忙"③，高居于灵台之上俯瞰人间并笑傲人世。他所理解的圣人标准便是能够善处心的"了心"之人，其《心迹吟》曰"圣人了心，贤人了迹。了心无穷，了迹无极"④，如果一个人能了解并主宰自己的内心，他便是圣人无疑。由人到身再到心，这一系列不断向内求的过程就是成圣的过程。从"人为万物灵"（《接花吟》《偶得吟》）到"万物备全身"（《自贻吟》），再到"心在人躯号太阳"（《试笔》），可以看到邵雍对"心"的本体作用的体认。"民于万物已称珍，圣向民中更出群"⑤，邵雍认为圣人只是善于处身了心的出群之人而已，并非高不可攀，也并非全知全能，不仅可以通过治心达到，还可以通过将心比心进行了解，因为"千人万人心，一人之心是"⑥。而且了心成圣是有具体方法的，如《无妄吟》曰："耳无妄听，目无妄顾。口无妄言，心无妄虑。四者不妄，圣贤之具。予何人哉，敢不希慕？"⑦ 大概和"非礼勿视，非礼勿听。非礼勿言，非礼勿动"的说法差不多，只不过多了一颗作为主宰的"心"在其中。故而圣人并非邵雍人生修为的最高标准，还隐隐约约有一层高于圣人的神人境界，带有超验的性质，这里就不再细说了。

二程的圣人意识也是非常明显的。程颢"谓孟子没而圣学不传，以兴起斯文为己任"⑧，他的这种努力得到了包括其弟在内的众多洛人的肯定。程颐在《明道先生墓表》中即将其兄程颢视为孟子之后一千四百年来道统的真正传人，说："周公没，圣人之道不行；孟轲死，圣人之学不传。……先生生千四百年之后，得不传之学于遗经，志将以斯道觉斯

①　邵雍《教子吟》，《邵雍集》，第 350 页。
②　邵雍《试笔》，《邵雍集》，第 405 页。
③　邵雍《试笔》，《邵雍集》，第 405 页。
④　《邵雍集》，408 页。
⑤　邵雍《至论吟》，《邵雍集》，第 508 页。
⑥　邵雍《自古吟》，《邵雍集》，第 313 页。
⑦　《邵雍集》，第 445 页。
⑧　程颐《明道先生行状》，《河南程氏文集》卷一一，《二程集》上册，第 638 页。

民。"① 不仅如此，更有"乡人士大夫相与议曰：'道之不明也久矣。先生出，倡圣学以示人，辨异端，辟邪说，开历古之沉迷，圣人之道得先生而后明，为功大矣。'"② 于是文彦博采纳众议而题其墓曰"明道先生"。程颢死后，众多的门人朋友撰文悼念、追忆，按照程颐的说法他们这样做都出自一个相同的目的，即都"以为孟子之后，传圣人之道者，一人而已"③。此外，二程又有着希图政统能够顺从道统的"格君心之非"的强烈愿望，曰："治道亦有从本而言……从本而言，惟从格君心之非，正心以正朝廷，正朝廷以正百官。"④ 正因为如此，程颐在元祐初年任崇政殿说书之时，才一定要争帝师坐讲之礼，更对年幼的哲宗百般苛责，"每侍上讲，色甚庄，继以讽谏，上畏之"⑤。

应该看到洛阳文人群中以司马光、邵雍、二程的圣人意识为代表的道统观念，也有与王安石新党集团道统观念以及三不足、理财等"异端邪说"相抗衡的意图。洛阳文人群的主体部分除了这些理学家之外，还有富弼、文彦博等不带理学色彩的耆宿重臣，他们身上的圣人意识较弱，但坚信"道在是矣"的贤人君子的观念则是非常强烈的。并且对于邵雍、二程这样纯粹的理学家，文彦博等人能够"虽位体隆贵，而平居接物谦挹，尊德乐善如恐不及。邵雍、程颢、程颐以道学名世，居洛阳，彦博与之游从甚密，及颢死，既葬，亲为题其墓为'明道先生'云"⑥，都有明确的尊贤重道的意思。尤其是司马光，他与高傲固执的程颐相处得并不愉快，如《河南程氏外书》曰"伊川与君实语终日，无一句相合"⑦，而且二程还经常就司马光的言行思想说三道四，但司马光一上台马上推荐身为布衣的程颐入侍经筵，这种以圣贤相待的尊师重道精神也是非常令人钦佩的。

三、关于佛禅

洛阳历来就是中国古代佛教发展的中心地之一，建于洛阳东郊的白马

---

① 《河南程氏文集》卷一一，《二程集》上册，第640页。
② 《河南程氏文集》卷一一，《二程集》上册，第640页。
③ 程颐《明道先生门人朋友叙述序》，《河南程氏文集》卷一一，《二程集》上册，第639页。
④ 《河南程氏遗书》卷一五，《二程集》上册，第165页。
⑤ 《邵氏闻见录》卷一四，第154页。
⑥ 《文忠烈公彦博传》，《名臣碑传琬琰之集》下卷一三，《景印文渊阁四库全书》第450册，第764页。
⑦ 《河南程氏外书》卷一二，《二程集》上册，第428页。

寺是中国第一座佛寺，位于南郊的龙门石窟是中国古代佛教艺术史上的奇迹，被誉为"禅宗祖庭"的嵩山少林寺也是赫赫有名。洛阳名刹林立，是古代祖庭最多的地方，城内及周边的其他寺庙更是多如牛毛。这个文人群经常出没于洛阳大大小小的佛教寺院，无论是赏花、宴饮都少不了到寺院中驻足、流连，而刚到洛阳暂无居所之时，他们也通常会到寺庙中借宿，邵雍、司马光皆是如此。当时的士大夫为了方便陵墓的护理和祭拜，很多人都建立了坟寺。坟寺又称坟庄或功德院、功德坟寺，文彦博就有积庆坟庄，就连排佛的司马光在夏县老家也建有坟寺。建坟寺就少不了聘请住持、养活僧人，和他们打交道也变成经常的事情。另外，诗僧的增多，僧人为了向士大夫传教、争取他们的财物支持或者获取社会声誉而学习儒家经典，也大大促进了僧人与文人士大夫的交往。佛教对世俗生活方方面面的浸入，使得下至平民百姓上至达官贵人罕有不受其影响者，佛教文化氛围比较浓厚的洛阳更是如此。北宋熙丰时期，禅风甚炽，司马光《和景仁答才元寄示花图》诗后自注曰"近岁举出谈禅"[1]，他在与范纯仁所作的《戏呈尧夫》诗中又说道"近来朝野客，无座不谈禅"[2]。然而这个时期的洛阳文人群中，对待佛禅的态度并不统一，大体可以分两派，一派为佞佛的富弼、吕公著、文彦博、范纯仁，一派为排佛的司马光、邵雍、二程、范镇。当时士大夫沉迷于佛教是很正常的事情，尤其是老年闲居的官员，很容易在参禅拜佛中寻找精神寄托，而政治斗争的失败更是一剂有效的催化剂，使富弼等人深陷其中不能自拔。排佛的阵营当中，除了范镇之外，其余皆为理学家，他们的排佛基本上是出于卫道的需要。

对德高望重却沉溺佛禅的故相富弼进行劝导，是这些理学先生们捍卫儒家道统的一项重要实践活动。邵伯温记载了一条邵雍劝诫富弼贪禅的故事，在后世流传颇广，曰："一日薄暮，司马公见康节曰：'明日僧显修开堂说法，富公、吕晦叔欲偕往听之。晦叔贪佛，已不可劝。富公果往，于理未便，某后进，不敢言，先生曷止之？'康节曰：'恨闻之晚矣。'明日公果往，后康节因见公，谓公曰：'闻上欲用裴晋公礼起公。'公笑曰：'先生以谓某衰病能起否？'康节曰：'固也。或人言上命公，公不起，一僧开堂，公乃出，无乃不可乎？'公惊曰：'某未之思也。'"[3] 从中能够看到，作为同辈朋友，司马光平日应该多次劝说过吕公著远离佛教，但无

---

① 《司马温公集编年笺注》第 2 册，卷一四，第 448 页。
② 《司马温公集编年笺注》第 2 册，卷一五，第 488 页。
③ 《邵氏闻见录》卷一八，第 199 页。

济于事。对于年辈高于自己的富弼，他更加无能为力，只好请求邵雍出马。邵雍性情较为宽厚，不像司马光那样喜欢争辩，他知道如果在执迷不悟的富弼面前摆出一副卫道排佛的架势，肯定无济于事，于是只好从政治博弈的角度进行分析，从而让生性谨慎的富弼产生了畏惧心理。不仅如此，邵雍还在平日对富弼循循善诱。北宋的王暐还记载道："邵康节与富韩公在洛，每日晴必同行，至僧舍，韩公每过佛寺神祠必鞠躬致敬，康节笑曰：'无乃为佞乎？'韩公亦笑，自是不为也。"① 富弼年轻时期寄寓洛阳天宫寺三学院苦读诗书，受到寺僧宗颢的热情款待，因此一生都铭记宗颢的恩德，大概从那个时候起便已逐渐被佛禅浸染，所以他对佛徒的好感、对佛教的笃信是根深蒂固的，不大可能改变。邵雍要做的，只是让他不至于崇奉太过，以免有损故相的身份，并对世人产生不良的示范作用。

邵雍有《王公吟》一诗即认为作为天下具瞻的王公大人不应该跟着流俗拜佛参禅，曰："王公大人，天下具瞻。轻流薄习，重损威严。此尚未了，彼安能兼？非唯失道，又复起贪。顶戴儒冠，心存象教。本图心宁，复使心闹。譬如生子，当求克肖。不教义方，教之窃盗。"② 名高位显的士大夫是天下人瞻仰的公众人物，必须注意言行举止所造成的影响，如果作风轻率浅薄，必然严重损害到自身的威严。而佞佛之人，很难保持儒者的兼济之志，不仅丧失了儒学的根本，还会生出无尽的贪念，求心宁而心闹，得不偿失。最后四句"譬如生子，当求克肖。不教义方，教之窃盗"，直斥佛教为盗窃之教，严厉的告诫口吻已经与小心劝说富弼之时大不相同，警告以儒立身垂范的士大夫们千万不能为异端邪说所迷惑，失掉了儒者据守的阵地。针对习禅能使人心境安宁的看法，邵雍是不屑一顾的，正所谓"本图心宁，复使心闹"；以其求取快乐也是舍本逐末、横生枝节，如其《再答王宣徽》曰"自有吾儒乐，人多不肯循。以禅为乐事，又起一重尘"③。他认为坐禅入定的说法都是骗人的，违背自然的养生规律，所谓"铅锡点金终属假，丹青画马妄求真。请观风急天寒夜，谁是当门定脚人"④。这几句诗出自他的《崇德阁下答诸公不语禅》，崇德阁是一座佛寺，众人聚集此处聊着聊着便自然谈到了坐禅的话题，邵雍便以此诗加以回应，揭露出了所谓禅定的虚假面目。他一再提醒那些"求

---

① （宋）王暐《道山清话》，北京：中华书局，1985 年，第 3 页。
② 《邵雍集》，第 456 页。
③ 《邵雍集》，第 300 页。
④ 《邵雍集》，第 272 页。

名少日投宣圣，怕死老年亲释迦"的王公大人们，"妄欲断缘缘愈重，徽求去病病还多"①，"往来无限安平者，岂是都由香一炉"②，因此，求佛不如求己，否则不仅无用，还会平添许多烦恼。世人如此迷信道教、佛教，不过是被贪生怕死、好逸恶劳的欲望所牵引，进而再被二教教义所迷惑，"学仙欲不死，学佛欲再生。……哀哉公与卿，重为人所惑"③。他自命为"不佞禅伯，不谀方士"④的安乐先生，靠儒学的修为就能安乐。因此，当吕公著长子吕希哲问邵雍"亦读佛书否"，邵雍便用颇有几分禅宗机锋意味的话回答道"人病舍其田而芸人之田"⑤，可谓以其人之道还治其人之身。

不仅仅有邵雍开导富弼，作为后辈的程颐也参与进来。《二程遗书》记载道："富公尝语先生曰：'先生最天下闲人。'曰：'某做不得天下闲人，相公将谁作天下最忙人？'曰：'先生试为我言之。'曰：'禅伯是也。'曰：'禅伯行住坐卧，无不在道，何谓最忙？'曰：'相公所言乃忙也。今市井贾贩人至夜亦息，若禅伯之心，何时休息？'"⑥ 这又从另一个方面为邵雍"本图心宁，复使心闹"之语做了注脚。程颐认为禅师一天到晚就是为了求个心宁，为之所忙，于是永远不得安宁清闲，还不如市井商贩，白天忙完了，晚上闲下来，好歹还能获得一会儿心宁。像邵雍一样，二程也指出佛教以生死来迷惑人的伎俩，认为《传灯录》中一千七百位高僧没有一个达者，还不如孔子一句"朝闻道，夕死可矣"通达，然而学佛之人已成弥漫之势，危害巨大，"惟佛学，今则人人谈之，弥漫滔天，其害无涯"，与之相比"道家之说其害终小"⑦，表示深深的忧虑。二程对佛教的弃绝人伦、装神弄鬼等诸多方面也很不满，程颢任京兆府鄠县主簿时甚至在据传石佛头部放光引起男女昼夜杂处而观，伤风败俗，连"为政者"也"畏其神，莫敢禁止"⑧的情况下，命令寺僧待佛头放光时取下送给他看，从而遏绝了这件荒唐的事，显示了大无畏的捍卫道统的精神。

---

① 邵雍《学佛吟》，《邵雍集》，第 407 页。
② 邵雍《感事吟》，《邵雍集》，第 366 页。
③ 邵雍《死生吟》，《邵雍集》，第 491 页。
④ 邵雍《安乐吟》，《邵雍集》，第 413 页。
⑤ （宋）吕本中撰《东莱吕紫微师友杂志》，北京：中华书局，1985 年，第 3 页。
⑥ 《河南程氏遗书》卷二二上，《二程集》上册，第 293 页。
⑦ 《河南程氏遗书》卷一，《二程集》上册，第 3 页。
⑧ 《河南程氏文集》卷一一，《二程集》上册，第 631 页。

对于佛教经典、佛教理论、佛教故事，司马光在简单的辨伪辨妄之后一概付之以否定和轻蔑的态度。而面对主动交往的僧人，他则以儒家伦理道德对佛教进行包装之后再进行适当的肯定，但往往也免不了对现实生活中佛徒的种种失德行为即所谓末流现象进行无情鞭挞。在《宝鉴贻开叔》一诗中，司马光对禅宗著名的明镜尘埃的话头进行了驳斥，曰："流尘集宝鉴，尘昏鉴不昏。纤泥落清水，泥浑非水浑。人能辨二物，相与自忘言。二物不能辨，悠悠何足论？无为舍其内，逐和取烦冤。"① 这就完全取消了以明镜尘埃之喻明心见性的合理性，认为是不明事理、自取烦恼。《题〈传灯录〉后》一诗曰："呷着声闻酒便狂，它州浪走不还乡。谁曾缚汝安用解？彼自无创勿误伤。探月拾针传妄语，安居暇食赖先王。但令时世如三代，达磨从它面向墙。"② 这里是说佛徒求佛法声闻如小口啜饮，但一碰到酒就大口如狂，佛法全忘。云游他乡，背弃父母，浪荡不归，全无人伦之义。明明没人束缚，也没有创伤，却一味求解缚、勿伤，探月、拾针之类的机锋也全是无稽之谈，还不是靠着先王建立的太平盛世才能衣食无忧？如果世事清明如同三代，就任由达摩们面壁去吧。这已经纯粹是无情的讥讽了。《和君贶少林寺》一诗辨析达摩祖师神奇传说的荒诞不经，曰："达磨自云传佛心，绪言迷世到于今。既携只履归西域，安得遗灵在少林？孤月正明高殿冷，清风不断老松深。谢公自爱山泉美，肯为幽禅此访寻？"③ 诗歌结尾看似为王拱辰洗白，说他来到少林寺是为了山泉美景而来，非为访禅，实则是劝说他不要沾染佛禅。《戏呈尧夫》一诗将自己塑造成在举世谈禅的歪风邪气中独醒的智者，并嘲笑好友范纯仁倾心谈禅的爱好，曰："近来朝野客，无座不谈禅。顾我何为者？逢人独懵然。羡君诗既好，说佛众谁先？只恐前身是，东都白乐天。"④ 此诗中司马光自认不懂禅理，说明他因为有着强烈的不屑和排斥心理，因而对佛经佛理涉猎不深。司马光也有一些与僧人交往的诗文，如《又和岳祠谢雪题岳寺平法华庵》《华严真师以诗见贶，聊成二章纪其趣尚》《秀州真如院法堂记》《书〈心经〉后赠绍鉴》之类。在这些诗文当中司马光肯定他们苦修的努力、清俭的精神，认为"夫佛盖西域之贤者，其为人也，清俭而寡欲，慈惠而爱物……盖中国於陵仲子、焦先之徒近之矣"，有古隐

---

① 《司马温公集编年笺注》第1册，卷四，第229页。
② 《司马温公集编年笺注》第2册，卷一四，第450页。
③ 《司马温公集编年笺注》第2册，卷一三，第389页。
④ 《司马温公集编年笺注》第2册，卷一五，第488页。

者的风范，但佛教在后世传入中原的发展过程中越来越沦入欺世敛财的末流，"故后世之为佛书者，日远而日讹，莫不侈大其师之言，而附益之以淫怪诬罔之辞，以骇俗人而取世资，厚自丰殖，不知厌极，故一衣之费或百金，不若绮纨之为愈也，一饭之直或万钱，不若脍炙之为省也。高堂巨室以自奉养，佛之志岂如是哉"①。这是司马光除了认为佛禅之言虚无妄诞之外的另一反佛理由。他认为"佛书之要尽于'空'一字而已"，要空首先就要"不为事物侵乱"②，而如今的佛徒大多不能空，在功名利禄面前一下子就乱了。他对佛教的"空"以及老庄与之类似的"无为"都是有所肯定的，但这种肯定是建立在经过儒家伦理道德包装改造的基础上的，如《迂书》"释老"一则曰：

> 或问："释老有取乎？"迂叟曰："有。"或曰："何取？"曰："释取其空，老取其无为、自然，舍是无取也。"或曰："空则人不为善，无为则人不可治，奈何？"曰："非谓其然也。空取其无利欲之心，善则死而不朽，非空矣。无为取其因，在治则一日万几，有为矣。"③

将"空"理解为"无利欲之心"，这就符合儒家的轻利思想了，司马光认为这是佛教仅有的一点可取之处，他对绍鉴、若讷等僧人的肯定也正在于此。但他对于空谈性命的佛徒就比较反感了，晁说之记载僧人潜道被司马光训斥之事曰："有道（按，'道'可兼指僧道，此处当指僧人。）潜道少时尝见温公，论性善恶混，潜道极言之，温公作色曰：'颜状未离于婴孩，高谈已至于性命。'"④

应该看到，在日常生活中，这些理学家们虽不参与佛事，但也不排斥和佛徒的交往。并且他们也只是在理论上排斥佛教，实际行为却远远没有理论上那么激烈。即使从思想上而言，邵雍、二程对佛禅也多有吸收借鉴，用以完善他们自己的理论构建，司马光对佛教尚空的精神也有适当的肯定。在思想上，他们未必不杂；在实践上，他们却可以不惑。

---

① 司马光《秀州真如院法堂记》，《司马温公集编年笺注》第 5 册，卷六六，第 188—189 页。
② 司马光《书〈心经〉后赠绍鉴》，《司马温公集编年笺注》第 5 册，卷六九，第 251 页。
③ 《司马温公集编年笺注》第 5 册，卷七四，第 462 页。
④ 《晁氏客语》，第 30 页。

第五章　洛社活动历代影响管窥

第一节　文彦博的后洛社时代

历仕四朝的名相文彦博本为汾州介休人，将别墅、家庙和坟庄建在洛阳以后，便以当地人自居，并且在党争迫害残酷的熙丰年间成为洛社旧党最强有力的护身符。在此期间，即便是反对变法最大无畏的司马光，也曾因为苏轼的乌台诗案被罚铜二十斤，而文彦博一直受到神宗不断升级的优待和礼遇，没有任何恩衰的迹象。他和司马光都是高调之人，区别在于后者是高调辞官与隐居，而前者是高调彰显耆英的名誉身份，相比而言文彦博更圆滑，也更善于自保与保护他人。然而旧党执政后内部日甚一日的纷争，并不比新旧党争更温和，再加上洛社旧游的相继凋零，元祐年间文彦博的二次致仕归洛反而比元丰年间落寞许多。

一、"不安于位"的二次归洛

元祐五年（1090）八十五岁高龄的文彦博经过反复的辞请，终于解除了担任五年的平章军国重事，在四月底回到了阔别已久的洛阳。文彦博此次致仕并非只是因为年事已高，还有党争的原因。元祐年间旧党执政，司马光、吕公著、韩维、范纯仁先后出任宰相，包括熙丰年间居洛文人群在内的旧党中人迅速占据高位，短时间内将新法废除殆尽，将新党纷纷逐出朝廷，牢牢掌握了朝政。然而就在司马光去世的第二年，旧党内部便开始分化，形成了洛党、蜀党、朔党多个党派，互相攻讦。这其中应以刘挚为首的朔党势力最为庞大，文彦博正是陷入了朔党的围攻当中才"不安于位，寻罢去"①。按照《续资治通鉴长编》的记载，起因是韩琦诸子韩忠彦等人论奏其父当年策立英宗之功，谴责文彦博元丰三年面圣、神宗垂询此事时与富弼等人分其父功。又据《东都事略》本传的记载，韩忠彦和韩琦门人刘挚、王岩叟、贾易等人不满文彦博不言韩琦立嗣功勋，于高

---

① 《续资治通鉴长编》卷四三七，第 10539 页。

太后帘前论列王同老所呈当年未上之立策元奏乃文彦博指使下所作伪证。经过以讹传讹，此事又产生了一些演绎，直接影响到了对熙丰间居洛的旧党文人群事迹的记载，《长编》引陈天倪《颖滨语录》中语并加以辨误道：

> 苏辙云："仁庙至和末，富公、潞公、王文忠公尧臣皆在朝。一日仁庙服药，而皇嗣未立，执政等忧之。时王文忠公尝与富公、潞公等议，请立英宗为皇嗣。事未上而仁庙已勿药，遂绝口不敢道，中外无有知者。嘉祐间，魏公作相，英庙入为皇嗣，及即位，则首尾皆魏公了之。至元丰初，文忠公之子同老言于朝，明其父至和之末与富、潞二公尝议请立皇嗣事，议既定而未发，今遗稿则存，以二公为证。时富公在南京，潞公留守北都。是年秋，大享明堂，神庙有诏，令二公入陪祠事。既毕，令登对，遂以同老事问潞公，公具道其事。问富公，云不知，神庙亦弗能强之也。有诏令潞公留守西京，加太尉，宠遇甚厚。而富公之意不欲于不分晓处受朝廷恩赏，终不肯言，亦退居洛，不复与潞公相见。时潞公作耆英会，置酒于富公之第。及会当富公，但送羊酒而已，盖鄙之也。然援立之功归之潞公，则前日魏公一番恩例亦当夺去，时神考但两平之。"因言王旦，指及潞公晚节，尝为惜之曰："血气既衰，戒之在得。"王同老事见元丰三年闰九月，此时富弼致仕久矣。弼致仕，即居西京，未尝在南京。是年明堂，文彦博自北京入觐，弼亦未尝赴阙也。陈天倪所录差误，又与《龙川别志》不合，志不足据也。姑存之。[①]

李焘指出了陈天倪的记载在时间、地点、事件上的诸多错误，认为颇不足据。争立嗣之功这件事所引起的忧患一直潜伏在旧党文人群中，一直到元祐年间才集中爆发。上面已经引用过邵伯温关于富弼居洛与韩琦、欧阳修断绝来往的记载，认为是富弼不欲在立嗣之事上居功所致，其中确实有陈天倪所说"富公之意不欲于不分晓处受朝廷恩赏"的原因，也有兹事甚大、居功不成恐贻杀身之祸的原因，这类史鉴不在少数。文彦博也没有与韩忠彦、贾易等人做过多分辩，而是主动请求离开是非之地，休致归洛。后人有假托其名作《文彦博私记》者，为文彦博作辩护，对诸人进行了严厉的斥责。李焘认为此文"语多激讦，必不出彦博之手，盖其子

---

① 《续资治通鉴长编》卷四三七，第 10543 页。

孙或门生故吏辈为之耳"①，又指出其中多处事实错误。之所以有诸如此类讹传假托的记载，是因为此事加剧了元祐党人的分裂和派系斗争，影响及于支持不同派系的后人，依然呶呶不休，乃至不惜作伪。《颍滨语录》的作者陈天倪不知何人，称所录为苏辙之语。苏辙晚年号为颍滨遗老，集中有《次迟韵示陈天倪秀才、侄孙元老主簿》一首，南宋郎晔所注《经进东坡文集事略》注语中有"颍滨尝语陈天倪云"②，可见陈天倪为苏辙晚年的小友，其记载虽有错误，却并非空穴来风。在他的记载中，富弼不愿居立嗣之功而文彦博尝于元丰间诣阙并因立嗣之功得到神宗优待的部分还是可信的，可以与邵伯温的记载相互印证。至于说富弼致仕居洛"不复与潞公相见"，以及"时潞公作耆英会，置酒于富公之第。及会当富公，但送羊酒而已，盖鄙之也"，与邵伯温和司马光的记载都有很大差异，有着明显的借抬高富弼来贬低文彦博的意思。当时这件事在旧党中间的影响还不至于如此严重，富弼不与远在他乡的韩琦、欧阳修书信来往恐怕更多地源于新旧党争的严峻形势，对于相距不远又担任本地行政长官且主动与其交往的文彦博来说，富弼不可能因此而与之断交甚至借耆英会而"鄙之"。但无论如何，在后人看来，以前相濡以沫、相得甚欢的熙丰旧党洛阳文人群随着元祐执政期间的分歧，其形象已经不再完全是占据道德高地、同心同德的君子阵营了。

　　文彦博致仕之时，朝廷封赠了一系列的尊贵头衔，"贵极上公，既无复加之爵……殚尽人臣之宠"③，还特赐银五千两，"特依前任宰相支破添赐公使钱，仍令河南府管勾支用"④，下诏增加其家族后代的恩荫数目，等等，以至于让他屡屡上书请求免除册礼、减少封号、免赐公使钱。临行前像元丰三年、七年一样赐宴于琼林苑，由三省两府大臣陪侍并纷纷赠诗送行，其中苏辙、苏颂、陆佃之诗尚存，大抵皆为颂美文彦博功勋、福寿、官爵的无与伦比。试举苏辙《送文太师致仕还洛三首》以见一斑，曰：

　　　　国老无心岂为身？五年朝谒慰簪绅。元臣事业通三世，旧将威名服四邻。遍阅后生真有道，欲谈前事恐无人。比公惟有凌云桧，岁岁

① 《续资治通鉴长编》卷四三七，第 10542 页。
② （宋）苏轼著，（南宋）郎晔选注《经进东坡文集事略》卷九，北京：文学古籍刊行社，1957 年，第 119 页。
③ 苏辙《除文彦博太师河东节度使致仕制》，《栾城集》卷三三，《苏辙集》，第 568 页。
④ 文彦博《免赐公使钱札子》其一，《文彦博集校注》卷三七，第 893 页。

何妨雨露新？

　　齐鲁元勋古太师，寂寥千载恐无之。昔归暂缩经邦手，复起还当问道时。入谒何曾须掖侍？到家依旧拥旄麾。孔公灵寿固应在，秋晚香山访佛祠。

　　西都风物汉唐余，天作溪山养退居。盈尺好花扶几杖，拂天修竹倚庭除。白头伴侣谁犹健？率意壶飧夕已疏。（自注：公昔与司马公同居洛下，常与诸老为真率之会，酒肴果蔬随有而具。）我欲试求三亩宅，从公它日赋归欤。（自注：先人昔游洛中，有卜筑之意，不肖常欲成就先志，顾未暇耳。）①

　　虽然是应酬文字，却极为切事切理，尤其是"遍阅后生真有道，欲谈前事恐无人"二句，"王直方诗话云……盖潞公官爵年德难为形容，非此两句不能见也"②。第三首诗还想象了文彦博归洛后的情形，回忆了熙丰年间居洛文人群的游从之盛、与司马光等人作真率会的欢乐场景，而今再次荣归故里，物是人非，已然"欲谈前事恐无人"，不知道应该庆幸还是悲伤，于是苏辙慨然抒发了欲于他日卜邻于洛的愿望。

二、洛社旧游的重聚

　　文彦博归洛以后，受到了时任留守的故相韩缜的热烈欢迎。韩缜为韩绛、韩维之弟，三韩兄弟居于离洛阳不远的许昌，元丰年间韩维与迁许的范镇以及其他居洛旧党来往密切；元丰七年，韩绛入洛为留守，成为洛阳文人群中的重要一员。在新旧党争中，三韩的政治立场并不相同，韩绛是坚定的变法派，与王安石一道主持变法，受到旧党的强烈谴责，后因不满吕惠卿当政而逐渐与旧党人士亲近，晚年留守西京时已经能够非常好地融入旧党群体之中了；韩维明确反对变法，应属于旧党群体；韩缜政治态度较为中立，正因为如此，在元祐初年居相时受到重新执政的旧党人士排斥而罢相出外，却并没有像新党一样受到严厉打击。韩缜对文彦博的欢迎与元丰七年春乃兄韩绛一样热情。

　　文彦博文集中共有十首与韩缜唱和的诗歌，皆作于从文彦博归洛的元祐五年春到韩缜徙知太原的元祐六年底。这些诗歌都能反映出韩缜对这位

---

① 《栾城集》卷一六，《苏辙集》，第323—324页。
② 《苕溪渔隐丛话》前集卷二八，第193页。

"为本朝名臣福禄之冠"① 的老宰相的奉承之殷，与当年韩绛如出一辙，虽不如熙丰洛社时期那种同乡般的情谊，却也颇能解颜开怀。就文彦博之诗来看，他的那种豪放与洒脱是一以贯之的。其《某再获谢事，归老洛师，留守相公玉汝宠惠台什，过形奖予，谨达来觇》曰："二圣恩深念老臣，许从休退乐伊滨。重观景物皆尘迹，喜见居留是故人。林下放怀无检束，尊前道旧长精神。公难久作东田伴，却作黄枢秉化钧。"② 抒发重回故里、重逢故人的喜悦之情，充满摆脱樊笼的释然和老当益壮的劲健。此时的诗人早已没有任何人生遗憾，唯有享用无尽的"放怀无检束"之乐了。《留守相公宠示喜雨雅章，曲有推借，谨抒鄙意上答》一诗写久旱逢甘霖的喜悦，有着一般写雨诗的套路，不过此处亦是有感而发。元祐五年四月底五月初，文彦博根据近日西京所受旱灾的情况上《奏勤恤民隐事》《奏久旱乞不追扰事》二疏，请求朝廷能够令州县官在大雨解除旱情、农事急迫之时免除妨碍农事的追扰，让农民能够专注于田间地头的劳作。这说明文彦博没有因为年高和休致而放弃关切民生疾苦的责任，在苏辙为朝廷所作的《除文彦博太师河东节度使致仕制》中也说道"勿以进退之殊而废谟猷之告"③，这句话并非可有可无的官样文书。此诗以"利泽定知均率土，保厘再起作商霖"二句作结，和前诗结尾处的"公难久作东田伴，却作黄枢秉化钧"一样，都是希望韩缜这位"故人"能够重新登上宰执之位，掌化钧、为霖雨。此时韩缜也已经是七十二岁高龄的老人了，但是对于八十岁又重新登用的文彦博来说，只要精力允许，七十岁未必一定要作为放弃功业和责任的年龄。

韩缜与文彦博唱和的热情不断高涨，有时候也让后者感到应酬的疲惫。在《留守相公玉汝叠惠雅章，过形奖借，弟以老乏才思，难以继声，辄以二十八言为谢》诗中面对着这位"故人"的频繁来诗，文彦博谦虚地表示赓和的才力不足，似乎要"缴械投降"了，曰"荐捧佳章频叹服，洋洋盈耳类锵金。老昏拙涩无才思，勉强难为继大音"④，"老昏拙涩无才思"当然是借口，他只是客套话说得厌烦了而已。韩缜在洛阳新建了一座中和堂，为了邀约文彦博，在堂西别出心裁地搭建了一项毡帐，以便这位贵客能够醉宿其中。毡帐为北方游牧民族所用的毡制帐篷，此举颇具戏

---

① （宋）曾敏行撰《独醒杂志》卷六，上海：商务印书馆，1937 年，第 43 页。
② 《文彦博集校注》卷七，第 379 页。
③ 《栾城集》卷三三，《苏辙集》，第 568 页。
④ 《文彦博集校注》卷七，第 380—381 页。

谑意味。待文彦博休憩之后，韩缜便将其题为"醉眠庵"。文彦博有二诗记此事，分别为《前日蒙留守相公玉汝延饮于中和新堂，仍别设毡幄，欲令羸老暂憩。翌日小娃已传其说，辄成小诗》《留守相公玉汝于中和堂之西偏别设毡幄，以待老夫中憩，尝以拙诗为谢，寻蒙答贶，仍改题所憩为"醉眠庵"，不任感戴，辄依高韵和呈》，前诗曰"新堂仍设旧青毡，欲使刘伶暂醉眠。何似奇章南涧上，别开一室待焦先"①，后诗曰"中和堂饮夜厌厌，逸客峨冠欲堕簪。深荷相君怜老意，改题毡幄醉眠庵"②。奇章，即唐宰相、奇章郡公牛僧孺，曾欲于南涧之上别筑室以待白居易。牛僧孺与白居易皆为洛社中人，此处文彦博拟自己为白居易，拟韩缜为牛僧孺，隐然已将韩缜纳入到了洛社的交游圈中。此后二人围绕"醉眠庵"又反复叠韵，表达隐逸的高怀、深厚的交谊。因文彦博曾五判河南府，故而韩缜将其入府相访之举称为"棠阴旧游"③，文彦博也表示"每登丞相潭潭府，常憩西厢大隐庵"④，要经常到对方府邸来酣寝于这座醉眠庵中，过足"大隐"之瘾。当文彦博回到他远在郊野的东庄别墅时，韩缜亦以诗相赠，文彦博在《次韵留守相公玉汝以某赴东庄特赐佳篇》里答以"能留过客虽无饵，时对清樽亦有花"⑤，希望对方也能到此一游，并于结尾处回忆当初其兄韩绛来访的情形，谦逊地说"昔日相君曾降顾，常忧蜗陋不容车"，似乎非常寒酸。而当年文彦博在东庄别墅招待韩绛的实际情况则是"清尊屡醺吟情逸，红袖频翻舞态妍。归兴直须三鼓尽，月华况是十分圆"⑥，在歌儿舞女的助兴下，诗酒流连到三更半夜，场面十分奢华。

诗酒调谑、故人话旧的好景不长，转眼又是韩缜归阙改赴他任之时，文彦博为之作《贺经略太尉相公玉汝移镇太原》四首，以"风偃殊邻服，威加绝塞宁。归来烟阁上，肖象炳丹青"⑦（其一）期待他能在边地建功立业，再次成就人生的辉煌；又以"晋阳襦袴歌来暮，洛宅衣冠动去思。若到参墟念嵩少，北园南望下楼迟"（其四）表达自己的惜别思慕之情，

---

① 《文彦博集校注》卷七，第384页。
② 《文彦博集校注》卷七，第385页。
③ 文彦博《留守相公玉汝宠示嘉篇，有"棠阴旧游"之句，过奖难当，辄敢和呈》，《文彦博集校注》卷七，第385页。
④ 文彦博《再和留守相公玉汝惠雅章》，《文彦博集校注》卷七，第386页。
⑤ 《文彦博集校注》卷七，第398页。
⑥ 文彦博《留守相公宠示东田宴集诗依韵和呈》，《文彦博集校注》卷七，第357页。
⑦ 《文彦博集校注》卷七，第399页。

用的正是古典诗词中常见的反言则切之法。

　　韩缜的下一任留守是洛社旧游范纯仁，他的到来使文彦博倍感亲切。范纯仁元祐四年六月罢相，以观文殿学士知颍昌（即许昌），比文彦博早十个月出京，次年五月知延安，改知太原，六年十一月继韩缜知河南府留守西京。范纯仁早在由许昌赴延安途经洛阳之时，就拜访过居于东田别墅的文彦博，写下了《过洛谒文潞公游东田》一诗，曰："东田不到几经年，孙阁重登荷眷怜。清世莫尊唯尚父，朱颜难老是真仙。四朝弼亮繁贤业，八表升平赖化权。门馆旧生弥幸会，再陪几杖向林泉。"① 不乏表达敬仰的客套话，却掩盖不了忘年老友相逢的感慨与喜悦。"孙阁重登""再陪几杖"之语，充溢着沧桑之感。在当年的洛社游从中，范纯仁一向以小辈自居，尽管他后来亦曾拜相，而谦恭之心依然，因为陪扶的是"尚父""真仙"一样的人物。他很感激文彦博给予的熏陶和教诲，早在元丰七年刚刚离开洛阳、知河中府任上，其《寄上文潞公》诗中就有"孙阁重登愧玷簪"这样相似的话，又有"善教每闻当镂骨，重知难报欲沾襟"② 二句亦可进一步解释前诗所表达的"门馆旧生弥幸会"之情。文彦博和诗《经略大观文相公尧夫寄示东田别后一篇，谨次元韵》则深情地回忆了元丰洛社交游的场景，赞叹范纯仁帅边的事业和涌泉的诗思，曰："出处交游数十年，故情勤重见矜怜。东田屡涉求羊径，西洛频陪李郭仙。四路连城归节制，万兵开府壮威权。雅章垂贶尤奇绝，走笔如风似涌泉。"③ 他并没有以老师自居，而是将范纯仁比作羊仲与求仲、李膺与郭泰那样的高朋。

　　元祐七年春，范纯仁刚任洛阳留守不久，恰逢文彦博赴其子文及甫所守的河阳，便作《迎文潞公再谢重事归洛》诗，曰："河阳洛下春游盛，两处风光属一家。不独都人瞻几杖，笑迎唯有满城花。"此处的花特指牡丹花，诗后自注曰："洛人独以牡丹为花。"④ 文彦博将该诗理解为促归之作，以《次韵留守相公尧夫促令归洛》为题答之，曰："自古锦城虽可乐，犹言不若早还家。三城争似洛城乐，只是安仁一县花。"⑤ 表示河阳之乐不如洛阳之乐，且洛阳是家乡，又值故人为守，不如早还也。又作《河阳寄留守相公尧夫》，曰："暂别荧煌座，初为半月期。洛城归意切，

---

① 《范忠宣公文集》卷五，《宋集珍本丛刊》第 15 册，第 404 页。
② 《范忠宣公文集》卷四，《宋集珍本丛刊》第 15 册，第 402 页。
③ 《文彦博集校注》卷七，第 397 页。
④ 《范忠宣公文集》卷五，《宋集珍本丛刊》第 15 册，第 405 页。
⑤ 《文彦博集校注》卷七，第 390 页。

不独为花时。"① 更直白地表示思归乃因思友。此外，范纯仁尚有《送潞公游河阳河清》诗，一方面想象"子孙拥节迎家府，稚艾争途看寿仙"的热闹景象，一方面表达了"堪叹三川疲病守，陪公不及望公还"②的遗憾。文彦博随即答以《谢留守相公尧夫惠书及诗意爱勤重》二首，第一首乃次元韵，亦以故友悬隔为憾，曰"河阳满县花称好，仰望三川难比肩"，承诺尽快返回，曰"伊叟依刘心更切，柴车促驾即言还"③。两地相隔不远，且文彦博游河阳仅为半月，如此频繁地诗歌往返，一次又一次地表达相互的思慕，表明二人的情谊之深确实非同一般。即便是秋日游龙门，看到满目绚烂的美景，范纯仁也会抒发"独恨不能陪杖屦，思公空作寄公诗"④的怅恨。而在平日交往中，范纯仁对文彦博更是关怀备至，当盛夏来临之时，他会遣人送上凉席一卷，以为解暑之用，并附上《赠蕲簟与潞公二首》，文彦博则戏答"相君鼎意多兼济，欲使炎天老者安"⑤，表示感激。有时候范纯仁还会招邀许昌的老朋友韩维前来饮酒，此时文彦博已经约好了冯京⑥，四位故相齐聚洛阳，想必又是一番引惹众人随观的盛况。

三、"欲谈前事恐无人"

除了与前后两任留守韩缜、范纯仁交游外，文彦博还与慕容伯才在东田掷饼喂鱼、在春夜游洛阳花市，作有《与之珍朝议秋日东田观鱼，掷饼水中，鱼食者众》《游花市示之珍》二诗。韩琦判北京大名府时的旧日下属、王岩叟之父王荀龙以中散大夫致仕，曾驱车到河阳拜访文彦博，二人在筵席中诗酒酬酢，甚为欢洽，见文彦博所作《次韵致政中散荀龙宠惠雅章》《致政中散荀龙连惠三篇，俯光衰老，辄亦依韵和呈，再鼓羸师，其气已竭，止希一览而弃之可也》二诗。这里还应该提到一个人，即与文彦博同龄的洛阳本地的一位训蒙先生张起宗。据宋马永卿《懒真子》记载，当年文彦博知成都府后回到洛阳，"行李甚盛""姬侍皆骑马，

---

① 《文彦博集校注》卷七，第 389 页。
② 《范忠宣公文集》卷五，《宋集珍本丛刊》第 15 册，第 405 页。
③ 《文彦博集校注》卷七，第 391—392 页。
④ 范纯仁《龙门秋日上潞公二首》其一，《范忠宣公文集》卷五，《宋集珍本丛刊》第 15 册，第 406 页。
⑤ 文彦博《尧夫惠簟》，《文彦博集校注》卷七，第 371 页。
⑥ 见范纯仁《次韵持国谢送酒》，《范忠宣公文集》卷五，《宋集珍本丛刊》第 15 册，第 406 页。

锦绣兰麝溢人眼鼻"，引起了张起宗的艳羡，此时便有一算命先生告诉他若干年后当与这位大人物"并案而食者九个月"①。后来文彦博再次致仕归洛，游会节园，偶然发现了居于园侧的这位老先生，经过询问，得知与自己同龄，大喜，呼为"会节先生"，与之交往了九个月，每宴必请其入座。文彦博游河阳，与张起宗相别，在筵席中被伶人取笑了一番，从此便不再与之来往。这种传闻，其实是为了衬托文彦博的富贵与高寿的，但也从一个侧面反映了他因故交凋零而引起的"欲谈前事恐无人"的怀旧心理。无论是与韩缜、范纯仁还是王荀龙的诗中，他都反复表达了重见故人、樽前道旧的感慨与喜悦。他曾说过这样的话："人但以某长年为庆，独不知阅世既久，内外亲戚皆亡，一时交游凋零殆尽，所接皆邈然少年，无可论旧事者，正亦无足庆也。"②吴曾就此认为苏辙"遍阅后生真有道，欲谈前事恐无人"二句，即"叙潞公语也"③。

文彦博晚年居洛的最后时光里充满了这样的怀旧情绪。他追溯东田的营建过程，作诗一首，题为《余于洛城建春门内循城得池数百亩，其池乃唐之药园，因学徐勉作东田，引水一支灌其中。岁月渐久，景物已老，乔木修竹，森然四合，菱莲蒲芰，于沼于沚。结茅构宇，务实去华，野意山情，颇以自适，故作是诗》，最后四句为"西洛故年为胜地，东田今日属衰翁。药园事迹分明在，尽见云卿旧记中"④，药园不再，徒留旧记，而东田的景物也已经随着诗人渐渐老去。对于他常常游览的河阳、河清，范纯仁之诗有"旧舍讼棠重蔽芾，昔游昼锦复蝉联"之句，前一句自注为"河阳，公旧治，而令子再领"，后一句自注为"河清，公侍行之地，令子令孙又守此官，公每再游"⑤，这是与三代人结缘的、充满回忆的地方。文及甫在河阳为其父建太师堂、德威堂，分别请范祖禹作记、苏轼作铭与序，也不过是对元丰年间洛阳士庶为之兴建仁瞻堂、请司马光作记行为的仿效而已。

怀旧情绪之中最为悲伤的部分还要数对故友的悼念。熙宁十年，邵雍去世；元丰六年，富弼去世；元丰七年，王尚恭去世；元丰八年，王拱辰、程颢去世；元祐元年，司马光去世；元祐二年，鲜于侁去世；元祐三

---

① （宋）马永卿《懒真子》卷五，北京：中华书局，1985年，第65—66页。
② 《邵氏闻见录》卷一〇，第105页。
③ （宋）吴曾《能改斋漫录》卷七，北京：中华书局，1960年，第203页。
④ 《文彦博集校注》卷七，第381页。
⑤ 范纯仁《送潞公游河阳河清》，《范忠宣公文集》卷五，《宋集珍本丛刊》第15册，第405页。

年，韩绛、范镇、刘几去世；元祐四年，吕公著去世；元祐五年，楚建中、程珦去世。等到文彦博再次致仕归洛的时候，熙丰洛社旧游已经凋零得所剩无几了。在他们当中，文彦博分别为富弼、王拱辰、司马光、韩绛、楚建中写过挽诗，在这些诗歌中他总会提到当年的洛社旧事。如《太尉韩国文忠富公哀词》其四曰："去年春作耆英会，一坐簪绅仰典刑。今日共嗟天不憖，惟瞻英范在丹青。"[①] 富弼死于耆英会举办的第二年，当时他和文彦博一样被众耆老看成是五福俱全的典型加以敬仰，未承想仅一年时间即溘然长逝，让人唏嘘不已，唯有耆英图中的英姿可供士人继续瞻仰。《司马温公挽词》四首其一曰："莫逆论交司马丈，君心知我我知君。同谋同道殊无间，一死一生今遂分。八十衰翁如槁木，一千余日是残曛。前途若有相逢处，尚以英灵解世纷。"生前有同道莫逆之欢，亦期望死后能够相逢于九泉之下。其二又提到他居洛编撰《资治通鉴》的丰功伟绩，曰"留滞周南十五年，成书奏牍过三千"[②]。《赠太傅康国韩公挽词三首》其二曰："洛城曾与公相别，已为人生老别难。今作绋讴成永诀，满襟悲泪转汍澜。"其后小注为："别此三年，公赴北都，饯于上东门。愚尝有诗云'尊前不制泪汍澜，大底人情老别难'之句。"[③] 说的正是元丰八年韩绛赴北京任留守，二人相别于洛阳上东门之事。在当时赠别的诗歌中，文彦博便感觉到在新的政治机遇中朋友们各奔前程，使得洛社交游渐渐寂寥的凄凉，曰："尊前不制泪汍澜，大底人情老别难。东阁宾朋渐分散，西都风景便阑珊。惟凭鱼雁通书问，只对松筠想岁寒。公衮还朝副公望，永将天下置之安。"[④] 其时文彦博已经致仕两年，结束了政治生涯，并没有想到不久之后也会随之返回朝廷，加上自己年事已高，余日无多，面对好友们纷纷离去的场景，他心中的感受是可想而知的。"尊前不制泪汍澜，大底人情老别难"，说的绝不仅仅是韩绛，而是针对连日来"东阁宾朋渐分散，西都风景便阑珊"的整体情况而言。《楚正议建中挽诗三章》其一曰："出处交游五十春，洛城晚岁卜亲邻。东斋锦襜清谈处，今日重来泪满襟。"其二曰："大抵神存体不留，万安山下宅松楸。平生燕集歌欢友，伯寿应同泉下游（自注：正叔新阡，与伯寿邻）。"[⑤] 楚建中的园林锦缠襜与文彦博东斋相邻，如今重游邻园，当年卜邻相亲的好友已经

---

① 《文彦博集校注》卷八，第 473 页。
② 《文彦博集校注》卷八，第 461 页。
③ 《文彦博集校注》卷八，第 465 页。
④ 文彦博《送留守相公康国韩公归阙》，《文彦博集校注》卷七，第 388 页。
⑤ 《文彦博集校注》卷八，第 476—477 页。

不在人世。楚建中卜葬于刘几墓穴之侧，这两位旧友新邻九泉之下一定会像生前一样日日游从，不会感到孤寂，反而让尚存人世的诗人生出几分羡慕。而悼念王拱辰的《故开府太师王公挽词》四首全为回忆旧日洛社之游而作，曰：

> 早岁驰声犹未冠，锦标独得冠词林。四朝出处身名泰，五纪游从事契深。（自注：天圣中予与君贶同应科举。）居守北郊依旧德，退休西洛负初心。白龙泉畔青乌兆，引绋悲讴泪满襟。（自注：熙宁中君贶守洛，留余会饮于双桂楼，亲作《沁园春》曲词相属，有"华发青云"之句。）
>
> 昔年过洛赴三城，华发青云叙故情。今日人琴俱已矣，犹传乐府沁园声。
>
> 天圣年中始得朋，后陪孟洛两交承。（自注：此亦君贶歌词所及之意。）追思往事浑如梦，老泪如倾自不胜。（自注：后已北都交印。）
>
> 前岁公图归洛中，待君同赏状元红。人间万事难如意，须把兴亡付坏空。（自注：君贶久思归洛，余尝有诗寄之，云："公乎早归来，莫负花前约。同赏状元红，更看刘师阁。"）①

文彦博自言与王拱辰天圣年间同应科举，有同年之谊，又交相为北京、西京留守以及河阳知府，有长达六十年的交情。文彦博熙宁六年赴知河阳府时曾过洛作短暂的游憩，与时任洛阳留守的王拱辰等居洛耆宿过从甚密。王拱辰特意在双桂楼宴请文彦博，"双桂"取二人同年之意，当年王拱辰高中状元，文彦博也名列前茅。席间，王拱辰作《沁园春》词一首，追忆了二人从天圣中相识到"孟（孟州，即河阳）洛交承"的缘分，抒发了"华发青云"的诗酒逸兴。这组挽诗的前三首诗意均取自这首词。元丰五年文彦博作耆英会，寄诗于远在北京的王拱辰，约为异日洛社之游，王拱辰则回诗要求入会，并计划着致仕归洛。昔乎世事难料，王拱辰尚未卸任便骤然离世，于是诗人只好将兴亡之意寄寓在佛家坏劫空劫之语中了。

故人不再，往事已矣，元祐五年以后，文彦博在洛阳度过了人生最后的八年时光，于绍圣四年九十二岁高龄之时去世。此时朝廷形势又发生了翻天覆地的变化，随着高太后的去世，以章惇、蔡京、蔡卞为首的新党又

---

① 《文彦博集校注》卷八，第473—475页。

重新登上政治舞台的中央，将范纯仁、范祖禹、程颐、苏轼等旧党贬往远地，就连去世已久的司马光、吕公著也遭到追贬，文彦博亦在临终前由太子太师被降授太子少保，他的几个儿子同样受到了贬谪。就这样，这位寿星以那个时代罕见的高龄陨落在了洛阳这片热土上。

第二节　宋代的真率会及其诗词创作

宋代真率会的地理分布极为广泛，从北宋的西京洛阳，到南宋的江东、江西、福建、荆湖、岭南、巴蜀皆有，而以经济文化发达的江东、江西最为集中。在时间分布上，从宋神宗元丰年间以来几乎每个时期都或多或少有真率会举行。在举办者官爵地位的分布上，上到文彦博、史浩这样的故相，下到张祥龙这样终生不仕的教书先生，还包括大量的中低层官僚。在年龄的分布上，上到七八十岁的老翁，下到二三十岁的中青年，皆有参与。在参与者的关系上，有的是家庭或家族成员，如赵不遏信州真率会、徐经孙丰城真率会等；有的是同乡之人，如赵伯圭湖州真率集、郑性之福州真率集等；有的是同僚，如曾协湖州真率会、曾丰广州真率会等。[1] 需要指出的是，有的研究者把真率会单纯当成怡老诗社或耆老会。如欧阳光先生说："在众多诗社中，有一类属于怡老性质的诗社，参加者多为退休官员，年龄多在七八十岁以上，诗社多冠以耆英会、九老会、真率会一类名称。"[2] 再如周扬波先生说："耆老会是中国古代以致仕官员为主要成员组成的老年会社，又叫真率会、尊老会，或根据成员人数称五老会、七老会、九老会等……"[3] 仅从年龄构成方面就可以看出这种说法并不完全准确，而从成员关系上看，如同僚之间的真率会一般只是公务闲暇之际的娱乐活动，也与"怡老"或"耆老"的主题有所不同。

真率会形式较为特别，具体体现在司马光等人所拟会约中。诚如范纯仁所言"清约犹能化后人"，后人在举办真率会时就经常表示要遵守司马光等人的真率会约。如楼钥《适斋约同社往来无事形迹次韵》云"耆英

---

① 参见笔者《两宋之交真率会考述》，《中国石油大学学报》（社会科学版）2015 年第 5 期；《南宋中期真率会考》，《中国矿业大学学报》（社会科学版）2016 年第 4 期；《南宋晚期真率会考》，《乐山师范学院学报》2015 年第 2 期。
② 《宋元诗社研究丛稿》，第 32 页。
③ 《宋代士绅结社研究》，第 95 页。

古有约，不劝亦不辞。此意岂不美，谨当守良规"①；朱熹《三月晦日与诸兄为真率之约，徘徊石马，晚集保福，偶成短句奉呈，聊发一笑》云"俭德遵贤范"②；洪适《满庭芳·再赠叶宪》云"杯盘省，浅斟随意，真率视前碑"③，"耆英古约""良规""贤范""真率前碑"皆指真率会约。叶适《中奉大夫太常少卿直秘阁致仕薛公墓志铭》说薛绍"家有司马文正公真率约，接旧事，率年及六十者行之"，并被人称作"真率翁"④。当然，作会者对真率会约的遵守绝不仅仅表现在口号上，更体现在实际行动上。有的真正从物质、礼节、精神简单率性三方面实践真率会约；有的主要因为物质贫乏仅能采取真率会的形式；有的则偏重于率性、真诚的真率精神；有的仅仅标榜为真率会，其实已经变质。当然这种分类只是相对而言，并不绝对。

一、全方位实践真率会约者

真率会约的全面履践强化了对先贤的追慕心理，使亦步亦趋的模仿成为明确的行为标签，显现出强烈的尚友古人、表立流俗的姿态。

徽宗宣和年间，时为洛阳令的赵鼎与年轻的僚友们游司马光独乐园，仿慕前贤举办了真率会，其《真率会诸公有诗，辄次其韵》诗曰："山林与钟鼎，出处无异趣。刍豢等藜藿，同是一厌饫。此心无适莫，外物曾何忤？奚独淡交游，未肯厕纨袴。故寻漫浪人，要作寻常聚。主既不速客，客亦随即赴。倾谈剧悬河，泻酒快流霆。百年人醉醒，万物皆侨寓。云何造请门，日满户外屦。却想耆英游，风流甚寒素。淡然文字欢，一笑腥膻慕。"⑤ 无论是在菜品、邀请与赴约方式，还是在倾谈、喝酒的酣畅上，都十分符合真率会的外在形式和精神内核。这是在用真率会漫浪寒素的风流来对抗官场纨绔请托的腥膻，追求一种林泉高致。

楼钥有多首诗歌记载他与其舅汪大猷等的真率会。其《适斋约同社往来无事形迹次韵》诗曰："但欲客长满，痛饮真吾师！……间或造竹

---

① 《楼钥集》卷一一八，第 2059 页。四库本、武英殿本、丛书集成本俱作"良规"，《楼钥集》中为"萧规"。

② （宋）朱熹撰，郭齐笺注《朱熹诗词编年笺注》卷九，成都：巴蜀书社，2000 年，第782 页。

③ （宋）洪适《盘洲文集》卷八十，王云五主编《四部丛刊·正编》第 56 册，台北：台湾商务印书馆，1979 年，第 510 页。

④ （宋）叶适著，刘公纯、王孝鱼、李哲夫点校《叶适集》，北京：中华书局，1961 年，第 365 页。

⑤ （宋）赵鼎《忠正德文集》卷五，《景印文渊阁四库全书》第 1128 册，第 698—699 页。

所，宁容掩柴扉？耆英古有约，不劝亦不辞。此意岂不美，谨当守良规。"① 适斋即汪大猷。《朱季公寄诗，有怀真率之集，次韵》诗曰"向来雅约犹宝藏，菜羹草具烹翘肪"②，"雅约"指真率会约，"菜羹草具烹翘肪"即猪油青菜汤，俭朴之意甚明。而其《少潜兄真率会》③ 诗则详细描绘了叔侄兄弟们扁舟夜游、折梅攀城、喝酒赛诗直到天明的场景，是一场无拘无束的狂欢。

宁宗嘉定年间被称作"真率翁"的薛绍与叶适等举行真率会的场景是这样的："家有司马文正公真率约，接旧事，率年及六十者行之。余亦预往。公园池不多，而花草疏阔，游止自在；楼甚低小，而江山隐约可识。书画精粗杂而观者各有取，惟灵璧石旧物也，相与考击为乐。如是，岁一遍。"④

这种真率会甚为雅致，游园、登眺、观书、赏画、击乐，虽不同于一般真率会以宴饮为主，但是在园池少而"花草疏阔"、楼低小而难辨江山、书画精粗不一、乐器仅旧石一块的简陋条件下，朋友们却能随性而欢乐地游憩观览，兼具真率会之形神。

南宋末年的陈著为庆祝小儿满月召集亲朋好友作了一场真率会，将真率会约视为"温公家法"，并在宴会中严格执行：

> 温公家法：有客则酒三行或五行，侑以果菜，曰"会数而礼勤，物薄而意厚"。懿哉此风，久不见矣！某今日为新生小儿弥月，徇俗具汤饼，因敢会宗族姻邻，及客而吾里相知者，并取生梅青菜，酌酒三杯，早赐访不再速，不见烛，惟从简便。庶几共味温公之语，非敢曰真率会自某始。⑤

"吉初"为陈著长子陈深的小名⑥，陈著四十七岁得子⑦，本为一件

---

① 《楼钥集》卷一一八，第 2059 页。
② 《楼钥集》卷四，第 103 页。
③ 《楼钥集》卷二，第 38 页。四库本、武英殿本、丛书集成本俱作"少潜"，《楼钥集》中为"少及"。
④ 《叶适集》，第 365 页。
⑤ （宋）陈著《本堂集》卷七十三，《景印文渊阁四库全书》第 1185 册，第 376 页。
⑥ 《本堂集》卷三十四《四子名字说》曰："吉初，吾欲其潜而有本也，名以深，字汝资。"第 159 页。
⑦ 《本堂集》卷七《长儿吉初生日以四十字示之》曰："吾年五十五，汝生方九年。"第 40页。

大喜事，应该把庆祝仪式办得丰盛铺排一点。但是他在邀请了大量的亲友之后，却采用了极其简朴的真率会的形式，其用意一为行家法，二为教化乡里，可谓别出心裁。

二、物质贫乏仅能作真率会者

真率会的寒素是一种别样的风流，它最大化地削弱了公共娱乐的物质基础，借着物质与精神对立之名不仅有效地掩饰而且粉饰了物质的窘迫，且带有一定的自谑色彩。

在高宗朝，先后有四位名臣贬谪岭南，并在当地作真率会，即折彦质昌化军真率会、朱翌韶州真率会、胡寅新州真率会、李光儋州真率会。真率会之所以能流传到环境恶劣的岭南贬地，和它朴素、简便的形式是分不开的。胡寅在《赠朱推》诗中说"新州州土尽岚瘴，从来只是居流放。于今多住四方人，况复为官气条畅。山肴野蔌应时须，真率相期久已渝"[1]，在雾瘴蒸腾的流放地为官，再怎么"条畅"也只有山中的野菜可以供应"时须"，真率会无疑是比较恰当的聚会方式。李光在《二月三日作真率会，游载酒堂呈坐客》诗中自我慰藉道："杀鸡炊黍成真率，挈榼携棋得胜游。聊欲劝君终日醉，未须悲我十年流。朝来已换轻衫窄，酒尽何妨典破裘。"[2] 流放十年，穷困到典衣沽酒的程度，用俭省的真率会排遣心中的苦闷、换得短暂的快乐是最好不过的选择了。

最能生动体现物质贫乏者举办真率会的例子是绍兴年间凌景夏和王洋等人的信州真率会。王洋有两首诗记载了他们在冬末与春初的两次真率会：

> 一风一雨天酝雪，溪上行人手吹裂。主人扫巷作光华，满注金罍唤宾客。酒酣耳热胆量宽，容我口开非逼仄。天寒促膝政相宜，共道兴来连举白。人心好客天亦知，平时思雪不可期。寒消内热沃肺渴，瑶花满眼真瑰奇。一尺呈丰有成验，三白遣厉征前为。不辞秉烛达曙光，别思共醉今何辞？此身对酒愿长健，明年花发春迟迟。（《季文作真率会，遇大雪寒甚，主人之居狭，不容散步为嫌，作数语为

---

① （宋）胡寅撰，尹文汉点校《斐然集·崇正辩》卷二，长沙：岳麓书社，2009年，第47页。

② （宋）李光《庄简集》卷五，《景印文渊阁四库全书》第1128册，第475页。

解》)①

　　会因率集转殷勤，扫径宽迎陌上春。恩解讯书红粉恋，寒消酒力玉花新。盘堆青菜春回律，瓯泛琼珠月借神。浮白自怜偏户小，醉归全是梦中人。(《雪中赴季文集》)②

　　两次聚会都是凌景夏（字季文）操办的，地点都在他的家里。凌景夏居室狭小逼仄，条件简陋，只适合作真率会，适逢"大雪寒甚"，朋友们在外面饱受风寒，到室内却连散步取暖的地方都没有，狼狈之相可知，凌景夏好心办坏事很过意不去。王洋写诗劝慰，容膝之地恰可促膝相暖，瑞雪难得应是天公垂爱，喝酒赏雪，体内暖热、眼外瑰奇，岂不美哉？众朋友也不辞秉烛达旦、大醉一场，浓浓的友情完全驱散了风雪的寒冷和真率会的寒酸。于是凌景夏在初春时节扫雪再作真率会，朋友们身处陋室，吃着青菜，喝着糟酒，仿佛春暖花开，再次酩酊而归。

　　两宋之交的叶梦得虽未明言作真率会，但是在居贫时却能够灵活运用真率会约以节省招待客人的费用，其《避暑录话》卷上记载曰：

　　司马文正公在洛下与诸故老时游集，相约酒行、果实、食品皆不得过五，谓之真率会，尝见于诗。子瞻在黄州与邻里往还，子瞻既绝俸而往还者亦多贫，复杀而为三，自言有三养曰："安分以养福，宽胃以养气，省费以养财。"今予所居常过我者许干誉，此外即邻之三朱。城中亲旧与过客之道境上特肯远来者，至累月无一二。然山居馔具不时得，吾又不能多饮，乃兼取二者而参行之，戏以语客曰："古者待宾客之礼有燕有享，而享其杀也，施之各有宜。今邂逅而集者，用子瞻以当享；非时而特会者，用温公以当燕。"遇所当用，必先举以告客，虽无不笑，然亦莫吾夺也。③

　　真率会约中"酒行、果实、食品皆不得过五"的规定已经够吝啬的了，而苏轼所谓的"三养"更是不想在待客上有任何花费的诳语。为了维持友谊而又能最大化地节省开销，叶梦得用子瞻法招待不期而遇者，用温公法招待约定聚会者。叶梦得取先贤故事以为法则，表面风雅，而实为

---

① （宋）王洋《东牟集》卷二，《景印文渊阁四库全书》第 1132 册，第 324 页。
② 《东牟集》卷四，第 359 页。
③ （宋）叶梦得《避暑录话》卷上，北京：中华书局，1985 年，第 38—39 页。

无奈之举。

三、偏重真率之精神者

"真率"本是一种精神诉求，真率会约为实现这种诉求提供了一种通道或者捷径，通过简化和尽可能剔除一切外在负累来放松人际关系的紧张、解放世俗对心灵的压迫和侵染。在真率会及其会约把"真率"确定为一种精神品牌之后，这种品牌本身就获得了相对独立性。不少真率会后继者的立足点正在于此，真率会约以及真率先贤的原型意义作为理所当然的文化背景，不再有反复追述的必要性。

王十朋在家乡有率饮亭，经常在其中举行真率会，并作有《率饮亭二十绝》组诗，以孔融"坐上客常满，尊中酒不空"与杜甫"宽心应是酒，遣兴莫过诗"二十字为韵，其一曰："吾门非北海，安得客满坐？有亭名率饮，邻里日相过。"其四曰："富贵有天命，安贫士之常。聊为真率饮，未用利名忙。"其五曰："老去识交情，兴来怀酒伴。山林车马稀，风月壶觞满。"其八曰："富饮不解文，翁意非在酒。三杯聊遣兴，一醉岂缘口。"其九曰："我游醉乡中，常在软饱后。谁修醉乡记，添我姓名不？"其十曰："吾家数兄弟，薄有古人风。生计何曾足？酒杯无日空。"可见，王十朋之"率饮"即"真率饮"之简称，并在"率"字上大做文章，反复称美与"邻里""酒伴""兄弟"们无拘无束的饮酒之乐。他以酒会友、以酒遣兴，在名利之外、醉乡之中洋溢着山林气、"古人风"。其十一曰："我性野而率，山林漫求安。有酒固可乐，无酒亦自宽。"其十二曰："亭上可率饮，林间宜率吟。每于诗酒里，寓我率然心。"[①] "性野率""心率然"，喝酒是"率饮"、作诗是"率吟"，王十朋时时处处以"率"自命，也可谓是一位"真率翁"了。后来王十朋在知夔州任上还在怀念"弟兄饮真率，故旧忘汝尔"（《齿落用昌黎韵》）[②] 的生活，并在知泉州任上与同僚们作真率会为乐。

与王十朋重"率"不同，宁宗朝致仕的沈瀛则对"真"情有独钟。沈瀛《减字木兰花·诸斋作真率会，又用前韵赋木兰花令三首》其一曰："陋人居止，旬一集真终日喜。先自薰风，客目轮流次第通。昔贤置酒，十老半千年纪寿。知彼由何？真处闲中日月多。"其三曰："适然萃止，

---

① （宋）王十朋著《王十朋全集》卷八，上海：上海古籍出版社，2012年，第119—120页。

② 《王十朋全集》卷二十一，第387页。

不待灯花先报喜。不速真风，且免毛生不为通。诗歌棋酒，真正清欢真正寿。事事真何，更得真真真更多。"词中夸耀高寿之人闲适、清欢的幸福生活。之所以能够高寿，乃因"真处闲中日月多"，只有真性情袒露无碍才能把时间之"闲"化为心灵之"闲"，心闲才得闲适，从而实现高寿以及高寿之乐。"真处闲中"的聚会当然以真率会为佳。又，词中曰"不速真风，且免毛生不为通"，沈瀛自注"名纸'毛生不为通'"，这句话的意思就是客人不请自来，省得发请帖了，乃针对真率会约而言。真率会约规定："召客共作一简，客注可否于字下，不别作简，或因事分简者听。会日早赴不待促。"① 其礼节之简、主客之真与昔贤相比有过之而无不及。再加上"诗歌棋酒"的游戏，真乃其乐无穷，作者反复用"真"字来渲染："真正清欢真正寿。事事真何，更得真真真更多。"

同样看重"真"，牟𪩲在《真隐诗》中构想了这样一种理想化的真率会场景：

> 但看真隐庐，萧然只环堵。青山以为屏，白云常在户。随宜种花药，快意扫庭宇。可作真率会，可说真实语，可饮真一酒，何者非天趣？玄真乃诗流，季真是仙侣。拉之相与俱，巾屦此容与。坐闻雏鹤鸣，时看苍虬舞。疏散略边幅，谁客复谁主？吾亦忘吾真，酣歌下山去。②

"真一酒"为苏轼谪居岭南时所酿，"玄真"即"玄真子"，乃唐代诗人张志和之号，"季真"乃唐诗人贺知章之字，作者幻想在青山白云之中有一所"真隐庐"，庭宇内有花药、雏鹤、松柏，他和古代名士们开怀畅饮东坡酿造的真一酒，不修边幅，不问宾主，不说假话，完全达到无心为真方为最真的快乐心境。

除了刻意强调"真率"二字之外，有些达官贵人在退居家乡之后与地位远不及自己甚至布衣身份的乡民往还作真率会，也主要是出于对真率精神的看重。如楼钥在《皇伯祖太师崇宪靖王行状》中记载赵伯圭与乡人的真率集曰："乡人为真率之集，以势位辽绝不敢有请，王曰：'非所

---

① （宋）沈瀛《竹斋词》，朱孝臧辑校《彊村丛书》第 2 册，扬州：广陵书社，2005 年，第 732 页。

② 牟𪩲为宋末元初人，此诗作年不详，姑系于宋末。（宋）牟𪩲《牟氏陵阳集》卷二，《景印文渊阁四库全书》第 1188 册，第 14 页。

闻也.'竟与之周旋。"① 真德秀在《日湖文集序》中记载"故观文殿学士"郑昭先"真率之集,倡酬递发,忘衮服之贵,而浃布韦之欢,又非乐易君子弗能也"②。真率会约中本来就有"尚齿不尚官"的规定,体现了一种平等精神,真率会无疑为赵伯圭、郑昭先等人屈尊降贵、与民同乐提供了最好的平台。

四、变质的真率会

在真率会的品牌确立之后,也就难免产生一些冒牌的真率会,以真率雅洁之名而行尘俗污秽之实,完全违背了真率会约和真率精神。

南宋初年的胡寅在衡山奉祠期间曾拒绝过一位韩姓谏议参加真率会的邀请,原因是"虽会名真率,难追西洛之遗风;而游曰逍遥,请畅南华之高论"(《答韩谏罢岁旦往来启》)③。也就是说韩谏的真率会已经变味,失去了它的本来面目,使人不逍遥、受拘束,但具体情形为何,已不得而知。

南宋末年的陈郁在《藏一话腴》中说:"今世士夫托为名色'同寮真率',一樽一合,拥妓继博,达旦不休,岂知从直皆是禁军?听其冻饥,于户外呻吟之声盈耳,本官尚能乐其乐哉?"④ 由此我们知道南宋末年士大夫在任期间与同僚举行真率会是普遍现象,但其中也有人打着真率会的幌子厚颜无耻地陶醉在声色犬马之中,不顾值班士兵死活,使得真率会有名无实,让人义愤填膺。这让我们想起了唐高适《燕歌行》中的诗句"战士军前半死生,美人帐下犹歌舞"⑤,虽世殊事异,理则一也。

五、宋代真率会诗词的特点

宋代与真率会相关的诗词(包括以之为主题与仅有所提及者)共计104首,其中诗94首,词10首。其中数量最多的几位作者为:王十朋,25首;司马光,14首;刘克庄,9首;楼钥,8首;范纯仁,7首;许及之,7首;洪适,5首(词);沈瀛,3首(词)。其余皆为一首或两首。

---

① 《楼钥集》卷八十九,第1589页。
② (宋)真德秀《西山先生真文忠公文集》卷二十八,《宋集珍本丛刊》第76册,第239—240页。
③ 《斐然集·崇正辩》卷七,第169—170页。
④ (宋)陈郁《藏一话腴·内编》卷下,《景印文渊阁四库全书》第865册,第549页。
⑤ (唐)高适著,刘开扬笺注《高适诗集编年笺注》,北京:中华书局,1981年,第97页。

其中最有代表性的是元丰洛阳真率会成员司马光、范纯仁、文彦博所作22首诗歌，以及南宋淳熙至庆元年间鄞县真率会成员楼钥所作8首诗歌，这些诗歌在反映真率会上较为丰富、生动，而最具连贯性和系统性的当数真率会的首创者司马光等人。尽管真率会诗词数量很少，在卷帙浩繁的宋诗中微乎其微，但它们却有着自己鲜明的特色，再加上许多名臣硕儒与文坛巨匠的参与，其中亦不乏优秀之作，值得关注。真率会诗词有以下几方面的特点：

（一）真率会主题诗词的通俗性与幽默性

以真率会为主题的诗词一般都比较通俗易懂，洋溢着轻松愉快的格调，甚至还有一些调侃、戏谑的作品，非常幽默。这与真率会所营造的无拘无束的气氛有关，人际关系极为轻松，在诗歌的酬唱上也不刻意讲求技巧、典故、辞藻，很少使用长篇险韵，大多是信手拈来、朴实无华。这在司马光等洛阳真率会成员那里体现得最为充分，前文已经有详尽的分析。又如南宋的洪适因为天气变化将要下雪，推辞了叶宪的真率会邀请，其《南歌子·示景裴弟，时叶宪明日真率》词下阕曰："云意将飞雪，天心未肯晴。难将性命作人情。只合拥炉清坐、阅医经。"①"难将性命作人情"说得未免过于夸张，可能是在暗示自己的老迈，不敢冒着风雪赴会，既然如此，就只能围着火炉干坐看看医书了。他给自己塑造了一个可怜而滑稽的形象。

（二）描摹宴饮场景作品的生动性

上文引用过一些描摹真率会场景的诗词，都十分活泼、生动，让人如临其境。再看下面两首诗歌：

> 楼钥《少潜兄真率会》：昼锦坊中作真率，群从相过无俗物。主人就树折杨梅，醉倒熏风凉拂拂。小舟傍城登雉堞，坐看白鸟苍烟没。须臾撑出洞天去，杰阁三层高突兀。樽前赋诗贵神速，十分钝似辽天鹘。从他银漏促残更，要见林间红日出。②

此诗叙事简洁明快，一如其所乘之轻舟、所拂之凉风、所看之白鸟，兄弟、诗酒、夜色真趣疏放，折梅、登堞、撑船率意矫捷，历历在目，笔

---

① （宋）洪适《盘洲文集》卷八十，王云五主编《四部丛刊·正编》第56册，台北：台湾商务印书馆，1979年，第509页。

② 《楼钥集》卷二，第38页。

笔入神。

> 陆游《岁暮与邻曲饮酒，用前辈独酌韵》：出会稽南门，九里有聚落。虽非衣冠区，农圃可共酌。野实杂甘酸，草具无厚薄。小童能击筑，一笑相与乐。徒手出丛花，空中取丸药。主礼虽可笑，众客亦起酢。聊持缀宿好，未用嘲淡泊。穷达则不同，亦践真率约。予年过八十，故物但城郭。作诗记清欢，未愧华表鹤。①

村落农圃，野实草具，击筑者为稚拙童子，行礼者是可笑宾主，朴素有味，穷达相忘，更何况还可以观赏到奇幻的魔术表演。此诗在场景的选取上随性泼墨、若不经意，却能涉笔成趣、神完意足。

（三）悼念真率会友作品的悲伤格调

虽然真率会未必皆为耆老会或怡老会，但最初它是老年闲退官员以娱乐为目的而举行的宴饮聚会活动，后世仿慕者也多属于此种性质，所以现存的真率会资料很多是墓志铭、祭文、挽诗一类悼念已故会友之作。这是一种娱乐性特别强的聚会，一喜一悲的强烈对比使得此类悼念作品的悲伤感情更为浓烈，更能够打动人心。据前引邵伯温《邵氏闻见录》的记载，在最初文彦博、范纯仁等真率会先贤那里，那种知交零落殆尽的强烈怀旧感、孤独感、无奈感就已经显露出来。范纯仁悼念真率会友鲜于侁的《鲜于谏议挽词三首》其三曰："曾向西都陪白社，同为御史带乌纱。盘筵真率无多品，歌舞相参作一家。连日赏穷伊阙寺，乘春看尽洛阳花。那知遽作终天别，不预乡人挽葬车。"②诗歌大部分篇幅都在追述往昔的欢乐、热闹、友谊，最后两句笔锋一转、戛然而止，遽为永别之痛、忽焉陈迹之悲瞬间爆发，又似乎立即陷入哑然失声的沉默中。

又，洪适《叶提刑挽诗》曰"凄凉真率会，鸥鹭也离群"③，楼钥《朱南剑挽词》其三曰"方期会真率，乃尔变悲欢"④，刘克庄《挽王居之寺丞二首》其二曰"忆昔陪真率，华居甫落成。坐宾来堕帻，侍女出

---

① （宋）陆游著，钱仲联校注《剑南诗稿校注》卷六十，上海：上海古籍出版社，1985年，第3479页。
② 《范忠宣公文集》卷五，《宋集珍本丛刊》第15册，第409页。
③ 《盘洲文集》卷一〇，第114页。
④ 《楼钥集》卷八七，第1542页。

弹筝。无复吴趋曲,空余楚些声"①,等等,都是在巨大的反差中对真率会友的去世表示沉痛的哀悼。同时刘克庄因为年寿较长,还频频发出"向来真率伴,回首半消磨"(《挽王礼部二首》其一)②、"如何天夺尽,真率社中人"(《纪游十首》其八)③ 之类的感慨,这与文彦博说的"一时交游凋零殆尽"的叹息之情是一样的。

真率会因其简便的形式、强烈的娱乐性、特别的寓意以及创始者司马光等人的巨大影响力,继作者绵延不绝、代不乏人,在中国古代形成了一个源远流长的传统。"真率"之名与真率会约甚至成为某些人的生活信条与行事准则,如上文中"偏重真率之精神者"一节所举诸例与被人称作"真率翁"的薛绍、将真率会约视为温公家法的陈著等例子。在真率会中产生的诗词具有通俗甚至谐谑等特征,数量虽然不多,也算得宋诗大家庭中个性鲜明的一分子。

第三节　元明清的真率会与耆英会

真率会、耆英会连同它们的源头九老会在宋元明清皆有仿效者,并且越到后世举办得越频繁,形态也越来越趋于多样化,成为文人小到日常的宴饮聚会大到颇具规模的结社运动的常见形式。笔者在前文中专门讨论了两宋真率会的举办情况,亦有多篇论文对两宋 36 个真率会详加考订。何宗美先生的《文人结社与明代文学的演进》与李玉栓先生的《明代文人结社考》二书中也考证出了明代出现的一些真率会与耆英会,皆可以参看。

一、追慕洛社故事的后世风潮

宋代元丰之后的第一个真率会为徽宗宣和七年(1125)时为洛阳令的赵鼎与洛阳国子监教授胡寅等七人在洛阳所作,成员除了一位林秀才外皆为年轻的下级官员。他们经常游览司马光的独乐园,对九老会以及真

---

① 刘克庄著,辛更儒笺校《刘克庄集笺校》卷一三,北京:中华书局,2011 年,第 770 页。
② 《刘克庄集笺校》卷一九,第 1083 页。
③ 《刘克庄集笺校》卷三十四,第 1813 页。

率、耆英诸会十分仰慕，所谓"九老前尘邈难求，七交高躅或可侔"①，"却想耆英游，风流甚寒素"②，于是便在当地举办了真率会。值得一提的是赵鼎与邵雍之子邵伯温交往颇多，对其学行表示钦佩。邵伯温去世以后，已经身为宰相的赵鼎趁着高宗朝褒恤旧党及其后人的有利形势请求朝廷追赠官职，并为他撰写墓表，《宋史·邵伯温传》曰："赵鼎少从伯温游，及当相，乞行追录，始赠秘阁修撰，尝表伯温之墓曰：'以学行起元祐，以名节居绍圣，以言废于崇宁。'"③赵鼎此举背后有着更深层的原因，即出于对熙丰年间居洛诸耆宿的仰慕之情，其《乞追赠邵伯温状》曰：

> 臣伏见故右奉直大夫、提举江州太平观邵伯温，康节先生雍之子，伯温自少出入富弼、司马光、吕公著、韩绛、韩维、范纯仁之门，程颐、范祖禹深知之。元祐初，伯温为布衣，韩维以十科荐可备讲读，后以经明行修命官。维又荐学官，范祖禹荐于经筵。司马光卒，其子康亦亡，乃特差伯温西京教授，俾教其孙植，因以经纪光家事。绍圣初，章惇作相，意欲用伯温，伯温安于筦库，澹如也。元符末，以上书得罪，名书党籍，坐废者四十年。靖康初召用一时名士，谏议大夫吕好问荐为谏官，宰相吴敏欲以东宫官处之。时戎事方兴，不果用。建炎初，除利州路转运判官，遂请官祠以卒。臣宦学关陕二十年，接其议论，熟其为人，尝叹其不可企及也。窃惟陛下褒贤念旧，凡党籍上书人，皆被优恤，况伯温大贤之后，行义显著，平生所学，迄不获用，深为圣朝惜之。臣辄录伯温元符末所上书进呈，伏望圣慈特赐褒录，优加追赠，以示宠光，岂独伯温九泉之荣，实为士夫名节之劝，臣不胜幸甚。④

追赠邵伯温之事之所以能让赵鼎牵肠挂肚，一是因为二人深厚的友

---

① 赵鼎《乙巳二月初八日集独乐园，夜饮梅花下。会者宋退翁、胡明仲、马世甫、张与之、王子与、林秀才及余凡七人。以炯、如、流、水、涵、青、苹为韵赋诗，分得"流"字》，（宋）赵鼎《忠正德文集》卷五，《景印文渊阁四库全书》第1128册，第699页。

② 赵鼎《真率会诸公有诗，辄次其韵》，《忠正德文集》卷五，《景印文渊阁四库全书》第1128册，第698页。

③ 《宋史》卷四三三，第12853页。

④ 《忠正德文集》卷三，《景印文渊阁四库全书》第1128册，第676—677页。

谊,二是因为邵伯温经明行修,更重要的是因为他作为亲旧党的邵雍之子以及旧党诸名臣的门生和朋友,受到了长期的党争迫害。按照"臣宦学关陕二十年,接其议论,熟其为人"的说法,赵鼎为洛阳令举办真率会时,就已经和邵伯温相识多年。不过当时伯温并未在洛,否则也会欣然加入真率会的。经过高宗朝对元祐党人的平反以及赵鼎等名臣公开表示对诸先贤的仰慕并亲身仿效真率会的实践活动,大大推动了真率会在南宋的风行。

两宋真率会的举办者中,不乏折彦质、朱翌、胡寅、李光、范成大、王十朋、楼钥、洪适、朱熹、陆游、叶适、刘克庄这样举足轻重的政坛与文坛名人,相关的记载中亦不乏对元丰洛社诸贤的追慕和对该会规则的遵循。至于耆英会,也有一些相关规定,即从九老会那里继承来的尚齿、序齿、以七十岁为入会条件,而不满七十岁者则需引九老会中狄兼谟、卢桢以及耆英会中司马光之故事入会,在外地者亦可援引王拱辰以诗书入耆英会例,如明代汪舜民《送张别驾序》曰:"见宋文宽夫留守西都,集洛中公卿大夫年德高者为耆英会,富彦国年七十九,余皆七十以上,独司马君实年六十四,用狄监、卢尹故事,亦预于会。公(张一之)归倡举之。舜民少公十有五岁,正犹君实之于彦国。他日继归,或可用故事求预也。"[1] 清代吕寸田与另外十位老友欲仿九老会、耆英会作"重九会",其《壬寅重九歌》曰"未及七十亦得与,不嫌援例追狄卢。外一寓名我家弟,规摹宣徽留北都",自注"王拱辰留镇北都,以不克入耆英会为恨,请于潞公,愿寓名其中"[2]。明代的刘球在送刘恕赴南京为官时,拟南京为北宋西京洛阳,拟南京诸高年士大夫为北宋熙丰洛阳诸君子,并希望刘恕能够与他们举办耆英会、同甲会、真率会,曰:

> 崇仁刘君子恕由永乐甲申进士为主事工、刑二部,迄今三十年,始以秩满迁南京礼部精缮郎中,同寅诸君不鄙球之愚无能,使为文赠之。球以昔宋天子在汴,而洛京之政为最简,士大夫居洛而年高有文学者甚多,又遭天下太平之盛,文潞公于是合十三人为耆英会于资圣院之堂,又与司马郎中旦等为同甲会,其后司马温公又与数公为真率会,皆绘像为图,有诗歌以传之。当时垂美谈于后世,至今人犹诵而

---

① (明)汪舜民《静轩先生文集》卷七序,《续修四库全书》第1331册,第70页。

② (清)茹纶常《容斋诗集》卷十九《独吟集》附,《清代诗文集汇编》第385册,第424页。

慕之。今乘舆在北，而南京之政犹昔者洛京之简，士大夫居南京而年高有文学者，又不减于洛之多，今天下太平，视宋时为尤盛，不知诸君子之在南京，尚能合其年齿同尊之人为耆英会，而序坐以年，相与乐其衰暮之怀否？亦能与其生同年之人为同甲会，而序坐以月，相与乐其同生于世而同得久在于世否？复能倡其德，同道比之人为真率会约，酒食之数不得过五，以乐其自然之乐否？如有是三会，则刘君之去也，又增其一人矣。盖今世士大夫官在京师，无有年过七十者，而刘君年且六十有余，更历世故也为多，所谓耆英会者，可与也。其间岂无与之同年而生、同乐其久在于世者哉？所谓同甲会者，可与也。其为人又恬静不事，作为不务矜夸、矫饰，不慕人之荣华、耻己之淡薄，所谓真率会者，可与也。既得与其会，固有能绘其像而为图者矣，亦岂无诗以歌其美、文其乐而传之无穷哉？球虽年方壮，力未及于衰，奔走辇毂之下，供其为少者劳之役，乃所宜也。然使诸君子果有是会，则其迹虽北，而心未必不向望于南，慕一齿名其末，纵不能得，犹当侧耳金台之次，俟其宴会之什来而为之诵之，以播扬今天下太平之盛，诸君子闲暇之乐，特因刘君往而告之诸君子焉。①（《送刘郎中赴南京礼部序》）

对熙丰洛社诸先贤的追踪可谓亦步亦趋，敬仰膜拜之情溢于言表。作为陪都，明代的南京地位与北宋西京洛阳的政治地位确实十分相像，包括模仿京城的部门、体制与官僚体系，政事宽简以优待耆老等。而北宋洛阳最为鼎盛的时期非熙丰洛社时期莫属，使其成为当时足以与汴京相抗衡的文化与道统中心，耆英、真率诸会又是其中最具代表性的文化盛事，自然被后人津津乐道、追慕不已。明代南京的结社活动异常活跃，何宗美先生《文人结社与明代文学的演进》一书中所考证出的文人结社活动就有很多发生在南京。和北宋西京一样，明代南京政务的清简为文人士大夫们结社提供了绝佳契机，如正统十三年（1448）周叙与当地诗友所结"南都吟社"，"时周公分院南京，职务清简，约先生数人者为诗社，日徜徉乎白下山水之间"②，"吾乡虽称都下，去辇毂远，宦于此者，率事余多暇，得遂觞咏之乐。天顺中，翰林学士吉水周公叙，始结诗社，择吾乡能诗士

①　（明）刘球《两溪文集》卷九，《景印文渊阁四库全书》第1243册，第530页。
②　程敏政《志云先生集序》，（明）程敏政撰《篁墩文集》卷二二，《景印文渊阁四库全书》第1252册，第391页。

人……题曰'南都吟社'"①。不可否认的是，明代南京的文人结社与北宋熙丰洛社有着深厚的渊源关系，如"弘正时王宗贯在南京作寿俊会，盖仿耆英会也"②，时王宗贯为南京守备，并非退老的官员。不过南京只是一个缩影而已，在结社、尊老、敦友谊、睦宗族、好文学、追慕洛社故事的时代风潮之下，各地退老里居，仿真率、耆英而作会者就更加不胜枚举了。

二、真率、耆英二会的流变

整体来看，像它的源头一样，两宋真率会多为退老居里的老年官员所作，基本属于怡老会社的范畴。元明清的真率会当然也是以里社怡老为主，像明代南京工部尚书朱天球归里之后"布衣蔬食，岁时与诸家食士大夫为真率会"③的情况所在多有，但其举办地早已不再拘于山林闲逸之地而走向官场、闺阁，呈现出普及的态势。比如"正统戊午（即正统五年，1440）（杨）士奇年七十有四，建安杨公六十有八，南郡杨公六十有七，文江钱公六十有六，安成李公六十有五，临川王公六十有三，泰和王公六十，遂仿唐宋洛中诸老真率之会，约十日一就阁中小集，酒各随量，肴止一二味，蔬品不拘取，为具简而为欢数也。以是岁二月六日肇事，序仍以官者在馆阁不改旧也。顾在坐者，文雅风流，道义相发，如群玉交映，可谓盛矣。而士奇最老，犹厕于列，能无愧乎？因赋近体四韵，且属和章，以备他日馆阁故事云"④。无论是举办地点，还是举办人，这场台阁大佬的真率会规格都相当之高，朴素、随性且带有隐逸之风的真率会堂而皇之地走入了朝廷的权力中心，他们的唱酬诗也成为山林与庙堂文学的奇特结合体。如杨士奇《馆阁真率会诗》曰："曾闻东洛集耆英，想慕高人物外情。白玉堂中千载会，紫薇垣畔七星明。朝廷有道公多暇，尊俎相娱老益清。衰朽自知难并列，拟循绿野看春耕。"⑤杨荣《和真率会诗》曰："明时优老圣恩深，雅会雍容集禁林。列坐七人俱白发，论思一片总

① （明）司马泰《三余雅会诗序》，（清）陈作霖《金陵通传》卷一四，光绪甲辰瑞华馆刊，早稻田大学图书馆藏。

② （清）梁清远《雕丘杂录》卷一六，《四库全书存目丛书》子部第113册，第780页。

③ 蔡献臣《明南京工部尚书赠太子少保澹庵朱公传》，（明）蔡献臣撰，厦门市图书馆校注《清白堂稿》下册，卷一三，厦门：厦门大学出版社，2012年，第679页。

④ （明）焦竑《玉堂丛语》卷七，北京：中华书局，1981年，第232页。

⑤ （明）杨士奇《东里集》东里续集卷五十九，《景印文渊阁四库全书》第1239册，第500页。

丹心。中朝文物真逾古，东洛衣冠复见今。海宇升平民物遂，何妨痛饮和新吟？"① 二诗都有浓重的炫耀高贵身份地位的味道，同时不忘标榜"想慕高人物外情"的隐者风度，一边尚古慕隐，一边歌时颂圣，虽然掩盖不了其台阁体的本质，但也有几分把禁林当山林的味道，聚会形式上也较为严格地遵循了真率会约。清代大廷尉蒋日纶之妻、内阁侍读学士蒋予蒲之母汤氏勤俭持家，"每岁暮，举真率会，夫人率子妇襄事，中馈六肴，维洁蒸肉一簋，色香味兼有之"②，从而将真率会的寒素之风带进了闺阁之中，借以提倡俭朴的美德。无独有偶，汤氏的丈夫蒋日纶曾于嘉庆三年（1798）与纪昀等在位的十五位高官在京城之南举办了一场耆英会，纪昀有诗题为《戊午二月八日同人小集，梁春淙大司寇年八十二，赵鹿泉少宰年七十二，吴白华少宰、韩兰亭少司农、蒋霁园大廷尉俱年七十，金听涛大司马年六十九，卫松厓侍御年六十八，蒋戟门少司农、熊蔚亭少司寇俱年六十五，庆丹年大司马、刘竹轩少司农俱年六十四，汪时斋中丞年六十二，莫青友大京兆年五十六，宜桂圃少司农年五十二，余年七十五，合一千零四岁，竹轩记之以诗，因次其韵》，其中有句"丞相原容登洛社"，小注曰"耆英会皆年七十以上，惟司马温公年六十四，得预与今日之会相同"③。这说明，蒋日纶一家无论男女，都对北宋洛社先贤加以效慕，也说明了真率、耆英诸会在当时社会上的风行程度。

宋代以后真率会指称范围趋于泛化，几乎成为朴素随意饮宴的代称。有很多在内容中将宴饮活动称为真率会的诗歌，而在标题中又没有使用这种名称，这就很有可能是有意用真率会进行比附和代称。如明代曹学佺《周邦甫携酌分得三肴韵》曰"殷勤地主来相款，九子慈亲为治肴。真率会中真率句，诗成全不废推敲"④，清代樊增祥《次日再过越缦堂清话竟日》曰"画堂清昼细论文，鸣鸟声中发兴新。饭软茶甘真率会，柳青头白奈何春"⑤，大抵都是这么一种情况。这也显示出了真率会与耆英会的差别，前者更为灵活，与日常生活更为贴近，不仅可以用来标榜隐逸和俭朴，也可以用来突出亲切的情谊和轻松的氛围；后者就显得更为正式一

---

① （明）杨荣《文敏集》卷六，《景印文渊阁四库全书》第 1240 册，第 95 页。
② 吴玉纶《蒋夫人传》，（清）吴玉纶《香亭文稿》卷十一，《清代诗文集汇编》第 378 册，第 383 页。
③ （清）纪昀《纪文达公遗集》诗集卷十二，《清代诗文集汇编》第 354 册，第 572 页。
④ （明）曹学佺《石仓诗稿》卷三十二，《四库禁毁书丛刊》集部第 143 册，北京：北京出版社，1997 年，第 634 页。
⑤ （清）樊增祥《樊山集》卷八，《清代诗文集汇编》第 762 册，第 263 页。

些，不太适用于称呼小型的、过于随意的聚会。

宋代以后真率会约的使用也更为普遍，乃至成为乡约、家法和个人的生活信条，虽然离不开宴聚、待客、结社的基本命题，却也呈现出向其他社会生活领域蔓延的趋势。第一位明确将真率会约当作乡约的应属元代的毛巨源，元姚燧《寿萱堂记》记载道："毛君巨源由副总管而总管，逾二十年，自燧贰宪山南分刺其府，寄治松滋也。闻唱邑士举司马温公真率会约而月修之，使民知长长于乡，因惟曰：'弟实孝之推也，非善老老其家，不知笃此。'"① 这是通过举办真率会、推广真率会约起到移风易俗的作用，使当地百姓更加尊敬长者、笃行孝道。不过一般来说，真率会约必须经过适当改造后才能成为乡约。如清代郑二阳《乡党共约》载其"乡党雅集，亟宜敦尚俭朴"的规定曰："兹拟寻常过从，荤素六簋，汤饭三进，小具十二器，并不设果，或有时鲜，止可一盘。如特设大宴，五果，荤素十六簋，汤饭四进，小具止于十二器。……今后每大会，二人一席，常会，四人一席。倘有客相留小坐，出家中见有者，一菜一腐，不嫌于薄，所谓客亦可来，主亦可办，且会可常继，而俗不淫湎也。"② 他不仅引用孔子之语以及《周易》《诗经》中的相关思想资源，也将司马光真率会约作为重要的参考。清代刁包所制订的"吾乡三约"中有"俭约"一项，以真率会约为法规定乡党之人宴集必须戒奢从俭，曰："肴以八器为率，馔以两献为率，其他公筵如延师纳币之类，可量增二器，侯州父母倍之。着为定额，不得增益。如有仍蹈前辙擅加品味者，公同议罚以当鸣鼓之攻，庶不至滥觞矣乎。……至若拜请以单帖，或红或印花，不得用古折馈送；以古折或红或白，书不能尽者；上下开，不得用全柬及封套，此又从宴会中推广之也。"③ 无论是饮食数量、处罚办法还是请帖形制都是从真率会约脱胎而来。可以看到，这些乡约都带有乡饮酒礼的性质，其用意在于通过借鉴和改造真率会约倡导节俭朴素的美德，有很强的教化功能在内。乡饮酒礼渊源甚古，起源于西周时期，历朝历代朝野上下都非常重视，是统治者推行尊老、睦亲、礼贤等儒家伦理教化的重要手段。它本来是一种乡党宴聚时采用的非常繁缛的礼仪形式，而真率会约不仅体现出俭朴的美德，还体现出不拘礼法的特色，所以它的引入实际上对乡饮酒礼起到了极大的简化作用，使其更容易推广和施行。

---

① （元）姚燧《牧庵集》卷八，《景印文渊阁四库全书》第 1201 册，第 479 页。
② （清）郑二阳《郑中丞公益楼集》卷三，《清代诗文集汇编》第 10 册，第 265 页。
③ （清）刁包《用六集》卷一一，《清代诗文集汇编》第 18 册，第 579—580 页。

前文指出，司马光真率会及其会约的源头就包括其父司马池用以待客的家法，后世更有将真率会约视为家法的，如明代吴之甲《觞鸽》诗曰：

> 酒贵有仙意，败意莫如俗。淳于量一斗，惧受礼法束。单判多苛政，众比觞筹狱。我拟真率会，谬继坡公躅。不分宾主坐，不用招延牍。馔不列方圆，堂不罗丝竹。随缘剪菜甲，任意斟醹酴。汤或芼新卉，饭惟供脱粟。倦则支颊颐，燥即裖巾服。袒裸适其常，放流听所欲。兴到恣呼卢，情来凭角局。酒罢茗堪传，昼淹夜可卜。我醉何妨眠，宾退命不复。一曰省冗费，二曰删烦缛，三曰洽交好，四曰养余福。此名君子觞，守之为家鸽。姻游倘同志，持约以相告。①

该诗所描绘的真率会真可谓俭而又俭、率而又率，真可与放旷不羁的魏晋风流一较高下了，与司马光之真率会相比则有过之而无不及。不过他总结出如此作会饮食的四个目的曰"省冗费""删烦缛""洽交好""养余福"，却非常精到地诠释了真率会的精神实质。诗末所说"家鸽"就是持家之准的之意，即前述四者所构成的家法。值得注意的是作者说"拟真率会"乃"谬继坡公躅"，效法的是苏轼，这又作何解释呢？苏轼有和真率会约相似的待客之道，因此亦被后人视为真率会约最早的继承者。最早将二者相提并论并且相互参酌使用的是南宋的叶梦得，其《避暑录话》曰"司马文正公在洛下，与诸故老时游集，相约酒行、果实、食品皆不得过五，谓之真率会，尝见于诗。子瞻在黄州与邻里往还，子瞻既绝俸，而往还者亦多贫，复杀而为三，自言有'三养'，曰：'安分以养福，宽胃以养气，省费以养财。'"② 云云，对此，后世文献多有征引者，乃至认为这一"五"一"三"之法有前后的继承关系。该诗即是较好的例子，所谓"省冗费""养余福"的说法就来自苏轼的"三养"，而"删烦缛""洽交好"则直接祖述司马光的真率会约。再如清代施闰章《生日客宴诗》曰："何如真率会，高谈送芳醑。五簋与三养，俭德有成矩。"③ "五簋"出自真率会约中"不过五"的规定，作者将其与苏轼的"三养"一块归之于真率会。

另外一点值得注意的是，在清代的一些经过改造的真率约中，多将

---

① （明）吴之甲《静悱集》卷一，《四库禁毁书丛刊》第78册，第200页。
② （宋）叶梦得《避暑录话》卷上，北京：中华书局，1985年，第38—39页。
③ （清）施闰章《学余堂诗集》卷八，《景印文渊阁四库全书》第1313册，第426页。

"戒杀"一条纳入进来,如陈嵚《题真率社约后》曰:"慈悲是佛家法,俭省是道家法,永叔所称真率是儒家法。昔诸葛君淡泊以明志,宁静以致远,正此意也。然真则能慈,率则自省,两字中包括妙义,真有不可思议功德矣!人之将死,不知多少乞命求生语,畜产不能言,止有呼号以当涕泪,仁人留意及此不杀牲,岂独专为客乎?"①傅占衡的《书小真率约》中也有"戒杀养生"②的规定。由此真率精神中除了俭朴、随性、友谊等成分之外,还多了慈悲、养生的因素。这里面含有一条合理的逻辑链条,即由俭朴到食蔬戒荤,由戒荤到戒杀、养生。后人在对真率约的不断继承发扬和改造升级中,使其逐渐地演化为了一种生活信条。

更明显地将真率约当成生活信条的例子,当属以真率名轩、名斋者。元代的许思敬,明代的史钱唐、叶时中有真率轩;元代的赵孟頫,明代的陈谟、杨懋臣,清代的杨蓉裳有真率斋;明代的李诩有真率窝;而清代的姜实节直接将存放画册的书斋命名为"真率会"。③为这些轩、斋写作的序、铭、记表达了一种戒奢尚俭、去伪存真、平等相待、道义相交的精神,其意义已非作为宴饮聚会的真率会所能拘囿。如元代赵孟頫《真率斋铭》曰:

> 吾斋之中,弗尚虚礼。不迎客来,不送客去。宾主无间,坐列无序。真率为约,简素为具。有酒且酌,无酒且止。清茶一啜,好香一炷。闲谈古今,静玩山水。不言是非,不论官府。行立坐卧,忘形适趣。冷淡家风,林泉清致。道义之交,如斯而已。罗列腥膻,周旋置备。俯仰奔趋,揖让拜跪。内非真诚,外徒矫伪。一关利害,反目相视。此世俗交,吾斯屏弃。④

在待客、交友的洒脱、真诚中体现了作者狂放不羁的性格和对虚伪世道的批判。明代徐一夔为杨懋臣作《真率斋铭(有序)》曰:

① (明)陈函辉《小寒山子集》,《四库禁毁书丛刊》集部第185册,第701—702页。
② (清)傅占衡《湘帆堂集》卷二四,《清代诗文集汇编》第27册,第178页。
③ 杨钟羲撰集,刘承干参校《雪桥诗话》续集卷一:"仲子名实节,学在其字,以工诗善书画闻于吴中。所居艺圃,盖文文肃公故居,所谓清瑶屿者也。其先为袁宪副醉颖堂,于此建真率会,学在购其画册存焉。"北京:北京古籍出版社,1991年,第39页。此真率会之"会"字,或为"斋"字之讹。
④ (明)董斯张《吴兴艺文补》卷二十五,《续修四库全书》第1678册,第632页。

　　杭之耆彦有颜其斋居曰"真率"者，是为杨懋臣先生。先生为人平实简易，杭在东南，异时湖山之美、邑屋之丽、陆海之饶甲于天下。先生方少壮，家饶于财，视酒如浆，视肉如藿，宴游嬉戏，殆无不足于意者。晚乃敛华就实，凡所以处己接人者，略去边幅，作止语默，一皆出于自然，无纤毫矜持意，有晋人夷旷之风焉。或诮之曰："斯人也，被服周孔之教，而学为嵇阮之流，揆之名谊，无乃非所宜乎？"余解之曰："俗之弊也久矣，伪言伪行，相先为智，相高为贤，比比而是。吾方以真而率之为贵，而子胡谓不然？夫礼始于饮食，至德之世，上如标枝，其民野鹿，洼樽而抔饮，其礼盖亦率矣，然而皆本于真也。夫真与伪对，出乎真则入乎伪，真则率，伪则百计萌生，无所不至矣。是故孔子言礼，其称曰：'礼，与其奢也宁俭。'先生以真率自见，古之道也，何足怪乎？"乃为之铭，铭曰：君子之履，惟适之安。弊精神于思虑之外，劳筋骨于俯仰之间，此可以媚于世，而非所以安吾天。夫惟大羹不和，大圭不琢，体本自然，反浇为淳，斯德之全，守之以恬，其永无怨。①

又有明凌云翰《真率斋诗为杨懋臣赋》曰：

　　真率应知出自如，会名又复到斋居。举筯便可频开燕，溉釜何妨更煮鱼？画为品题交互看，诗因分韵接连书。子云识字无人问，白首玄经守敝庐。②

　　从真率斋名及序来看，杨懋臣少年时代是一个不务正业的纨绔子弟，到了晚年则浪子回头、去华就实，故而不像一般斤斤于礼教的文人那样矫揉造作，而是洒脱自然、表里如一，正好体现了古人的真率精神，也符合孔子所说的宁俭勿奢之礼。诗歌所描绘的真率斋中的饮宴活动非常尽兴，也算得一场屏除矫饰的真率会了。

　　再来看耆英会。宋代的耆英会十分罕见，除了作为源头的元丰洛阳耆英会与宋末刘克庄经常带有用典性质地称自己的乡里聚会为耆英会之外，笔者尚未见到其他明确称为耆英会的资料，元代的情况也是一样。其原因很有可能如上文所分析的，由于"耆英"之名的夸耀意味过于浓厚，他

---

① （明）徐一夔《始丰稿》卷四，《景印文渊阁四库全书》第 1229 册，第 189 页。
② （明）凌云翰《柘轩集》卷二，《景印文渊阁四库全书》第 1227 册，第 787 页。

人称之则可，自称则全无谦逊之意。明清的耆英会和真率会一样普遍，可能是由于作为一种文化传承的典型性的存在，人们已经不大顾忌其字面的夸耀意味，而将其看成对古人风流的追慕。耆英会的情况相对简单，因为它的名称就已经决定了它只能属于怡老会的范畴，事实情况也确实如此，主要为闲退居里的老年官员所举办。如明代的工部主事王吉，"时乡先辈东湖钱公致工部副郎事家居，与里中高年及公为耆英会，相与唱酬甚富，乡后进皆传诵焉"①。清代的户部左侍郎田六善"归与白尚书东谷、乔宫赞白山、卫侍御澹足诸公为耆英会，公年差少，咸重之如温公之在洛也"②。人们尤其喜欢将寿宴命名为耆英会或者以此名称进行祝寿，也会将朝廷中老年高官的宴集称为耆英会。还应该看到在"耆英"之名中更为看重"耆"而忽略"英"的趋势，从而使得许多身份并不显贵的中下层官僚乃至布衣的高年者也能参与进来。如冯惟敏《清江引·东村作》二十首其七曰"柴桑处士家，洛社耆英会，岁岁年年称寿杯"③，又有《挽李处士》曰"却忆耆英会，亲知倍黯然"④，则处士也可入耆英会。这也是明清耆英会数量急剧增多的重要原因之一。明代甚至还出现了女耆英会，见王越《胡宪副母荣寿堂，母有女耆英会》诗，其中有句曰"女中既有耆英会，世上可无荣寿堂"⑤，其他成员不详，估计皆为有名望地位的官员之母。此外，耆英会还跨越国界，走向异域。朝鲜李朝郑麟趾所撰《高丽史》记载了高丽王朝的顺天君蔡洪哲"于第南作堂号中和，时邀永嘉君权溥以下国老八人，为耆英会，制《紫霞洞》新曲，今乐府有谱"⑥。蔡洪哲生活的年代相当于中国的元朝，可见耆英会在中国还未流行之时便已经传播到了朝鲜，被当地贵族所仿效。

三、甄别、淆乱与思考

何宗美先生《文人结社与明代文学的演进》一书考证出的文人会社

① 顾清《封工部主事王公配安人宗氏合葬铭》，（明）顾清《东江家藏集》卷四十二归来稿，《景印文渊阁四库全书》第 1261 册，第 873 页。
② （清）韩葵《户部左侍郎田公六善传》，（清）钱仪吉纂，靳斯校点《碑传集》卷一八，北京：中华书局，1993 年，第 554 页。
③ （明）冯惟敏《海浮山堂词稿》卷二，《续修四库全书》第 1345 册，第 64 页。
④ （明）冯惟敏《海浮山堂诗稿》卷三，《续修四库全书》第 1345 册，第 260 页。
⑤ （明）王越《黎阳王太傅诗文集》卷上，《四库全书存目丛书》集部第 36 册，第 472 页。
⑥ ［朝鲜李朝］郑麟趾等《高丽史》一〇八列传卷二一《蔡洪哲传》，韩国立汉城大学奎章阁档案馆本。

数量众多，可谓皇皇巨著，却只列有 6 个真率会、11 个耆英会，远远没有达到实际的数量。明清二会的资料十分庞杂，需要经过仔细的梳理甄别，很多材料所显示的只是一两次的宴聚行为，并非有组织有计划的正式结社。所以笔者认为考察二会的接受情况并不能仅仅将它们视为文人会社，而更应该看作一种聚会的形式，这是它们的源头所赋予的属性。即使这些聚会有时可能并非以饮宴为主要内容，我们也不应该忽视其源头所树立的典型作用。某些会社本身并不以真率、耆英为名，但其中的某一次或某几次聚会却可能以之为名，或者未用其名而采纳其形式，这种现象似乎更为普遍一些。比如多处文献记载元末福建莆田有壶山文会，成员多达二十二人，而根据《八闽通志》的记载："元季，莆诸先辈相与结社以文字为乐，号曰'壶山文会'。……合之凡二十有二人，约月必一会，坐以齿，饮以礼，酒无定等，食无常品，过丰者罚，会而不至者罚。"① 很明显，这个名为"壶山文会"的文人会社日常聚会所采取的形式正是对真率会的仿效。更为明确的记载为《国朝献征录》卷九四《陕西布政司右参政陈公观传略》，曰："陈观，字廷宾……遭元季乱，韬迹丘樊，不干仕进，自号苕峰耕隐子，与乡人方时举、郭惟贞、族人本初等二十二人作真率会。会必选胜而游，分韵而赋，兼申之规言，以道义相切劚，有《壶山文会集》行于世。"② 明嘉靖十三年（1534），何维伯之父在广东有九老会，而何维伯之诗则曰"五仙旧在三城里，九老今同一里间。春日蔬盘真率会，风流长得似香山"③，这个九老会平时亦以真率会的形式进行宴聚。

　　笔者在前文的分析中指出真率会、耆英会流传到后世开始出现了混淆不分的情况，时而称真率会为耆英会，时而将真率会约当成耆英会的会规。毕竟是同一批有着相同身份的人在相同的地点和相似的时间举办的宴会，虽然有形式上的种种差异，但不免叫人分不清彼此。到了明清时期，这种混淆又进一步扩大了，将白居易的九老会、文彦博的同甲会也笼统地称为耆英会。这种混淆从刘克庄就开始了，他经常在诗词中将白居易、司

---

① （明）黄仲昭修纂《八闽通志》下册卷八七《拾遗》，福州：福建人民出版社，1991年，第 1040 页。

② （明）焦竑《国朝献征录》第 7 册，卷九四，台北：台湾学生书局，1984 年，第 4069页。

③ （清）屈大均《广东新语》卷九事语，北京：中华书局，1985 年，第 294 页。

马光、文彦博、富弼、邵雍糅合进洛社的典故中来，有时候还加上欧阳修①。又如明代王世贞《宋画香山九老图》一文中称白居易九老会"所谓洛社耆英会也，一曰香山九老者"②。清代沈叔埏《余生丙辰，里中约同甲数人为逢辰会，始庚戌八月，改岁花朝前一日，友壻葛雅宜明经续举此会，适魏松涛明府来预，即席有诗，次答一首》诗曰"同甲会兼真率会"③，祝德麟《四月七日郑秋浦侍御招同朱筱庭、王莳町及家简田兄小集，皆壬戌同庚也，莳町有诗次韵》诗曰"真率会因同甲举"④，则是用真率会的形式来举办同甲会。有时亦有名为几老会，又名真率会者，如《嘉靖夏邑县志》卷七《人物志·十老会》："弘治初年，邑之致政耆德者曰：参政金酻，副使杨德，知县刘恭、朱鉴、刘铨，县丞刘安，教谕闪贤，义官朱理，医官王淳，孝官徐铭咸，以齿德俱隆，效唐香山九老、宋睢阳五老故事，为真率会。"⑤ 名为十老会，标榜为仿效九老会而作，却又说"为真率会"，足以淆乱后人。

何宗美先生认为："怡老社……其源头可追溯到唐代白居易的九老会和宋代文彦博的耆英会，这就是通常所说的香山、洛社之故事。白居易、文彦博等人结社对后来文人结社乃至生存方式产生了深刻的影响。"这个判断是非常正确的，但他又认为："香山、洛社之后，怡老社延绵不绝，代不乏例，但惟有明代蔚然成风，堪为一代奇观。"⑥ 以九老会、真率会、耆英会为代表的怡老会社并非只有明代蔚然成风，而是从北宋元丰年间以后历经宋元明清而长盛不衰，确实是中国古代文化和文学史上的一道奇观。何先生认为怡老会社的兴盛必须同时具备"存在同地的高年文人群体，或致仕或隐居，年老时仍属健康，且高寿者多"这些条件，还要有优老、重老的社会风气，而且这些怡老会社具有"乡邦典型"的意义，能够推动当地社会风气的改良、文化教育的兴盛等。在文学上，他认为怡老会社的诗文创作使得山林文学向台阁文学的雍容典雅风格转化，表现在

---

① 参看拙文《刘克庄"洛社"及其"耆英"观念探微》，《宁波大学学报》（人文科学版）2015 年第 5 期。

② （明）王世贞《弇州山人四部续稿》卷一六八，《景印文渊阁四库全书》第 1284 册，第 425 页。

③ （清）沈叔埏《颐彩堂诗钞》卷九，《清代诗文集汇编》第 390 册，第 289 页。

④ （清）祝德麟《悦亲楼诗集》卷十五，《清代诗文集汇编》第 402 册，第 152 页。

⑤ 《嘉靖夏邑县志》卷七，景印浙江宁波天一阁所藏明代方志，台北：新文丰出版公司，1909 年。

⑥ 何宗美《文人结社与明代文学的演进》上册，北京：人民出版社，2011 年，第 123 页。

"盛世与鸣盛""耆德与恩荣""道德化与伦理化"① 几个方面。何先生所针对的是明永乐至天顺时期的情况而言，笔者所讨论的是真率、耆英二会的接受史和流变史，跨越宋元明清四朝，所以必须有更加贯通的思考。

尊老不仅是儒家基本的伦理道德，国老、乡老也一向为历代统治者所倚重和优礼，只不过在儒学更为发达、更加重视文治的时代，老成君子所树立起来的国家典型、乡邦典型的作用更为巨大，这当然就要关注唐以后的朝代了。单以宋代而言，无论从政治、思想、文化还是文学来说较之前代都要更加趋于老成持重、内敛保守，这是一种文化心理的重要转折。白居易以怡老、尊老为特点的九老会在唐代中后期没有多少影响力，却在宋及以后的朝代引起经久不息的模仿热潮，也是这种文化心理的反映。北宋熙丰变法期间，以文彦博、司马光等旧党为代表的老成君子被新进少年排挤出了政治权力的中心，但是他们却能将聚集地洛阳变成道统的大本营，使位于汴梁的朝廷及其变法行为失去道统的正义性，正是依靠他们的耆英身份以及与之相得益彰的种种道德言行，包括真率、耆英等洛社诸会的举行，为士庶民众树立起了十分强大的老成君子的国家典型而实现的。这就是洛社诸贤与真率、耆英诸会能够风靡于后世的主要原因。至于作为怡老会社所体现的文学创作的风格，前面着重讨论过熙丰洛社成员对白体的接受，即偏重于语言的通俗、内容的休闲、心态的知足，综观后世真率会、耆英会中的诗歌作品，也大体如此，无论是在太平盛世还是在动荡的末世皆然，尤以真率会诗歌为著。因为怡老会社的基本属性就是披着道德外衣的娱乐行为，作诗、饮酒、下棋、游玩等活动也都是为了娱乐，其中所产生的诗歌并不能很好地反映现实社会政治与时代人生。怡老会诗歌有时候会因成员们的身份地位而使得颂圣的意味过浓，呈现出馆阁文学的特征，但应该看到怡老会社向馆阁等官场的渗透，也削弱了馆阁文学典故堆砌、辞藻华丽、歌功颂德的特征，使其呈现出一定的山林疏朴之气。

---

① 　何宗美《文人结社与明代文学的演进》上册，第 123—137 页。

第六章　司马光与邵雍的文学、文化影响举隅

第一节　独乐园的后世接受

司马光以其清正刚强的人格操守、不屈不挠的反新法精神与编纂《资治通鉴》的巨大史学成就而享有极为崇高的声誉，他的独乐园也被世人所铭记，在中国古典文学与文化史上留下了浓墨重彩的一笔。清代书画著录文献《石渠宝笈》载清宫藏品《宋人耆英会图》一卷，司马光序"下有司马光印、独乐园二印，前署'洛阳耆英会序'六字，下有涑水氏一印"[①]，则独乐园已成为司马光居洛时的名号之一，类似于以书斋自号者。南宋陈思《两宋名贤小集》卷四二到四七选司马光诗，名为《独乐园稿》，此名亦当渊源有自。人们在提到司马光的时候，时常会一并提到他的独乐园，如黄庭坚《司马文正公挽词四首》其四曰"蝉冕三公府，深衣独乐园"[②]，宋末邓剡《摸鱼儿（寿周耐轩府尹，是岁起义仓）》词曰"活人手段依然在，独乐园中司马"[③] 等。又有元代陶宗仪《南村辍耕录》记载一个叫顾舜举的人会"悬箕扶鸾召仙"之术，"尝召一仙至，大书曰'独乐园主'"，作得咏史诗长篇一首，概括了历朝兴衰之乱，最后曰"小臣纂集作通鉴，治乱兴亡明似日。愿言乙夜细垂观，比美成王戒无逸"[④]，则此仙乃司马光无疑。可以说无论是司马光自己，还是当时及后世的人们，都理所当然地将独乐园看成园主人格的鲜明标志，代表着身负天下之望却遁迹园林的傲岸与高洁的形象，具有动人心魄的特殊魅力。对独乐园及其诗文的推崇、唱和、仿拟，在本质上都是出于对司马光本人的追怀与思慕，这种追慕几无微词，要远远超过熙丰洛社诸老对白居易的

---

① （清）张照、梁诗正等撰《石渠宝笈》卷三五，《景印文渊阁四库全书》第825册，第412页。

② （宋）黄庭坚撰，（宋）任渊等注，刘尚荣校点《黄庭坚诗集注》第1册，北京：中华书局，2003年，第187页。

③ 唐圭璋《全宋词》第5册，北京：中华书局，1965年，第3309页。

④ （元）陶宗仪撰，李梦生校点《南村辍耕录》卷二〇，上海：上海古籍出版社，2012年，第224页。

感情。

一、作为故事和典故的独乐园

在宋代的笔记小说中，记载了许多司马光的逸闻趣事，和独乐园相关者皆是一些比较私人化的秘闻，元明清的笔记对此多有抄录、引用，这可以从读书、服装、感情、仆夫几个层面而言。其他如真率会之类的聚饮也是独乐园中的常见活动，当时及后世的诗文笔记中也有将二者并举记述的。当然也有将独乐园与整个洛社交游圈联系起来的，乃至于在明代出现了一部杂剧《独乐园》（又名《司马入相》），由此凸显出独乐园对于司马光乃至居洛旧党群体的重要意义。除了作为故事被人津津乐道以外，独乐园本身也成为常见的典故，进入到文学作品当中，不少有一定名望地位的人物在隐退闲居之际，其本人或唱和者都喜欢以之为比附，若有一方园林，或窄或宽，更会以之相标榜。

关于读书的故事，费衮《梁溪漫志》卷三记载了司马光对书籍的爱惜，不仅常常曝晒，而且启卷时倍加小心，需铺以褥袵、承以方版，并以大拇指面衬沿，以食指轻捻而过，这个场景即是在独乐园发生的，"司马温公独乐园之读书堂，文史万余卷，而公晨夕所常阅者，虽累数十年，皆新若手未触者"①。司马光曾在《独乐园记》中谈到他在园中主要的活动就是在读书堂读书，读累了才在亭台圃庵中进行游憩娱乐。所谓"独乐"，大多亦指藏书、读书之乐，这是他离家来到此园的主要目的，其他园中事项亦多与此发生关联。

在读书过程中，司马光对《礼记》所载"冠簪幅巾缙带"的深衣很感兴趣，裁制出来之后，"每出朝服乘马，用皮匣贮深衣随其后，入独乐园则衣之"②。这种奇异的古装，只适合在独乐园的私密空间里穿戴，元代马端临即认为其原因乃在于"非以诡异贻讥，则以儒缓取哂……以取骇于俗观也，盖例以物外高人之野服视之矣"。司马光的深衣虽然在当世没有被邵雍接纳，却为后人所喜，马端临曰"司马温公必居独乐园而后服之，吕荥阳、朱文公必休致而后服之"③，明代孙一元亦有诗题曰《王方伯与时制深衣，幅巾大带绚履，见遗小诗，裁谢》，诗中对此行径做了

---

① （宋）费衮著，金圆校点《梁溪漫志》卷三，上海：上海古籍出版社，1985 年，第 29 页。
② 《邵氏闻见录》卷一九，第 108 页。
③ （元）马端临《文献通考》卷一一一，北京：中华书局，1986 年，第 1004 页。

溯源，曰"居士香山社，先生独乐园"①，效法的对象是很清楚的。

在对待独乐园的情感方面，《道山清话》记载道："温公无子又无姬侍，裴夫人既亡，公常忽忽不乐，时至独乐园，于读书堂危坐终日。常作小诗，隶书梁间云：'暂来还似客，归去不成家。'"②此二句诗出自《初夏独游南园二首》其一，道出了司马光在妻子去世后的心境，"独乐"一变而为独悲，只在读书堂正襟危坐，已无心闲游。叶梦得在《避暑录话》中做了不同的注解，曰："司马温公作独乐园，朝夕燕息其间，已而游嵩山、叠石溪而乐之，复买地于旁，以为别馆。然每至不过数日复归，不能常有，故其诗有'暂来还似客，归去不成家'之句。"③认为独乐园乃"朝夕燕息"之地，不至于发出"暂来还似客"的感慨，而是因"别馆"不得常住而言。和前者相比，此说显得牵强附会，它不仅解释不了"归去不成家"一句，也与诗题之意相去甚远。前文已经分析过，司马光所谓"南园"即是独乐园，非有别指。

关于仆夫，宋代马永卿《元城语录》记刘安世所言，独乐园园丁吕直欲按惯例将从游人处所得"茶汤钱"与司马光平分被拒绝，为了学习主人的"不爱钱"精神，便用此钱在园中"新创一井亭"，受到主人嘉奖。宋代吴坰《五总志》又记载司马光常常在独乐园一待就是一个多月，诸老与之游戏其中，还会被文彦博日日邀约出去游春，由此受到园丁的责备："方花木盛时，公一出数十日，不惟老却春色，亦不曾看一行书，可惜澜浪却相公也。"④园丁认为司马光好不容易在春天来一趟独乐园赏花、读书，结果两件事都被荒废，既浪费了时光，也使得园子和园丁的存在都变得没有价值。陈师道《后山谈丛》还记载了一个很有学识智慧的园丁："参寥如洛游独乐园，有地高亢，不因枯梼生芝二十余本，寥谓老圃：'盍润泽之使长茂？'圃曰：'天生灵物，不假人力。'寥叹曰：'真温公之役也。'"⑤连仆役都这么有见识，亦如《世说新语》所载郑玄诗婢，从反面证明了司马光的道德学问之高。

---

① （明）孙一元撰《太白山人漫稿》卷四，《景印文渊阁四库全书》第 1268 册，第 812 页。

② 程毅中主编《宋人诗话外编》上册，北京：国际文化出版公司，1996 年，第 374 页。

③ 《避暑录话》卷二，（宋）叶梦得撰，田松青、徐时仪校点《石林燕语 避暑录话》，上海：上海古籍出版社，2012 年，第 121 页。

④ （宋）吴坰《五总志》，北京：中华书局，1985 年，第 3 页。

⑤ 《后山谈丛》卷六，（宋）陈师道，（宋）朱彧撰《后山谈丛 萍洲可谈》，上海：上海古籍出版社，1989 年，第 64 页。

《五总志》记载的诸老在独乐园中的游戏，包括投壶、吃冷淘等，又有趣又俭朴，与真率会类似。司马光本人就有诗明确谈到在园中作会的情形，如《又和南园真率会见赠》曰"绿筱影侵棋局暗，黄梅花渍酒卮香。任真自愧骰羞薄，假寐初便枕簟凉"①，《用安之韵招君从安之正叔不疑二十六日南园为真率会》其二曰"真率春来频宴聚，不过东里即西家。小园容易邀嘉客，馔具虽无亦有花"②，园林之简小和聚会之简便相得益彰。此外，好友韩维在《招景仁饮》中也说道"园收独乐会真率，以劳校逸宁非偏"③，将独乐园与真率会看成是司马光居洛时期高扬的两面隐逸大旗，认为是以劳代逸的偏颇之举。清代钱大昕亦有诗曰"涑水纵题园独乐，不妨真率故人陪"④（《秋晚访述庵司寇三泖渔庄，因同访圆津禅院慧照上人，即放舟游佘山、适云间汪西村。张坤厚、金冶昆仲亦至，偕入王氏园，登皆山阁。久之，复至天马山，登周氏山舟堂。还抵万寿道院，道人雪帆留饮，归途得诗四首》其四），认为不能将独乐看成绝对的一己之乐，与少数老友同乐的真率之旨趣并不相悖。明代黄道周《讲堂质约》一文曰："君实晚居独乐园，又构一室，与诸士讲论。诸士观其餐供，不过一蔬，时有客至，乃具两盂，对酌数杯而罢，即世所传真率会，非徒惜费，且以养福者也。"⑤ 指出为了接待诸老，司马光在独乐园中专门建造了一间房，所谓真率会不过是与"诸士讲论"时的简单餐饮，是为了"惜费""养福"，不知何据，其中当有讹传或臆测之处。

真率会是洛社耆英的聚会，亦有人将独乐园的功能范围延伸至洛社的大交际网络，如曰"岁时阔会英耆社，风月稀游独乐园"⑥（宋赵汝腾《呈竹湖李端明》），"不是温公独乐园，冠盖那能倾洛社"⑦（明杨廉《上梁文》），"党人碑冠朝堂籍，独乐园罗洛社英"⑧（清翁心存《司马文正故里》），等等。明代成化年间，出于尊师重道、推广教化的需要，洛阳当地士庶在安乐窝遗址旁边建立伊洛书院，中设"十贤祠"祭奠"以齿

① 《司马温公集编年笺注》第 2 册，卷一五，第 525 页。

② 《司马温公集编年笺注》第 2 册，卷一四，第 458 页。

③ （宋）韩维撰，曾祥旭、王春阳点校《南阳集校注》卷六，郑州：河南人民出版社，2010 年，第 123—124 页。

④ （清）钱大昕撰，吕友仁标校《潜研堂集》，上海：上海古籍出版社，1989 年，第 1263 页。

⑤ （明）黄道周《黄石斋先生文集》卷九，《续修四库全书》第 1384 册，第 218 页。

⑥ （宋）赵汝腾《庸斋集》卷二，《景印文渊阁四库全书》第 1181 册，第 250—251 页。

⑦ （明）杨廉《杨文恪公文集》卷四二，《续修四库全书》第 1333 册，第 66 页。

⑧ （清）翁心存《知止斋诗集》卷一〇，《续修四库全书》第 1519 册，第 131 页。

首邵，次周、司马、张、两程、朱、张、吕、许"十位宋代理学家。胡
谧作《伊洛书院记》，开篇便因当地的独乐园、安乐窝、二程祠墓等宋代
理学家遗址，道出了当时理学之盛，曰："至宋两程夫子出于斯，祠墓在
焉。夏县司马公、范阳邵子寓于斯，独乐园、安乐窝在焉。关中张子则以
程邵在兹，而屡造焉之数。真儒萃处一时，则斯地乃得与洙泗并称，为道
学渊源之所，盖所谓西邹鲁也。"① 熙丰洛社的理学特征是非常明显的，
使得洛阳成为举世瞩目的道学与道统中心，后人履其遗址，自然生出无限
企慕。

因为司马光身为旧党领袖，作为其身份标识的独乐园正好又是居洛旧
党经常的聚会场所，于是在明代出现了一部杂剧《独乐园》，以此园林为
主要场景地，讲述了司马光与洛社诸贤们的几场聚会，以及主人公接旨入
相，一举取得反变法胜利的故事。该剧为桑绍良所撰，一共四折，明祁彪
佳《远山堂曲品》将其列入"妙品"（按，误将苏澹定为作者），评曰：
"妙在从君实口角中讨出神情，此于移商换羽外，别具锤炉，即在元曲称
亦上乘。"② 剧首上场诗曰"独乐园学士著书，耆英会司徒结社。宋天子
擢用忠良，温国公超迁仆射"，基本概括了全剧的主要内容。在楔子部分
司马光出场，自述被新党排挤出朝，改判西京留台的经过，正欲由京入
洛。第一折写邵雍、张载、二程四位理学家来到独乐园拜访司马光，共同
就后者修成《资治通鉴》的成就进行了一番赞美，同时也交代了司马光
已被富弼延入耆英会以及新党乱政、边情紧急等情况。第二折讲述了富弼
邀请耆英会十二位成员宴游，结果只请来文彦博、王拱辰、司马光三人，
四位者宿序齿行酒，自认为不减于白居易香山会、杜衍睢阳会。然后游览
妙觉寺，百姓一路争睹真容，与有荣焉。在妙觉寺先赏牡丹，后打算请画
师将十三名会员容貌绘于庑壁，"以纪一时盛事"。第三折写上述邵、张、
二程与富、文、王诸人同聚独乐园为司马光庆祝生日，会中七人联诗一
首，高度赞扬了司马光的显赫声名，又祝愿《资治通鉴》上呈朝廷以后
能早日盼来玉音。话音刚落，使臣到来，因该书"有关治道，启沃良深，
朕心嘉悦"，特授作者"资政殿大学士知陈州事"，"行取过阙，别有访
问"，并告知"王安石已退，吕惠卿已逐，天子虚席以待大人"。第四折
写司马光入朝登相位以后，保境安民、尽废新法、窜逐奸邪，同时举荐上

---

① （清）田文镜、王士俊等监修，（清）孙灏、顾栋高等编纂《河南通志》卷四三，《景印
文渊阁四库全书》第536册，第526页。

② （明）祁彪佳《远山堂曲品》，《续修四库全书》第1758册，第318页。

述七人以及吕公著、苏轼、范纯仁，各有封赠，共襄皇图。结尾下场诗曰"独乐园颐养天真，燕诒堂眉寿千旬。皇明继大宋一统，司马公异世同神"①，颂扬明朝是继承大宋、实现一统的正统王朝，为先贤司马光祝寿，认为其神犹在、彪炳千秋。该杂剧有许多有悖于史实的虚构情节，比如邵雍、张载在熙宁十年就已去世，而耆英会迟至元丰五年才成立，相互间不可能有交集；王拱辰在耆英会举办之时，远在北京大名做留守，只是通过书信唱和要求入会，并没有亲自赴会；司马光入相发生在神宗去世、高太后主政以后，不可能是《资治通鉴》修成并为神宗所喜的结果；"康节"是邵雍谥号，并非皇帝赐予的封号。诸如此类的史实错误，不胜枚举。但这并不影响它的艺术成就，它将熙丰洛社中纷纷总总的人物与事件进行剪裁、浓缩、转移，简洁明快地表达了普罗大众对国之典型的敬仰，对政治清明、国泰民安的渴望。司马光承载着异代人民共同的政治理想，他的潜龙之地独乐园是令人神往的，非常适合被选为表现当时时代风云的戏剧舞台。

作为文人们喜闻乐见的常用典故，独乐园具备多种情感倾向的表达作用。它可以笼统指代隐退之地及其相关的闲适、高逸之情，如元胡行简《寄罗东高》曰"肥遁多佳趣，何如独乐园"②，清齐学裘《二十日同蒋子璠、朱曼君游平山堂养志园看芍药，作歌纪胜》曰"君不见桃源洞、独乐园，别有天地非人间"③之类。尤其适宜于颂美名位德齿较高之人，径称宰相园林者如明顾璘《宴守溪相国园亭》曰"窈窕平泉宅，清华独乐园"④；送耆老闲退者如明刘荣嗣《送王左海归里》曰"记中迁叟独乐园，诗称五老香山社"⑤；慰人再起者如明姚希孟《刘相公是翁》曰"独乐园中正可静观时变，将来拨反，担荷天心，定有属也"⑥；祝人长寿者如明李东阳《少保商先生寿七十》曰"海中仙子长生录，洛下先生独乐园"⑦。也可以就具体的园林景致、规模而言，称赞清静幽美者如清查嗣

---

① 徐文明、张英基编著《齐鲁古典戏曲全集》第 2 册《明清杂剧卷》，北京：中华书局，2011 年，第 502—522 页。

② （元）胡行简《樗隐集》卷一，《景印文渊阁四库全书》第 1221 册，第 113 页。

③ （清）齐学裘《劫余诗选》卷一七，《续修四库全书》第 1531 册，第 521 页。

④ （明）钱谷《吴都文粹续集》卷五二，《景印文渊阁四库全书》第 1386 册，第 628 页。

⑤ （明）刘荣嗣《简斋先生集》诗选卷二，《四库禁毁书丛刊》集部第 46 册，第 523 页。

⑥ （明）姚希孟《文远集》卷二六，《四库禁毁书丛刊》集部第 179 册，第 677 页。

⑦ （明）李东阳撰；周寅宾、钱振民校点《李东阳集》第 1 册，卷一五，长沙：岳麓书社，2008 年，第 281 页。

璐《自怡园看荷二首》其一曰"帝城何处足韶华？独乐园林静不哗"[1]；特指花木果药者如宋林希逸《后村先生再寄新出名荔赋谢一首》曰"曾叨独乐园中赐，犹寄端明谱外香"[2]；不卑俭朴狭小者如明郑岳《重阳日社会梅庄三首》其二曰"小作温公独乐园，频招几杖泛清樽"[3]。同时，在诗词中独乐园还常常与裴度的绿野堂、午桥庄，李德裕的平泉庄，杜甫的草堂，邵雍的安乐窝等相提并论，显示了它既高贵又朴素的双重面相。

"独乐园"一词之所以能够产生如此丰富多样的用法，跟它自身丰厚的文化信息量以及人们多角度的反复阐释密不可分。从某种意义上说，它的典故用法已经超出了园林的局限，并直接指向唱和者，潜台词里都有攀慕司马光身份道德的意思。就像李格非在《洛阳名园记》里说的那样："司马温公在洛阳自号迂叟，谓其园曰独乐园。园卑小，不可与它园班……温公自为之序，诸亭台诗颇行于世，所以为人欣慕者，不在于园耳。"[4] 后人的"欣慕"尽管已经典故化、概念化，没有具体可感的实物比照，却和当时亲睹者的"欣慕"没有二致。

二、独乐园仿拟、阐释与诗文接受

后世有很多仿拟独乐园的行为，或仿其园名，或拟其园林布局、规模或园居生活，不一而足。这些仿拟行为往往伴随着对"独乐"意义的阐释、对园主生平的述评，而且经常与相关诗文的接受交织在一起。司马光写有《独乐园记》，是宋代园林记的代表性作品，一反孟子"独乐乐不如众乐乐"的传统论断，颇有耳目一新之感，且容易联想到范仲淹"后天下之乐而乐"的士大夫精神，故而被人传诵不已。他同时写有 37 首以独乐园或曰南园为题的诗歌，但这些作品的影响远远不及他邀请苏轼题写的《司马君实独乐园》一诗。苏诗在独乐园文化流播过程中起着重要作用，既常常被后人取其内容为园林建筑命名，又得到后人的不断注解和追和，乃至影响了人们对独乐园及其园主具体情况的认知。

---

① （清）查嗣瑮《查浦诗钞》卷九，《四库未收书辑刊》捌辑贰拾册，北京：北京出版社，1997 年，第 106 页。

② （宋）林希逸撰，林式之编《竹溪鬳斋十一稿续集》卷二，《景印文渊阁四库全书》第 1185 册，第 576 页。

③ （明）郑岳撰，郑炫编《山斋文集》卷七，《景印文渊阁四库全书》第 1263 册，第 46 页。

④ 《洛阳名园记》，（宋）李格非，（宋）范成大著《洛阳名园记 桂海虞衡志》，北京：文学古籍刊行社，1955 年，第 11 页。

司马光记文中所提到的孟子众乐独乐、孔颜之乐、鹪鹩鼹鼠之乐，以及园林规模、园中各式建筑与花木景观、读书游憩与栽种花药等活动，对"推以与人，人且不取"的独乐境遇的感叹都不断被人追忆、比较、解读。而苏轼所作《司马君实独乐园》一诗就是最早接受《独乐园记》的经典之作，诗曰：

> 青山在屋上，流水在屋下。中有五亩园，花竹秀而野。花香袭杖履，竹色浸盏斝。樽酒乐余春，棋局消长夏。洛阳古多士，风俗犹尔雅。先生卧不出，冠盖倾洛社。虽云与众乐，中有独乐者。才全德不形，所贵知我寡。先生独何事，四海望陶冶。儿童诵君实，走卒知司马。持此欲安归？造物不我舍。名声逐吾辈，此病天所赭。抚掌笑先生，年来效喑哑。①

苏轼曾在与司马光的书信中谈到作诗的缘起："某再启，超然之作不惟不肖附托以为宠，遂使东方陋州为不朽之盛事。然所以奖与则过矣，久不见公新文，忽领《独乐园记》，诵味不已，辄不自揆作一诗，聊发一笑耳。"之前苏轼在密州建超然台，作有《超然台记》寄给四方友人请求题诗，司马光回以《超然台寄子瞻学士》一诗。苏轼的独乐园诗则是投桃报李，同样是先收到记文，再据此为诗。该诗首四句写景优美，流传最为广泛，乃至有人认为："东坡作温公《独乐园》诗，从头四句，已都说尽，云：'青山在屋上，流水在屋下。中有五亩园，花竹秀而野。'此便可以图画也。"② 后人建园，多有取以为名者，如宋元明清历代都有秀野亭、堂、轩、园之类，还有元代廖氏"青山流水之间亭"、明代杨氏"五亩园"等。其实司马光记文中明确说过其地有二十亩，但苏轼为了进一步形容其卑小，便称之为"五亩园"，使得后人也常常这么称呼，难免有以讹传讹之嫌。

该诗诞生以后，便成了独乐园文化与文学不可分割的重要组成部分。如宋代晁公遡在与奉祠家居的虞允文的书信中说"向来封植之木皆已成阴，按行三径，景物增丽。虽释机务之劳，就此闲暇，固足以乐。敢诵独

---

① 《苏轼诗集》第3册，第733页。

② （宋）曾慥编纂，王汝涛校注《类说校注》下册，福州：福建人民出版社，1996年，第1698页。

乐园之诗，恐'造物不我舍'耳，某敬倾耳以听"①，引用苏诗言其必当复用。明代钱子正的怀古诗《独乐园》曰"纷纷冠盖洛阳尘，谁是悠然独乐人？流水青山花绕屋，个中天地四时春"②，四句中有三句改编自苏诗。清代徐基有一首《独乐歌》，曰"鹊飞在我上，鱼潜在我下。枕月羡清秋，杯水消长夏。世慕盖无穷，予怀惟有且。可以与人乐，亦为独乐者。变更在目前，悲笑何须也"③，不仅采用了苏诗原韵部，而且首四句与七八句用韵、句式都亦步亦趋地模仿原作，但表达的仅仅是亲近自然的隐逸之情而已。清代乾隆皇帝弘历还有两首次韵诗，即《读苏子瞻题司马君实独乐园诗即用原韵》《题文徵明独乐园图用苏轼独乐园诗韵》，前者是对苏轼原诗稍加改装而成，后者对园、人、诗、画四者都进行了赞美。清代汪由敦又有《恭和御制题〈文徵明独乐园图〉，即用东坡诗韵》，所述与乾隆原诗相差不大。帝王的欣慕与唱和，表明了这场文化与文学事件历久弥新的影响力。

苏轼的独乐园诗之所以出名，除了作者本人的赫赫声名和它本身的艺术价值以外，还在于它曾作为"乌台诗案"中谤讪新法的一条罪证：

> 诗案云：司马光在西京葺一园名独乐园，作诗寄之。此诗言四海望光执政陶冶天下，以讥见任执政不得其人。又言儿童走卒皆知其姓字，终当进用。缘光曾言新法不便，某亦曾言新法不便，既言终当进用光意，亦讥朝廷新法不便，终用光改变此法也。又言光却瘖默不言，意望光依前上言攻击新法也。④

虽然"乌台诗案"是一个冤狱，但新党对这首诗似乎也没有过度解读、无中生有，因为它的意思一目了然，就是希望妇孺皆知、众望所归的司马光不要噤口不语，只顾躲在洛社的小圈子里众乐，甚至钻进小园中独乐，而是要勇敢地出来战斗。苏轼在这里不仅仅是讥讽新法，更是嘲笑司马光的退缩。韩维在《次韵和君实寄景仁》中也说过类似的话，即"方笑司马翁，独乐守空园"⑤。在更早的时候，邵雍就曾直言道"系时休戚

---

① （宋）晁公遡《嵩山集》卷三四，《景印文渊阁四库全书》第1139册，第184页。
② （明）钱子正《三华集》卷九，《景印文渊阁四库全书》第1372册，第107页。
③ （清）徐基《十峰集》卷二，《四库全书存目丛书》集部第264册，第236页。
④ （宋）蔡正孙撰《诗林广记》后集卷四，北京：中华书局，1982年，第268页。
⑤ 《南阳集校注》卷六，第127页。

重，终不道如何"①，该诗题为《和君实端明花庵独坐》，"花庵"是司马光入洛之初搭建的一亩小花园，相当于独乐园的前身。可见当时将司马光"独乐"的行为与园名进行政治方面的解读是一种普遍的做法，这也是后世种种政治解读的源头所在。

园名与行迹的仿拟是一种最为直接的效慕与接受的情况。直接袭用独乐园园名的有宋代的韦氏独乐园（园主、地点不详）、赵畯睢阳独乐园，明代马永的南京学独乐园，清代顾八代的吉林独乐园等。明代鄜州人齐国儒写有《独乐园记》，曰"采铜川为少陵经游地，在羌村南十里许"②，云云，则鄜州采铜川亦当有独乐园。清代岭南番禺人孟佐舜著有《独乐园诗草》，则作者可能也有一个独乐园。另外，在高丽高宗六年（1219，南宋宁宗嘉定十二年），宰相赵冲"开独乐园于东皋，每公余引贤士大夫以琴酒自娱"③，可见早在南宋时期，独乐园的仿拟风气就已经流传海外。

这些袭用的园名，或因园居生活切合"独乐"高致而得。如徐度《却扫编》记载："赵畯字德进，宋城人……晚节益不喜仕，筑室南都城北，杜门不交人事。有园数亩，杂植花木，日居其间，乡人目之为独乐园。然晚复再娶，年颇相悬。刘待制器之戏曰：'岂谓独乐园中乃有少室山人乎？'"④ 清代俞樾继而指出："按此亦一独乐园，盖时人袭温公园名以称之，非其所自名也。"⑤ 赵畯不乐仕进，闭园独居，乡人以"独乐"称之，可谓评价甚高，而一旦其晚节有亏，这种生活状态被打破，也就容易招致名不副实的嘲讽。或因有意识地模仿独乐园生活、布局，并取得堪与司马光相媲美的功业而自名之。如明代吕楠《学独乐园序》言园名缘起曰：

> 学独乐园者，何曲沃、李季和为南京后军都督恒斋马公天锡作也。嘉靖五年间，公以右都督镇守蓟州、密云、永平、山海地方，尝奏荐陆尚书、丰学士等官，忤旨革任，着南京后府带俸闲住，乃卜居

---

① 《邵雍集》，第 305 页。
② （清）刘于义等监修，沈青崖等编撰《陕西通志》卷十三，《景印文渊阁四库全书》第 551 册，第 703 页。
③ （明）郑麟趾撰《高丽史》列传卷一六，《四库全书存目丛书》史部第 161 册，第 569 页。
④ （宋）徐度《却扫编》卷中，北京：中华书局，1985 年，第 118—120 页。
⑤ （清）俞樾著《春在堂全书》第 6 册《茶香室四钞》卷二四，南京：凤凰出版社，2010 年，第 901 页。

徐氏东园。不携室家，杜门谢客，孤处五载。则东园者，其公之独乐园乎？或曰东园之胜甲于南都，无问缙绅韦布皆获游乐，乃比诸司马之独乐园。而惟公学之，岂以心远堂即读书堂，一鉴亭即弄水轩，涤烦亭即种竹斋，登眺月岩即望辕辕之见山台乎？又他人之于东园，或暂观而不久留，惟公常居其中，随芳饱玩，迎时饫赏，独乐之趣将深有所得乎？[1]

马永（字天锡）的"学独乐园"原为徐氏东园，由方位而得名。东园是景致甲于南京的大园林，和卑小的独乐园并不相似，只因二者皆有任人游乐而无问贵贱之"众乐"特征，才被人相提并论，其实是比较勉强的。而马永入住之后，使得二者具备了更多的共同点。首先是马永"不携室家，杜门谢客，孤处五载"，这种坚持独处的生活方式当然属于"独乐"无疑。其次，园中的一些堂、轩、斋、岩之类与独乐园中诸种建筑功能相似，这大概就是篇首"何曲沃、李季和为南京后军都督恒斋马公天锡作也"之意，是新园主到来之后刻意仿效独乐园而令人新作的，并非原有的格局。再次，在下文中吕楠又指出马永杀流贼、建塞堡、镇胡虏，战功赫赫，被君王无情地投闲置散之后，"栖迟东园，焚香读书，射隼投壶，粥粥乎隐约如经生，澹泊如处士，五年之久不越外户。回视前日威望，漠然若不在己，惟以日费俸钱、无以报国为愧，军民穷独、不得其所为忧。右公者即古所谓用则龙虎，不用则屈蠖"，能屈能伸，自甘淡泊而不忘忧国，俨然一个活脱脱的独乐园中的司马光。作者进一步引申道："公之学独乐园，岂亦先忧而后乐者乎？"[2] 可见作者认为"独乐"中包含"先忧后乐"的精神，并非自私其乐。文末作者又不禁感叹道："夫宋自君实居独乐园后，而熙河银夏多事。予又于公之学独乐园也，不免先为边陲忧。"[3] 指出功臣退避直接导致边事不宁，因而人主应当及早认识到这个问题的严重性，重新擢用他们，就像当初司马光入相一匡天下那样。

其他以乐为名而有明显仿拟痕迹的园林有宋代马惟良的建阳亦乐园、宋末元初陈仁子的茶陵迁乐园、清初金之俊的苏州且乐园等。马惟良之园取名"亦乐"，有不嫌其陋的知足之意，朱熹、周必大、杨万里、刘克庄、林希逸诸人皆有题诗，其中杨万里《次韵寄题马少张致政亦乐园》

---

[1] （明）吕楠撰《泾野先生文集》卷一二，《续修四库全书》第1338册，第7页。
[2] 《泾野先生文集》卷一二，《续修四库全书》第1338册，第8页。
[3] 《泾野先生文集》卷一二，《续修四库全书》第1338册，第8页。

曰"亦乐园将独乐园，两园谁窄复谁宽"①，朱熹《和亦乐园韵》曰"莫笑君家五亩园，要须胸次亦平宽"②，刘克庄《次韵寄题建阳马氏亦乐园》曰"匹如迁叟洛中园，花竹依稀五亩宽"③，都将该园与独乐园联系起来。"五亩"出于苏轼《司马君实独乐园》诗"中有五亩园"一句，乃极言狭窄卑小。又有陈仁子之迁乐园名，则是合司马光"迁叟"之号与"独乐"之园名而言之。陈仁子自号"古迁"，更直白地表示了希慕迁叟之意。他作有《迁乐园记》，终篇就"乐"进行阐发，先言无论是人是物皆有所乐，而自己的乐则在于辛勤开辟设计、得以放浪形骸的"迁乐园"，进而指出迁叟"独乐之乐，其寄也"的意图，曰：

> 异时熙宁初，荆舒之党设新法笼天下利，几斫国家命脉。公是时攒眉行窝，不暇一援手，龙卧洛滨，驹隐丘园，"青山在屋上，流水在屋下"，此亦一迁叟。一旦相天子、抚中国，悉取熙丰一切不堪之政，解弦而更张之，海内忻忻如在春风披拂中，辽人至戒边吏勿生事，此亦一迁叟。以人观公，公之乐诚自乐也，以公观公，公非独自乐也。④

将司马光隐逸的独乐理解为一时无奈的情感寄寓，同时也是韬光养晦、静观其变的斗争策略，一旦时机成熟，必将一举扫荡妖氛。此乐似"迁"而实智，是大巧若拙的表现。之后作者又将司马光在诗文中描写的"爱花种竹""薙萧删蘱""吟风弄月、汲泉灌渠"诸般园居活动看成是入相之后种种政治举措的预演，故而"公之乐，盖以天下而不在乎山水园林也"。接着，作者感慨道"今天下可为迁叟勉者尚多，乐而必迁叟者夸也，乐而不迁叟者污也。不夸不污，而惟迁叟之步趋，似与不似，吾不得而知也"，提倡一种"不夸不污"即顺势而为、相时而动且不失其乐的精神。文中所记建园时间为癸未年，作记时间为甲申年，即元至元二十年（1283）、二十一年（1284）。其时作者坚持宋遗民身份而隐居不仕，面对国破家亡、改朝换代的天下大势，创东山书院，以教育、刻书、著书为事业，赓续故国文脉，没有放弃希望，可谓深得司马光独乐真髓。

---

① （宋）杨万里著，薛瑞生校证《诚斋诗集笺证》第 3 册，卷二九，第 2035 页。
② （宋）朱熹撰，郭齐笺注《朱熹诗词编年笺注》上册，卷四，成都：巴蜀书社，2000 年，第 351 页。
③ 《刘克庄集笺校》第 6 册，卷四二，第 2210 页。
④ （宋）陈仁子《牧莱脞语》卷六，《宋集珍本丛刊》第 90 册，第 43 页。

清代金之俊作有《且乐园记》，处处以司马光园林记为参考，开篇曰："予尝读司马温公《独乐园记》，买田二十亩辟以为园，中有读书堂、弄水轩、钓鱼庵、种竹斋、采药圃、浇花亭、见山台，池沼草木，错落森罗，窃叹温公之乐乐，亦云侈矣，而犹曰'鹪鹩巢林，不过一枝；偃鼠饮河，不过满腹'。然则田园林榭有弗温公若者，将遂无以为乐乎？"① 独乐园占地仅二十亩，在当年洛阳林立的名园中最为卑小，但作者认为其中景点繁密，依然十分奢侈，不像司马光所说的那样简陋，因为世间还有更卑小的园林，也有更知足的快乐。作者交代退休之后，撇开儿孙负累，"于苏城之西北隅购园地二亩许，得温公十之一，托足而偃息焉"②。就在这二亩的方寸之地中，经过他的经营，茅屋、台池、斋阁一样不少，"庶几城市之剧，而忘乎人间，合而命之曰且乐园。未见温公之独乐为侈，而予之且乐者为啬也"③，认为园之大小与乐之多少并无因果关系。继而他对前贤的独乐做了自己的解读：

> 虽然，温公岂以山园亭榭乐世俗之乐而已哉？其言曰："耳目肺肠，悉为己有。"此乃温公之所以为乐也。人生自少至老，自朝至暮，耳目纷营，恍惚无主，而能收视返听，自有其耳目者谁乎？肺肠揉杂，端绪万千，而能澄心息虑，自有其肺肠者谁乎？耳目肺肠不能为己有，无论寻孔颜乐处不可得，即欲如温公之独乐，又胡可得耶？此予之所以深向往乎温公，而务有其耳目肺肠，以徜徉余生于且乐园中也。④

不像前面陈仁子和吕楠从司马光身世遭际和政治功绩上探寻独乐的意味，而是将《独乐园记》所提出的"耳目肺肠，悉为己有"一句作为支撑点，看重"收视反听""澄心息虑"的自由自主之乐，认为这是一切圣贤之乐的关键。这当然也和作者的人生经历有关，和陈仁子以遗民自居不同，金之俊选择做了贰臣，名节有亏，受人诟病，晚年只想逃脱世纷，寻求内心的宁静。他不追求园林的奢侈，只是聊以为园、聊且为乐，也是一种修行。

---

① （清）金之俊撰《金文通公集》卷七，《清代诗文集汇编》第 8 册，上海：上海古籍出版社，2010 年，第 387 页。
② 《金文通公集》卷七，《清代诗文集汇编》第 8 册，第 387 页。
③ 《金文通公集》卷七，《清代诗文集汇编》第 8 册，第 387—388 页。
④ 《金文通公集》卷七，《清代诗文集汇编》第 8 册，第 388 页。

后人的仿拟之举未必全都体现在园名上，也有园名不似而以生活轨迹相比附者。如明代姚希孟《伯舅文起先生六十寿序》开篇引《独乐园记》曰："司马君实在洛中，为堂于独乐园，读书既倦，投竿取鱼，执衽采药，决渠灌花，揉斧斫竹，擅天下之至乐，乃其傲世之言，曰：'叟之所乐，世之所弃，推以与人，人皆不取，故自号曰迂叟。'"① 之后谈及他居洛编撰《资治通鉴》、结洛社耆英会诸事，又说道"田畯、野老、妇人、孺子或群聚指目之不得见，则搏颡而吁号之曰君实"②，这是因苏轼独乐园诗中"儿童诵君实，走卒知司马"二句而加以引申的。然后将司马光早岁登科、不畏权贵、名重群公的宦迹与其伯舅文震孟宦迹一一对应，直到其闲退以后"日菹兰芽、畬蕨笋，课子读书，颇类君实独乐园故事"③。又谈到司马光无论是寿是乐皆非"得全于天者"④，却能跻一世之臣民于寿乐之域，最终返朝实现抱负，这也与即将"黾勉就道"的文震孟差不多。文震孟乃东林领袖，与阉党和权奸进行不屈不挠的斗争，亦曾短暂居相（内阁大学士），确实堪与司马光相伯仲。其他如明代顾起元《渭南南中丞瀑园记》也采取了这种将园主与司马光对比的写法，只不过同时又以谢安、裴度为比。世间大贤，仕隐之间，大抵如此。

除了园名、行迹比附中对"独乐"精神的解读，单纯从俭朴的角度加以探讨也是值得关注的一个方面。如南宋袁燮有一个二亩多的"是亦园"，他在《是亦园记》中说道：

> 彼池台苑囿，得之不得，我无加损，又何以歆羡为哉？颜子箪瓢陋巷，非有娱悦耳目之具，而不迁怒不贰过，乃有不可胜言之乐。今不取诸此，而导人以世俗之所玩，不已末乎？……陶公徘徊三径，盼庭柯、抚孤松，所乐者如是而止。司马公之花竹虽秀而野，牡丹、红药各不过二本，其俭也如此。察两公之心，亦岂役于外物者乎？⑤

这是说只要有那么一点园林的意思就可以，不需要有太多"娱悦耳目之具"，如此才能不为物役，保持内心之乐。前引清代金之俊的且乐园占地也是二亩许，也在与独乐园比小比陋，但着眼点更多在于一个被时代

①　（明）姚希孟《响玉集》卷四，《四库禁毁书丛刊》集部第178册，第472页。
②　《响玉集》卷四，《四库禁毁书丛刊》集部第178册，第472页。
③　《响玉集》卷四，《四库禁毁书丛刊》集部第178册，第473页。
④　《响玉集》卷四，《四库禁毁书丛刊》集部第178册，第473页。
⑤　（宋）袁燮《絜斋集》卷一〇，《景印文渊阁四库全书》第1157册，第133页。

裹挟的所谓贰臣对自主自由的渴求。其他如明代谢肇淛曰"唐裴晋公湖园，宏邃胜概，甲于天下；司马温公独乐园，卑小不过十数椽。然当其功成名遂，快然自适，则晋公未始有余，而温公未始不足也。……乃知传世之具在彼不在此，苟可以自适而止矣，不必更求赢余也"①，清代曹溶《杂论第十一》曰"勿嫌圃俭于独乐园，但虑人不如司马君实耳"②，都将俭朴之乐看成是一种超凡脱俗的君子之乐。

三、《独乐园图》的流变

熙丰洛社中不少题材都进入了绘画领域，如《耆英会图》《真率会图》《独乐园图》等，而且出现了不少临摹与二度创作的版本，足见历史、文学与绘画的密切联系及其流播、发展的复杂性。单就独乐园图而言，宋元明清皆有文献记载，在作者、内容、尺寸、收藏者、图文关系上都有不少丰富的信息，但混乱不清之处也所在多有。

宋代《独乐园图》最早见诸记载的乃是朱熹《答储行之》其八，曰：

> 《独乐园图》恐司马守便之官，未暇刻得，与之议，为辨一互刻之亦佳。但其诗颇有误字，《见山台》诗中陶通明乃陶隐居之别号，今作渊明，当改正耳。前贤遗迹正尔，何关人事？而使人想象爱慕不能忘，虽不得复至其处，而犹欲见之图画之间，使其流传之广且远，而未至于泯灭。然则为士君子者，其可不力于为善哉？③

可见朱熹看到的《独乐园图》上面有司马光的《独乐园七题》（七首诗分别为《读书堂》《钓鱼庵》《采药圃》《见山台》《弄水轩》《种竹斋》《浇花亭》），至于该图的其他信息都没有交代。他见图而兴思慕前贤之意，希望能够广为传刻、不至散佚，认为这是士君子的善举。

至于该题材宋画的笔法特点，明代李日华曰"美荫斋前结竹屏，曲折回互，颇仿《独乐园图》中制度"④，"方樵逸携一旧册来观，乃吾郡

---

① （明）谢肇淛撰，傅成校点《五杂组》卷三，上海：上海古籍出版社，2012年，第53页。
② （清）曹溶《倦圃莳植记》总论卷下，《续修四库全书》第1119册，第279页。
③ 郭齐、尹波点校《朱熹集》第9册，成都：四川教育出版社，1996年，第5260页。
④ （明）李日华著，屠友祥校注《味水轩日记》卷七，上海：上海远东出版社，1996年，第462页。

《杉青闸图》也，笔法简古疏澹，大类宋人写司马温公《独乐园图》"①，又曰"然写近景如《辋川》《草堂》《独乐园》等图，则又须作树石真态"②。"曲折回互"可能是因为长卷的缘故，有一定的层次感。"笔法简古疏澹"的"近景"，还"须作树石真态"，应是介于写意与工笔之间的画法，且墨皴多而着色少。关于宋本的具体内容，清代阮元的一则记载很值得关注，曰："宋人画《司马温公独乐园图》，书屋数楹，庭西畔一亭中有井，屋后又有屋两重，井亭西又一门，虚亭数楹，亭西花栏二亩，亭后有立石玲珑，与屋齐。又有闲地画坪如棋局，前后柳榆槐柏甚多。"③该记载出自《石渠随笔》，乃阮元遍观乾隆朝秘府内藏而作，则此图当是珍品，却未署作者之名。其观看方向是不断往西的，可能也是一幅长卷。虽然布置井然有序，却无法与司马光记文和诗歌中所写景点一一对应。阮元由此评价道：

> 余读司马公《传家集》中《独乐园记》及《读书堂》《钓鱼庵》《采药圃》《见山台》《弄水轩》《种竹轩》《浇花亭》七诗，其布置庭径，宛然在目，高风古韵，慨然想记其人。又尝见温公画像石刻，面长，须眉疏朗，尤足起人敬思。宋人图不知何以不依其文画之，而布置大谬若此。……《独乐园记》云："读书堂南有屋一区，引水北流贯宇下。"又曰："筑台构屋其上，以望万安、辗辕，至于太室，命之曰见山台。"按，苏东坡《独乐园诗》云："青山在屋上，流水在屋下。"坡公语皆有本，岂如画史率意挥写耶？④

指出该图"布置大谬"，没有还原出记载中独乐园该有的样子，失去了司马光、苏轼诗文的严谨性以及由此所表现出来的"高风古韵"。阮元以学者的考据精神来要求绘画艺术，看似严苛，但也符合大众想要将古代名人名作视觉化以满足渴慕之情的审美期待。

关于宋本的作者，明代董其昌明确记载道"宋赵伯驹为君实《独乐园图》"⑤，清代顾复又见题名为宋代李公麟所画此图，但随即认为作者可

① 《味水轩日记》卷七，第493—494页。
② （明）李日华《六研斋三笔》卷二，《景印文渊阁四库全书》第867册，第688页。
③ （清）阮元撰《石渠随笔》卷二，《续修四库全书》第1081册，第432页。
④ 《石渠随笔》卷二，《续修四库全书》第1081册，第432页。
⑤ （明）董其昌著，邵海清点校《容台集》别集下册，卷四，杭州：西泠印社出版社，2012年，第688页。

能是假托，"《独乐园》，绢中卷，写司马温公居洛中，裁花艺竹，延揽园林之乐。此卷与《山庄卷》傅色精而工力胜，似非龙眠所作"①。同时期的孙岳颁等在《佩文斋书画谱》中也曾记载有李公麟《独乐园图》②，恐怕亦是伪作。甚至还有托名司马光本人的，孙岳颁又引《紫桃轩杂缀》曰："司马公尝写山水小景，酷仿李思训。余家有其《独乐园图》，张即之题语云：'公自作验楮色，墨采与其格度，果非南渡以后物。'"③ 虽言之凿凿，但这一件稀世珍宝却未见任何前代文献记载，叫人无法置信。清代钱杜亦曾亲见此图，曰：

> 司马温公《独乐园图》，仅尺许小帧。石墙一区，背山临水，门外竹径曲折，园中山堂左右，作空勾两桐树覆之；一曲池横以略彴，水亭畔花木阴翳，皆攒点，加以汁绿；堂之后，山峰作小斧劈，而带疏逸之意；焦墨作苔点，中加以粉，唐人法也。笔极细挺沉厚，古致蔼然，想见其人。④

此图以山堂为中心，"背山临水""花木阴翳"，完全按照苏轼《司马君实独乐园》诗头四句而画，即"青山在屋上，流水在屋下。中有五亩园，花竹秀而野"。所谓山堂，当是读书堂，这是园主的主要生活场所。但按照《独乐园记》的记载，看山的是见山台，看水的是弄水轩，皆与读书堂无涉，可见作者把这些元素都浓缩在了一个建筑上面。作者没有画司马光其人，这样就可以使观者将所有注意力都投注到园林本身的景致布置中。清代张世进也有《题司马温公〈独乐园图〉》一诗，但诗中只言司马光屏迹洛阳、辟园隐居等事，与咏史无二。

明代《独乐园图》的资料记载最为丰富、准确，主要画家有唐寅、文徵明和仇英。首先来看唐寅。明代李日华在《味水轩日记》"万历四十四年丙辰岁"条下记载："（九月）十八日，徽人携卷轴来，有唐伯虎《独乐园图》。作高梧峭石，竹屏绕之，翠蔓缠络可爱。一老独坐茅堂，

---

① （清）顾复撰，林虞生校点《平生壮观》卷七，上海：上海古籍出版社，2011 年，第 266 页。
② （清）孙岳颁等《佩文斋书画谱》卷九八，《景印文渊阁四库全书》第 823 册，第 374 页。
③ 《佩文斋书画谱》卷五〇，《景印文渊阁四库全书》第 821 册，第 172 页。
④ （清）钱杜《松壶画忆》卷下，杭州：西泠印社出版社，2008 年，第 89 页。

静谧恬愉。其司马文正邪?"① 寥寥几笔，已经勾勒出该图的内容，竹屏者或为种竹斋，茅堂者或为读书堂，如在目前。同时期张丑也曾亲见此图，曰："严持泰携示唐子畏《独乐园》《江山行旅》二卷……两幅杂仿李伯时、刘松年、李晞古家法，并浅绛色可喜。"② 唐寅此二图有模仿宋人笔法的痕迹，有可能和它们本来就是宋代题材有关（按，清张照等编《石渠宝笈》卷十四记载有"宋孙知微《江山行旅图》一卷"）。清代王士禛提供了更多的信息：

> 己卯（按，清康熙三十八年，1699）闰七月十三日，门人庄户部廷伟携……唐六如画温公独乐园，凡七图曰：《读书堂》《弄水轩》《钓鱼庵》《种竹斋》《采药圃》《浇花亭》《见山台》，自署正德庚辰（按，明正德十五年，1520）春三月上巳画于桃花坞梦墨亭中。泉石竹树，秀绝轶尘，每幅有文徵仲（按，即文徵明）题五言诗，末有徵仲书《独乐园记》，跋云："余观子畏《独乐园图》，徵明十年前所书，不意复睹于江阴黄吉甫家。今日多在病乡，精神稍减，乘兴重录此记于后，书罢不胜慨然，衡山居士记。"书尤佳。③

可知唐寅《独乐园图》是由七个独立的景点图组合而成，这大概就是前面李日华所说的"曲折回互"，比之阮元所见宋画要严谨许多。每图皆有文徵明所书五言诗（当为司马光《独乐园七题》中的七首诗），拖尾处还有文徵明所书《独乐园记》。先有图，后有题诗，再过十年方有题记与题跋。虽然作者认为此图"泉石竹树，秀绝轶尘"，但又觉得"书尤佳"，似乎书法的艺术水平更胜一筹。

之后又有顾宗泰作《题唐六如〈独乐园图〉，祝枝山记手卷》二首，其一曰"满坞桃花翰墨娱，宁藩绝后自归吴。园中独乐追迂叟，不数张灵行乞图（自注：《梦晋行乞图》亦六如所画）"，写唐寅摆脱宁王归吴所画《独乐园图》，有追踪司马光园中独乐的高情，比他的名作《梦晋行乞图》要好得多。其二曰"京兆挥毫作记文，当年笔格妙烟云。风流抚卷怀芳躅，回首苏台倚夕曛"④，写祝允明记文笔格高妙，令人缅想其遗踪。

---

① 《味水轩日记》卷八，第548页。
② （明）张丑撰《清河书画舫》卷五上，《景印文渊阁四库全书》第817册，第193页。
③ （清）王士禛著《王士禛全集》第6册，济南：齐鲁书社，2007年，第4314—4315页。
④ （清）顾宗泰撰《月满楼诗文集》诗集卷三五，《清代诗文集汇编》第425册，第543页。

此记文也应当是《独乐园记》，则不仅文徵明曾书此记于图后，祝允明亦然，可谓盛事。接着张问陶也有《〈独乐园图〉，唐子畏画卷，祝枝山书记》一诗，曰"一代能生几才子？可怜身世太萧闲。风尘洒落心原朗，笔墨消磨鬓已斑。腕底有神追晋宋，绢头随意仿荆关。寥寥宇宙谁千古？独抱灵光自往还"①，全诗都在为两个风流才子的落拓身世而感叹不已，所谓"神追晋宋""意仿荆关（按，荆浩、关仝，五代画家）"不过是笼统地言其才华，并非指该作品而言。

其次来看文徵明。在独乐园的艺术接受过程中，他被提及最多的是书法作品，无论是唐寅之图，还是仇英之图，上面都附有他抄录的记文和诗歌。当然也有单独装帧的版本，如李日华《味水轩日记》"万历三十七年己酉岁"条下记载十一月三日有人以"文徵仲行草书《独乐园记》一册"等物"寿母夫人六秩"②，清代齐学裘《见闻续笔》"先大夫双溪草堂书画录"条下记载"文待诏《书独乐园记及诗》，纸本，高七寸，长一丈一尺，余纸多九寸。项子京藏，项禹揆跋，是卷以重价得于新安"③。至于文徵明的绘画，阮元在《石渠随笔》卷二中除记载前述宋画外，同时记载道"又文徵明《独乐园图》茅堂临水，翘对远山，尾后竹柏松杉掩照篱落"，他认为宋画"布置大谬"，而"至文待诏则直写意而已"，接着从画史和学术史的角度说"唐以前人画宫室，一门一径皆有考证，至宋，此风渐替，至明更微于此，二画可见也。此亦如唐以前人讲经，一字一句皆有所本，宋以后全谈虚理。亦如文氏所画名为独乐园，不知谁氏之园矣"④，对文徵明过于随意的态度非常不满，认为是时代风气使然，未免有上纲上线之嫌。文徵明《独乐园图》当晚于唐寅之作，可能是珠玉在前，他无心超越，聊以寄意而已。不过乾隆皇帝弘历却对此图大加称叹，其《题文徵明〈独乐园图〉用苏轼独乐园诗韵》曰：

> 辟园百年上，成图百年下。园图均可传，名胜逾绿野。书堂翻简编，竹斋列樽罍。浇花与物春，弄水知荷夏。游心饫礼乐，结契招儒雅。每先天下忧，讵效香山社？独乐园中人，究非独乐者。艺苑夥如林，设色胡其寡。乃今见衡山，老笔出神冶。如从刻画求，何异风牛

① （清）张问陶撰《船山诗草》卷一六，北京：中华书局，1986 年，第 470 页。
② 《味水轩日记》卷一，第 54 页。
③ （清）齐学裘撰《见闻续笔》卷一九，《续修四库全书》第 1181 册，第 558 页。
④ （清）阮元撰《石渠随笔》卷二，《续修四库全书》第 1081 册，第 432 页。

马？亦足觇其人，展卷谁能舍？明窗适几馀，黄绢错缃赭。因读长公诗，吟情几欲哑。[1]

该诗首四句言园与图虽年代相距甚远而皆可传，接着根据《独乐园记》与苏轼题诗概括了司马光园居生活与洛社交游的情况，解释了其独乐真谛。再言文徵明之图虽然是写意，却有如"神冶"，亦足以一窥温公风度，使人唤起吟诵苏诗的强烈愿望。弘历认为仅凭文字记载而妄求刻画，往往也是风马牛不相及的，可见他重意不重形的审美倾向。其中"明窗适几馀，黄绢错缃赭"一句似乎在说它色彩精美，不过汪由敦次韵诗却评价道"衡翁横老笔，净洗铅粉赭"[2]（《恭和御制题文徵明〈独乐园图〉，即用东坡诗韵》），即认为它颜色朴淡，二者相互矛盾，不知孰是。文徵明《独乐园图并书记》手卷现藏于台北故宫博物院，纵 27 厘米，横 655.2 厘米，乃纸本墨笔，则乾隆所言可能并非指其色彩，而是言其神采。

文氏此作，绘图长度仅占四分之一，图尾空白处还有乾隆的和苏诗，其余部分则是文徵明以行书抄录的司马光记文、七首题咏以及苏轼诗歌，上面盖有"乾隆御览""嘉庆御览"等印章，应为皇家秘府珍藏之物。此图将独乐园置于山麓，沿坡而下，至于平地以及水岸。盘曲老树与丛簇修竹之中共有四处建筑，稍远处的水中有一处建筑，或轩或亭皆由茅草覆顶。前四个建筑外围由一道长长的芦席当作栅栏，最外侧为一茅堂，双帘开处露出司马光的半身坐像向外远望，身后栏杆边站立着一个童子，似在怀抱大量书籍，此处应是读书堂。水中高台应为见山台，座基下由几根柱子支撑，靠着一处巨型怪石，石上的树木似乎为梅树，不甚高大。后面更高处的岸上长着两株高大弯曲的垂柳，岸侧露出渔舟一角。在更远处的上方，山峦如波浪涌聚，只是随意的几笔淡墨而已。画面中的园林遮掩处甚多，能辨认出的建筑只有读书堂和见山台，其他的都只微露茅檐或木柱，有意节省细节和布置，与唐寅和仇英之作的惨淡经营相去甚远。

最后来看仇英。明代陈继儒曰："仇英四大幅在弇州家，一画西园雅集，一画清夜游西园，一画独乐园，一画金谷园，而《独乐园图》则恢

---

① （清）爱新觉罗弘历撰《御制诗二集》卷一，《清代诗文集汇编》第 320 册，第 187—188 页。

② （清）汪由敦撰《松泉诗集》卷一三，《清代诗文集汇编》第 272 册，第 125 页。

张龙眠之稿，皆一丈有余，人物位置皆古伟。"① 弇州，即王世贞，号弇州山人，与仇英同为苏州太仓人。作者认为仇英之图是在李公麟原画基础上的拓展版，可能作者之前亦曾见过署名李公麟的《独乐园图》并信以为真。清代齐学裘《见闻续笔》"先大夫双溪草堂书画录"条载"仇十洲《独乐园图》，绢本，高七寸九分，长一丈四尺八寸六分"②，所记尺寸与陈继儒所言相符。小小独乐园竟被绘成如此长卷，可谓是相当壮观了。

仇英《独乐园图》现存美国克利夫兰博物馆，绢本设色，绘画尺寸28 厘米×518.5 厘米，全卷尺寸 32 厘米×1290.2 厘米，景观排列按顺序为弄水轩、读书堂、钓鱼庵、种竹斋、采药圃、浇花亭、见山台，之后便是文徵明用行草抄录的《独乐园记》《独乐园七咏》《东坡独乐园诗》，以及项禹揆跋，邵亨豫等人观款。跋曰：

> 右独乐园图，十洲仇先生摸李龙眠笔也。思致旷逸，如觌古人于毫素间，令人有潇洒出尘之想。昔年先君子手授此卷，止有其图，而文则缺，余欲请善书者补之，又恐未得其匹。后数年于友人处获观衡山先生书此记并诗尔，先王父旧藏物也。不惜重价求之，私庆曰："神剑合并，固自有数哉？"今吾友张子公肇装潢妙技，敢出而合之，以存此一段奇缘佳话。崇祯甲申除夕前二日项禹揆识于海野堂。

将图与书相结合的过程讲得清清楚楚。项禹揆祖父为明朝中期最大的收藏家、鉴赏家项元汴（字子京，号墨林，浙江嘉兴人），其父为元汴季子项德明，也是一位鉴藏家。项元汴在江南书画圈中影响力巨大，与文徵明父子和仇英都有密切的交往，也收藏有他们的不少书画作品，并曾邀请仇英至其家长期坐馆。在仇英的这幅《独乐园图》画面和拖尾有六十多处钤印，遍布着子京、墨林、退密、若水轩、天籁阁等字号，其中还有不少重复之处。值得注意的是，观款中写道"叔平尚书珍藏，光绪庚辰七夕"云云，"叔平"是清光绪朝名臣翁同龢的字，其余观画的六人皆一时名流。

尽管该图基本采用极为细腻的工笔绘就，严格参考了司马光的记文和诗歌，但依然有很多画家的独创成分。例如图中水道纵横，不仅弄水轩被

---

① （明）陈继儒撰《妮古录》卷四，（明）董其昌，（明）陈继儒著《筼轩清閟录 妮古录》，上海：商务印书馆，1937 年，第 44 页。
② （清）齐学裘撰《见闻续笔》卷一九，《续修四库全书》第 1181 册，第 558 页。

水渠包围、钓鱼庵位于水中小洲，见山台更是被放在了一直延伸到远方山峦的浩渺水域当中，这反映的明显是江南水道纵横的特点，跟北方的洛阳有所差别。而且园中种植有芭蕉、棕榈，这都不是北方的植物。很明显，仇英一方面将他长年生活的江南水乡风光融进了独乐园，另一方面也大大扩展了独乐园的空间，使之拥有了极其开阔的视野。整幅图画呈现出前窄后宽的特点，七个景点一字排开，不太容易看出园林的真实布局。不过能够推测出，前述带有水元素的三个景点以及需要用到水的浇花亭、采药圃应该是在外围，读书堂则被包裹在内。为了突出独乐的主题，每个景点中都有一个身着宽袖长袍（颜色随景点有白、白灰以及有无外罩的区别）、头戴黑色方巾的司马光以不同的休闲姿态出现在最显眼的位置，使人尘虑顿消。

首先映入眼帘的弄水轩最小，凿一小方池蓄水，司马光趴在池边，左手支撑住身体，右手手指浸在水中，手掌向上，静静地看着水流在指间荡漾，充满童趣。其次呈现的读书堂被紧实的篱笆墙围住，两扇小门大开，正对着不设门扇的茅堂，只见伏案的司马光写完字，正在钤印。左侧有一书桌，上面散放着随时待用的书籍、卷轴，屏风后面露出了放满书籍的高大书架的一角。前两个景点之间由一处枝丫支起的竹管贯通，分别将水流引入弄水轩方池以及读书堂外摆放的陶碗中。接着是小洲上的钓鱼庵，司马光坐在梢头拴束在一起、如同穹庐的稀疏竹丛边，垂纶静坐。一个童子手持茶壶踏上通向小洲的石块，回首等待岸上另一个手捧放有茶碗的托盘、不敢快步行走的童子。小洲对岸是种竹斋，在丛竹掩映的茅斋前面有一片较为开阔的空地，司马光斜坐在椅子上，一手垂于椅背之外，侧身与站在一旁双手作揖的领头工人说话，似在询问工程进度。河岸处走来两个工人，用木棍扛着悬吊于其下的两条带土的连根长竹。二人一老一少，老者左袒赤脚，挥舞左臂，只用右手抓住木棍，显得游刃有余，少年未赤脚，双手紧握木棍，嘴唇紧绷，显得较为吃力。斋前有一个右袒赤脚的中年工人在挥舞锄头刨坑，神情专注。他的侧面不远处还有一个穿鞋的工人，独自扛着根部带土的长竹赶来，竹叶婆娑，似要垂到身后的水面。之后是宛若棋盘、以竹为界的采药圃，在每一个方格中，作者只象征性地画一株草药。圃中有一块区域夹道种有两排竹子，尽头则挽结竹梢如穹庐状，庐中的司马光半躺在带着尾巴的虎皮褥子上，欣赏着庐外的一只丹顶鹤，对方也回头凝视着主人。圃外是浇花亭，茅草覆顶，碧瓦围边，檐前帘席上卷，司马光坐在方榻上，右靠小几，望着亭侧方形花栏中绽放的牡丹花。另一亭侧还有三个同样大小的花栏，有两个栽种着不同颜色的牡丹，第三个栽种着另外一种红色条状的花卉。一个童子手持长柄水瓢站在第三个花栏外，回身望着一个吃力担水的工人。童子身后放着一个水桶，可能是水已用完，正待工人续水。亭后松竹掩映之中，站着那只丹顶鹤，单腿站立，回视亭中的主人。最后是湖中的见山台，它与湖岸间架设了一道长长的中间有弯折的木板桥。见山台建在高高的洲渚上，是一座廊屋，由廊道连接着一间开放的亭屋和一间封闭的斋舍。亭屋内摆放着一个空空的座椅，一个童子守在旁边，等待主人归来。斋舍双门打开，露出另一个童子的大半身，他正呼唤着外面手提竹筒嬉戏的司马光。从外面草叶和竹叶的方向可以判断出，此时正刮着风，童子也许是担心主人在外面待久了着凉，才会如此急切地将其唤回。

此图中不唯人物惟妙惟肖，植物、动物也十分生动活泼。不同景点的植物元素是有明显差别的，弄水轩周围以直柳和大柏树为主，读书堂侧柳、柏、竹皆有，钓鱼庵、种竹斋则以竹为主，采药圃中除了各种草药也是以竹为主。浇花亭后三株前仰后合的虬龙状大松树亦颇为惹眼，最前面一株盖顶的松树上还缠满了紫藤花。在见山台和浇花亭之间杂植以上各色树种，其中有一棵竹子似人弯腰匍匐地面，有一部分已经弯进了湖中，竹梢却又昂然斜出水面。见山台亭屋处环绕疏竹，走廊与斋舍交接处的下侧土石两边各自伸展出一株嶙峋的枯柳，想必是开凿洲渚时被斫伤根脉而死，却刻意保留下来作为装点。在整个生机勃勃而又宁静祥和的园林中，卧竹与枯柳象征着司马光困顿的政治处境和顽强的抗争精神。而且能够看到，无论是何种乔木，树干都不是笔直光滑的，而是筋骨凸露、瘤坑遍布，和园中点缀的山石观感相似。这是枯木怪石的传统文人写意画风在工笔画中的投射，也与主人公瘦削的形象和不屈的气节相辉映。图中的动物不止丹顶鹤，还有读书堂院落树林中的一群家鸡，包括一只大花公鸡以及与它相对而立的一只母鸡和四只雏鸡。在由浇花亭通向见山台水域的一块短石板桥边，有两只梅花鹿，一公一母，母鹿踩在一处低缓的岸边低头饮水，公鹿站在一侧的高岸上翘首等待。两只鹿都颇为肥硕，可见生活得很滋润。丹顶鹤是依恋司马光的随行动物，是高洁的象征，鸡群和双鹿则反衬出司马光的孤独，透露出他所宣称的独乐的无奈。

除了以上著名画家的作品，还有未知作者与朝代的《独乐园图》。如明代张丑在《清河书画舫》中引文徵明次子文嘉《文嘉书画记》中《严氏书画纪》，言作者曾在嘉靖四十四年（1565）到江西分宜、袁州、省城南昌花了三个月时间参观了严氏的书画馆藏，其中有"《草堂图》一，即吴中张氏所藏《独乐园图》也，旧题为《卢鸿草堂》，今尚仍之。笔法既精，设色尤妙，余尝摹一过"①。此严氏当为著名奸相严嵩（江西分宜人，收藏甚富），前述"严持泰"或许就是严嵩后人。文嘉鉴别出此处《草堂图》或曰《卢鸿草堂》（卢鸿为唐代画家，曾画嵩山景色为《草堂十志图》），其实是《独乐园图》。同时期的汪砢玉《珊瑚网》"严氏画品手卷目"② 条下面记载有《独乐园图》，不著作者，或即此图。

四、独乐园的变迁与启示

在司马光身后，独乐园屡经时代风雨洗礼，其变迁情况见诸记载者虽然较为零星，却依然能唤起人们的遐思。宋代抗金名将宗泽曾游览过独乐园并有题咏，经过他的记述，我们知道当时该园林保存状况是十分完好的。他扶杖过访，见到的依然是当年卑小的样子，没有被人占据并强行拓展，"鄙夫杖藜访公隐，步无石砌登无阁。堂卑不受有美夺，地僻宁遭景华拓"。其中温公遗迹历历可数，使人顿生神游故国、高山仰止之感，"细读隶碑增慷慨，端正似之甘再拜。种药作畦医国手，浇花成林膏泽大。见山台上飞嵩高，高山仰止如公在"③（《题独乐园》）。宋高宗朝名相赵鼎年轻时在洛阳为官，模仿温公做真率会、游独乐园是常态，曾写下《独乐园夜饮梅花下再赋》等诗，花间劝酒，流连难去。元大德十年（1306），戴表元任信州教授时遇到一个叫卫君用的洛阳籍同僚，他千方百计地将独乐园绘成图纸，又"欲以其地为祠塾，仍榜曰独乐，以存先贤之化。又他日更有余力，则买田赋粟，以供诸生之稍食庶里中"。后来二人又相遇，戴表元得知"独乐之役，将见堂庐告成……复还盛时旧观，皆君用之赐也"④（《洛阳独乐书堂记》）。若干年之后，翰林直学士薛友谅在洛阳建义塾，"又购司马氏独乐园故址，创五贤堂，以祀伊洛诸儒，以广教养之所。延祐元年（1314）春，国子监以闻，陞义塾为洛西书院，五贤堂为伊洛精舍"⑤（程钜夫《洛西书院碑》）。应该是卫君用按图纸复原独乐园之后，不久便被薛友谅买去，创立了五贤堂（或曰"伊洛精

---

① （明）张丑撰《清河书画舫》卷七上，《景印文渊阁四库全书》第817册，第266页。
② （明）汪砢玉《珊瑚网》卷四七，《景印文渊阁四库全书》第818册，第893页。
③ （宋）宗泽著，黄碧华、徐和雍编校《宗泽集》，杭州：浙江古籍出版社，2012年，第121页。
④ （元）戴表元著，陈晓冬、黄天美点校《戴表元集》上册，杭州：浙江古籍出版社，2014年，第45页。
⑤ （元）程钜夫著，张文澍校点《程钜夫集》卷二二，长春：吉林文史出版社，2009年，第264页。

舍")。到了明代成化十二年（1476），江南巡抚、洛阳人毕亨（字文亨）致仕，"公归于洛河之滨，买田数亩，偶得司马温公独乐园故址。公曰：'文正公大贤君子，故独乐其乐，吾安敢独有其乐哉？盍与众共之？'乃与洛中耆旧十数人做古人，结真率会，朔望相与乐游间，命之曰'水南乐处'，如故事，饮酒以醉为节，高歌投壶，赋诗论文，抵暮方还"①（丘濬《都察院右副都御史毕公亨神道碑》）。毕亨买下独乐园故址，重新命名为"水南乐处"，肯定是经过了一系列整修和重建工作的。虽非复原，亦改其名，但真率会等活动却是古风十足的。清代独乐园的情况不得而知，乾隆年间的张九钺有《南郊访古三首》，其二题为《独乐园》，自注曰"今名司马庄"，诗曰"温公庄地周山北，面洛横伊漠漠烟。……天为纯臣心事表，独留姓氏此山川"②，历尽沧桑，司马光大名与其故地依然紧密相连，被后人铭记。

2002 年底，洛阳偃师古都学会理事许庆西发现当地诸葛镇司马村内有清雍正八年（1730）《重修关帝庙碑记》，上面说道："今洛城东南常安村乃司马温公独乐园故址也。"常安村为司马村古名。"在村干部和群众的鼎力支持下，从司马温公祠遗址地下挖出了多通碑碣，碑记与史料吻合。2007 年 11 月司马村司马光独乐园遗址被列入洛阳市文物保护单位。""2005 年 4 月 10 日，许庆西在偃师李村南万安山上发现司马光石刻题记：'司马光君实王尚恭安之闵交如仲孚同至此处。元丰元年八月癸丑。'"③然而据司马光后人、武汉大学教授司马朝军发表于 2020 年 3 月的一篇文章披露，2019 年司马村被开发商征用、随之被夷为平地，独乐园遗址也即将消失④，不禁令人黯然神伤。

反观邵雍故居安乐窝，就一直保存得很好，这是邵雍后人世世代代一直坚守的缘故，至今洛阳还有安乐镇以及安乐窝村，祭祀香火绵延不绝。甚至在其故里河南辉县百泉也有仿建的安乐窝，清代乾隆皇帝在此处建击壤亭，之后又在颐和园里仿建了一座邵窝殿，并作有《邵窝》一诗，曰"山阳就小凹，精舍得一区。有如百泉上，康节之所居。因以邵窝名，境

---

① 《国朝献征录》卷六〇，第 2554 页。
② （清）张九钺撰《紫岘山人全集》诗集卷二三，《续修四库全书》第 1444 册，第 98 页。
③ 洛阳市大河文化研究院编纂，刘典立总编《洛阳大典》下册，济南：黄河出版社，2008 年，第 1142 页。
④ 司马朝军《洛阳将无独乐园》，"知道点传统文化"微信公众号，2020 年 3 月 27 日。

似志则殊"① 云云。这和他珍藏并题咏《独乐园图》的举动是相似的，表达了对宋代理学乃至儒家学说的推崇，并非只是附庸风雅，更是他笼络汉族知识分子的手段之一。但司马光并不像邵雍那样举家迁徙到洛阳，他只是寓居于此，尽管有十五年之久，而一旦离开，就只剩下没有人守护的园宅供人凭吊了。所以独乐园屡易其主，最终被埋于瓦砾之下。当然，独乐园的价值远远超过了园林建筑和名人故居本身，它已经被内化为一种标杆式的士大夫精神象征。无论是作为故事和典故凝固在历代文人的文化、文学记忆中，还是作为一笔文化、文学遗产被历代文人所仿效、阐释、赓和、描绘，都能够证明司马光及其居洛生活所具有的文化史意义是十分巨大的。当它以具体可感的形象被历代画家以不同面貌呈现出来的时候，这种文化记忆的艺术性和商品性便被同时挖掘了出来。进入崭新的纪元，在商业化大潮的席卷下，如何面对和保护这一笔丰厚的历史文化与文学遗产，是一件值得我们继续深思和大力探索的事情。

第二节　"空中楼阁"与"天挺人豪"——程朱眼中的邵雍

邵雍是宋代最重要的理学家之一，与周敦颐、程颢、程颐、张载并称为"北宋五子"。关于邵雍在宋代理学史中的地位，明代刘康祉说："盖儒之道大凮于程朱，而发端于周、邵二子。邵者，周张之并时，而二程之畏友。……周敦颐、张载二子，其视邵雍探赜之学与齐，而传道之功亦埒，诸生诵法，彼此无殊。"② 与之同时的文翔凤也说："看得宋大儒邵康节先生，三代以下最为先觉，齿长于濂溪，道先于两程。"③ 邵雍在五子中年龄最长、成名最早，加上作为后辈的二程与之同居洛阳并亲炙其学多年，说"三代以下最为先觉"太过，而将其与周敦颐一并视作宋代理学的发端者则不为过。然而在以程朱理学为正宗的宋代，邵雍的这个发端作用并没有被认可。朱熹所编《伊洛渊源录》中虽列有邵雍，却置于周程之后，同时朱熹又向门生宣称《渊源录》中本无其名乃是刊刻时"书坊

---

① （清）爱新觉罗弘历撰《御制诗三集》卷二八，《清代诗文集汇编》第 322 册，第 633 页。

② （明）刘康祉《覆邵康节录后疏》，见《识匡斋全集》卷十，《四库禁毁书丛刊》集部第 108 册，第 291 页。

③ （明）文翔凤《代嵩县请邵子主凮》，见《皇极篇》卷一五，《四库禁毁书丛刊》集部第 49 册，第 438 页。

自增耳"①,《宋史·道学传》则干脆将其置于五子最后。之所以会遭遇这种尴尬,与二程、朱熹如何看待其人其学有着莫大的关系。程朱的文集和语录中频繁提及邵雍,对其人其学都做了较为详细的评价,这些评价可以归纳为数与理、知与行、恭与玩、纯与杂四个方面。

一、数与理

邵雍作为理学家,最重要的成就体现在易学研究上。程朱易学都重义理而轻象数,而邵雍则重在象数的推究、演绎,义理的成分较少,这引起了程朱的极大不满。二程对易数持一种轻蔑的态度,甚至拒绝与邵雍进行易数上的交流,尤以程颐为著;朱熹没有一味排斥邵雍易数,而是下了一番学习了解的功夫,他所否定的主要是邵雍重数轻理的总体倾向,否定的理由也更具思辨色彩。不过也应该看到,仅以易数本身而言,无论二程还是朱熹都认为邵雍的成就超越前代,而且最终旨归也落在了义理上。《二程外书》中的一段记载能够典型地反映二程对邵雍易数的看法:

> 尧夫易数甚精。自来推长历者至久必差,惟尧夫不然,指一二近事,当面可验。明道云:"待要传与某兄弟,某兄弟那得工夫?要学,须是二十年工夫。"明道闻说甚熟,一日因监试无事,以其说推算之,皆合,出谓尧夫曰:"尧夫之数,只是加一倍法,以此知《太玄》都不济事。"尧夫惊抚其背,曰:"大哥你怎聪明!"伊川谓尧夫:"知易数为知天?知易理为知天?"尧夫云:"须还知易理为知天。"因说今年雷起甚处。伊川云:"尧夫怎知某便知?"又问甚处起?伊川云:"起处起。"尧夫愕然。他日,伊川问明道曰:"加倍之数如何?"曰:"都忘之矣。"因叹其心无偏系如此。②

这里透露出了几条信息。一是二程都很轻视邵雍易数,更不愿意虚心接受和学习。二是基于"姑妄言之,姑妄听之"的心理,程颢已在平时与邵雍的谈话中对其易数"闻说甚熟",知道其基本原理,还会简单地使用和推验,目的却是为了展现自己的聪明和邵雍之易的不足学,之后更是矢口否认自己的"偷学"之举,以显示出自己在学问上"无偏系",即专注于"理"而不问"数"。三是为了保持自身学统的纯正性,程颐比乃兄

---

① 《朱子语类》第4册,卷六〇,第1447页。
② 《二程外书》卷一二,《二程集》上册,第428页。

更加排斥邵雍易数，使用义理加以抵制，故而连其基本原理"加倍之数"都不清楚，却暗地里向兄长询问，表明他并非完全不感兴趣。邵雍去世以后，他的崇拜者晁说之怀揣着痛悼与希冀的心情写信给程颐，"云某平生所愿学者康节先生也，康节先生没不可见，康节之友惟先生在，愿因先生问康节之学"。结果程颐的回信让晁说之大失所望，"伊川答书云：某与尧夫同里巷居三十年余，世间事无所不论，惟未尝一字及数耳"①。程颐与邵雍"未尝一字及数"的说法未必完全属实，但至少说明他对邵雍易数并不熟悉，也不愿意向他人提及。

　　二程对待邵雍的这种傲慢无礼的态度让朱熹感觉不妥。当弟子问及程颢"在试院推算康节数，明日问之，便已忘了"一事时，朱熹说："此出《上蔡语录》中，只是录得它自意，无这般条贯。颜子'得一善则拳拳服膺而不失'，孟子'必有事焉而勿忘'，何尝要人如此？若是个道理，须着存取。只如《易·系》说'过此以往，未之或知'，亦只是'虽欲从之，未由也已'之意。在它们说便如鬼神变怪，有许多不可知底事。"②朱熹说这则事迹摘自程门弟子谢良佐的《上蔡语录》，谢良佐在记录之时掺入了自己主观臆断的成分。如果程颢亲自验证了邵雍易数有用，优于扬雄《太玄》，却又如此轻慢的话，这是有失颜回、孟子服膺善事而不忘的儒者精神的。真实的情况应该像《周易·系辞》所说的"过此以往，未之或知"，用邵雍易数推测事物变化如同"鬼神变怪"，本来就不可知，所以没有办法信从。这显然是朱熹在为程颢曲加辩护。又有弟子刘砺向朱熹赞叹道："康节善谈易，见得透彻。"朱熹赞同道："然。"紧接着谈到了"伊川又轻之，尝有简与横渠云：'尧夫说易好听，今夜试来听它说看。'某尝说此便是伊川不及孔子处，只观孔子，便不如此"③。程颐也像其兄一样肯定邵雍之易"好听"，很想见识一番，语气中却散发着毫不掩饰的轻视心理，朱熹认为这和孔子向老子问学甚至不耻下问的胸襟相比要狭隘许多。

　　邵雍易数精妙，推算占卜颇为神异，甚至能够"指一二近事，当面可验"，当时及以后的文献多有记载。面对未知的事物，程颐总是抓住一个"理"字不放，与邵雍争辩起来词锋锐利，毫不相让。上述引文中所载邵雍问雷声"甚处起"，程颐曰"起处起"即是。二人还曾就半空中人

①　《二程外书》卷一二，《二程集》上册，第444页。
②　《朱子语类》第7册，卷九七，第2501页。
③　《朱子语类》第7册，卷一〇〇，第2542页。

马之声及蜥蜴造雹之事进行过争论。最让人啼笑皆非的是，程颐自述当邵雍病危之际，他前往看视，"因譬之曰：'尧夫平日所学，今日无事否？'"这是讽刺邵雍不用易数之学为自己算命，此时邵雍已经气息奄奄，无力再与之争辩。"次日见之，却有声如丝发来大，答云：'你道生姜树上生，我亦只得依你说。'"① "生姜树上生"是宋代的俗语，比喻人固执谬论。临终前，邵雍告诫程颐说："面前路径常令宽，路径窄则自无着身处，况能使人行也？"又作一诗云："面前路径无令窄，路径窄时无过客。过客无时路径荒，人间大率多荆棘。"② 这是让程颐不要太过执拗、过于胶着在死理上，尽量学得包容开阔一些，否则就会吃很多苦头。从后来程颐的遭遇来看，不能说邵雍没有先见之明。

二程语录中的有些话已经很难分清是兄弟中哪个所说，但从程颐并不熟悉邵雍易数，程颢则"闻说甚熟"，还曾亲为推算来看，具体论述邵雍易数之处当皆为程颢所说，其中不乏赞美与肯定，如赞"独邵尧夫立差法冠绝古今"③ 云云，又弟子问："邵尧夫能推数、见物寿长短始终，有此理否？曰：固有之"④ 云云皆是。正因为如此，程颢对邵雍易数的批判较程颐来说更有力度，他更多批判的是由其数所推之理。且看下面一段文字：

> 尧夫之学，先从理上推意，言象数言天下之理，须出于四者，推到理处，曰："我得此大者，则万事由我，无有不定。"然未必有术，要之亦难以治天下国家。其为人则直是无礼不恭，惟是侮玩，虽天理亦为之侮玩。如《无名公传》言"问诸天地，天地不对，弄丸余暇，时往时来"之类。⑤

朱熹曾明确指出"明道有'要之，不可以治天下国家'之说"，可见这段话系程颢所言。程颢认为邵雍自鸣得意的由易数推出之理没有儒术，"难以治天下国家"，不仅如此，邵雍连天理都要侮玩，还写诗称治易为"弄丸"，没有一点恭肃敬畏之心。但无论怎样批判，他还是承认邵雍易

---

① 《二程遗书》卷一八，《二程集》上册，第 197 页。
② 邵伯温《易学辨惑》，《景印文渊阁四库全书》第 9 册，第 411 页。
③ 《二程遗书》卷一五，《二程集》上册，第 150 页。
④ 《二程遗书》卷一八，《二程集》上册，第 197 页。
⑤ 《二程遗书》卷二上，《二程集》上册，第 45 页。

数的出发点和落脚点皆在于理，就连程颐也说"至尧夫推数方及理"①。另外，根据邵雍之子邵伯温的记载，邵雍曾向程颐"极论天地万物之理，以及六合之外"②，引起后者叹服，甚至认为比乃师周敦颐还有条理，程颢也曾称许邵雍之言为"内圣外王之道"③。即便邵伯温的记载有溢美的成分，还是可以看到抛开对易数的偏见之后，作为后辈的二程对邵雍的义理之学依然有着浓厚的兴趣和相当程度的接纳。

作为宋代理学的集大成者，朱熹虽然继承了二程对邵雍数学不满的态度，但这种不满是建立在批判性学习思考的基础之上的，而不是像二程那样出于明显的偏见和难以掩饰的狭隘心理。朱熹的不满主要集中在邵雍不该专在易数上下功夫，即使从中窥见了理，也只是数的副产品，这与孔子专门用义理说易大异其趣，不是儒学正宗。而且邵雍易数太密，挤压了卦爻之象中人情物理的生发空间，甚至改变了《易经》原本的揲蓍功能，使之变成了推步之书。邵雍易数的另类品格让朱熹非常为难，有时候难免批判得过于极端，比如他说："《易》是卜筮之书，《皇极经世》是推步之书……其书与《易》自不相干。"④ 又说道：

> 圣人说数说得疏，到康节，说得密了。他也从一阴一阳起头。他却做阴、阳、太、少，乾之四象；刚、柔、太、少，坤之四象，又是那八卦。他说这易，将那"元亨利贞"全靠着那数。三百八十四爻管定那许多数，说得太密了。易中只有个奇偶之数是自然底，"大衍之数"却是用以揲蓍底。康节尽归之数，所以二程不肯问他学。若是圣人用数，不过如"大衍之数"便是。他须要先揲蓍以求那数，起那卦，数是恁地起，卦是恁地求。不似康节坐地默想推将去，便道某年某月某日，当有某事。圣人决不恁地！⑤

"大衍之数五十，其用四十有九"，经过一定的揲蓍推演就足以"成变化而行鬼神也"⑥，由于其数较为稀疏，中间就留下了大段的阐释空间，

---

① 见《朱子语类》第 7 册，卷一〇〇，第 2548 页："广云：'伊川谓自古言数者至康节方说到理上。'曰：'是如此。'"可见朱熹师徒都认为此语出自程颐。

② 邵伯温《易学辨惑》，《景印文渊阁四库全书》第 9 册，第 411 页。

③ 邵伯温《易学辨惑》，《景印文渊阁四库全书》第 9 册，第 410 页。

④ 《朱子语类》第 7 册，卷一〇〇，第 2547 页。

⑤ 《朱子语类》第 5 册，卷六七，第 1649 页。

⑥ 黄寿祺，张善文译注《周易译注》，上海：上海古籍出版社，2001 年，第 549 页。

用以注入合理自然的人情物理。邵雍以加倍之法推导出了更加繁密的数，占卜方法就变撰著而为"坐地默想推将去"，失掉了朴素自然的圣教宗旨。朱熹觉得这就是"二程不肯问他学"的原因。朱熹还曾质疑邵雍易数"不知得怎生恁地巧？某尝说伏羲初只是画出八卦，见不到这里。……看来也是圣人淳厚，只据见定见得底画出"①。尽管朱熹承认《周易》象数的占卜功能，但他和程颐一样对占卜之事不大相信，认为占卜之所以灵验，在很大程度上要归功于对卦爻象数合乎情理的解释。但是不是使用疏朴自然的易数进行占卜就一定比精巧繁密的易数更灵验准确？实际上这并不是朱熹关心的问题，他关心的是《易》的研究和使用能不能提升儒家正心诚意的理性境界，如果不能，即使卜算得再准确也无济于事。当弟子向他请教邵雍的"先知之术"时，"先生久之，曰：吾之所知者，'惠迪吉，从逆凶'；'满招损，谦受益'，若是明日晴，后日雨，吾又安能知耶"②。朱熹犹豫了很久，拿出了《尚书·大禹谟》中"惠迪吉，从逆凶""满招损，谦受益"两句话，认为作为儒者就应该加强道德修养的功夫，尽人事以听天命，至于占卜晴雨这样的事情，则非儒者所宜知。他虽然不像程颐那样执着于理，但也相信理应该对数占有绝对的支配地位。

朱熹对邵雍象数学有比较深入的了解，邵雍的《皇极经世书》《先天图》以及《伊川击壤集》中关于易数的诗歌成为其师徒间经常讨论的话题，并不时加以称赞。他甚至说"然自有易以来，只有康节说一个物事如此齐整"③，认为扬雄《太玄》、司马光《潜虚》都只是零星凑补之书。又说"某看康节易了，都看别人底不得"④，评价极高。朱熹又将其与程颐的《易传》进行比较，说"伊川《易传》亦有未尽处，当时康节传得数甚佳，却轻之不问"⑤，认为程颐轻视邵雍易数的态度是不对的，倘若当初能够得到邵雍的真传，或许能够弥补其未尽之处。此外，朱熹对邵雍易学的欣赏还不仅仅在于其数的整齐、精妙，就连其数窥见之理也非常欣赏。虽然朱熹说邵雍易数"虽窥见理，却不介意了"⑥，但仅从此一点窥

---

① 《朱子语类》第4册，卷六五，第1613页。
② 《朱子语类》第7册，卷一〇七，第2672页。
③ 《朱子语类》第7册，卷一〇〇，第2546页。
④ 《朱子语类》第7册，卷一〇〇，第2545页。
⑤ 《朱子语类》第5册，卷六七，第1653页。
⑥ 《朱子语类》第7册，卷一〇〇，第2542页。

出之理而言也有高下之别，"如扬子云亦略见到理上，只是不似康节精"①，至于司马光拟《太玄》而作的《潜虚》则"全无见处"②。其所窥之理中"盛衰消长之理"③当是最为精华的部分，朱熹说"《易》之为书，大抵于盛满时致戒，盖阳气正长，必有消退之渐，自是理势如此"，又说"康节多于消长之交看"④，非常契合《易》的精神实质。于是，那些邵雍占卜神异的传闻就能够得到合理的解释了，朱熹说："康节是他见得一个盛衰消长之理，故能知之。若只说他知得甚事，如欧阳叔弼定谥之类，此知康节之浅陋者也。"⑤"欧阳叔弼定谥"是指当年欧阳修的儿子欧阳棐来到洛阳与邵雍第一次见面，邵雍便将自己的生平事迹详细地告诉他，欧阳棐十分不解。后来邵雍去世，朝廷议谥，欧阳棐恰为礼官，正当其职，才恍然大悟，便根据当年邵雍所语，定谥为"康节"。此事乃邵雍众多占卜神异之事中的一件，流传很广。朱熹认为若只是看到邵雍精通占卜之术，便以为他的易数有多了不起，那只是看到了他的浅陋之处，深处乃在于他的易数窥见了"盛衰消长之理"。

朱熹虽然对邵雍易数本身及其窥见之理都非常欣赏，但是一放到数理关系中进行权衡，就认为和周敦颐、程颐的易学相比，邵雍的劣势无可避免地暴露了。《朱子语录》中的这两段话就很好地说明了这个问题：

> 周子看得这理熟，纵横妙用，只是这数个字都括尽了。周子从理处看，邵子从数处看，都只是这理。砥曰："毕竟理较精粹。"曰："从理上看则用处大，数自是细碎。"⑥
>
> 伊川之学，于大体上莹彻，于小小节目上犹有疏处。康节能尽得事物之变，却于大体上有未莹处。⑦

数的功夫再精湛，若没有理的主导统摄，就不会有大体的莹彻，终究只是细碎的小道而已。

---

① 《朱子语类》第 7 册，卷一〇〇，第 2548 页。
② 《朱子语类》第 8 册，卷一三七，第 3261 页。
③ 《朱子语类》第 7 册，卷一〇〇，第 2546 页。
④ 《朱子语类》第 3 册，卷三四，第 885 页。
⑤ 《朱子语类》第 7 册，卷一〇〇，第 2546 页。
⑥ 《朱子语类》第 6 册，卷九三，第 2357 页。
⑦ 《朱子语类》第 7 册，卷一〇〇，第 2542 页。

二、知与行

儒家具有强烈的现实关怀和入世品格，强调学以致用、致知笃行，这也体现在程朱关于邵雍的话题中。尽管程朱站在维护孔门正统的角度上，对邵雍易学的数理关系轻重颠倒十分不满，却能够认可其数学所取得的成就乃至接纳他的某些义理见识。此外，程朱对邵雍的致知功夫都非常称叹，不过一涉及行的层面，非议又多了起来。在知行关系中看待邵雍，程朱的关注点有所不同，二程重在评价其知的可行度，朱熹则重在评价其知所决定的行的特点。

程颢在《邵尧夫先生墓志铭》（以下简称《墓志铭》）中说："先生始学于百原，勤苦刻厉，冬不炉，夏不扇，夜不就席者数年，卫人贤之。"① 邵雍易数之学之所以能够取得这么高的成就，与他这种"勤苦刻厉"的功夫是分不开的。他还说过："待要传与某兄弟，某兄弟那得工夫？要学，须是二十年工夫。"② 程颢虽然轻视邵雍易数，对其加倍之法"闻说甚熟"并进行推验，以显示自己的聪明，但还是承认要真正学到其易数之精髓，没有二十年工夫是不可能办到的。朱熹就曾经用此《墓志铭》所载事迹激励弟子用功学习，曰："且如邵康节始学于百原，坚苦刻厉，冬不炉，夏不扇，夜不就席者有年。公们曾如此否？"③ 另外，程颢认为邵雍的学术造诣还要归功于自寻自得的方法，在《墓志铭》里说："先生淳一不杂，汪洋浩大，乃其所自得者多矣。"④ 朱熹也把这一点拿来反复教育弟子，说："康节学于穆伯长（按，应为李挺之，朱熹口误），每有扣请，必曰'愿开其端，勿尽其意'，他要待自思量得。大凡事理若是自去寻讨得出来，直是别（按，疑有缺字）。"⑤ 又说："今江西人皆是要偷闲自在，才读书便要求个乐处，这便不是了。某说若是读书寻到那苦涩处，方解有醒悟。康节从李挺之学数而曰：'但举其端，勿尽其言，容某思之。'它是怕人说尽了，这便是有志底人。"⑥ 邵雍学习之时不完全仰仗老师的传授，也就是说除了行动上"勤苦刻厉"之外，思想上也要如此，这样才能摆脱死学的状态，最终获得独属于自己的真知灼见。

① 《二程文集》卷四，《二程集》上册，第 502 页。
② 《二程外书》卷一二，《二程集》上册，第 428 页。
③ 《朱子语类》第 7 册，卷一一六，第 2804 页。
④ 《二程文集》卷四，《二程集》上册，第 503 页。
⑤ 《朱子语类》第 7 册，卷一二〇，第 2883 页。
⑥ 《朱子语类》第 7 册，卷一一九，第 2867—2868 页。

　　邵雍临终前曾嘱托儿子邵伯温请求程颢为其撰写《墓志铭》，作为邵雍的忘年之友，程颢不得不答应这一请求，却遭到了其父程珦、其弟程颐的反对。原因可能在于学术上的分歧，归根到底应该还是上面所说的数与理的分歧。程邵二氏皆为理学之家，想要在以颂扬墓主为潜规则的墓志铭中规避这种分歧是非常困难的，不过程颢很快就想到了规避的办法。程门弟子尹焞录其事曰："邵尧夫家以墓志属明道，许之。太中、伊川不欲，因步月于庭，明道曰：'颢已得尧夫墓志矣，尧夫之学可谓安且成。'太中乃许。"① 这篇《墓志铭》写得简洁短小，对一位成就卓著、举世闻名的理学家而言是很不相称的。程颢对邵雍的学术成就虽然评价得很高，赞为"淳一不杂，汪洋浩大，乃其所自得者多矣""就其所至而论之，可谓安且成矣"②，但是对其学术的主要方面即易数之学却只字未提。"安且成"三字是对邵雍学术的总体评价，是程珦最终同意程颢撰写《墓志铭》的关键。这三个字的意思可以理解为"安于其学并且最终有所成就"，肯定了邵雍对于其学始终不渝的追求，但仅仅停留在了致知的层面便戛然而止。朱熹对这里面的潜台词看得非常清楚，说"邵康节从头到尾，极终身之力而后得之，虽其不能无偏，然就他这道理，所谓成而安矣"③。看来"安且成"地追求学问，这是程氏父子对邵雍的一致肯定，这个评价相当有所保留，为二程批判邵雍留下了很大空间。不过"安且成"三字却被朱熹抬得很高，认为程门弟子之所以都没能很好地传承二程之学就是因为缺少了"安且成"的功夫。他评价程门弟子曰："也是诸人无头无尾，不曾尽心存上面也。各家去奔走仕宦，所以不能理会得透。"接着便说出了上面解释"安且成"的那句话，又说："某看来这道理若不是拼生尽死去理会，终不解得。"④ 因此，朱熹才认为："看程门诸公力量见识，比之康节、横渠皆赶不上。"⑤

　　前面说过程颢批评邵雍由其数学所推出之理"未必有术，要之，亦难以治天下国家"，这实际上是说邵雍之学没用，难以用来经邦治国、济世安民，其知不具备行的功能。又说："尝观尧夫诗意，才做得识道理，却于儒术，未见所得。"⑥ 这里的"儒术"即前所谓"术"，程颢是以修

　　① 《二程外书》卷一一，《二程集》上册，第414页。
　　② 《二程文集》卷四，《二程集》上册，第503页。
　　③ 《朱子语类》第7册，卷一〇一，第2558页。
　　④ 《朱子语类》第7册，卷一〇一，第2558页。
　　⑤ 《朱子语类》第7册，卷一〇一，第2555页。
　　⑥ 《二程遗书》卷一〇，《二程集》上册，第112页。

齐治平的儒家实践标准来衡量邵雍之学的可行性。《二程遗书》中还记载道："尧夫豪杰之士，根本不帖帖地，伯淳尝戏以乱世之奸雄中道学之有所得者。"①"治世之能臣，乱世之奸雄"②是东汉许劭评价曹操之语，程颢在治世比邵雍为"乱世之奸雄"，大概是嘲笑他的豪杰之见无用武之地。程颐就直接说道："邵尧夫犹空中楼阁。"③"空中楼阁"比喻不切实际的空想，朱熹解释为"言看得四通八达"④，则是有意歪曲程颐的意思。明代的胡居仁合二者之言曰："程子言康节空中楼阁，朱子言其四通八达，须实地上安脚更好。"⑤纠正了朱熹理解的偏颇。可见二程在认为邵雍之学无法实践、知行脱节的见解上是一致的。邵伯温在《易学辨惑》中还记载了这样一件事：

> 程明道先生同弟伊川先生侍其亲太中公，秋日访先君于天津旧庐，先君以酒与之同游月陂上，欢饮剧谈。翌日，明道谓周纯甫曰："昨日陪尧夫先生游月陂，自来闻尧夫议论未尝至此，振古之豪杰也。"纯甫曰："所言如何？"明道曰："内圣外王之道，惜其老矣，无所用于世。"⑥

此事还见于邵伯温《邵氏闻见录》中，为《二程遗书》所引，文字略有不同。邵雍平日罕言"内圣外王之道"，但这是程颢觉得可以"用于世"的儒术，所以如此称叹。"内圣外王之道"是邵雍少年就开始树立的志向，他在三十九岁放弃屡次失败的科举考试、迁居洛阳之时就基本放弃了这个志向，专心于易数之学的研究。程颢在《墓志铭》中也暗示了这种转变，说："先生少时自雄其材，慷慨有大志，既学，力慕高远，谓先王之事为可必致。及其学益老、德益劭，玩心高明，观于天地之运化、阴阳之消长，以达乎万物之变，然后颓然其顺、浩然其归。"⑦所以当富弼、王拱辰、贾昌衡等居洛耆宿屡次向朝廷举荐邵雍，都被他借故推辞了，因为他已志不在此。这种转变早在邵雍苦学于百源深山之时就已露出端倪，

---

① 《二程遗书》卷二上，《二程集》上册，第32页。
② （晋）陈寿《魏书一》，《三国志》卷一，北京：中华书局，1971年，第3页。
③ 《二程遗书》卷七，《二程集》上册，第97页。
④ 《朱子语类》第7册，卷一〇〇，第2543页。
⑤ （明）胡居仁《居业录》卷三，《景印文渊阁四库全书》第714册，第29页。
⑥ 邵伯温《易学辨惑》，《景印文渊阁四库全书》第9册，第410页。
⑦ 《二程文集》卷四，《二程集》上册，第503页。

那时李之才听说邵雍"勤苦刻厉"的事情以后，就主动上门找到他，问他所学为何，他回答道"为科举进取之学耳"，李之才就问他知不知道科举之外尚有"义理之学""物理之学""性命之学"①，邵雍皆不知，并表示出极大的学习热情，从此开始了从学于李之才的生涯。在李之才的罗列中，从"科举之学"到"性命之学"是一级高过一级的，最高一级的"性命之学"其实就是象数学。邵雍后来四处辗转、历尽艰辛，直到对科举考试心灰意冷，选择移居洛阳之时，才真正完成了从"科举之学"到"性命之学"的转变。至于二程等人的"义理之学"，甚至"物理之学"，在邵雍看来都已经囊括进了包罗古往今来、宇宙万象的《皇极经世书》中。邵雍之学虽然与众不同，但由于他本人不取异于人、不强使人知的处世哲学，使其并没有在学术观念不同的二程面前做过多的争辩。

朱熹的知行观念不同于二程，他讲究"相须"的知行关系，"知行常相须，如目无足不行，足无目不见"②，"知之愈明，则行之愈笃；行之愈笃，则知之益明，二者皆不可偏废。如人两足相先后行，便会渐渐行得到"③。他在称赏邵雍的"坚苦刻厉"、自寻自得、"安且成"的致知功夫时，就已经把这种功夫本身当作"行"的一种重要形式了。邵雍在致知过程中表现出的诚明虚静、独立自主、首尾如一的品格修养足以助益其知的求得与养成，已经达到了"行"的高度。朱熹看重的"行"内涵要大于二程，贯穿在求知的整个过程和结果之中。同时，朱熹也没有像二程那样责难邵雍学识的可行性，而是着重评述由其学识观念所决定的行为特点。

朱熹认为邵雍易数之学的基础是一种四分法，说道："康节其初想只是看得'太极生两仪，两仪生四象'，心只管在那上面转。久之理透，想得一举眼便成四片，其法四之外又有四焉。凡物才过到二之半时便烦恼了，盖已渐趋于衰也。谓如见花方蓓蕾则知其将盛，既开则知其将衰，其理不过如此。"④ 邵雍从《周易·系辞传》中"太极生两仪，两仪生四象"受到启发，在《周易》原本二分法的基础上用"加一倍法"形成了四分法，将天地间的事物都分成四片，即在阴、阳的基础上加上刚、柔，

---

① 邵伯温《易学辨惑》，《景印文渊阁四库全书》第9册，第403—404页。
② 《朱子语类》第1册，卷九，第148页。
③ 《朱子语类》第1册，卷一四，第281页。
④ 《朱子语类》第7册，卷一〇〇，第2546页。

"以四起数，叠叠推去"①，"四之外又有四焉"②，以至于循环往复而不可穷尽。四分法和循环论使得邵雍格外留意于消息盈虚盛衰之间，这就是朱熹所谓"凡物才过到二之半时便烦恼了，盖已渐趋于衰也"。由此，朱熹从中归纳出邵雍的行事特点："康节凡事只到半中央便止，如'看花切勿看离披'是也，如此则与张子房之学相近。"③ "看花切勿看离披"出自邵雍著名的《安乐窝中吟》十三首中的第十一首，其诗后两联曰"饮酒莫教成酩酊，赏花慎勿至离披。离披酩酊恶滋味，不作欢欣只作悲"，又其七后两联曰"美酒饮教微醉后，好花看到半开时。这般意思难名状，只恐人间都未知"④。"饮酒微醉，看花半开"的意思在其诗中出现多次，是邵雍最为得意的生活智慧之一，朱熹概括为"凡事只到半中央便止"，而且认为与张良之学相近。他进一步说："康节本是要出来有为底人，然又不肯深犯手，做凡事直待可做处方试为之，才觉难便拽身退，正张子房之流。"⑤ 张良主黄老之术，因此朱熹又"论康节之学曰：'似老子，只是自要寻个宽闲快活处，人皆害它不得，后来张子房亦是如此。方众人纷拏扰扰时，它自在背处。'"⑥ 朱熹还认为邵雍在《伊川击壤集》序言中提出的观物之法，即"以道观道，以性观性，以心观心，以身观身，以物观物，则虽欲相伤，其可得乎"，是"物各付物" "自家都不犯手之意"⑦，类似于佛家。除了像佛老、张良之外，朱熹还认为邵雍像庄子和以春风沂水为志向的曾点。庄子自不必说，曾点虽然是孔门中人并为孔子所赞赏，其最大的特点在朱熹看来就是"天资高，见得这物事透彻，而做工夫却有欠阙"，其弟子则概括为"胸中洒落矣，而行有不掩"⑧，天资很高，能够洞悉人情物理，却不肯把实践的功夫做到尽处。

不像程颢所认为的邵雍之学不具备儒术、没有实用价值，朱熹认为邵雍最大的问题是基于其象数学上的四分法以及观物思想，在盛衰交接之处看得过于真切，想要有一番作为却又深刻地认识到盛极而衰、物极而反的必然性，以至于影响了他的行动力，使得他凡事只求个中间状态，对事物

---

① 《朱子语类》第 7 册，卷一〇〇，第 2546 页。
② 《朱子语类》第 7 册，卷一〇〇，第 2546 页。
③ 《朱子语类》第 7 册，卷一〇〇，第 2544 页。
④ 《邵雍集》，第 341 页。
⑤ 《朱子语类》第 7 册，卷一〇〇，第 2545 页。
⑥ 《朱子语类》第 7 册，卷一〇〇，第 2544 页。
⑦ 《朱子语类》第 7 册，卷一〇〇，第 2544 页。
⑧ 《朱子语类》第 3 册，卷四〇，第 1038 页。

发展趋向时时保持警觉，随时准备全身而退；或者退藏于密，躲在幕后发挥作用，保持一身的安闲自在，而不愿意深陷兔死狗烹的政治旋涡当中。当年邵雍觉得科举无望移居洛阳就是他这种思想的反映。洛阳乃"圣贤区宇，士人渊薮"①，聚集着大量已经退休或暂时投闲的耆宿重臣，在这里能够准确地把捉到政治动向，却又与政治权力中心汴梁保持着合适的距离。凭借着高超的处世技巧和智慧洒脱的学识襟怀，邵雍与这些耆宿重臣们交游唱和、相得甚欢，以处士和学者的身份获得了他们的信任和尊敬，甚至成为当时洛阳精英交游圈的核心人物和话题人物之一，慕名来访或求学者络绎不绝。一方面获得了巨大的知名度，另一方面又潜移默化地影响着政坛。但他从来不愿意接受举荐而去担任职位卑微的下级官吏，与他学问路数迥异的周敦颐、二程，却像一般士子一样勇闯畏途，不卑小官。朱熹虽然并不完全认同邵雍这种知行观念，但也没有完全否定，甚至有时认为他"善处事"②，就连在党争中几经波折的程颐也承认"邵尧夫在急流中，被渠安然取十年快乐"③，语气中不乏羡慕之意。

三、恭与玩

邵雍性格豪放洒脱、幽默诙谐，移居洛阳以后自称"安乐先生"，不仅在诗歌中大量描写自己的安乐生活、阐扬安乐思想，在现实生活中也非常喜爱交游、唱和等娱乐活动，还经常做出一些富有表演性和喜剧色彩的事情。他名其居室为"安乐窝"，在其中治易、读书、吟咏、游园、写大字、玩盆池、种花草，自娱自乐。春秋二季时选择花香风软、天气晴好的日子身着道装、手持如意或麈尾，乘坐小车，以白牛或二人挽车行城中，边行边吟，随意所之。他平时出门不多，自称有"四不出"，一出门就造成轰动效应。城中无论老少贵贱，闻其车声即争相迎接，就连平时闭门谢客的前宰相富弼也奉他为座上宾，端方自持的翰林学士司马光也站在阁楼上翘首等待，耆老游宴更以他的加入为荣。人们为了让他能够在自己家中暂时歇宿，仿其安乐窝而营造"行窝"，据说洛阳城中就有行窝十二家。邵雍在自传文《无名公传》中自称"弄丸余暇，闲往闲来""未尝作皱眉事，故人皆得其欢心""风月情怀，江湖性气""乐见善人，乐闻善事，乐道善言，乐行善意""闻人之谤未尝怒，闻人之誉未尝喜""吟自在诗，

---

① 《小车吟》，《伊川击壤集》卷一四，《邵雍集》，第414页。
② 《朱子语类》第7册，卷一〇〇，第2543页。
③ 《二程外书》卷一一，《二程集》上册，第413页。

饮欢喜酒"① 等，一派天机和乐气象。这招来了讲究"诚敬"功夫的二程的不满，朱熹就此也多有评说。在程朱语录中，我们可以看到不少评价邵雍玩世不恭的地方，如程颢说他"无礼不恭极甚"②、"其为人则直是无礼不恭，惟是侮玩，虽天理亦为之侮玩"③ 等，朱熹说"如邵康节见得恁地，只管作弄"④、"邵康节晚年意思正如此，把造物世事都做则剧（按：儿戏之意）看"⑤ 等，非常引人注目。

如上所引，程颢所谓的"不恭"乃言其"为人"，指的是性格方面。正是因为问题出在了性格方面，未必能够完全用道理说清楚，二程才认为这种"不恭"有时候显得"无端"，说："尧夫诗'雪月风花未品题'，他便把这些事便与尧舜三代一般，此等语自孟子后无人曾敢如此言来，直是无端。又如言'文字呈上，尧夫'，皆不恭之甚。"⑥ "雪月风花未品题"出自邵雍《首尾吟一百三十五首》中的第一首，全诗为："尧夫非是爱吟诗，为见圣贤兴有时。日月星辰尧则了，江河淮济禹平之。皇王帝伯经褒贬，雪月风花未品题。岂谓古人无阙典？尧夫非是爱吟诗。"⑦ 全诗品评的都是尧舜禹、"皇王帝伯"的圣贤事业，中间突然穿插了一句"雪月风花"，显得很不搭调，所以二程才觉得"直是无端"。"文字呈上，尧夫"指的又是什么呢？朱熹说得比较详细："如《皇极经世书》成，封做一卷，题云'文字上呈，尧夫'。"⑧《皇极经世书》是邵雍的呕心沥血之作，是其学术精髓，但它并非奏章，邵雍也并非朝臣，将它"封做一卷"，仿照臣子向皇帝上呈奏章一样在上面如此题写，而且用字不用名，分明是儿戏一般的做法，就连朱熹也认为这如同柳下惠不嫌他人裸露于侧一样是一种极其玩世不恭的行为。邵雍曾作有《安乐窝中好打乖吟》诗，"打乖"是耍手段、卖弄聪明的意思，即朱熹所谓的"作弄""则剧"。诗曰"安乐窝中好打乖，打乖年纪合挨排"⑨ 云云，高调宣称自己到了打乖的年龄，应该好好耍弄一番了，写得轻松幽默，引来不少耆老的唱和。

---

① （宋）熊节编，（宋）熊刚大注《性理群书句解》卷六，《景印文渊阁四库全书》第709 册，第152—154 页。

② 《二程遗书》卷二上，《二程集》上册，第32 页。

③ 《二程遗书》卷二上，《二程集》上册，第45 页。

④ 《朱子语类》第2 册，卷二八，第717 页。

⑤ 《朱子语类》第3 册，卷四〇，第1028 页。

⑥ 《二程遗书》卷二上，《二程集》上册，第45 页。

⑦ 《伊川击壤集》卷二〇，《邵雍集》，第515 页。

⑧ 《朱子语类》第4 册，卷五三，第1300 页。

⑨ 《伊川击壤集》卷九，《邵雍集》，第320 页。

程颢的和诗则曰"时止时行皆有命，先生不是打乖人"①，委婉地消解了邵雍诗中调笑滑稽的意味。程颢虽然认为主敬不必处处防检，追求"活泼泼"的和乐境界，但还不至于像邵雍那样出格。另外，上文说过程颐评价邵雍如"空中楼阁"是指其学不讲求实用，明代的高攀龙则认为其中也暗含玩世不恭的意味："伊川言之矣：康节如空中楼阁。他天资高，胸中无事，日日有舞雩之趣，未免有玩世意。"② 程颐素以整齐严肃、内外庄敬著称，对邵雍玩世不恭的态度就可想而知了。高攀龙甚至认为这是邵雍虽然怀抱内圣外王之学却不能像程朱一样被尊为理学正宗的原因，则不免言过其实。

朱熹谈及邵雍"不恭"时总是与曾点、庄子联系起来，认为他们之间都存在着天资高、识见豪却在行动的细密功夫上有所欠缺的相似性。他认为邵雍宣扬乐的言语太多、玩乐活动也太过招摇，比曾点辞多语烦地描述舞雩之乐显得更加麻烦、劳顿。"颜子之乐平淡，曾点之乐已劳攘了，至邵康节云'真乐攻心不奈何'，乐得大段颠蹶"，在乐的层次上，颜回、曾点、邵雍是节节走低的，"真乐"其实是"不须如此说，且就实处做工夫"③。其实他们的主要问题不在于缺少行动力，而在于看穿一切之后也就随之看淡了行动的必要性，把什么都不当回事，于是这中间就生出许多耍弄、许多不恭。这是上节知行关系问题的延伸。朱熹说：

> 人只见说曾点狂，看夫子特与之之意，须是大段高。缘他资质明敏，洞然自见，得斯道之体，看天下甚么事能动得他。他大纲如庄子，明道亦称庄子，云有大底意思，又云庄生形容道体尽有好处。邵康节晚年意思正如此，把造物世事都做则剧看。曾点见得大意，然里面工夫却疏略，明道亦云庄子无礼无本。④

朱熹提到邵雍的"不恭"是在其晚年之时，这与早年不畏寒暑、勤苦刻厉学习的邵雍判若两人。邵雍学有所成之后并未马上离开百源深山，但已经有不少慕名而来者了。即使是在那个时候，拜访者所见到的邵雍与后来二程在洛阳所见的不恭形象依然反差极大。朱熹谈到这么两个场景：

① 《二程文集》卷一，《二程集》上册，第481页。
② （明）高攀龙撰，（明）陈龙正编《高子遗书》卷五，《景印文渊阁四库全书》第1292册，第422页。
③ 《朱子语类》第3册，卷三一，第798页。
④ 《朱子语类》第3册，卷四〇，第1028页。

"王天悦雪夜见康节于山中，犹见其俨然危坐"①，"尝于百原深山中辟书斋，独处其中，王胜之常乘月访之，必见其灯下正襟危坐，虽夜深亦如之"②，大为赞叹，并认为邵雍的象数学之所以如此神通广大、高深莫测，就是因为他前面有这样修养德明、虚静的功夫。至于其晚年的那些不恭之举，一方面可以视作莫名无端的戏要、作弄，另一方面又可以说是功夫纯熟之时的逍遥自在、无施不可。这就引起了很多人的羡慕，有人问朱熹"康节心胸如此快活，如此广大，如何得似他"，朱熹则反问道："它是甚么样做工夫？"③朱子语录中还有一段师生间探论邵雍无拘检之作风可不可学的对话：

> 问：近日学者有厌拘检、乐舒放，恶精详、喜简便者，皆欲慕邵尧夫之为人。曰：邵子这道理岂易及哉？他腹里有这个学，能包括宇宙、终始、古今，如何不做得大、放得下？今人却恃个甚后敢如此？因诵其诗云"日月星辰高照耀，皇王帝伯大铺舒"，可谓人豪矣。④

朱熹指出邵雍表面上的无拘无束、潇洒自得源自他几十年如一日的学习、修养功夫，是内心学识饱满、见识广大充溢于外的结果，是一种"有恃无恐"的表现，一般人学不来。当学生问朱熹："他说风花雪月，莫是曾点意思否？"朱熹并没有像往常一样表示肯定，而是说："也是见得眼前这个好。"又补充说道"意其有与自家意思一般之意"，"也是它有这些子，若不是却浅陋了"。⑤ 朱熹认为二程批评的那种"雪月风花"的闲情逸致并非邵雍刻意效仿曾点或庄子，而多为其豪放性格中不由自主的即兴发挥，这种自然而然的性格流露与深根厚土的修养功夫构成了一种表里互渗互动的关系，不然的话邵雍的那些"不恭"就很浅陋了。朱熹还认为邵雍的不恭中有恭，不规矩中有规矩，虽说和庄子相似，但比庄子更稳妥、更有规矩。朱熹还曾亲眼见过邵雍的书法真迹"检束"二大字，并作有《跋邵康节"检束"二大字》："康节先生自言'大笔快意'，而其书迹谨严如此，岂所谓从心所欲而自不逾矩者耶？庆元乙卯七月既望，

---

① 《朱子语类》第 5 册，卷六七，第 1648 页。
② 《朱子语类》第 7 册，卷一〇〇，第 2543 页。
③ 《朱子语类》第 7 册，卷一〇〇，第 2542 页。
④ 《朱子语类》第 7 册，卷一〇〇，第 2542 页。
⑤ 《朱子语类》第 7 册，卷一〇〇，第 2543 页。

后学朱熹观赵履常所藏'检束'大字，敬书。"① 可见邵雍的快意背后绝不仅仅是性格使然，更有"谨严""检束"的支撑，仿佛是孔子七十岁以后"从心所欲不逾矩"的境界。如此一来，朱熹对这种"不恭"的评价总体上还是褒大于贬的。

朱熹曾作邵雍画像赞曰："天挺人豪，英迈盖世。驾风鞭霆，历览无际。手探月窟，足蹑天根。闲中今古，醉里乾坤。"② 将邵雍豪放的性格、观物的哲学、象数的成就、安乐的境界都包括在内，刻画出了一个非人间所有的形象，类似于庄子笔下的"至人"："至人神矣，大泽焚而不能热，河汉冱而不能寒，疾雷破山，飘风振海而不能惊。若然者，乘云气，骑日月，而游乎四海之外，死生无变于己，而况利害之端乎？"③ 这个形象除了超凡脱俗之外，最大的特点在于极动又极静，无规矩而又极规矩。朱熹的赞中灌注着饱满充沛的激情，这是被邵雍的独特人格魅力激发出来的。在这里，邵雍的"不恭"似乎已经微不足道了。

四、纯与杂

从前面三节的论述中，我们看到程朱对邵雍的不满其实主要在于他的学术、性格、修养不符合儒学正宗，不是指责易学研究上偏于象数，就是批判其学没有治国经邦的儒术或者杂有释道的成分等。总的来看，二程对邵雍的不满要大过朱熹，前者显得褊狭不公，后者则带有更多的思辨性和包容性。然而使人颇为疑惑的是，程颢在《墓志铭》中称赞邵雍之学"淳一不杂"，同时二程语录中也有赞其"不杂""不惑"之处，而朱熹则多次明确指出他学术和言行上都有近于释老、庄子、张良的地方，分辩道："二程谓其粹而不杂，以今观之，亦不可谓不杂。"④ 似乎在评价邵雍的纯杂方面，朱熹比二程更苛刻。

实际上，二程认为邵雍不符合儒学正宗之处主要在于偏，而非杂。程颢为邵雍撰写《墓志铭》时受到乃父乃弟的干预，不得不对褒美其学的措辞进行微妙的处理，使得其中暗含了许多潜台词，这些潜台词集中在下面一段：

---

① 戴扬本、曾抗美校点，（宋）朱熹著《晦庵集》卷八三，《朱子全书》第24册，上海：上海古籍出版社；合肥：安徽教育出版社，2002年，第3932页。

② 朱熹《晦庵集》卷八五，《朱子全书》第24册，第4002页。

③ （战国）庄子著，陈鼓应注译《庄子今注今译》上册，北京：商务印书馆，2007年，第98页。

④ 《朱子语类》第7册，卷一〇〇，第2543页。

昔七十子学于仲尼，其传可见者，惟曾子所以告子思，而子思所以授孟子者耳。其余门人，各以其材之所宜为学，虽同尊圣人，所因而入者，门户则众矣。况后此千余岁，师道不立，学者莫知其从来。独先生之学为有传也。先生得之于李挺之，挺之得之于穆伯长，推其源流，远有端绪。今穆、李之言及其行事，概可见矣。而先生淳一不杂，汪洋浩大，乃其所自得者多矣。然而名其学者，岂所谓门户之众，各有所因而入者欤？语成德者，昔难其居。若先生之道，就所至而论之，可谓安且成矣。①

前面已经指出，朱熹对"安且成"三字的解读中就含有"不能无偏"的意思在内。另外，明代的胡居仁解读这段话说："明道作康节《墓志》，言'七十子同尊圣人，所因以入者，门户亦众矣'，是未尝以圣学正门庭许他。言先生之道'可谓安且成矣'，是康节自成一家。"② 把握得非常到位。程颢在这里称赞邵雍之学的三点好处：第一，有一个可以媲美孔门后学的师承绪统；第二，其学"淳一不杂，汪洋浩大"乃多因其自得；第三，长期不懈地坚守其学，终至于"安且成"。这三点好处结合起来非常别扭：自得之学多反过来说则师承之学少，相比于孔门传承来说不能比肩于曾子、子思、孟子这一脉孔门正宗，只属于各因其资质偏向而学于孔门者，后者虽然还算是孔门后学，但已经导致旁枝偏门各异并最终使得千余年内师道湮沦而源流莫辨。邵雍就是在这样的偏道上坚持不懈地走下去，最后达到了就其本身而言算是很高的成就，这样的成就可谓"淳一不杂，汪洋浩大"。明眼人如朱熹已经看出来，在这样别扭的赞美中即使"不杂"也"不能无偏"；胡居仁更看出"未尝以圣学正门庭许他"的意思。

不过二程仍继续在"不杂"上给邵雍以很高的肯定，如他们说"某接人多矣，不杂者三人：张子厚、邵尧夫、司马君实"③，"世人之学，博闻强识者岂少？其终无有不入禅学者。就其间特立不惑无如子厚、尧夫，然其说之流恐未免此敝"④。禅学在北宋极为盛行，在熙宁、元丰时期的洛阳，耆老大臣之德高望重者如富弼、吕公著、文彦博皆嗜佛如渴，一般人即使没有染指其中也无法摆脱其影响，张载、邵雍虽"未免此敝"，但

① 《二程文集》卷四，《二程集》上册，第503页。
② （明）胡居仁《居业录》卷三，《景印文渊阁四库全书》第714册，第29页。
③ 《二程遗书》卷二上，《二程集》上册，第21页。
④ 《二程遗书》卷一五，《二程集》上册，第171页。

已属"特立不惑"者。二程与邵雍同里居住几十年，亲见其言行如此，并无虚饰。邵雍在《无名公传》中也自许为纯儒："晚有二子，教之以仁义，授之以六经。举世尚虚谈，未尝挂一言；举世尚奇事，未尝立异行。故其诗曰：'不佞禅伯，不谀方士。不出户庭，直游天地。'家素业儒，口未尝不道儒言，身未尝不行儒者之行。"① 从中可以看出邵雍以儒立身、自律的意识非常强烈，并能够严谨地付诸生活实践，所以二程说："尧夫道虽偏驳，然卷舒作用极熟，又能谨细行。"② 当然，这种儒家伦理道德意识，与学术无关，并不同于程颢所认为的没有儒术的由象数学所见之理。正如笔者在上一节中所分析的，邵雍那些玩世不恭的谐谑和游乐活动并非"越名教而任自然"③ 的放诞无忌，在不规矩中有着大规矩在。

二程觉得邵雍之学只是有偏而已，尚且肯定他"淳一不杂"，这一点还与他们排斥其象数学，没有深入分析其中究竟是否掺杂释道成分有关。朱熹认真研读过邵雍的著作、诗歌及所载事迹，发现了其中的异端成分。他说邵雍"不可谓不杂"的关键在于认为其学术、言行中有"术"。邵雍宣称自己的象数学属于先天学，追究的是伏羲古易，与文王周易的后天学不同。他还有《伏羲先天八卦图》一幅，简称《先天图》，此图据说传自陈抟，而陈抟就曾宣言"当于羲皇心地中驰骋，无于周孔言语下拘挛"④。《易》诞生之初即为卜筮之书，没有孔子说理的十翼，更遑论儒释道之纯杂，唯象数是用。先天学直追伏羲，不顾周孔，这是邵雍为自己在象数的体系中自由驰骋寻找掩护。朱熹就认为邵雍易数太密太巧，与伏羲古易的疏朴自然有很大差别。因为象数的推演需要极大的技巧性，便可称之为术数。这里的"术"非程颢所言"儒术"，而类似于黄老之术，甚至于方术。朱熹分析道"他看见天下之事，才上手来，便成四截了。其先后缓急，莫不有定，动中机会，事到面前便处置得下矣。康节甚喜张子房，以为子房善藏其用，以老子为得易之体，以孟子为得易之用，合二者而用之，想见善处事"，"须有些机权术数也"⑤。这里说的是邵雍象数学的四分法以及由其学而决定的行为特点两方面。"老子为得易之体，孟子为得

① 熊节《性理群书句解》卷六，《景印文渊阁四库全书》第709册，第153—154页。
② 《二程遗书》卷七，《二程集》上册，第97页。
③ 嵇康《释私论一首》，戴明扬校注《嵇康集校注》卷六，北京：人民文学出版社，1962年，第234页。
④ （宋）陈抟《麻衣道者正易心法》第四十一章，张海鹏辑刊《学津讨原》第5册，台北：新文丰出版公司，1980年，第299页。
⑤ 《朱子语类》第7册，卷一〇〇，第2543页。

易之用"，即以道为体、以儒为用，也就是张良以藏为用、以退为进的黄老之术。这种"术"讲究机巧、权变，合术数之名便可称为"机权术数"。朱熹又说："《先天图》直是精微，不起于康节，希夷以前元有，只是秘而不传，次第是方士辈所相传授底。《参同契》中亦有些意思相似，与历不相应。"① 《参同契》是一部用《周易》理论、道家哲学与炼丹术三者参合而成的炼丹修仙著作。方士所传，又与《参同契》相似，则此术数，又带有方术的性质。朱熹认为正因为用此"机权术数"能够得心应手地推理、观物，邵雍才会自乐，说道："康节易数出于希夷，他在静中推见得天地万物之理，如此又与他数合，所以自乐。"②

此外，据宋马永卿所说"洛中邵康节先生，术数既高，而心术亦自过人"③，则可以将邵雍之"术"分作术数和心术两方面，前者就象数学而言，后者就其行为而言。邵雍移居洛阳、交游公卿，据于进退出处之间，就深得张良黄老之术的要诀。而且他能够做到平生未尝蹙眉，迥异于颜子平淡之乐而追求显得极为夸张的"大段颠蹶"之乐，在尽最大努力自乐的同时还能博得那么多人的欢心，都是大有心术在其中的。据马永卿的记载，邵雍的心术还在于善于解决家庭纠纷一事上："凡其家妇姑妯娌婢妾有争竞，经时不能决者，自陈于前，先生逐一为分别之，人人皆得其欢心。"④ 朱熹还注意到了邵雍诗中的"术"："康节曰：'思虑未起，鬼神莫知。不由乎我，更由乎谁？'此间有术者，人来问事，心下默念，则他说相应，不念则说不应；问姓几画，口中默数，则他说便着，不数者说不着。"⑤ 认为这是一种精心算计、伺机待发的话术，与一般故弄玄虚的算命先生差别不大。正是因为邵雍有这样那样的"术"，才使得他像释老、庄子、张良、曾点（按，朱熹认为曾点有庄子意思）。然而都只是神似，而非形似，没有多少搬用、借鉴的直接证据。他竭尽心力地使用各种办法使得象数研究和处己处人都趋于圆满，在高扬儒家伦理道德精神的同时却没有被儒家教条所束缚。他的儒家伦理道德实践其实非常成功，乃至能够与司马光一起被奉为洛阳的两个道德标杆，《宋史》本传曰："二人纯德，尤乡里所慕向，父子昆弟每相饬曰：'毋为不善，恐司马端明、邵

---

① 《朱子语类》第4册，卷六五，第1617页。
② 《朱子语类》第5册，卷六七，第1648页。
③ （宋）马永卿《懒真子》卷三，北京：中华书局，1985年，第25页。
④ 马永卿《懒真子》卷三，第26页。
⑤ 《朱子语类》第7册，卷一〇〇，第2554页。

先生知。'……一时洛中人才特盛，而忠厚之风闻天下。"① 可以说，邵雍把他的"杂"深藏于"淳一"之中，做得不动声色。

综上所述，程朱在对邵雍的评价方面虽然有诸多不同，仍然不失一脉相承的基本特征，即都认为他有重数轻理的偏颇，又对其象数学成就颇为赞叹；都认为他有知行脱节的失当，又称赏他始终如一的致知功夫并许其为知见高迈的豪杰；都认为他有玩世不恭的倾向，又钦佩其豪放洒脱的胸襟情怀；都认为他有失儒学正统的规范，又承认他以儒立身的根本。程朱对邵雍最经典的评价即程颐所谓的"空中楼阁"和朱熹赞词所谓的"天挺人豪"，形象地诠释了他们眼中高迈有余、踏实不足的邵雍形象。他们的评价有时透露着一种矛盾的心理，比如文中所指出的《墓志铭》中程颢那段充满潜台词的评价文字，再比如朱熹曾多次表示邵雍易数十分好用，但当弟子直接问他是否可用之时，他却回答道："未知其可用，但与圣人之学自不同。"② 虽然这些以所谓"孔门正宗"为标准的评价未必完全公允，但总体上还是较为全面系统的，尤其是朱熹的评价更具耐人寻味的思辨性。邵雍是宋代最受争议的理学家之一，但当时及后世对邵雍的看法基本没有超出程朱评议的四对范畴，却往往各取一端，非褒即贬，乃至对程朱的评语断章取义，甚或进行添油加醋、演绎变形。限于篇幅，不再细说，兹举两例，以飨读者。例如明代的文翔凤作有《梦邵阁记》，说自己梦见了仙境中有一座邵阁，腾空雄立，"所梦正空中楼阁，四通八达者"，并将邵雍与唐太宗并列，直呼"邵康节亚圣，非中州第一人耶？"③ 顶礼膜拜之情，已无以复加。清代的陆圻作有《邵雍论》，只因为象数之学跟占卜相关便将之与义理之学严格对立，曰"理之为说，其势使人拨乱以求治，而数之为说，往往使人安驱徐行以坐待夫乱。故古之至人尝诎数以伸理，而后天下可得而治也"④，并认为王安石作相变乱天下之所以如此无所顾忌，跟邵雍之前已准确占验到此事有很大关系。本着这种失去理智的心理去评价邵雍，不仅大失程朱本意，而且对于正确地认识邵雍其人其学也没有任何帮助。

---

① 《宋史》卷四二七，列传第一百八十六，第 9949 页。
② 《朱子语类》第 4 册，卷六六，第 1642 页。
③ 文翔凤《皇极篇》卷八，《四库禁毁书丛刊》集部第 49 册，第 347 页。
④ （清）陆圻《威凤堂文集》论部，《四库未收书辑刊》柒辑贰拾册，第 34 页。

第三节　神坛的构筑与崩塌：诗史语境中的邵康节体

邵雍是北宋中期的著名理学家，与周敦颐、程颢、程颐、张载并称为"北宋五子"。他在学术上以先天易学和《皇极经世书》而举世闻名，在文学上又以诗集《伊川击壤集》而蜚声诗坛，成为宋代颇有影响的诗人之一。邵雍诗歌特色鲜明、风格独特，被严羽称为"邵康节体"，与"东坡体""山谷体""王荆公体"等并列为《沧浪诗话》中"以人而论"①的宋代诗体。邵雍生前其诗即为时人所重，程颢称"客求墨妙多携卷，天为诗豪剩借春"②，名公巨卿如富弼、司马光、王拱辰等人皆纷纷与之唱和。北宋以后逐渐被奉为道学诗人之宗，在清代还出现了"击壤派"的说法，如清代金武祥说："《击壤集》之派蔓延于南宋，至明成化间陈白沙、庄定山等以讲学自名者，大抵宗之。"③ 邵雍诗歌能够在久远的历史时空中得到广泛传播和推崇，是与邵康节体自身的特点分不开的。在邵雍诗歌的接受过程中，邵康节体的特点也被一再评说，并与诗歌发展史建立了密切的联系，凸显了邵诗的诗史意义。

一、邵康节体：理学诗人的"极则"

《沧浪诗话》并没有对邵康节体作任何说明，不过邵雍有过一些自我评价，宋人在其诗歌的接受过程中对其风格特征也已经具备了相当全面的理解和把握。随着理学的发展和理学诗人为争取风雅正传而高自标举，邵诗接受在南宋晚期开始大热，此后历元明而不衰，在明代中期陈献章、庄昶、唐顺之那里达到最高潮，蔚为大观，一直到理学衰败的清代才逐渐落潮，但后继者仍不绝如缕，显示了邵康节体旺盛的生命力④。清代汪缙曰："有诗人之诗，有道人之诗，诗人之诗以唐杜甫、李白为极则，道人之诗以唐寒山、宋《击壤》为极则。"⑤（《彭允初诗稿叙》）那么，在后人眼中，邵康节体究竟有哪些特点呢？

---

① （宋）严羽著；郭绍虞校释《沧浪诗话校释》，北京：人民文学出版社，1961 年，第 58—59 页。
② 《河南程氏文集》卷三，《二程集》上册，第 481 页。
③ （清）金武祥《粟香随笔》卷七，《续修四库全书》第 1183 册，第 344 页。
④ 关于"邵康节体"的接受情况可参见祝尚书《论"击壤派"》，《文学遗产》2001 年第 2 期。
⑤ （清）汪缙《汪子文录》卷三，《清代诗文集汇编》第 355 册，第 474 页。

　　一、不拘一格的形式。邵雍自述写诗过程曰："年近纵心唯策杖，诗逢得意便操觚。快心亦恐诗拘束，更把狂诗大字书。"①（《答客吟》）这种不受约束、只求快意的创作心态，显示出他的洒落性格、创新精神以及其诗打破陈规的灵活形式和异样格局。宋代江湖诗人同时也是理学家的林希逸说"规尺之常，人人知之，鼓吹之妙，非有道者不知也。删后无诗，固康节言之，然《击壤》诸吟何愧于古？彼其规尺，岂与古同？所以鼓吹者同一机也"②（《题子真人身倡酬集》），明代万士和也称赞邵诗"千变万化，皆其自然，所谓诗而非诗、法而非法者，古今一人而已"③（《重刻〈击壤集〉序》），都看到了邵诗的这一特征。邵诗按照内容划分包括生活情趣诗、咏史诗、理学诗三大类，形式上则七言、六言、五言、四言、三言、杂言，律诗、绝句、古体等不一而足。据笔者的初步考察，邵雍诗歌不仅各体兼备，而且还发明了"以诗序诗"、"以诗笺诗"、旋风吟、首尾吟，同题咏物大小吟、长短吟，以及唱和时"借句成诗"的形式，特别是晚年耗时六七年创作的大型组诗《首尾吟一百三十五首》，皆由七律组成，每诗首尾二句皆为"尧夫非是爱吟诗"，非常具有创造精神，在古代诗歌史上并不多见。宋代孙奕还发现了邵诗的散文化倾向，说："康节先生六言《四贤吟》云：'彦国之言铺陈，晦叔之言简当。君实之言优游，伯淳之言条畅。四贤洛阳之望，是以在人之上。有宋熙宁之间，大为一时之壮。'今尽去其'之'字，为五言亦可，乃见有不为剩，无不为欠。至如'前日之事，今日不行。今日之事，后来必更'，此是又有韵散文也，施之文卷中，人将罔觉。前辈于诗，得三百篇微旨，盖如此。"④（《康节诗无施不可》）宋代吴泳则发现了邵诗押韵不严谨的地方，其《度郎中乡会诗跋》曰："又岂不观邵尧夫《首尾吟》耶？'尧夫非是爱吟诗，为见帝王俱有时。日月星辰尧则了，江河淮济禹平之。皇王帝伯经褒贬，雪月风花入品题。岂谓古人无缺典？尧夫非是爱吟诗'，'题'与'诗'，异音也，间有'天'字韵押'言'字，'饶'字韵押'豪'

---

① 《伊川击壤集》卷一一，《邵雍集》，第 352 页。
② （宋）林希逸撰，林式之编《竹溪鬳斋十一稿续集》卷十三，《景印文渊阁四库全书》第 1185 册，第 685 页。
③ （清）黄宗羲《明文海》卷二六六序五十七，《景印文渊阁四库全书》第 1456 册，第 108 页。
④ （宋）孙奕《示儿编》履斋示儿编卷一〇，《景印文渊阁四库全书》第 864 册，第 489 页。

字，'陈'字韵押'论'字，如此类例，弗可枚举。"① 后来学习邵诗者也往往有这种散文化的倾向，明代理学诗人岳正即是如此。《四库全书总目》曰："《传》称正'晚好《皇极书》，故所作杂言二篇皆阐邵子之学，而诗亦纯为邵子《击壤集》体。'东阳《怀麓堂诗话》称蒙翁才甚高，俯视一切，独不屑为诗，云'既要平仄，又要对偶，安得许多工夫'云云，盖得其实。"② 然而邵雍之诗并非不要平仄、对偶，他的散文化只是因为多用虚字、语意疏松而已，押韵上也只是稍微放宽，整体上并没有背离格律规范。其所谓"兴来如宿构"③（《谈诗吟》），是指在诗兴盎然之时既能够率意命笔又能够斐然成章。邵雍自谓其诗"殊无纪律"④（《和赵充道秘丞见赠》），却能熟练地做到寓流动于整齐之中、骋豪放于规矩之内，俗而不鄙，收放自如。后世才力不逮者，徒然效其糟粕，难免招致非诗之讥。

二、平易精当的议论。邵雍在《〈伊川击壤集〉自序》中说："所作不限声律，不沿爱恶，不立固必，不希名誉，如鉴之应形，如钟之应声。其或经道之余，因闲观时，因静照物，因时起志，因物寓言，因志发咏，因言成诗，因咏成声，因诗成音，是故哀而未尝伤，乐而未尝淫，虽曰吟咏情性，曾何累于性情哉？"⑤ 他很明确地把自己定位为一个道学诗人，认为所作诗歌符合自己"以道观道，以性观性，以心观心，以身观身，以物观物"的观物哲学，无论在形式上、内容上还是写作方式上都发乎自然、合乎性情而又客观理性、中正平和，完全契合儒家诗教。在这里，邵雍说得过于绝对，与诗中某些不由自主的"酒后真言"产生了分歧。如《后园即事三首》其三曰："年来得疾号诗狂，每度诗狂必命觞。乐道襟怀忘检束，任真言语省思量。宾朋款密过从久，云水优闲兴味长。始信渊明深意在，北窗当日比羲皇。"⑥《自作真赞》中又自诩："松桂操行，莺花文才。江山气度，风月情怀。"⑦ "诗狂病"一发作，即使是"乐道襟怀"也毫无"检束"，一派"任真言语"，这源自他的"莺花文才"

---

① （宋）吴泳《鹤林集》卷三八杂著，《景印文渊阁四库全书》第1176册，第375页。
② （清）纪昀总纂《四库全书总目提要》卷一七〇集部二十三，石家庄：河北人民出版社，2000年，第4433页。
③ 《伊川击壤集》卷一八，《邵雍集》，第489页。
④ 《伊川击壤集》卷六，《邵雍集》，第255页。
⑤ 《伊川击壤集》卷六，《邵雍集》，第180页。
⑥ 《伊川击壤集》卷五，《邵雍集》，第240页。
⑦ 《伊川击壤集》卷一二，《邵雍集》，第375页。

"风月情怀"，情难自已。不过邵雍的"任真"也在于他不惜损失诗味一再阐扬"乐道襟怀"，把自己的道学见解不遗余力地形之于诗。《无苦吟》曰："平生无苦吟，书翰不求深。行笔因调性，成诗为写心。诗扬心造化，笔发性园林。所乐乐吾乐，乐而安有淫?"① 这种以率意浅语书写心性之乐的诗歌，确实并非一般诗人之诗。《谈诗吟》曰："诗者人之志，非诗志莫传。人和心尽见，天与意相连。论物生新句，评文起雅言。兴来如宿构，未始用雕镌。"② 把"诗言志"中的"诗"与"志"等同起来，又将"人""心""天""意""论物""评文"都囊括尽此诗此志当中，可谓无所不包，符合宋代流行的诗歌观点。但邵雍是一位理学家，在这种观念之下自然毫无顾忌地将各种理学心得纳入诗歌表现领域之中。邵诗多议论，即便是反映生活情趣的诗也往往夹杂议论的成分，有些诗歌还能将理与趣有机结合，使人体会到无限奥妙，此外，他更写有大量不假任何形象而纯以议论为诗者，比如《人鬼吟》《治乱吟》《观易吟》《观物吟》《名利吟》《刑名吟》《君子吟》《小人吟》等关于治国、治易、身心、伦理等方面的诗歌。宋代赵与时就非常欣赏这种纯粹的议论诗，说："夫子论君子小人之情状，与时既书之以自警。然邵康节先生诸诗，尤能推广圣人之意，不暇悉载，特取其尤深切著明者一篇，以谂观者。《处身吟》云：'君子处身，宁人负己，己无负人。小人处事，宁己负人，无人负己。'持此诗以观人，君子、小人如辨白黑。"③ 认为此类诗在辨别君子、小人方面非常实用，"尤能推广圣人之意"。明代邓伯羔又举例说："如曰'以少为多，以无为有，力外周旋，不能长久'，以规人事，足为名言；如曰'土木偶人，慎无相笑。天将大雨，止可相吊'，以讥时情，足为名言；如曰'思虑未起，鬼神莫知。不由乎我，更由乎谁'，以阐理道，足为名言。"④ （《康节先生诗》）此三诗分别为《力外吟》《土木偶人》《思虑吟》，邵雍写作这些诗歌的目的也仅仅是为了"规人事""讥时情""阐理道"，不会有更多的深意。类似地，明末清初的陆世仪举例说："《乾坤》《观物》《先天》《冬至》等吟有益学问，《打乖》《首尾》等吟有益性情，《王公》《金帛》《一等》《十分》等吟有关人心世道，直举之

---

① 《伊川击壤集》卷一七，《邵雍集》，第 459 页。
② 《伊川击壤集》卷一八，《邵雍集》，第 489 页。
③ （宋）赵与时著，齐治平校点《宾退录》卷三，上海：上海古籍出版社，1983 年，第 38—39 页。
④ （明）邓伯羔《艺彀》卷中，《景印文渊阁四库全书》第 856 册，第 18 页。

不能尽。"① 明代郑郧在《选邵尧夫诗序》中也说道："读其诗者，可以治心，可以治身，可以知人，可以知物。"他选编了邵雍的六百多首诗歌，"谬谓自老成以迄童稚，自达宦以至寒介，无不当日诵此者"②（《选邵尧夫诗序》），认为这部选集应当成为大众必读书，要日日诵读才行，并且告诫读者不要像自己一样等到忧患来临之时再读。

朱熹对邵诗非常熟悉，在与弟子的讲学中频繁征引，他所称赏的多为说理诗，感叹说："如康节云'天向一中分造化，人从心上起经纶'，多少平易！实见得者自别。"③"平易"指的是邵诗平和切理、贴合实际，赵与时、邓伯羔、郑郧所举邵诗的种种益处，就源自这种平易。"平易"的评价不始于朱熹，邵雍门人张崏在其《行状》中即说道："晚尤喜为诗，平易而造于理。"④ 可以说，议论平易，能够直接给人以思想启迪，是许多喜爱邵诗者的深刻感受。

除了有似语录的纯粹说理诗，赵与时还指出邵雍咏史诗的"议论精当"⑤。因为邵雍诗中有这样多的议论，于是便招来"押韵语录"之讥。"率是语录讲义之押韵者"本是宋代刘克庄用来批评"近世贵理学而贱诗，间有篇咏"之作，对于邵雍之诗则认为"风月花柳未尝不赏好，不害其为大儒"⑥（《恕斋诗存稿》），反对将道学之诗与诗人之诗裂为二途，而后人却将此语"栽赃"到邵雍头上。比如清代潘衍桐评价诗僧起信时说："世所尊奉堂头大和尚往往以韵语为语录，如吾儒之有击壤一派，究非风诗正轨。"⑦ 清代王弘撰则以赞赏的口吻说："宋儒深于易者邵康节耳，其《击壤集》是以诗作语录，前无古后无今矣，宜朱子之称为'天挺人豪'也。"⑧（《邵康节诗》）

邵雍之诗充满了学问、道理，有关于世道，有益于身心，又好似语录，有人便将其视为邵雍学术著作的延伸和补充，朱熹就曾说："康节之学，其骨髓在《皇极经世》，其花草便是诗。"⑨ 郑郧亦曰："尧夫先生王

① （清）陆世仪撰，张伯行编《思辨录辑要》卷三五，《景印文渊阁四库全书》第724册，第340页。
② （明）郑郧《坮阳草堂文集》卷四，《四库禁毁书丛刊》集部第126册，第347页。
③ 《朱子语类》第7册，卷一〇〇，第2553页。
④ 朱熹《伊洛渊源录》卷五，《朱子全书》第12册，第987页。
⑤ 《宾退录》卷一〇，第130页。
⑥ 《刘克庄集笺校》第10册，卷一一一，第4596页。
⑦ （清）潘衍桐《两浙輶轩续录》卷五一，《续修四库全书》第1687册，第145页。
⑧ （清）王弘撰撰，何本方点校《山志》卷二，北京：中华书局，1999年，第34页。
⑨ 《朱子语类》第7册，卷一〇〇，第2553页。

佐之才，其学著于《皇极经世》，而杂见于诗。"①（《选邵尧夫诗序》）明代叶廷秀也说："康节原是经世之学，谈到世道人情处津津有味，盖以诗为著作者。"②（《读邵康节诗》）这种看法虽然片面，却有一定的代表性。也正因为邵诗议论的平易精当、警策深刻，具有很强的实用性，宋元明清以来许多人便把它当作座右铭，或者以之名室、名亭，这里就不再一一列举了。

三、快乐潇洒的情致。邵雍诗歌无论何种题材都洋溢着快乐洒脱的情致，更充斥着"乐""欢""喜"这样的字眼，即便是义理诗也能够在流水一样的节奏中感受到"智者乐水"的欢快。这也引起程朱的艳羡，《二程外书》记载道："邵尧夫诗曰：'梧桐月向怀中照，杨柳风来面上吹。'明道曰：'真风流人豪！'"③朱熹曾在学生面前诵邵雍诗句"日月星辰高照耀，皇王帝伯大铺舒"，慨叹道："可谓人豪矣！"不过，二程也表达过对邵雍潇洒诗情的不满，认为"其为人则直是无礼不恭，惟是侮玩，虽天理亦为之侮玩，如《无名公传》言'问诸天地，天地不对'，'弄丸余暇，时往时来'之类"。朱熹祖述二程，也批评道"看他诗篇篇只管说乐，次第乐得来厌了"，"渠诗玩侮一世"④，等等。这说明邵雍诗歌中的快乐是多么张扬，以至于让程朱陷入爱恨交织的矛盾中。元代理学家陈栎则较为折中地说道："《击壤集》乃述其平生快活之兴趣，康节之余事也。"⑤

四、自然横放的笔力。无拘无束、快心快意的诗歌创作方法必须有扛鼎的笔力才能够驾驭驱驰，邵雍对此颇为自信，形象地描绘道："直恐心通云外月，又疑身是洞中仙。银河汹涌翻晴浪，玉树查牙生紫烟。万物有情皆可状，百骸无病不能蠲。命题滥被神相助，得句谬为人所传。"⑥（《安乐窝中诗一编》）这一点得到了南宋理学家魏了翁的赞同，他在《邵氏〈击壤集〉序》中说道："邵子平生之书，其心术之精微在《皇极经世》，其宣寄情意在《击壤集》。凡历乎吾前，皇王帝霸之兴替，春秋冬夏之代谢，阴阳五行之运化，风云月露之霁曀，山川草木之荣悴，惟意所

①　（明）郑鄤《峚阳草堂文集》卷四，《四库禁毁书丛刊》集部第 126 册，第 347 页。
②　（明）叶廷秀《诗谭》卷一〇，《续修四库全书》第 1696 册，第 632 页。
③　《河南程氏外书》卷一一，《二程集》上册，第 413 页。
④　《朱子语类》第 7 册，卷一〇〇，第 2553 页。
⑤　（元）陈栎《定宇集》卷七，《景印文渊阁四库全书》第 1205 册，第 249 页。
⑥　《伊川击壤集》卷九，《邵雍集》，第 318 页。

驱，周流贯彻，融液摆落。盖左右逢源，略无毫发凝滞倚着之意。"① 又在《跋康节诗》中说道："理明义精，则肆笔脱口之余；文从字顺，不烦绳削而合。彼月煅季炼于词章而不知进焉者，特秋虫之吟、朝菌之媚尔。"② 对邵雍自然横放的才情笔力表示钦佩。

二、造神运动：从"诗家异趣"到"兼乎二妙"

邵康节体所具备的以上四点特征使其成为"诗家异趣"③，以至于有人认为邵诗不可学。前面提到过朱熹曾说邵雍的潇洒境界非一般浮浪子弟所能效仿，宋末理学家阳枋也持有相似的见解，认为此乃邵雍心所独会，"不然有弊"④（《有宋朝散大夫字溪先生阳公行状》），这是就邵诗所体现的非常之乐而言。清代费经虞则认为："康节诗温厚平易，道其胸中之意，不必与才人竞长。然此等诗不可学，学之必俗。存为先贤格言，可也。宋儒先之诗，皆宜以此意通之。"⑤ 这是就邵诗中大量的议论成分而言，并将其作为宋代道学诗的代表，以区别于一般诗人之诗。上述两点在邵诗诸特征中最具有反传统的意义，再配合形式上的不拘一格、笔力上的天然横放，便得这种意义更加突出。明代理学家陈献章将这种反传统的"异趣"推向了诗史高峰，曰："子美诗之圣，尧夫更别传。后来操翰者，二妙少能兼。"⑥（《随笔》六首其六）"别传"意味着邵康节体以其独创的风格特征于杜甫诗圣地位确立而无法超越的情况下，开启别样的审美风范，树立另外一种诗坛典型，从而成为又一个"诗圣"，与杜甫并美，陈献章称为"二妙"。"二妙"之后，后人便罕有兼收并蓄、别树一帜者，两座诗坛高峰就此形成。足见陈献章对邵诗的倾慕尊仰之情。下面让我们来追寻接受者将邵诗与历代重要诗人乃至整个唐诗、宋诗进行对比的评议，认识一下邵康节体是如何被推向诗史神坛的。

首先，是邵诗中的满目乐趣对突破"以悲为美"的诗歌传统的重要作用。元代被称为"元诗四大家"之一的虞集，自号"邵庵老人"，早年筑室名"邵庵"与"陶庵"，各书其诗于壁，理学家吴澄为之作《题陶庵

① （宋）魏了翁《鹤山集》卷五十二，《景印文渊阁四库全书》第 1172 册，第 584 页。

② （宋）魏了翁《鹤山集》卷六十二，《景印文渊阁四库全书》第 1173 册，第 38 页。

③ （明）孙承恩《文简集》卷四十一古像赞《邵康节尧夫》，《景印文渊阁四库全书》第 1271 册，第 522 页。

④ （宋）阳枋《字溪集》卷十二，《景印文渊阁四库全书》第 1183 册，第 466 页。

⑤ （清）费经虞《雅伦》卷二，《续修四库全书》第 1697 册，第 43 页。

⑥ 孙通海点校《陈献章集》卷五，北京：中华书局，1987 年，第 517 页。

邵庵记后》曰：“子欲合陶邵而为一，盖有世内无涯之悲，而亦有世外无边之乐，悲与非有为而悲也，乐与非有意而乐也，一皆出乎其天。”① 认为陶悲邵乐，悲与乐皆无边无涯，都是天性使然，没有丝毫造作，这也可以看作对二人诗风的理解。明初谢肃祖述吴澄之说，从时代治乱不同却同为隐士这一点出发探究二人诗中无涯悲乐的缘由，曰：“虽然二公者，皆豪杰有为之才也，靖节欲为而不值可为之时，康节值可为之时而不必为，故康节之发于咏歌者，皆世外无穷之乐，而靖节之发于咏歌者，皆世内无穷之悲。”②（《书迁樵传后》）进一步探讨了在“出乎其天”之外尚有造成这种悲乐的时代环境。明代萧士玮在对比邵雍与王维的《戏题诗后二首》中也谈到时代环境和人生际遇对诗歌悲乐之境的影响，其一云：“云（按，应为雪）里芭蕉爨后梨，王维诗与邵雍诗。水中盐味胶青色，说向痴人初不知。”其二云：“诗文何取性情真？但得官尊笔有神。漫道穷愁工著述，开元几个是才人？”③ 将王维诗比为雪里芭蕉，将邵雍诗比为烧梨，寒温不同而皆无斧凿之痕，一任自然。而这种真性情之所以能够得到如此神妙的发挥，实乃得益于二人身处顺境、无忧无虑。由此，“发愤著书”“不平则鸣”“穷而后工”等传统说法便受到了质疑。盛唐诗歌之所以繁荣是与开元盛世密不可分的，王维又是开元盛世中的“官尊”，邵雍虽不做官也正值北宋承平百年之时，他的居洛生活因此优游闲适，故而二人之诗皆如有神助。这种看法尽管有些故作惊人之语，却并非没有渊源。早在南宋，魏庆之便引用陈知柔的话说：“孟东野一不第而有‘出门即有碍，谁谓天地宽’语，若无所容其身者。老杜虽落魄不偶，而气常自若，如‘纳纳乾坤大’，何其壮哉！白乐天亦云‘无事日月长，不羁天地阔’，与郊异矣。然未若邵康节‘静处乾坤大，闲中日月长’，尤有味也。”④ 若以胸襟旷达、优游闲适作为诗境大小、诗味多少的评选标准，孟郊之穷愁戚怨自不必说，即便如杜甫、白居易与邵雍相比亦有不逮。这里，陈知柔将邵雍和唐诗诸名家相比，语气中透露着宋诗面对唐诗时的自信，这种自信正源自宋代来“以乐为美”的新型审美标准的逐渐确立，邵雍正是领风气之先者，并且成为其中的卓越代表。于是吴桂森便从诗史传承的角度

---

① （元）吴澄《吴文正集》卷五六，《景印文渊阁四库全书》第 1197 册，第 556 页。
② （明）谢肃《密庵集》卷八，《景印文渊阁四库全书》第 1228 册，第 176 页。
③ （明）萧士玮《春浮园诗集》，国家图书馆藏清光绪十八年刻本。
④ （宋）魏庆之著，王仲闻点校《诗人玉屑》卷一五，北京：中华书局，2007 年，第 479 页。

说:"今之论诗家曰:'愁苦怨恨非佳境也,惟人诗则无不成佳。'此唐人活计也。自《击壤集》出而尽翻此境,满目乐趣,四者只字不入口。我朝白沙继其响,脱换无复此态,盖其方寸间迥乎霄壤别尔。乃知诗家所云唐以后无诗,有识者正谓宋以前真是无诗耳。"① 唐宋诗歌的这种差异,确乎"方寸间迥乎霄壤别尔",先驱者邵雍功不可没。

其次,是邵诗的理趣对传统诗趣的继承与突破。宋代严羽在《沧浪诗话》中说:

> 夫诗有别材,非关书也;诗有别趣,非关理也。然非多读书、多穷理,则不能极其至,所谓不涉理路、不落言筌者,上也。诗者,吟咏情性也。盛唐诸人惟在兴趣,羚羊挂角无迹可求。故其妙处透彻玲珑不可凑泊,如空中之音、相中之色、水中之月、镜中之象,言有尽而意无穷。近代诸公乃作奇特解会,遂以文字为诗,以才学为诗,以议论为诗,夫岂不工?终非古人之诗也。②

这里,"理"与"趣"是一对主次分明的概念,"趣"是诗歌的核心要素,"理"则是提升"趣"的辅助因素,若"以文字为诗,以才学为诗,以议论为诗"就使得"理"反客为主,阻碍了"趣",使诗变得不工,背离了"古人之诗"的诗歌形态。而所谓的诗趣就是"吟咏情性"时自然、含蓄而又有余味,"理"多则变得做作、直露而又易说尽。显然,这是以唐诗为代表的"诗人之诗"即所谓"古人之诗"的审美规范,与宋型诗和道学诗不一样。宋型诗多议论,"理"多多少少妨碍了"趣",当然也有"理"与"趣"相融甚而使"趣"极其至者;道学诗则是以"理"为主,完全以文字、议论、才学为诗,"趣"反倒成了可有可无的因素,与"古人之诗"即"诗人之诗"歧为二途,走上了不归路。邵雍既然被视为"道学诗人之宗",又有大量的纯议论诗,自然成为宋诗好议论的典型,明代邓伯羔即云:"宋人以议论为诗,公其至者。"③ (《尧夫议论为诗》)若要在前代寻觅源头,则似乎可以比附到僧诗尤其是偈颂上,于是人们自然而然想到了唐代的寒山。寒山与邵雍是唐顺之晚年效法的两个主要对象,将两人进行比较也始自唐顺之,他说自己"其为诗也

---

① (明)吴桂森《息斋笔记》卷上,《续修四库全书》第1132册,第439页。
② 《沧浪诗话校释》,第59页。
③ (明)邓伯羔《艺彀》卷中,《景印文渊阁四库全书》第856册,第18页。

率意信口，不调不格，大率似以寒山、《击壤》为宗而欲摹效之，而又不能摹效之然者"①（《答皇甫百泉郎中》）。不过唐顺之看重的是寒山诗与邵诗创作上的率意、形式上的自由、语言上的直白浅易，尚未谈及诗歌议论化的相似性。明末朱国祯比较寒山诗与邵诗的一句话很有名，即："禅语演为寒山诗，儒语演为《击壤集》，此圣人平易近民，觉世唤醒之妙用也。"②（《儒禅演语》）寒山诗歌的通俗很大程度上是为了向大众宣扬佛理，而邵雍的大量儒理诗平和晓畅，也能够起到教化民众的作用，这是佛、儒二教理论向诗歌渗透的结果。此后将寒山、《击壤》并称就成为比较流行的说法，而在二人的相似点上，人们关注最多的便是以议论为诗这一方面。如上所引，清初汪缙已经将二者视为道学之诗的极则，清末金武祥则曰："《击壤集》凡二十卷，其诗源出唐台州僧寒山、拾得，盖寒山、拾得诗多类偈颂，而时有名理。"③ 这样的比附自有道理，却未及"理"与"趣"的关系问题，不过这一点在陶邵对比中得以显现。

宋代较早对比陶邵之诗的是南宋理学家真德秀引"近世评诗者曰'渊明之辞甚高，而其旨出于老庄；康节之辞若卑，其旨则原于六经'，方岳不同意这种说法，认为"渊明之学正自经术中来，故形于诗，自不可掩"，"渊明、康节二公之作辞近指远"④，这里已经隐含了"理"与"趣"的比较，不过此中之"理"乃儒家经典之理，"趣"乃老庄尘外之趣。明末袁宏道直接从"理"与"趣"的角度看待陶邵之诗，为二者对比提供了更为新鲜的体验，曰："夫诗以趣为主，致多则理诎，此亦一反。然余尝读尧夫诗，语近趣遥，力敌斜川。"⑤（《西京稿序》）认为说理太多会损伤诗趣，反之亦然，而邵诗主理却能有趣，足以与陶诗相抗衡。清代贺贻孙《陶邵陈（按，陈即陈献章）三先生诗选序》所言也是以"理""趣"关系为主，曰：

> 任天而发，吹万不同，听其自取，而真诗存焉，得其趣者，其陶靖节先生乎？其为人也，解体世纷，游趣区外。其涉物也，和而不

---

① 马美信、黄毅点校《唐顺之集》文集上册，卷六，杭州：浙江古籍出版社，2014 年，第 257 页。

② （明）朱国祯著《涌幢小品》卷十八，北京：中华书局，1959 年，第 406 页。

③ （清）金武祥《粟香随笔》卷七，《续修四库全书》第 1183 册，第 344 页。

④ （宋）方岳《深雪偶谈》，《续修四库全书》第 1694 册，517 页。

⑤ （明）袁宏道著，钱伯城笺校《袁宏道集笺校》下册，上海：上海古籍出版社，1981 年，第 1485 页。

流，独而能群。其为诗也，悠然有会，命笔成篇，取适己意，不为名誉，倘所谓天籁者耶？自陶以后，有邵尧夫、陈白沙两先生，皆有陶风，然而稍涉于理矣。陶诗与三百篇惟不言理，故理至焉，邵陈言理之诗，非诗人之诗也，然理足而止，不假外求，犹风藉箫管、止于成吹，窍因律吕、止于成奏，虽曰比竹，而亦天也。①

这里谈了一个很重要的问题，即道学之诗如何能够继承诗人之诗中的"趣"，贺贻孙提出的方法就是学陶。陶诗充满自然之趣，会于心而应于手，犹如天籁。道学诗人若能葆有陶风，以自然兴会的笔触而"稍涉于理""理足而止"，以趣通理、以理协趣，则理趣相生矣。邵诗在不事雕琢、不费经营方面确实具有陶诗风范，很多作品在理趣融合上达到了很高的造诣，但还有不少作品并非"稍涉于理"，而是通篇说理，诗趣上不能不受到损伤，不过邵诗却能做到"理足而止"，并且能将这"理"像陶渊明"悠然见南山"一样从胸臆中自然流溢而出，简明平易，既不故作高深也不拖泥带水，这一点应该也得益于学陶所得。明代邓球说"道理最难尽"，而"邵尧夫《题污亭》"一诗的说理"似襟次出"②，说的就是这个道理。

由此，邵诗在后世崇拜者眼中又具有了超越唐诗之处，明末理学家陆世仪说"唐人诗，康节做得，康节诗，唐人做不得"，因为邵诗"全由学问中出，唐人能道只字否"③。清代陈文述说：

> 余于宋人诗，最爱邵尧夫，盖其胸次旷达，矢口皆和雅之音，自然之极，纯乎天籁。……眼前景物，信手拈来，皆鸢飞鱼跃气象，唐人中王孟诸家间与相近，尚未能触处皆通，头头是道。香山有其自然，无其深醇。盖不用力、不说尽，即以诗论，亦禅家最上乘也。④
> （《书邵康节诗后》）

这些说法皆因邵雍饱读诗书、饱参道理，而又胸怀洒落，尽管以理为

---

① （清）贺贻孙《水田居文集》卷五，《清代诗文集汇编》第 21 册，第 467 页。
② （明）邓球《闲适剧谈》卷一，《续修四库全书》第 1127 册，第 526 页。
③ （清）陆世仪撰，张伯行编《思辨录辑要》卷三五，《景印文渊阁四库全书》第 724 册，第 339 页。
④ （清）陈文述《颐道堂集文钞》卷一〇，《续修四库全书》第 1506 册，第 49 页。

主，却能够让写"趣"之心融入"理"中，让"理"的呈现也像"趣"那样自然，从而涉理成趣，具备唐人不可及处。

其三，是邵诗自由与创新精神所体现的"诗家异趣"。上面谈到邵康节体在形式上具有不拘一格的特征时，关注的就是邵雍的自由与创新精神，集中体现在诗体多变、散文化倾向两方面。明代理学家焦竑为邵诗的这一特征在唐代寻找到了起源，那就是白居易。① 他在《刻〈白氏长庆集钞〉序》中说："余少读尧夫先生《击壤集》，甚爱之，意其蝉蜕诗人之群，创为一格。久之，览乐天《长庆集》，始知其词格所从出。虽其胸怀透脱，与夫笔端变化，不可方物，而权舆概可见矣。"② 后来四库馆臣也像焦竑一样从诗史传承的角度看待白、邵之间的源流关系，认为邵诗在宋初"平实坦易"的"长庆余风"中产生，"其源亦出白居易"③，却没有指明其晚年超脱于文字与诗法之外、一任胸中自出机杼的创造精神和白居易有什么关系。又如邵诗用韵比较宽松，正是格律所缚不住者，这一点与唐诗大不相同。从沈约发现四声、规范格律直至唐初格律诗的定型，诗歌韵律变得越来越严格，无人敢越雷池一步，否则便会被目为诗病，邵雍对此则无所顾忌。陆世仪说："诗人自唐五百年至邵康节，康节至今又五百年，敢道无一人是豪杰？只为个个被沈约诗韵缚定。沈约韵是吴韵，本不合中原之声，一时作诗之家崇尚唐诗，遂并其韵而崇尚之。至洪武，正韵出，已经厘正而犹不悟，则甚矣诗人之无识无胆也。康节起，直任天机，纵横无碍，不但韵不得而拘，即从来诗体亦不得而拘，谓之'风流人豪'，岂不信然？"④ 这里陆世仪对一千年来诗人不敢突破沈约声韵束缚表达不满，认为真正有胆有识的只有中间一个邵雍而已。明代理学家胡直更是合诸般特点而言之，他在《刻〈击壤集摘要〉序》中不仅赞叹邵雍"乐非欲言也而不能不为言，言非欲韵也而不能不为韵，韵非为诗也而不能不为诗"，"矢词而成篇"的自由与创新精神，而且还借友人之口评邵诗"无遗旨"，即不以含蓄蕴藉为高，而是以直露为美，这些都是违反传统诗歌的审美形态的。最后胡直评论道："或以其辞非汉魏，调非盛唐，

---

① 关于邵诗对白诗的接受情况，可参见拙文《白体接受视域下邵雍与司马光诗歌比较论析》，《湖北社会科学》2016 年第 2 期。

② （明）焦竑撰，李剑雄点校《澹园集》，北京：中华书局，1999 年，第 146 页。

③ （清）纪昀总纂《四库全书总目提要》卷一五三集部六，第 3966 页。

④ （清）陆世仪撰，张伯行编《思辨录辑要》卷三五，《景印文渊阁四库全书》第 724 册，第 339 页。

则又如九方皋之马，吾知其千里而已，而诘之者曰：'是牝且牡耶？骊且黄耶？'非惟予不能言，亦不能知也。"① 邵雍诗歌并不是脱离诗史传承的孤立存在，然而他那极富自由与创新精神的邵康节体的确堪为诗史上的一大变数，他不太在乎到底是应该学习汉魏还是盛唐，只取其快意、适用而已，并圆满地达到了这种目的。

可以看到，这些理学家们重树典型，集体祭起邵雍诗歌的大旗，是为了以理学为框架重新评估诗史，其用意并不在单纯的诗歌艺术层面。前面说过陈献章将邵雍与杜甫并列，视为"二妙"，受陈影响，其弟子贺钦"看杜诗曰'无深意味，不如还看《击壤集》也'"②，另一弟子湛若水更将乃师此语"妄加笺释，取为诗教"③。陈献章的说法本来就已经够令人惊讶了，唐顺之则更让人称奇，他在《与王遵岩参政》中说道：

> 近来有一僻见，以为三代以下之文未有如南丰，三代以下之诗未有如康节者。然文莫如南丰，则兄知之矣，诗莫如康节，则虽兄亦且大笑。此非迂头巾论道之说，盖以为诗思精妙、语奇格高诚未见有如康节者。知康节诗者莫如白沙翁，其言曰："子美诗之圣，尧夫更别传。后来操翰者，二妙罕能兼。"此犹是二影子之见。康节以锻炼入平淡，亦可谓"语不惊人死不休"者矣，何待兼子美而后为工哉？古今诗庶几康节者，独寒山、静节二老翁耳，亦未见如康节之工也。④

后来在《跋自书康节诗送王龙溪后》中他又重申了这种看法，说道："少陵之诗法，康节未尝不深入其奥也，康节可谓兼乎二妙者也。南江王子深于诗法者也，间以余言质于南江，南江曰：'然。'"⑤ 按照这种说法，邵雍已经兼具杜甫、陶渊明、寒山之长而超越之，可以独立为"诗圣"了。说邵雍"以锻炼入平淡"也不是完全没有根据，邵诗虽往往乘兴而作、率性而为，却并非毫无锻炼，其《论诗吟》曰"何故谓之诗？诗者

---

① （明）胡直《衡庐精舍藏稿》卷八，《景印文渊阁四库全书》第 1287 册，第 314 页。
② （明）贺钦撰，贺士咨编《医闾集》卷一《言行录》，《景印文渊阁四库全书》第 1254 册，第 629 页。
③ （清）钱谦益《列朝诗集小传》丙集卷四陈献章小传，上海：上海古籍出版社，1983 年，第 265 页。
④ 《唐顺之集》文集上册，卷七，第 299—300 页。
⑤ 《唐顺之集》文集下册，卷一七，第 769 页。

言其志。既用言成章，遂道心中事。不止炼其辞，抑亦炼其意。炼辞得奇句，炼意得余味"①，又自述曰"欢时更改三两字，醉后吟哦五七篇"②（《安乐窝中诗一编》），比较注重诗句的锤炼和修改。但绝非苦吟，而是"乐吟"，即便是修改也是兴之所至、随性而为，绝不至于"语不惊人死不休"。这里王遵岩、南江即王慎中，和唐顺之同为"唐宋派"代表人物，又皆为理学家，王龙溪即理学家王畿。唐顺之推邵雍登上诗史神坛，并争取王慎中、王畿等理学家的附和，加上后来"荆川之徒选《二妙集》，专以白沙、定山、荆川三家诗继草堂、《击壤》之后，以为诗家正脉在是"③，都带有非常明显的宗派意识。唐顺之的弟子万士和在《重刻〈击壤集〉序》时又重提此语，并取陈献章而代之，以乃师为独得邵诗三昧者。由此，我们也不必为他们某些脱离唐宋诗歌的语境，极度吹捧邵雍诗歌的说法而感到不可理喻，比如陈献章说"击壤之前未有诗，击壤之后诗堪疑"④（《次韵廷实见示》二首其一），万士和评邵雍"诗而非诗、法而非法者，古今一人而已。先生尝曰'删后无诗'，盖以自况也"⑤（《重刻〈击壤集〉序》），陆世仪说"邵尧夫《击壤吟》前无古、后无今，其意思直接三百篇，特辞句间有率意者耳，然其独造处，直是不可及"⑥，等等。

三、神坛崩塌："击壤"体派批判

"邵康节体"的称呼由南宋严羽在《沧浪诗话》中首开其端，后人在仿效邵雍诗体之时也会称作"康节体"或"（邵）尧夫体"，但极少有在效体诗中称"击壤体"的。实际上，"击壤体"的称法出现得很晚，由清人提出，并同时出现了"击壤派"⑦的称法，它们在清代文献中比较流

---

① 《伊川击壤集》卷一一，《邵雍集》，第356页。
② 《伊川击壤集》卷九，《邵雍集》，第318页。
③ （清）钱谦益《列朝诗集小传》丙集卷四庄昶，第267页。
④ （明）陈献章《陈献章集》卷六，第625页。
⑤ （清）黄宗羲编《明文海》卷二六六，北京：中华书局，1987年，第2781页。
⑥ （清）陆世仪撰，张伯行编《思辨录辑要》卷三五，《景印文渊阁四库全书》第724册，第338—339页。
⑦ 所谓"击壤体"与"击壤派"是一体两面的说法，写作"击壤体"者必属于"击壤派"，"击壤派"则是"击壤体"写作者的集体称谓，所以下文笔者一概合称为"击壤"体派。

行，并带有强烈的否定色彩。① 而严羽所列"邵康节体"之名本身不带感情色彩，但在效仿者那里则具有明显的正面性。"击壤"体派说法的出现与清代邵诗接受的落潮直接相关，又与清代理学衰微的大背景紧密联系。尽管程朱理学依然是清政府的官方思想，但由于统治者实行严厉的思想控制，大兴文字狱，给理学的发展带来严重的阻碍，许多人只是固守成说，以之作为科举的工具而已，罕有思想理论上的建树。同时，注重考据的汉学大兴，宋学受到排斥，这在《四库全书》的编撰中得到了充分的体现。梁启超说："露骨地说，四库馆就是汉学家大本营，《四库提要》就是汉学思想的结晶体。就这一点论，也可以说是：康熙中叶以来（的）汉宋之争，到开四（库）馆而汉学派全占胜利。"② 在这样的学术思想背景下，邵雍诗歌备受指责③，尽管还有不少崇拜者，却再也没有出现明代那种兴旺局面，更没有出现陈献章、庄昶、唐顺之那样的狂热信徒。此时"击壤派""击壤体"的说法便大量涌现，在《四库全书总目》中体现得尤为明显。

"击壤"体派之说最早出现于清初朱彝尊的《明诗综》里，专门用来评价明诗，是指明代理学家中流行的一种以邵雍《伊川击壤集》为宗，具有俚俗、浅陋、粗率、谈经论道、兴味全无等特征的诗歌体派，朱彝尊有时直斥为"击壤恶派"。后来《四库全书总目》继承了朱彝尊的这种说法，出于更加严谨的考虑而将其称为"《击壤集》体"或"《击壤集》派"，并把这一体派的起点定在南宋，成员的范围也跨越了宋元明清四朝，以明朝诗人居多。后来的诗歌总集如邓显鹤《沅湘耆旧集》、陈田《明诗纪事》以及一些文人别集皆袭朱彝尊与四库馆臣之说，又给这一体派增加了新的成员。据笔者初步统计，仅在《明诗综》《四库全书总目》以及《沅湘耆旧集》《明诗纪事》四书中就记载有属于"击壤"体派或者有"击壤"之风者51人，其中宋代11人，元代4人，明代32人，清

---

① （清）文昭《紫幢轩诗集》台溪集《谕菊姥效击壤集体》，（清）查慎行《敬业堂诗集》卷四十六《冬课吟效击壤体二首》，二诗题中的"击壤体"仍属正面意义的称呼，与"（邵）康节体""（邵）尧夫体"一个意思。（清）陈兆仑《紫竹山房诗文集》文集卷四《圣驾临雍礼成颂（有序）》中称献给皇帝的颂词是"击壤之体"，这里的"击壤"是就原始意义而言，有歌颂太平的意思，并不是《伊川击壤集》的简称。

② 梁启超《中国近三百年学术史》，北京：中国书店，1985年，第22页。

③ 对邵诗以及陈献章、庄昶、唐顺之等接受者的批评，早在明代就有，却并非主流，比如杨慎、王世贞、查应光以及明末清初的钱谦益都非常不喜欢邵诗及其效慕者。

代 4 人。① 清人将这一体派的势力说得很大，而且历时久远，可谓流毒深广。四库馆臣从诗史的角度考察此派败坏宋诗、祸乱明诗的过程曰"唐诗至五代而衰，至宋初而未振，王禹偁初学白居易，如古文之有柳穆，明而未融。杨亿等倡西昆体，流布一时，欧阳修、梅尧臣始变旧格，苏轼、黄庭坚益出新意，宋诗于时为极盛。南渡以后，《击壤集》一派参错并行，迁流至于四灵、江湖二派，遂弊极而不复焉"②（《御定四朝诗三百一十二卷》提要），"考自北宋以来，儒者率不留意于文章，如邵子《击壤集》之类，道学家谓之正宗，诗家究谓之别派，相沿至庄昶之流，遂以'太极圈儿大，先生帽子高'，'送我两包陈福建，还他一匹好南京'等句命为风雅嫡派，虽高自位置，递相提唱，究不足以厌服人心"③（《薛文清集二十四卷》提要）；陆心源又评南宋理学家陈普曰："其文多语录体，诗皆击壤派，说经说理亦浅腐肤庸。余尝谓'诗文至宋季而极弊'，此其尤者。"④ 今人祝尚书先生认为"'击壤派'这条支流大约并非都是风光旖旎，故很少有研究者在此驻足"⑤，大概就是根据清人的这些说法得出的结论。"击壤"体派之说既由清人提出，其不光彩的产生与发展过程也当由清人所构建。朱彝尊当初在《明诗综》里提出"击壤"体派一说是针对明人宗"击壤"而堕入理窟、流为俚俗的现象而发，并且只是偶有此说，并没有经常使用。实际上《明诗综》中名"击壤"为派者只有三处，言"击壤体"者只有一处，尚且称赞宗"击壤"者如陈献章、薛瑄等人诗歌多有性情风韵、"未堕恶道"⑥，而批判庄昶之诗则"去张打油、

---

① 清人对"击壤"体派成员的确定也有分歧之处，比如南宋的陈普，陆心源认为是"其尤者"（清陆心源《仪顾堂集》卷十八《陈石堂集跋》），严可均则认为"讲学家为诗都沿击壤派，而石堂不然，弥复可爱"。（清严可均《铁桥漫稿》卷三文类一《上提学陈硕士同年书》）对于明代的夏尚朴，四库馆臣曰："此编（按，指《东岩文集》）乃其诗集，多涉理语，近白沙、定山流派。集中《读击壤集绝句》云：'闲中风月吟边见，始信尧夫是我师。'其宗法可知也。"（清永瑢《四库全书总目》卷一百七十六集部二十九）陈田《明诗纪事》则曰："敦夫诗清超可喜……所作不入击壤一派也。"（清陈田《明诗纪事》戊签卷十一）即使对于明代邵诗接受最出名的陈献章是否属于击壤派也有分歧意见，朱彝尊、四库馆臣等不少人都认为他与庄昶不同，虽宗"击壤"，而作诗讲究风韵，只有少数粗陋的道学诗，总体上不属于"击壤"体派，不过将他和庄昶一起并列为"击壤"体派代表人物的说法更为普遍。

② 《四库全书总目提要》卷一九○集部四十三，第 5194 页。

③ 《四库全书总目提要》卷一七○集部二十三，第 4427 页。

④ （清）陆心源《仪顾堂集》卷一八《陈石堂集跋》，《清代诗文集汇编》第 727 册，第 212 页。

⑤ 祝尚书《论"击壤派"》，《文学遗产》2001 年第 2 期，第 30 页。

⑥ （清）朱彝尊《明诗综》卷二四，《景印文渊阁四库全书》第 1459 册，第 631 页下。

胡钉铰无几矣"①，对于究竟怎样才算"击壤"体派者没有十分清晰的标准。《四库全书》大量使用《明诗综》的资料，也袭用了"击壤"体派这一说法，改称为"《击壤集》体／派"并多次使用，于是就将"击壤"体派的名称固定下来，同时为了突出此一体派危害之严重，便将自宋至清的许多诗人划入，基本上都持批判的态度。祝尚书还认为"'击壤派'的形成，当在宋末元初数十年内"，是南宋理学家真德秀所编《文章正宗》、宋末元初理学家金履祥所编《濂洛风雅》二书促成的结果。② 这也是取自四库馆臣的说法加以发挥的，四库馆臣批判金履祥说："邵子以诗为寄，非以诗立制。履祥乃执为定法，选《濂洛风雅》一编，欲挽千古诗人归此一辙。"③（《仁山集六卷》提要）所以，对待这个问题，我们一定要追根溯源，分辨其初的语境如何。

四库馆臣提到"击壤"体派时会说"别为一格，不能竟废"④（《本堂集九十四卷》提要），"殊不入格"⑤（《曹月川集一卷》提要），"录之以备别格"⑥（《庄定山集十卷》提要），只是将其作为一种客观存在的历史现象记载下来，而否定其存在的价值。实际上四库馆臣对邵雍诗歌本身还是比较认可的，认为"邵子之诗其源亦出白居易，而晚年绝意世事，不复以文字为长，意所欲言，自抒胸臆，原脱然于诗法之外"，而且颇有佳作，并非刻意不工，明代庄昶等"击壤派"中人写作的"击壤体"东施效颦，"乃惟以鄙俚相高，又乌知邵子哉?"⑦（《击壤集二十卷》提要）又认为"邵子以诗为寄，非以诗立制"⑧，没有以自己的诗体为标准开宗立派的意思。不过，清代文人往往也将邵诗本身一并否定，如吴仰贤将邵诗与僧诗并称为"两种诗魔"，其《论诗》十首其九曰："语含蔬笋学头陀，《击壤编》成说理多。两种诗魔最堪恼，不如洗耳听山歌。"⑨ 俞樾认为邵雍说理诸诗"皆无甚意味，姑记之，以见诗家有此一体"⑩，和四库馆臣对待"击壤"体派的态度一样。洪亮吉有诗曰"只觉时流好尚偏，

① 《明诗综》卷二八，《景印文渊阁四库全书》第1459册，第709页下。
② 祝尚书《论"击壤派"》，《文学遗产》2001年第2期，第34—35页。
③ 《四库全书总目提要》卷一六五集部十八，第4236页。
④ 《四库全书总目提要》卷一六四集部十七，第4206页。
⑤ 《四库全书总目提要》卷一七〇集部二十三，4427页。
⑥ 《四库全书总目提要》卷一七一集部二十四，4445页。
⑦ 《四库全书总目提要》卷一五三集部六，第3966页。
⑧ 《四库全书总目提要》卷一六五集部十八，第4236页。
⑨ （清）吴仰贤《小匏庵诗存》卷三，《清代诗文集汇编》第683册，第667页下。
⑩ 《茶香室丛钞》茶香室四钞第4册，卷一三，第1676页。

并将考证入诗篇。美人香草都删却，长短皆摩《击壤编》①（《道中无事，偶作论诗截句二十首》其二十），污蔑邵诗为考据诗的祸端。《击壤集》中罕有以"考证入诗篇"者，洪亮吉一股脑将不好的诗歌风尚都怪罪到邵雍身上，可见当时对邵诗偏见有多么深。朱庭珍更表示出维护诗歌净土、荡尽妖氛的大无畏勇气，认为邵雍、二程、陈献章、庄昶诸人的"讲学诗""押韵语录"与佛道诗、考据诗、故作新颖之诗、游戏诗，"凌夷至今，风雅扫地，有志之士急须别裁伪体，扫除群魔，力扶大雅，上追元音，勿为左道所惑，误入迷津"②，几欲使人噤口搁笔不敢为诗。李光地则直接发出这样的疑问："邵康节诗只好是劝世文，直头说尽，何不做一篇文字？"③

在这种情况下，与对待邵诗及"击壤"体派相反，人们开始宣扬朱熹诗风。四库馆臣说宋末理学家金履祥之诗"乃仿佛《击壤集》，不及朱子远甚"④；金武祥说"朱子感兴诗有理趣而无理障，所以高出《击壤集》"⑤；邓显鹤更抬出朱熹、张栻二人作为道学诗、"击壤体"的反例，说"有宋诸儒出而道学之名立，然皆无与于言诗，故世以'击壤体'为诗病。惟晦翁、南轩两先生不然，尝试取两集读之，渊懿茂密、涵育万有，无事镌模而古意深情自得于意言之外，古之圣于诗者莫能尚也"⑥（《寒香馆诗钞序》）。既然"击壤"体派是道学诗发展的产物，粗陋鄙野，诗统湮沦，而像朱熹这样的大理学家却没有染指其中，所作诗歌"渊懿茂密、涵育万有"，完全是一派诗人之诗的气象，没有隔断传统的诗歌形式与作诗经验，与邵雍及"击壤"体派中人完全不一样，那么在清代这样大肆渲染以"击壤"体派为代表的道学诗流弊的时期，舍邵而从朱就具有了特别的意义。吕肖奂先生说："尽管朱熹从理论上讲不愿作诗人，不愿在诗歌上用心着力，但他创作起来，绝对不像邵雍那样'不限声律'、'殊无纪律'，他中规中矩，不敢越雷池一步，极力使他的诗符合传统诗歌规律的要求，所以，他的诗，从创作手法上看，与'诗人之

①《更生斋诗卷二百日赐环集》，（清）洪亮吉撰，刘德权点校《洪亮吉集》第3册，北京：中华书局，2001年，第1246页。
②（清）朱庭珍《筱园诗话》卷四，《续修四库全书》第1708册，第59页。
③（清）李光地著，陈祖武点校《榕村语录》上册，卷三十，北京：中华书局，1996年，第540页。
④《四库全书总目提要》卷一六五集部十八，第4236页。
⑤《粟香随笔》卷八，《续修四库全书》第1183册，第358页。
⑥（清）邓显鹤《南村草堂文钞》卷五，《续修四库全书》第1501册，第487页。

诗'并无太大的区别。"① 理学的衰微、邵雍诗歌接受的落潮，对"击壤"体派的批判，使得清人反身投向朱熹之诗的怀抱，借以呼唤对传统"诗人之诗"的回归。

邵雍的理学成就很高，可以卓然名家，这是没有疑问的，但他的诗歌成就能否和理学成就相媲美就很值得怀疑了。邵康节体的特征以及在诗史正变诸多方面的评价涉及的问题比较复杂，不容忽略。它关系到道学诗歌的产生和发展，关系到理学与文学的相互影响，关系到元明清的宋诗评价以及唐宋诗优劣之争，也关系到诗歌传统规范的传承与变化。应该看到，邵康节体产生在宋诗审美范型逐渐成形的关键时期，以非常独特的形式和内容参与到宋型诗歌的塑造中来，虽然不能与同时代的欧梅体、王荆公体、东坡体比肩，更无法媲美于前代的陶渊明、杜甫、白居易，但他也与北宋前中期重要诗人一起为宋诗定下了迥异于唐诗、突破传统规约的基调，同时为理学与诗歌的结合开辟了广阔的发展空间，成为一个具有特殊意义的诗史景观。明代邵诗的极端推崇者为之搭建的诗史神坛诚然虚妄，清代批判者所描述的历时久远、颇为壮观且流毒深广的"击壤"体派也不乏耸人听闻之嫌，但无论如何，他们所揭示的邵康节体的独特魅力和旺盛活力是无可置疑的。

---

① 吕肖奂《宋诗体派论》，成都：四川民族出版社，2002 年，第 294 页。

结　语

　　宋神宗朝洛阳诗坛的人员构成较为稳定，基本属于旧党的阵营，因为抱着相同的政治信仰而屏处一地，且多为颇有名望声威的耆英人物，言行举止皆为天下人所瞩目，屡有轰动性唱和事件的发生。他们交游唱和的时间也较长，几乎贯穿整个神宗朝，而且核心人物与主盟人物司马光、邵雍、文彦博长期居洛，能够起到有效的组织和贯穿作用，使之呈现出整体性和连续性，在作品产量丰富的同时，风格上也都能趋于闲适一路。若从结社的角度来说，则可以将这个文人群称为熙丰洛社，频繁的仿九老会活动乃至日常的诗歌创作都明显带有效慕白居易的痕迹。这些共同特征使得该文人群体成为神宗朝乃至整个北宋诗坛上不容忽视的一支创作力量。

　　宋神宗朝洛阳诗坛并非封闭的地域文学现象，而是具有一定的开放性。由于该文人群积极参与了与外地诗坛的互动，尤其是与距离较近且亦多有耆老的许昌、河阳，以及虽然距离较远却同为陪都的北京大名府，事实上形成了一个大洛阳交游圈。熙宁末元丰初，洛社成员吕公著知颍昌府，司马光与范镇前去看望，不久之后范镇又迁居于此，把洛许两地的交游圈紧密联系在了一起。加上元丰年间居许的韩绛、韩维、韩缜三兄弟不仅在当地与范镇游从密切，也常常参与到洛阳的唱和活动中来，尤以韩维为著。韩维是元丰年间除司马光而外与范镇唱和最为频繁的人物，而积极参与二人关于乐论的争辩愈加凸显了他在许、洛唱和圈中的作用。元丰末年，作为洛阳留守的韩绛直接变成该文人群中的重要成员，他对宴游唱和活动的热衷为熙丰洛社画上了圆满的句号。而范纯仁兄弟早在其父范仲淹卜葬洛阳之后便迁居许昌，在入洛的一年多时间里，范纯仁与韩维也有书信与诗歌往还。文彦博、王拱辰在熙丰年间交错为河阳、大名两地知府，任职期间念念不忘洛阳，从未停止过与家乡诗坛的互动。居于河阳济源的傅尧俞也是洛阳文人们的老朋友，熙宁年间与邵雍、司马光都有过唱和。他的济源草堂曾经成为多地文人题咏的对象，其中属于洛阳文人群的司马光、文彦博、范祖禹都有题诗。除此三地之外，在东京汴梁的苏颂、在陈州的苏辙、在郓州的张徽、在密州与黄州的苏轼等也与洛阳诗坛保持联系。寄题图画、园林与亭台楼阁等成为当时洛阳与外地诗坛互动的一大契机，像司马光的洛阳独乐园、傅尧俞的济源草堂、鲜于侁的利州八咏堂、苏轼的密州超然台，还有杜衍等人的睢阳五老图、李才元的蜀中花图等都曾引起包括洛阳文人在内的多地文人题咏唱和，可以视作宋代寄题诗风尚的一个侧面。

熙丰年间，与洛阳旧党文人群相对的便是汴京的新党文人群，他们的人数更为庞大，且多值风华正茂的青壮年时期，精力更为旺盛。元祐中，梁焘"密具（蔡）确及王安石之亲党姓名以进"，列蔡确亲党四十七人，王安石亲党三十人，即使除去重复，人数也相当可观。在他们当中，王安石、章惇、吕惠卿、蔡确、李清臣、曾布、曾肇、张商英、蒋之奇、陆佃等人文学才能皆一时之选，并不亚于熙丰洛阳文人群。若以新党领袖王安石而言，诗、词、文章各体皆善，乃有宋大家，与欧阳修、梅尧臣、苏轼、黄庭坚同被视为宋调形成的奠基者，其文学成就要远远超过司马光、邵雍、文彦博等人。但问题在于，这个群体此时正处于仕途的上升期，忙于变法，不暇为诗，更不屑以诗人自命，多数人诗作极少，宴游酬唱活动也较少。即便是王安石，熙宁年间作品量也不大，且多为图解和宣扬政治观点的诗歌，非常直露，艺术性不强，直到熙宁九年退老金陵以后才着意于诗艺的锤炼提升，从而奠定了他在宋代诗坛上的重要地位。据庄国瑞先生统计，"熙宁、元丰时期王安石诗作约 770 首，占总数 45% 左右。其中熙宁时期确切可考者 184 首（实际创作数量应多于此），多数为罢相后所作"①。杜若鸿先生说：

> 从目前遗存的资料来看，其他诗人如安焘、吕惠卿、舒亶、沈括、章惇、曾布、蔡确、王雱等人，无论是创作总量抑或政治诗数量，都相当薄弱，当中有成员甚至连一首政治诗也没有。在舒亶、沈括、吕惠卿等重要成员的诗中，他们之间或与王安石之间，并没有唱和的作品，这说明新党诗人群体之间不太喜好唱和，不甚重视诗歌的游戏功能和交际功能，诗人之间的关系更多是基于政治立场的一致性，着眼于实际事功；又由于受到"文学必有补于世"创作观所影响，他们并不以纯粹的诗人自许，竞尚文辞。这两个因素同时也解释了新党诗人群成员虽然大多于熙宁四年（1071）罢废诗赋前入仕，

---

① 庄国瑞《北宋熙丰诗坛研究》，浙江大学 2009 年博士论文，第 91 页。

而诗歌总创作量却不突出。①

新党成员文集多有散佚，难睹实情，但即使从文集保存较为完整的王安石作品来看，这样的说法也还是成立的。此外，庄国瑞先生还指出：

> 新党内部情况十分复杂，其中人物或进或出，或同或异，如唐坰、谢景温、吕惠卿等先后与王安石反目；韩绛、蒲宗孟、李清臣等与旧党中人过从亦密。熙宁末王、吕交恶，又有"王党、吕党"之说。……新党文人群首先是政治集团，他们的聚合具有鲜明的政治性，交谊缺乏稳固性。②

总而言之，汴京新党文人群轻视文学，创作活跃度低，唱和活动少，作品量少，政治功利性强，稳定性差，虽然人才济济，但相比同时期的洛阳旧党文人群而言，无论是创作实绩、活跃程度，还是群体的稳定性方面都要逊色得多。至于王安石熙宁九年至元丰八年退处金陵时力学唐诗的高水准诗歌创作，主要出于个人性自我慰藉的需要，早就脱离了新党文人群的创作环境，虽然也不乏唱和者，但已经毫无群体性可言。

从这个时期的另一巨擘苏轼而言，仕宦经历曲折，先后转徙于汴京、杭州、密州、徐州、湖州、黄州，在此期间饱受党争摧残，一度陷入囹圄、拘于贬所，虽然各地游从唱和者甚盛，作品量极为丰富，诞生了不少传世名篇，苏门文人群也大体形成，却始终没有形成洛阳文人群那样长久稳固的地域性唱和群体。

所以仅从群体性、稳定性、地域性以及唱和活动的频度、规模、轰动性来说，熙丰洛阳诗坛在神宗朝可谓一枝独秀。神宗朝洛阳文人群的政治性与学术性较强，具有重要的文化史意义，这一点应当留意。在残酷的党争迫害尤其是文字狱大行其道的状况下，政治因素虽然多是作为一种结社和交游的机缘以及压抑于内心的潜在状态而存在，但若仔细分析他们的诗歌作品，便能发现其中的暗潮汹涌。学术性方面，主要是针对邵雍、二程这样的理学家以及理学色彩较为浓郁的司马光而言，尤其是邵雍，创作了大量直接图解理学观念的诗歌，当然由此也催生了很多理趣横生的优秀作

---

① 杜若鸿《荆公诗之政治功能——兼"新党诗人群"行履考》，《国学学刊》2014 年第 2 期，第 135 页。

② 庄国瑞《北宋熙丰诗坛研究》，第 119 页。

品。他们在诗歌创作上所追求的闲适、娱乐、通俗等白体诗特点，以及大量慕白的群体性唱和活动的举行，使之成为白体诗在宋调定型之前最后的辉煌，此后宋代再也没有出现如此大规模仿效白体诗的文学群体。真率、耆英二会在两宋及以后漫长的历史时空产生了经久不息的模仿风潮，不仅大大推动了白体以及九老会在后世的接受，更直接为后世的文人聚会结社形式树立了自身典型性。加之司马光独乐园及其相关诗文被历代诗词、笔记、戏曲、记文、序言、方志、书法、绘画等各类作品不断重述、加工、阐释，成为具有文艺、建筑、政治等多重面相的经典文化符号，则熙丰洛社在文学史上有着远超单纯诗歌艺术层面的更为深远的影响。再有，根据前面笔者对邵康节体在后世接受和评议的考察，可知邵雍创造的这种诗体在宋诗史尤其是理学诗派形成和发展过程中具有非常特殊的意义。

不过也应该看到宋神宗朝洛阳文人群俸禄优厚，地位尊贵，平居安闲无事，多务养老游宴，又局限于一地，诗歌题材较为狭窄，政治上的挫折没有给诗歌创作提供"穷而后工""不平则鸣"的助力，而是充溢着不痛不痒的娱乐与休闲意味。虽有大规模、高频率的交游唱和活动，却一味宣扬隐逸与知足的精神，并没有注入更为新鲜的生活气息，也没有多少诗境诗艺开拓的兴趣。白体的接受又使得他们的诗歌语言流于平熟滑易，即使是赛诗也罕有较高难度诗歌的出现，哪怕是别具一格的邵康节也只是一味"作狡狯""翻筋斗"，前前后后的风格看不出太多发展变化。且诸人才气无法与王安石、苏轼相比，没有给文学史带来多少惊喜。马东瑶先生认为："熙丰时期的洛阳诗歌，单从纯文学的价值而言，并无太多影响诗歌发展的典范性特征；但它由于与政治、思想、学术的紧密结合而承载了许多文化的意义。……它的意义正在于凸显了宋诗的文化特征。"① 就是针对这种情况而言的，不得不说是一种相当深刻的见解，非常耐人寻味。

宋神宗朝洛阳诗坛的群体性体现在诸多方面，除了文学情趣之外，在政治心态的压抑、隐逸空间的适意、道统意识的强化等维度上都有所体现，所有这些加在一起才能全景式地展现出他们实际的生活与思想样态，才能更加深刻地体会某些重要酬唱活动的真实背景，从而完成这场生动的文学之旅。这是一个充满生活情趣、隐居智慧与诚挚友谊的诗人群体，也是一个葆有道德洁癖、道统理想和强烈正义感的诗人群体，后人既可以从他们身上捕捉到活泼的文人趣味，从而会心一笑，也可以从他们身上感知到凛凛的直臣风骨，从而肃然起敬。

---

① 马东瑶《文化视域中的北宋熙丰诗坛》，西安：陕西人民教育出版社，2006年，第93—94页。

参考文献

古代著作

先唐

（春秋）左丘明撰，徐元诰撰，王树民、沈长云点校：《国语集解》，中华书局2002年版。

（战国）庄子著，陈鼓应注译：《庄子今注今译》，商务印书馆2007年版。

（汉）孔安国传，（唐）孔颖达正义，黄怀信整理：《尚书正义》，上海古籍出版社2007年版。

（汉）司马迁撰，（南朝宋）裴骃集解，（唐）司马贞索隐，（唐）张守节正义：《史记》，中华书局1982年版。

（汉）刘向撰，向宗鲁校证：《说苑校证》，中华书局1987年版。

（汉）班固撰，（唐）颜师古注：《汉书》，中华书局1962年版。

（晋）王叔和：《脉经》，人民卫生出版社1956年版。

（晋）嵇康著，戴明扬校注：《嵇康集校注》，人民文学出版社1962年版。

（晋）陈寿：《三国志》，中华书局1971年版。

（晋）葛洪著，王明校注：《抱朴子内篇校释》，中华书局1980年版。

（晋）陶渊明著，逯钦立校注：《陶渊明集》，中华书局1979年版。

（南朝宋）刘义庆著，（南朝梁）刘孝标注，余嘉锡笺疏，周祖谟、余淑宜整理：《世说新语笺疏》，中华书局1983年版。

（南朝宋）鲍照著，丁福林、丛玲玲校注：《鲍照集校注》，中华书局2012年版。

唐代、五代

白居易撰，谢思炜校注：《白居易诗集校注》，中华书局2006年版。

房玄龄等撰，中华书局编辑部点校：《晋书》，中华书局 1974 年版。

高适著，刘开扬笺注：《高适诗集编年笺注》，中华书局 1981 年版。

李延寿撰：《南史》，中华书局 2011 年版。

张九龄撰，熊飞校注：《张九龄集校注》，中华书局 2008 年版。

宋齐丘撰：《玉管照神局》，《景印文渊阁四库全书》第 810 册，台湾商务印书馆 1986 年版。

宋代

蔡正孙：《诗林广记》，吴文治主编《宋诗话全编》，江苏古籍出版社 1998 年版。

晁说之：《晁氏客语》，岳麓书社 2005 年版。

晁说之：《景迂生集》，《景印文渊阁四库全书》第 1118 册，台湾商务印书馆 1986 年版。

陈淳：《北溪大全集》，《景印文渊阁四库全书》第 1168 册，台湾商务印书馆 1986 年版。

陈均：《九朝编年备要》，《景印文渊阁四库全书》第 328 册，台湾商务印书馆 1986 年版。

陈仁子：《牧莱脞语》，《宋集珍本丛刊》第 90 册，线装书局 2004 年版。

陈抟：《麻衣道者正易心法》，张海鹏辑刊《学津讨原》第 5 册，新文丰出版公司 1980 年版。

陈郁：《藏一话腴》，《景印文渊阁四库全书》第 865 册，台湾商务印书馆 1986 年版。

陈振孙撰，徐小蛮、顾美华点校：《直斋书录解题》，上海古籍出版社 1987 年版。

陈著：《本堂集》，《景印文渊阁四库全书》第 1185 册，台湾商务印书馆 1986 年版。

程颢、程颐著，王孝鱼点校：《二程集》，中华书局 2004 年版。

道原著，顾宏义译注：《景德传灯录译注》，上海书店出版社 2010 年版。

杜大珪：《名臣碑传琬琰之集》，《景印文渊阁四库全书》第 450 册，台湾商务印书馆 1986 年版。

范成大撰，陆振岳点校：《吴郡志》，江苏古籍出版社 1999 年版。

范纯仁：《范忠宣公文集》，《宋集珍本丛刊》第 15 册，线装书局

2004 年版。

范祖禹：《太史范公文集》，《宋集珍本丛刊》第 24 册，线装书局 2004 年版。

方岳：《深雪偶谈》，《续修四库全书》第 1694 册，上海古籍出版社 2002 年版。

韩维著，曾祥旭、王春阳等校注：《南阳集校注》，河南人民出版社 2010 年版。

洪适：《盘洲文集》，王云五主编《四部丛刊·正编》第 56 册，台湾 商务印书馆 1979 年版。

胡寅撰，尹文汉校点：《斐然集·崇正辩》，岳麓书社 2009 年版。

胡仔纂集，廖德明校点：《苕溪渔隐丛话》，人民文学出版社 1962 年版。

黄彻著，汤新祥校注：《碧溪诗话》，人民文学出版社 1986 年版。

计有功撰，王仲镛校笺：《唐诗纪事校笺》，中华书局 2007 年版。

家铉翁：《则堂集》，《景印文渊阁四库全书》第 1189 册，台湾商务 印书馆 1986 年版。

姜特立：《梅山续稿》，《景印文渊阁四库全书》第 1170 册，台湾商 务印书馆 1986 年版。

黎靖德编，王星贤点校：《朱子语类》，中华书局 1986 年版。

李焘：《续资治通鉴长编》，中华书局 2004 年版。

李昉等：《太平御览》，中华书局 1960 年影印本。

李格非、（宋）范成大著：《洛阳名园记 桂海虞衡志》，文学古籍刊 行社 1955 年版。

李光：《庄简集》，《景印文渊阁四库全书》第 1128 册，台湾商务印 书馆 1986 年版。

林希逸撰，林式之编：《竹溪鬳斋十一稿续集》，《景印文渊阁四库全 书》第 1185 册，台湾商务印书馆 1986 年版。

刘攽：《彭城集》，中华书局 1985 年版。

刘克庄著，辛更儒笺校：《刘克庄集笺校》，中华书局 2011 年版。

楼钥著，顾大朋点校：《楼钥集》，浙江古籍出版社 2010 年版。

陆游著，钱仲联校注：《剑南诗稿校注》，上海古籍出版社 1985 年版。

陆游撰，李剑雄、刘德权点校：《老学庵笔记》，中华书局 1979 年版。

吕本中：《东莱吕紫微师友杂志》，中华书局 1985 年版。

吕本中：《东莱吕紫微诗话》，中华书局 1985 年版。

吕本中：《轩渠录》，王利器辑录《历代笑话集》，上海古籍出版社 1981 年版。

吕希哲：《吕氏杂记》，朱易安、傅璇琮等主编《全宋笔记》第 1 编第 10 册，大象出版社 2003 年版。

吕中撰，张其凡、白晓霞整理：《类编皇朝大事记讲义 类编皇朝中兴大事记讲义》，上海人民出版社 2014 年版。

罗大经撰，王瑞来点校：《鹤林玉露》，中华书局 1983 年版。

马永卿：《懒真子》，中华书局 1985 年版。

马永卿辑，（明）王崇庆解，（明）崔铣编行录，（清）钱培名补脱文：《元城语录解》，中华书局 1985 年版。

米芾著，黄正雨、王心裁辑校：《米芾集》，湖北教育出版社 2002 年版。

欧阳修、（宋）司马光撰，克冰评注：《六一诗话 温公续诗话》，中华书局 2014 年版。

欧阳修著，李逸安点校：《欧阳修全集》，中华书局 2001 年版。

庞元英：《文昌杂录》，中华书局 1985 年版。

秦观撰，徐培均笺注：《淮海集笺注》，上海古籍出版社 1994 年版。

邵伯温：《易学辨惑》，《景印文渊阁四库全书》第 9 册，台湾商务印书馆 1986 年版。

邵伯温撰，李剑雄、刘德权点校：《邵氏闻见录》，中华书局 1983 年版。

邵博撰，李剑雄、刘德权点校：《邵氏闻见后录》，中华书局 1983 年版。

邵雍著，郭彧、于天宝点校：《邵雍全集》，上海古籍出版社 2016 年版。

沈瀛：《竹斋词》，朱孝臧辑校《彊村丛书》第 2 册，广陵书社 2005 年版。

司马光著，李之亮笺注：《司马温公集编年笺注》，巴蜀书社 2009 年版。

苏轼著，（南宋）郎晔选注：《经进东坡文集事略》，文学古籍刊行社 1957 年版。

苏轼著，（清）王文诰辑注，孔凡礼点校：《苏轼诗集》，中华书局 1982 年版。

苏轼著，孔凡礼点校：《苏轼文集》，中华书局 1986 年版。

苏颂著，王同策等点校：《苏魏公文集》，中华书局 1988 年版。

苏洵著，曾枣庄、金城礼笺注：《嘉祐集笺注》，上海古籍出版社 1993 年版。

苏辙著，陈宏天、高秀芳点校《苏辙集》，中华书局 2004 年版。

孙奕：《示儿编》，《景印文渊阁四库全书》第 864 册，台湾商务印书馆 1986 年版。

王安石撰，李之亮笺注：《王荆公文集笺注》，巴蜀书社 2005 年版。

王辟之撰，吕友仁点校：《渑水燕谈录》，中华书局 1981 年版。

王明清：《挥麈录》，上海书店 2001 年版。

王十朋著，梅溪集重刊委员会编，王十朋纪念馆修订：《王十朋全集》，上海古籍出版社 2012 年版。

王暐：《道山清话》，中华书局 1985 年版。

王洋：《东牟集》，《景印文渊阁四库全书》第 1132 册，台湾商务印书馆 1986 年版。

魏了翁：《鹤山集》，《景印文渊阁四库全书》第 1172 册，台湾商务印书馆 1986 年版。

魏齐贤、叶棻：《五百家播芳大全文粹》，台湾学生书局 1985 年版。

魏庆之著，王仲闻点校：《诗人玉屑》，中华书局 2007 年版。

文彦博著，申利校注：《文彦博集校注》，中华书局 2016 年版。

吴坰：《五总志》，中华书局 1985 年版。

吴泳：《鹤林集》，《景印文渊阁四库全书》第 1176 册，台湾商务印书馆 1986 年版。

吴曾：《能改斋漫录》，中华书局 1960 年版。

熊节编，（宋）熊刚大注：《性理群书句解》，《景印文渊阁四库全书》第 709 册，台湾商务印书馆 1986 年版。

许顗：《许彦周诗话》，中华书局 1985 年版。

严羽著，郭绍虞校释：《沧浪诗话校释》，人民文学出版社 1961 年版。

阳枋：《字溪集》，《景印文渊阁四库全书》第 1183 册，台湾商务印书馆 1986 年版。

杨时：《龟山先生全集》，《宋集珍本丛刊》第 29 册，线装书局 2004 年版。

杨亿等著，王仲荦注：《西昆酬唱集注》，上海书店出版社 2001 年版。

叶梦得：《避暑录话》，中华书局 1985 年版。

叶梦得撰，（宋）宇文绍奕考异，侯忠义点校：《石林燕语》，中华书局 1984 年版。

叶适著，刘公纯、王孝鱼、李哲夫点校：《叶适集》，中华书局 1961 年版。

曾巩：《元丰类稿》，《景印文渊阁四库全书》第 1098 册，台湾商务印书馆 1986 年版。

曾巩撰，王瑞来校证：《隆平集校证》，中华书局 2012 年版。

曾敏行：《独醒杂志》，商务印书馆 1937 年版。

张邦基撰，孔凡礼点校：《墨庄漫录》，中华书局 2002 年版。

张栻著，邓洪波校点：《张栻集》，岳麓书社 2010 年版。

赵鼎：《忠正德文集》，《景印文渊阁四库全书》第 1128 册，台湾商务印书馆 1986 年版。

赵与时著，齐治平校点：《宾退录》，上海古籍出版社 1983 年版。

真德秀：《西山先生真文忠公文集》，《宋集珍本丛刊》第 76 册，线装书局 2004 年版。

真德秀原本，（明）倪登重编，（明）胡松增订：《续文章正宗》，《景印文渊阁四库全书》第 1356 册，台湾商务印书馆 1986 年版。

周密撰，张茂鹏点校：《齐东野语》，中华书局 1983 年版。

朱熹：《伊洛渊源录》，中华书局 1985 年版。

朱熹著，戴扬本、曾抗美校点：《朱子全书》，上海古籍出版社、安徽教育出版社 2002 年版。

朱熹撰，郭齐笺注：《朱熹诗词编年笺注》，巴蜀书社 2000 年版。

祝穆：《事文类聚》，《景印文渊阁四库全书》第 925 册，台湾商务印书馆 1986 年版。

祖无择：《洛阳九老祖龙学文集》，《宋集珍本丛刊》第 7 册，线装书局 2004 年版。

元代

陈栎：《定宇集》，《景印文渊阁四库全书》第 1205 册，台湾商务印书馆 1986 年版。

陶宗仪辑：《说郛》，《笔记小说大观》第二十五编，新兴书局 1962 年版。

脱脱等：《宋史》，中华书局 2000 年版。

吴澄：《吴文正集》，《景印文渊阁四库全书》第 1197 册，台湾商务印书馆 1986 年版。

姚燧：《牧庵集》，《景印文渊阁四库全书》第 1201 册，台湾商务印书馆 1986 年版。

张之翰：《西岩集》，《景印文渊阁四库全书》第 1204 册，台湾商务印书馆 1986 年版。

明代

曹学佺:《石仓诗稿》,《四库禁毁书丛刊》集部第 143 册,北京出版社 1997 年版。

陈函辉:《小寒山子集》,《四库禁毁书丛刊》集部第 185 册,北京出版社 1997 年版。

陈献章著,孙通海点校:《陈献章集》,中华书局 1987 年版。

程敏政:《篁墩文集》,《景印文渊阁四库全书》第 1252 册,台湾商务印书馆 1986 年版。

邓伯羔:《艺彀》,《景印文渊阁四库全书》第 856 册,台湾商务印书馆 1986 年版。

邓球:《闲适剧谈》,《续修四库全书》第 1127 册,上海古籍出版社 1981 年版。

董斯张:《吴兴艺文补》,《续修四库全书》第 1678 册,上海古籍出版社 1981 年版。

冯惟敏:《海浮山堂词稿》,《续修四库全书》第 1345 册,上海古籍出版社 1981 年版。

高攀龙:《高子遗书》,《景印文渊阁四库全书》第 1292 册,台湾商务印书馆 1986 年版。

顾清:《东江家藏集》,《景印文渊阁四库全书》第 1261 册,台湾商务印书馆 1986 年版。

何乔新:《椒邱文集》,《景印文渊阁四库全书》第 1249 册,台湾商务印书馆 1986 年版。

贺钦:《医闾集》,《景印文渊阁四库全书》第 1254 册,台湾商务印书馆 1986 年版。

胡居仁:《居业录》,《景印文渊阁四库全书》第 714 册,台湾商务印书馆 1986 年版。

胡直:《衡庐精舍藏稿》,《景印文渊阁四库全书》第 1287 册,台湾商务印书馆 1986 年版。

黄仲昭修纂:《八闽通志》,福建人民出版社 1991 年版。

焦竑:《国朝献征录》第 7 册,台湾学生书局 1984 年版。

焦竑:《玉堂丛语》,中华书局 1981 年版。

焦竑撰,李剑雄点校:《澹园集》,中华书局 1999 年版。

凌云翰：《柘轩集》，《景印文渊阁四库全书》第 1227 册，台湾商务印书馆 1986 年版。

刘康祉：《识匡斋全集》，《四库禁毁书丛刊》集部第 108 册，北京出版社 1997 年版。

刘球：《两溪文集》，《景印文渊阁四库全书》第 1243 册，台湾商务印书馆 1986 年版。

孙承恩：《文简集》，《景印文渊阁四库全书》第 1271 册，台湾商务印书馆 1986 年版。

唐顺之著，马美信、黄毅点校：《唐顺之集》，浙江古籍出版社 2014 年版。

汪舜民：《静轩先生文集》，《续修四库全书》第 1331 册，上海古籍出版社 2002 年版。

王世贞：《弇州山人四部续稿》，《景印文渊阁四库全书》第 1284 册，台湾商务印书馆 1986 年版。

王世贞：《弇州续稿》，《景印文渊阁四库全书》第 1283 册，台湾商务印书馆 1986 年版。

王越：《黎阳王太傅诗文集》，《四库全书存目丛书》集部第 36 册，齐鲁书社 1996 年版。

文翔凤：《皇极篇》，《四库禁毁书丛刊》集部第 49 册，北京出版社 1997 年版。

吴桂森：《息斋笔记》，《续修四库全书》第 1132 册，上海古籍出版社 1981 年版。

吴之甲：《静悱集》，《四库禁毁书丛刊》集部第 78 册，北京出版社 1997 年版。

萧士玮：《春浮园诗集》，国家图书馆藏清光绪十八年刻本。

谢肃：《密庵集》，《景印文渊阁四库全书》第 1228 册，台湾商务印书馆 1986 年版。

徐师曾著，罗根泽校点：《文章辨体序说 文体明辨序说》，人民文学出版社 1962 年版。

徐一夔：《始丰稿》，《景印文渊阁四库全书》第 1229 册，台湾商务印书馆 1986 年版。

杨荣：《文敏集》，《景印文渊阁四库全书》第 1240 册，台湾商务印书馆 1986 年版。

杨士奇：《东里集》，《景印文渊阁四库全书》第 1239 册，台湾商务印书馆 1986 年版。

叶廷秀：《诗谭》，《续修四库全书》第 1696 册，上海古籍出版社 1981 年版。

尹真人高弟：《性命圭旨》，中央编译出版社 2013 年版。

袁宏道著，钱伯城笺校：《袁宏道集笺校》，上海古籍出版社 1981 年版。

郑鄤：《峚阳草堂文集》，《四库禁毁书丛刊》集部第 126 册，北京出版社 1997 年版。

郑相修，（明）黄虎臣纂：《嘉靖夏邑县志》，新文丰出版公司 1909 年版。

朱国祯著：《涌幢小品》，中华书局 1959 年版。

（朝鲜李朝）郑麟趾等：《高丽史》，西南师范大学出版社 2014 年版。

清代

蔡献臣撰，厦门市图书馆校注：《清白堂稿》，厦门大学出版社 2012 年版。

陈文述：《颐道堂集文钞》，《续修四库全书》第 1506 册，上海古籍出版社 2002 年版。

陈作霖：《金陵通传》，光绪甲辰瑞华馆刊，早稻田大学图书馆藏。

邓显鹤：《南村草堂文钞》，《续修四库全书》第 1501 册，上海古籍出版社 2002 年版。

刁包：《用六集》，《清代诗文集汇编》第 18 册，上海古籍出版社 2010 年版。

樊增祥：《樊山集》，《清代诗文集汇编》第 762 册，上海古籍出版社 2010 年版。

费经虞：《雅伦》，《续修四库全书》第 1697 册，上海古籍出版社 2002 年版。

傅占衡：《湘帆堂集》，《清代诗文集汇编》第 27 册，上海古籍出版社 2010 年版。

贺贻孙：《水田居文集》，《清代诗文集汇编》第 21 册，上海古籍出版社 2010 年版。

洪亮吉撰，刘德权点校：《洪亮吉集》，中华书局 2001 年版。

黄宗羲：《明文海》，《景印文渊阁四库全书》第 1456 册，台湾商务印书馆 1986 年版。

黄宗羲编：《明文海》，中华书局 1987 年版。

纪昀：《纪文达公遗集》，《清代诗文集汇编》第 354 册，上海古籍出版社 2010 年版。

纪昀总纂：《四库全书总目提要》，河北人民出版社 2000 年版。

金武祥：《粟香随笔》，《续修四库全书》第 1183 册，上海古籍出版社 2002 年版。

李光地著，陈祖武点校：《榕村语录》，中华书局 1995 年版。

梁清远：《雕丘杂录》，《四库全书存目丛书》子部第 113 册，齐鲁书社 1995 年版。

梁章钜等撰，白化文、李如鸾点校：《楹联丛话》，中华书局 1987 年版。

卢元昌：《杜诗阐》，台湾大通书局 1974 年版。

陆圻：《威凤堂文集》，《四库未收书辑刊》柒辑贰拾册，北京出版社 1997 年版。

陆世仪撰，张伯行编：《思辨录辑要》，《景印文渊阁四库全书》第 724 册，台湾商务印书馆 1986 年版。

陆心源：《仪顾堂集》，《清代诗文集汇编》第 727 册，上海古籍出版社 2010 年版。

潘耒：《遂初堂集》，《清代诗文集汇编》第 170 册，上海古籍出版社 2010 年版。

潘衍桐：《两浙輶轩续录》，《续修四库全书》第 1687 册，上海古籍出版社 2002 年版。

钱谦益：《列朝诗集小传》，上海古籍出版社 1983 年版。

钱仪吉纂，靳斯校点：《碑传集》，中华书局 1993 年版。

屈大均：《广东新语》，中华书局 1985 年版。

茹纶常：《容斋诗集》，《清代诗文集汇编》第 385 册，上海古籍出版社 2010 年版。

沈叔埏：《颐彩堂诗钞》，《清代诗文集汇编》第 390 册，上海古籍出版社 2010 年版。

施闰章：《学余堂诗集》，《景印文渊阁四库全书》第 1313 册，台湾商务印书馆 1986 年版。

汪价：《中州杂俎》，安阳三怡堂本，国家图书馆藏。

汪缙：《汪子文录》，《清代诗文集汇编》第 355 册，上海古籍出版社 2010 年版。

王弘撰撰，何本方点校：《山志》，中华书局 1999 年版。

王棠：《燕在阁知新录》，《续修四库全书》第 1147 册，上海古籍出版社 2002 年版。

王先谦撰，吴格点校：《诗三家义集疏》，中华书局 1987 年版。

吴仰贤：《小匏庵诗存》，《清代诗文集汇编》第 683 册，上海古籍出版社 2010 年版。

吴玉纶：《香亭文稿》，《清代诗文集汇编》第 378 册，上海古籍出版社 2010 年版。

徐松辑：《宋会要辑稿》，中华书局 1957 年版。

尤侗：《西堂文集》，《清代诗文集汇编》第 65 册，上海古籍出版社 2010 年版。

俞樾撰，贞凡、顾馨、徐敏霞点校：《茶香室丛钞》，中华书局 1995 年版。

赵怀玉：《亦有生斋集》，《清代诗文集汇编》第 419 册，上海古籍出版社 2010 年版。

郑二阳：《郑中丞公益楼集》，《清代诗文集汇编》第 10 册，上海古籍出版社 2010 年版。

朱彬撰，饶钦农点校：《礼记训纂》，中华书局 1996 年版。

朱庭珍：《筱园诗话》卷四，《续修四库全书》第 1708 册，上海古籍出版社 2002 年版。

朱彝尊：《明诗综》，《景印文渊阁四库全书》第 1459 册，台湾商务印书馆 1986 年版。

祝德麟：《悦亲楼诗集》，《清代诗文集汇编》第 402 册，上海古籍出版社 2010 年版。

近现代著作

近代

丁传靖辑：《宋人轶事汇编》，中华书局 2003 年版。

梁启超：《中国近三百年学术史》，中国书店 1985 年版。

杨钟羲撰集，刘承干参校：《雪桥诗话》，北京古籍出版社 1991 年版。

现代

包伟民：《宋代城市研究》，中华书局 2014 年版。

陈金现：《宋诗与白居易的互文性研究》，文津出版社 2010 年版。

程毅中主编：《宋人诗话外编》，国际文化出版公司 1996 年版。

傅璇琮等主编：《全宋诗》，北京大学出版社 1991—1998 年版。

葛成民、谢亚非、李希运等主编：《唐宋词典故大辞典》，广西人民出版社 1994 年版。

郭鹏：《诗心与文道：北宋诗学的以文为诗问题研究》，北京语言文化大学出版社 2003 年版。

郭学信：《北宋士风演变的历史考察》，中国社会科学出版社 2012 年版。

汉宝德：《物象与心境：中国的园林》，生活·读书·新知三联书店 2014 年版。

何宗美：《文人结社与明代文学的演进》，人民出版社 2011 年版。

胡适：《胡适全集》，安徽教育出版社 2003 年版。

胡翼鹏：《中国隐士：身份建构与社会影响》，社会科学文献出版社 2011 年版。

金启华主编：《全宋词典故考释辞典》，吉林文史出版社 1991 年版。

孔凡礼：《苏轼年谱》，中华书局 1998 年版。

孔凡礼：《苏辙年谱》，学苑出版社 2001 年版。

赖永海：《中国佛教文化论》，东方出版社 2014 年版。

李泽厚：《美的历程》，生活·读书·新知三联书店 2009 年版。

吕肖奂：《宋诗体派论》，四川民族出版社 2002 年版。

马东瑶：《文化视域中的北宋熙丰诗坛》，陕西人民教育出版社 2006 年版。

毛妍君：《白居易闲适诗研究》，中国社会科学出版社 2010 年版。

梅新林：《中国文学地理形态与演变》，上海人民出版社 2014 年版。

苗书梅：《宋代官员选任和管理制度》，河南大学出版社 1996 年版。

欧阳光：《宋元诗社研究丛稿》，广东高等教育出版社 1996 年版。

彭玉平：《诗文评的体性》，北京大学出版社 2012 年版。

钱锺书：《谈艺录》，商务印书馆 2011 年版。

尚永亮等：《中唐元和诗歌传播接受史的文化学考察》，武汉大学出版社 2010 年版。

申利：《文彦博年谱》，巴蜀书社 2011 年版。

沈松勤：《北宋文人与党争》，人民出版社 1998 年版。

王小兰：《宋代隐逸文人群体研究》，中国社会科学出版社 2013 年版。

肖伟韬：《白居易生存哲学本体研究》，南京大学出版社 2009 年版。

叶嘉莹：《叶嘉莹说诗讲稿》，中华书局 2015 年版。

余英时：《士与中国文化》，上海人民出版社 2008 年版。

曾枣庄、刘琳主编：《全宋文》，巴蜀书社 1992 年版。

张其成：《张其成讲读〈周易〉象数易学》，广西科学技术出版社 2011 年版。

张荣明：《中国古代气功与先秦哲学》，上海人民出版社 2011 年版。

赵建梅：《晚年白居易与洛下诗人群研究》，京华出版社 2010 年版。

赵应铎主编：《中国典故大辞典》，上海辞书出版社 2012 年版。

郑定国：《邵雍及其诗学研究》，花木兰文化出版社 2013 年版。

周扬波：《宋代士绅结社研究》，中华书局 2008 年版。

周裕锴：《宋代诗学通论》，上海古籍出版社 2007 年版。

诸葛忆兵：《宋代文史考论》，中华书局 2002 年版。

诸葛忆兵：《宋代宰辅制度研究》，中国社会科学出版社 2000 年版。

［美］艾朗诺著，杜斐然等译，郭勉愈校：《美的焦虑：北宋士大夫的审美思想与追求》，上海古籍出版社 2013 年版。

［美］杨晓山著，文韬译：《私人领域的变形：唐宋诗歌中的园林与玩好》，江苏人民出版社 2008 年版。

论文

期刊论文

陈光崇：《司马光与〈洛游录〉》，《辽宁大学学报》（哲学社会科学版）1998 年第 6 期。

陈小辉：《宋代洛阳耆英会探赜》，《兰台世界》2015 年第 6 期。

陈小青：《范镇年谱》，《古籍研究》2015 年第 1 期。

杜若鸿：《荆公诗之政治功能——兼"新党诗人群"行履考》，《国学学刊》2014 年第 2 期。

葛兆光：《意脉与语序——中国古典诗歌语言的札记》，《文艺研究》1989 年第 5 期。

郭鹏：《论"邵康节体"》，《文化与诗学》2011 年第 1 期。

郝美娟：《论司马光"独乐园"的文化内涵》，《北方论丛》2012 年第 4 期。

何新所：《试论西京洛阳的交游方式与交游空间——以邵雍为中心》，《河南社会科学》2011 年第 4 期。

贾珺：《北宋洛阳私家园林考录》，《中国建筑史论汇刊》2014 年第 2 期。

江卉：《范纯仁行年考》，《湖北科技学院学报》2012 年第 11 期。

刘天利：《论邵雍诗歌的"乐"主题》，《中国韵文学刊》2004 年第 3 期。

吕肖奂：《多元共生：北宋诗坛非主流体派综论》，《西南民族大学学报》（人文社科版）2010 年第 2 期。

马东瑶、马学林：《论北宋熙丰时期洛阳诗人的诗学观念》，《河南教育学院学报》（哲学社会科学版）2005 年第 2 期。

宁群娣：《论司马光独乐园诗文的政治和文化意义》，《江西社会科学》2013 年第 3 期。

宁群娣：《司马光〈续诗话〉及其诗歌理论》，《哈尔滨学院学报》2010 年第 10 期。

屈光：《中国古典诗歌意脉论》，《文学评论》2011 年第 6 期。

邵明华：《"安乐窝"的文化阐释——对于邵雍话语及其语境的学术考察》，《孔子研究》2012 年第 3 期。

邵明华：《话题与传播：邵雍交游圈的深度考察》，《西北师大学报》（社会科学版）2012 年第 3 期。

施懿超：《范祖禹年谱简编》，《文献》2001 年第 3 期。

田小娟、高叶青：《范祖禹年谱简编》，《西安文理学院学报》（社会科学版）2007 年第 4 期。

王雪枝：《北宋名公交游与许、洛士风及文学活动》，《文艺评论》

2013 年第 4 期。

王曾惠、贺培材：《程颢、程颐洛阳史迹调查记》，《中州学刊》1982 年第 1 期。

吴肖丹：《北宋熙丰名臣致仕文学研究》，《华南师范大学学报》（社会科学版）2011 年第 1 期。

向有强：《论司马光的"独乐"精神——司马光"独乐园"诗文的文化解读》，《湖北民族学院学报》（哲学社会科学版）2015 年第 2 期。

肖红兵：《北宋神宗时期居洛士宦家居生活探微——以邵雍和司马光等人为中心》，《洛阳师范学院学报》2014 年第 1 期。

谢洋：《司马光独乐园造园艺术探析》，《山西建筑》2009 年第 29 期。

杨木军：《试论北宋中期"耆英会"》，《乐山师范学院学报》2007 年第 3 期。

张海鸥：《邵雍的快乐诗学》，《中山大学学报》（社会科学版）2004 年第 1 期。

张海鸥：《宋初诗坛"白体"辨》，《中山大学学报》（社会科学版）2000 年第 6 期。

赵艳喜：《邵雍和白居易——兼论北宋中后期洛阳诗人群对白居易的接受》，《聊城大学学报》（社会科学版）2012 年第 6 期。

祝尚书：《论"击壤派"》，《文学遗产》2001 年第 2 期。

学位论文

曹清华：《富弼年谱》，四川大学 2002 年硕士学位论文。

龚亚萍：《北宋西京地区节庆娱乐活动研究》，河南大学 2010 年硕士学位论文。

刘丽丽：《司马光交游考述》，郑州大学 2004 年硕士学位论文。

邵明华：《邵雍交游研究——关于北宋士人交游的个案研究》，山东大学 2009 年博士学位论文。

魏崇周：《邵雍文学思想研究》，首都师范大学 2007 年博士学位论文。

向有强：《司马光事迹诗文系年》，广西师范大学 2010 年硕士学位论文。

肖红兵：《居洛士宦与北宋神哲朝政》，上海师范大学 2011 年硕士学位论文。

杨恒平:《宋代桐木韩氏家族研究》,暨南大学 2008 年博士论文。

赵艳喜:《北宋白居易诗歌接受研究》,南京大学 2007 年博士学位论文。

庄国瑞:《北宋熙丰诗坛研究》,浙江大学 2009 年博士学位论文。

致　谢

本书是在我的博士论文基础上修改而成的，毕业至今，倏忽之间，已过六年，不胜感喟。感谢导师诸葛忆兵教授，本书从选题到成书，每一步都离不开老师的不倦教诲、严格把关。老师的批评和表扬言犹在耳，成为我学术道路上的不竭动力。感谢同门苏碧铨师妹，本书初稿曾由师妹进行全文审读，提出了不少宝贵意见。感谢答辩委员会张鸣教授、张剑教授、刘宁教授、马东瑶教授、曾祥波教授，以及学位论文外审专家和国家社科基金后期资助项目的评审专家，能够得到诸多业内前辈名家的肯定，对学术之路上蹒跚学步的我来说是莫大的鼓舞。感谢我的家人，作为一个起点低、基础差的农二代和后进生，我能在著名学府获得最高学位，没有他们的付出、坚守和包容，是难以想象的。感谢宋神宗朝熙宁元丰年间齐聚洛阳的耆老们，没有他们的这段经历和创作，不仅我的选题要改换，恐怕连历史都要改写。

在研究过程中，我曾有感而发，写下两首诗，现抄录如下：

其一：《温公》

独乐园中花与药，温公将理似将雏。一杯真率添和气，满座耆英入画图。

持国相邀如彦国，宽夫见访继尧夫。有时不寐中宵起，漫取床头数卷书。

其二：《曾经有一群老人》

曾经有一群老人聚居在天堂一样的城市

那里有好山好水　美酒鲜花

那里坐落着皇帝不再光顾的宫殿

那里密布着古人世代经营的花园

喝几杯酒

作几首诗

唱几首歌

跳几支舞

不要轻易说别离
那样会勾起无限的相思

这样一群比孩子还要快乐的老人
从早晨笑到晚上
从春天笑到冬天
他们赞美周围是好是坏的一切
他们自嘲满头斑白纯白的发丝
他们栽培了很多种类和颜色的花朵
亲自翻土　浇水　施肥
写诗赞美花开　心疼花落
互相赠送累累的果实
互相交换小小的幼苗
不要轻易修剪旁枝　铲除杂草
那样会让花儿美得太残忍

他们知道快乐的日子不多了
随便什么时候都会失去身边的朋友
即使相距不远也要写信问候
即使比邻而居也要叩门拜访
酣醉一场　饱睡一回
都会带来满满的得意
如果约好的友人没有聚齐
如果约定的日子突然下雨
他们会担心是不是生病了
他们会伤感有没有机会了
不要轻易玩消失
那样会折煞太多的风景

五福俱备　儿孙满堂
还有家里举案齐眉的老孟光

还要特别感谢四川人民出版社的朱雯馨编辑。由于专业差异，朱编辑在审订我这部充满古典引文和生僻字词的书稿时，花费了异乎寻常的心血。朱编辑态度认真、语言亲和，是一位好编辑。拙著若干章节已作为单篇论文发表在《文学遗产》《孔子研究》《湖北社会科学》《中国韵文学刊》等学术期刊上，不仅让我能够在日新月异的学界动态中与时俱进，还获得了稿酬、封面论文、来信来电等形式的鼓励，在此一并致以诚挚的谢意。

虽然学术之路并不平坦，且时有束手无策、徒劳无功的穷途与迷途之感，但经过一些岁月的磨砺之后，我意识到能够耕耘自己的三分薄田，就已经是莫大的幸运，就可以收获到一份心安。无论开何种花、结何种果，都是一份生命的恩赐和馈赠。若偶有会心之处，都是在广阔天地中与前辈和同人们一起开拓创新。如此，便已足够。

2023 年 8 月 28 日写于重庆茶园